目 录

中国文学史

主编 王文生

隋唐五代文学史

熊礼汇 编著

普通高等院校汉语言文学专业规划教材

武汉大学出版社
WUHAN UNIVERSITY PRESS

图书在版编目(CIP)数据

中国文学史·隋唐五代文学史/熊礼汇编著.—武汉:武汉大学出版社,2009.5(2017.2 重印)
普通高等院校汉语言文学专业规划教材
ISBN 978-7-307-06678-6

Ⅰ.中… Ⅱ.熊… Ⅲ.①文学史—中国—隋唐时代—高等学校—教材 ②文学史—中国—五代十国时期—高等学校—教材 Ⅳ.I209

中国版本图书馆 CIP 数据核字(2008)第 175974 号

责任编辑:易 瑛　　责任校对:刘 欣　　版式设计:马 佳

出版发行:**武汉大学出版社** (430072 武昌 珞珈山)
(电子邮件:cbs22@whu.edu.cn 网址:www.wdp.com.cn)
印刷:武汉中科兴业印务有限公司
开本:720×1000 1/16　印张:24　字数:429 千字　插页:1
版次:2009 年 5 月第 1 版　2017 年 2 月第 3 次印刷
ISBN 978-7-307-06678-6/I·347　定价:29.00 元

第一章　隋唐五代文学概说

第一节　隋唐五代的历史概况和士人的文化心态

隋唐五代经历了379年，其中隋朝(581—618)历时37年，唐朝(618—907)历时289年，五代(907—960)历时53年。这个时期的文学，唐代文学成就最为突出。

开皇元年(公元581年)二月，杨坚逼周静帝让位，建立隋朝。接着消灭后梁(江陵)和陈(金陵)，统一了分裂近四个世纪的中国。杨坚在位，尚能实行一些有力的治国措施，而炀帝(名广)执政后，荒淫无道，倒行逆施，致使民不聊生，社会矛盾日益激化。隋末起义人数之多、分布地域之广，前所未有，隋很快就在农民起义的讨伐声中灭亡了。

隋代历时不长，但在历史发展进程中却有重要意义。文帝、炀帝曾采取过加强中央集权和恢复农业生产的积极措施，在一个时期内使得国家安定统一，为南北文化的交融提供了条件。隋代实行的均田制、府兵制、科举制都为唐所沿用，兴修的水利工程在唐代交通、生产中发挥了巨大作用。隋、唐关系犹如秦、汉关系，隋的统一虽然短暂，却为唐朝的强大、兴盛作了必要准备。

李渊父子是在农民起义军摧毁隋的统治基础以后，在太原起兵，乘机攻入长安，取得政权的。在开国后的三四十年内，大唐相继平定严重威胁国家安全的东突厥、吐谷浑、高昌和西突厥，成为当时亚洲军事力量最为强盛的国家。又，在隋的消亡过程中，李世民看到了农民起义军的巨大威力，因而当权后能记取隋亡的教训。他告诫儿子说：“舟所以比人君，水所以比黎庶；水能载舟，亦能覆舟。”(《自鉴录》)出于这样的认识，他积极采用有益于治国安民的建议，有意缓和社会矛盾，制订了一些减轻人民负担、恢复经济的政策，比如实行均田制、府兵制、租庸调法等，还大规模兴修水利，扩大耕地，让过去沦为部曲的人员归田务农。经过几代人的努力，大唐在开国后一百二十多年中出现了两次经济高涨时期，即“贞观之治”和“开元之治”。贞观年间“商旅野次，无复盗贼，囹圄常空，马牛布野，外户不闭。又频致丰稔，米斗三四钱”(《贞观政要·政体》)。杜甫即谓：“忆昔开元全盛日，小邑犹藏万家室。稻米流脂粟米白，公私仓廪皆丰实。九州道路无豺虎，远行不劳吉日出。齐纨鲁缟车班班，男耕女桑不相失。”(《忆昔》)据洛阳附近出土的唐代粮仓之一含嘉仓砖铭上记载，每窖可藏粮七八千石甚至万石以上，而仓有四百个藏窖。随着农业发展，手工业、交通运输业也兴旺起来。商业性的城市各地都有。北方的长安(面积比今西安市城区大六倍)、洛阳，南方的扬州、益州，都是著名的都市。

在政治上，唐承隋制，但也相应地作了一些调整、变革，如通过重修《氏族志》改变旧有门阀世族的地位，以削弱他们的势力。又开科取士，打破世族垄断仕途的局面，得到了中小地主阶层的拥护。许多庶族地主出身的知识分子感到前途有望，腾跃翱翔，欲有所为，使得国家朝气勃勃。在思想上，唐对儒、释、道都不排斥。太宗尊孔子为“先圣”，并命孔颖达编写《五经正义》，颁布天下。又派玄奘前往天竺取经，支持他译经。高宗既信佛法，又尊老子为“太上玄元皇帝”。玄宗亲自注释《孝经》、《道德经》和《金刚经》，刻石以告士人。并将《老》、《庄》列入明经科考试的内容。有唐一代，佛教经文和其他宗教(如景教、摩力教、祆教和伊斯兰教)大量传入中国。不但如此，唐对南亚、东南亚各国和西域各国的文化艺术也是兼收并蓄，为我所用，表现出海含地负般的气度。

这时的唐朝，政治稳定，经济繁荣，文化发达，是世界上最强盛的国家，受到四邻各国的仰慕。它的影响扩大到今蒙古、中亚、南亚、东南亚、日本一带。波斯(伊朗)、大秦(罗马)通过丝绸之路和唐保持商业往来，甚至居住在撒哈拉沙漠附近的黑人也和唐人有过贸易关系。日本十三次派遣唐使到中国，每次带数百人的学问僧、留学生来华学习，日本迎送唐朝赴日使节六次。来华的学者、僧人和其他人员把唐朝先进的文化、生产技术以及生活习俗带回日本，至今还影响着日本人民的生活。当时各国旅华的官员、僧侣、商人、学者甚多，大都住在长安、洛阳、扬州、广州等地。

但是，唐王朝在极端繁华中也潜伏着政治危机。唐玄宗在位四十余年，早年励精图治，颇有政绩，后期却一味享乐，政事外交李林甫、杨国忠，内委高力士。天宝中后期，皇室、官僚、地主竞相兼并土地。朝廷对外频频用兵而又屡打败仗，国力衰竭，天下为之骚然。公元755年11月，安禄山率兵十五万，以诛讨杨国忠为名，从门头沟(今北京市郊)一直打到长安。当时"州县发官铠甲，皆穿朽钝折不可用，持梃斗，弗能亢(抗)，吏皆弃城匿，或自杀，不则就禽(擒)"(《新唐书·安禄山传》)。玄宗无奈，逃至成都。安史之乱虽是边将起来向中央夺权，属于统治者的内部矛盾，但也带有少数民族将领和汉族争夺政权的性质。这场动乱延续八年之久，致使生产力遭到毁灭性的破坏，国家元气大伤，难以恢复。到了贞元(785—805)、元和(806—820)时期，唐朝稍有振作，称为中兴时期。但这时河湟一带仍为吐蕃占领，地方军阀割据一方，加之宦官擅权，朝臣中党争剧烈，上层统治者内部争斗激烈。后来，随着中晚唐三大政治痼疾(藩镇割据、宦官擅权和朋党之争)的恶性发展，农民阶级和地主阶级的矛盾也愈来愈尖锐，于是相继出现了袁晁起义、裘甫起义和王仙芝、黄巢起义。黄巢起义历时十年，聚众百万，虽以失败告终，但唐王朝也因此一蹶不振。唐朝末年军阀混战，中国重新陷入分裂。公元907年以后，出现了五代(后梁、后唐、后晋、后汉、后周)十国(吴越、吴、南唐、闽、南汉、楚、荆南、前蜀、后蜀、北汉)，直到公元960年，赵匡胤陈桥兵变，建立北宋，中国才又归于统一。隋唐五代这种复杂的社会状况，对这时期士人文化心态的形成产生了巨大影响。

隋代文士多为南朝、北周士人，其中不少人进入唐代，成为初唐文坛的中坚力量。但随着唐代科举制的实行，庶族地主出身的知识分子大量出现，形成唐代新的士人队伍。新士人队伍的形成，既为政坛储备了人才，又为文坛培养了生力军。故唐代文学创作队伍的主体，是出身庶族地主的士人，他们的文化心态如何，对唐代文学发展的走向影响极大。

从开国到天宝初年(742)，历代君王多能励精图治，突出表现是任贤用能，不拘一格；广开言路，从善如流。因而百余年间，国家有一种蒸蒸日上的盛世气象。受时代精神的鼓舞，初、盛唐士人大多精神振奋，欲有所为。所谓"东风动百物，草木尽欲言"(李白《长歌行》)。他们渴望投身于国家振兴的大业之中，以实现自己的人生价值。一方面关注社会群体利益，高唱"圣人不利己，忧济在元元"(陈子昂《感遇》十九)，一方面志在功名，把"画图麒麟阁，入朝明光宫"(高适《塞下曲》)作为追求目标。他们志向远大，自信心强，以为在那个时代，没有实现不了的理想。李白就说他要"奋其智能，愿为辅弼，使寰区大定，海县清一"(《代寿山答孟少府移文书》)，杜甫也要"致君尧舜上，再使风俗醇"(《奉赠韦左丞丈二十二韵》)。于是我们看到，初、盛唐士人多有一种乐观进取的心态。他们或用心科考，或隐于山林，或出入幕府，或漫游天下，或走向边塞，到处寻找踏入仕途、施展抱负的机会。即使久久困顿不遇，也坚信“天生我材必有用”（李白《将进酒》），“乘风破浪会有时”（李白《行路难》）。可以说，关注社会，热心功名，乐观进取，是初、盛唐绝大多数士人共有的文化心态。

从天宝中后期到会昌年间，是唐代士人身经动乱，力图拯世济时、恢复大唐盛世的时期。早在天宝十载(751)前后，不少士人已敏锐地感觉到国家大难将至，忧心忡忡，不能自已。像元结，自天宝六载(747)以后，就不断著文刺时疾邪，揭露朝政败坏和士林中出现的道德危机，甚至不畏忌讳，抨击唐玄宗、李林甫、杨贵妃姊妹以及高力士的倒行逆施，以亡国之诫警谏昏荒惑乱之主。李白目睹安禄山的嚣张气焰，也对国家安危无限忧虑。更不用说杜甫，他在乱前已有不少忧念国事、民生的诗篇。安史之乱的爆发，惊醒了唐代士人对美好理想的憧憬之梦。如岑参，昨天还在说“功名只向马上取，真是英雄一丈夫”（《送李副使赴碛西官军》），今日却叹息说：“自从兵戈动，遂觉天地窄。”（《西蜀旅舍春叹》）纵然如此，士人对国家命运关心之深切，希望国家振兴愿望之强烈，仍有增无减。大乱甫平，就有李华等人从道德文化角度探寻动乱成因的举动，到了贞元、永贞、元和时期，士人不但用多种形式（包括诗、文写作）揭露社会矛盾，强烈要求政治改革，还积极投入各个领域的实际革新活动，即使一再受贬、迭遭打击以至有生命之虞也在所不惜。这种状况一直延续到会昌、大中年间。可以说，大中以前近百年，对国家中兴怀有希望，热心推动政治变革和参与平定内乱、外患的斗争，是士人共有的心态。

大中以后，唐朝江河日下，中央政府权威性急遽下降，几乎丧失了统治国家的能力。而社会矛盾加剧，朝中事变频发，农民起义不断出现，士人痛感国将不国，终因回天无力而嗟叹。由于国势衰微不振，信心丧失殆尽，故晚唐士人多怀有愤世嫉俗而近于怨或避世求乐以掩其悲的心态。

总而言之，唐代士人有很强的社会责任感，他们关心国家命运、群体利益，也关心个人人生价值，并将二者紧密结合起来。只是随着盛唐气象、乱世惨象、中兴迹象、衰世景象的次第出现，其心态才有相应的变化，而关注社会现实、欲有所为仍为其主导面。

唐代士人文化心态的形成、变化，大而言之，是因“时运交移”而“与世推移”，具体说则还与士人对儒、释、道等诸家思想的服膺和特有的艺术修养有关。前已言及，唐代是一个开放的社会。这种开放，不但表现在君王对“中华”、“夷狄”“爱之如一”的民族政策上，表现在对外来文化的尊重和兼收并蓄、为我所用上，还表现在士人接受传统思想和外来思想的自由选择上。一般来说，儒、释、道等多种思想都曾对士人文化心态的形成产生过影响，而儒学的影响更具主导性和普泛性。许多士人不单积极用世、自强不息、忧国忧民的人生艺术精神本于儒学，就是讲功利、重兴寄、追求中和之美的审美心态的形成，也源于儒家的处世之道。由于唐人习儒多能屏弃章句之学，强调得其大义、灵活运用，故士人中尚儒而言行背离传统儒学者大有人在。至于外儒内佛，儒、道兼修，或一生受多种思想影响(所谓得志则尊孔、孟，失意则祖老、庄)者，更是屡见不鲜。无论是受道家哲学还是道教宗教的影响，士人们都易形成顺应自然、向往自由、珍惜个人生命的人生观念，和以自然、朴拙、瑰玮为美的审美心态。隋唐佛教宗派甚多，影响最大的是禅宗。禅宗讲众生是佛，平常心是道，讲顿悟见性，见性成佛，讲以心传心，不立文字，讲本源空寂，冥心虚寂，以及开导修行者常用的断喝、机锋一类手法，都对笃信佛法的士人在心性修养、思维方式、审美追求方面深有影响。他如魏徵“尤属意纵横之术”(《旧唐书·魏徵传》)，陈子昂“驰侠使气”(卢藏用《陈子昂别传》)，李白向赵蕤学纵横术一年有余，且“任侠，手刃数人”(魏颢《李翰林集序》)，说明儒、释、道以外的其他思想也曾影响到唐代士人的气质、性情和为人处世的方式。

和各种传统思想从多方面影响士人的文化心态不同，良好的艺术修养主要对士人的审美心态深有影响。唐代音乐、舞蹈、书法、绘画、建筑、雕塑艺术十分发达，许多士人要么本身就是优秀的音乐家、书法家、画家，要么十分热爱艺术，有很高的艺术鉴赏水平。在创作和鉴赏活动中，士人们形成了特有的艺术趣味和审美心态，这些对丰富和深化士人心态的文化底蕴有不可忽视的作用。

第二节　在继承传统的基础上不断创新

在继承传统的基础上不断创新求变，是隋、唐文学，特别是唐代文学发展的突出特点，也是唐代文学成就辉煌的重要原因。先唐时期，中国文学无论在理论建设，还是在创作艺术方面，都积累了异常丰富的经验，形成了独具特色的艺术传统。和对外来文化兼收并蓄、为我所用一致，唐代文士十分珍惜这笔文学遗产，充分发掘和利用其宝贵价值，为其创新求变服务。故唐代文学，可以说是先唐历代优秀文学传统发扬光大的结果，也可以说是唐人“会通”、“适变”的产物。唐代文学发展“通”而能“变”，主要取决于两点：一是唐代文士多有因时而变的文学观念，在创作中勇于开拓，推陈出新，不断地超越前人和时人；二是唐代文士创新求变的做法较为合理，他们是在继承前人优良传统和吸收时人长处的基础上自出变化，而不是在推倒一切的废墟上凌空构建楼阁。观其诗、文发展，莫不如此。

北宋以后，学者论唐诗发展，多言其“变”。如明人王祎禀承其师宋濂之说，即云：

> 唐初，袭陈、隋之弊，多宗徐、庾。张子寿、苏廷硕、张道济、刘希夷、王昌龄、沈云卿、宋少连皆溺于久习，颓靡不振。王、杨、卢、骆始若开唐音之端，而陈伯玉又力于复古，此又一变也。开元、大历，杜子美出，乃上薄风雅，下掩汉、魏，所谓集大成者。而李太白又宗《风》《骚》而友建安，与杜相颉颃。复有王摩诘、韦应物、岑参、高达夫、刘长卿、孟浩然、元次山之属，咸以兴寄相高，以及钱、郎、苗、崔诸家，比比而作。既而韩退之、柳宗元起于元和，实方驾李、杜，而元微之、白乐天、杜牧之、刘梦得，咸彬彬附和焉。唐世诗道之盛于是为至，此又一变也。然自大历、元和以降，王建、张籍、贾浪仙、孟东野、李长吉、温飞卿、卢仝、刘叉、李商隐、段成式，虽各自成家，而或沦于怪，或迫于险，或窘于寒苦，或流于靡曼，视开元远不逮。至其季年，朱庆馀、项子迁、郑守愚、杜彦夫、吴子华辈，悉纤弱鄙陋，而无足观矣，此又一变也。
>
> ——王祎《练伯上诗序》

王祎言唐诗之“变”，有褒有贬，自有所见。不过他所批评的几位晚唐诗人，也“各自成家”，于前人诗风有因有革，更不要说在唐代诗史上振衰救弊、开一代新风者。初唐如“开唐音之端”的王、杨、卢、骆，“尝以龙朔初载，文场变体，争构纤微，竞为雕刻。糅之金玉龙凤，乱之朱紫青黄。影带以绚其功，假对以称其美。骨气都尽，刚健不闻。思革其弊，用光志业”（杨炯《王勃集序》）。

他们要用“骨气”、“刚健”疗救“上官体”的“绮错婉媚”之弊，纵然对屈（原）、宋（玉）、枚（乘）、马（司马相如）、沈（约）、谢（灵运）、徐（陵）、庾（信）文风严词挞伐，但他们的“变化成一家之体”，乃是“经籍为心，得王、何于逸契；风云入思，叶张、左于神交”（杨炯《王勃集序》）。其思想导向、文风导向都是其源有自，继承的是他们所选择的文学传统。要指明的是，四杰虽强调继承、弘扬传统诗风中的骨气、刚健之美，但也并没有舍弃当时诗歌体制构建方面的成熟经验。陈子昂略有不同。他的“力于复古”，是以复古为革新，用汉、魏风骨即建安、正始诗风来扫荡初唐犹存的徐、庾诗风，以端正唐诗发展的方向。虽然对于新兴的近体诗在体制上的长处注意不够，但他用“复古”的形式继承优秀文学传统以推动文学革新，无论思想主张还是思维方法，都对唐代文士深有影响。盛唐如李白，也是一位以改革诗风为己任的诗人。他的革新，也是打着“将复古道”（孟棨《本事诗·高逸》）的旗号，一方面肯定盛唐诗人“乘运”、“跃鳞”的创新活动，同时又强调继承《诗经》的风雅精神和建安诗歌的艺术传统。而在创作中，李白不但广为采用《诗》、《骚》以及建安以前诗歌的艺术经验，而且大量吸收六朝诗歌和南朝乐府民歌中的精华为其所用。杜甫为诗，更是明言“不薄今人爱古人，清词丽句必为邻”；“别裁伪体亲风雅，转益多师是汝师”（《戏为六绝句》），真能做到“上薄《风》、《骚》，下该沈、宋，古傍苏、李，气夺曹、刘，掩颜、谢之孤高，杂徐、庾之流丽，尽得古人之体势，而兼今人之所独专矣”（元稹《唐故工部员外郎杜君墓系铭并序》）。正因其能集古今诗人长处之大成，故其诗具有强大的艺术生命力。中唐如元稹、白居易提倡新乐府，固然有应政治改革需要的因素，但在新诗风的取向上，显然是远绍《诗经》、汉乐府的艺术传统，而近承元结、杜甫、张籍、王建等人的主张。正因通而能变，故其诗歌理论既有所本，又较之前人所言更为系统和更具时代特色，所作之诗亦与前人作品风貌大异。又如韩愈以文为诗和追求奇险一格，虽有得有失，终属创新之举。前者实学李、学杜而用己之所长，后者用意所在，或如赵翼所说：“至昌黎时，李、杜已在前，纵极力变化，终不能再辟一径。惟少陵奇险处，尚有可推扩，故一眼觑定，欲从此辟山开道，自成一家。”（《瓯北诗话》）柳宗元诗精绝工致，更是兼取《诗》、《骚》、陶、谢之长，而自出变化。晚唐如杜牧，自谓“某苦心为诗，唯求高绝，不务奇丽，不涉习俗，不今不古，处于中间”（杜牧《献诗启》），可谓特立独行之士，其实，杜牧诗风特色的形式（包括用语特征），与他自觉接受楚骚、汉赋和李、杜诗歌艺术大有关系。李商隐“于诗家别开一洞天，非时贤所能摸索”（林昌彝《射鹰楼诗话》），其诗歌革新成就高于“时贤”，也与他善于总结、利用前人艺术经验分不开。不单学“屈、宋”，学庾信、杜甫，还将南朝以来骈文写作积累的艺术经验用到律诗创作中。纵观有唐一代诗人，守成者少，出新者多，而凡能自成一家或创作成就杰出者，总是在合理继承诗歌艺术传统的基础上创新求变。故唐诗发展虽然新变迭出，却与先唐诗歌的演进有割不断的联系。唐代诗人既是传统的继承者，也是优化者、改造者、开拓者，通过他们的努力，不但带来了唐诗的繁荣，而且形成了内涵更为丰富、积淀更为深厚的诗歌传统。

唐代骈文、散文的发展，也显现出唐代文士文学创作不断创新求变的精神和在继承艺术传统上开拓新局面的特点。唐代骈文革新大家，至少有八位。

一是“初唐四杰(即王勃、杨炯、卢照邻、骆宾王)”，他们对初唐骈文的革新，主要是强化其社会功用和改变其风格特征。要求恢复“圣人以开物成务，君子以立言见志”的“文章之道”，使文章“可以甄明大义，矫正末流，俗化资以兴衰，家国繇其轻重”(王勃《上吏部裴侍郎启》)，又内含“骨气”，有“刚健”之美，所谓“思下情逸，风云坐宅于笔端；兴洽神清，日月自安于调下”(王勃《山亭思友人序》)。

二是张说、苏颋。“四杰”虽祛初唐骈文“内竭”而无骨力之弊，但言词巧丽，“时带六朝锦色”(陆时雍《诗镜总论》)。张、苏进一步改革骈文，除以经术为本外，还着意吸收东汉、魏、晋散文(特别是包含诸多骈文文体质素者)的创作经验，以散入骈，骈散结合，致力于斫雕为朴，黜浮求实。故其文“颇能以雅参丽，以古杂今，彬彬然，灿灿然，近建安之遗范矣”(杜确《岑嘉州集序》)，既昌明博大，以气势胜，又显得声色遒丽，雍容典雅。

三是陆贽。陆贽为增强唐代骈文的实用功能，对其文章体制作了改造。他继承张、苏融散入骈的做法，一不言必对偶，当散则散，当骈则骈；一作对偶的句子未必平仄相间，更多的是以散句双行形式，构成大体相对的“偶句”；一将构成“偶句”的单句加长，且力求朗畅、明白，少用典故。

四是李商隐。李商隐被称为晚唐骈文巨擘，其四六文既具清刚苍劲之气，又语词华澹、色泽浓丽，尤以使事精博、贴切著称。他对骈文的革新，既取庾信的“凌云健笔意纵横”，又学得徐陵的叙事体物之工和陆贽议论的酣畅、灵动，且将陆贽深情绵邈、沈博艳丽的诗风引入其中，故其四六文风格独特，以至形成可以称为“樊南四六”式的骈文艺术传统，为宋人所承续。

唐代散文革新的成就，集中表现在中唐古文的勃兴上，而中唐古文的勃兴，正是几代古文家在散文领域不断复古、创新的结果。自陈子昂之后，凡散文革新家都高举复古大旗，明言者如李华谓“文顾行，行顾文，此其与于古欤”(《崔沔集序》)，萧颖士谓“平生属文，格不近俗，凡所拟议，必希古人”(《赠韦司业书》)，柳冕则谓其“意虽复古而不逮古”(《与徐给事论文书》)，他如贾至、独孤及、元结、梁肃等人，都有明确的复古主张。而他们的复古，实质是借对古代散文，特别是儒家散文艺术传统的继承、弘扬，以达到散文革新的目的。韩愈、柳宗元有比较系统的散文革新理论，复古以求变的特点尤为突出。其以儒学为本的古文艺术精神的确立，固然出于应对中唐政治文化危机的需要，也是韩、柳对古代散文艺术传统作选择性接受的结果。就弘扬儒家散文艺术传统以除时文之弊而言，韩、柳的做法也可以说是对李华、萧颖士、元结等人手法的沿用。至于在古文创作中广泛吸收前人艺术经验为我所用，韩、柳学习的范围较之李、萧等人所留意者要大得多。尤为难得的是，学而能变，在变中产生飞跃，不但起衰救弊，还能超越前人，别开生面。刘熙载说："韩文起八代之衰，实集八代之成。盖惟善用古者能变古，以无所不包，故能无所不扫也。"(《艺概·文概》)其实，韩愈散文革新的成功，不单是在集八代之成的基础上自出变化，所"集"之"成"，还包括八代以前的散文艺术传统和唐代骈文革新的艺术经验。

文学的发展离不开创新求变。唐人创新意识强，又不舍弃优秀的文学传统，尽量吸收有益的艺术经验为我所用，故其诗、文创作新变迭出，促使唐代文学一次又一次走向繁荣。

第三节　唐代诗歌的流变及其成因

唐代文学空前繁荣，诗的成就最高。清人彭定求等编的《全唐诗》收诗四万八千九百余首，诗人有二千三百余家。今人陈尚君编订的《全唐诗补编》(包括王重民、孙望、童养年编的《全唐诗外编》和陈尚君辑纂的《全唐诗续拾》)收唐诗六千余首，诗人有一千多家。作者包括皇帝、官吏、文人、僧侣、道士、歌妓、商贩等各个阶层的人物。唐人诗以情为主，但唐代各种社会事件、风俗人情以及一些极为琐细的生活内容，在唐诗中几乎都有反映。可以说，唐诗是唐代物质生活、精神生活全面而又生动的历史记录。

唐诗的发展历程，可分为初唐、盛唐、中唐、晚唐四个阶段。初唐指从高祖武德元年(618)到玄宗开元初年(713)近百年的时间，盛唐指从开元初年到代宗大历初年(766)五十余年的时间，中唐指从大历初年到文宗开成初年(836)约七十年的时间，晚唐指从开成初年到哀帝天祐四年(907)七十年的时间。四个阶段的诗歌创作情况大致如下：

初唐诗坛，齐、梁余风犹存。这时的诗人多是南北朝、隋朝的遗老，他们唱惯了旧调子，一时很难改变。虽然也有格调高昂的好诗，但总的看，初唐诗歌仍未能突破宫廷生活的范围。从贞观初年(627)到武后执政时期，前后出现过三批宫廷诗人：第一批是虞世南、褚亮等人，第二批是上官仪、李义府等人，第三批是"文章四友(即李峤、苏味道、崔融和杜审言)"和"沈(佺期)、宋(之问)"。最早对这种诗风提出批评的是魏徵等人，另一位诗人王绩以及以写白话诗著称的王梵志、寒山子等，主要是用作品表现他们对初唐诗风的蔑视态度。真正能与宫廷诗抗衡、对诗歌发展作出贡献的是"初唐四杰”。他们都是在开国后二三十年出生的，年少才高，官小名大，看不惯淫靡浮艳的宫体诗和富丽呆板的宫廷诗，而“思革其弊”，主张诗要写得“刚健”、有“骨气”。他们用诗写自己的人生感受，写下层生活，扩大了诗的表现范围，使诗开始回到抒情化、个性化的道路。但他们的诗仍然带有齐、梁诗风的痕迹。继“四杰”之后，对齐、梁余风打击最力的是陈子昂。他用复古方式提倡诗歌革新，主张恢复汉、魏风骨，正始之音，以改变“风雅不作”、“兴寄都绝”的局面。其诗骨力刚健，大都具有深切的人生感受和丰富、深刻的思想内容。他的努力为盛唐诗歌的繁荣起到了开路作用。此外，初唐诗人在诗歌体制建设方面也有建树，突出的是“沈、宋”等人将律诗格律定型化，为唐代近体诗创作的蓬勃发展准备了条件。

盛唐，是唐诗大放异彩的时代。诗人们“盛得江左风，弥工建安体”（王维《别綦毋潜》）。所作之诗，“文质半取，风骚两挟，言气骨则建安为传，论宫商则太康不逮”（殷璠《河岳英灵集·集论》）。他们歌唱理想，歌唱友情，歌唱祖国的壮丽风光，表现丰富多彩的文化艺术，当然也写出了揭露社会矛盾、反映民生疾苦的诗。盛唐诗体大备，近体、古体流行；多类艺术风格同存，各种诗歌流派争胜；优秀诗人接踵而出，除产生了伟大诗人李白、杜甫外，还有孟浩然、王维、高适、岑参、王昌龄等人。李白继屈原以后，把古代浪漫诗歌创作推向高峰。杜甫用诗反映安史之乱以前和乱中的社会现实，其诗赢得了“诗史”称号。王维、孟浩然的山水田园诗，高适、岑参、王昌龄的边塞诗都独具一格。就诗体言，李白的乐府、歌行，李白、王昌龄的七绝，杜甫的七律，在艺术上都达到了炉火纯青的地步。

中唐，在安史乱中和大历初年，杜甫的光芒仍然照耀着诗坛，元结、顾况等人也以写实著称。大历中期，诗坛一度不振。“大历十才子”生在乱后，其诗多应酬唱和、流连光景之作。到了贞元、元和时期，国家中兴有望，诗人用诗揭露现实问题，以期引起改革，白居易是这方面的代表人物。他提出“文章合为时而著，歌诗合为事而作”的口号，还写出了《秦中吟》、《新乐府》等抨击社会腐恶现象的诗。这类诗语言通俗，叙事性强，在社会上影响很大。写乐府诗的还有张籍、王建、李绅、元稹等人。中唐时期可以说是唐诗发展的第二个高涨时期，所谓“诗到元和体变新”（白居易语），流派众多是它的突出特征。和元、白诗派诗风不同的，有“韩、孟”诗派。韩愈诗风雄奇、狠重，构思奇特，想像诡异，用字奇险，往往以丑为美，以文为诗，开创出新的道路。孟郊、贾岛、李贺都具有这种倾向，他们写诗力求意境、构思、语句的新奇。在他们中间，李贺异军突起，其诗瑰丽、新异、风格独具，被称为“长吉体”。在白居易倡导新乐府时，刘禹锡写出了不少民歌体的好诗，柳宗元在南方写出了一些优秀的山水诗。

晚唐江河日下，诗人们敏锐地感觉到“夕阳无限好，只是近黄昏”（李商隐《登乐游原》）。这时的诗歌创作有几种情况：有些作者能认识到社会矛盾，并对唐王朝政治不满，但又看不到希望，对个人的落拓遭遇自怨自艾；有些作者目睹社会混乱，逃离现实，在地主庄园里自寻享乐，以诗自娱；不少作者则正视现实，继承中唐新乐府传统，用诗大胆揭露现实矛盾，他们情感激愤，锋芒尖锐，诗作战斗性强，可以皮日休、聂夷中、杜荀鹤等人为代表。和上述诗人略有不同而在诗歌创新方面卓有建树的，是杜牧和李商隐。前者有意走“不今不古”之路，后者将骈文写作艺术用入七律创作，都获得成功。像杜牧的七绝清新、俊爽，李商隐的七律辞藻华美、包蕴丰富，诗作意美而味长，都有很高的审美价值。

唐代诗歌创作异常繁荣，是唐代文学史，也是中国古代文学史上的重要文学现象。造成唐诗繁荣的原因很多。

第一，国家统一、政治稳定、经济繁荣给诗人们的创作提供了良好的客观条件。《旧唐书·太宗纪》记载：太宗时期的唐王朝，“东至于海，南至于岭，皆外户不闭，行旅不赍粮焉”。安定的社会环境，优越的物质条件，使诗人们可以在辽阔的国土上漫游，借以扩大视野，增长知识，激发诗情。唐代诗人走万里路者甚多，像李白几乎遍游中国大地，岑参几次到过安西，这和南北朝许多诗人囿于一隅大不相同。

第二，唐代科举考试以诗赋取士，帝王提倡诗赋，重视诗歌创作，对诗的繁荣也起了一定的促进作用。唐代开科取士，科目甚多，最为人重的是进士科。而“进士举人，自国初以来，试诗赋、帖经、时务策五道。中间或暂改更，旋即仍旧”（《唐会要》）。又，唐代士子有行卷的风气，即在应省试以前，将自己写的诗、文送给当权者或有影响的人物，使他们了解自己的学识、才力。这些行卷用的诗、文，往往会成为考官、权要人物对考生录取与否、录用与否的参考材料。既然行卷要用诗，省试要考诗，诗与功名利禄相通，广大知识分子自会潜心于诗歌创作。唐代皇帝不会写诗的极少，绝大多数都有诗传世。他们热心作诗，关心诗人集子的编订。如太宗写诗常令臣子唱和，武后多次组织诗会，中宗令群臣赋诗，选其善者为新翻御制曲，宣宗“每曲宴，与学士倡和。公卿出镇，多赋诗饯行”（《全唐诗》卷四）。又如代宗过问王维诗集事，宣宗写诗悼念诗人白居易，这些举动必然会对诗人们的创作起到激励作用。

第三，唐王朝政治比较开明，儒、释、道三教并存，人们信仰自由，思想活跃，这也有利于诗的创作。文禁太严、思想禁锢，是写不出好诗来的。洪迈就说："唐人歌诗，其于先世及当时事，直辞咏寄，略无避隐。至宫禁嬖昵，非向间所应知者，皆反复极言，而上之人亦不以为罪。"(《容斋续笔》卷二)比如杜甫在《丽人行》里直接揭露、抨击刚上任不久的在职副相杨国忠，白居易在《长恨歌》中用讽谕手法描写本朝先帝的宫闱秘事等等，这在后世都是不多见的。

第四，中外文化交流对唐诗的繁荣起了促进作用。当时和唐有文化交流的国家或地区很多，有音乐传入中国的，东有高丽、百济，南有扶南、天竺、骠国、南诏，西有高昌、龟兹、疏勒、康国、安国，北有鲜卑、吐谷浑、部落稽。除乐曲外，它们的乐器(如觱篥、答腊鼓、羯鼓、胡琴等)、舞蹈(如胡旋舞、剑器舞等)以及散乐百戏(包括杂技和歌舞戏)也传入内地。这些外来的文化艺术不但启发了诗人们的艺术匠心，激起写诗的灵感，有的还直接提供了诗的题材。岑参、李颀、杜甫、白居易、李益等人的音乐诗、舞蹈诗就是明证。

第五，唐代音乐、书法、绘画、雕塑等各种艺术的发展对唐诗发展起了推动作用。唐时音乐发达。隋设九部乐，唐设十部，除清乐为汉以来的旧曲外，余皆来自西域、天竺、高丽等地。唐朝出了许多有名的音乐家，曹保、曹善才、曹纲三代皆善琵琶；李龟年、李謩善于吹笛；米嘉荣能歌，玄宗李隆基洞晓音律，长于作曲，善击羯鼓，曾亲自教诲梨园弟子。唐代曾以诗(特别是绝句)作为歌词，音乐的发达自会促进诗的创作。唐代书法艺术成就很高，名家辈出。初唐有欧阳询、虞世南、褚遂良、薛稷以楷书著名于世。盛唐有草圣张旭，有善于行楷的李邕，继而又有狂草圣手怀素，还有以楷书著称的"颜(真卿)、柳(公权)"。唐代画师更多，唐人张彦远《历代名画记》著录唐画家就有206人。初有阎立德、阎立本兄弟，后有吴道玄(子)和李思训、李昭德父子以及王维等人。吴道玄擅长壁画，画菩萨、人物栩栩如生。王维擅长破墨山水，画中有诗。还有些画家直接将唐诗作为绘画题材。如李益的《征人早行篇》就曾"天下皆施绘画"(《唐才子传》)。唐代雕塑亦有特色。敦煌莫高窟现存佛窟480个，唐代凿出的就有213个；位于甘肃永靖的积石山炳灵寺石窟有窟龛124个，唐代凿出的有106个。还有山西的石窟寺、洛阳的龙门石窟，都是唐人雕塑中的宝库，所塑佛像温和、慈祥、庄严、丰满，具有本民族的独特风格。上述各类艺术的发展，它们的艺术风格、表现技巧、所反映的时代精神，无疑会影响到诗的创作。许多艺术作品和艺术创作活动本身就是诗的大好题材。

第六，唐诗的繁荣还与这个时期诗的应用范围广、诗的作用得到最大发挥有关，又与广大读者喜爱诗歌的风尚有关。唐代读书人自幼学写诗，长大后要用诗干谒权要人物以求得声名，又要以诗应试。平时和朋友要唱和，做了官，要作应制诗，成名后到驿亭要题诗，题名不题诗会受人讥笑。诗出现在人们的一切生活领域中，故有唐一代，文人无一不是诗人，只有诗才高低之分，不存在会不会写诗的问题。另外，唐代各阶层读者对诗的喜爱也使得唐诗创作长盛不衰。唐代除帝王、达官爱写诗、读诗外，大量的读者是在社会中下层，或者说在民间。每有佳篇出现，很快就传遍京城，甚至传播到边地。比如岑参的诗，即在少数民族地区广为流传。元稹说白居易诗流传很广，当时"禁省观寺邮堠墙壁之上无不书，王公妾妇牛童马走之口无不道。至于缮写模勒衒卖于市井，或持之以交酒茗者，处处皆是"(《白香山集序》)。宣宗也说："童子解吟长恨曲，胡儿能唱琵琶篇。"有的妓女还以诵得《长恨歌》而自负。至于将诗播入乐章，到处传唱，那样的故事更多。有的读者热爱诗人的作品，竟跟踪数千里拜见其人，魏颢于李白就是如此。当时许多著名诗人的作品不但在国内有众多的接受对象，在国外(如鸡林、新罗、日本)也颇受欢迎。可以说，唐代读者对诗的喜爱已形成一种社会需要，这种需要显然有利于唐诗的蓬勃发展。

第七，诗歌本身发展的必然趋势乃是造成唐诗发展的重要原因之一。这表现在几方面：一是我国古代诗歌自《诗经》到汉乐府、到建安诗歌已经形成了用诗反映现实生活的传统，积累了丰富的写实经验，屈原则把古代、浪漫诗歌创作推到了第一个高峰，这些都为后代诗歌的进一步发展创造了条件。二是诗歌形式不断丰富。从先秦至汉代，我国诗歌的形式，主要是四言诗和骚体诗。汉末以后，五言诗大量产生，七言诗也逐步形成。但它们多以乐府、歌行形式存在。到齐、梁时期，诗歌出现格律化趋向，初唐则有了定型化的近体诗。诗歌形式的多样化，有助于唐诗风格的多样化。三是南北朝诗歌的发展直接为唐诗发展准备了条件。近体诗的形成就与南朝"永明体"有承接关系。另外，诗从建安以来，各种题材都有程度不同的表现。建安诗人慷慨言志，写现实问题，正始诗人用曲折方式表示抗争，左思咏史以抒愤懑，郭璞借游仙以泄人情，陶渊明写田园生活，谢灵运、谢朓写山水，鲍照用古体诗写现实感受，甚至宫体诗、宫廷诗也可看做是对一种题材处理所作的尝试。前人在各类题材的诗歌创作方面积累了丰富经验，也有深刻的教训，给后来者以借鉴。另外，南北朝不同风格的民歌，也是宝贵的文学遗产。而唐代诗人多在继承传统的基础上不断创新求变，故能使唐诗的繁荣达到前所未有的高度。

第四节　唐代散文的发展和俗文学的兴起

在唐代，骈文、散文的兴盛仅次于诗。清人董浩等编的《全唐文》共一千卷，就收文一万八千四百多篇，著录作家三千余人。唐代骈文的发展略如前述。要指明的是，有唐一代，骈体文从未退出过文坛，不过一直处在新变之中。它的不断创新求变，不但增强了自身的艺术生命力，也对唐代散文的发展产生过积极的影响。

初、盛唐基本上是骈文盛行的时代，散文生存空间很小。但随着骈体文风的演变，散文发展出现了难得的新变势头。由于初唐文坛重要作家多为陈、隋词臣，作文惟骈体是用，自在必然。纵然高祖下诏令陈直言，太宗反对文体浮华，终未能改变骈体无所不用的局面。即使如此，散体文并未绝迹。即如太宗，虽学庾信为文，其《问魏徵病手诏》等，却全用散体。一般文士用书信和其他文体作文也有纯作散体的，只是数量甚少，整个散文发展尚处于潜滋暗长的状态。初唐最早出现的散文家是王绩。高祖、太宗时，有些臣子如姜謩、孙伏伽、萧瑀等所作公牍文和应世之文也用散体。其中，马周的奏疏（代武人常何作）最为著名。章炳麟即云："马周所作章奏，摹拟贾太傅《治安策》，于散体中有骨力。唐人视周为策士一流，不与文学同科，实亦散文之滥觞也。"（《国学讲演录·文学略说》）初唐所修八种史书，自为著述散文。其主编如魏徵等人的奏疏、书、序、碑志，亦骈亦散，或谓纳骈入散。所用"对句"亦非的对，只是句式大体整齐，语言尤其明白、流畅。

初、盛唐之交，对散文发展影响最大的，是陈子昂。王绩、马周用散体，多适意而为，并非自觉行动。陈子昂高呼"文章道弊五百年矣"（《修竹篇序》），实于诗、于文都有惩弊维新之意。其最大贡献，是指出了文体、文风改革方向，要求去浮靡，求雅正，恢复汉、魏以前的散文传统。在理论上具有导向意义。故韩愈说"国朝盛文章，子昂始高蹈"（《荐士》）。子昂之文，"诸表、序犹沿俳俪之习，若论事书、疏之类，实疏朴近古"（《四库全书总目提要·陈拾遗集》）。受陈子昂的影响，其友卢藏用的叙事文如《陈子昂别传》、《纪信碑》，以及书、序之作，或全为散体，或散中带骈，用语无不浅显、明白，行文简洁、平实，有疏朗、朴淡之美。就在陈子昂提倡诗文复古之时，朝中不少骨鲠之臣所上奏疏多有明快、泼辣之风。如狄仁杰《谏造大像疏》、朱敬则《请除滥刑疏》、韦嗣立《省刑罚疏》、辛替否《陈时政疏》等，或纳骈入散，或纯作散体，都立论正大，说理透辟，直言尽言以至挟愤带恨。如辛替否《谏造金仙、玉真两观疏》，摆事实，讲道理，情绪激昂，全不用典，亦不刻意求对，更不讲究词藻华丽，抽心作论，径遂直陈。所言直为韩愈《论佛骨表》所本。

与陈子昂同时用散体作碑颂文的著名作者有富嘉谟、吴少微。《旧唐书·文苑传》云："先是，文士撰碑颂，皆以徐、庾为宗，气调渐劣。嘉谟与少微属词，皆以经典为本，时人钦慕之，文体一变，称为富吴体。""富吴体"的出现和武周时期奏疏的气盛词壮，以及陈子昂提倡散文革新，都不是孤立现象，它们是当时散文革新思潮涌动的产物，是唐代散文发展中的星星之火。

天宝年间，萧颖士、李华、贾至、独孤及和元结等人，一方面受到开元以来崇尚经术、厌弃雕琢文学风尚的影响，同时出于应对国将大乱所出现的政治、文化、道德危机的需要，大力提倡散文复古，主张文当本于经术而"言道"，认为贾谊"文词最正"、陈子昂"文体最正"。这些主张也体现在他们的散文写作中。其中元结之文成就最高，欧阳修就说："次山当开元、天宝时，独作古文，其笔力雄健，意气超拔，不减韩之徒也，可谓特立之士哉！"(《集古录跋尾》卷七《唐元次山铭》)

天宝、建中以后，梁肃、柳冕等人继续推动散文复古，并将它和当时的思想、道德重建结合起来，以突出散文改革的现实针对性，对后来者很有启发。尤其是柳冕讲的兴三代之文和学圣人之文当学其道的观点，直为韩愈所用。可惜他意虽复古而力不足，特别是创作能力有限，故收效不大。

唐代散文发展的高潮，出现在贞元、元和时期。韩愈、柳宗元倡导古文，实际上是对散文艺术精神、艺术风格和文章体裁、文学语言的革新。由于他们吸收了天宝以来散文革新的有益经验，能根据时代的需要提出较为合理的革新主张，同时在创作上获得丰硕成果，因而中唐古文成就辉煌。此时，不但古文成了一般文士言志、应世常用的文体，就连制诰和平行公文的写作也受到它的影响。比较优秀的古文作者有李翱、皇甫湜、沈亚之，以及元稹、白居易、刘禹锡、吴武陵等人。

中唐以后，学韩而卓有特色的古文家有杜牧。晚唐刘蜕、孙樵为文讲究"意深"、"辞高"，他们学得韩文的奥峭，文气不弱。皮日休、陆龟蒙、罗隐等人直面现实，多愤世、刺世之文，其艺术精神实与韩文相通，只是规模、体制、气魄和表现艺术的多样性、巧妙性远不及中唐古文。

唐代小说称为传奇，是在六朝小说的基础上发展而来的。它的兴盛和繁荣，与唐代城市经济繁荣和市民阶层扩大有关，与科举制度下行卷风气的流行有关。初唐、盛唐的传奇，明显地带有六朝志怪小说的痕迹。中唐是唐传奇的极盛期，素材多来自现实生活。叙述宛转，文词华艳，人物形象鲜明，有很高的艺术性和思想性。晚唐志怪倾向抬头，传奇数量虽多，成就大不如前。唐传奇属于文言小说。唐人有意为小说，在艺术上十分讲究。除借用史传文体特征外，还广泛吸收了古文、辞赋、诗歌的表现艺术。不少作品除有鲜明的人物形象、引人入胜的故事情节外，还表现出情韵美、境界美。

唐代通俗文学比较发达，影响较大的有变文、话本和俗赋。变文属于说唱文学，兼有绘画、音乐的艺术特点。内容分两种，一种表现佛经教义，一种多表现世俗故事(包括历史传说)。讲唱者有俗讲僧，也有民间艺人。这种艺术形式对宋话本的形成、发展有一定影响。唐话本是由变文向白话小说转变的过渡形式。俗赋是一种白话赋体。唐话本、俗赋从不同角度反映了当时的社会生活在一定程度上表现了人民的意愿，但也含有消极落后的东西。这类通俗文学大都想像丰富，善于夸张，有的幽默诙谐，饶有情趣，而语言尤其通俗、生动、活泼。

由于商业经济的发展和音乐的发达，唐代民间出现了配合胡夷里巷曲调的曲子词。今存敦煌曲子词多是中、晚唐歌妓们传唱的民间词，内容多写妓女们的辛酸、征夫思妇的痛苦、商人的哀乐，也有歌颂边将和写文人不得志的遭遇的。在文人中，中唐有张志和、王建、白居易、刘禹锡等填过词。晚唐温庭筠写词最多，其词对后代词人影响很大。五代十国，北方兵荒马乱，几无文学可言。南唐、后蜀社会比较安定，经济繁荣，加上统治者提倡，文化比较发达。后蜀有奉温庭筠为鼻祖的花间词派，代表词人有韦庄等。花间词人的作品，大多显得绮罗香泽。南唐词人以中主李璟、后主李煜和冯延巳为代表，三人词作内容狭窄，但自有人生实感，尽脱脂粉气。尤其是李煜后期的词，写他的亡国之痛，拓宽了词的表现范围，渐有阳刚之美，艺术成就很高，对宋词的发展有深远影响。

第二章 隋代文学

第一节 隋代文学发展的合流趋向

开皇元年(581)，杨坚(541—604)废周自立，建立隋王朝。开皇七年(587)灭后梁，开皇九年(589)灭陈，结束了西晋以后长达二百余年的分裂局面。杨坚统一中国，十分有利于南北文风的融合，可惜隋朝历时甚短，南北文风尚处于合流阶段，就灭亡了。

杨坚祖籍弘农华阴(今属陕西)，父祖以上数代仕于北朝，他出生在久已鲜卑化的汉人家庭，称帝前已官至北周相国。因而他执政后采取的文化政策，立足于北朝较为发达的主流文化(主要是山东文化)，但对南朝文化并不严加排斥。史载杨坚“素无学术”，“又不悦诗书”(《隋书·高祖纪下》)。他本来就不重视文学，只是出于实用政治的需要，对崇尚浮华的文风十分反感，一再下诏去华从实。《隋书·文学传》即云：“高祖初统万机，每念斫雕为朴，发号施令，咸去浮华。然时俗词藻，犹多淫丽，故宪台执法，屡飞霜简。”如开皇四年(584)，就诏告天下“公私文翰，并宜实录”，泗州刺史司马幼之所上文表华艳，即付有司治罪。治书侍御史李谔(北齐时为中书舍人、北周时为天官都上士)认为当时文风轻薄，上书请革其弊。书中有云：

> 魏之三祖，更尚文词，忽君人之大道，好雕虫之小艺。下之从上，有同影响，竞骋文华，遂成风俗。江左、齐、梁，其弊弥甚，贵贱贤愚，唯务吟咏。遂复遗理存异，寻虚逐微，竞一韵之奇，争一字之巧。

> 连篇累牍，不出月露之形；积案盈箱，唯是风云之状。世俗以此相高，朝廷据兹擢士。禄利之路既开，爱尚之情愈笃。于是闾里童昏，贵游总丱，未窥六甲，先制五言。至如羲皇、舜、禹之典，伊、傅、周、孔之说，不复关心，何尝入耳。以傲诞为清虚，以缘情为勋绩，指儒素为古拙，用词赋为君子。故文笔日繁，其政日乱，良由弃大圣之轨模，构无用以为用也。
>
> ——《上隋文帝论文书》

李谔书中说的“江左、齐、梁”之弊，不单涉及齐、梁之诗，还涉及辞赋、骈文。所说文风之弊，主要指作者为文只求表现形式的巧妙和语言的华丽，而不顾及内容的实在、有用。李谔认为要端正文风，就应遵循“大圣之轨模”，即诗文之作应当为“政”所“用”，作者应该“关心”“羲皇、舜、禹之典，伊、傅、周、孔之说”，不可“以傲诞为清虚，以缘情为勋绩，指儒素为古拙，用词赋为君子”。显然，李谔是从儒家功利主义的文学观出发，来思考隋代文风的走向的。李谔对江左、齐、梁之弊的不满，和对传统儒家文学主张的坚持，从本质上说，是北朝文士自觉抵制南朝文风这一传统在隋代的延续，反映出北朝固有文风欲在新的王朝得以流行的情势。而这正符合隋文帝杨坚的文化心态，符合其治政“斫雕为朴”的理念，故李谔所言为其所用。隋文帝力革浮华，客观上有利于北朝固有文风的延续和对南朝文风的抵制，在一段时间内也曾收到效果，就连“属文为庾信体”的晋王杨广，为了迎合其父，也曾“有非轻侧之论”。但是，文学的发展自有其规律，终非行政命令所能改变。再者，南朝文风有其弊端，也有其优胜之处，必然会在新的王朝传播开来，为众多的人所接受。

隋炀帝杨广即位之前，处处迎合其父其母，以得其欢心，为走向权力之巅铺路。文帝尚节俭，他便不蓄声伎；文帝戒浮华，他便“非轻侧”。登基之后，文风即变。不但重用南朝文士为臣（与文帝重用北朝文士为臣不同），还亲作侧艳之诗，提倡齐、梁诗风。

由于隋代文士的主要成员来自北朝和南朝，而两代君王的文化政策和文学主张，对南、北文风的延续都有过支持，故隋代文学的发展，基本上是北朝文学和南朝文学的合流，尚未进入融合状态，更未因融合而产生兼具南北之美的新文学。由于自北朝入隋的作家有受南朝文风而有成效者，而炀帝公开扶持南朝文风在后，且较之文帝的提倡北朝文风更为有力，故隋代文学发展虽呈南北文风合流之势，终以南朝文风影响最大。

第二节　卢思道的诗与骈文和薛道衡的诗歌

一、卢思道的诗与骈文

卢思道(535—586)，字子行，范阳(今河北涿县)人。在北齐做过黄门侍郎，在北周做过武阳太守。入隋，以母老辞归，起为散骑侍郎，奏内史侍郎事。卢思道年轻时曾师事邢邵，后又“就魏收借异书，数年之间，才学兼著”。文宣帝崩，当朝文士各作挽歌十首，择其善者而用之。魏收、阳休之等不过得一二首，惟思道独得八首，时称“八米卢郎”(《隋书·卢思道传》)。

卢思道既为北人，又与邢邵、魏收有师友关系，是一位受到过南朝诗风影响的诗人。其诗实有三种艺术风貌。一是“词义贞刚，重乎气质”，如《从军行》云：

朔方烽火照甘泉，长安飞将出祁连。
犀渠玉剑良家子，白马金羁侠少年。
平明偃月屯右地，薄暮鱼丽逐左贤。
谷中石虎经衔箭，山上金人曾祭天。
天涯一去无穷已，蓟门迢递三千里。
朝见马岭黄沙合，夕望龙城阵云起。
庭中奇树已堪攀，塞外征人殊未还。
白雪初下天山外，浮云直上五原间。
关山万里不可越，谁能坐对芳菲月？
流水本自断人肠，坚冰旧来伤马骨。
边庭节物与华异，冬霰秋霜春不歇。
长风萧萧渡水来，归雁连连映天没。
从军行，军行万里出龙庭。
单于渭桥今已拜，将军何处觅功名！

此诗可视为唐代七言歌行的先声。诗写“长安飞将”出征之感，带出诗人仕进无门的愤懑。和同时诗人的边塞诗(如王褒、庾信之《燕歌行》)略有不同，此诗着重写“飞将”出征行军的艰险、辛苦和饱经艰难却无功可建的喟叹，于远征带来夫妇相思之苦方面用笔甚少。所写黄沙飞合、阵云顿起以及种种酷寒景象，把人引入苍茫、悲凉的境地。刘师培说：“卢思道长于歌词，发音刚劲，嗣建安之遗响。”(《南北学派不同论》)此诗即为代表。又诗中造句颇见炼字之功，如首二句写军情紧急，一“照”一“出”，加上“飞将”之“飞”，便使人对所叙之事有一种急速的动态感。后来高适作《燕歌行》，首二句造句思路虽循此而出，由于用字平实，节奏就缓慢得多。他如“庭中奇树已堪攀”二句，对比强烈，感慨甚深，亦为抒怀佳句。唐玄宗乱后自蜀返京，夜登勤政楼，即歌此二句以寄慨(《明皇杂录·补遗》记歌词为：“庭前琪树不堪攀，塞外征夫久未还。”)。

二是轻艳绮丽，如《有所思》云：

长门与长信，忧思并难任。
洞房明月下，空庭绿草深。
怨歌裁洁素，能赋受黄金。
复闻隔湘水，犹言限桂林。
凄凄日已暮，谁见此时心。

《采莲曲》云：

曲浦戏妖姬，轻盈不自持。
擎荷爱圆水，折藕弄长丝。
珮动裙风入，妆销粉汗滋。
菱歌惜不唱，须待暝归时。

这两首诗和卢氏《日出东南隅行》、《棹歌行》、《美女篇》等，都是诗人学南朝诗歌的作品。《有所思》似借陈皇后、班婕妤失宠事，写诗人因故免职怅然之感，但设色华美，语涉艳情。《采莲曲》虽学南朝民歌，实受南朝宫体影响所致。与《棹歌行》谓“秋江见底清，越女复倾城。……落花流宝珥，微吹动香缨。带垂连理湿，棹举木兰轻。顺风传细雨，因波寄远情。谁能结锦缆，薄暮隐长汀”，《美女篇》谓“京洛多妖艳，余香爱物华……情疏看笑浅，娇深眄欲斜。微津染长黛，新溜湿轻纱。莫言人未解，随君独问家”，以及《后园宴诗》谓“可怜白水神，可念青楼女。便妍不羞涩，妵艳工言语。……媚眼临歌扇，娇香出舞衣。纤腰如欲断，侧髻似能飞。……携手入花丛，徐步入房栊。欲眠衣先解，半醉脸逾红。日日相看转难厌，千娇万态不知穷。欲知妾心无剧已，明月流光满帐中”，都是极写女子形态、动作，以显其

"情"。诗的情调、风格和表现手法，和南朝同类题材的宫体诗几无差别。

三是语词清丽，慷慨多气，如《听鸣蝉篇》云：

听鸣蝉，此听悲无极。
群嘶玉树里，回噪金门侧。
长风送晚声，清露供朝食。
晚风朝露实多宜，秋日高鸣独见知。
轻身蔽数叶，哀鸣抱一枝。
流乱罢还续，酸伤合更离。
暂听别人心即断，才闻客子泪先垂。
故乡已超忽，空庭正芜没。
一夕复一朝，坐见凉秋月。
河流带地从来崄，峭路干天不可越。
红尘早弊陆生衣，明镜空悲潘掾发。
长安城里帝王州，鸣钟列鼎自相求。
西望渐台临太液，东瞻甲观距龙楼。
说客恒持小冠出，越使常怀宝剑游。
学仙未成便尚主，寻源不见已封侯。
富贵功名本多豫，繁华轻薄尽无忧。
讵念嫖姚嗟木梗，谁忆田单倦土牛。
归去来，青山下。
秋菊离离日堪把，独焚枯鱼宴林野。
终成独校子云书，何如还驱少游马！

史载"周武帝平齐，授仪同三司，追赴长安，与同辈阳休之等数人作《听鸣蝉篇》。思道所为，词意清切，为时人所重。新野庾信遍览诸同作者，而深叹美之"(《隋书·卢思道传》)。此诗乃思道入周，见武帝并不真正重用自己有感而作。诗将秋蝉哀鸣情状和自己闻蝉鸣而悲的心绪打成一片，既写蝉鸣之哀，又写自家之悲。两相映照，充满悲怆气氛。具体写法则是先写蝉鸣，再写心声，用前者引出后者。诉说心声，则对世上"学仙未成便尚主，寻源不见已封侯"而无人念及"嫖姚(指霍去病)"、"田单"之功的不平现象深致愤慨，说要回到故乡去做隐士。诗为杂言歌行体，句子或长或短，恰与情感起伏相应。

卢思道诗、文兼擅。今存辞赋《纳凉赋》(残篇)、《孤鸿赋》，史论《北齐兴亡论》、《后周兴亡论》，檄文《为隋檄陈文》，论文《劳生论》，以及书、序、表、祭文、诔文等，皆为骈文。其《孤鸿赋》，作于杨坚为北周丞相出其为武阳太守时。赋借写孤鸿“雅步清音，远心高韵。鹓鸾以降，罕见其俦。而铩翮墙阴，偶影独立。唼喋粃稗，鸡鹜为伍；不亦伤乎”，而发作者身世之慨，是一篇抒情味重的咏物赋。《劳生论》与《孤鸿赋》写于同一时期，所发人生慨叹亦大致相同。《论》名出自《庄子·大宗师》“大块载我以形，劳我以生”，《论》义则在于“指切当时”（《隋书·卢思道传》）。《论》以主客问对形式展开，“余”言先说“在余之生，劳亦勤止”和对归隐之乐的向往，再说“他人有心”之“梗概”，无情揭露士人的恶劣行径。前写归隐之乐，谓“耕田凿井，晚息晨兴。候南山之朝云，揽北堂之明月。……晨荷蓑笠，白屋黄冠之伍；夕谈谷稼，沾体涂足之伦。浊酒盈樽，高歌满席。恍兮惚兮，天地一指”，笔调轻快，像田园诗。后写世风之败坏、小人之无耻，则义愤填膺，不胜其怒。直谓其“褊隘凡近，轻险躁薄。居家则人面兽心，不孝不义；出门则谄谀谗佞，无愧无耻”。还进一步说：

> 范卿捘让之风，搢绅不嗣；《夏书》昏垫之罪，执政所安。朝露未晞，小车盈董、石之巷；夕阳且落，皂盖填阎、窦之里。皆如脂如韦，俯偻匍匐，嗽恶求媚，舐痔自亲。美言谄笑，助其愉乐；诈泣佞哀，恤其丧纪。近通旨酒，远贡文蛇。艳姬美女，委如脱屣；金铣玉华，弃同遗迹。及邓通失路，一簪之贿无馀；梁冀就诛，五侯之贵将起。向之求官买职，晚谒晨趋，刺促望尘之旧游，伊优上堂之夜客，始则亡魂褫魄，若牛兄之遇兽；心战色沮，似叶公之见龙。俄而抵掌扬眉，高视阔步，结侣弃廉公之第，携手哭圣卿之门。华毂生尘，来如激矢；雀罗暂设，去等绝弦。

文章用对比手法将官场钻营者在寻求靠山时和靠山倒台后的龌龊行为揭露无遗，用语辛辣，夸张形容，如同漫画。其中，“执政所安”四字大可注意，表明此论矛头所向，并不全在官场的腐恶现象。从《劳生论》可以看出，卢思道作骈文，用典手法娴熟，造句符合声律，对偶较为严整，尤其善于描叙，不愧为邢邵弟子。

二、薛道衡的诗歌

薛道衡（540—609），字玄卿，河东汾阴（今山西万荣）人。少有文名。北齐武成帝高湛为相时，召为记室。高湛即位后，道衡官至尚书左外兵郎，曾与诸儒修订《五礼》。齐亡入周，杨坚为相时，先后摄陵州刺史、邛州刺史。入隋，曾任内史舍人，后兼散骑常侍聘于陈，伐陈时授淮南道行台尚书吏部郎，兼掌文翰。平陈后除吏部侍郎，因事除名，流放岭外。寻有诏征还，直内史省，数年后授内史侍郎，加上仪同三司。炀帝嗣位，转番州刺史（“番”同“播”，史书用“番州刺史”，见《隋书》第1293页），岁余求致仕，且上《高祖文皇帝颂》。炀帝本来对道衡结交太子杨勇而不附己不满，读《颂》不悦，以为他称美先朝意在讥刺本朝，缢而杀之，妻、子徙且末。薛道衡自齐至隋，世擅文宗。史载“道衡每至构文，必隐坐空斋，蹋壁而卧，闻户外有人便怒，其沉思如此”（《隋书·薛道衡传》）。

薛道衡的诗，既有北朝诗歌刚劲、激越的一面，也有南朝诗歌轻艳、秀丽的一面。刚劲、激越者，如《出塞》二首、《渡北河诗》即是。《出塞》其一有云：

高秋白露团，上将出长安。
尘沙塞下暗，风月陇头寒。
转蓬随马足，飞霜落剑端。
凝云迷代郡，流水冻桑乾。
烽微桔槔远，桥峻辘轳难。

出塞的困苦艰辛，全用景语说出，而塞外景象又以“上将”出塞的行踪为线索次第展现，不但景中有人，而且景因人生，带有人临其境的感受。纵然出语平实，所写寒冬出塞情形，较南朝同类诗作的想像之词，要细腻、生动得多。又诗中写景固然是写出塞的困苦艰辛，也是在写将士的豪壮之气，故景无衰飒之景，足以映衬将士“柳城擒冒顿，长坂纳呼韩；受降今更筑，燕然已重刊”的雄心。和《出塞》其一相同，其二写景言志也显出将士的斗志昂扬。诗人赞美将士出塞的英雄气概，自然发音刚劲，激越，有河朔诗风本色。

薛诗轻艳、秀丽者，有《昔昔盐》、《豫章行》、《人日思归》等诗。《昔昔盐》云：

垂柳覆金堤，蘼芜叶复齐。
水溢芙蓉沼，花飞桃李蹊。
采桑秦氏女，织锦窦家妻。
关山别荡子，风月守空闺。

恒敛千金笑，长垂双玉啼。
盘龙随镜隐，彩凤逐帷低。
飞魂同夜鹊，倦寝忆晨鸡。
暗牖悬蛛网，空梁落燕泥。
前年过代北，今岁往辽西。
一去无消息，那能惜马蹄！

《昔昔盐》为乐府曲名，即《夜夜艳》。诗写思妇对征夫的思念感情，既用罗敷（秦氏女）、苏蕙（窦家妻）形容思妇的年轻、貌美和对爱情的坚贞，又通过写她的黯然形态和神魂不定，显露出她精神上无所寄托的痛苦。诗有轻靡色彩，但写法细腻。其中“暗牖悬蛛网，空梁落燕泥”二句，以切合思妇境遇的环境描写来衬写她的孤寂、懒散，尤能突出思妇思愁之深。以至后人传说：“炀帝善属文，而不欲人出其右，司隶薛道衡由是得罪。后因事诛之，曰：‘更能作空梁落燕泥语否？’”（刘悚《隋唐嘉话》卷上）

《人日思归》，作于聘陈之时。诗说：

入春才七日，离家已二年。
人归落雁后，思发在花前。

小诗前二句叙事平实，虽有感慨意，出语终欠挺拔。精彩处在三四句，写思绪的流动。第三句虚拟，第四句乃实写，意谓人恐落雁归（农历二月半）之后，而春花未发，归思已动。此二句与其《岁穷应教诗》首二句“故年随夜尽，初春逐晓生”相比，两者构思方式相似，都写到人生感受。但一抒情怀，一说物理，且抒情怀者，用“雁后”、“花前”加以衬写，说物理者直言其事，故前者诗味浓于后者。

从《昔昔盐》、《人日思归》等诗可以看出，薛道衡诗歌的轻艳、秀丽，确实受到过南朝诗风的影响。不过，这不是他受南朝诗风影响最大的地方。影响最大的，应是描写自然景物的技巧和借景抒情的方法，以及诗中造句用字如何满足对偶、声律要求的艺术经验。试读其《敬酬杨仆射山斋独坐》：

相望山河近，相思朝夕劳。
龙门竹箭急，华岳莲花高。
岳高嶂重叠，鸟道风烟接。
遥原树若荠，远水舟如叶。

叶舟旦旦浮，惊波夜夜流。
露寒洲渚白，月冷函关秋。
秋夜清风发，弹琴即鉴月。
虽非庄舄歌，吟咏常思越。

此诗与其《重酬杨仆射山亭》谓“临风时太息，步月山泉侧。朝朝散霞彩，暮暮澄秋色。秋色遍皋兰，霞彩落云端。吹旌朔气冷，照剑日光寒。光寒塞草平，气冷咽笳声”，都是借景抒情。有些景语（如“遥原”二句）即从南朝诗句化出。写的是北国景象，用的却是南朝山水诗人的表现手法。又诗中对句极多，且对得工稳，这一特点不单表现在酬赠诗中，还表现在诗人不同题材、不同风格的长篇短制中。

薛道衡今存赋、颂、书、碑、祭文，皆为骈体。其中，《高祖文皇帝颂》庄重、典雅，为唐人所重。其序占全文四分之三，算得上隋代骈文的代表作。

第三节 杨素和杨广的诗歌

一、杨素的诗歌

杨素（？—606），字处道，弘农华阴人。在北周时，曾被大冢宰宇文护引为中外记室，后转礼曹，加大都督。杨坚为相，素深自结纳，得为汴州刺史。入隋，拜御史大夫，因平陈有功，封越国公，转内史令。仁寿初为尚书左仆射，后因助杨广“夺嫡”，于大业元年（605）迁尚书令，次年拜司徒，改封楚国公。

杨素今存诗四题六首（另有一题仅存诗两句），全是五言诗，题材、风格则可分为两类。一类写征战题材，风格豪迈、雄壮，有贞刚之气，如《出塞》诗，其一云：

漠南胡未空，汉将复临戎。
飞狐出塞北，碣石指辽东。
冠军临瀚海，长平翼大风。
云横虎落阵，气抱龙城虹。
横行万里外，胡运百年穷。
兵寝星芒落，战解月轮空。

严鐎息夜斗，骍角罢鸣弓。
北风嘶朔马，胡霜切塞鸿。
休明大道暨，幽荒日用同。
方就长安邸，来谒建章宫。

其二云：

汉虏未和亲，忧国不忧身。
握手河梁上，穷涯北海滨。
据鞍独怀古，慷慨感良臣。
历览多旧迹，风日惨愁人。
荒塞空千里，孤城绝四邻。
树寒偏易古，草衰恒不春。
交河明月夜，阴山苦雾辰。
雁飞南入汉，水流西咽秦。
风霜久行役，河朔备艰辛。
薄暮边声起，空飞胡骑尘。

二诗用五言乐府形式，借写汉将出塞之事反映现实军旅生活。不单用细节写出塞外荒寒、险恶的战地景象和肃杀、冷落的气氛，还写出汉将“横行万里外”的英雄壮举和“忧国不忧身”、“慷慨感良臣”的忠勇精神。其刚劲风格和寓豪气于惨烈景象之中的表现手法，对薛道衡等人的和诗深有影响。

杨素另一类诗写思友之情，风格偏于优柔、从容，有咏叹之美。此类诗尽为赠人诗，而且全是写给薛道衡的。如《山斋独坐赠薛内史》二首其一云：

居山四望阻，风云竟朝夕。
深溪横古树，空岩卧幽石。
日出远岫明，鸟散空林寂。
兰庭动幽气，竹室生虚白。
落花入户飞，细草当阶积。
桂酒徒盈尊，故人不在席。
日暮山之幽，临风望羽客。

《赠薛内史》云：

耿耿不能寐，京洛久离群。
横琴还独坐，停杯遂待君。
待君春草歇，独坐秋风发。
朝朝唯落花，夜夜空明月。
明月徒流光，落花空自芳。
别离望南浦，相思在汉阳。
汉阳隔陇岑，南浦达桂林。
山川虽未远，无由得寄音。

前诗写“望”友，后诗写“待”友，都显得诗人思友心切。其抒情性强，显然得益于巧借自然景象来表现诗人心境的孤寂、索寞，和对友人的由衷思念。诗中写景，无论选材、描摹，还是设色、用字，都颇见工力。有些句子，论体物之生动，出语之凝练、准确，并不亚于大谢、小谢的写景名句。事实上，杨素写景，本来就吸收了南朝诗人的艺术经验。难得的是，他并未停留在雕琢外形的层面上，而能现形出神，使之成为内含情思的意象。在赠诗中，影响最大的是《赠薛播州》十四章。史载“素尝以五言诗七百字赠番州刺史薛道衡。……未几而卒，道衡叹曰：‘人之将死，其言也善，岂若是乎！’”(《隋书·杨素传》)此诗前三章写隋朝开国事，接着四章写二人交往情事，后七章写对对方的思念。杨素暮年“特为帝所猜忌，外示殊礼，内情甚薄”。以至“素寝疾之日，帝每令名医诊候，赐以上药，然密问医人，恒恐不死”(《隋书·杨素传》)。故心情落寞，思友心切。后七章中“养病愿归闲，居荣在知足”，“所欲栖一枝，禀分丰诸已”一类剖明心志的话，和对道衡转任播州的同情，大概就是薛氏所谓“其言也善”。不过，后七章写离别之思，确实情真语真。如第十章云：

北风吹故林，秋声不可听。
雁飞穷海寒，鹤唳霜皋净。
含毫心未传，闻音路犹敻。
唯有孤城月，徘徊独临映。
吊影余自怜，安知我疲病。

第十二章云：

所欲栖一枝，禀分丰诸已。
园树避鸣蝉，山梁遇雌雉。
野阴冒丛灌，幽气含兰芷。
悲哉暮秋别，春草复萋矣。
鸣琴久不闻，属听空流水。

第十四章云：

衔悲向南浦，寒色黯沉沉。
风起洞庭险，烟生云梦深。
独飞时慕侣，寡和乍孤音。
木落悲时暮，时暮感离心。
离心多苦调，讵假雍门琴。

诗以情胜，而情显于景，景生于情。三章借景抒怀，因“离心”悲情而引出哀景，以及时用顶真句法，均与前引赠诗相同。其实，《赠薛播州》正是诗人在艺术上不断总结、不断探索的产物，如全诗十四章，每章都是十句，且情意完整，可以自成单元。又各章除首尾四句外，中间六句多作偶对，而用字多合音律。其结构形式，对五言律诗体制的定型是有促进作用的。《赠薛播州》无疑是杨素的代表作。从诗史角度看，它的产生，显现出隋诗发展中欲合南北诗风之长而自成一格的趋向，实为隋诗杰作，唐人即称其“词气宏拔，气韵秀上，为一时盛作”（魏徵等《隋书·杨素传》）。

二、杨广的诗歌

杨广（569—618），一名英，小字阿麽，杨坚次子。开皇元年（581）立为晋王，曾在平陈战役中建立功勋。后以阴谋夺嫡，得立为太子，五年后（605）弑父自立，是为炀帝。炀帝在位穷奢极欲，荒淫暴虐，民不堪命，纷纷揭竿而起。义宁二年（618），炀帝为宇文化及所杀。

杨广爱好文学，史载其即位前后诗风有别。其实，他初习艺文即学庾信诗风，后遇柳䛒，“遂变其体”。即位后偏爱南朝诗风，但也不乏劲健之作。如其《饮马长城窟行》云：

肃肃秋风起，悠悠行万里。
万里何所行，横漠筑长城。

岂台小子智，先圣之所营。
树兹万世策，安此亿兆生。
讵敢惮焦思，高枕于上京。
北河秉武节，千里捲戎旌。
山川互出没，原野穷超忽。
拟金止行阵，鸣鼓兴士卒。
千乘万骑动，饮马长城窟。
秋昏塞外云，雾暗关山月。
缘严驿马上，乘空烽火发。
借问长城候，单于入朝谒。
浊气静天山，晨光照高阙。
释兵仍振旅，要荒事方举。
饮至告言旋，功归清庙前。

诗有注，谓“示从征群臣”，所作与征战有关，自当有利于鼓舞士气，故诗风劲健。而其诗与此诗风格相近的，还有《白马篇》、《纪辽东》二首、《冬至乾阳殿受朝诗》、《云中受突厥主朝宴席赋诗》等。可见杨广即位之后，所作诗歌，风格取向随题材、功用而定，并非专走轻侧、艳丽一路。沈德潜说“炀帝艳情篇什，同符后主，而边塞诸作铿然独异”(《说诗晬语》上)，讲的正是杨广即位后的诗作概况。

杨广的“艳情篇什”，主要指受梁、陈宫体影响甚深的作品。史载炀帝“大制艳篇，辞极淫绮。令乐正白明达造新声……掩抑摧藏，哀音断绝”(《隋书·音乐志》)。今存诗，如《喜春游歌》其二谓“步缓知无力，脸曼动余娇。锦袖淮南舞，宝袜楚宫腰”，《江陵女歌》谓“雨从天上落，水从桥下流。拾得娘裙带，同心结两头”，当属此类。不过，此类诗作也不能全视为淫靡之音。如常为人所诟病的《春江花月夜》两首：

暮江平不动，春花满正开。
流波将月去，潮水带星来。

夜露含花气，春潭瀁月晖。
汉水逢游女，湘川值两妃。

虽语涉艳情而境界不俗，非陈后主同题诗所能比。杨广写诗，善于用景，善于写景。名篇如：

求归不得去，真成遭箇春。
鸟声争劝酒，梅花笑杀人。

——《幸江都作诗》

寒鸦飞数点，流水绕孤村。
斜阳欲落处，一望黯消魂。

——《失题》

洛阳春稍晚，四望满春晖。
杨叶行将暗，桃花落未稀。
窥簷燕争入，穿林鸟乱飞。
唯当关塞者，溽露方沾衣。

——《晚春》

故年秋始去，今年秋复来。
露浓山气冷，风急蝉声哀。
鸟击初移树，鱼寒欲隐苔。
断雾时通日，残云尚作雷。

——《悲秋》

夏潭荫修竹，高岸坐长枫。
日落沧江静，云散远山空。
鹭飞林外白，莲开水上红。
逍遥有馀兴，怅望情不终。

——《夏日临江》

此类诗篇在写法上受到过梁、陈宫体诗中咏物写景之作的影响，造景用语似乎更为精致。其五言四句或五言八句一首，且出语讲究对偶、平仄，对唐人五绝、五律的定型自有借鉴作用。

隋代文学之士，除卢、薛和二杨以外，尚有李德林、李元操、魏澹、虞世基、柳䛒、许善心、孙万寿、潘徽等人。在隋代文学作品中，还有许多民谣很有价值。如《挽舟者歌》写炀帝三征高丽、三幸江都给人民带来的灾难，

《大业长白山谣》写起义军的生活和他们与官军勇敢战斗的精神，前者凄怆，后者豪迈，在艺术上亦各有特色。歌云：

我儿征辽东，饿死青山下。
今我挽龙舟，又困隋隄道。
方今天下饥，路粮无些小。
前去三十程，此身安可保！
寒骨枕荒沙，幽魂泣烟草。
悲损门内妻，望断吾家老。
安得义男儿，烂此无主尸。
引其孤魂回，负其白骨归！

——《挽舟者歌》

长白山前知世郎，纯著红罗绵背裆。
长矟侵天半，轮刀耀日光。
上山吃獐鹿，下山吃牛羊。
忽闻官军至，提刀向前荡。
譬如辽东死。斩头何所伤！

——《大业长白山谣》

此外，隋末诗中，还有一首无名氏的《送别》诗：

杨柳青青著地垂，杨花漫漫搅天飞。
柳条折尽花飞尽，借问行人归不归？

诗中字句平仄已与七绝相合，而用语明白、爽朗，大有唐人七绝风韵。胡应麟即言："至此，七言绝句音律，始字字谐合，其语亦甚有唐味。右丞'春草年年绿，王孙归不归'祖之。"(《诗薮·内编》卷六)

第三章　初唐文学

第一节　王绩的诗、赋、文

王绩(589—644)，字无功，号东皋子，绛州龙门(今山西河津)人。少有文才，十五岁在长安谒见杨素，纵论文章，闻者称赞，有“神仙童子”之誉。隋代大业年间，尝应孝悌廉洁举，除秘书正字，后改任扬州六合县丞。因为人简傲和嗜酒疏于公务，被人弹劾，挂冠归里。入唐，以前六合县丞待诏门下，每日得俸酒三升。后来，友人陈叔达增其俸酒为一斗，故人呼其为“斗酒学士”。贞观初年，因兄王凝弹劾侯君集、得罪长孙无忌(太尉)事而受株连，以疾罢归。后因知太乐署府史焦革很会酿酒，再次赴选，求为太乐丞。不久，焦革夫妇相继去世，王绩便辞职归去，隐于东皋。终日以酒为伴，恒居醉乡，以阮籍、嵇康自况。

王绩祖父仕于北周，三兄王通为隋末大儒。他虽敬重其兄，思想上却别有所宗。其字“无功”，即取《庄子》“神人无功”之意。其诗其文，艺术精神亦出自老、庄自在、无为的人生理念。王通批评他，谓“汝志天下乎？纵心败矩，吾不与也”(《中说·事君》)，他却不为所动，仍旧我行我素。所谓“纵恣散诞，不闲拜揖。糠粃礼义，锱铢功名”(《答冯子华处士书》)。王绩嗜饮，自谓“眷兹酒德，可以全身”(《祭杜康新庙文》)。“既无忤于物，而有乐于身，故常纵心以自适也”(《答程道士书》)。可见其留连醉乡，也是出自对老、庄人生哲学的领悟。王绩既以老、庄思想为人生理则，其诗、文风格的形成，自然深受道家审美观念的影响。

王绩曾说：“题歌、赋诗以会意为功。”(《答冯子华处士书》)又说：“诗者，志之所之。”(《游北山赋》)故其诗多为言志写意之作。如其《古意》六首之二写对人生方式的思考，便反映出他对老、庄“无为”以“全身”人生艺术的欣赏。诗云：

竹生大夏溪，苍苍富奇质。
绿叶吟风劲，翠茎犯雪密。
霜霰封其柯，鹓鸾食其实。
宁知轩辕后，更有伶伦出。
刀斧俄见寻，根株坐相失。
裁为十二管，吹作雄雌律。
有用虽自伤，无心复招疾。
不如山上草，离离终保吉。

又如《春日山庄言志》，谓“平子试归田，风光溢眼前。……剪茅通涧底，移柳向河边。……入谷开斜道，横溪渡小船。郑玄唯解义，王列镇寻仙。去去人间远，谁知心自然”。所言之志，正是对老、庄人生境界的向往。又如其《在京思故园见乡人问》，通过记述向乡人仔细打听故园近况的问话，自然流露思乡之心，也隐含欲归之意。诗说：

旅泊多年岁，老去不知回。
忽逢门前客，道发故乡来。
敛眉俱握手，破涕共衔杯。
殷勤访朋旧，屈曲问童孩。
衰宗多弟侄，若个赏池台？
旧园今在否？新树也应栽。
柳行疏密布，茅斋宽窄裁？
经移何处竹？别种几株梅？
渠当无绝水，石计总生苔？
院果谁先熟？林花那后开？
羁心只欲问，为报不须猜。
行当驱下泽，去剪故园菜。

至于《赠程处士》说：

百年长扰扰，万事悉悠悠。
日光随意落，河水任情流。
礼乐囚姬旦，诗书缚孔丘。
不如高枕卧，时取醉销愁。

更是通过对周公、孔子功业及其人生方式的否定，表达自己林下高卧、取醉销愁的夙愿。正因志愿如此，故其诗写到归隐后的田园生活，便充满一种强烈的得以“自适其适”(《答程道士书》)的满足感。如云：

不道嫌朝隐，无情受陆沉。
忽逢今旦乐，还逐少时心。
卷书藏箧笥，移榻就园林。
老妻能劝酒，少子解弹琴。
落花随处下，春鸟自须吟。
兀然成一醉，谁知怀抱深。

——《春晚园林》

樽酒泛流露，相将临岁华。
酣歌吹树叶，醉舞拂灯花。
对饮情何已，思归月渐斜。
明朝解醒处，为道向谁家？

——《春夜过翟处士正师饮酒醉后自问答二首》之一

王绩的田园诗，最著名的是《野望》。诗云：

东皋薄暮望，徙倚欲何依。
树树皆秋色，山山唯落晖。
牧人驱犊返，猎马带禽归。
相顾无相识，长歌怀采薇。

诗中写到作者和现实社会的隔膜，以及彷徨无依的苦闷，但主要表现的是他“长歌怀采薇”所显示的隐士情怀。此诗写法讲究。一是巧用色彩明亮的自然景象和熙熙攘攘的人事活动，写出村野黄昏时苍茫、阒静的氛围，自然引出兴叹。二是诗中各句字词声韵的安排、中间二联对偶句式的应用，较永明体、宫体形式更为精致。事实上，它是唐代第一首完全符合格律的五言律诗。

由于服膺老、庄人生哲学，有一崇尚自然、简朴的审美趣味，故其诗言志言意多发言真率，典型例子是他的《未婚山中叙志》。诗云：

物外知何事，山中无所有。
风鸣静夜琴，月照芳樽酒。
直置百年内，谁论千载后。
张奉聘贤妻，老莱藉嘉耦。
孟光傥未嫁，梁鸿正须妇。

诗写王绩聘妻之意，而且提出具体要求。其发言之真率，显然出自其为人之通脱。从此诗可以看出，王绩言志达意，善于借用典故完成。其实，这是王诗表现艺术的一大特点，前引“平子试归田”、“郑玄唯解义”、“长歌怀采薇”，以及《田家》说“阮籍生涯懒，嵇康意气疏”，“草生元亮径，花暗子云居”等，都是化用典故铸造新词，以道心曲。而典非僻典，语求浅明。此外，以景写情，也是王绩常用的手法。不过他写景，多半带有他作为隐者的主观色彩，而措词朴淡、简洁，耐人想像。如“溪流无限水，树长自然枝”（《自答》），“日光随意落，河水任情流”（《赠程处士》），“涧幽人路断，山旷鸟鸣稀”，“树荫连户静，泉影度窗寒”（《山家夏日九首》），即为显例。

王绩的赋有两种艺术风貌，早年的赋，如《登龙门忆禹赋》（薛道衡因见此赋称绩为“今之庾信也”）、《三月三日赋》词藻华丽；晚年的赋如《元正赋》、《游北山赋》词语朴质。《游北山赋》既说往事，又写现实生活情景，其中叙说田园生活，言其“抵玉惊禽，挥金薙草。言誉无功，形骸自空。坐成老圃，居为下农”，“古藤曳紫，寒苔布绿。洞里读书，岩边对局”，岂止写出隐者闲情，还道出他在躬耕中体会到的人生境界。而用语简练、写景生动，不亚于诗。

王绩之文，除有一书（《答刺史杜之松书》）为骈体外，余皆为散文。其文以书、传、记、墓志铭最能见出他的个性特征，和表现他服膺老、庄的人生意趣。如《答刺史杜之松书》说：“下走意疏体放，性有由焉。弃俗遗名，为日已久。渊明对酒，非复礼义能拘；叔夜携琴，唯以烟霞自适。登山临水，邈矣忘归；谈虚语玄，忽焉终夜。”“欲令复整理簪履，修束精神，揖让邦君之门、低昂刺史之坐，远谈糟粕、近弃醇醪，必不能矣。”实以疏放自得，而以拘于礼义者为非。其《负苓者传》借“负苓者”之口阐说老子绝圣弃智的观念，《无心子传》用寓言形式讲他本于庄子人生哲学的处世态度，都有较强的说理色彩。自道其为人特点，而且说得风趣有味的，是他的《五斗先生传》和《自撰墓志铭》。文云：

> 有五斗先生者，以酒德游于人间。有以酒请者，无贵贱皆往，往必醉，醉则不择地斯寝矣，醒则复起饮也。常一饮五斗，因以为号焉。先生绝思虑，寡言语，不知天下之有仁义厚薄也。忽焉而去，倏然而来。其动也天，其静也地，故万物不能萦心焉。尝言曰：天下大抵可见矣。生何足养，而嵇康著论；途何为穷，而阮籍恸哭。故昏昏默默，圣人之所居也。遂行其志，不知所如。
>
> ——《五斗先生传》

> 王绩者，有父母，无朋友，自为之字，曰无功焉。人或问之，箕踞不对，盖以有道于己，无功于时也。不读书，自达理；不知荣辱，不计利害。起家以禄位，历数职而进一阶。才高位下，免责而已。天子不知，公卿不识，四十五十，而无闻焉。于是退归，以酒德游于乡里。往往卖卜，时时著书。行若无所之，坐若无所据。乡人未有达其意也。尝耕东皋，世号东皋子，身死之日，自为铭焉，曰：
>
> 有唐逸人，太原王绩，若顽若愚，似矫似激。院止三径，堂惟四壁。不知节制，焉有亲戚？以生为附赘悬疣，以死为决疣溃痈。无思无虑，何去何从。垅头刻石，马鬣裁封。哀哀孝子，空对长松。
>
> ——《自撰墓志铭》

王绩自为其传、自作墓志铭，都是学陶渊明（陶有《五柳先生传》和《自祭文》），而且两家自论其为人的审美标准相同，文章风格也大体相近。和《五斗先生传》有密切关系的，是《醉乡记》。文云：

> 醉之乡，去中国不知其几千里也。其土旷然无涯，其丘陵阪险；其气和平一揆，无晦明寒暑；其俗大同，无邑居聚落；其人甚精，无爱憎喜怒。吸风饮露，不食五谷。其寝于于，其行徐徐。与鸟兽鱼鳖杂处，不知有舟车器械之用。昔者黄帝尝获游其都，归而杳然丧其天下，以为结绳之政已薄矣。……武王得志于世，乃命公旦立酒人氏之职，典司五齐，拓土七千里，仅与醉乡达焉，故四十年刑措不用。下逮幽、厉，迄乎秦、汉，中国丧乱，遂与醉乡绝。而臣下之爱道者，亦往往窃至焉。

阮嗣宗、陶渊明等十数人，并游于醉乡，没身不返，死葬其壤，中国以为酒仙云。嗟乎，醉乡氏之俗，岂古华胥氏之国乎？其何以淳寂也如是？今予将游焉，故为之记。

《五斗先生传》言其嗜饮，言其绝思虑、寡言语，《醉乡记》则细说醉饮所进入的境界。作者记醉乡，实赋予它一种以老子社会理想、处世哲学为本的人文精神。篇末说“醉乡氏之俗，岂古华胥氏之国乎”，实际上，作者所记醉乡，正是黄帝梦中所游华胥氏之国的翻版。华胥氏之国，“其国无帅长，自然而已；其民无嗜欲，自然而已；不知乐生，不知恶死，故无夭殇；不知亲己，不知疏物，故无爱憎；不知背逆，不知向顺，故无利害”（《列子·黄帝》），和醉乡之俗实无差别，都是对老子理想社会和处世哲学的形象说明。不同的是，王绩特别将它提升为治国之术，以为帝王得之则国大治，弃之则国家衰亡。如何理解王绩对醉乡的向往？韩愈说他是因“不遇”而“有托而逃”（《送王秀才序》），有些道理。王绩是有愤世情绪的，直到晚年，他作《游北山赋》，还在为其兄王通道不行于时而“伤高贤之不遇”，还在感慨“世无尧舜，谁当见求”（《宁戚扣牛角歌赞》），“崇山流水，知音几人”（《伯牙弹琴对钟期》）。故其为文，多寓不平于真率、疏浅之中。至于《醉乡记》的构思，显然受到过前引《列子》梦乡之言的启发。

第二节　王梵志和寒山、拾得的通俗诗

初唐时期，出现过一批从民间来的通俗诗人，他们是王梵志、寒山、拾得、丰干等人。他们对诗的看法，可从寒山、拾得的三首诗看出来。诗云：

有个王秀才，笑我诗多失。
云不识蜂腰，仍不会鹤膝。
平侧不解压，凡言取次出。
我笑你作诗，如盲徒咏日。

——寒山《有个王秀才》

有人笑我诗，我诗合典雅。
不烦郑氏笺，岂用毛公解？
不恨会人稀，只为知音寡。

若遣趁宫商，余病莫能罢。
忽遇明眼人，即自流天下。
——寒山《有人笑我诗》

我诗也是诗，有人唤作偈。
诗偈总一般，读时须子细。
缓缓细披寻，不得生容易。
——拾得《我诗也是诗》

看来，他们并不把回忌声病，协调平仄，讲究语词华艳、典雅的作诗标准放在眼里，即使把诗写成偈也可以。从此可以看出这批通俗诗人对当时绮靡诗风的不满态度。至于通俗诗歌产生的原因，大致有几点：一是受到民间歌谣的启发和影响；二是受到朝臣文士相互调侃嘲弄、即兴作通俗诗（如长孙无忌嘲笑欧阳询即云："耸膊成山字，埋肩畏出头。谁家麟阁上，画此一猕猴。"欧阳询反唇相讥云："索头连背暖，漫裆畏肚寒。只缘心溷溷，所以面团团。"）的影响；三是受到宗教宣传的影响（通俗文学是传播宗教的重要手段，宗教宣传的繁盛必将刺激通俗诗的发展）；四是一些诗人有意用通俗诗来和绮错婉媚的宫廷诗对抗。

王梵志，卫州黎阳（今河南浚县）人。自说"吾有十亩田，种在南山坡。青松四五树，绿豆两三窠。热即池中浴，凉便岸上歌。遨游自取足，谁能奈我何"。又说"我家在何处，结宇对先阿。院侧狐狸窟，门前乌鹊窠。闻莺便下种，听雁即收禾。闷遣奴吹笛，闲令婢唱歌。儿即教诵赋，女即学调梭"。他生活在比较富裕的农家，后来也曾穷困过。所谓"草屋足风尘，床无破毡卧。……家里元无炭，柳麻且吹火。白酒瓦钵盛，铛子两脚跛"。他的创作活动主要在初唐时期。《全唐诗》未收录他的作品，其诗作主要见于三十余种敦煌写本和多种诗话、笔记，计有三百余首。

王梵志的诗有两大特点，一是"直言时事，不浪虚谈"，二是"不守经典，皆陈俗语"（《敦煌写本王梵志诗集原序》）。所谓"直言时事，不浪虚谈"，指诗的内容而言。王诗真实地反映了初唐时期农民的痛苦和怨愤，揭露出贫富悬殊的种种事实。如写兵役带给人民的苦难："你道生胜死，我道死胜生。生即苦战死，死即无人征。十六作夫役，二十充府兵。碛里向西走，衣甲困须擎。白日趁食地，每夜悉知更。铁钵淹干饭，同伙共分诤。长头饥欲死，肚似破穷坑。遣儿我受苦，慈母不须生。""贫穷田舍汉，庵子极孤凄。两穷前生种，今世作夫妻。……黄昏到家里，无米复无柴。男女穿饿肚，状似一食斋。……舍漏儿啼哭，重重逢苦灾。如此硬穷汉，村村一两枚。”这种生活内容、这种感情色彩在宫廷诗人的作品中是找不到的。王梵志对人民的境遇有深切的感受，他一方面对他们充满同情，同时又用轮回报应等宗教观念来安慰他们。说“来生报答甚分明，只是换头不识面”。而说：“世无百年人，强作千年调。打铁作门槛，鬼见拍手笑”，“城外土馒头，馅子在城里。一人吃一个，莫嫌没滋味。”真是“大彻大悟”，但也可能松懈人们的斗志，淡漠人们的生活热情。

所谓“不守经典，皆陈俗语”，指的是王诗的语言艺术特点。王梵志的诗多为五言，一首诗押一个韵。用语不避浅俗，俚词方音皆可入诗，有时文白交杂。虽是明白如话，却时时表达出意想不到的境界。他的“造作庄田犹未已，堂上哭声身已死。哭人尽是分钱人，口哭元来心里喜”，几句口语就把人情的浇薄、虚伪写得脱皮露骨。又如写懒汉：“世间慵懒人，五分向有二。例着一草衫，两膊成山字。……诸人五更老，日高未肯起。”写懒妇：“长头爱床坐，饱吃没娑肚。频年勤生儿，不肯收家具。饮酒五夫敌，不解缝衫袴。”再如写穷汉悲剧：“富儿少男女，穷汉生一群。身上无衣挂，长头草里蹲。到大肥没忽，直似饱糠牲。长大充兵仆，未解起家门。积代不得富，号称穷汉村。”总的看，王梵志的诗有点我手写我口的味道，难免粗糙浅陋，但它们在古代诗史上的地位不可低估。王梵志是唐代通俗诗派的开创者，不但被寒山、拾得等人奉为作诗的楷模，而且我们在中唐新乐府诗歌创作和晚唐正乐府诗歌的创作中都可看到他的通俗诗所起的影响，至于后人把他的诗作为一种诗体——“梵志体”来加以仿作，从唐到清，例子就太多了。

寒山，生卒年不详，大约生在唐高宗永隆年间(680—681)，曾隐居于天台唐兴县寒岩(翠屏山)，时往还国清寺，与寺僧拾得、丰干相友善。寒山自谓其诗“五言五百篇，七字七十九。三字二十一，都来六百首。一例书岩石，自夸云好手”。并说：

凡读我诗者，心中须护净。
悭贪继日廉，谄曲登时正。
驱遣除恶业，归依受真性。
今日得佛身，急急如律令。

大致寒山的诗以劝善惩恶、宣扬佛理为主，他也提到人民的苦难，但不像王梵志写得那样具体，那样痛切，相反倒把它归结为前世不修，最后仍然落在“归依”佛理上。比如：

生前大愚痴，不为今日悟。
今日如许贫，总是前生作。
今生又不修，来生还如故。
两岸各无船，渺渺难济渡。

寒山诗中劝人不要聚财、不要贪色，教人行孝、教人修行的句子甚多。还曾以凄楚之音抒发目睹人事剧变的悲哀，如云：

一向寒山坐，淹留三十年。
昨来访亲友，太半入黄泉。
渐灭如残烛，长流似逝川。
今朝对孤影，不觉泪双悬。

有时，他也以冷峭的语气嘲弄世人的耽于欢乐，但也写有充满生活情趣和流露出人情味的诗，比如：

垂柳暗如烟，飞花飘似霰。
夫居离妇州，妇住思夫县。
各在天一涯，何时得相见。
寄语明月楼，莫贮双飞燕。

寒山学王梵志作通俗诗，但寒山诗比梵志诗在语词、形象、意境方面丰美一些。在句法上王梵志是五言、四言居多，寒山则有不少七言诗。寒山诗好用歇后语说理，诸如“蚊子叮铁牛，无渠下觜处”，“黄蘗作驴鞦，始知苦在后”等。又爱用通俗的比喻，如说“我见瞒人汉，如篮盛水走。一气将归家，篮里何曾有？我见被人瞒，一似园中韭。日日被刀伤，天生还自有”。而用语浅显通俗，却耐人寻味，如谓“东家一老婆，富来三五年。昔日贫于我，今笑我无钱。渠笑我在后，我笑渠在前。相笑傥不止，东边复西边”。寒山诗还有个特点，就是爱在篇末托出本意，这一点可能对中唐乐府诗人“卒章显其志”有影响。

拾得为国清寺中僧人，与寒山十分亲近。有诗谓“别无亲眷属，寒山是我兄。两人必相似，谁能徇俗情”。又有丰干，是位禅师，与寒山、拾得多有往来，所谓“寒山特相访，拾得常往来”。拾得、丰干与寒山诗风相近，但成就低于寒山。拾得诗近于偈语，也有不乏诗味者，如谓“若论常快活，唯有隐居人。林花长似锦，四季色常新。或向岩间坐，旋瞻见桂轮。虽然身畅逸，犹念世间人”，即是。丰干存诗仅有二首，难以细论。

第三节　初唐宫廷诗和律诗体制的定型

一、初唐宫廷诗

初唐宫廷诗的创作，大致分为三个阶段。

太宗时期。高祖在位曾下《令陈直言诏》，批评当时的表疏“每亏实录”，“非直乖于体用，固亦失于事情”，要求实话实说。太宗继承了这种观点，批评汉赋“文体浮华，无益劝诫”，主张为文应“词理切直，可裨于政理”（《贞观政要·文史》）。还以梁武帝父子、陈后主、隋炀帝为例，说明“若不师古，乱政害物，虽有词藻，终贻后代笑，非所须也”（《贞观政要·文史》）。并说自己要“以尧舜之风，荡秦汉之弊，用咸英之曲，变烂漫之音”（《帝京篇十首序》）。太宗重视作者的德行，重视文章的社会作用，向往质朴的文风，他的诗作大体和他的文学主张相符。《帝京篇十首》、《经破薛举战地》、《还陕述怀》等皆为其名篇。像“心随朗日高，志与秋霜洁”（《经破薛举战地》），“一朝辞此地，四海遂为家”（《过旧宅》），“昔乘匹马去，今驱万乘来”（《题河中府逍遥楼》）以及“疾风知劲草，板荡识诚臣”（《贞观政要·忠义》）皆意气豪迈，骨格强健。但另一面，太宗也受到时风影响，带头写宫廷诗，甚至“尝作宫体诗，使虞世南赓和”（《唐诗纪事》）。这说明，新政权建立了，文风并不会很快转变，即使是英明的君主，也难免为旧的文风所左右。

太宗时名相**魏徵**（580—643），对初唐诗风的委靡衰颓不满，曾提出过批评。他也写应制诗，但所作诗较有内容。《新唐书》本传记载：“帝（太宗）宴群臣积翠池，酣乐赋诗。徵赋《西汉》，其卒章曰：‘终藉叔孙礼，方知皇帝尊。’帝曰：‘徵言未尝不约我以礼。’”大抵魏徵应制诗，亦不失谏臣本色，不能和一味颂扬皇帝恩德、威仪的宫廷诗人同日而语。他的名诗是《述怀》，朴质无华，雄浑苍劲，全无齐、梁诗歌那种柔媚姿态。但太宗时此类诗作甚少，如贺裳所说：“贞观诸公，整缮有余，警醒不足。惟魏郑公《述怀》一篇，磊落露骨性。”（《载酒园诗话》又编）当时最有名的宫廷诗人，是虞世南。

虞世南（558—638），字伯施，越州余姚（今属浙江）人，由隋入唐，官至秘书监。他经过战乱，敢于直谏。但他的应制诗内容空泛，只是渲染皇帝仪驾的威严，下笔即是祥云瑞气。尤有甚者，他嗜慕徐、庾，精心编撰宫体诗。如他的《中妇织流黄》：

寒闺织素锦，含怨敛双蛾。
综新交缕涩，经脆断丝多。
衣香逐举袖，钏动应鸣梭。
还恐裁缝罢，无信达交河。

语词轻艳绮靡，格调卑弱。此外，虞世南还有些好诗。比如：

垂緌饮清露，流响出疏桐。
居高声自远，非是藉秋风。

——《蝉》

的历流光小，飘飖弱翅轻。
恐畏无人识，独自暗中明。

——《咏萤》

两首咏物诗都有寄托。前者以蝉为比，刻画出一个立身高洁因而名声远扬的封建知识分子的形象，言语中流露出作者为上层统治者所倚重的自负神气。后者写萤在无边黑暗中发出光亮，显示出“小人物”勇于奋斗的精神。

高宗时期。宫廷诗人有上官仪、李义府、许敬宗等人。李义府、许敬宗在政治上是阴谋家，前者“笑中有刀”，后者投靠武则天，残害忠良。李义府《堂堂词》：“懒整鸳鸯被，羞褰玳瑁床。春风别有意，密处也寻香。”典型的宫体。许敬宗的诗也以此类为多。

上官仪(616？—664)，字游韶，陕州(今河南陕县)人。他在太宗时期即为宫廷诗人。史载，太宗每属文，遣仪视稿，宴私未尝不预。高宗时为秘书少监，进西台侍郎。上官仪的大多数诗乃奉和应制之作，诗中浮词艳句，俯拾皆是。《新唐书》本传言“仪工诗，其词绮错婉媚，及贵显，人多效之，谓为上官体”。值得指出的是，上官仪为了写好应制诗，归纳六朝以来诗中的对偶方法，提出“六对”、“八对”之说，对律诗形式的发展起了促进作用。其诗名句“鹊飞山月曙，蝉噪野风秋”(《入朝洛堤步月》)，即被前人称为“徐、庾遗响”(李因培《唐诗观澜集》)。

武后时期。知名的宫廷诗人，是号称“文章四友”的李峤、苏味道、崔融、杜审言和“沈（佺期）、宋（之问）”，而能左右诗坛风气的是上官婉儿。婉儿是上官仪的孙女，仪因谏废武后事与其子廷芝俱为武后所杀。廷芝妻郑氏配入内宫，婉儿为遗腹女。婉儿在作中宗的昭容时，曾建议扩大书馆，增多学士名额。而在当时的诗人中，李峤就是大学士，苏颋、沈佺期作过学士，宋之问、杜审言作过直学士。中宗常到馆中宴会诸学士，并令他们即席赋诗，让婉儿评定甲乙。这样婉儿的品评便对当时的诗歌创作起到了规定方向的作用，故史书称：“当时属词者，大抵虽浮靡，然所得皆有可观，婉儿力也。”（《新唐书》本传）。

“文章四友”中，杜审言诗歌成就最高。杜审言（646？—702？），字必简，原籍襄阳，从祖父起，迁居巩县（今河南巩义）。他在宫廷时间短，写过一些应制诗。后来离开京都，写出了一些好诗。五律《和晋陵陆丞早春游望》：

独有宦游人，偏惊物候新。
云霞出海曙，梅柳渡江春。
淑气催黄鸟，晴光转绿蘋。
忽闻歌古调，归思欲沾巾。

七律《春日京中有怀》：

今年游寓独游秦，愁思看春不当春。
上林苑里花徒发，细柳营前叶漫新。
公子南桥应尽兴，将军西第几留宾。
寄语洛城风日道，明年春色倍还人！

二诗为杜审言的代表作。他写得最多而又最好的是五言律诗。其诗“浑厚有余”（陆时雍《诗镜总论》），较少浮靡色彩。写景细致而不纤巧，清新流丽而较少雕饰。属对工稳，章法绵密。这些对他的孙子杜甫有直接影响。

二、“沈、宋”和律诗体制的定型

沈佺期（656？—714），字云卿，相州内黄（今属河南）人；宋之问（656？—712），字延清，汾州（今山西汾阳）人。“沈、宋”在武后专权时，曾媚附其内宠张易之兄弟，常为他们代笔作应制诗，后来二人都被贬往外地。宋之问在易之被杀后投靠武三思，又谄事太平公主。安乐公主权盛，他又改换门庭。

“沈、宋”的应制诗多为律诗，对仗工稳，音韵协调，形成一定的格律，许多文士都模仿这种体式。《新唐书·宋之问传》说：“魏建安后迄江左，诗律屡变，至沈约、庾信，以音韵相婉附，属对精密。及之问、沈佺期，又加靡丽，回忌声病，约句准篇，如锦绣成文。学者宗之，号曰‘沈、宋’。”大抵“沈、宋”的功绩，在于他们总结了六朝以来和近代诗人们关于诗歌对偶、声律的经验，通过实践将成功的做法肯定下来，使之定型化，形成五律、七律，使写这类诗的人有规章可循。胡应麟即言：“七言律滥觞‘沈、宋’。其实远袭六朝，近沿四杰，故体裁明密，声调高华，而神情兴会，缛而未畅。”(《诗薮·内编》卷五)“沈、宋”之诗，精工典丽，诗风相近。二人均长于律诗，只是沈以七律见长，宋以五律见长。他们最优秀的诗，多写在被贬之时。名篇如：

度岭方辞国，停轺一望家。
魂随南翥鸟，泪尽北枝花。
山雨初含霁，江云欲变霞。
但令归有日，不敢恨长沙。

——宋之问《度大庾岭》

独游千里外，高卧七盘西。
山月临窗近，天河入户低。
芳草平伸绿，清夜子规啼。
浮客空留听，褒城闻曙鸡。

——沈佺期《夜宿七盘岭》

卢家少妇郁金堂，海燕双栖玳瑁梁。
九月寒砧催木叶，十年征戍忆辽阳。
白狼河北音书断，丹凤城南秋夜长。
谁为含愁独不见，更教明月照流黄。

——沈佺期《古意呈补阙乔知之》

岭外音书断，经冬复历春。
近乡情更怯，不敢问来人。

——宋之问《渡汉江》

沈诗《古意呈补阙乔知之》写少妇对征夫的思念，情致宛转缠绵，色彩富丽，虽然在取材和词句上带有六朝诗的痕迹，但“体格半神，良称独步”（《诗薮·内编》卷五），“骨高气高，色泽、情韵俱高”（沈德潜《说诗晬语》卷上）。《夜宿七盘岭》，纪贬谪途中经历，借景抒情，用字极为考究。宋之问的两首诗都是写他贬谪在外的生活感受。五绝生动地写出了一个长久远谪在外的人，在归途中想打听家中消息，又担心家中出了事，因而“不敢问来人”的矛盾心情。诗写得含蓄蕴藉，耐人体味。

第四节　“初唐四杰”的诗、赋、文

一、王勃的诗、赋、文

魏徵、王绩、王梵志等人虽然不写宫廷诗、宫体诗，但对扫荡齐、梁余风所起的作用仍然有限，在初唐对扭转诗风起作用的，是“以文章齐名天下”的“初唐四杰”，即王勃、杨炯、卢照邻和骆宾王。他们生活的时代正是上官仪大讲“六对”、“八对”的时候，他们的诗文也受到齐、梁余风的影响，但他们对齐、梁余风甚为不满，锐意改革。并通过富有个性的文学创作，给初唐诗坛、文坛带来新的气象。

王勃（650—676），字子安，王通之孙。年未及冠，授朝散郎。沛王闻其名，召其为沛王府修撰，因戏为《檄英王鸡文》为高宗所怒，斥出府。入蜀三年，求补虢州参军，犯死罪当诛，会赦除名。其父王福畤官雍州司功参军，因受儿子牵连，坐贬交趾令。王勃渡海省亲，溺水惊悸而死。

前已言及，王勃对龙朔以来“文场变体，争构纤微，竞为雕琢……骨气都尽，刚健不闻”的风气甚为不满，“思革其弊，用光志业”。他的文论见解，实本于其祖父王通所持的儒家文学主张。首先强调的是文学的社会功用，所谓“文章，经国之大业，不朽之能事。而君子所役心劳神，宜于大者远者，非缘情体物，雕虫小技而已”（《平台秘略论·文艺》）。其次才是诗、文风格的刚健、有骨气之美，和境界的阔大、雄壮，情思的感发、奔涌。所谓“文章可以经纬天地”，“思飞情逸，风云坐宅于笔端；兴洽神情，日月自安于调下”（《山亭思友人序》）。王勃的主张，在当时极具号召力，不少人为之呼应。杨炯言其影响之大，说是“长风一振，众萌自偃。遂使繁综浅术，无藩篱之固；纷绘小才，失金汤之险。积年绮碎，一朝清廓。翰苑豁如，词林增峻，反诸宏博，君之力焉”（《王勃集序》）。当时“翰苑”、“词林”变化之大，未必尽如杨炯所言，但王勃及其“知音”、“知己”的诗、文风格确实迥异于时人。

王勃的诗，写他真切的人生感受，显得“兴象宛然，气骨苍然”（胡应麟语）。不但抒发失意之悲、离别之意、思乡之愁，言由心出，不作虚语、套语，就是咏史、赓和，也是不掩性情，显出其真我本色。名诗如《送杜少府之任蜀州》：

城阙辅三秦，风烟望五津。
与君离别意，同是宦游人。
海内存知己，天涯若比邻。
无为在歧路，儿女共沾巾。

诗写二人难舍、难受的离别之情，却以“天涯若比邻”的开阔境界出之，格调趋于豪放。同写离别，其《别薛华》云：

送送多穷路，遑遑独问津。
悲凉千里道，凄断百年身。
心事同漂泊，生涯共苦辛。
无论去与住，俱是梦中人。

也是“率衷披写”（陆时雍《唐诗镜》），以真情取胜，言人言己，意味深厚。再如《山中》：

长江悲已滞，万里念将归。
况属高风晚，山山黄叶飞。

诗写作者客游剑南的羁旅之愁，把江人格化，又借秋叶纷飞来加以渲染、衬托，将其归思之悲写得颇为感人。又如《普安建阴题壁》：

江汉深无极，梁岷不可攀。
山川云雾里，游子几时还？

诗写王勃离京入蜀途中，身处山高水深、云雾杳冥之际，四顾茫然的感受，用寻常语发问兴叹，带出无穷忧虑和感慨。也是洗尽流调，不同凡响。咏史诗如《滕王阁》云：

滕王高阁临江渚，珮玉鸣鸾罢歌舞。
画栋朝飞南浦云，珠帘暮卷西山雨。
闲云潭影日悠悠，物换星移几度秋。
阁中帝子今何在？槛外长江空自流。

诗吊滕王，富丽中见冷落，直写诗人对繁华易尽的感慨。

王勃对五言律、绝的发展贡献很大，除诗歌内容、题材的更新外，还在格律、体制的定型化方面积累了经验。王勃五律，往往有一气浑成之妙(如《铜雀妓》二首)，而出语自然、天成(如《春日还郊》)。五绝则优柔不迫，有一唱三叹之音，又善于借景抒情，创造出一种情境美。王勃作诗，的确能做到“壮而不虚，刚而能润，雕而不碎，按而弥坚”(杨炯语)，但也“时带六朝锦色”(陆时雍语)。这“锦色”所在，主要是语词的华美富赡(如《临高台》、《秋夜长》、《采莲曲》等)，其次才是对六朝传统诗歌题材、风格的承袭。

王勃是初唐骈文革新的代表人物。前言其“思革其弊，用光志业”，也表现在对初唐骈体文风的扭转上。王勃今存赋十二篇，除《寒梧栖凤赋》为律赋(唐人今存写作时间最早的律赋)，余皆为骈赋。又有序四十二篇和所有书、碑之作，尽为骈体。其中最著名的，是具有记体性质的《秋日登洪府滕王阁饯别序》。

《序》作于上元二年(675)。当时王勃前往交趾省父，路过洪府，恰逢洪州都督阎公设诗酒之会于滕王阁，得以与会。阎公组织诗会意在为其婿显示文才提供机会，故早已令婿宿构诗序。与会宾客多知其意，当以纸笔遍请各位为序时，都推辞不作，惟王勃当仁不让，文不加点，一挥而就。以致阎公叹曰：“此真天才，当垂不朽矣。”(《唐摭言》)

滕王阁位于南昌章江门、广润门之间，下临赣江。王勃作序时，楼阁刚重修过，但《序》并不像有些骈文，倾全力描绘某一建筑物的雄伟壮丽，或无止境地借机颂扬某人的功业，而是把他登阁与会的真实感受抒发出来。其间也写滕王阁周遭景色，但和抒发身世之感联系紧密。

《序》中写景文词瑰丽。如写阁谓其“层台耸翠，上出重霄；飞阁流丹，下临无地”，即从动的角度写静态之物，用夸张手法写出楼阁高峻的飞动之势。写登阁所见，画面更丰富、更生动。其中“落霞与孤鹜齐飞，秋水共长天一色”，虽从庾信《马射赋》“落花与芝盖同飞，杨柳共春旗一色”化出，但王勃所言更显得灵动、优美而有气势。

抒怀则情真意切，富有变化。既言其失路之悲，细道“时运不济，命途多舛”，又说自己“老当益壮，宁移白首之心；穷且益坚，不坠青云之志。酌贪泉而觉爽，处涸辙以犹欢”，显出志向的高洁和不屈不挠的奋斗精神。下言“北海虽赊，扶摇可接；东隅已失，桑榆非晚。孟尝高洁，空余报国之情；阮籍猖狂，岂效穷途之哭”，更是自勉、自慰，隐含一股自强不息的精神力量。

《序》不但写景文词优美而境界壮阔，抒怀情感真切、曲折多变，而且兴到笔落，英思壮采，佳句络绎，无不用典贴切、对偶工整，语句妙合声律，声调铿锵悦耳，既符合骈文体制要求，又具有散体文气流走自如的特点。难怪当年韩愈“壮其文辞，益欲往一观而读之”(《新修滕王阁记》)。

王勃写作此序，落笔即成佳篇，前人以为神助，其实，与他以往多次用同一体裁写同一题材、抒发类似感受有关。以往的写作带有反复训练的性质，作《序》实是对已有艺术经验的综合应用(《序》的结构方式、句式，抒怀、写景的语调以至语句，在以前所写的同类序中都曾出现过，即为明证)。故其即景遣怀，兴会淋漓，铺锦列绣，无须剪裁。

二、杨炯的诗、赋、文

杨炯(650—693?)，弘农华阴(今陕西华阴)人。十岁举神童，十一岁待诏弘文馆，二十七岁应制举及第，补校书郎。三十三岁时为詹事司直、崇文馆学士，三十五岁时因族弟神让参与徐敬业起兵反武后事，杨炯坐贬梓州司法参军。四年后，与宋之问同值习艺馆(内文学馆)。四十二岁后，选为盈川令，不久卒于任所。

杨炯为人刚正，对无才无德的官员不屑一顾。宋之问即谓“惟子坚刚，气凌秋霜。行不苟合，言不苟忘”(《祭杨盈川文》)。又张鷟《朝野佥载》言：“唐衢州盈川令杨炯，词学优长，恃才简倨，不容于时。每见朝官，目为麒麟楦，许怨。人问其故，杨曰：‘今铺乐假弄麒麟者，刻划头角，修饰皮毛，覆之驴上，巡场而走，及脱皮褐，还是驴马。无德而衣朱紫者，与驴覆麒麟皮者何别矣！’”其文学见解与王勃大致相同。

从今存作品看，其创作成就远不及王，甚至不及“四杰”中的卢、骆。但他却说“愧在卢前，耻居王后”，张说亦谓“盈川文如悬河，酌之不竭，优于卢而不减王。耻居后，信然；愧在前，谦也”。其中原因，或如许学夷所说：“意炯当时必多长篇大什而零落至此。”(《诗源辩体》)杨炯的五律、五绝写得最好，张逊业即谓其“五言律工致而得明澹之旨，沈、宋肩偕，开元诸人去其纤丽，盖启之也。诸作差次之”(《杨炯集序》)。胡应麟亦谓“盈川近体，虽神俊（天姿杰出）输王，而整肃、浑雄，究其体裁，实为正始，然长歌遂尔绝响"（《诗薮》）。大抵王、卢、骆三家诗绮靡者尚多，而杨炯绮靡者少，诗风较为明朗、健拔，有清骨明姿之美，不乏雄奇奔放、文质兼备之作。名篇如《从军行》，云：

烽火照西京，心中自不平。
牙璋辞凤阙，铁骑绕龙城。
雪暗凋旗画，风多杂鼓声。
宁为百夫长，胜作一书生。

起句陡健。中间二联分别从大处、小处入手写征战之事，显得气势雄壮、气氛苍凉。末联与首联呼应，出语浅直，不掩其愤。杨炯论诗，重骨气，求刚健，此诗足以当之。与此诗风格相同者，尚有《骢马》（有谓"风霜但自保，穷达任皇天"）、《出塞》（有谓"丈夫皆有志，会是立功勋"）、《紫骝马》（有谓"匈奴今未灭，画地取封侯"）、《战城南》（有谓"寸心明白日，千里暗黄尘"）等，皆造境壮阔，立意高远。就是写思妇之愁的五律，如《有所思》、《梅花落》、《折杨柳》等，也以语澹意深取胜，非香艳、绮泽者所能比。

除五律外，杨炯的五言排律诗也有特色。李攀龙即谓"杨炯排律诗，已存温厚，为盛唐立极，但未开阔耳"（《唐诗直解》）。其《送刘校书从军》云：

天将下三宫，星门召五戎。
坐谋资庙略，飞檄伫文雄。
赤土流星剑，乌号明月弓。
秋阴生蜀道，杀气绕湟中，
风雨何年别？琴尊此日同。
离亭不可望，沟水自西东。

首二联一起一接，气盛词壮；中二联叙写征战事，境界阔大而描写细致；末二联落在送别上，收句宽缓，看似无奈，实无怅惘意绪。全诗语语凑泊，字字工切，于庄雅雄整之中显出篇法的严谨。

除律诗外，杨炯五绝亦有名篇。其《夜送赵纵》云：

赵氏连城璧，由来天下传。
送君还旧府，明月满前川。

诗因成语完璧归赵引发想像，展开构思，以璧喻赵纵之才，用完璧归矣写赵纵之归。四句诗仅第三句一语点题，前后俱用虚境。思巧语巧，于疏淡中见神韵。

杨炯今存赋、文皆属骈体。其文多为序、碑、墓志、行状、祭文一类的应用文。杨炯文章，数《王勃集序》最出色。《序》中最精彩的内容，是叙说王勃文学革新观念和对初唐文风之变所作的贡献。作者与王勃志同道合，故言之神来、情来。如写王勃的影响，有云：

> 后进之士，翕然景慕。久倦樊笼，咸思自释。近则面受而心服，远则言发而响应。教之者逾于激电，传之者速于置邮。得其片言而忽焉高视，假其一气则邈矣孤骞。窃形骸者，既昭发于枢机；吸精微者，亦潜附于声律。虽雅才之变例，诚壮思之雄宗也……乾坤日月张其文，山河鬼神走其思。长句以增其滞，容气以广其灵。已逾江南之风，渐成河朔之制。

夸张、形容，面面俱到。寓颂扬之意于叙说中，露自得之情于言词外。真能做到事显意达，而文字浅明、朗畅。

三、卢照邻的诗、赋、文

卢照邻(634—686?)，字升之，幽州范阳(今河北涿县)人。十余岁即从《文选》学专家曹宪习文字训诂之学，后又从王义方研习经史。年二十即任邓王府典签，王甚爱重之，尝谓人曰："此吾之相如。"后拜新都尉，因染风疾去官，居太白山中，以服饵为事，后病转重，足挛，一手又废，便在具茨山下买园数十亩，预为坟墓，偃卧其中。其沉痼既久，不堪其苦，遂与亲属诀别，自投颍水而死。

卢照邻为王勃知己，二人文学主张相同。从卢氏称赞他人"凡所著述，多以适意为宗；雅爱清灵，不以繁词为贵"(《驸马都尉乔君集序》)，亦可见出其为文特点。卢照邻近体诗、古体诗皆有名作，且言志抒怀，多悲怨情绪。五绝如《曲池荷》云：

> 浮香绕曲岸，圆影覆华池。
> 常恐秋风早，飘零君不知。

小诗托兴蕴藉，实以荷之芳洁自比，"言外有抱才不遇、早年零落之感"(沈

德潜《唐诗别裁》)。五律如《陇头水》云:

陇坂高无极,征人一望乡。
关河别去水,沙塞断归肠。
马系千年树,旌悬九月霜。
从来共呜咽,皆是为勤王。

诗写征人愁怨,寓悲寓恨,结语更有无限感慨之思,却含而不露。五言排律如《羁卧山中》云:

卧壑迷时代,行歌任死生。
红颜意气尽,白璧故交轻。
涧户无人迹,山窗听鸟声。
春色缘岩上,寒光入溜平。
雪尽松帷暗,云开石路明。
夜伴饥鼯宿,朝随驯雉行。
度溪犹忆处,寻洞不知名。
紫书常日阅,丹药几年成?
扣钟鸣天鼓,烧香厌地精。
倘遇浮丘鹤,飘飘凌太清。

诗写作者太白山中服饵养病事,首四句即说尽心中凄苦之情。下言其山中处境和超越现实的愿望,更显出作者因受疾病折磨而为世所弃的无奈。

卢照邻五古、七古,言志、抒怀更为充分,且立意高远,气格不俗。五古如《咏史》四首,其一称赞"季生","处身孤且直,遭时坦而平。丈夫当如此,唯唯何足荣";其二称赞朱阿游"直发上冲冠,壮气横三秋。愿得斩马剑,先断佞臣头……捐生不肯拜,视死其若休";其三称赞"郭先生""在侮不绝俗,处乱不为亲。诸侯不得友,天子不得臣",皆能见出诗人的人格取向。而《赠益府群官》,言"一鸟自北燕,飞来向西蜀。……群凤从之游,问之何所欲?答言寒乡子,飘飖万余里。不息恶木枝,不饮盗泉水。常思稻粱遇,顾栖梧桐树。……谁能借风便,一举凌苍苍",实以"群凤"比喻群官,托鸟自道其志,有自伤高洁、世莫我知之叹;亦可谓气骨强健、出语豪迈,洗尽委靡之习。

七古《失群雁》咏物以抒怀,也是以失群之雁自喻,其序即谓"余以为古之郎官，出宰百里；今之墨绶，入应千官，事止雁行，未宜伤叹。至如羸卧空岩者，乃可为失群恸耳”，中言受伤失群之雁“毛翎频顿飞无力，羽翮摧颓君不识”，又说“愿君弄影凤皇池，时忆笼中摧折羽”，可谓语语凄悲。其《长安古意》是初唐七古的代表作，其诗有云：

长安大道连狭斜，青牛白马七香车。
玉辇纵横过主第，金鞭络绎向侯家。
龙衔宝盖承朝日，凤吐流苏带晚霞。
百丈游丝争绕树，一群娇鸟共啼花。
游蜂戏蝶千门侧，碧树银台万种色。
复道交窗作合欢，双阙连甍垂凤翼。
梁家画阁天中起，汉帝金茎云外直。
楼前相望不相知，陌上相逢讵相识？
借问吹箫向紫烟，曾经学舞度芳年。
得成比目何辞死，愿作鸳鸯不羡仙。
比目鸳鸯真可羡，双去双来君不见。
……
别有豪华称将相，转日回天不相让。
意气由来排灌夫，专权判不容萧相。
专权意气本豪雄，青虬紫燕坐春风。
自言歌舞长千载，自谓骄奢凌五公。
节物风光不相待，桑田碧海须臾改。
昔时金阶白玉堂，即今惟见青松在。
寂寂寥寥扬子居，年年岁岁一床书。
独有南山桂花发，飞来飞去袭人裾。

诗为刺世之作，周敬即云：“通篇格局雄远，句法奇古，一结更饶神韵。盖当武后朝，淫乱骄奢，风化败坏极矣。照邻是诗，一篇刺体，曲折尽情，转诵间令人起惩时痛世之想。”（《唐诗选脉会通评林》）此诗刺世抒慨，先扬后抑，即先用铺陈描叙手法充分展现帝都繁华（多为上流社会的享乐生活）和王侯将相的“专权、意气”、“骄奢”情状，再用数语说破荣华富贵不长在的真相。末以冷峻语作结，带出无限感慨。由于尽力描写主第侯家的享乐生活，出言酷肖其事，故文词艳丽者多。又诗以刺世为主，也写到作者的人生境遇，“寂寂寥寥扬子居”云云，即自况之词。自言人生失意而充满怨气的，是七古《行路难》。此诗先以“君不见长安城北渭桥边，枯木横槎卧古田”开端，再细写“昔日含红复含紫，常时留雾亦留烟”的树林，及发生在其间的热闹景象。继而写到树木的“一朝零落无人问，万古摧残君讵知”，引出对人事沧桑的慨叹：“人生贵贱无终始，倏忽须臾难久恃。谁家能驻西山日，谁家能堰东流水？汉家陵树满秦川，行来行去尽哀怜。自昔公卿二千石，咸拟荣华一万年。不见朱唇将白貌，唯闻素棘与黄泉。”在这种背景下写他的人生方式，所谓“金貂有时换美酒，玉麈但摇莫计钱”；“但愿尧年一百万，长作巢由也不辞”，作达观语以吐怨。七古之作，卢照邻为“四杰”之冠。所谓“七言佳体不让子山，开阖往来，犹以气胜”（宋育仁《三唐诗品》）。

卢照邻今存赋五篇，其中《穷鱼赋》、《病梨树赋》都是写作者的身世之感，咏物而抒情味浓。前者《序》言：

> 余曾有横事被拘，为群小所使，将致之深议，友人救护得免。窃感赵壹穷鸟之事，遂作《穷鱼赋》，常思报德，故冠之篇首云。

赋用《庄子》寓言手法，纯以“大鹏”救“鱼”故事以明其意。后者正文写“病梨树”，云：

> 尔生何为，零丁若斯，无轮桷之可用，无栋梁之可施。进无违于斤斧，退无竟于班倕。无庭槐之生意，有岩桐之死枝。尔其高才数仞，围仅盈尺。修干罕双，枯条每只。叶病多紫，花凋少白。夕鸟怨其巢危，秋蝉悲其翳窄。怯衡飙之摇落，忌炎景之临迫。

所言病树之病，实为作者“有幽忧之疾”之写照。其悲梨树之病，实写其幽忧难堪之心。

卢照邻曾于狱中学骚体（今存文即有名《狱中学骚体》者），所作骚体文直言其悲，出语沉痛、感人至深。其中，《五悲》是他效仿《九歌》、《九章》、《七发》、《七启》形式自造的文章名。史载“照邻自以当高宗时尚吏，己独儒；武后尚法，己独黄老；后封嵩山，屡聘贤士，己已废。著《五悲》文以自明”（《新唐书·卢照邻传》）。《五悲》一悲才难，二悲穷通，三悲昔游，四悲今日，五悲人生。其中一悲才难，主要为其兄果之、弟昂之“以方圆异用，遭遇殊时，故才高而位下，成默默而迟迟”鸣不平。《悲人生》实合儒、道之说以论人生。中间三悲则自悲其因病为世所弃和饱受痼疾折磨的身心之痛，如《悲穷通》写其病卧山中的凄惨景象：

有幽岩之卧客，兀中林而坐思。形枯槁以崎嶬，足联蜷以缁厘。悄悄兮忽怆，眇眇兮惆怅。迢遥兮独蹇，淹留兮空谷。天片片而云愁，山幽幽而谷哭。露垂泣于幽草，风含悲于拱木。徒观其顶集飞尘，尻埋积雪，骸骨半死，血气中绝。四支萎堕，五官欹缺。皮襞积而千皱，衣联褰而百结。毛落鬓秃，无叔子之明眉；唇亡齿寒，有张仪之羞舌。仰而视睛，翳其若瞢，俯而动身，羸而欲折。神若存而若亡，心不生而不灭。其所居也不爨，其所狎也非人。古树为伴，朝霞作邻。下阴森以多晦，傍恍惚兮无垠。松门草合，石苔路新。

《悲今日》则写到染病之后为“平生连袂”所弃的痛苦：

平生连袂，宿昔衔杯，谈风云于城阙，弄花鸟于池台。皆是西园上客，东观高才，超班匹贾，含邹吐枚。……自谓兰交永合，松契长并，通宵扼腕，终日盱衡。……今皆庆吊都断，存亡永阔，凭驷马而不追，寄双鱼而莫达。向时之清谈尚在，今日之相知已末。

这与《悲昔游》中说“当时相重若鸿钟，今日相轻比蝉翼。代情兮共此，何余哀之能得”，都写尽人情的浇薄和作者难以自已的悲哀。

其《释疾文》三篇与《五悲》同一情调。前引《新唐书》所说《五悲》写作缘由云云，即出于《释疾文》。文云：“先朝好吏，予方学于孔、墨；今上好法，予晚受乎老、庄。彼圆凿而方枘，吾知龃龉而无当。……屡下蒲帛之书，值余有幽忧之疾。盖有才无时，亦命也；有时无命，亦命也。时也，命也，自前代而痛诸。”文为叹时叹命而作，悲怨之声，不绝于响。既谓“怨复怨兮，坎壈乎今之代；愁莫愁兮，侘傺乎斯之时”，再谓“悲缭绕兮从中来，愁缠绵兮何时断”，又谓“噫哉！甚可痛，甚可哭”。虽思绪出入儒、道，总以悲怨为主。文章写法，除效仿《离骚》外，还受到过江淹赋作的影响。

照邻之文，除辞赋、骚体文、骈体文(主要是文集序和诗序)外，尚有散体文二篇。二文名为《与洛阳名流朝士乞药直书》、《寄裴舍人诸公遗衣药直书》，都是请求或感谢名流朝士馈赠药资的书信。卢氏另有一书《与在朝诸贤书》，系泛言一种事理，故遍引典故以作骈体。此二书取用散体，显然是由书作的内容和功用所决定的。

四、骆宾王的诗、赋、文

骆宾王(619—687)，字务光，婺州义乌(今属浙江)人。七岁因作《咏鹅》诗而被称为神童，后为道王李元庆辟为椽曹。四十九岁授奉礼郎，四年后从军西北、西南达五年之久，在西南曾为姚州道大总管李义掌书檄。上元三年(676)出任武功县主簿，旋即调明堂主簿。仪凤四年(679)调任长安主簿，不久擢侍御史。数月后被诬下狱，次年岁暮获释。永隆二年(681)贬临海丞，三年后入京，随即出京滞留扬州。此时，武则天废中宗，立睿宗，临朝称制。徐敬业在扬州起兵反武，任骆宾王为艺文令。起事三月即败，徐敬业为部将所杀，骆宾王逃亡，不知所之。

在"四杰"中，骆宾王的诗，以七古、五律最有特色。七古名篇有《帝京篇》、《畴昔篇》、《艳情代郭氏答卢照邻》、《代女道士王灵妃赠道士李荣》等。它们规模宏大，开阖错综，布置有序。后二首以言情胜，尤其是《代女道士王灵妃赠道士李荣》，有云：

寄语天上弄机人，寄语河边值查客。
乍可匆匆共百年，谁使遥遥期七夕。
相知人意自相寻，果得深心共一心。
一心一意无穷已，投漆投胶非足拟。
只将羞涩当风流，持此相怜保终始。
相怜相念信相亲，一生一代一双人。

又云：

个时空床难独守，此日别离那可久。
梅花如雪柳如丝，年去年来不自持。
初言别去寒偏在，何悟春来春更思。
春时物色无端许，双枕孤眠谁分许？

坦言情爱，语词轻艳，直从梁、陈宫体中来，只是抒情成分大增而不再停留在对女性体态的描摹上。前二首则为诗人言志抒怀之作。《帝京篇》与卢照邻《长安古意》异曲同工，两者均为长篇巨制，均有讽世之意，均发不遇之慨，惟骆作抒慨不及卢作含蓄，而骆作以七言为主，杂以五言、三言，卢作则纯为七言。《帝京篇》前写京城形胜、建筑巍峨以及王侯贵人生活的奢华，旁及倡妇、游侠活动。再写人事变迁，豪华消失，以警世人。所谓“朱门无复张公子，霸陵谁畏李将军。相顾百龄皆有待，居然万化咸应改”。“莫矜一旦擅豪华，自言千载长骄奢。倏忽抟风生羽翼，须臾失浪委泥沙”。然后借写诗人彻悟后的人生选择以抒发不遇之慨，云：

已矣哉，归去来！马卿辞蜀多文藻，扬雄仕汉乏良媒。三冬自矜诚足用，十年不调几邅回。汲黯薪逾积，孙弘阁未开。谁惜长沙傅，独负洛阳才！

此段抒慨，虽然明言者仅一二句，但诗人的不平却显然可见。原因是诗人将许多典故组织在诗句中，比较充分地表达了他的牢骚情绪。当然诗的主旨，仍是警豪华之难保，戒骄奢之必衰。其藻丽不减梁、陈之诗而愈增繁缛，虽用学问填塞、点缀其诗，却铺叙有法，抑扬有韵，首尾照应，脉络无爽，可谓布置得宜。《畴昔篇》篇幅更长。诗写作者人生经历，唱叹有声，实融叙事、议论、抒怀于一体，带有以赋为诗的特点。至于语词博丽，开合曲折，文气流走，则与《帝京篇》同。

骆宾王今存五言近体诗百余首。五绝名篇如《于易水送人》，诗云：

此地别燕丹，壮士发冲冠。
昔时人已没，今日水犹寒。

诗因地生意，用当年荆轲渡易水入秦时的侠士精神勉励行者。借燕太子丹送荆轲事，以一“别”字映出题面，用易水之“水”贯通古今，用“犹寒”二字说荆轲侠气仍在。小诗怀古以送人，出语苍凉，寓意深远，而一气挥洒，神理俱足。又《在军登城楼》云：

城上风威冷，江中水气寒。
戎衣何日定？歌舞入长安。

第三句说士兵之苦，第四句说统帅之乐，于徐敬业有讽刺意。对比之言，可谓高适“战士军前半死生，美人帐下犹歌舞”之先声。其五律题材丰富，风格多样，如《从军行》云：

平生一顾重，意气溢三军。

野日分戈影，天星合剑文。
弓弦抱汉月，马足践胡尘。
不求生入塞，唯当死报君。

即意气昂扬，猛志壮语，动人心魄。其自叹身世之悲的五律，则显得沉郁、悲凉。如《在狱咏蝉并序》云：

余禁所，禁垣西，是法曹厅事也，有古槐数株焉。虽生意可知，同殷仲文之古树；而听讼斯在，即周召伯之甘棠。每至夕照低阴，秋蝉疏引，发声幽息，有切尝闻。岂人心异于曩时，将虫响悲乎前听。嗟乎！声以动容，德以象贤。故洁其身也，禀达人君子之高行；蜕其皮也，有仙都羽化之灵姿。候时而来，顺阴阳之数；应节为变，审藏用之机。有目斯开，不以道昏而昧其视；有翼自薄，不以俗厚而易其贞。吟乔树之微风，韵资天纵；饮高秋之坠露，清畏人知。仆失路艰虞，遭时徽纆，不哀伤而自怨，未摇落而先衰。闻蟪蛄之有声，悟平反之已奏；见螳螂之抱影，怯危机之未安。感而缀诗，贻诸知己。庶情沿物应，哀弱羽之飘零；道寄人知，悯余声之寂寞。非谓文墨，取代幽忧云耳。

西陆蝉声唱，南冠客思侵。
那堪玄鬓影，来对白头吟。
露重飞难进，风多响易沉。
无人信高洁，谁为表予心。

骆宾王不少诗写有序文，均为骈体，往往长于诗篇。此诗之序，实为一自道幽絷之苦和“平反”无望之悲的抒情文。前写蝉的“高行”、“灵姿”，“候时而来”、“应节为变”的生存智慧，和“不以道昏而昧其视”、“不以俗厚而易其贞”的志节，后写“仆失路艰虞”之心。以蝉自喻，既言己之高洁，又发抒心之幽忧。诗的构思与序相同。因序已将蝉的特性写尽，故诗重在写诗人感慨。首联即将诗人“客思”和“蝉声”打成一片，颔联作流水对，带出无限凄凉。颈联写生存艰难之忧，见出进退维谷之意，是说蝉，也是说人。尾联兴叹，寓愤懑于沉痛语中，看似为蝉而叹，实是诗人咏怀自叹。即物即人，一语双关。

骆宾王为初唐五言排律名家，胡应麟即谓“‘沈、宋’前，排律殊寡，惟骆宾王篇什独盛……皆流丽雄浑，独步一时”。又谓其“沉雄富丽，‘沈、宋’前鞭”(《诗薮》内编)。所作亦多抒情之作。作者常以五排代书以寄友人，如《秋日山行简梁大官》、《幽絷书情通简知己》、《寒夜独坐，游子多怀简知己》等，此类诗叙事、抒怀多真切感人，如《幽絷书情通简知己》写狱中感受：

圆扉长寂寂，疏网尚恢恢。
入阱方摇尾，迷津正曝腮。
覆盆徒望日，蛰户未惊雷。
霜歇兰犹败，风多木屡摧。
地幽蚕室闭，门静雀罗开。
自悯秦冤痛，谁怜楚奏哀。

即多方形容，以言其悲。又因所简知己文学素养很好，故诗中既求对偶精工，又极用事之妙。其五排也有咏物以抒怀者，如《浮查诗并序》即是。此诗序长于诗，写诗人目睹河中“浮查”(漂浮水中的树木)的感受。既为其不能“垂阴万亩，悬映九霄，与建木较其长短，将大椿齐其年寿”而惋惜，又为其“万里漂沦，与波浮沉”不遇“良工”以成“万乘之器”而遗憾。最后归结为：“用与不用，时也。悲夫!”诗的立意构思与序相同，只是用语更为凝练、概括，更显得言外意深。如末四句谓“仙客终难托，良工岂易逢。徒怀万乘器，谁为一先容”，是叹惋“浮查”的“不用”，也是感慨诗人自己的沉沦不遇。

在四杰中，骆宾王诗作的突出特点是言志抒怀，情显意露，诗风明朗爽快。古体、排律多尽言详言，长于铺叙；近体或短篇五排常借序以明其意，而所有诗篇用语皆易道易晓。又无论近、古，均好用对偶、善用对偶，除借典造句外，尤喜以数字作对，以致时人称其为“算博士”(杨炯作诗则好以古人姓名作对，时人称其诗为“点鬼簿”)。

骆宾王有赋二篇。其《萤火赋并序》，托夜萤而言己忧，构思与《在狱咏蝉》略同。所存书、启、序、檄，尽为骈体。其文朗畅、流丽，佳作甚多，而以气势雄壮、词采赡富著称的，是《代李敬业讨武氏檄》。高宗去世，武则天废中宗，临朝执政，重用诸武，剪除异己，欲以周代唐。唐开国功臣、英国公李勣长孙敬业起兵扬州，骆宾王应命而作此檄。檄文以讨武兴唐立论，劈头即狠揭武氏为人的阴险、狡猾和心性的残忍，以及篡唐自立的野心。所谓“阴图后庭之嬖”，“狐媚偏能惑主”，“虺蜴为心，豺狼成性。近狎邪僻，残害忠良。杀姊屠兄，弑君鸩母”，“包藏祸心，窥窃神器”。可见武氏罪不容诛，国家危在旦夕，讨武兴唐，刻不容缓。如此说讨武原因，自然堂堂正正，极具鼓动性和号召力。同时也为下说起兵“志安社稷”，“以清妖孽”，作了很好的铺垫。檄文后半言我必胜和动员天下官员讨武兴唐，示之以大义，动之以刑赏，也是气盛词壮。如云：

> 南连百越，北尽三河；铁骑成群，玉轴相接。海陵红粟，仓储之积靡穷；江浦黄旗，匡复之功何远？班声动而北风起，剑气冲而南斗平。喑呜则山岳崩颓，叱咤则风云变色。以斯制敌，何敌不摧；以斯攻城，何城不克！公等或居汉地，或叶周亲；或膺重寄于爪牙，或受顾命于宣室。言犹在耳，忠岂忘心，一抔之土未干，六尺之孤安在？倘能转祸为福，送往事居，共立勤王之勋，无废大君之命。凡诸爵赏，同指山河。若或眷恋穷城，徘徊歧路，坐昧先几之兆，必贻后至之诛。请看今日之域中，竟是谁家之天下！

扬我之威则夸张、形容，写得声光奕奕；动员“公等”则赏罚兼言，显得大义凛然。“请看”二句，说将来天下必归于唐，诸臣立功即在眼前，更是笔势飞舞，劲气凌人。全文除义正词严、条理分明外，言事手法高明也是一大特点。史载“后(武后)读，但嘻笑，至‘一抔之土未干，六尺之孤安在’，瞿然曰：‘谁为之?’或以宾王对。后曰：‘宰相安得失此人?’”(《新唐书·骆宾王传》)武后为“一抔”云云所动，即与二句所言之事典型且对比鲜明有关。

第五节 刘希夷和“吴中四士”的诗歌

一、刘希夷的诗歌

刘希夷(651—约679)，一名庭芝，汝州(今河南临汝)人。上元二年(675)登进士第。“美姿容，好谈笑，善弹琵琶，饮酒至数斗不醉，落魄不拘常检”(辛文房《唐才子传》)。死时不到三十岁。其诗多写军旅、闺情题材。军旅诗多表现将士的豪情壮志，以气势胜。如《将军行》云：

> 将军辟辕门，耿介当风立。
> 诸将欲言事，逡巡不敢入。
> 剑气射云天，鼓声震原隰。
> 黄尘塞路起，走马追兵急。
> 弯弓从此去，飞箭如雨集。
> 截围一百里，斩首五千级。

代马流血死，胡人抱鞍泣。
古来养甲兵，有事常讨袭。
乘我庙堂运，坐使干戈戢。
献凯归京师，军容何翕习。

将军为人的耿介、治军的严明、作战的勇猛、对朝廷的忠心，都一一写到，处处显出将军的豪壮之气。其闺情诗，既有受南朝宫体影响甚深者，如《晚春》谓“佳人眠洞房，回首见垂杨。寒尽鸳鸯被，春生玳瑁床。庭阴幕青霭，帘影散红芳。寄语同心伴，迎春且薄妆”，字字秾丽，可谓“六朝风致，一语百媚”(沈德潜《唐诗别裁》)。又有言情情真而直抒胸怀者，如《捣衣篇》以赋为诗，细写思妇怀念“游子”之情，谓“攒眉缉缕思纷纷，对影穿针魂悄悄。……莫言衣上有斑斑，只为思君泪相续”，即语语深情，自然发露。而《公子行》写公子对女子的爱，谓“古来容光人所羡，况复今日遥相见。愿作轻罗著细腰，愿为明镜分娇面。与君相向转相亲，与君双栖共一身。愿作贞松千岁古，谁论芳槿一朝新！百年同谢西山日，千秋万古北邙尘”，用语虽多从陶潜《闲情赋》化出，但表情淋漓，言之真切。

刘希夷最有名的诗，是《代悲白头翁》。诗云：

洛阳城东桃李花，飞来飞去落谁家？
洛阳女儿好颜色，坐见落花长叹息。
今年花落颜色改，明年花开复谁在？
已见松柏摧为薪，更闻桑田变成海。
古人无复洛城东，今人还对落花风。
年年岁岁花相似，岁岁年年人不同。
寄言全盛红颜子，应怜半死白头翁。
此翁头白真可怜，伊昔红颜美少年。
公子王孙芳树下，清歌妙舞落花前。
光禄池台开锦绣，将军楼阁画神仙。
一朝卧病不相识，三春行乐在谁边？
宛转蛾眉能几时，须臾鹤发乱如丝。
但看古来歌舞地，惟有黄昏鸟雀悲。

诗为拟乐府，表达诗人的忧生之嗟，有警世意味。和刘希夷其他诗歌一样，此诗也有倾怀而语，不肯留余的特点。在诗中，诗人对人生易老、欢乐不能长保的感慨，是通过写洛阳女儿目睹桃李花飞所引起的“长叹息”表达出来的。而写洛阳女儿的叹息，则先言其因花落花开而萌生的人生易老的悲哀，再“寄言全盛红颜子，应怜半死白头翁”，谓其今日“头白真可怜”，但他也曾有过欢乐的青春时代。前者用描摹语作议论，后者寓慨叹于追叙中。点题的话是：“年年岁岁花相似，岁岁年年人不同。”“宛转蛾眉能几时，须臾鹤飞乱如丝。但看古来歌舞地，惟有黄昏鸟雀悲。”其中“年年”一联最为精警、生动，不但上下语意构成鲜明对比，而且同用叠词（只是颠倒其序）强化其意，使人过目难忘。传说宋之问（希夷舅父）深爱此联，恳乞出让，希夷许而未与，之问怒，遂以土囊压杀之。

二、“吴中四士”的诗歌

“吴中四士”，指贺知章、包融、张旭、张若虚。中宗神龙（705—707）年间，四人以文辞俊秀闻名于上京。

贺知章（659—744），字季真，越州永兴（今浙江萧山）人。武后证圣元年（695）进士及第。开元年间参与编纂《六典》、《文纂》等书，官至礼部侍郎，后任太子宾客、秘书监。天宝初度为道士，归隐镜湖。知章性旷放，晚年无复拘检，自号四明狂客。其诗真率自然、明快有味，尤以小诗为佳。如云：

少小离家老大回，乡音无改鬓毛衰。
儿童相见不相识，笑问客从何处来。

离别家乡岁月多，近来人事半销磨。
唯有门前镜湖水，春风不改旧时波。
——《回乡偶书》二首

碧玉妆成一树高，万条垂下绿丝绦。
不知细叶谁裁出，二月春风似剪刀。
——《咏柳》

主人不相识，偶坐为林泉。
莫谩愁沽酒，囊中自有钱。
——《题袁氏别业》

古人多思乡诗，《回乡偶书》写回乡感受，选材即新。而兴之所至，不假雕琢，一气浑成，写尽久客之感，最为真切。其一情景宛然，叙事中隐含感慨；其二感慨尤深，有沉郁之思，两者都用语朴实，寓醇味于清淡之中。《咏柳》妙用比喻，语意温柔。《题袁氏别业》写闲适之情，“自有”二字以谑语写自得意趣，足显“狂客”为人之真。

包融(生卒年不详)，润州延陵(今江苏丹阳)人。开元中，官至大理司直、集贤院学士，与孟浩然、殷遥友善。包融诗“清幽语奇，颇多剪刻”(《吟窗杂录》引殷璠《丹阳集》评语)。其五古、五律、七绝均以写景取胜。《登翅头山题儼公石壁》谓“晨登翅头山，山曛黄雾起。却瞻迷向背，直下失城市。暾日衔东郊，朝光生邑里。扫除诸烟氛，照出众楼雉。青为洞庭山，白是太湖水。苍茫远郊树，倏忽不相似”，谭元春、钟惺即言其“看得心细”、“好画家心眼”(《唐诗归》)。《赋得岸花临水发》云：

笑笑傍溪花，丛丛逐岸斜。
朝开川上日，夜发浦中霞。
照灼如临镜，丰茸胜浣纱。
春来武陵道，几树落仙家？

描摹、比喻，可谓极形容之能事，妙在尾联与仙家相连，使得意境顿生。包融的送别诗也善于借景物营造氛围，用细节显露感情。如《送国子张主簿》云：

湖岸缆初解，莺啼别离处。
遥见舟中人，时时一回顾。
坐悲芳树晚，花落青轩树。
春梦随我心，悠扬逐君去。

“莺啼”句、“花落”句皆亦景亦情，“时时”句实写张主簿对诗人的留恋，“春梦”二句虚写诗人对张主簿的难舍难分，皆为情真之语。

张旭(生卒年不详)，字伯高，吴郡(今江苏苏州)人。初任常熟尉，天宝初官金吾长史，又曾官左率府长史。旭嗜酒，杜甫称他与李白等人为“饮中八仙”。又善草书，每大醉，狂叫呼走，索笔或以头濡墨而书，时称张颠。唐文宗尝下诏以张旭草书、李白歌诗和裴旻剑舞为三绝。张旭今存诗六首，清词妙意，耐人体味。如云：

旅人倚征棹，薄暮起劳歌。
笑揽清溪月，清辉不厌多。

——《清溪泛舟》

隐隐飞桥隔野烟，石矶西畔问渔船：
“桃花尽日随流水，洞在清溪何处边？”

——《桃花溪》

山光物态弄春晖，莫为轻阴便欲归。
纵使晴明无雨色，入云深处亦沾衣。

——《山行留客》

《清溪泛舟》写旅人月下泛舟的情致，惬意之感溢乎言外。《桃花溪》只一问，便拓开诗境无限，见得诗人襟次不俗。又使得诗中有画，令人生想。《山行留客》以“留客”语为诗，大抵诗人与客人结伴进山，客人对山中气象不熟，误以为“轻阴”欲雨，便欲半途而返，于是诗人以诗中语相告。从“留客”语可以看出诗人对山中游趣体会之深。末句写景写人，别有意味，尤能道出人入深山溟濛云气之中的感受。可见张旭虽有颠狂之名，所作之诗却细润有致，不乏恬雅秀逸之美。

张若虚（生卒年不详），扬州人。官至兖州兵曹参军。今存诗二首，名作为《春江花月夜》。《春江花月夜》本为乐府《清商歌·吴声歌》旧题，陈后主、隋炀帝曾以其题作宫体诗（杨广所作已不像陈叔宝诗那样轻浮艳丽）。陈、隋及唐人所作，多为短篇。张若虚在诗中以阔大之境、深沉之思写客思之愁，将篇幅扩大为二百五十二字的长篇，且句句翻新，千条一缕，动人心脾。故王闿运称其“孤篇横绝，竟为大家”（陈兆奎辑《王志》卷二）。论其诗风，则属王、杨、卢、骆之体。管世铭即称其与卢照邻《长安古意》、骆宾王《帝京篇》、刘希夷《代悲白头翁》，同为初唐七古“杰作”（《读雪山房唐诗钞》卷八）。其实，“张若虚《春江花月夜》流畅婉转，出刘希夷《白头翁》上”（胡应麟《诗薮·内编》卷三），其于“四杰”七言歌行也是青出于蓝而胜于蓝。诗云：

春江潮水连海平，海上明月共潮生。
滟滟随波千万里，何处春江无月明？

江流宛转绕芳甸，月照花林皆似霰。
空里流霜不觉飞，汀上白沙看不见。
江天一色无纤尘，皎皎空中孤月轮。
江畔何人初见月？江月何年初照人？
人生代代无穷已，江月年年只相似。
不知江月待何人，但见长江送流水。
白云一片去悠悠，青枫浦上不胜愁。
谁家今夜扁舟子？何处相思明月楼？
可怜楼上月徘徊，应照离人妆镜台。
玉户帘中卷不去，捣衣砧上拂还来。
此时相望不相闻，愿逐月华流照君。
鸿雁长飞光不度，鱼龙潜跃水成文。
昨夜闲潭梦落花，可怜春半不还家。
江水流春去欲尽，江潭落月复西斜。
斜月沉沉藏海雾，碣石潇湘无限路。
不知乘月几人归？落月摇情满江树。

吴乔说："《春江花月夜》正意只在'不知乘月几人归'。"（《围炉诗话》卷二）"这首名诗是离愁凝成的悲歌"（王文生《中国美学史》第十五章第四节）。"所表现的内容是离愁，所生发的美感是情味"（同上第十章第一节）。诗四句一转韵，分为九节。前四节写望月所思，谓自有天地，便有此江此月，谁知何人是最初见月的人、何年是月光初次照人之时。而人之生死代谢无穷，月明、江流却千古如此。念及江、月无情，人生短暂，诗人四顾茫然，客思之愁油然而生。次四节用写闺情来写客思。诗中"离人"即思妇对"扁舟子"（即客子）的思念，出于客子对思妇思念之极的想像，说到底是出于诗人的室家之思。末节"斜月沉沉藏海雾"四句，是诗人对春已去，花已无，月已没，夜已尽，而游子未归、"离"人不胜其愁的慨叹，也是自抒情怀，写久客他乡而不能归的感伤情绪。末句"落月摇情满江树"，并非止于闺情，而是包含诗人望月兴感的种种情怀。诗围绕"春江花月夜"五字设景抒情，环转交错，各自生趣。以春江引出海，由海引出明月，又由江流、明月引出花林，引出人物，最后以春去、江流、花落、月落、夜尽作结。景换情移，前呼后应，若断若续。又诗中行文跌宕，不但前四节中"首八句使人火热……（后）八句又使人冰冷。然不见冰冷，则不见火热。此才子弄笔跌宕处"（徐增《而庵说唐诗》），就是后写闺情，也是在极写"离人"盼"君"归来之切后，再写其大失所望的"可怜"之心，由情感的大起大落，带来行文的跌宕有致。

第六节 陈子昂的文学主张和诗、文创作

陈子昂(661—702)，字伯玉，梓州射洪(今属四川)人。年轻时豪放任侠，十八岁始折节读书。传说他入京应试，尝于闹市用重金购胡琴一把，并约围观的人到他寓所听琴。次日他当众摔碎胡琴，将其平日所作诗文分发众人，自此名噪京都。这故事倒很符合子昂早年为人的特点。他二十四岁中进士第后，上书武后，得授麟台正字，三十三岁官右拾遗。曾在二十八岁和三十八岁时两次从军赴边，前随乔知之北征同罗、仆固，后随武攸宜征讨契丹。四十岁归隐故乡，四十二岁时，武三思阴嘱县令段简，将其害死在狱中。

陈子昂"少好三皇五帝霸王之经，历观丘坟，旁览代史，原其政理，察其兴亡，自伏羲神农之初，至于周、隋之际，驰骋数百年，虽未得详，而略可知也"(《谏政理书》)。长即"感时思报国，拔剑起蒿莱"(《感遇》三十五)，欲干一番事业。得到武后召见后，写了不少痛陈时弊、提出改革建议的奏章，"武后欲淫刑，而子昂极谏酷吏之害；武后欲黩兵，而子昂极谏丧败之祸；武后欲歼灭唐宗，而子昂请抚慰宗室。甚至初仕而争山陵之西葬，冒死而讼宗人之冤狱，皆言所难言，如枘入凿"(陈沆《诗比兴笺》)。此外，他还指斥武后耗财佞佛，说她外有信贤之名，而内实有疑贤之心。由于言多切直，"书奏辄罢之"(卢藏用《陈子昂别传》)。他在做右拾遗时便"默然不乐，私有挂冠之志"(卢藏用《陈子昂别传》)，经过两年的冤狱生活后，他又振作入边。武攸宜征契丹时，指挥不当，前军失利，子昂提出将兵万人出击以扳回败局，攸宜不但不允，反把他降为军曹。从此，他对武周政权失去了最后的希望。其《与韦五虚己书》云："仆尝窃不自量，谓以为得失在人，欲揭闻见，抗衡当代之士，不知事有大谬异于此望者！""夫道之将行也，命也；道之将废也，命也；子昂其如命何！雄笔，雄笔，弃尔归吾东山，无汩我思，无乱我心，从此遁矣！"于是他由斗士变成了隐士。综其一生，释、老、儒家以及纵横家思想都曾对他产生过影响。

陈子昂的文学革新主张主要见于《与东方左史虬〈修竹篇〉序》。序中说：

文章道弊五百年矣！汉、魏风骨，晋、宋莫传，然而文献有可征者。仆尝暇时观齐、梁间诗，彩丽竞繁，而兴寄都绝，每以永叹。思古人常恐逶迤颓靡，风雅不作，以耿耿也，一昨于解三处见明公《咏孤桐

篇》，骨气端翔，音情顿挫，光英朗练，有金石声。遂用洗心饰视，发挥幽郁。不图正始之音，复睹于兹，可使建安作者相视而笑。解君云："张茂先、何敬祖，东方生与其比肩。"仆亦以为知言也。故感叹雅制，作《修竹诗》一篇，当有知音以传示之。

从陈子昂对东方虬《咏孤桐篇》的评论，可以看出他的诗歌革新主张是：一，对晋以来五百年柔弱不振的诗风持批判态度，认为它们"彩丽竞繁，而兴寄都绝"，即只求词藻轻艳而不及讽谕。这显然是从诗应表现一定的思想内容和发挥社会作用这个角度立论的。二，标举汉、魏风骨，提倡风雅精神，以此作为唐诗奋斗的目标。汉、魏风骨，主要是指"建安风力"，他提倡这种风格，是要用它取代初唐诗坛流行的齐、梁余风。风雅精神，指《诗经》以来诗歌创作中的写实精神。他理想中的诗歌是"骨气端翔"，既具风骨，又气势飞动，而且音调顿挫，感情波澜起伏，作品光彩明朗、皎洁；做到既要有现实内容，又有完美的艺术形式。他把建安、正始诗歌奉为楷模，口号是复古，实质是要革新。因为他的主张有破有立，故号召力强，影响很大。

陈子昂的诗歌创作和他的理论主张是一致的，其诗以五古成就最高，诗风慷慨悲凉，善于使用比兴手法，用语质朴而寄托深远，代表作为《感遇》三十八首。

《感遇》从形式到内容和表达方法，都受到阮籍《咏怀》的影响。组诗并非写于一时一地，内容比较丰富、复杂。有的揭露和抨击武则天时期的种种弊政，如斥责武后大肆兴建庙宇、大兴冤狱、不赏边功等等，与他上表言事的内容一致。有的表现自己理想不能实现的苦闷和愤慨。有的叹息人生祸福无常，赞美隐逸生活，这都是由于理想破灭，在现实中看不到出路所流露出来的情绪。如《感遇》十九：

圣人不利己，忧济在元元。
黄屋非尧意，瑶台安可论！
吾闻西方化，清净道弥敦。
奈何穷金玉，雕刻以为尊？
云构山林尽，瑶图珠翠烦。
鬼功尚未可，人力安能存？
夸愚适增累，矜智道逾昏。

天授元年（690），和尚法明编造《大云经》，诡称武后是弥勒佛降生，应取代李唐称帝。武后借助佛教为其称帝制造舆论，于是大兴土木，修造宏伟精丽的佛像、寺庙。当时狄仁杰上疏说："今之伽蓝，制过宫阙。穷奢极壮，画绘尽工。宝珠殚于缀饰，瑰材竭于轮奂。功不使鬼，止在役人；物不天来，终须地出；不损百姓，将何以求?"张廷珪亦谏阻武后修造大佛像，希望她"行佛之意，务以理为上"(《旧唐书·张廷珪传》)。据此可知这首诗实为一首写时事的政治诗，它的现实针对性是很明显的。又如《感遇》其二：

兰若生春夏，芊蔚何青青。
幽独空林色，朱蕤冒紫茎。
迟迟白日晚，袅袅秋风生。
岁华尽摇落，芳意竟何成!

此诗以孤独生长在空寂山林中的兰若自比，写其无人欣赏，岁华摇落，芳意无成，抒发诗人理想破灭的遗恨和苦闷。这当然是有"兴寄"的诗。子昂《感遇》格调兴味绝似阮籍《咏怀》，意多在言外，旨无专属。又有如郭璞、如左思、如陶潜处，较之"四杰"，更多一份"古"气，使得唐诗出现一新气象。

他的《登幽州台歌》感慨尤为深沉，可谓千古绝唱。诗云：

前不见古人，后不见来者。念天地之悠悠，独怆然而涕下。

此诗首二句虽是借用前人语句(南朝宋武帝用过)，但和下二句融为一体，很好地表达出了诗人处于非常时期的心声。《陈氏别传》说子昂自请分兵出击契丹，结果武攸宜"谢而不纳"。他日又提出请求，攸宜竟降其职。子昂"因登蓟北楼，感昔乐生、燕昭之事，赋诗数首，乃泫然流涕而歌"。诗人独立蓟北楼上，想到古代君臣风云际会，而自己半生坎坷，深感生不逢时，是报国之志和现实之间的矛盾使他不禁流下泪水。诗的前二句就时间言，"古人"、"来者"都是指真正爱才、识才、用才的君王或主事者。诗人胸怀失意之悲，面临无际原野、空旷天宇，便有天地悠久、人生短暂而知音难逢的感叹。诗以"不见"带出"独"，把诗人不能为人所用、为世所容的悲哀和愤懑写得十分充分。诗人感慨深，但诗中又未细说引起感慨的原因，只是说到他面对无限时间、无垠空间所产生的孤单感，所以此诗容易引起古代许多失意者的共鸣。

陈子昂的五言律诗不多，但有佳作。如云：

遥遥去巫峡，望望下章台。
巴国山川尽，荆门烟雾开。
城分苍野外，树断白云隈。
今日狂歌客，谁知入楚来！

——《度荆门望楚》

故乡杳无际，日暮且孤征。
川原迷旧国，道路入边城。
野戍荒烟断，深山古木平。
如何此时恨，嗷嗷夜猿鸣。

——《晚次乐乡县》

故人洞庭去，杨柳春风生。
相送河洲晚，苍茫别思盈。
白蘋已堪把，绿芷复含荣。
江南多桂树，归客赠生平。

——《送客》

《度荆门望楚》写诗人出蜀进入江汉平原见到的阔大景象，言语中流淌出半是激动半是自得的心情。《晚次乐乡县》以景写情，所写之景，无不带有诗人日暮孤行黯然思家的情感印记。《送客》也是以景写情，用景物描写创造一种“别思”盈盈的氛围。诸诗皆律中有古，寓意于景，设色妍丽，但又显得古淡遒劲，而有清雄之美。

陈子昂的诗已去掉六朝诗的脂粉气，可以说是齐、梁诗风和盛唐诗风的分水岭。但他的诗过于古直，对六朝以来所积累的艺术经验汲取极少，未写过七古、七律。陈子昂起衰振靡，开一代正声的功绩在唐诗发展史上有崇高的地位，他端正了唐诗发展的方向，为李、杜攀登高峰开创了道路。陈子昂诗歌的特点和影响，诚如高棅所说：“公之高才倜傥……文不按古，伫兴而成。观其音响冲和，词旨幽邃，浑浑然有平大之意，若公输氏当巧而不用者也。故能掩王、卢之靡韵，抑‘沈、宋’之新声，继往开来，中流砥柱，上遏贞观之微波，下决开元之正派。”(《唐诗品汇·五言古诗叙目》)

陈子昂还是唐代散文复古的先行者。陆希声即谓“唐兴，(为文)犹袭隋故态，至天后朝，陈伯玉始复古制，当世高之”(《李观文集序》)。其复古主张和文章风格受到过古文家萧颖士、李华和韩愈等人的肯定。其文“虽博雅典实，犹未能全去谐靡”(《李观文集序》)，具体说，则“惟诸表序犹沿俳俪之习，若论事书、疏之类，实疏朴近古”(《四库全书总目提要》卷一四九)。

子昂书、疏之作，言事慷慨激昂，说理明快、深刻，出言凌厉、峻直，个性特征突出。句式则骈散兼用，或奇或偶，以气为主。代表作有《谏灵驾入京书》。弘道元年(683)，唐高宗李治崩于洛阳贞观殿，睿宗李旦随即下诏将其灵柩运回长安安葬(武则天不赞成)。陈子昂此年中进士第，尚未授官，见诏而上此书。“时皇上以太后(武则天)居摄，览其书而壮之，召见问状。……拜麟台正字。时洛中传写其书，市肆闾巷，吟讽相属。乃至转相货鬻，飞驰远迩。”(《陈氏别传》)其书有云：

臣闻明主不恶切直之言以纳忠，烈士不惮死亡之诛以极谏。故有非常之策者，必待非常之时；有非常之时者，必待非常之主。然后危言正色，抗议直辞，赴汤镬而不回，至诛夷而无悔，岂徒欲诡世夸俗，厌生乐死者哉！实以为杀身之害小，存国之利大，故审计定议而甘心焉。况乎得非常之时，遇非常之主，言必获用，死亦何惊，千载之迹，将不朽于今日矣！……

臣闻秦据咸阳之时，汉都长安之日，山河为固，天下服矣。然犹北假胡宛之利，南资巴蜀之饶。自渭入河，转关东之粟；踰沙绝漠，致山西之宝。然后能削平天下，弹压诸侯，长辔利策，横制宇宙。今则不然。燕代迫匈奴之侵，巴陇婴吐蕃之患。西蜀疲老，千里赢粮；北国丁男，十五乘塞；岁月奔命，其弊不堪。秦之首尾，今不完矣，即所余者，独三辅之间尔。

顷遭荒馑，人被荐饥。自河而西，无非赤地；循陇以北，罕逢青草。莫不父兄转徙，妻子流离，委家丧业，膏原润莽，此朝廷之所备知也。赖以宗庙神灵，皇天悔祸，去岁薄稔，前秋稍登，使羸饿之馀，得保沉命，天下幸甚，可谓厚矣。然而流人未返，田野尚芜，白骨纵横，阡陌无主。至于蓄积，犹可哀伤。

陛下不料其难，贵从先意，遂欲长驱大驾，按节秦京。千乘万骑，何方取给？况山陵初制，穿复未央，土木工匠，必资徒役。今欲率疲弊之众，兴数万之兵，征发近畿，鞭扑羸老，凿山采石，驱以就功。但恐春作无时，秋成绝望，凋瘵遗噍，再罹饥苦。倘不堪其弊，有一逋逃，“子来”之颂，其将何词以述？此亦宗庙之大机，不可不深图也。况国无兼岁之储，家鲜匝时之蓄，一旬不雨，犹可深忧；忽加水旱，人何以济？陛下不深察始终，独违群议，臣恐三辅之弊，不止如前日矣！

且天子以四海为家，圣人包六合为宇。历观邃古，以至于今，何尝不以三王为仁，五帝为圣。故虽周公制作，夫子著明，莫不祖述尧、舜，宪章文、武，为百王之鸿烈，作千载之贞规。然而舜死陟方，葬苍梧而不返；禹会群后，殁稽山而永终。岂其爱蛮夷之乡而鄙中国哉？实将欲示圣人之无外也。故能使坟籍以为美谈，帝王以为高范。况我巍巍大圣，轹帝登皇，日月所照，莫不率俾。何独秦、丰之地，可置山陵；河、洛之都，不堪园寝？陛下岂可不察之？愚臣窃为陛下惜也。

陈子昂认为将高宗“梓宫”西迁京师“计非上策”，固然有迎合武则天意图之嫌，但所陈理由和他勇于上书非议诏书的行为，却反映出他胆识过人。书中以“明主”、“烈士”对言，说作者上书态度就理正词壮，显出其忠勇、果敢的气概。下说“灵驾”不可西归的理由，既说民众不堪重负(关中顷遭荒馑，民生艰难)，又以三王五帝为例言其不必西归。后又说洛阳景山形胜宜为帝王陵寝，说灵驾西归、舍洛阳而不顾可能出现的政治危机。或今或古，时正时反，可谓严密、周全。又叙事说理，笔带感情，时时出于诘问、慨叹之语，如说陛下当用其言，即一再谓“陛下不深察始终，独违群议，臣恐三辅之弊，不止如前日矣”，“陛下岂可不察之？愚臣窃为陛下惜也”，“陛下何不览谏臣之策、采行路之谣、谘谋太后、平章宰辅，协苍生之望，知有所安，天下岂不幸甚”，“愿陛下察之！若以臣愚不用，朝议遂行，臣恐关陇之忧，无时休也”云云。真是“敢触龙鳞”而“言多切直”，气势逼人。子昂谏诤之辞，大多如此。它们上承汉初文风，下起唐初文风之衰，对唐代古文发展影响深远。

第四章　盛唐诗歌

第一节　张说、张九龄和王翰、王湾的诗

张说(667—730)，字道济，一字说之，洛阳人。开元元年(713)为中书令，封燕国公。是年末，“与姚元崇不平，罢为相州刺史，河北道按察史，坐累徙岳州”(《新唐书·张说传》)。开元六年(718)任右羽林将军、幽州都督、河北节度使，摄御史大夫。开元十三年(725)为尚书右丞相兼中书令。开元十七年(729)迁左丞相，十八年(730)加开府仪同三司。他是盛唐前期的文坛领袖，“喜推藉后进，多引天下知名士，以佐佑王化”(《新唐书·张说传》)。尝与徐坚论“近代文章”，曰：“李峤、崔融、薛稷、宋之问之文，如良金美玉，无施不可。富嘉谟之文，如孤峰绝岸，壁立万仞，浓云郁兴，震雷俱发，诚可畏也。若施于廊庙，则骇矣。阎朝隐之文，如丽服靓妆，燕歌赵舞，观者忘疲，若类之风、雅，则罪人矣。……韩休之文，如大羹旨酒，雅有典则，而薄滋味。许景先之文，如丰肌腻理，虽秾华可爱，而微少风骨。张九龄如轻缣素练，实济时用，而窘边幅。王翰琼杯玉斝，虽烂然可珍，而多玷缺。”(《旧唐书·杨炯传》)于此可见张说对诗、文之美的看法。他诗、文兼擅，尤其擅长骈文写作，朝廷许多重要文章都出自他手。应世之文则以碑志著称。所作碑志“不敢假称虚善，附丽其迹”(《与魏安州书》)，且善用细节写人。除诗、文外，张说还作有传奇。

张说之诗，多为“奉和圣制”之作，但也有自抒情怀的好诗。

如其谪居岳州所写的诗，就多用比兴，感物写怀，情感凄婉，颇为可观。前人以为得江山之助，其实在于有了深切的生活感受。如其《巴丘春

作》：

日出洞庭水，春山挂断霞。
江涔相映发，卉木共纷华。
湘戍南浮阔，荆关北望赊。
湖阴窥魍魉，丘势辨巴蛇。
岛户巢为馆，渔人艇作家。
自怜心问景，三岁客长沙。

又《岳州宴别潭州王熊》其二有谓“孤城临楚塞，远树入秦宫。谁念三千里，江潭一老翁”，皆出言凄婉，虽写景取自本地风光，抒情却尽言自家伤感情怀。张说擅长五律，通篇匀称，不能句摘，名篇如《幽州夜饮》云：

凉风吹夜雨，萧瑟动寒林。
正有高堂宴，能忘迟暮心？
军中宜剑舞，塞上重笳音，
不作边城将，谁知恩遇深！

此诗托意深婉。虽然“说上说下，总是一个不乐幽州”（徐增《而庵说唐诗》），但诗中并未说破，诗人的牢骚，是通过层层凸显其萧瑟悲凉情怀和反话正说的方式表现出来的。又《还自端州驿前与高六别处》云：

旧馆分江日，凄然望落晖。
相逢传旅食，临别换征衣。
昔记山川是，今伤人代非。
往来皆此路，生死不同归。

诗亦深情凄婉。诗人怀念死者，因地是人非而感慨系之，真所谓“气惨情伤，声泪俱下，字字从心坎中说出，非口头悲悼者比也”（顾安辑《唐律消夏录》）。其五绝亦饶有诗味，《蜀道后期》云：

客心争日月，来往预期程。
秋风不相待，先至洛阳城。

诗人出差蜀地，原本以为“归途千里外，秋月定相逢”，如今秋风已起，尚自羁留蜀地。诗人把秋风拟人化，仿佛与它约定同归洛阳似的，责其失约，似属无理，却甚有趣。这类诗已颇具盛唐风貌了。另有《邺都引》用曹操生前的英雄业迹反衬他死后的凄凉，从曹操在群雄争逐之时“昼携壮士破坚阵，夜接词人赋华屋”，写到贵臣、蛾眉同归灰尘，思致亦深，其“声调渐响，去王杨卢骆体远矣”（沈德潜《唐诗别裁》），可视为盛唐七古的先声。

张九龄(678—740)，字子寿，韶州曲江（今属广东）人。年轻时就以文才卓异受到张说的赏识。中进士第，为校书郎；中制科，为左拾遗。张说曾荐九龄为集贤院顾问。说卒，玄宗召九龄为秘书少监、集贤院学士、知院事，后拜中书令，由于奸相李林甫的排挤，贬为荆州长史。

张九龄和陈子昂一样，对初唐以来绵句绘章、揣合低昂而刚健不闻的诗风深为不满。但他主要是以自己的创作对扭转齐、梁余风作出了贡献。他的《感遇》十二首、《杂诗》五首，风格与陈子昂《感遇》相近。

兰叶春葳蕤，桂华秋皎洁。
欣欣此生意，自尔为佳节。
谁知林栖者，闻风坐相悦。
草木有本心，何求美人折！

——《感遇》其一

江南有丹橘，经冬犹绿林。
岂伊地气暖，自有岁寒心。
可以荐嘉客，奈何阻重深。
运命唯所遇，循环不可寻。
徒言树桃李，此木岂无阴。

——《感遇》其七

良辰不可遇，心赏更蹉跎。
终日块然坐，有时劳者歌。
庭前揽芳蕙，江上托微波。
路远无能达，忧情空复多。

——《杂诗》其三

三诗都是抒怀之作。前二首用比兴手法写自己品德的坚贞，“其一”云“草木有本心，何求美人折”，“气高而不怒”(《唐诗绪笺》)，大有自赏自重之意。“其七”就小物说大道理，希望能为人所用，并对自己的不遇发出慨叹。《杂诗》其三更是直接诉说诗人“良辰不可遇”、“路远无能达”的“幽情”。这些诗写在他贬为荆州长史时，诗中兴寄所在是很明显的。

张九龄五言古诗以兴寄为主，对唐五古发展贡献很大。王士祯说：“唐五言古诗凡数变，约而举之：夺魏、晋之风骨，变齐、梁之俳优，陈伯玉之力最大，曲江公继之，太白又继之。”(《带经堂诗话》卷四)沈德潜也说：“唐初五言古，渐趋于律，风格未遒。陈正字起衰而诗品始正，张曲江继续而诗品乃醇。”(《唐诗别裁》卷一)比较而言，子昂亢爽，九龄蕴藉；子昂深奇，九龄淹密；子昂独开古雅之源，九龄首创清澹之派，二人对盛唐诗都产生过大的影响。胡应麟即云：“盛唐继起，孟浩然、王维、储光羲、常建、韦应物，本曲江之清澹，而益以风神者也。高适、岑参、王昌龄、李颀、孟云卿，本子昂之古雅，而加以气骨者也。”(《诗薮·内编》卷二)

九龄所作五律亦多，写法各有特点。如其写景、怀人之作，有云：

万丈洪泉落，迢迢半紫氛。
奔飞流杂树，洒落出重云。
日照虹霓似，天清风雨闻。
灵山多秀色，空水共氤氲。

——《湖口望庐山瀑布泉》

海上生明月，天涯共此时。
情人怨遥夜，竟夕起相思。
灭烛怜光满，披衣觉露滋。
不堪盈手赠，还寝梦佳期。

——《望月怀远》

前诗写庐山瀑布，通篇生动有气势，可谓清思健笔。“似”、“闻”及“共氤氲”数字，为望中瀑布传神写照，似无他字可换，故谭元春说“瀑布诗，此是绝唱矣”(《唐诗归》)。后诗写望月怀远之思。首联“共”字用得好，自然引出对“情人”的思念，而表达思念之情却从“情人”对自己的“相思”说来(杜甫《月夜》写法与此同)。下写自己相思难禁的种种情事，说月说人而语调凄婉，故前人说此诗“是五律中《离骚》”(姚鼐辑《五七言今体诗钞》)。

盛唐早期诗人很多，创作成就卓著的，还有王翰、王湾等。

王翰(生卒年不详)，字子羽，并州晋阳(今山西太原)人。于睿宗景云元年(710)登进士第后，曾两举制科。开元九年(721)张说为相，以翰为秘书正字，擢拜通事舍人，迁驾部员外郎。开元十四(726)年张说罢相，出翰为汝州长史，改仙州别驾，后因事贬道州司马。今存诗十四首，其中《古蛾眉怨》、《飞燕篇》等，明显受到齐、梁宫体诗风的影响。充满豪壮之气的，是用七绝、七古形式写的边塞诗。像《凉州词》二首、《饮马长城窟行》等，皆是。如《凉州词》其一云：

葡萄美酒夜光杯，欲饮琵琶马上催。
醉卧沙场君莫笑，古来征战几人回？

小诗意味隽永，气格俱胜。诗的前二句写出征人战前一个特有的生活场面：欲饮美酒而军乐催人出征。三、四句系诗人替征人设想之词，以豪迈、旷达的语言表现沉痛而又含蓄的感情，透露出将士们反对穷兵黩武的心理状态。作者的倾向性亦暗寓其中。

王湾(生卒年不详)，洛阳人。先天元年(712)中进士第，开元初年(713)为荥阳主簿，曾参与编撰《群书四部录》，后为洛阳尉。今存诗十一首。唐人殷璠《河岳英灵集》选王湾诗八首，且评其诗谓“游吴中作《江南意》诗云‘海日生残夜，江春入旧年’，诗人已来少有此句。张燕公手题政事堂，每示能文，令为楷式。”《江南意》即《次北固山下》，全诗为：

客路青山外，行舟绿水前。
潮平两岸阔，风正一帆悬。
海日生残夜，江春入旧年。
乡书何处达？归雁洛阳边。

诗本写诗人岁暮船停北固山下的乡思之愁，“海日”二句自有慨叹久久羁留外地而难以归乡之意。但其写诗人睹景悟时之变，却又境界壮阔，令人生想。诗写长江下游，残夜尚未消退，红日却从水天相接处“生”出，江边景物已带春意，春天如同一个快步急行的青年闯入残冬季节。从诗的形象还可以领悟到一个道理：光明已在残夜出现，春天正在驱赶冬天；黑暗即将过去，希望已快到来。这样的诗有一股催人向上的力量，正反映出盛唐时代诗人们的精神面貌。

第二节　孟浩然和刘眘虚、张子容、崔国辅的诗

孟浩然(689—740)，襄阳(今属湖北)人。他也是盛唐前期诗人。大约四十岁以前在家乡隐居读书，为应试作准备。经常住的地方是涧南园和鹿门山。隐居期间，常和地方官吏、读书人来往。其《洗然弟竹亭》云：

吾与二三子，平生结交深。
俱怀鸿鹄志，共有鹡鸰心。

可见早年的孟浩然有远大的抱负。又《田园作》云：

粤余任推迁，三十犹未遇。
书剑时将晚，丘园日已暮。
晨兴自多怀，昼坐常寡悟。
冲天羡鸿鹄，争食羞鸡鹜。
望断金马门，劳歌采樵路。
乡曲无知己，朝端乏亲故。
谁能为扬雄，一荐《甘泉赋》。

说明他也常为自己的“不遇”而焦虑，希望能得到皇帝的赏识。四十岁往长安应试，不第。四十四岁时，“采访使韩朝宗约浩然偕至京师，欲荐于朝。会故人至，剧饮欢甚，或曰：‘君与韩公有期。’浩然叱曰：‘业已饮，遑恤他！’卒不赴。朝宗怒，辞行，浩然不悔也”(《新唐书·孟浩然传》)。孟浩然隐居襄阳，曾多次出游吴越、湖湘、巴蜀等地。晚年曾在荆州长史张九龄幕府中任职，一年多后归家。王昌龄被贬岭南，北归途经襄阳，孟浩然宴请昌龄，因食缩项鳊引起背上疮发而死。

孟浩然的诗多以山水、田园为歌咏对象，善于描写孤清恬静的境界。也有少数诗抒发牢骚情绪(如《岁暮归南山》谓“北阙休上书，南山归敝庐。不才明主弃，多病故人疏”云云)，和歌咏自然界的壮观景象。

孟诗内容虽不太丰富，但艺术风格独特。突出特征是清新淡雅，情调淡，色彩亦淡，但淡而有味，似水墨画。如其“微云淡河汉，疏雨滴梧桐”，“荷风送香气，竹露滴清响”(《夏日南亭怀辛大》)，“众山遥对酒，孤屿共题诗”(《永嘉上浦馆逢张八子容》)，都是语极清净而韵味清淡的佳句，故杜

甫说："复忆襄阳孟浩然，清诗句句尽堪传。"(《解闷》十二首)

孟浩然对陶渊明的人品十分景仰，曾言：

尝读《高士传》，最嘉陶征君。
日耽田园趣，自谓羲皇人。

——《仲夏归汉南园寄京邑耆旧》

其诗亦学陶潜，不过思想深度大不如陶。他是盛唐山水田园诗派的开创者，其山水田园诗的内容和情调，与他的隐逸生活、旅游生活有紧密联系。诗如：

山寺钟鸣昼已昏，渔梁渡头争渡喧。
人随沙岸向江村，余亦乘舟归鹿门。
鹿门月照开烟树，忽到庞公栖隐处。
岩扉松径长寂寥，唯有幽人夜来去。

——《夜归鹿门山歌》

故人具鸡黍，邀我至田家。
绿树村边合，青山郭外斜。
开筵面场圃，把酒话桑麻。
待到重阳日，还来就菊花。

——《过故人庄》

北山白云里，隐者自怡悦。
相望试登高，心随雁飞灭。
愁因薄暮起，兴是清秋发。
时见归村人，平沙渡头歇。
天边树若荠，江畔舟如月。
何当载酒来，共醉重阳节。

——《秋登万山寄张五》

《夜归鹿门山歌》以渡头、沙岸的热闹景象衬写月色中鹿门山的清幽境界，语词清疏简淡，显露出诗人"闲淡疏豁，翛然自得之趣"(胡震亨《唐音癸签》引徐献忠语)。《过故人庄》风韵、境界酷似陶诗，它写诗人应友人之邀到田家小饮的生活情景，描绘出一幅生动的乡村图画，表现出诗人情趣的淡泊、高雅和朋友间友情的纯朴。全诗似信口说出，浅之至而深，淡之至而浓。写景浑成而无刻画痕迹，作律诗而知取法古体。《秋登万山寄张五》写诗人对张五的思念之情，愁是淡淡的愁，所写景物也是一幅疏淡的水墨画。但诗人的韵致飘逸、一往情深和对自然景物的清新感受却是触目可见的。

除表现隐逸生活的田园诗外，诗人还写有许多山水诗，他写到的山水有高山大海，长江小渚，有壮景亦有幽景。其《登望楚山最高顶》：

山水观形胜，襄阳美会稽。
最高唯望楚，曾未一攀跻。
石壁疑削成，众山比全低。
晴明试登陟，目极无端倪。
云梦掌中小，武陵花处迷。
暝还归骑下，萝月映深溪。

其《与颜钱塘登樟亭望潮作》：

百里闻雷震，鸣弦暂辍弹。
府中连骑出，江上待潮观。
照日秋云迥，浮天渤澥宽。
惊涛来似雪，一坐凛生寒。

前写望楚山，后写钱塘潮，皆极壮观。但他最为人传诵的还是那些以淡雅著称的山水小诗。

挂席几千里，名山都未逢。
泊舟浔阳郭，始见香炉峰。
尝读《远公传》，永怀尘外踪。
东林精舍近，日暮但闻钟。
——《晚泊浔阳望庐山》

垂钓坐盘石，水清心亦闲。
鱼行潭树下，猿挂岛藤间。
游女昔解佩，传闻于此山。

求之不可得，沿月棹歌还。
——《万山潭作》

移舟泊烟渚，日暮客愁新。
野旷天低树，江清月近人。
——《宿建德江》

以平常言语写平常景，而情在其中。传说当年王维因读《晚泊浔阳望庐山》美其风度而为孟浩然画像，可见孟诗写景是景中有人的。《宿建德江》更是景清语清，把人带入清美的意境，有很高的审美价值。胡应麟说“浩然清而旷”(《诗薮》)，当指这类诗而言。

孟浩然的诗并非一味冲淡，也有浑健之作，除上面提到的写望楚山、钱塘潮的作品外，《彭蠡湖中望庐山》、《望洞庭湖赠张丞相》亦属“冲淡中有壮逸之气”(《吟谱》)。后者诗云：

八月湖水平，涵虚混太清。
气蒸云梦泽，波撼岳阳城。
欲济无舟楫，端居耻圣明。
坐观垂钓者，徒有羡鱼情。

此诗一名《临洞庭》。张丞相，指张说(一说指张九龄)，时张说为岳州刺史。作者渴望得到对方的援引，但表达含蓄。诗的前四句写洞庭湖的阔大气象，语势雄壮。所用“蒸”、“撼”二字，何等响亮、确切、警拔！故殷璠称三、四句为“高唱”(《河岳英灵集》卷中)。后四句本言望对方施以援手，却不直露其意，而出以比兴之辞，显得温厚、幽婉。若从全诗着眼，诗中情景是不太协调的，突出的毛病是景大情小。

孟浩然是在生活中有了真感受方才写诗，所谓“伫兴”而作。皮日休说他“遇景入咏，不钩奇抉异、令龌龊束人口者，涵涵然有干霄之兴，若公输氏当巧而不巧者也”(《郢州孟亭记》)，正道出了浩然诗风自然、朴素而又洗削凡近、趋于清净的特点。比如《春晓》：

春眠不觉晓，处处闻啼鸟。
夜来风雨声，花落知多少！

直是轻描淡写，勾勒出一尘不染的园林景色，展现出诗人意念的流动。一般说，孟浩然诗边幅太窄，这主要是受他生活经历的限制，苏轼说：“浩然之诗，韵高而才短，如造内法酒手，而无材料耳。”(陈师道《后山诗话》引)可谓中肯之论。

在古代山水田园诗发展史上，孟浩然上继陶潜、谢灵运、谢朓，直承王绩(比他清丽爽朗)，具有较高的地位。盛唐诗人如李白、杜甫等人对孟浩然的品德和诗风都很敬仰。李白说“吾爱孟夫子，风流天下闻……高山安可仰，徒此揖清芬”(《赠孟浩然》)，杜甫也称赞他“作诗何必多，往往凌鲍谢”(《遣兴五首》)。孟浩然对盛唐诗人创作上的启发和影响是不可低估的。

刘昚虚(生卒年不详)，字全乙，江东(今江浙一带)人，或云洪州新吴(今江西奉新)人。开元十一年(723)登进士第，又登博学宏词科第，授校书郎。与孟浩然、王昌龄友善。今存诗十四首。殷璠说：“昚虚诗，情幽兴远，思苦语奇，忽有所得，便惊众听。顷东南高唱者数人，然声律宛态，无出其右，唯气骨不逮诸公。自永明已还，可杰立江表。至如‘松色空照水，经声时有人’，又‘沧溟千万里，日夜一孤舟’，又‘归梦如春水，悠悠绕故乡’，又‘驻马渡江处，望乡待归舟’，又‘道由白云尽，春与清溪长。时有落花至，远随流水香。开门向溪路，深柳读书堂。幽映每白日，清晖照衣裳’，并方外之言也。惜其不永，天碎国宝。”(《河岳英灵集》卷上)所谓“方外之言”，是说上引诗句能写出世外之境，非世俗中语。如“时有落花至，远随流水香”，即含禅意。昚虚诗意境超远、幽敻，“多清空一气如话，却有不落色相之妙，然稍近率易”(李慈铭《越缦堂诗话》)。它们多以写景取胜，而写景往往气象空明，字句外有灵气往来，字句内深含理趣。诗如：

木叶纷纷下，东南日烟霜。
林山相晚暮，天海空青苍。
暝色况复久，秋声亦何长。
孤舟兼微月，独夜仍越乡。
寒笛对京口，故人在襄阳。
咏思劳今夕，江汉遥相望。

——《暮秋扬子江寄孟浩然》

青冥南山口，君与缁锡邻。
深路入古寺，乱花随暮春。
纷纷对寂寞，往往落衣巾。

松色空照水，经声时有人。
晚心复南望，山远情独亲。
应以修往业，亦惟立此身。
深林度空夜，烟月资清真。
莫叹文明日，弥年徒隐沦。
——《寄阎防》原注：防时在终南丰德寺读书

《暮秋扬子江寄孟浩然》除后四句点题，显出无限深情外，前八句写暮秋江景，不单所写“景色鲜新”（邢昉《唐风定》），而且托景抒情，全为思孟而发。所谓“一字不及孟浩然，读其诗已有一孟襄阳立其前矣”（钟惺《唐诗归》）。《寄阎防》于阎防学业、品性修养勉励有加，而纡徐道来，显得一往春容。“深路入古寺”二句，“松色空照水”二句，写景状物虽有动、静之分，总能突出深山古寺的静谧。“深林度空夜”二句，是写景，也是写人，写诗人对阎防的期许。“烟月”云云，谓其性本清真，而烟月又资之，出语清美而立意高绝。刘诗于“情幽兴远，思苦语奇”（《河岳英灵集》卷上）外，亦有自然、率直之作。其《寄江滔求孟六遗文》云：

南望襄阳路，思君情转亲。
偏知汉水广，应与孟家邻。
在日贪为善，昨来闻更贫。
相如有遗草，一为问家人。

即一气呵成，如同与江滔面谈一般。而《戎葵花歌》云：

昨日一花开，今日一花开。
今日花正好，昨日花已老。
人生不得长少年，莫惜床头酤酒钱。
请君有钱向酒家，君不见，戎葵花！

前五句写对人生苦短的感悟，实与刘希夷、张若虚诗中所言感受相同，但以诗言之，尤其说得简明，而说“莫惜床头酤酒钱”云云，出语又何等浅直。前人说刘诗“稍近率易”（李慈铭《越缦堂读书记》），当指此类诗而言。其实这类诗冲口而发，却更能显出诗人为人朴质、率真的本色。

张子容（生卒年不详），襄阳（今属湖北）人。早年隐居襄阳白鹤岩，与孟浩然为死生交。先天元年(712)登进士第，开元中谪为乐城尉，又曾官晋陵尉。曾流寓江表有年，后弃官而归。其《送内兄李录事归故里》言其经历，云：

十年多难与君同，几处移家逐转蓬。
白首相逢征战后，青春已过乱离中。
行人杳杳看西日，归马萧萧向北风。
汉水楚云千万里，天涯此别恨无穷！

张子容诗多清雅之作，风格与孟浩然相近。其《春江花月夜》其一云：

林花发岸口，气色动江新。
此夜江中月，流光花上春。
分明石潭里，宜照浣纱人。

前四句写尽题面意，自以景胜；末句“宜”字传情，显出诗人雅趣。此诗与张若虚同题之作各有长处，谭元春即言：“此题琐碎，而若虚之多，子容之简，不妨并妙。简者尤难耳。”(《唐诗归》)同以写景取胜而造境清远者，尚有《泛永嘉江日暮向舟》。诗云：

无云天欲暮，轻鹢大江清。
归路烟中远，回舟月上行。
傍潭窥竹暗，出屿见沙明。
更值微风起，乘流丝管声。

此诗造语、境界酷似孟诗。八句诗翩然而起，飒然而止，结构独特。前人言其结构如此，乃“于心目相取处得景、得句……景尽意止，意尽言息，必不强括狂搜，舍有而寻无。在章成章，在句成句”(王夫之辑《唐诗评选》)。可见其写景生动、有趣(如“回舟月上行”)，造境清雅不俗，主要是由他的“目”见、“心”思所决定的。

崔国辅(生卒年不详)，吴郡(今江苏苏州)人。开元十四年(726)登进士第，做过山阴尉、许昌令，后入为左补阙、起居舍人、集贤直学士、礼部员外郎。天宝十一载(752)贬为竟陵司马。为诗长于五言乐府，与王昌龄、王之涣互有唱和。殷璠谓“国辅诗，婉娈、清楚，深宜讽味。乐府数章，古人不及也”(《河岳英灵集》卷中)。其小乐府多为五绝，篇篇有乐府遗意，但主要还是写诗人的感受。如《魏宫词》谓“朝日照红妆，拟上铜雀台。画眉犹未了，魏帝使人催”，诗借魏宫琐事(曹丕宠爱其父之宫女)讥武才人(则天)为高宗所宠。后来李商隐《龙池》“薛王沉醉寿王醒”，即与此同一笔墨。《长信草》谓“长信宫中草，年年愁处生。故侵珠履迹，不使玉阶行”，写宫怨而归怨于草，构思巧妙。说草“年年愁处生”，注情入景，见得失宠宫女愁怨之深。“不使”云云，明责其草而暗吐其怨。所谓“婉娈、清楚”，于此可见。又如《采莲曲》谓“玉溆花争发，金塘水乱流。相逢畏相失，并着采莲舟”，《小长干曲》谓“月暗送潮风，相寻路不通。菱歌唱不彻，知在此塘中”，《湖南曲》谓“湖南送君去，湖北送君归。湖里鸳鸯鸟，双双他自飞”，《中流曲》谓“归时日尚早，更欲向芳洲。渡口水流急，回船不自由”，写青年男女恋情，皆有南朝乐府民歌风味。而叙写生动传神，妙用细节，颇有生活气息。

第三节 王维的诗、文和裴迪、储光羲、常建的诗

一、王维的诗、文创作

王维(701—761)，字摩诘，太原祁(今山西祁县)人，后举家迁至蒲州(今山西永济)。开元九年(721)中进士第，调太乐丞，不久因伶人舞黄狮子事贬为济州司库参军。

张九龄为相，王维上书自荐，被任命为右拾遗。开元二十五年(737)，张九龄被李林甫排挤出京。这年秋天，王维为监察御史，奉使赴凉州宣慰崔希逸，在河西节度府担任判官。开元二十八年(740)冬以殿中侍御史知南选。天宝元年(742)转左补阙，后又迁侍御史、库部郎中等职。天宝十一载(752)拜吏部郎中，迁给事中。李林甫当权，排斥异己，陷害忠良，王维颇不得意。深感“微官易得罪”，“恐招负时累”，加上长年受到佛教影响，于是有了归隐念头。他在《寄荆州张丞相》中说：

举世无相识，终身思旧恩。
方将与农圃，艺植老丘园。

又对綦毋潜说：“余亦从此去，归耕为老农。”(《送綦毋潜校书郎弃官归江东》)他从开元二十九年(741)到天宝三载(744)前，隐居终南山。不久又在辋川(今陕西蓝田县南)购得宋之问的庄园别墅，在那里过着半官半隐的“中

隐”生活。与道友裴迪，“浮舟往来，弹琴赋诗，啸咏终日”(《旧唐书·王维传》)。自称“晚年惟好静，万事不关心”(《酬张少府》)。

安禄山攻入长安，时任给事中的王维扈从不及，为贼所俘，拘于洛阳。他曾服药取痢，伪称瘖疾。因为他名声大，安禄山强迫他做了给事中。当他被拘押在菩提寺时，叛军在凝碧池强令梨园弟子演奏音乐，有乐工罢乐反抗。王维闻及此事，做《凝碧池》诗。诗云：

万户伤心生野烟，百官何日更朝天。
秋槐叶落空宫里，凝碧池头奏管弦。

唐肃宗收复两京，王维以受伪官入狱，因他写有此诗，加上其弟王缙愿以宰相职赎其罪，方免罪复官，责授太子中允。后迁太子中庶子、又迁中书舍人，复拜给事中，五十九岁时转尚书右丞。

受儒家经世致用、救济苍生、建功立业等观念的影响，王维早年即有用世济民之心，所谓“济人然后拂衣去，肯作徒尔一男儿”(《不遇咏》)；而对建功立业十分向往，所谓“孰知不向边庭苦，纵死犹闻侠骨香”(《少年行》)，“忘身辞凤阙，报国取龙庭。岂学书生辈，窗间老一经”(《送赵都督赴代州得青字》)。由于家庭的影响，王维自幼就接触佛教，开元末年(741)以后更是笃信佛教。所谓“中岁颇好道，晚家南山陲”(《终南别业》)，“少年不足言，识道年已长。事往安可悔，余生幸能养。誓从断荤血，不复婴世网。浮名寄缨珮，空性无羁鞅”(《谒璿上人》)；所谓“一生几许伤心事，不向空门何处消”(《叹白发》)，“欲知除老病，惟有学无生”(《秋夜独坐》)。他和禅宗南北二派(顿教、渐教)的禅师都有来往，对两派教义都接受，而晚年更相信南宗的顿悟说。从《贺玄元皇帝见真容表》和《赠东岳焦炼师》、《过太乙观贾生房》等诗，可以看出王维也曾受到过当时流行的道教思想的影响，他甚至有过采药炼丹以求长生的经历。儒、释、道的综合取用，使王维形成“无可无不可”(《与魏居士书》)的人生态度和处世方式，但主导思想仍是儒家讲的“达则兼济天下，穷则独善其身”，只是糅合释、道，自有新解。另外，王维自幼能诗能文，精通音乐，又懂绘画，自言“宿世谬词客，前身应画师”(《偶然作》其六)。他首创水墨山水画，务求淡雅、精练，为破墨山水南派之祖。其画以意境胜，曾作《袁安卧雪图》，于白雪中画绿色芭蕉以显人物品格之美。同时，他还精于书法，善制盆景，有多方面的艺术修养。这些对他的诗、文创作，都有深刻影响。

王维的诗歌创作可以张九龄罢相为界分为前、后两期。前期，他在政治上积极上进，写过一些关心现实的诗。其中有的讽刺和揭露统治阶层的腐朽生活，如十六岁(一说十八岁)写的《洛阳女儿行》，以及《西施吟》等。《济上四贤吟》斥责斗鸡走狗的“繁华子”，对不得志的知识分子寄予同情。有的反映边塞生活，赞颂将士的报国壮举，为他们辛劳而不能得到公正待遇抱不平。名作如《燕支行》、《老将行》、《少年行》、《陇头吟》、《使至塞上》等。有的为妇女代言，如《息夫人》(“莫以今时宠，能忘旧日恩。看花满眼泪，不共楚王言”)为被压迫妇女说话。《相思》、《早春行》、《羽林骑闺人》写妇女的相思之苦、离别之愁。有的歌唱友谊，表现对亲人的思念，如《送元二使安西》、《送沈子福归江东》、《九月九日忆山东兄弟》等。后期的诗，主要反映诗人的隐逸生活，特别是诗人隐居终南山和住在辋川时写了不少优美的山水诗。

由于前后期诗作内容的不同，王维的诗具有两种艺术风貌。那些以边地将士生活为题材的边塞诗，以及一些描写壮丽山河的篇章，雄浑、壮美，劲健、豪放。诸如：

单车欲问边，属国过居延。
征蓬出汉塞，归雁入胡天。
大漠孤烟直，长河落日圆。
萧关逢候骑。都护在燕然。

——《使至塞上》

十里一走马，五里一扬鞭。
都护军书至，匈奴围酒泉。
关山正飞雪，烽戍断无烟。

——《陇西行》

风劲角弓鸣，将军猎渭城。
草枯鹰眼疾，雪尽马蹄轻。
忽过新丰市，还归细柳营。
回看射雕处，千里暮云平。

——《观猎》

《使至塞上》写于开元二十五年(737)。这年河西节度使崔希逸袭吐蕃，破敌于青海西。王维以监察御史身份前往平凉劳军，此诗以纪行方式写他初到塞上的见闻感受。颈联写大漠、长河、落日、烽烟，给人一种辽阔、荒寒的感觉。和作者“渡头余落日，墟里上孤烟”(《辋川闲居赠裴秀才迪》)写在洒满白日余晖的渡头渔樵来归那样一种平和的情景形成对比。诗中表现的是乍临其地的总印象，并未作琐细描写。《陇西行》是倒过来叙事，先展现一紧急场面：“十里一走马，五里一扬鞭”，然后补叙，交代传递军事情报的骑者急驰的原因。原来军情紧迫，而大雪纷纷，报警的烽燧已不起作用。《观猎》重在写将军的意气。开头一句就像一个特写镜头，显出北风的强劲，然后写到在这种情况下打猎的人。颔联体物入微，写鹰、写马，实亦写出将军行动的敏捷、轻快。颈联用“忽过”、“还归”写将军往来百里，疾若流星，也突出其武艺超群。末联写将军的“回看”动作，望中所见暮云平地、衰草连天的景象，更显出他踌躇满志的神态。诗用画云中龙的手法，时而画龙，时而画云，虚虚实实，而人物形神宛然在目。

王维早期一些描写山水的诗，不但写景如画，而且境界壮阔，令人向往。比如：

太乙近天都，连山到海隅。
白云回望合，青霭入看无。
分野中峰变，阴晴众壑殊。
欲投人处宿，隔水问樵夫。

——《终南山》

楚塞三湘接，荆门九派通。
江流天地外，山色有无中。
郡邑浮前浦，波澜动远空。
襄阳好风日，留醉与山翁。

——《汉江临眺》

《终南山》所写终南山雄伟多变的姿态，是随着诗人游行的进程展现出来的。“白云回望合”二句写上山所见所感，十分生动。人上山后，见到白云连成一片，不见来时路，适才途中所见美丽如黛的青霭却消失得无影无踪了。末联写山大人少，诗句提供的形象极富生活情趣，令人生想。《汉江临眺》首联泛言，中二联细写，直接写汉水处亦少，只是写天、云、山色，让人去想像。“江流天地外”二句写平原江流景色，尤其生动。

反映隐居生活的诗作，主要是山水田园诗。这类诗多具清远、幽淡之美，诗中景物明净、清澈，画面平静、和谐，反映出诗人恬淡自适的心境。如他的《渭川田家》：

斜光照墟落，穷巷牛羊归。
野老念牧童，倚杖候荆扉。
雉雊麦苗秀，蚕眠桑叶稀。
田父荷锄立，相见语依依。
即此羡闲逸，怅然吟式微。

诗中写的是王维眼中的田家生活，带有他的主观色彩。他羡慕“闲逸”，甚至有归隐之意，所以笔下农民的劳作生活是那样安闲、轻松。他的《辋川集》更多清远、优美之作，如云：

空山新雨后，天气晚来秋。
明月松间照，清泉石上流。
竹喧归浣女，莲动下渔舟。
随意春芳歇，王孙自可留。

——《山居秋暝》

空山不见人，但闻人语响，
返景入深林，复照青苔上。

——《鹿柴》

人闲桂花落，夜静春山空。
月出惊山鸟，时鸣春涧中。

——《鸟鸣涧》

《山居秋暝》纯用白描手法写山中秋日暝色。雨后皓月当空，那流淌在石上的泉水如同一条白练，色彩明朗。下写竹林中传来喧闹声，原来是洗衣的村妇结伴而归；月色中，荷叶摇动，原来是渔人的船只在划动，声响更加衬托出山中的宁静。诗人写动、写静，描绘出桃花源似的境界。这种环境使他流连忘返，所以诗末说：“随意春芳歇，王孙自可留。”如果联系官场生活的龌龊、腐恶来看王维诗中对山间秋色的赞美和留恋，我们对诗的思想意义当会有更深的理解。《鹿柴》给人一种清幽的美感，它捕捉的是不见其人、但闻其声的人语声，和那一缕洒在充满湿气的青苔上的落日余光。《鸟鸣涧》写春夜山中的静谧境界，显示出诗人心情的淡泊恬静。诗中写景富有变化。首句写春桂无声无息地飘落为人所察觉，既写山夜之静，亦见人心之“闲”。次句已言山静山空，三句却一转，出以月露、鸟鸣。月上山头，倏地山林由暗而明，鸟儿受惊，时而发出鸣叫声，这样便打破了万籁俱静的气氛。叫声过后，更显出山的“空”、“静”。所谓“蝉噪林逾静，鸟鸣山更幽”（王籍《入若耶溪》）。此外如《竹里馆》：

独坐幽篁里，弹琴复长啸。
深林人不知，明月来相照。

表现的是净化了的尘外之境，虽然幽冷、孤独，但诗人的感受是真切的。《山中》：

荆溪白石出，天寒红叶稀。
山路元无雨，空翠湿人衣。

也是以独特感受写出脱俗境界。

由于王维音乐、绘画修养极好，因而对自然界的声响、色彩之美十分敏感，反映在山水田园诗创作中，对声、色的表现便十分细腻、生动。除上引诗句外，如“雨中山果落，灯下草虫鸣”（《秋夜独坐》）、“坐看苍苔色，欲上人衣来”（《书事》）、“松含风里声，花对池中影”（《林园即事寄舍弟紞》）、“声喧乱石中，色静深松里”（《青溪》）、“泉声咽危石，日色冷青松”（《过香积寺》），皆为显例。而像“隔窗云雾生衣上，卷幔山泉入镜中。林下水声喧语笑，岩间树色隐房栊”（《敕借岐王九成宫避暑应教》），“积雨空林烟火迟，蒸藜炊黍饷东菑。漠漠水田飞白鹭，阴阴夏木啭黄鹂”（《积雨辋川庄作》），以及“万壑树参天，千山响杜鹃。山中一夜雨，树杪百重泉”（《送梓州李使君》）等，都是借对声响、色彩的描摹（常以景传声、显色），使得写景如画。大抵王维作山水田园诗，设色取景，虚实布置，一一如画。特别在布设景物时，能把握住物象的总体特点，既概括地写出其形，又能妙传其神。他善于用白描手法写景，用笔疏淡，让人在空白处体会言外之意。有时也用彩绘手法。其诗有陶诗深长隽永的意境，也有谢灵运那样精到的描绘。苏轼说：“味摩诘之诗，诗中有画。”（《书摩诘蓝田烟雨图》）岂止有画，而且情深。尤袤说：“维诗词秀调雅，意新理惬。在泉为珠，着壁成绘，一字一句，皆出常境。”(《全唐诗话》)实非过誉之词。

王维诗中的清远、优美之作，往往语淡声希，而意趣幽浑，有味外味，其中一个原因，是诗人以禅入诗，诗中含有他的禅悦之趣。王维以禅入诗，大致有三种情形。

一是写他对佛教的皈依、服膺之心，如前引“中岁颇好道”、“一生几许伤心事，不向空门何处消”，“欲知除老病，惟有学无生”等等，皆是。

二是在诗中阐说佛教教义和写他对禅理的践行与体会。前者如《过香积寺》云：

不知香积寺，数里入云峰。
古木无人径，深山何处钟？
泉声咽危石，日色冷清松。
薄暮空潭曲，安禅制毒龙。

尾联寓意，即用《涅槃经》中“但我住处，有一毒龙，其性暴急，恐相危害”的典故，说安禅入定，去掉邪思妄想(以毒龙为喻)之理。后者如《终南别业》云：

中岁颇好道，晚家南山陲。
兴来每独往，胜事空自知。
行到水穷处，坐看云起时。
偶然值林叟，谈笑无还期。

诗写作者兴之所至，无所用心，一切行动皆“偶然”而然。走到水尽头，便坐看云起，遇到林中老人就与他谈笑无已。写的还是他对佛教随缘任运人生态度的体验。而《登辨觉寺》谓“软草承趺坐，长松响梵声。空居法云外，欢世得无生”，是说登寺有益，觉有所得，体会到禅心空寂之理。

三是以安神(坐禅入定)体验到的禅寂之心写存在于外物中的幽邃之景、空寂之境，表现诗人恬淡、宁静、近乎虚空的胸怀。就创作言，这实际上是用本于禅寂之理的审美眼光观照自然(即王维说的“审象于净心”)、描写自然，在诗中展现深含禅理的意境美。和前引《鹿柴》、《鸟鸣涧》相同，像《竹里馆》谓“独坐幽篁里，弹琴复长啸。深林人不知，明月来相照”，《辛夷坞》谓“木末芙蓉花，山中发红萼。涧户寂无人，纷纷开且落”等，都是整首诗写空、寂之境。至于在一首诗中写景必造空寂之境的也很多。如《过香积寺》写景即是，又如《酬张少府》中“松风吹解带，山月照弹琴”，《过感化寺》中“野花丛发好，谷鸟一声幽。夜坐空林寂，松风直似秋”，亦是。要指出的是，王维诗中的空，不是一无所有的空，而是佛教讲的超乎色相现实的一种境界。所以他表现空寂境界的诗，总离不开对富有生机的外物的描写。

王维还有些小诗(多为五、七绝)用语质直，明白如话，有自然天成之妙，而意深味浓，所抒之情真挚、缠绵。如云：

红豆生南国，春来发几枝？
愿君多采撷，此物最相思。

——《相思》

家住孟津河，门对孟津口。
常有江南船，寄书家中否？

——《杂诗》其一

君自故乡来，应知故乡事。
来日绮窗前，寒梅著花未？

——《杂诗》其二

独在异乡为异客，每逢佳节倍思亲。
遥知兄弟登高处，遍插茱萸少一人。

——《九月九日忆山东兄弟》

渭城朝雨浥轻尘，客舍青青柳色新。
劝君更尽一杯酒，西出阳关无故人。

——《送元二使安西》

杨柳渡头行客稀，罟师荡桨向临圻。
唯有相思似春色，江南江北送君归。

——《送沈子福归江东》

它们写爱情、亲情、友情、乡情，无不语言素朴，情感充溢，而构思新颖别致。由于语浅意深，景真情真，其中有些诗还被谱上乐曲、绘成图画，广为流传。

王维今存文六十九篇，以书、序、碑体之文最有特色。碑文如《裴仆射济州遗爱碑》、《韦公神道碑》等，写人纪事，而能见出作者胸襟、情感。书、序名篇更是叙事、写景、抒情交相为用，以意高趣深、词清句丽取胜。书如《山中与裴迪秀才书》云：

近腊月下，景气和畅，故山殊可过。足下方温经，猥不敢相烦，辄便往山中，憩感配寺，与山僧饭讫而去。

北涉玄灞，清月映郭。夜登华子冈，辋水沦涟，与月上下。寒山远火，明灭林外。深巷寒犬，吠声如豹。村墟夜舂，复与疏钟相间。此时独坐，僮仆静默，多思曩昔，携手赋诗，步仄径，临清流也。

当待春中，草木蔓发，春山可望，轻鯈出水，白鸥矫翼，露湿青皋，麦陇朝雊，斯之不远，倘能从我游乎？非子天机清妙者，岂能以此不急之务相邀？然是中有深趣矣！无忽。因驮黄蘗人往，不一。

山中人王维白。

此书邀裴迪春中同游华子冈，主要篇幅是写景，写华子冈今日夜中之景、春中之景，而通过写景显出作者游山的逸兴雅致。书与画通，与音乐通。前写夜景，以辋水沦涟、寒山远火、深巷犬吠、村墟舂声这些见声见色的闹景，衬写山中之静。后写春中之景，则尽写万物生机勃发的动态美。而前后写景都情寓其中，或有对往昔同游之乐的忆念，或有对来日同游的憧憬。可谓以诗为文，意味深深。序如《送秘书晁监还日本国诗序》有云：

晁司马结发游圣，负笈辞亲。问礼于老聃，学诗于子夏。鲁借车马，孔丘遂适于宗周；郑献缟衣，季札始通于上国。名成太学，官至客卿。必齐之姜，不归娶于高、国；在楚犹晋，亦何独于由余。游宦三年，愿以君羹遗母；不居一国，欲其昼锦还乡。庄舄既显而思归，关羽报恩而终去。

于是稽首北阙，裹足东辕。箧命赐之衣，怀敬问之诏。金简玉字，传道经于绝域之人；方鼎彝樽，致分器于异姓之国。琅邪台上，回望龙门；碣石馆前，夐然鸟逝。鲸鱼喷浪，则万里倒迴；鹢首乘云，则八风却走。扶桑若荠，郁岛如萍。沃白日而簸三山，浮苍天而吞九域。黄雀之风动地，黑蜃之气成云。淼不知其所之，何相思之可寄？

嘻！去帝乡之故旧，谒本朝之君臣。咏七子之诗，佩两国之印。恢我王度，谕彼藩臣。三寸犹在，乐毅辞燕而未老；十年在外，信陵归魏而逾尊。子其行乎！余赠言者。

此为赠序（附有诗），为送晁衡（阿部仲麻吕）回日本而作。序前赞颂大唐德被四方，叙述中日亲善、人民友好相处的情形。引文则叙说晁衡来华求学、为官的经历，特别说到对晁衡归国的期望和祝福之意。序中设想船行大海景象，而结以“淼不知其所之，何相思之可寄”，注入无限情意，可谓以诗为文。从引文可知，王维书体之文实为散体，序体之文则为骈体。用散体者多四言为句，但不求对偶、协韵；用骈体者，则偶尔杂以单句。其骈体文风，显然受到过王勃、张说等人新骈体文文风的影响。

二、裴迪、储光羲、常建的诗

裴迪(716？—?)，闻喜（今属山西）人，一说长安人。曾与孟浩然同在荆州长史张九龄幕府为从事，后与王维等同隐终南山，居辋川时，则常与王维“浮舟往来，弹琴赋诗，啸咏终日”（《旧唐书·王维传》）。安史乱前，做过尚书省郎，乱中陷贼中，乱后做过蜀州刺史，与杜甫有唱和。裴迪为王维至交，二人都信佛，诗风相近。蔡启即谓“王摩诘、韦苏州集载裴迪、邱丹唱和诗，其语皆清丽高胜，常恨不多见。如迪‘安禅一室内，左右竹亭幽。有法知不染，无言谁敢酬？鸟飞争向夕，蝉噪意先秋。烦暑自兹退，清凉何处求’……其气格殆不减二人”（《蔡宽夫诗话》）。裴迪受王维影响、诗风得其仿佛的代表作，应是他《辋川集》中的作品。集中二十首五绝，均写辋川山水之美和隐居其中的生活情趣，都是与王维唱和的作品。诗如：

落日松风起，还家草露晞。
云光侵履迹，山翠拂人衣。
——《华子冈》

苍苍落日时，鸟声乱溪水。
缘溪路转深，幽兴何时已。
——《木兰柴》

门前宫槐陌，是向欹湖道。
秋来山雨多，落叶无人扫。
——《宫槐陌》

其诗清明素雅，情致幽淡，以写景胜，不如王诗寄至味于平淡中。吴逸一说两家区别，即谓“迪诗佳者，独《辋川》诸作。然王诗多于题外属词，裴就题命意，伎俩自别”（高棅辑《唐诗正声》）。

储光羲（706？—763？），润州延陵（今江苏丹阳）人。开元十四（726）年中进士第，先后担任冯翊、安宜、下邽、汜水尉。开元二十八年（740）与王维等人隐居终南山。天宝初年（742）官太祝，迁监察御史。安史乱中陷贼受伪职，乱平贬谪岭南。储光羲对农村生活比较熟悉，其《效古》二首就写到农民遭遇旱灾的悲苦之状，和他欲献策救民而感到君门峻深的苦闷。其二即云：

东风吹大河，河水如倒流。
河洲尘沙起，有若黄云浮。
赪霞烧广泽，洪曜赫高丘。
野老泣相逢，无地可荫休。
翰林有客卿，独负苍生忧。
中夜起踯躅，思欲献厕谋。
君门峻且深，踠足空夷犹。

可见诗人颇有悯农意识。

就诗歌创作言，储光羲也以写表现农家生活和乡村风光的田园诗见长。诸如《渔父词》、《牧童词》、《采莲词》、《采菱词》、《射雉词》，以及五言《田家即事》，七言《田家即事》、《田家杂兴》等。这类诗多是写他家居田园时的生活感受。较之王维，诗中表达的思想倾向明显一些，对农家生活描写得具体一些。比如《田家杂兴》其四：

田家趋垅亩，当昼掩虚关。
邻里无烟火，儿童共幽闲。
桔槔悬空圃，鸡犬满桑间。
时来农事隙，采药游名山。
但言所采多，不念路险艰。
人生如蜉蝣，一往不可攀。
君看西王母，千载美容颜。

储光羲也善于描摹幽丽之景，如云：

垂钓绿湾春，春深杏花乱。
潭清疑水浅，荷动知鱼散。
日暮待情人，维舟绿扬岸。

——《杂咏》其四

幽人下山径，去去夹青林。
滑处莓苔湿，暗中萝薜深。
春朝烟雨散，犹带浮云阴。

——《杂咏》其五

其四写诗人垂钓所见、所思和意不在钓、日暮待人的雅兴，意象清远，耐人体味。其五写景，物物皆带水气，选材、用字绝妙。此外，他还有效仿民歌的小诗，写青年男女的爱情生活，或借细节传情，或巧用比喻，托物达意，韵味十足。如《江南曲》其二谓“逐流牵荇叶，缘岸摘芦苗。为惜鸳鸯鸟，轻轻动画桡”，其三谓“日暮长江里，相邀归渡头。落花如有意，来去逐船流”，即为其代表作。

常建（生卒年、籍贯均不详），开元十五年（727）中进士第，曾任盱眙尉。天宝年间寓居鄂渚，与王昌龄、张偾交往较多。常建擅长五言诗写作，殷璠《河岳英灵集》选盛唐诗人诗，将常建置于卷首，且评论说：“建诗似初发通庄，却寻野径。百里之外，方归大道。所以其旨远，其兴僻，佳句辄来，唯论意表。”其诗以写幽景著称，《题破山寺后禅院》写江苏常熟兴福寺禅房的幽寂，云：

清晨入古寺，初日照高林。
竹径通幽处，禅房花木深。
山光悦鸟性，潭影空人心。
万籁此都寂，但余钟磬音。

诗写幽景幽情，境清意远，兴象深微，可称“幽人逸笔”。所谓“语极幽玄，读之使人泛然如出尘表”（胡应麟《诗薮》）。中二联实一写禅境，一说禅理，但都如镜花水月，无痕迹可求。欧阳修深爱诗中“竹径通幽处，禅房花木深”二句，认为景与意会，且言欲仿此作数句而不能得。而黄庭坚激赏诗中“山光悦鸟性，潭影空人心”（二句为倒装句法，谓鸟性之悦，悦以山光；人心之空，空因潭水）二句，其实此诗通体幽绝，无处不工。首联对偶，次联不对，是为换柱对。四句一气转旋，不为格律所缚。尾联言静，出于钟、磬余音，自是愈显其静，而以此作结，更使人有一种情韵悠然的感觉。

常建的边塞诗亦有特色。他在诗中能直言将军的过错而为士兵说话，其《塞下》云：

铁马胡裘出汉营，分麾百道救龙城。
左贤未遁旌竿折，过在将军不在兵。

另外，他的边塞诗写得悲怨深重，而句甚警绝。如：

单于虽不战，都护事边深。
君执幕中秘，能为高士心。
海头近初月，碛里多愁阴。
西望郭犹子，将分泪满襟。

——《送李大都护》

嫖姚北伐时，深入强千里。
战余落日黄，军败鼓声死。
尝闻汉飞将，可夺单于垒。
今与山鬼邻，残兵哭辽水。

——《吊王将军墓》

殷璠称《吊王将军墓》"一篇尽善"。"属思既苦，辞亦警绝，潘岳虽云能叙悲怨，未见如此章"(《河岳英灵集》卷上)。此诗悲壮，写尽王将军生前生后令人扼腕叹息事。诗人叙说悲壮事，善于用表达惨烈感受的字眼加以形容。前人即谓诗中"'死'字险，得力全在此。'哭'字亦善用(常诗另有'哭枯骨'、'哭明月'句)。使人感慨不已"(吴煊、胡崇注《唐贤三味集》)。胡应麟说此诗"绝是长吉之祖"(《诗薮》)，实就其善用奇字险语以创造诗境而言。

第四节　王昌龄和崔颢、李颀、祖咏的诗

一、王昌龄的诗

王昌龄(698—757?)，字少伯，京兆(一说太原)人。开元十五年(727)

进士及第，曾任秘书省校书郎。后又中博学宏词科，迁汜水尉，因事贬谪岭南，时当开元二十七(739)年。翌年北归，游襄阳。开元二十八年(740)为江宁丞。嗣后自长安贬为龙标(今湖南黔阳县)尉。安史乱中，他从龙标赴江南，途中为州刺史闾丘晓所杀。

王昌龄为盛唐著名诗人，有“诗家天子王江宁”之称。他的五古、五律、五绝皆有佳作，成就最高的是七绝，和李白同享盛名。前人说王、李绝句“大概李写景入神，王言情造极”(胡应麟《诗薮》)。“李俊爽，王含蓄，两人辞、调、意不同，各有至处”(叶燮《原诗》)。善于表达深细复杂的感情、诗风含蓄蕴藉，是王昌龄七绝的特点。七绝极盛于唐，唐代许多曲子的歌词都是绝句。王昌龄的绝句在他生前就被之管弦，传播甚广。薛用弱《集异记》所记“旗亭画壁”的故事，说王昌龄、高适、王之涣一日同听几位歌伎唱歌，她们唱了四支歌，其中两支歌的歌词就是王昌龄的七绝。

王昌龄的七绝，以写边塞题材和宫怨、闺怨题材的最有特点。组诗《从军行》、《出塞》二首是他以七绝形式反映边塞生活的代表作。

青海长云暗雪山，孤城遥望玉门关。
黄沙百战穿金甲，不破楼兰终不还。

——《从军行》其四

大漠风尘日色昏，红旗半卷出辕门。
前军夜战洮河北，已报生擒吐谷浑。

——《从军行》其五

烽火城西百尺楼，黄昏独坐海风秋。
更吹羌笛关山月，无那金闺万里愁。

——《从军行》其一

秦时明月汉时关，万里长征人未还。
但使卢城飞将在，不教胡马度阴山。

——《出塞》其一

《从军行》其四将不同方位的边塞地名写在一起，以突出战区的广漠无边。“黄沙句”写出战争的激烈、频繁，环境的艰苦，更显出将士们“不破楼兰终不还”忠勇精神的可贵。沈德潜说末句“作豪语看亦可，然作归期无日看，倍有意味”(《唐诗别裁》)，也是一种说法。“其五”写战争胜利带来的喜悦，前二句写部队增援，气候险恶，情况紧迫；后二句写战争迅速结束，捷报传来，笔调轻松。一个“已”字写尽将士的喜悦心情。“其一”写兵士在战斗空隙中对家室的怀念，层层深入，反复渲染气氛，把兵士的思家之愁推到顶点。《出塞》其一，概括性强，容量极大。“秦时明月”二句，从古老的历史说起，言秦、汉以来月照关塞，年复一年，万里长征来到边地的人总是有去无还。这两句诗概括了漫长的岁月和丰富的史实，揭露了一个重要的社会矛盾。诗人用回顾历史的方法来谈现实问题，纵然写景雄伟壮阔，但“怨”气是很重的。惟其有“怨”，首句的阔大之景更给人一种寂寥、惨淡、悲凉的感受。第三句提出解决问题的愿望和方法，以假设之辞，对古代的飞将军李广赞扬之至，尤见含蓄。古将可赞，今将如何？可以想见。今将如此，而朝廷不加以重用，致使“万里长征人未还”，又当如何？亦可令人深长思之。

他的《长信秋词》、《西宫春怨》表现宫怨，抒情性很强。

金井梧桐秋叶黄，珠帘不卷夜来霜。
熏笼玉枕无颜色，卧听南宫清漏长。
——《长信秋词》其一

奉帚平明金殿开，且将团扇暂徘徊。
玉颜不及寒鸦色，犹带昭阳日影来。
——《长信秋词》其三

真成薄命久寻思，梦见君王觉后疑。
火照西宫知夜饮，分明复道奉恩时。
——《长信秋词》其四

西宫夜静百花香，欲卷珠帘春恨长。
斜抱云和深见月，朦胧树色隐昭阳。
——《西宫春怨》

《长信秋词》拟托汉代班婕妤在长信宫中的情事，写唐代失宠宫女的痛苦。“其一”写失宠宫嫔在秋夜中的寂寞和悲哀。末二句只是说出身处华屋的美女面容憔悴、彻夜难眠的现象，把造成这种现象的原因留待读者去思考。“其三”用“团扇”二字点明宫女境遇，末二句用一巧妙比喻写出她的怨情。

宫女感慨自己有洁白如玉的容颜却不如一只乌鸦，原因是乌鸦尚能从昭阳殿上空飞过，带有昭阳日影(喻帝恩)，自己却只能深处冷宫。这样一对比，她的幽怨痛苦就可想而知。故前人说此诗“羡寒鸦羡得妙”(施补华《岘佣说诗》)，“优柔婉丽，含蕴无穷，使人一唱而三叹”(沈德潜《唐诗别裁》)。“其四”写失宠宫嫔的痛苦，构思尤其曲折。这位宫嫔本已失宠，可往日得宠的经历却念念难忘，以至梦中还陶醉在得宠的境遇中。及至梦醒，见西宫灯火辉煌，皇帝正在宠爱别人，她还对梦中承恩的情事疑真疑幻。诗人抓住宫嫔梦后久久寻思的神态展开想像，让她用他人西宫承恩和宫嫔梦中承恩加以对照，使得宫嫔的形象既显得可悲，又显得可怜。《西宫春怨》，“春恨长”为全诗之纲。首句写西宫冷落，逐层递写，次句写“欲卷珠帘”，实是欲卷还停。宫嫔在春恨深长的心情中“斜抱云和(琴瑟)”欲以自遣，可抬头望月，偏偏见到的是朦胧树色欲隐昭阳(指代承宠者的住处)。在这种情况下，她心中的怨情只能有增无减，纵能勉强弹琴鼓瑟，也只怕是“短歌微吟不能长”。

王昌龄的宫怨诗大多如此，它们写宫女精神上的痛苦，往往只把她们日常生活、思想活动的某一片断展现出来，让读者通过这些片断去把握宫嫔们的内心世界，去思考造成她们这种心理的社会根源。他以闺怨为题材的七绝，摹写人物心理也精妙之至。《闺怨》云：

闺中少妇不知愁，春日凝妆上翠楼。
忽见陌头杨柳色，悔教夫婿觅封侯。

此诗写少妇之愁却从她不知愁写起，其实她不是不知愁，只不过长久把愁压在心底罢了。诗人抓住触发她心理变化的典型景物，来表现她刹那间的感情变化，极生动地写出了她的离恨别愁。

王昌龄还善于用七绝来叙写心事、表达情谊，名篇如：

寒雨连江夜入吴，平明送客楚山孤。
洛阳亲友如相问，一片冰心在玉壶。

——《芙蓉楼送辛渐》

醉别江楼橘柚香，江风引雨入船凉。
忆君遥在潇湘月，愁听清猿梦里长。

——《送魏二》

此类作品皆是“言情造极”，而含蓄不露，意味深长。在王昌龄的七绝中，还有受民歌影响，写得清新、自然、极富美感的小诗。如《采莲曲》其二云：

荷叶罗裙一色裁，芙蓉向脸两边开。
乱入池中看不见，闻歌始觉有人来。

此诗之妙，当如钟惺所说：“从‘乱’字、‘看’字、‘闻’字、‘觉’字，耳、目、心三处参错说出情来，若直作衣服、容貌相夸示，则失之远矣。”(《唐诗归》)

除七绝外，王昌龄五绝亦有佳作，如：

大将军出战，白日暗榆关。
三面黄金甲，单于破胆还。

——《从军行》

映门淮水绿，留骑主人心。
明月随良掾，春潮夜夜深。

——《送郭司仓》

王昌龄作诗，很讲究诗的立意、构思，他对于诗中布景、句法安排，都有过研究，就风格言，他提倡含蓄。这些在他所著的《诗格》(《文镜秘府论》地篇)中都有论述。

二、崔颢、李颀、祖咏的诗

崔颢(704—754)，汴州(今河南开封)人。开元十一年(723)中进士第，曾为太仆寺丞，天宝中为司勋员外郎。早年生活放荡，“好蒱博饮酒，娶妻择有貌者，稍不惬意即去之，前后数四”(《旧唐书·崔颢传》)。后来曾入河东军幕为僚。这种生活经历影响到他的诗歌创作。殷璠说：“颢年少为诗，名陷轻薄，晚节忽变常体，风骨凛然。一窥塞垣，说尽戎旅。”(《河岳英灵集》卷中)颇能道出崔诗风格变化的特点。崔诗今存四十二首，其中像《王家少妇》、《代闺人答轻薄少年》、《渭城少年行》、《川上女》等应属“轻薄”之作。而《长门怨》、《邯郸宫人怨》写宫人的盛衰遭遇，思想意义是值得肯定的。其边塞诗，如《古游侠呈军中诸将》、《赠轻车》、《赠王威古》等写战斗生活，“杀人辽水上，走马渔阳归。错落金锁甲，蒙茸貂鼠衣”；写军人打猎，“马上共倾洒，野中聊割鲜”，都能表现出军人武勇、粗犷的特点。

他最著名的诗是《黄鹤楼》：

昔人已乘黄鹤去，此地空余黄鹤楼。
黄鹤一去不复返，白云千载空悠悠。
晴川历历汉阳树，芳草萋萋鹦鹉洲。
日暮乡关何处是？烟波江上使人愁。

传说李白登黄鹤楼曾说过：“眼前有景道不得，崔颢题诗在上头。”（《唐才子传》卷一）严羽甚至说：“唐人七言律诗，当以崔颢《黄鹤楼》为第一。”（《沧浪诗话·诗评》）此诗的好处是气势雄大，八句诗一气贯注，表达出完整的思想感受。前四句就楼名来历起兴，写到人、鹤俱去，空留此楼；而黄鹤一去不复返，只剩得白云空在。言语中已对此楼的今昔变化感慨不已。颈联写楼上北望所见，也是即景生情。他的视线由远而近，先是江北汉阳历历可辨的树木，接着是鹦鹉洲头的芳草。大概是诗人想到了《楚辞·招隐士》中“王孙游兮不归，春草生兮萋萋”，于是强烈的思乡之感跃上心头。而近看楼下，大江之上烟波一道，江空暮色苍茫，雾霭遮断归乡之路，自然使他生愁。一个“愁”字将全篇一齐收拾，使前面凭吊时的惆怅之感有了着落。诗的前四句三出“黄鹤”，两见“空”字，且首联、颔联并无对仗，因此有人把它排除在律诗之外，说它是古中带律的歌行体。其实它是一首古风式的七律（或谓律之变体），是早期律诗的一种形式。诗人们写这类诗，往往是重气格而不拘对偶，这个特点也反映在李白的许多诗中。

崔颢还曾写过几首民歌体的小诗。其《长干曲》云：

君家何处住？妾住在横塘。
停船暂借问，或恐是同乡。
家临九江水，来去九江侧。
同是长干人，自小不相识。

这是一问一答，前者是女青年的问，后者是男青年的答。诗空灵得很，如同写意画，画面着墨不多，空白处亦有画意。王夫之即称此诗“墨气四射，四表无穷，无字处皆其意也”（《姜斋诗话》卷下）

李颀（690—751？），东川人，少居颍阳。开元十三年（725）中进士第，官新乡尉，久未升迁，辞官归隐。殷瑶称“颀诗发调既清，修辞亦绣，杂歌咸善，玄理最长”(《河岳英灵集》卷上)。李颀“玄理最长”之作当推《送暨道士还玉清观》一类诗，所谓“大道本无我，青春长与君”，以诗论道，并不足观。他艺术成就最高的是七言古诗，尤以边塞诗、音乐诗(如《听安万善吹觱篥歌》、《听董大弹胡笳声兼寄语弄房给事》等)、赠别诗(如《送陈章甫》、《赠张旭》、《别梁锽》等)写得出色。其音乐诗惯于用视觉感受到的形象来描写听觉感受到的形象，如《听董大弹胡笳声兼寄语弄房给事》云：

先拂商弦后角羽，四郊秋叶惊摵摵。
……
空山百鸟散还合，万里浮云阴且晴。
嘶酸雏雁失群夜，断绝胡儿恋母声。
川为净其波，鸟亦罢其鸣。
乌孙部落家乡远，逻娑沙尘哀怨生。
幽音变调忽飘洒，长风吹林雨堕瓦。
迸泉飒飒飞木末，野鹿呦呦走堂下。

其赠别诗惯用细节描写人物的性格特征，如《赠张旭》云：

张公性嗜酒，豁达无所营。
皓首穷草隶，时称太湖精。
露顶据胡床，长叫三五声。
兴来洒素壁，挥笔如流星。
……
左手持蟹螯，右手执丹经。
瞪目视霄汉，不知醉与醒。

边塞诗以《古从军行》为代表作：

白日登山望烽火，黄昏饮马傍交河。
行人刁斗风沙暗，公主琵琶幽怨多。
野云万里无城郭，雨雪纷纷连大漠。
胡雁哀鸣夜夜飞，胡儿眼泪双双落。
闻道玉门犹被遮，应将性命逐轻车。
年年战骨埋荒外，空见蒲桃入汉家。

诗以汉写唐，指出战争劳命伤财，得不偿失。它抨击的是玄宗穷兵黩武的政策，而对士兵遭遇寄予同情。全诗骨气老劲，声调铿锵，气格雄浑、悲凉，末二句寓讽刺于慨叹中，显出蕴藉之美。

祖咏(生卒年不详)，洛阳人。开元十二年(724)中进士第。曾与王维、王翰、储光羲、卢象等人有过唱和。其"吟诗剪刻省净，用思尤苦，气虽不高，调颇凌俗"(殷璠《河岳英灵集》卷下)。名篇如：

终南阴岭秀，积雪浮云端。
林表明霁色，城中增暮寒。

——《终南望余雪》

燕台一望客心惊，箫鼓喧喧汉将营。
万里寒光生积雪，三边曙色动危旌。
沙场烽火连胡月，海畔云山拥蓟城。
少小虽非投笔吏，论功还欲请长缨。

——《望蓟门》

《终南望余雪》为应试诗。按要求诗应为六韵十二句，祖咏作四句即搁笔，理由是"意尽"。诗的好处，是能生动、形象地写出望中终南山积雪的特点。不但用一"浮"字写出积雪凌空之状、用"霁色(天空晴朗景色)"明亮比喻积雪皑皑，还用城中人的感受写出积雪寒凉的内在属性。末作流水对，联想得好。无此一句，便只能见其形、色而不能传其神。也有人说，此诗"但只赋得积雪，不赋得余雪"(王闿运辑《唐诗选》引语)。《望蓟门》则写诗人"见蓟城为防胡险要之地，望之动立功塞上之思。一气旋转，浑成无迹"(杨逢春辑《唐诗绎》)。首句"惊"乃"惊叹"之"惊"，此"惊"既引出下面五句所写边塞壮观景象，也引出末二句欲效班超、终军树勋报国于塞上的豪壮之词。中二联善状物色，炼字(如"生"、"动"、"连"、"拥"四字)颇见工夫。全诗调高语壮，通体遒劲，可谓盛唐正声。

第五节　高适和王之涣的诗

高适(704—765)，字达夫，渤海蓨(今河北景县)人。早年仕途失意，长期在梁(今河南开封)、宋(今河南商丘)一带漫游，混迹渔樵之中。四十六岁时得到宋州刺史张九皋的推荐，中有道科。由于李林甫的压制，只官授封丘尉。他因厌烦官场琐事，感到才智无法发挥，不久便弃官而去。天宝十一载(752)赴河西，在节度使哥舒翰幕下任掌书记。安禄山谋反，哥舒翰守潼关，为禄山所破，降敌。高适向玄宗陈述失守原因，擢升为侍御史，又拜为谏议大夫。玄宗以诸王子分镇各地，高适切谏不可。肃宗李亨闻知，召他为御史大夫。后为扬州大都督府长史、淮南节度使，参与平定李璘之乱。又曾为成都尹、剑南西川节度使。代宗时，为刑部侍郎转散骑常侍，进封渤海县侯。

高适的诗有不少是表现自己怀才不遇的苦闷，既写自己的落拓遭遇，也对他人的失意寄予深切的同情。其《别韦参军》云：

白璧皆言赐近臣，布衣不得干明主！
归来洛阳无负郭，东过梁宋非吾土。
兔苑为农岁不登，雁池垂钓心长苦。

其《淇上酬薛三据兼寄郭少府微》亦云：

自从别京华，我心乃萧索，
十年守章句，万事空寥落。

又《九月九日酬颜少府》：

苏秦憔悴人多厌，蔡泽栖迟世看丑。
纵使登高只断肠，不如独坐空搔首。

诗中处处流露出应试落第后的牢骚、失望和无可奈何的情绪。正因作者曾经备受这种愁绪的煎熬，所以他对一般朋友(包括下层官吏)的久试不第，或得微官而不幸逝世，常常感同身受。其《哭单父梁九少府》云：

开箧泪沾臆，见君前日书。
夜台今寂寞，犹是子云居。
……
常时禄且薄，殁后家复贫，

妻子在远道，弟兄无一人！
十上多苦辛，一官常自哂。
青云将可致，白日忽先尽。
唯有身后名，空留无远近。

未叙事而泪先涌，哀悼之情，溢乎言表。高适早期有一首《封丘作》，诗云：

我本渔樵孟诸野，一生自是悠悠者。
乍可狂歌草泽中，宁堪作吏风尘下？
只言小吏无所为，公门百事皆有期。
迎拜长官心欲碎，鞭挞黎庶令人悲。
归来向家问妻子，举家皆笑今如此。
生事应须南亩田，世情付与东流水。
梦想旧山安在哉，为衔君命且迟回。
乃知梅福徒为尔，转忆陶潜归去来。

诗很真实地表现了作者任县尉后的苦恼，他想挂冠归去，却又无处可归，何况君命不可违抗。从他的苦恼既可看出他不忍鞭挞黎庶的可贵精神，同时也可见出他仍有才高位卑之感，不过这种感触显得略为隐蔽一些。

高适也有一些反映人民生活疾苦的作品，这类诗多写在漫游时期。在漫游中，他有机会接触农民的实际生活，加上自己仕途失意，容易对他们的穷困产生同情。由于诗人亲自参加过一些农业劳动，因而对农民的疾苦有较深的理解。其《自淇涉黄河途中作》十三首之七：

朝从北岸来，泊船南河浒。
试共野人言，深觉农夫苦。
去秋虽薄熟，今夏犹未雨。
耕耘日勤劳，租税兼舄卤。
园蔬空寥落，产业不足数。
尚有献芹心，无因见明主。

他在《东平路中遇大水》中写农村遭受水灾的惨象，并从关心灾民的角度出发，对皇帝提出希望：“圣主当深仁，庙堂运良筹。仓廪终尔给，田租应罢收。”此诗篇末说无人采纳自己的济时良策，则自然流露有才不能为时所用的遗憾。可见，高适的悲时悯民常常是和自伤自怨联系在一起的。

高适诗歌中最具特色的，是反映边地将士生活的诗。高适早年即有立功边地的愿望，曾到燕、赵一带漫游。在封丘作县尉时，曾送兵到居庸关一带，因而对唐代东北边地的军事形势和将士生活多有了解。后来他还在河西为哥舒翰掌书记，亲自带兵打过仗。这些使他对唐代的军旅生活有更深的认识。不过，他的边塞诗多出现在他创作的早期。这些诗有着比较深刻的思想内容，有的借歌颂战功赫赫的武将，表现自己为国立功的理想。《塞下曲》说：

万里不惜死，一朝得成功。
画图麒麟阁，入朝明光宫。

这是对他人的礼赞，也是对自己的期望。他在《塞上》中直说：

惟昔李将军，按节出皇都。
总戎扫大漠，一战擒单于。
常怀感激心，愿效纵横谟。

有的议论边防得失，表露自己有计难陈的苦闷。其《蓟中作》云：

策马自沙漠，长驱登塞垣。
边城何萧条，白日黄云昏。
一到征战处，每愁胡虏翻。
岂无安边书，诸将已承恩。
惆怅孙吴事，归来独闭门。

他在《塞上》中还提出“转斗岂长策，和亲非远图”，主张加强防卫，提高实力。有的写到士兵的艰辛和征人家属的痛苦，《答侯少府》说“边兵若刍狗，战骨成埃尘；行矣勿复言，归欤伤我神”，言语中流露出对士兵处境的深切同情。他还说征人家属的痛苦是可以理解的：

荡子从军事征战，蛾眉婵娟守空闺。
独宿自然堪下泪，况复时闻乌夜啼。

——《塞下曲》

这些都表现出诗人的正义感。另外还有些诗，以昂扬的调子写送人赴边和写边地兄弟民族的风俗。前者如《送李侍御赴安西》：

行子对飞蓬，金鞭指铁骢。
功名万里外，心事一杯中。
虏障燕支北，秦城太白东。
离魂莫惆怅，看取宝刀雄。

后者如《营州歌》：

营州少年厌原野，狐裘蒙茸猎城下。
虏酒千钟不醉人，胡儿十岁能骑马。

高适边塞诗中思想、艺术成就最高的是《燕歌行》。诗中小序说：

开元二十六年，客有从御史大夫张公出塞而还者，作《燕歌行》以示适。感征戍之事，因而和焉。

诗云：

汉家烟尘在东北，汉将辞家破残贼。
男儿本自重横行，天子非常赐颜色。
摐金伐鼓下榆关，旌旆逶迤碣石间。
校尉羽书飞瀚海，单于猎火照狼山。
山川萧条极边土，胡骑凭陵杂风雨。
战士军前半死生，美人帐下犹歌舞。
大漠穷秋塞草腓，孤城落日斗兵稀。
身当恩遇常轻敌，力尽关山未解围。
铁衣远戍辛勤久，玉筋应啼别离后。
少妇城南欲断肠，征人蓟北空回首。
边庭飘飖那可度，绝域苍茫何所有？
杀气三时作阵云，寒声一夜传刁斗。
相看白刃雪纷纷，死节从来岂顾勋？
君不见沙场征战苦，至今犹忆李将军。

《燕歌行》的主旨在于揭露将领的“身当恩遇常轻敌”，赞扬士兵的“死节从来岂顾勋”，而对朝廷的用将不得其人有所谴责。“战士军前半死生，美人帐下犹歌舞”，在唐人边塞诗中，像这样揭露军中将、士生活尖锐对立的诗句是极少的。诗按照将士辞家、赴边、士兵苦战、战败的顺序展开，运用对比、衬托和环境描写、气氛渲染等手法写出将领的腐朽无能和士兵既愿为国家而死又系念妻室的复杂感情。诗风苍凉古朴，雄健激越，具有悲壮之美。诗是歌行体，但全用七言句式，且四句一换韵，又多用对偶，是律化的古体诗。

此外，高适有些描叙友情的诗艺术感染力很强。《别董大》其二：

> 十里黄云白日曛，北风吹雁雪纷纷。
> 莫愁前路无知己，天下谁人不识君？

写景令人悲伤，却转而安慰对方，故作无忧之态，实际上宽慰亦深含黯然情绪。又《人日寄杜二拾遗》：

> 人日题诗寄草堂，遥怜故人思故乡。
> 柳条弄色不忍见，梅花满枝空断肠。
> 身在南蕃无所预，心怀百忧复千虑。
> 今年人日空相忆，明年此日知何处。
> 一卧东山三十春，岂知书剑老风尘。
> 龙钟还忝二千石，愧尔东西南北人。

此诗出语沉痛，诗人拿自己和杜甫作比，对他的漂泊四方深表同情。杜甫读此诗时感动不已，以至“泪洒行间”。高适死后数年，杜甫还追和此作（见其《追酬故高蜀州人日见寄》）。

高适擅长七古、五古、五律、七绝，其诗悲壮浑厚，又多直抒胸臆。所谓“适诗多胸臆语，兼有气骨，故朝野通赏其文”（殷璠《河岳英灵集》卷上）。但他的诗也有尚质主理、意胜于词、情致缠绵而筋骨不逮的倾向。高适的歌行、五律最有气骨，时而沉雄，时而冲淡，特别是它们的浑朴老成，对杜甫也有影响。杜甫曾有诗云：“高、岑殊缓步，沈、鲍得同行。意惬关飞动，篇终接混茫”（《寄彭州高三十五使君适、岑二十七长史参三十韵》）。诗的后二句即是赞扬高、岑诗思之妙，诗力之厚。

王之涣（688—742），字季陵，绛州（今山西新绛）人。曾任河北文安（今新镇县)尉。开元中，为诗与王昌龄、高适齐名。《唐故文安郡文安县尉太原王府君墓志铭并序》云：“惟公孝闻于家，义闻于友，慷慨有大略，倜傥有异才。尝或歌从军，吟出塞，曒兮极关山明月之思，萧兮得易水寒风之声。传乎乐章，布在人口。”可见当时人们对他的边塞诗就评价很高。王之涣今存诗六首，《凉州词》二首写边塞生活，其一云：

黄河远上白云间，一片孤城万仞山。
羌笛何须怨杨柳，春风不度玉门关。

上二句写西北高原的自然景象，直是一幅气势雄浑的油画：但见无际黄河直与白云相连，一片孤城坐落在万仞高山之下，其荒远、迷茫、空旷、寥廓，可以想见。后二句代征人设想：羌笛何必吹这种令人生愁的《折杨柳》曲，来怨恨这里的杨柳呢？须知，出了玉门关，天气更冷，春风吹不进玉门关，兴许连杨柳都不能发青呀！意谓关外更加艰苦。言语中流露出诗人对边地士卒的同情。诗写得委婉、细致，风格悲壮、苍凉。此诗构思巧妙，一言不及征人，而征人之苦尽显。第三句“怨杨柳”的“杨柳”既点曲名，写出士卒心思，也与自然界中的杨柳相关，并由此引出“春风”一句，诗思连绵，妙合无垠。杨慎说：“此诗言恩泽不及于边塞，所谓君门远于万里也。”(《升庵诗话》)他认为诗人用了比兴手法，意在揭露君恩不及边塞将士，也可备一说。

王之涣五绝亦有名篇，如《送别》云：

杨柳东风树，青青夹御河。
近来攀折苦，应为别离多。

《登鹳雀楼》(芮挺章《国秀集》记此诗为盛唐人朱斌所作)更是脍炙人口的佳作。诗云：

白日依山尽，黄河入海流。
欲穷千里目，更上一层楼。

诗写诗人登上鹳雀楼的所见所感，显露出诗人眼界的阔大和情绪的昂扬。首句“依”字兼有依傍、依恋之意，白日落山本无情感，着一“依”字，诗人伫立远望的情意就出来了。次句写黄河奔流入海，其实在楼上是望不到海的，它反映的是诗人远眺时诗思的流动。他由楼下浑浩流转的黄流想到它的最后归宿，于是构思出一幅气势雄伟的黄河奔流图。仿佛使人看到，那带着落日余辉的黄河，正咆哮着奔向千里之外的大海，而诗人的心也被带到了遥远的地方。如果真能看到黄河入海，多好，于是诗人自然吟出下面二句："欲穷千里目，更上一层楼。"因为上二句实写所见，写得充分，所以下二句写其所感，虽是虚写，也令人遐想。更重要的是这两句话无意中说出了一个道理，使人想到要看到新天地，就要作新的攀登，因为只有站得高才能看得远。

第六节 岑参的诗

岑参(715—769)，先世家住南阳，后徙居江陵，故参为荆州人。岑参出生在他父亲的任所仙州，十五岁父死，全靠兄长教养成人。他是相门子弟，曾祖岑文本相太宗，伯祖岑长倩相高宗，伯父岑羲相睿宗。但在岑参出生前一二年，岑羲因出入太平公主门下，参与谋废太子李隆基事，为玄宗所杀，岑参之父岑植坐贬云安县丞。实际上，他青少年时代的处境是连一般贵族子弟都不如的。岑参自幼"能自砥砺，遍览史籍"(杜确《岑嘉州诗集序》)。他在嵩山读书时，和道士、隐士交游，就热爱大自然，写出了不少描写自然风光的好诗，表现出很强的观察力和想像力。从二十岁起，入京求取功名，十年奋斗，没有结果。他感慨朝中无人提携自己，"不逢高枝引，未得凌空上"(《石上藤》)，只能"顾盛时而向隅"(《感旧赋》)。

天宝三载(744)，岑参中进士第，官授右内率府兵曹参军。八载(749)，他作为安西四镇节度使高仙芝的掌书记到了安西，后失意而归，隐居终南山，与杜甫等人多有往还。十三载(754)，再次赴安西，这次是做封常清的幕僚。他两次赴边，想立功边地，但都很不得意。

至德二载(757)，他回到凤翔。由于杜甫等人的推荐，他做了中书省的右补阙。由于"频上封章，指述权佞"，得罪权贵，被贬为虢州长史。上元三年(762)春，迁太子中允兼殿中侍御史，充关西节度判官，十月，被天下兵马大元帅李适(后来的唐德宗)委以"书奏之任"，参加过讨伐史朝义的战争。永泰二年(766)，杜鸿渐往蜀中平定地方军阀叛乱，岑参随同前往，曾为嘉州刺史，后卒于成都。

岑参一生，早期赴边，对前途充满信心，所谓"万里奉王事，一身无所求。也知塞垣苦，岂为妻子谋"(《初过陇山途中呈宇文判官》)。但是，安史之乱打破了他的幻想，"自从兵戈动，遂觉天地窄"(《西蜀旅舍春叹寄朝中故人呈狄评事》)。他“悔不学弯弓，向东射狂胡”，对遭逢世乱、抱负未能施展深感痛惜。所谓“抚剑伤世路，哀歌泣良图”(《行军》二首之二)。这些不同的生活感受在他的诗中都有反映。

岑参诗歌中最具特色的是边塞诗，它们描写大西北的自然风光，景奇、语奇、体奇，意亦造奇，大大丰富了唐代边塞诗的内容和艺术表现方法。在岑参以前，唐人边塞诗多写东北、北方的战地生活，西到玉门关外就很少涉及。李白、高适、王维等人也写到关外之景，或据史书，或依传闻，多为想像之词。岑参在安西前后生活达六七年之久，对当地的风土人情、地理气候十分熟悉。本地风光，取之不尽。他通过多彩多姿的诗的形象，把西域的自然景象生动地展现在人们面前，不但使人大开眼界，还使人产生一种乐观向上的力量。如云：

北风卷地白草折，胡天八月即飞雪。
忽如一夜春风来，千树万树梨花开。
散入珠帘湿罗幕，狐裘不暖锦衾薄。
将军角弓不得控，都护铁衣冷难着。
瀚海阑干百丈冰，愁云惨淡万里凝。
中军置酒饮归客，胡琴琵琶与羌笛。
纷纷暮雪下辕门，风掣红旗冻不翻。
轮台东门送君去，去时雪满天山路。
山回路转不见君，雪上空留马行处。

——《白雪歌送武判官归京》

君不见走马川行雪海边，平沙莽莽黄入天。
轮台九月风夜吼，一川碎石大如斗，随风满地石乱走。
匈奴草黄马正肥，金山西见烟尘飞，汉家大将西出师。
将军金甲夜不脱，半夜军行戈相拨，风头如刀面如割。
马毛带雪汗气蒸，五花连钱旋作冰，幕中草檄砚水凝。
虏骑闻之应胆慑，料知短兵不敢接，车师西门伫献捷。

——《走马川行奉送出师西征》

诗中写塞外大雪、狂风、沙漠、酷寒，种种景象，奇伟壮丽。又如《火山云歌送别》写火山，云：

火山突兀赤亭口，火山五月火云厚。
火云满山凝未开，飞鸟千里不敢来。
平明乍逐胡风断，薄暮浑随塞雨回。
缭绕斜吞铁关树，氛氲半掩交河戍。

《热海行送崔侍御还京》写热海：

侧闻阴山胡儿语，西头热海水如煮。
海上众鸟不敢飞，中有鲤鱼长且肥。
岸旁青草常不歇，空中白雪遥旋灭。
蒸沙烁石燃虏云，沸浪炎波煎汉月。

显然，诗中之景，不乏夸张、想像的成分，但由于诗人是根据生活体验进行艺术概括，重在突出自然景象的气势，因而它们能使人于惊异之中，产生一种蓬勃向上的感情力量。

岑参有许多歌行是送别诗，它们往往借描写某种景象来衬写送别之情。比如《白雪歌送武判官归京》，通过描写塞外白雪的壮观景象来为武判官送别，诗中写雪景和表达送别之情是紧相融合的。这类诗，多数是以大量笔墨描写奇特的自然风光，而在篇末用几句话点出送别的意思。它们有如画家的赠人之作，出现在画面的是巍峨雄奇的江山，画家的送人之意就包含在他所创造的意境之中。

岑参的边塞诗写到了战争环境的艰苦：

上将拥旄西出征，平明吹笛大军行。
四边伐鼓雪海涌，三军大呼阴山动。
虏塞兵气连云屯，战场白骨缠草根。
剑河风急雪片阔，沙口石冻马蹄脱。
——《轮台歌奉送封大夫出师西征》

官军西出过楼兰，营幕旁临月窟寒。
蒲海晓霜凝马尾，葱山夜雪扑旌竿。
——《献封大夫破播仙凯歌》

写到了边地将士对家人的思念，也抒写了诗人和戍边战友的友谊，还以生动的笔触写到军中的娱乐生活，写到西北城镇的民风，写到少数民族的歌舞生活，内容极为丰富。但诗人对军中矛盾很少揭露，他所反映的边塞生活也多是都护及其幕僚们的活动，对士兵很少作重点描写。

岑参晚年在蜀地写有《送狄员外巡按西山军》，诗中曾写到士兵的痛苦：

八州崖谷深，千里云雪闭。
泉浇阁道滑，水冻绳桥脆。
战士常苦饥，糗粮不相继。
胡兵犹不归，空山积年岁。

但岑诗中此类诗句甚少，因为他的边塞诗本来就不以表现这类内容见长。

和高适的“尚质主理”不同，“岑参诗尚巧主景”(《唐音癸签》卷五引陈绎曾语)，这个特点在他早期创作中就表现出来了。如“山风吹空林，飒飒如有人”(《暮秋山行》)，“长风吹白茅，野火烧枯桑”(《至大梁却寄匡城主人》)，“涧花然暮雨，潭树暖春云”(《高冠谷口招郑鄠》)，“孤灯燃客梦，寒杵捣乡愁”(《宿关西客舍寄东山严许二山人，时天宝初七月初三日在内学见有高道举征》)等句，都是典型的“尚巧主景”。出塞以后，诗人保持了这种艺术趣味，并有新的发展。他在描写大自然的风光时，不仅追求构思的新巧，还着意表现其雄壮气势和瑰丽色彩，使得他笔下的塞外风光具有奇壮之美。他后期在蜀地也有不少写景之作，但却少了中期边塞诗中那种壮气，早年的“幽致”又回到了诗中。如其“溪月冷深殿，江云拥回廊。燃灯松林静，煮茗柴门香”(《闻崔十二侍御灌口夜宿报恩寺》)。又如“峨眉烟翠新，昨夜秋雨洗。分明峰头树，倒插秋江底”(《峨眉东脚临江听猿怀二室别庐》)等，清新俊逸，就不像边塞诗那样奇特、峭拔。

岑诗尚巧不是专在文字语言上玩弄花样，而是在积累生活经验的基础上，为了表达强烈的感情而讲究语奇、意奇。试读下面的诗：

渭水东流去，何时到雍州？
凭添两行泪，寄向故园流。

——《西过渭州见渭水思秦川》

秦山数点似青黛，渭水一条如白练。
京师故人不可见，寄将两眼看飞燕。

——《入蒲关先寄秦中故人》

长安何处在？只在马蹄下。
明日归长安，为君急走马。

——《忆长安曲二章寄庞漼》

洞房昨夜春风起，遥忆美人湘江水。
枕上片时春梦中，行尽江南数千里。

——《春梦》

这些诗构思甚巧，而且巧得自然，使人感觉不出精心构思的痕迹。由于“尚巧主景”，岑诗中也有词胜于意的倾向，所谓“句格壮丽而神韵未杨”（胡应麟《诗薮·内编》）。

“参诗语奇体峻，意亦造奇”（殷璠《河岳英灵集》卷中），逸兴幽致，俱见于诗。他最擅长的是歌行体和七绝。其歌行爱用对句，用韵往往随着诗情的变化而更换，这一点可能受到边地民歌的影响。其七绝则着色浓丽。他惯于写景，善于通过写景抒发感情。他的诗语言明白晓畅，出于口语，又高于口语。诗中不用典或极少用典。

诗歌史上往往高、岑并称，严羽即云“高、岑之诗悲壮”（《沧浪诗话》）。其实岑诗是“壮”多于“悲”，它的峭拔、俊逸也不同于高适的雄浑、朴实，而善于以景写情，更不同于高适的直抒胸臆。大抵高适善于思辨，其诗现实思想内容比较深刻；岑参热情横溢，其诗富于想像，具有浪漫色彩。高、岑是唐代边塞诗人的杰出代表，他们的诗在当时就传播很广。《新唐书·高适传》说高适“每一篇已，好事者辄传布”。而杜确说岑参“每一篇绝笔，则人人传写，虽闾里士庶，戎夷蛮貊，莫不讽诵吟习焉”（《岑嘉州诗集序》）。

第五章　李　白

第一节　李白的生平、思想和诗歌主张

李白字太白，号青莲居士。生于武则天长安元年(701)，卒于唐肃宗宝应元年(762)。除最后八年身经安史之乱外，他一生基本上是在唐代“盛世”度过的。

关于李白的家世和出生地，至今仍是未解之谜。照李白的说法，他应是西汉名将李广的二十五代孙。从唐人有关记载可知，他的祖先是在隋末因罪“谪居条支”或“被窜于碎叶”的，故其出生地可能在条支或碎叶。条支、碎叶均属西域，而同属西域的碎叶有三处之多。李白究竟生于何处，实在难以定夺。从学者们的讨论来看，似乎出生于中亚碎叶(今吉尔吉斯共和国托克马克附近)的说法较为可信。

从五岁到二十五岁(705—724)，李白在蜀中读书、习剑、任侠。一方面遍观百家之书，“制作不倦”(《上安州裴长史书》)。另一方面又喜好剑术，以侠自任。在此期间，他曾与东严子隐居岷山之阳，向善为纵横学、任侠有气的节士赵蕤从学一年有余，还曾“任侠，手刃数人”(魏颢《李翰林集序》)。

唐玄宗开元十三年(725)，李白怀着“四方之志”，辞亲远游。他经长江三峡来到江汉平原，在江陵见到与陈子昂、卢藏用等同为“方外十友”的茅山派著名道士司马承祯。然后漫游荆、湘、江、浙一带，定居于安陆。在与故相许圉师孙女成婚后，他在安陆过了大约十年。在安陆，他曾多次干谒当地官员以求援引，事未成，反而得罪安州刺史，以致“谤言忽生，众口攒

毁”。大约在开元十九年(731)，李白初入长安，隐居终南山。他希望得到玉真公主和驸马张垍的荐引，结果事与愿违，却遭到斗鸡之徒的凌辱。于是西游邠州、坊州，继而应元演之邀，与他同隐嵩山。不久回到安陆，又出游江夏、南阳等地，并与元演同游洛阳、太原，同到随州访问道士胡紫阳。夫人去世后，李白于开元二十八年(740)移家东鲁，客居任城。不久即与孔巢父、韩准等人隐于徂徕山，日以沉饮为事，号称竹溪六逸。

从四十二岁到四十四岁(742—744)，李白在长安待诏翰林。唐玄宗征召李白，是由于玉真公主的荐引。据说玄宗初见李白，礼遇非常，但不久就遭到张垍等人的谗毁。因为青蝇间白，“帝用疏之”，为纾忧解愁，他便“浪迹纵酒，以自昏秽。咏歌之际，屡称东山，又与贺知章、崔宗之等自为八仙之游”(李阳冰《草堂集序》)。可能玄宗认为他放荡不羁的性格不宜作“近臣”，于是赐金放归。待诏翰林，是李白一生引为荣耀的辉煌经历，放归山林使他在仕途上一蹶难起，但他仍然长期对为君所用抱有希望。

李白离开长安，在齐州紫极宫，请北海高天师授道箓。虽然入了道士籍，可是重入君门之心并未泯灭，这正是他“一朝去京国，十载客梁园”(《书情赠蔡舍人雄》)耐心等待机遇的重要原因。此次漫游，以梁园、东鲁为中心，南至吴越，北上幽燕。特别要提到的，一是他与杜甫在将近两年交往中结下深厚友谊，二是天宝十一载(752)冬天，他在幽州见到安禄山的反叛迹象，为国将有大难不胜忧虑。

安史乱起，两京失陷。李白携宗氏夫人由梁园西上华山，接着南下宣城、溧阳，到越中避难，继而隐居庐山屏风叠。当永王李璘率水师经过浔阳时，李白应邀成了他的幕僚。他是怀着“誓欲清幽燕”的宏愿踏上李璘战船的，谁知从此卷入上层统治者内部斗争的漩涡。李璘被杀，李白入狱。幸亏宋若思等人营救，才免一死，终被流放夜郎。唐肃宗乾元二年(759)，李白在流放途中(奉节白帝城)遇赦，返回江夏，后又重到浔阳，过金陵，徘徊于历阳、宣城一带。当他听到太尉李光弼率大军出征东南的消息，兴奋不已，主动要求从军，为平定史思明之乱尽力，可惜因病半道而还。第二年冬天，竟一病不起，卒于当涂。

李白年轻时就为自己确定了人生目标和处世方式。概括言之，即“达则兼济天下，穷则独善一身”；具体说，则是“申管晏之谈，谋帝王之术，奋其智能，愿为辅弼，使寰区大定、海县清一。事君之道成，荣亲之义毕，然后与陶朱、留侯，浮五湖、戏沧洲，不足为难矣”(《代寿山答孟少府移文书》)。为王佐之臣，建不世之功，然后功成身退，这便是李白的人生方案。联系他不屑于通过科考步入仕途(可能与他作为“刑家之子”和出身“工商之家”难以应试入仕有关）而热心隐逸以求名震士林为君王所知，和由这种做法显现出来的宏大抱负、强烈的自信心、张扬自我的为人风格以及不循常规的思维方式，可见李白实乃盛唐一位高自标置，而为人豪迈、不守故常的人物。其所以如此，固然与他生活在“东风动百物，草木尽欲言”（《长歌行》）这样一个生机蓬勃、催人向上的时代有关，但也离不开多种思想对他的影响。

在李白思想中，明显含有儒家、道家、墨家、纵横家以及法家、释家的思想质素，但起主导作用的是儒家思想。李白对儒家思想的吸纳是有选择的，主要接受的是儒家有关大同理想、王道仁政的观念和积极用世、建功立业、忧国忧民、安邦济世的精神。他崇仰儒家圣人尧、舜、孔子，但更钦佩历史上以大才大智富国安民的大臣；他歌颂儒学的伟大，却唾弃迂腐、冬烘、不能为时所用的儒生；他赞成遍览五经举其大略、观其大义的学风，反对只知在字句上探讨经义的章句之学。

李白一生所交道友甚多，受道家、道教思想影响很深。这种影响，既表现在他取用老庄的无为而治和儒家的王道仁政来构建其政治理想上，也表现在他对人生方式的选择或对人生境界的追求中。至于其文化心态的形成、人生艺术精神的确立，以至审美趣味的产生、思维方式的变换，表现尤为突出。要指出的是，道教，特别是茅山道派对李白的影响，主要是它热心帝王之术，参政意识强烈，以入世为本、出世为迹的传统，和以元化之道决定天运盈缩、万物变化的观念，以及顺应天运盈缩的循环规律而确定出处行藏的思维特点，而不是炼丹、服丹之类的求仙之术。

在李白思想中占有一定分量的，还有出于战国策士的纵横家思想和出于豪侠之士的侠义思想。他“性倜傥，好纵横术”，喜谈王霸之道；立论“恒殊常调”，好作大声壮语；自信、自负、自尊，而又“遍干诸侯，历抵卿相”，热衷于游说、干谒，渴望一鸣惊人。他“少以侠自任”，重然诺；轻财好施，存交重义；隐以待出，总想风云际会，乘时而为，然后功成身退。这表明纵横家思想和侠义思想对李白人生理想、处世之道和个性特征的形成，都起过重要作用。

李白志向高远，主体意识强烈，为人狂放不羁，显得超旷、洒脱。在他身上有儒士气、道士气、隐士气、侠士气、策士气，集中表现为豪放飘逸的诗人气质。龚自珍说：“庄、屈实二，不可以并；并之以为心，自白始。儒、仙、侠实三，不可以合；合之以为气，又自白始也。其所以为白之真原也矣。”（《最录李白序》）可见李白其“心”、其“气”即其思想灵魂、气概风骨，乃是多种思想交相为用的结果。其实，这种博采众说，不拘一家的思想修养方法所带来的综合效应，不但显现在李白的人生艺术精神中，还显现在他的诗论主张和诗歌创作风格中。

李白是继陈子昂之后又一位自觉以改革唐代诗风为已任的诗人，二人复古以求新变的改革方式大体相同。李白在《古风》其一中，说要像孔子修《春秋》那样总结古代诗歌发展的历史经验，实际上是借对历代诗歌的评价为唐诗发展指明方向。又说："梁陈以来，艳薄斯极，沈休文又尚以声律，将复古道，非我而谁欤！"（孟棨《本事诗·高逸》）那么，究竟什么是李白所要复兴的"古道"和通过复古所要开创的诗风呢？从他说"大雅久不作，吾衰竟谁陈"，"兴寄深微，五言不如四言，七言又其靡也，况使束于声调俳优哉"（《本事诗·高逸》），以及"丑女来效颦，还家惊四邻。……大雅思文王，颂声久崩沦"（《古风》其三十五），可知他要恢复的是《诗经》大雅正声关注社会政治现实问题的传统、兴寄深微的艺术特性，和诗歌风格的自然、"天真"。而从他宣称"自从建安来，绮丽不足珍"，和肯定盛唐诗人"乘运""跃鳞"以变诗风（《古风》其一），以及盛赞韦太守诗如"清水出芙蓉，天然去雕饰"（《赠汪夏韦太守良宰》），可见他倡导的诗风，是以"文质相炳焕"的艺术风貌和"清真"、"天然"的审美属性为必备条件的。显然，这种诗论主张和审美要求，与盛唐诗歌发展趋向一致。就李白而言，他能提出此类见解，自与其本于儒学的社会观，本于道家、道教的宇宙观对其文化心态、审美趣味的形成所起的支配作用密不可分。像《古风》其一，不要说思想观念，就是诗的构思和表述方式，也受到茅山道派天运循环、当乘时而为这种思维方式的影响。

第二节 李白的古诗、乐府、歌行和绝句

李白的诗是典型的抒情诗，它们从多方面表达了诗人的思想观念、人生感受和生活情趣。其中有对盛唐国势雄壮的讴歌，也有对大难将至的忧虑；有对社会弊病的揭露，也有对君王倒行逆施的鞭挞；有对政治理想、人生追求的表白，也有对仕途蹭蹬、理想难以实现的慨叹；有对身为近臣的欢喜和忆念，也有对良辰难期、怀才不遇牢骚情绪的倾泄；有对自我主体意识的张扬，也有对自由人生境界的向往；有对贤愚倒置、青蝇污白社会现象的愤恨，也有对仙家生活、山林隐居的迷恋；有对王侯贵臣的调笑，也有对普通劳动者的礼赞；有对朝廷穷兵黩武政策的谴责，也有对安史叛军祸国殃民罪恶的痛恨；有对征夫、思妇饱受征戍之苦的同情，也有对军民蒙难、生灵涂炭的浩叹；有对人间友情、爱情的歌颂，也有对祖国河山的热爱。凡此种

种，无不映现李白的人生艺术精神和个性特征，无不映现盛唐的社会风貌和时代精神。

李白雄才纵逸，为诗兼擅众体。所作诗歌艺术成就很高的诗体，主要是古体诗、乐府、歌行和绝句。其古体诗则以五古、七古最为杰出。

五古以《古风》五十九首为代表。这组咏怀诗，继承的是以阮籍《咏怀》、陈子昂《感遇》为代表的五古咏怀诗的艺术传统，但在诗的内容、表现艺术及艺术风格方面，又自有特色。阮籍《咏怀》主要抒发的是诗人身处恐怖政治年代的忧生之嗟，纯用比兴手法，言在此而意在彼，因而诗风含蓄隐晦，所谓"厥旨渊放，归趣难求"。陈子昂《感遇》所写内容，由慨叹个人命运拓展到对国家政治和民生疾苦的关心，虽然仍用比兴手法，但诗意显露，风格质直平淡。李白《古风》，表达他对现实政治、社会文化(包括文学)现象以及人生境遇的种种感受，就内容丰富与言多讽兴而言，《古风》与《感遇》相近；就艺术方法而言，李白则对阮籍限于比兴、象征的习惯做法有很大突破，较之陈子昂偶尔吟史以抒怀，和作比兴兼吟史以寄慨，也不一样。

李白也用比兴，也讲兴寄，但他是通过安排场景、描写人物行动、叙说故事情节来显示其意。其中有气氛渲染、声色描摹、细节展现。如《古风》其十云：

> 齐有倜傥生，鲁连特高妙。
> 明月出海底，一朝开光耀。
> 却秦振英声，后世仰末照。
> 意轻千金赠，顾向平原笑。
> 吾亦澹荡人，拂衣可同调。

诗借对鲁仲连的称颂表达诗人志趣，不但作比展开来写，用"明月出海底，一朝开光耀"这一生动形象显示其为人的"特高妙"，而且写一细节"意轻千金赠，顾向平原笑"以传其神。他如其三"秦王扫六合，虎视何雄哉"云云，写秦皇求仙事以刺唐明皇；其十五"燕赵延郭隗，遂筑黄金台"云云，借写燕昭王延贤事以发牢骚(所谓"奈何青云士，弃我如尘埃。珠玉买歌笑，糟糠养贤才")；其十七"西上莲花山，迢迢见明星"云云，借游仙题材写现实动乱；其二十四"大车扬飞尘，亭午暗阡陌"云云，直言其事以刺时贵。另有《春思》、《沙丘城下寄杜甫》、《翰林读书言怀呈集贤诸学士》、《书怀赠蔡舍人雄》、《经乱后将避地剡中留赠崔宣城》、《经乱离后天恩流夜郎忆旧游书怀赠江夏韦太守良宰》等直抒胸怀之作，都说明李白《古风》虽自《咏怀》、《感遇》中来，却也吸收曹植、阮籍之后诸如陆机、左思、郭璞、陶渊明、鲍照、庾信等人用五古抒怀的种种艺术经验。李白《古风》虽以兴为主，却能以兴御景、御人、御仙，思想倾向和情感流向十分明显。它们在艺术精神和兴寄特色方面与《咏怀》、《感遇》一脉相承，但在思想内容的丰富性、表现形式的多样性、形象描绘的生动性和逸气横出等方面，都远远超出阮、陈之作。

范德机说："七言古诗，要铺叙，要开合，要风度，要迢递险怪，雄峻铿锵，忌庸俗软腐，须是波澜开合，如江海之波，一波未平，一波复起。又如兵家之阵，方以为正，又复为奇，方以为奇，忽复是正，奇正出入变化，不可纪极。备此法者，惟李、杜也。"(《诗评》)李白七古多为七言乐府、歌行，故其体制、风格、作法也多以乐府、歌行形式显现出来。但也有并非乐府、歌行的七古，如《金陵酒肆留别》云：

风吹柳花满店香，吴姬压酒劝客尝。
金陵子弟来相送，欲行不行各尽觞。
请君试问东流水，别意与之谁短长？

这既是一首深情宛转、散发青春气息的留别诗，又是唐代一幅江南春日少年送别图。诗的妙处，在于出语简淡、疏朗、明快而情思绵长、深沉。大抵前四句描叙送别场面，虽能见出诗人和金陵子弟的友情，终是情蕴其中。末二句作即事兴感、即景生情之语，却把离情别意说得令人体味不尽。关键是问句用得好，能收到言有尽而意无穷的效果。又如《宣州谢朓楼饯别校书叔云》云：

弃我去者，昨日之日不可留。
乱我心者，今日之日多烦忧。
长风万里送秋雁，对此可以酣高楼。
蓬莱文章建安骨，中间小谢又清发。
俱怀逸兴壮思飞，欲上青天览明月。
抽刀断水水更流，举杯销愁愁更愁。
人生在世不称意，明朝散发弄扁舟！

此诗和前诗的优柔和平迥然不同，激昂、奇崛，崔嵬、跌宕，写尽诗人"不称意"的满腹牢骚。首二句言忧言烦，起得突兀，真是破空而来，如风雨骤至。而采用由声调抑扬顿挫、极富节奏感的散文句式构成的对句，更是恰到好处地表达诗人心中起伏不平的情绪。正因烦忧不堪，才引出“长空万里”二句。“长空万里”云云，自是令人心旷神怡、逸兴遄飞之景，故能触发李白对对方和自家诗文一番气采飞扬的议论。“抽刀断水”四句，就章法言，是对首二句的呼应；就情思意脉言，不过是诗人倾泻而出的烦忧，在经过“酣高楼”之后的再度迸发。这次迸发不但说烦忧郁结的感受，还说到生愁的原因及摆脱烦忧的办法，而且说得更直露、更气激语急。从此诗大体可见李白七古纵横驰骤、磊落轩昂而跌宕有致的一面。

同样具有复古革新特点的，是他的乐府创作。李白是盛唐写古题乐府最多的诗人，所作汉、魏古题乐府一百二十二首，占现存初盛唐诗人所作汉、魏古题乐府总数(四百首)的百分之三十。李白积极在乐府创作中复古以求变革，一方面是对陈子昂以后盛唐诗人复古以求新变倾向的自然顺应，另一方面也是他“将复古道”变革意识在创作中的反映。汉魏乐府多缘事而作，刺时疾邪，感慨良多，每一题都有特定的意旨或内容，总体风格则古朴自然，谣谚味浓。汉、魏以后，拟作古题乐府有几种情况：一是仍能保持原题寓意和艺术风格；二是舍弃原题寓意，以旧题写新意；三是经六朝到初唐，拟作语言渐趋华靡，句式日渐律化。李白乐府创作的复古，最根本的是对汉、魏乐府关注社会现实、人生境遇这一诗歌艺术精神的恢复和显扬。具体创作则表现为：一，依古题原词寓意构思新作(如《乌夜啼》)，和在新作中恢复古题原词寓意(如《战城南》)。二，杂取古题原词和拟作内容，形成完整主题(如《长干曲》)。三，完全不受古题原词寓意拘束，仅从题面字义引入而另有寄托(如《远别离》)。四，无论寓意如何，都尽量恢复乐府原词自然、古朴的风格。对一些在初唐演变为律体的古题乐府，李白又将其还原为古体。锻造句子，极少使用律句。五，一方面恢复乐府古朴的艺术风貌，同时大胆采用古诗、古赋、古文的修辞技巧，以丰富乐府的表现艺术。不要说长篇乐府如《蜀道难》、《梁甫吟》等，就是短篇，也有修辞如古文者，方东树即谓“太白层次插韵，此最迷人，真太史公文法，玩《乌栖曲》可悟”(《昭昧詹言》)。前人多认为李白深于乐府，其“古乐府，窈冥惝恍，纵横变幻，极才人之致”(王世贞《艺苑卮言》)。若能明白乐府古词寓意，了解李白复古以求变革的写作态度及其身世遭遇，和他因事赋题、借题抒怀的特点，且能熟读骚、赋、诗、文，不仅易明其拟作古题乐府的立意，还能于纵横变幻中看出其段落脉理所在。

在李白诗歌中，艺术成就足以与乐府并论的，是歌行。歌行本出于乐府，指事吟物，凡七言及长短句不用古题者，通谓之歌行。题名有作歌、行、吟、引、哀、怨、别、词、谣、弄、操者。唐人歌行，多为七言古诗。初唐歌行靡缛，沈、宋“欲约以典实而未能也，李、杜一变，而雄逸豪宕，前无古人矣”（胡应麟《诗薮》）。“大约歌行之法，变于李、杜，亦成于李、杜，后人无能出其范围矣”（殷元勋等《才调集补注》卷二引冯班语）。杜甫之变，见于其即事名篇创为新题的乐府。它们不但体制新，而且直指时事，皆关世道，开一代诗风。李白之变，虽也见于其借鉴乐府古题古意而因事自立歌行篇名者（如《江夏行》、《横江词》、《襄阳歌》、《荆州歌》等），但更重要的是继承《小雅》、楚辞、三曹乐府、汉人歌谣抒怀言志、泄愤吐怨不掩真我的精神和慷慨悲凉的艺术风格，既取用鲍照的遒逸，也容纳徐、庾的绮丽，创造出瑰玮奇丽的艺术境界。细读《庐山谣寄卢侍御虚舟》、《梦游天姥吟留别》，以及《当涂赵炎少府粉图山水歌》等，顿觉诗中气足神旺，行文纵横宕逸，穷极笔力，论美则风神、气概，在在有之。和作乐府相似，李白作歌行也是以气运词，兴到笔到，词随气涌。或不以词接而以神接，不以词转而以气转；或有不接之接、不转之转，章法与散文相通。故前人说李白之才“尽于歌行”（胡应麟《诗薮》），“李白歌行，纯学《庄子》”（徐增《说唐诗》）。和乐府偏于叙事以作讽兴有异，李白歌行抒情达意，多直言尽言，且说得酣畅淋漓。突出的是既具纵横排荡之势，又有抑扬顿挫之奇；出语如风驰雨骤，急管繁弦，又得其天然合拍之音节；骨力雄健，豪放中别有清苍俊逸之气。

绝句之作，也是李白对唐诗发展所作重要贡献之一。绝句源于乐府、古诗。盛唐绝句，名家辈出，惟李白高于诸人。李攀龙即谓太白“五七言绝句实唐三百年一人，盖以不用意得之。即太白亦不自知其所至，而工者顾失焉”（《唐诗选序》）。李氏从自然天成不假雕饰而自有天然真趣，即无意于工而无不工的角度，概言李白绝句创作特点，诚属有见。若论李白绝句冠绝时人处，尚有两点不可忽略。

一是在绝句中保留五古、歌行特色，或谓有意取用古诗、歌行本色以为绝句。“五七绝句，古诗、乐府之遗也。意旨微茫，无余法而有余味。”（田同之《西圃诗说》）或云：“五言绝句自五言古诗来，七言绝句自歌行来。”（王夫之《姜斋诗话》卷下）李白作绝句之所以爱用古诗、歌行作法以创造艺术美，自与其“将复古道”有关。

二是以气为主。王世贞曾说七言绝句，盛唐主气。叶燮则谓“盛唐主气之说，谓李则可耳，他人不尽然也”（《原诗》外篇下）。的确，“主气”应是李白绝句区别于其他盛唐名家的一大特征。他的以气为主，一则出于为诗以得古调为美的审美取向，和创作古诗、歌行的习惯性作法。二则他将绝句视为吐气抒怀最灵便的诗体，兴会既至，即以气运词。三则绝句一句一意，意断终须过脉相连，李白以气相承相续，正有益于圆融之美的生成。

大抵李白作绝句，乃是气来神来，神托气而行，故其绝句超逸中内含神味。至于意兴飘渺，神思骤发；语秀气清，意遥境远；率尔道出，自觉高妙；或放言无理，反成奇趣，以及善于在第三句开宕气势，在第四句发挥情思，应是李白绝句的一般特征。若论五绝突出特色，或如徐增所言："五言绝句，惟太白擅场。杜子美诗曰：'李侯有佳句，往往似阴铿。'阴工此体，子美之称太白者在是。"(《说唐诗》)阴铿"诗声调既亮，而琢句抽思，务极新隽；寻常景物，亦必摇曳出之，务使穷态极妍，不肯直率"(陈祚明《采菽堂古诗选》卷二十九)，李白五绝构思、造句之妙，有类于此。李白七绝的突出特色，胡应麟说是"写景入神"（与王昌龄"言情造极"相对而言)(《诗薮》)。沈德潜则谓"七言绝句，以语近情遥，含吐不露为主。只眼前景、口头语，而有弦外音、味外味，使人神远。太白有焉"(《说诗晬语》卷上)。

此外，李白律诗虽少(五律七十多首，七律十二首)，但在艺术上也颇有独到之处。除格律严整者(如《送友人入蜀》等)外，不乏破格出律之作(如《夜泊牛渚怀古》等)。"然有对仗处仍自工丽，且工丽中别有一种英爽之气，溢出笔墨之外"(赵翼《瓯北诗话》)。无论严守格律或破格出律，都有一气呵成、气象雄逸的特点。

第三节　李白诗歌的艺术特色

豪放、飘逸，是李白诗歌艺术风格的总体特征。这一风格特征除植根于儒学和道家、道教相关人生理念的人生艺术精神外，主要是通过思落天外的想像、生动美妙的比喻、耸人听闻的夸张等艺术技巧，和跌宕开合的结构、纵横驰骤而又自然有序的节奏、动人心魄的豪言快句，以及高华放逸的格调、超旷萧散的意趣表现出来的。李白为诗，或突发奇感，或逸兴遄飞，或抽思绎志，率皆纵逸，无不任性而发。吐词或大声壮语，或出语清新明丽，多率然而成。起支配作用的，就是包含在诗人为人气概、人格精神、性情才情中的气。当诗人将其作为人生精神力量的气贯注或融会在诗中，就转换成了诗的奇气、逸气、豪气，成了诗美结构中极为活跃的美学质素。

前人早已论及李白以气运词创造诗美的特点和作用，赵翼即谓"(白)诗之不可及处，在乎神识超迈，飘然而来，忽然而去，不屑屑于雕章琢句，亦不劳劳于镂心刻骨，自有天马行空，不可羁勒之势"(《瓯北诗话》)。所谓"神识"云云，说的是以气运词带来的形象转换频繁、出语跳跃性强的特点。所谓"自有天马行空"云云，说的是以气运词产生的气势美。可见，李白诗的内外之美，都因气的鼓荡而彰显特色。正因诗以气胜，故李重华说“太白妙处全在逸气横出”(《贞一斋诗话》)。胡应麟说“读李太白诗，当得其气韵之美”(《诗薮》)。试读下列三首同写不遇之感的诗：

金樽清酒斗十千，玉盘珍羞直万钱。
停杯投箸不能食，拔剑四顾心茫然。
欲渡黄河冰塞川，将登太行雪满山。
闲来垂钓碧溪上，忽复乘舟梦日边。
行路难！行路难！多歧路，今安在？
乘风破浪会有时，直挂云帆济沧海。

——《行路难》其一

牛渚西江夜，青天无片云。
登舟望秋月，空忆谢将军。
余亦能高咏，斯人不可闻。
明朝挂帆席，枫叶落纷纷。

——《夜泊牛渚怀古》

长相思，在长安，络纬秋啼金井栏，微霜凄凄簟色寒。孤灯不明思欲绝，卷帷望月空长叹，美人如花隔云端。上有青冥之高天，下有渌水之波澜。天长路远魂飞苦，梦魂不到关山难。长相思，摧心肝！

——《长相思》

《行路难》其一直抒胸怀，写诗人因世路险阻、政治理想无法实现而产生的悲哀，他愈是说希望存在，愈显得悲哀难禁。此诗用语不同于直说“大道如青天，我独不得出”(《行路难》其二)，“我本不弃世，世人自弃我”(《送蔡山人》)，只是用一连串的此路不通形容他的“不得出”，每一句都是气随词涌，尽为愤慨、悲怆之语。《夜泊牛渚怀古》用怀古形式写不遇之悲，用作古诗的方法作律诗，回荡其中的也是气。通篇皆用单句，纯任一气旋折，写出诗人在政治生活中知音难求的孤寂感和失落感。只是偶露意绪，即借事、借景以作渲染，使其行气有“羚羊挂角，无迹可求”之妙。《长相思》用比兴手法写对美好理想的追求和追求不到的苦闷(一说写对诗人被放之后对君王的系念)，诗中极道与“美人”相见之难，用语多为情恸之词，亦因以气(“气与情谐”)运词所致。

李白诗歌的艺术特色，大体有五。

一是善于创造理想的艺术形象和神奇瑰丽的境界。李白的诗形象鲜明，极富感情色彩。诗中形象多是他理想的化身，从中可以看出诗人志向的宏伟、气概的豪迈和性格的坚强、傲岸。他中年时写的《上李邕》，刻画出大鹏鸟叱咤风云的巨大形象：

> 大鹏一日同风起，扶摇直上九万里。
> 假令风歇时下来，犹能簸却沧溟水。

而临终前作《临路(终)歌》也以大鹏自比：

> 大鹏飞兮振八裔，中天摧兮力不济。
> 余风激兮万世，游扶桑兮挂石袂。

则表现出一种悲壮的美。除大鹏外，诗人还用凤凰、黄鹤等不平凡的鸟以及凌霜的松柏来写自己的人格，用奇特的山水形象来寄托感情。

李白的诗，往往具有奇妙的境界。如他的《蜀道难》：

> 噫吁嚱！危乎高哉！
> 蜀道之难，难于上青天。
> 蚕丛及鱼凫，开国何茫然！
> 尔来四万八千岁，不与秦塞通人烟。
> 西当太白有鸟道，可以横绝峨眉巅。
> 地崩山摧壮士死，然后天梯石栈相钩连。
> 上有六龙回日之高标，下有冲波逆折之回川。
> 黄鹤之飞尚不得过，猿猱欲度愁攀援。
> 青泥何盘盘！百步九折萦岩峦。
> 扪参历井仰胁息，以手抚膺坐长叹。
> 问君西游何时还，畏途巉岩不可攀。
> 但见悲鸟号古木，雄飞雌从绕林间。
> 又闻子规啼夜月，愁空山。
> 蜀道之难，难于上青天！使人听此凋朱颜。
> 连峰去天不盈尺，枯松倒挂倚绝壁。
> 飞湍瀑流争喧豗，砯崖转石万壑雷。

其险也若此，嗟尔远道之人胡为乎来哉！
剑阁峥嵘而崔嵬，一夫当关，万夫莫开。
所守或匪亲，化为狼与豺。
朝避猛虎，夕避长蛇。
磨牙吮血，杀人如麻。
锦城虽云乐，不如早还家。
蜀道之难，难于上青天！侧身西望长咨嗟。

诗写蜀道险峻，虽然不乏令人可怖的描写，而且诗人一再用“蜀道之难，难于上青天”把人引进愁惨气氛中，但读者读完诗仍然会觉得情绪激昂，有一股向上的力气在胸中盘旋。这是因为诗人不但写出了蜀道艰难万状，而且也写出了它的雄壮、伟大和有力量的一面。他善于运用夸张手法，把神话传说和现实描写结合起来，使得诗中境界更添一种迷人的魅力。又如《梦游天姥吟留别》写梦境，全是超尘脱俗的境界：

我欲因之梦吴越，一夜飞渡镜湖月。
湖月照我影，送我至剡溪。
谢公宿处今尚在，渌水荡漾清猿啼。
脚著谢公屐，身登青云梯。
半壁见海日，空中闻天鸡。
千岩万转路不定，迷花倚石忽已暝。
熊咆龙吟殷岩泉，栗深林兮惊层巅。
云青青兮欲雨，水澹澹兮生烟。
列缺霹雳，丘峦崩摧。
洞天石扇，訇然中开。
青冥浩荡不见底，日月照耀金银台。
霓为衣兮风为马，云之君兮纷纷而来下。
虎鼓瑟兮鸾回车，仙之人兮列如麻。

镜湖的明媚秀色，海上日出的壮观场面，熊咆龙吟般的泉流声，云头低垂、水面生烟的雨前景象，闪电惊雷，洞天突现，仙人降临，凡此种种，无不令人心动神移，叹为观止。用这种美妙的境界和腐恶的现实相比，使人强烈感受到诗人心中激情的起伏。由于李白善于创造理想的诗的形象和神奇美妙的境界，因而其诗艺术感染力强，人们一接触到诗的形象、境界，就会自然推开形象思维的大门，让想像如同开闸之水奔腾起来。

除善于在诗中创造奇妙、瑰丽的境界外，李白不少山水小诗或借助山水表达逸兴雅致和悠悠情思的诗，多能写出清丽、优美、意味深长的境界。如云：

峨眉山月半轮秋，影入平羌江水流。
夜发清溪向三峡，思君不见下渝州。
——《峨眉山月歌》

故人西辞黄鹤楼，烟花三月下扬州。
孤帆远影碧空尽，唯见长江天际流。
——《黄鹤楼送孟浩然之广陵》

问余何意栖碧山，笑而不答心自闲。
桃花流水窅然去，别有天地非人间。
——《山中问答》

日落沙明天倒开，波摇石动水萦回。
轻舟泛月寻溪转，疑似山阴雪后来。
——《东鲁门泛舟》其一

南湖秋水夜无烟，耐可乘流直上天。
且就洞庭赊月色，将船买酒白云边。
——《陪族叔侍郎晔及中书贾舍人至游洞庭》其二

天门中断楚江开，碧水东流至此回。
两岸青山相对出，孤帆一片日边来。
——《望天门山》

诸诗意境优美，与诗人意兴幽远和借景抒怀的表现手法有关。他如《静夜思》谓“床前明月光，疑是地上霜。举头望明月，低头思故乡”，《玉阶怨》谓“玉阶生白露，夜久侵罗袜。却下水精帘，玲珑望秋月”，《越女词》其三谓“耶溪采莲女，见客棹歌回。笑入荷花去，佯羞不出来”，三诗表达情感有异，但都用描叙手法，将人引入一优美境界。奥妙所在，是能用细腻、生动的细节“体情”以“极其妙”(刘永济语)。

二是李白的诗善于采用历史、神话题材，表达现实感受。这是浪漫诗人创作上的一个特点。采用历史、神话题材入诗有几个好处：一是这类题材多具备浪漫色彩，可以激发人尽力驰骋想像；二是采用此类题材可以不避禁忌，诗人能放胆地抒发感受。而就李白言，他爱采用此类题材，是觉得现实太腐恶，不屑于去描写它们，只能借歌吟历史人物、神仙来曲折达意。李白在采用历史、神话题材时有几种情况：

一即直接歌吟历史人物、历史传说和神话故事以寄托理想。前面提到的《古风》其十(“齐有倜傥生”)即是这种写法。《襄阳歌》全借山简醉酒而归的场面生发议论，表现诗人对功名富贵的唾弃和对自由生活的向往，也是这种写法。

二即将历史、神话题材和现实题材结合起来，加强抒情气氛。《蜀道难》写蜀中人事之险，用的是现实题材，而写自然地理方面的险则杂取历史、神话题材而用之。中间“地崩山摧壮士死，然后天梯石栈相钩连”，用传说说明通过人的奋斗，战胜自然才开出路来，显然是熔历史题材和现实题材于一炉，诗中意象极富浪漫色彩。

三即将个人活动和历史、神话题材结合起来，让自己和历史人物、神仙一同活动。这种写法极富浪漫色彩，具有特殊的艺术效果。《梦游天姥吟留别》中的梦境是这样写的。《梁甫吟》中“我欲攀龙见明主，雷公砰訇震天鼓。帝旁投壶多玉女，三时大笑开电光。倏烁晦冥起风雨。阊阖九门不可通，以额扣关阍者怒”，《西上太白山》中“太白与我语，为我开玉关”，《游泰山》其六“扪天摘瓠瓜，恍惚不忆归。举手弄清浅，误攀织女机”，都是这种写法。典型的例子是《古风》十九，写诗人欲登仙远去，可他一看到苦难中的人民就止步难进了，诗通过写自己的游仙活动表达愤世情绪，颇能反映李白诗歌抒发现实生活感受的特点。诗云：

西上莲花山，迢迢见明星。
素手把芙蓉，虚步蹑太清。
霓裳曳广带，飘拂升天行。
邀我登云台，高揖卫叔卿。
恍恍与之去，驾鸿凌紫冥。
俯视洛阳川，茫茫走胡兵。
流血涂野草，豺狼尽冠缨。

三是李白的诗具有鲜明的个性特征和强烈的主观色彩。李白是曹操、陶渊明之后最能以本色相见的诗人，其诗非但不做作，而且天然有余，个性色彩极浓。这个个性就是豪迈、奔放。它表现在诗的内容上，就是诗人对前途充满信心，即使在遭到打击时也具有乐观精神；同时对现存秩序敢于反抗，关心国家、人民的命运，追求个性的自由解放。在艺术表现上，诗人常常直率地说出对生活的感受，他不愿意详尽地叙说生活的本来面目，而是把他咀嚼生活体会到的滋味告诉你，这种感受自然会有很强的主观色彩。《独坐敬亭山》云：

众鸟高飞尽，孤云独去闲。
相看两不厌，只有敬亭山。

诗人不厌山，偏说山也不厌己，全是移情于山，又以山写人。《劳劳亭》云：

天下伤心处，劳劳送客亭。
春风知别苦，不遣柳条青。

春风的拟人化，正是诗人“以我观物，物皆著我之色彩”的结果。诗人的主观感受常常借对山水的品评表现出来，他说“头陀云月多僧气，山水何曾称人意”(《江夏赠韦南陵冰》)，头陀寺云、月也带有僧人气，只有不顺心的李白才有此感觉。而“刬却君山好，平铺湘水流。巴陵无限酒，醉杀洞庭秋”(《陪侍郎叔游洞庭醉后三首》之三)，则自然流露出诗人平日对小人阻塞正道的愤恨。在李白诗中，同一景物，往往有不同的“属性”，这便是诗人用感情“加工”景物的结果。比如此诗中的君山乃是惹人生厌的对象，可李白也说过：“淡扫明湖开玉镜，丹青画出是君山。”(《陪族叔晔游洞庭》)这里的君山却成了令人赏心悦目的美景。显然，诗人写景，不是把景当作客观描写对象，而是在描写时，把自己的感受连同景物特点一同表现出来，做到“情哀则景哀，情乐则景乐”(吴乔《围炉诗话》)。李白诗中主观色彩浓，还表现在他写人、写物尽量求其神似而忽其形似，他只是把事物最突出的特征点出来，而不对生活作琐细描写。如写黄河，“黄河西来决昆仑，咆哮万里决龙门”(《公无渡河》)，“君不见黄河之水天上来，奔流到海不复回”(《将进酒》)，“西岳峥嵘何壮哉，黄河如丝天际来”(《西岳云台歌送丹丘子》)，“黄河落天走东海，万里写入胸怀间”(《赠裴十四》)，都是着眼于黄河的精、气、神。这与其诗以抒情见长有关。因为“抒情诗主要地表现内心的情绪，因此在涉及外界时，不须把它写得明确详尽”（黑格尔《美学》第一卷）。

四是李白诗歌表现出诗人惊人的想像力。任何创作都不能没有想像，浪漫诗歌尤其需要想像。李白的想像力是惊人的，他真能做到“笼天地于袖内，挫万物于笔端”（陆机《文赋》），以至于“发想无端，如天上白云，卷舒灭现，无有定形”（方东树《昭昧詹言》），出神入化，人不可及。在他笔下，仙人和他同游，如《登太白峰》谓“太白与我语，为我开天关。愿乘泠风去、直出浮云间”；山水与之相亲，如《独坐敬亭山》谓“相看两不厌，只有敬亭山”；心、月吹得走，如《金乡送韦八之西京》谓“狂风吹我心，西挂咸阳树”，《闻王昌龄左迁龙标遥有此寄》谓“我寄愁心与明心，随君直到夜郎西”，《峨眉山月歌送蜀僧晏入中京》谓“峨眉山月还送君，风吹西到长安陌”；草木能说话，如《长歌行》谓“东风动百物，草木尽欲言”。丰富的想像能给艺术构思插上翅膀，比如他写《蜀道难》，诗人其实并未到过剑阁一带，他写蜀道的艰险就全凭想像，将他平日见到的山峻之状通过概括手法表现出来。李白想像的惊人，和他善于运用比喻和夸张手法分不开。他写北方雪大：“燕山雪花大如席，片片吹落轩辕台。”（《北风行》）他写侠客重义：“三杯吐然诺，五岳倒为轻。”（《侠客行》）他写文章的力量：“兴酣落笔摇五岳。”（《江上吟》）他写文章的无用：“吟诗作赋北窗里，万言不直一杯水。”（《答王十二寒夜独酌有怀》）他写愁，既用“抽刀断水水更流”来比喻他的“举杯销愁愁更愁”（《宣州谢朓楼饯别校书叔云》），又用“白发三千丈，缘愁似箇长。不知明镜里，何处得秋霜”（《秋浦歌》）这样既用比喻又作夸张的诗把抽象的愁写得具体可见，使人感受到他长久以来怀着的巨大苦闷。

李白的想像能打破时空界限，使他的诗呈现出辽阔的境界，同时也带来结构上的一些特点。李白的诗，特别是歌行体，由于想像丰富，“飘然而来，忽然而去”（赵翼《瓯北诗话》），兴会突然，结构腾挪跌宕，似无逻辑联系，构思线索如同羚羊挂角，无迹可求，实是天衣无缝，联结的线就是情感，就是气。如《宣州谢朓楼饯别校书叔云》，写诗人无法施展才能的苦闷，形象几度转换，感情的潮头几起几落，若寻条理，似无头绪。但如把握了诗人感情勃发的来龙去脉，就抓住了联结诗中形象的纽带。他诗如《行路难》其一、《梁甫吟》、《远别离》、《战城南》等都有这种特点，前人称为“断如复断，乱如复乱，而词义反复屈折行乎其间，实未尝断而乱也”（范德机《诗评》）。

五是诗的语言自然、形象，雄健、豪放。李白诗歌的语言是典型的诗的语言，它雄健、豪放而又精练、形象，朴素、自然而又高华、清丽。所谓“清新庾开府，俊逸鲍参军”（杜甫《春日怀李白》），总的特点是清新、自然，即他讲的“清水出芙蓉，天然去雕饰”(《赠江夏韦太守良宰》)。

李白抒情的方式往往是爆发式的，一爆发便是烈焰千丈，惊涛万里。“大道如青天，我独不得出”(《行路难》其二)，“弃我去者，昨日之日不可留；乱我心者，今日之日多烦忧”(《宣州谢朓楼饯别校书叔云》)，“头陀云月多僧气，山水何曾称人意？不然鸣笳按鼓戏沧流，呼取江南女儿歌棹讴。我且为君捶碎黄鹤楼，君亦为吾倒却鹦鹉洲”(《江夏赠韦南陵冰》)，“严陵高揖汉天子，何必长剑柱颐事玉阶”(《答王十二寒夜独酌有怀》)。“安能摧眉折腰事权贵，使我不得开心颜”(《梦游天姥吟留别》)。像这类诗句，雄健豪放，极富感情色彩。

他在诗中还常常以问话形式劈头盖脑地宣泄自己的感情：“君不见黄河之水天上来，奔流到海不复回！君不见高堂明镜悲白发，朝如青丝暮成雪”(《将进酒》)，“君不见朝歌屠叟辞棘津，八十西来钓渭滨”(《梁甫吟》)，“君不见昔时燕家重郭隗，拥篲折节无嫌猜。剧辛乐毅感恩分，输肝剖胆效英才。昭王白骨萦蔓草，谁人更扫黄金台”(《行路难》其二)，“君不见骊山茂陵尽灰灭，牧羊之子来攀登。……穷兵黩武今如此，鼎湖飞龙安可乘”(《登高丘而望远海》)。作者设问，其答案是肯定的，问的目的是突出诗人的感受和打动对方。

李白又爱用感叹语调诉说他的感受：“噫吁嚱！危乎高哉！蜀道之难，难于上青天。”又“行路难！行路难！多歧路，今安在”，这类句式多出现在歌行体中，它和歌行感情激荡的特点是相适应的。

李白诗歌的语言又有自然流畅、活泼生动的特点。诗人不屑于雕章琢句，亦不劳劳于镂心刻骨，好似随口说来，明白如话，却又耐人咀嚼，诗味极浓。如“人道横江好，侬道横江恶”(《横江词》)，“两人对酌山花开，一杯一杯复一杯。我醉欲眠卿且去，明朝有意抱琴来”(《山中与人对饮》)，“蜀国曾闻子规鸟，宣城还见杜鹃花。一叫一回肠一断，三春三月忆三巴”(《宣城见杜鹃花》)。又如《静夜思》、《黄鹤楼送孟浩然之广陵》、《赠汪伦》、《山中问答》、《早发白帝城》等诗，语言透明纯净，真如出水芙蓉，清新、自然。它们看似平易、朴素，却是出于自然而又高于自然，是经过提炼的语言精华。

与诗中感情起伏的特点相适应，李白诗的句子长短不一，有时甚至突破一般古体诗的格式，出现散文化的倾向。如云：“远别离，古有皇英之二女。乃在洞庭之南，潇湘之浦。……我纵言之将何补？皇穹窃恐不照余之忠诚，雷凭凭兮欲吼怒，尧舜当之亦禅禹。”(《远别离》)“鸡聚族以争食，凤孤飞而无邻。蝘蜓嘲龙，鱼目混珍；嫫母衣锦，西施负薪。若使巢由桎梏于轩冕兮，亦奚异乎夔、龙蹩躠于风尘！……吾诚不能学二子沽名矫节以耀世兮，固将弃天地而遗身。”(《鸣皋歌送岑徵君》)“上有无花之古树，下有伤心之春草。我向秦人问路歧，云是王粲南登之古道。”(《灞陵行送别》)“羲和！羲和！汝奚汩没于荒淫之波？……吾将囊括大块，浩然与溟涬同科。”(《日出入行》)又如“其险也若此，嗟尔远道之人胡为乎来哉”(《蜀道难》)，“匈奴以杀戮为耕作，古来唯见白骨黄沙田。……乃知兵者是凶器，圣人不得已而用之”(《战城南》)。这些句子，自然流畅而又古朴典雅，句式富于变化，很好地表现了诗人起伏不平的心情。

第四节　李白的辞赋和散文

李白今存赋八、表三、书六、序二十一、记一、颂二、赞十七、铭二、碑六、祭文二，别有杂题四则。他不但为文较多，而且文章特色显著。

李白曾多次向朝廷献赋以取得功名，并以擅长作赋自负，尝云：“昔献长杨赋，天开云雨欢。当时待诏承明里，皆道扬雄才可观。”(《答杜秀才五松山见赠》)他认为赋的功用主要是赞颂国之鸿业盛事，而要立义博大、高远，有很强的艺术感染力。自谓：“白以为赋者，古诗之流，辞欲壮丽，义归博远。不然，何以光赞盛美，感天动神。”(《大猎赋并序》)李白曾三拟《文选》，对《文选》所收辞赋的立意、修辞特色是下过相当深的揣摩工夫的。他作赋，既继承古赋创作的艺术经验，又有自己的创造。所作之赋(尤其是大赋)明显带有盛唐国势强盛、士人精神昂扬的时代特点和李白作为浪漫诗人的艺术个性。像《大猎赋》序即谓《子虚》、《上林》、《长杨》之赋所言猎场“何龌龊之甚”，而说“今圣朝园池遐荒，殚穷六合”云云，显出作者视野的开阔。赋中写天子出猎，有云：

> 乃使神兵出于九阙，天仗罗于四野。徵水衡与林虞，辨土物之众寡。千骑飚扫，万乘雷奔。梢扶桑而拂火云兮，括月窟而搜寒门。赫壮观于今古，並摇荡于乾坤。此其大略也。而内以中华为天心，外以穷发为海口。豁咽喉以洞开，吞荒裔而尽取。大章按步以来往，夸父振策而奔走。足迹乎日月之所通，囊括乎阴阳之未有。君王于是撞鸿钟……于是擢倚天之剑，弯落月之弓。昆仑叱兮可倒，宇宙噫兮增雄。河汉为之却流，山岳为之生风。羽毛扬兮九天绛，猎火燃兮千山红。

描叙中贯穿“王者以四海为家、万姓为子”的思想，也反映出大唐地土辽阔、天下为一的现实状况。而对“君王”气势之盛的形容，很容易使人想到作者相关内容诗歌的表现手法。其《明堂赋》气豪辞美，铺陈中亦多夸张、形容之语。《大鹏赋》以希有鸟比司马承祯，以大鹏鸟自比，实写承祯见李白事（承祯谓其有仙风道骨，可与神游八极之表），构思从《庄子》来。祝尧即言：“赋家宏衍巨丽之体，楚《骚》、《远游》等作已然，司马、班、扬犹尚此。此显出《庄子》寓言，本自宏阔，太白又以豪气雄文发之，事与辞称，俊迈飘逸，去《骚》颇近。”（《古赋辨体》）

其抒情小赋，除《拟恨赋》立意、风格与江淹《恨赋》相迫外，他如《惜余春赋》、《愁阳春赋》、《悲清秋赋》和《剑阁赋》都是写离思别愁，诗味颇浓，而写法都受到过江淹《别赋》等篇的影响。祝尧即谓“太白诸短赋，雕脂镂冰，是江文通《别赋》等篇步骤”（《古赋辨体》）。如《剑阁赋》云：

> 咸阳之南，直望五千里，见云峰之崔嵬。前有剑阁横断，倚青天而中开。上则松风萧飒瑟飓，有巴猿兮相哀。旁则飞湍走壑，洒石喷阁，汹涌而惊雷。送佳人兮此去，复何时兮归来？望夫君兮安极？我沉吟兮叹息。视沧波之东注，悲白日之西匿。鸿别燕兮秋声，云愁秦而暝色。若明月出于剑阁兮，与君两乡对酒而相忆。

此赋原注谓“送友人王炎入蜀”，作者另有《送友人入蜀》诗（有谓“见说蚕丛路，崎岖不易行。山从人面起，云傍马头生”），诗、赋比较，似乎小赋道别离之情更为充分。此赋写法除受到《别赋》影响外，赋中“其前有‘上则’、‘旁则’等语，是挚敛《上林》、《两都》铺叙体格，而裁入小赋……故虽以小赋，亦自浩荡而不伤俭陋。盖太白天才飘逸，其为诗也，或离旧格而去之，其赋亦然”（祝尧《古赋辨体》）。

开元文风走向有二，一是以“燕（燕国公张说）、许（许国公苏颋）”二公为代表的宏茂雅壮、中正和平的台阁文风，呈现出上追东汉中后期新儒家文风的趋向；一是以李邕、李白、王维、苏源明等人为代表的随性任气、恣情肆意、写我性灵的文风，呈现出上追西汉前期文风（主要受道家、纵横家以及儒家传统文风的影响）的趋向。就文章句法言，两者都有纳散于骈、造句并不严守对偶规矩的特点。后一倾向，在李白散文创作中表现得十分突出。

李白为文，一如作诗。往往以气运词，大声壮语，畅所欲言，简捷直致，不掩情性，而文采缤纷，高华流利。所作书、序、赞体之文，艺术特色尤为显著。李白之书，最可注意的是自衒自媒之书，如《与韩荆州书》、《上安州李长史书》、《上安州裴长史书》、《代寿山答孟少府移文书》。它们抽心言志，气随言出，情从事生，最能见出作者本色。其中《代寿山答孟少府移文书》，构思奇特，受到过孔稚珪《北山移文》的影响。书以寿山口吻反驳孟少府移文对寿山的指责，既驳其“责仆以多奇，鄙仆以特秀，而盛谈三山五岳之美，谓仆小山无名、无德而称焉”，谓“无名为天地之始，有名为万物之母……且达人庄生常有余论，以为尺鷃不羡于鹏鸟，秋毫可并于泰山，由斯而谈，何小大之殊也”。又驳“(其)怪于诸山藏国宝、隐国贤，使吾君牓道烧山，披访不获”，谓“皇王登极……设天网而掩贤，穷月窟以率职。天不秘宝，地不藏珍……何英贤珍玉而能伏匿于岩穴耶？……乃知岩穴为养贤之域”，继而引出李白其人以为驳词，云：

> 近者逸人李白自峨眉而来，尔其天为容，道为貌，不屈己，不干人，巢、由以来，一人而已。乃虬蟠龟息，遁乎此山。仆尝弄之以绿绮，卧之以碧云，嗽之以琼液，饵之以金砂。既而童颜益春，真气益茂，将欲倚剑天外，挂弓扶桑。浮四海，横八荒，出宇宙之寥廓，登云天之渺茫。俄而李公仰天长吁，谓其友人曰：“吾未可去也。吾与尔，达则兼济天下，穷则独善一身。安能飡君紫霞，荫君青松，乘君鸾鹤，驾君虬龙，一朝飞腾，为方丈、蓬莱之人耳，此则未可也。”乃相与卷其丹书，匣其瑶瑟，申管、晏之谈，谋帝王之术。奋其智能，愿为辅弼，使寰区大定，海县清一。事君之道成，荣亲之义毕，然后与陶朱、留侯，浮五湖，戏沧洲，不足为难矣。即仆林下之所隐容，岂不大哉！必能资其聪明，辅以正气，借之以物色，发之以文章……亦遣清风扫门，明月侍坐。此乃养贤之心，实亦勤矣。

答书似为游戏文字，作者的写作目的却是向孟少府介绍自己的人生理想。由于拟托寿山之口说出，故能尽言直言。又因带有游戏意味，故对方读来容易接受。可见李白以书自衒自媒，是很讲究表现技巧的。这一特点也表现在《与韩荆州书》中。书云：

> 白闻天下谈士相聚而言曰：“生不用万户侯，但愿一识韩荆州。”何令人之景慕，一至于此耶？岂不以有周公之风，躬吐握之事，使海内豪俊，奔走而归之，一登龙门，则声誉十倍。所以龙盘凤逸之士，皆欲收名定价于君侯。愿君侯不以富贵而骄之，寒贱而忽之，则三千宾中有毛遂，使白得颖脱而出，即其人焉。
>
> 白，陇西布衣，流落楚汉。十五好剑术，遍干诸侯。三十成文章，

历抵卿相。虽长不满七尺，而心雄万夫。王公大人，许与气义。此畴曩心迹，安敢不尽于君侯哉。

君侯制作侔神明，德行动天地，笔参造化，学究天人。幸愿开张心颜，不以长揖见拒。必若接之以高宴，纵之以清淡，请日试万言，倚马可待。今天下以君侯为文章之司命，人物之权衡，一经品题，便作佳士。而君侯何惜阶前盈尺之地，不使白扬眉吐气，激昂青云耶？……若赐观刍荛，请给纸墨，兼之书人。然后退扫闲轩，缮写呈上。庶青萍、结绿、长价于薛、卞之门，幸惟下流，大开奖饰，惟君侯图之。

此虽为衒玉求售之文，但作者作书时胸中实有勃然不可遏之气，故语语自占地步，决无嗫嚅之态。起首高抬对方，而落在能得士上，即为自然引出自荐之词。作者把对方爱才之心和士人对他的仰慕之心说得充分，他的自荐便愈有理由，他也更能意气洋洋地自道其长。所以起首盛赞韩氏，就是在预占地步。下引古人而列举对方荐贤事，亦为下说自己“所以不归他人，而愿委身国士”占地步。由于处处自占地步，故求人援引出语理直气壮，“虽逊亦夸”（余诚语），显得笔力豪迈。

不过李白作书，总有以气运词、不掩情性的特点。《与韩荆州书》如此，就是《上安州裴长史书》请对方释嫌以待己，也是言由心出，“明目张胆，托书自陈”，言语中有一股兀傲之气。开头即谓“白闻天不言而四时行，地不语而百物生。白，人焉，非天地，安得不言而知乎？敢剖心析肝，论举身之事，便当谈笔以明其心，而粗陈其大纲，一快愤懑，惟君侯察焉”。结尾亦谓“若赫然作威，加以大怒，不许门下，逐之长途，白即膝行于前，再拜而去，西入秦海，一观国风，永辞君侯，黄鹤举矣。何王公大人之门，不可以弹长剑乎”。可谓逞性任气，真能“一快愤懑”。

李白有序二十篇，一篇为诗集序，两篇为记体序文，其他皆为赠序。西晋已有赠序，其文多与赠诗同体。李白赠序实分两类，一为独立成篇者（三篇），一为与赠诗同体者。前一类实已开后来韩、柳赠序之先河，后一类实承前代赠诗之序写作传统而来。后一类赠序虽仅一篇录有赠诗，但绝大多数都言及作赠诗事，其存在实与赠诗有割不断的联系，文体特征和完全脱离赠诗独立成篇的赠序有些不同。由于其存在与赠诗相关，便带有诗序性质；又因送人而作，必然言人言己，且出自衷情。李白赠序，篇幅短小而意兴高远，叙事、议论、抒情总将自己和对方打成一片，往往妙语如珠，含有诗性质素。如云：

白以邹、鲁多鸿儒，燕、赵饶壮士，盖风土之然乎？赵少翁才貌瑰雅，志气豪烈，以黄绶作尉，泥蟠当涂，亦鸡栖鹤笼，不足以窘束鸾风耳。以疾恶抵法，迁于炎方。辞高堂而坠心，指绝国而摇恨。天与水远，云连山长。借光景以顷刻，开壶觞于洲渚。黄鹤晓别，愁闻命子之声；青枫暝色，尽是伤心之树。然自吴瞻秦，日见喜气。上当攫玉弩、摧狼狐，洗清天地，雷雨必作。冀白日回照，丹心可明。巴陵半道，坐见还吴之棹。令雪解而松柏振色，气和而兰蕙开芳。仆西登天门，望子于西江之上。吾贤可流水其道，浮云其身，通方大适，何往不可？何戚戚于路岐哉！

——《春于姑熟送赵四流炎方序》

紫云仙季，有英风焉。吾家见之，若众星之有月。贵则天王之令弟，宝则海岳之奇精。游者所谓风生玉林，清明萧洒，真不虚也。常醉目吾曰："兄心肝五藏，皆锦绣耶！何开口成文，挥翰雾散。"吾因抚掌大笑，扬眉当之。使王澄再闻，亦复绝倒。观夫笔走群象，思通神明，龙章炳然，可得而见。岁十二月，拜省于淮南。思白华之长吟，眺黄云之晚色。目断心尽，情悬高堂。倾兰醑而送行，赫金鞍而照地。错毂蹲野，朝英满筵。非才名动时，何以及此。日落酒罢，前山阴烟。殷勤惠言，吾道东坐。想洛桥春色，先到淮城，见千条之绿杨，折一枝以相赠，则华萼情在，吾无恨焉。群公赋诗，以光荣饯。

——《冬日于龙门送从弟京兆参军令问之淮南觐省序》

前序为独立成篇(脱离赠诗)的赠序。序为送赵四流放南方而作，安慰他很快就有"丹心可明"的一天，回吴之时可待，劝他不要悲戚于路。序谓赵四"志气豪烈"，"以疾恶抵法，迁于炎方"，形容、比喻以言其不遇之苦，即见作者之不平；而说"仆西登天门，望子于西江之上"，出语洒脱，既是自诉衷肠，也是给对方以希望；说"何戚戚于路歧"云云，更是以达观语劝慰对方，处处显出作者的个性特征。后序为与赠诗同体共存的赠序。序写作者往日闻从弟称美自家文才杰出的妙语，而"抚掌大笑，扬眉当之"的神态，和自道"观夫笔走群象……可得而见"所映现的自负心态，都将作者率直、自得的个性写得活灵活现。说送别事，或夸张、形容以写送行场面，或用细节(折杨相赠)表达兄弟之情，也都出语自然，无做作之态。

李白带有记体性质的序文，可以《春夜宴从弟桃花园序》为代表。序云：

夫天地者，万物之逆旅也；光阴者，百代之过客也。而浮生若梦，为欢几何？古人秉烛夜游，良有以也。况阳春召我以烟景，大块假我以文章。会桃花之芳园，序天伦之乐事。群季俊秀，皆为惠连；吾人咏歌，独惭康乐。幽赏未已，高谈转清。开琼筵以坐花，飞羽觞而醉月。不有佳咏，何伸雅怀。如诗不成，罚依金谷酒数。

小序起首言天地久远、光阴迅速、人生短暂，当及时行乐，不妨夜游，是用一大道理说春夜宴饮难得，下用“况”字引出四句，是从宴饮之时节、地点、人物几方面，说春夜宴饮的尤为难得。然后才说到宴饮之乐，而用以诗酬酒作结。虽以记述宴饮事为主，言语中却饱含喜不自禁的欢乐情绪，可谓序中有诗。

李白所作画赞甚多，所写画中物象生动传神，而用语简约、明朗一如其序。如《壁画苍鹰赞》云：

突兀枯树，旁无寸枝，上有苍鹰独立，若愁胡之攒眉。凝金天之杀气，凛粉壁之雄姿。嘴铦剑戟，爪握刀锥。群宾失序以䁯眙，未悟丹青之所为。吾尝恐出户牖以飞去，何意终年而在斯！

原注谓“讥主人”，致讥之语当在篇末二句。赞词之妙，妙在体物形神兼备，使人过目难忘。又李白写景之文亦以言词清隽、韵味深长取胜，其《杂题》四则前三则即为显例。如其一云：

乘兴踏月，西入酒家。不觉人物两忘，身在世外。

其二云：

夜来月下卧醒，花影零乱，满人衿袖，疑如濯魄于冰壶也。

其三云：

楼虚月白，秋宇物化，于斯凭栏，身势飞动。非把酒自忘，此兴何极！

诗人完全融入自然景色中，他只是如实写出置身其中的感受，却如此令人神往，直把人带入想像不尽的世外之境。前人说“太白文萧散流丽，乃诗之余”（王志坚《四六法海》），于此可见。

大抵李白为文如诗，突出特点是以气运词，不掩情性，词随气出，下笔不休，而语词清爽、明快、朗畅、流丽，行文洒脱，能以气势动人，能以情韵感人。时人即谓“诸子之文，犹山无烟霞，春无草树。李白之文，清雄奔放，名章俊语，络绎间起，光明洞彻，句句动人”（李白《上安州裴长史书》引元丹语）。李白之文，可以说是含有较多骈体成分的散文。其散文骨力主要来自以气运词，其清俊雅丽之美主要出自对骈文表现艺术的应用。要指明的是，李白对骈文表现艺术的应用是很灵活的，比如用对句，上下二句就不一定构成严格意义上的对偶关系；又如用典，也不一定将典故浓缩后嵌入对句内，更多的是在奇句或偶句内展开来说，而所用语言，尤为明净、晓畅。

第五节　李白在文学史上的地位和影响

李白继屈原之后，以其卓越的艺术成就，使古代浪漫诗歌大放异彩。他用诗歌唱理想，表现个人理想和现实之间的巨大矛盾，用出奇的想像、夸张的语言创造许多动人心魄的艺术形象，形成豪放、飘逸的独特风格。这些对后代浪漫诗人的创作，曾产生过极其深远的影响。

李白对古代文学发展的贡献，还在于他继承和发展陈子昂的诗歌革新主张，通过创作彻底廓清六朝遗风的影响。诗至陈子昂，发生了惊天动地的变化，但齐、梁余波尚在，即使在一些优秀诗人的创作中，也时而出现“回潮”现象。李白对齐、梁诗风深恶痛绝，倡言“将复古道”，且“早年皆学建安”（胡仔《苕溪渔隐丛话》），“大得建安体”（皮日休《郢州孟亭记》）。不同的是，陈子昂批判齐、梁诗风，连其长处也弃之不顾，李白则能披沙拣金，取其精华。故杜甫一再说李白的诗兼具鲍照、阴铿、庾信等南朝诗人的长处。其实，他对南朝民歌也是十分喜爱，并从中吸取了丰富的营养。因而李诗不像陈诗枯淡、质直，而是壮丽、瑰奇，文质彬彬。这样，自然“文可以变风俗”，开一代新的诗风。故李阳冰说：“（李白）凡所著述，言多讽兴，自三代以来，风、骚之后，驰驱屈、宋，鞭挞扬、马，千载独步，唯公一人。……卢黄门（藏用）云：‘陈拾遗横制颓波，天下质文翕然一变。’至今朝诗体，尚有梁、陈宫掖之风，至公大变，扫地并尽。今古文集遏而不行，唯公文章，横被六合，可谓力敌造化欤！’”（《草堂集序》）

李白生前，其诗就受到著名诗人苏颋、贺知章、杜甫等人的高度评价。杜甫早期的诗歌创作，本来就受到过李白浪漫诗风的影响。中唐以降，虽然元稹等人因提倡写实诗风而对李白浪漫诗风有过贬抑，但崇尚李白诗风、有意继承和弘扬其艺术传统者，大有人在。如韩愈、李益作五古、七古，李贺作乐府，杜牧作绝句，都能取李诗之长而用之。北宋虽有王安石低评李白其人其诗，但诗坛领袖欧阳修、苏轼却欣赏李白诗风。欧阳修“于李白而甚赏爱，将由李白超趠飞扬为感动也”（刘攽《中山诗话》）。苏轼“晚学李白，至其得意则似之矣”（陈师道《后山诗话》）。南宋杨万里、陆游、陈亮以及词人辛弃疾等，在诗或词的创作中，都对李白诗歌的艺术经验有所吸纳。朱熹甚至说“作诗先用看李、杜，如士人治本经”（《朱子语类》卷一四），把学习李白诗视为作诗的基本功。之后，元代的萨都拉，明代的高启、杨慎，清代的黄景仁、龚自珍等，都是诗学李白而风格与之相近的诗人。可以说，李白的诗风及其创作艺术，直到今天，还对中国诗歌的发展深有影响。除对古代诗歌创作产生重大影响外，李白的诗自唐以来就为广大读者所喜爱，成为世代相传、远播海外的艺术珍品。人们不但用它陶冶性情、提高文学鉴赏品位，而且通过它接受优秀的文化传统和领略其特有的人文精神。

认识李白在文学史上的地位，应在充分肯定其诗歌创作成就的同时，注意他对散文发展的贡献。李白的赋在当时就为人所重，任华即谓“古来文章有奔逸气，耸高格，清人心神，惊人魂魄，我闻当今有李白。《大鹏赋》、鸿猷文，嗤长卿，笑子云，班、张所作琐细不入耳，未知卿、云得在嗤笑限否”（《杂言寄李白》）。那些以气运词、不掩性情乃至张扬自我，出语通脱、自然，而富有诗性美的书、序、赞体之文，在艺术上化骈为散、纳骈入散，实于张、苏台阁文风之外，别开新风，成为开、天时期文体、文风革新另一种趋向的代表。它们的出现，既对天宝时期散文发展有推动作用，也为韩、柳等人的古文创作提供了宝贵的艺术经验。

第六章 杜 甫

第一节 杜甫的生平和思想

杜甫(712—770)，字子美，京兆杜陵(今陕西西安市东南)人，出生于河南巩县(今属河南巩义市)瑶湾。他的一生，可分为四个时期。

一、读书漫游时期(719—745)。杜甫的青少年时代，正是唐代社会的极盛期。杜家奉儒守官由来已久。他的十三世远祖杜预乃西晋名将，著有《春秋左氏经传集解》，祖父杜审言是武则天时代的著名诗人，父亲杜闲做过州司马和县令。由于时代和家庭的影响，杜甫从小就努力学诗，并抱有远大理想。“七龄思即壮，开口吟凤凰。九龄书大字，有作成一囊”(《壮游》)。十四五岁，他的诗文就受到当时洛阳名士崔尚、魏启心等人的赞誉。从二十岁到二十九岁，杜甫主要是在漫游中度过的。二十四岁时到洛阳应试，虽然没有考中，但才华已开始显露出来。青年杜甫在政治上自许甚高，他后来回忆说：

忆昔少年日，早充观国宾。
读书破万卷，下笔如有神。
赋料扬雄敌，诗看子建亲。
李邕求识面，王翰愿卜邻。
自谓颇挺出，立登要路津。
致君尧舜上，再使风俗醇。

——《奉赠韦左丞丈二十二韵》

这时他涉世不深，对前途充满信心。他在齐、赵浪游，过的是“裘马颇清狂”(《壮游》)的生活。他写诗歌吟猎鹰、战马，表现出奋发有为的精神。三十三岁时，杜甫在洛阳遇见李白。李白那年四十四岁，因在长安得罪权贵，被唐玄宗赐金放归。当时李白名扬天下，而杜甫的诗尚未形成独特的风格。杜甫对李白景仰之至，秋天，他们一同到宋州漫游，第二年又在东鲁相会。这时的杜甫在为人和诗风上都受到李白的影响，自谓“性豪业嗜酒，嫉恶怀刚肠。……饮酣视八极，俗物多茫茫”(《壮游》)，其神态意气，与李白何其相似。

二、长安十年(746—755)。天宝六载(747)，玄宗诏令天下通一艺者应试，杜甫参加了考试。结果，奸相李林甫担心有人对策揭露他的罪行，改廷试为府试。在他的操纵下，竟无一人被录取，而他还上表祝贺，说是“野无遗贤”。这次不第，使杜甫对奸权专政的腐朽政治有了较深的认识。但他又不甘心沉沦，总希望有一天登上“要路津”。杜甫在长安耐心等待，过着“朝扣富儿门，暮随肥马尘。残杯与冷炙，到处潜悲辛”(《奉赠韦左丞丈》)的日子。天宝十载(751)，他乘皇帝祭祀的机会，献“三大礼赋”(即《朝献太清宫赋》、《朝享太庙赋》、《有事于南郊赋》)，得到玄宗赏识，命待制集贤院。天宝十四载(755)，他担任看管兵甲器杖的小官(右卫率府兵曹参军)。长安十年，杜甫备尝穷困潦倒之苦。现实生活经历使他看清了朝政的腐败、权贵的腐朽，他写了不少如《丽人行》、《兵车行》等反映社会现实问题的诗。他看到国事日非，预感社会动乱即将到来。天宝十四载冬天，安禄山反叛迹象已很明显，唐玄宗却仍在骊山寻欢作乐。十月，杜甫到奉先探亲，路过骊山，见到山上山下，戈矛林立，鼓乐喧天，非常愤慨，回家写了《自京赴奉先县咏怀五百字》。诗中表现“穷年忧黎元，叹息肠内热”的炽烈感情，揭露“朱门酒肉臭，路有冻死骨”这样尖锐对立的社会矛盾。《咏怀》是诗人长安十年生活的总结，标志着杜甫诗歌创作正在沿着写实道路前进。

三、陷贼、为官时期(756—759)。公元755年年底，安禄山攻破潼关，西逼长安。次年六月，玄宗西逃入蜀，长安陷落。杜甫随着逃难的人群，把家属送往鄜州(今陕西富县)。当他听到肃宗即位于灵武(今宁夏青铜峡县)，就准备投奔肃宗。谁知半路被安史叛军抓获，不得已在长安过了八个月俘虏生活。幸好当时他名气不大，未被安禄山委以伪官。陷贼期间，杜甫国愁、家愁交并于心，痛苦不堪。757年4月，他逃出长安，冒着生命危险到达凤翔，被肃宗任为左拾遗。当时朝臣派系斗争严重，贺兰进明常在肃宗面前说房琯的坏话，结果房琯由宰相贬为太子少傅。杜甫认为处分过重，替房琯辩护。他言词激烈，肃宗大不高兴，把他视为房琯一党，差点治其死罪，幸亏有人营救，才算了事。这年九月，长安克复，杜甫携家来到长安。次年六月，由于贺兰进明进谗，房琯终被贬为邠州刺史，杜甫坐贬华州司功参军。

公元759年春天，杜甫在洛阳。当时郭子仪、李光弼等九路节度围困相州征讨安庆绪，不意安庆绪得到史思明增援，把唐军打得大败，洛阳为之震动，杜甫赶回华州。一路上他目睹无数农民家破人亡的惨剧，心中悲苦不已，写下了“三吏”、“三别”。这年关中大旱，饥荒严重。秋天，杜甫放弃华州司功参军的职务，到达秦州。从此他永远离开了长安，这年四十四岁。杜甫在秦州，由于生计无着，冬天翻山越岭到达秦州以南的同谷县(今甘肃成县)。后又继续南下，到达成都。

四、寄住蜀地和荆湘飘流时期(760—770)。初到成都，杜甫寄住在浣花溪边的破庙里，后来靠严武等人接济，在溪边盖了草堂。不久，地方军阀徐知道造反，杜甫便由绵州入梓州。严武再次担任剑南节度使，把杜甫从梓州接回，聘他为检校工部员外郎、节度参谋。不到半年，他便辞职了。严武死后，他就带着家属乘船东下。途中，因病在云安停了半年多，大历元年(766)春末才到夔州。在夔州一住就是两年。夔州都督柏茂琳是他的朋友，送给他一些公田。由于生活比较安定。不到两年，杜甫写了四百三十多首诗。大历三年，杜甫出三峡，来到荆州。不意在荆州受到冷遇，而关中吐蕃作乱，长安戒严，不能北归。于是南到公安，而公安也有乱事，不久便漂流到岳州。杜甫在夔州时就患有肺病、风湿症，糖尿病时愈时发，耳朵也有些聋，这时右臂瘫痪，身体状况极差。他本想到衡州投靠友人，当他从岳州到达衡州时，友人已调任潭州。他赶到潭州，那友人又死了，杜甫失望之至。夏天，潭州兵马使臧玠杀死刺史崔瓘，杜甫只好逃难到衡州，打算到郴州投靠舅父崔伟。从759年开始，诗人由关中到蜀中，从蜀中到荆湘，走到哪里，哪里都难以安身，真是“乾坤万里内，莫见容身畔”(《逃难》)。当他的船进入耒阳后，在方田驿遇到大水，一家人五天没有进食。后来县令聂某送来酒肉，才解除了饥荒。不能到郴州，他又掉转头到潭州，准备取道汉阳、襄阳回洛阳去。长期的颠沛流离摧残了他的身体，770年冬天，在从潭州到岳州的湘江上，在那条破旧的木船里，诗人杜甫离开了那个苦难的世界。死后四十三年，他的孙子才把他的遗骨从岳州运回故乡，埋在首阳山下。

和当时许多诗人一样，杜甫一生也曾在一定程度上受到过儒、释、道多家思想的影响，但他的主导思想仍然出自儒家。特别是儒家“民贵君轻”、“匡时济世”的思想对他影响最深。他无论“穷”、“达”都能想到人民，想到国家，所谓“穷年忧黎元，叹息肠内热”(《自京赴奉先县咏怀五百字》)，要

“致君尧舜上，再使风俗淳”(《奉赠韦左丞丈二十二韵》)，这是他高于当时一般知识分子的地方。他想到人民是因为他了解人民，至于他的政治主张如何，那是另一回事。杜甫崇儒，做事认真，有时达到迂腐的程度。但到了晚年，他看到国事日非，自己的许多见解都不能实现，也对儒家思想产生过怀疑。杜甫忠君思想很浓，他是把忠君和爱民、爱国搅在一起的。他对皇帝的忠，近乎愚忠，前人说他每饭不忘君，并非夸张。对于农民起义，他和封建社会一般知识分子一样，都采取敌视的态度。当袁晁在浙东领导农民起义时，他竟诅咒式地说道：“安得鞭雷公，滂沱洗吴越。”(《喜雨》)这种思想上的局限性是由他所处的时代和阶级地位所决定的。

第二节　杜甫的古诗和律诗

杜甫一生作诗三千余首，现存一千四百余首。杜诗写实性强，全面、生动地纪述了诗人所处时代的重要事件和民众的不幸遭遇，有“诗史”之称。除反映现实、讽谕时事、表达诗人对苦难民众遭遇的同情外，其诗还真实、细致地写出了诗人的人生悲哀和内心的不平。杜甫用诗抒发友情、亲情、乡情，用诗表现日常生活和自然风光，用诗论文，用诗歌咏音乐、绘画、书法、舞蹈的美妙，也用诗揭露、抨击社会腐恶现象。杜诗内容丰富，所用诗体亦多，艺术成就最高的是古诗(四百余首)和律诗(五百余首)。

杜甫古诗有五古、七古之分，其中五古有少数诗篇是以新题乐府、歌行形式出现的，七古则多数为歌行体和新题乐府。

五古盛于汉、魏，多兴寄之作，衰于晋、宋、齐、梁、陈、隋，文盛质衰，以至文胜质灭或质、文均不足道。初唐承前代之弊，陈子昂起而振之，上遏贞观微波，下决开元正派，后有李、杜、王、孟发扬光大，蔚为一代之盛。子昂学阮籍，李白学阮、学鲍，“少陵才具，无施不可，而宪章祖述汉、魏、六朝，所谓风雅之大宗、艺林之正朔也”(胡应麟《诗薮·内编》卷二)。杜甫以后，汉、魏遗响复息。杜甫既作五言短古，又作五言长古。最短的五古可以《望岳》为代表。诗云：

岱宗夫如何？齐鲁青未了。
造化钟神秀，阴阳割昏晓。
荡胸生层云，决眦入归鸟。
会当凌绝顶，一览众山小。

诗写诗人望见泰山高大巍峨之状的感受。"夫如何"三字语势跌宕，既引出下面五句所言(所言景象尽为想像之词)，又带出诗人初见泰山而为之讶异、兴奋的心情。"青未了"概言齐、鲁大地数千里景象，用语浅易而境界雄阔。末二句即景抒怀，见得诗人抱负不凡。此诗格似五律，但句中平仄未协，又押仄声韵，实为杂用律体的古诗。又如《梦李白》二首其一：

死别已吞声，生别常恻恻。
江南瘴疠地，逐客无消息。
故人入我梦，明我长相忆。
恐非平生魂，路远不可测。
魂来枫叶青，魂返关塞黑。
君今在罗网，何以有羽翼？
落月满屋梁，犹疑照颜色。
水深波浪阔，无使蛟龙得。

诗写诗人梦见李白后疑真疑幻之思，显出朋友至真之情。"恐非平生魂"以下六句，详写梦之可疑，本为幻景，却言之凿凿，见出诗人对李白身陷"罗网"、生死未卜的忧念。"落月满屋梁"四句，是说满屋月色似乎照见他的面容，见得梦境似真，自然引出叮咛嘱咐之语。此诗情意亲切，致慨深远，而调古、语古、味古。"魂来"以下四句即用宋玉《招魂》之意，而以下八句的神与气则出自《离骚》。通篇构思、想像乃至用语，都于古诗("凛凛岁云暮")有所取法。上二诗皆以抒怀为主，至于叙事性较强的五言短古，可以《羌村》三首为例。三诗似写生还之乐，却哀思苦语，凄恻动人。其一云：

峥嵘赤云西，日脚下平地。
柴门鸟雀噪，归客千里至。
妻孥怪我在，惊定还拭泪。
世乱遭飘荡，生还偶然遂。
邻人满墙头，感叹亦歔欷。
夜阑更秉烛，相对如梦寐。

诗中叙述"归客千里至"家人、邻人的感受，实写诗人乱世流离的悲哀。突出特点是景真、语真、感受真，无限真悲、真哀全借真语、真光景说出。所谓"惊心动魄，真至极矣……少陵真至，结为沉痛"(施补华《岘佣说诗》)。

“真语流露，不假雕饰，而情文并至”(《唐宋诗醇》)，“只是一真，遂兼众妙”(张谦宜《絸斋诗谈》)。有“《国风》之义，黄初之旨”(仇兆鳌《杜诗详注》)，而“脱胎于陶”(何焯《义门读书记》)。

杜甫五言长古，有《自京赴奉先县咏怀五百字》、《北征》、《壮游》、《奉赠韦左丞丈二十二韵》、《送李校书二十六韵》、《八哀诗》、《送重表侄王砅评事使南海》、《述怀》、《三川观水涨二十韵》等。许学夷说“唐人五言古，善于敷陈，故其体长而充畅”。“唐人五言古，则气象峥嵘，声色尽露矣”(《诗源辨体》卷三)，此类诗作即为其例。此类长篇，往往兼用叙事、议论、抒怀手法，或叙事为主，杂以议论(如《北征》)，或议论为主，杂以叙事(如《咏怀》)。多数叙事性强，以至行文风格有近于散文叙事文体者，如《北征》近于序(记)体，《奉赠韦左丞》近于论体，《八哀》近于碑状，《述怀》、《壮游》近于纪传，《送重表侄王砅评事使南海》近于传志。而各诗涉及内容极多，场面极大，情节极细，兴寄极深。如《咏怀》先从“咏怀”言志、落拓不遇说起，再写途中闻见，致慨于国奢民困，末又叙说抵家所遇所感。《北征》从“东胡反未已”、“至尊尚蒙尘”的严峻形势，说到“此辈少为贵”、“官军请深入”的用兵谋略，说到途中“山果多琐细”、家中“床前两小女，补绽才过膝”。《送重表侄王砅评事使南海》叙亲缘关系，却写出唐代一部开国大掌故。故此类诗作叙事往往滔滔莽莽，淋漓尽致，一气连属，但又节次分明，起结完备。所谓“作五古大篇，离不得规矩法度，所谓神明变化者，正从规矩法度中出，故能变化不离其宗。然用法须水到渠成……毫无痕迹，始入妙境。少陵大篇，最长于此。往往叙事未终，忽插论断；论断未尽，又接叙事；写情正迫，忽入写景；写景欲转，遥接生情。大开大合，忽断忽连，参差错综，端倪莫测。如神龙出入云中，隐现明灭，顷刻数度，使人迷离。此运《左》、《史》文笔为诗法也。千古独步，勿庸他求矣”(朱庭珍《筱园诗话》卷一)。

以乐府形式出现的五古，则以前后《出塞》和“三吏”(《潼关吏》、《石壕吏》、《新安吏》)、“三别”(《新婚别》、《垂老别》、《无家别》)为代表。前者为古题乐府，后者为新题乐府。《前出塞》九首为征秦陇兵赴交河而作，《后出塞》五首为征东都兵赴蓟门而作，两者都是用古题写今事，“三吏”、“三别”则写诗人自华州到洛阳途中的见闻，属即事名篇，是以新题写时事。前者均用从军者口吻言其愁苦，指事深切，出语哀怨，多杂议论、慨叹于叙事中。又二诗或一题九首，或一题五首，都一气转折到底，文势一步紧一步，均可作一大篇转韵诗读。后者则篇各一事，自有其人物、故事，寓意于叙事中，议论文字极少。前后《出塞》意在刺讥，而运笔矫健，颇有汉魏乐府风骨。“三吏”、“三别”自创新题纪时事，虽有慰其人(如《新安吏》等)、哀其事(如《石壕吏》等)者，却叙事质朴、语语沉痛，婉而多风，总归为刺，承风雅遗绪而得汉、魏乐府神理。其歌行为五言古诗者，有《彭衙行》、《义鹘行》、《画鹘行》以及《同元使君春陵行》。《彭衙行》用追叙法纪逃难之苦，叙事极真极细。《义鹘行》以“义鹘”之“义”“用激壮士肝”，“奇情恣肆，与子长《游侠》、《刺客》列传，争雄千古”(浦起龙《读杜心解》)。《画鹘行》以真鹘形容画鹘形神，发诗人英雄失路之慨。《同元使君春陵行》，虽为和诗，却真实写出诗人忧世惜才、思念朝廷之心。数诗亦得汉、魏古诗神理，但不袭其面目。

总之，“少陵五言古千变万化，尽有汉、魏以来之长而改其面目。叙述身世，眷念友朋，议论古今，刻划山水，深心寄托，真气坌涌。《颂》之典例，《雅》之正大，《小雅》之哀伤，《国风》之情深、文明，长于讽谕，息息相通，未尝不简质深厚，而此例不足以尽之。故于唐以前为变体，于唐以后为大宗，于三百篇为嫡支正派”(施补华《岘佣说诗》)。

唐代七古以李白、杜甫、韩愈三家成就最高。盛唐名家，则有李、杜和高适、岑参、王维、李颀等人，而以李、杜影响最大。言杜者，如施补华即谓“少陵七古，学问、才力、性情俱臻绝顶，为自有七古以来之极盛。故五古以少陵为变体，七古以少陵为正宗”(施补华《岘佣说诗》)。

杜甫不以歌行、乐府形式出现的七古，仅占其七古总数的七分之一。此类诗虽有“戏题”之作，纪游之篇，主要内容仍是诉悲泄愤、言志抒慨。如《秋雨叹》三首，或伤直言不伸，或伤政府蒙蔽，或伤潦倒不振，皆寓意于诗。《投简成华两县诸子》，谓“长安苦寒谁独悲？杜陵野老骨欲折”，“饥卧动即向一旬，弊衣何啻联百结。君不见空墙日色晚，此老无声泪垂血”。语多愤激，实自作不平之鸣。

以歌行、乐府形式出现的七古，其中乐府自以质朴叙事，婉而多风见长，歌行亦陈事切实，布辞沉着，显现出多种艺术风貌。如王安石所云：“杜子美悲欢穷泰，发敛抑扬，疾徐纵横，无施不可。故其所作，有平淡简易者，有绮丽精确者，有严重威武若三军之帅者，有奋迅驰骋若泛驾之马者，有澹泊闲静若山谷隐士者，有风流蕴藉若贵介公子者。盖其绪密而思深……此子美光掩前人、后来无继也。余观其集之所载《哀江头》、《哀王孙》、《古柏行》、《剑器行》、《渼陂行》、《兵车行》、《洗兵马行》、《短歌行》、《同谷歌》等篇，盖以斯言可征，故表而出之为大家。”(高棅《唐诗品汇、七言古诗叙目》引)除王氏所引外，名篇尚有《丽人行》、《石笋行》、《百忧集行》、《负薪行》、《饮中八仙歌》、《醉时歌》、《奉先刘少府画山水歌》、《茅屋为秋风所破歌》、《丹青引赠曹将军霸》等。

与五古法度谨严不同，七古章法灵活，或以气运词，或潜气内转，诗成法立，变化多多。又五古，特别是短篇者，“辞简而味长，言语不可明白说尽，含糊则有余味”（范梈《木天禁语》），七古则须辞明义尽。杜甫七古十之六七为转韵之作（五古无转韵者），用语不废对偶，时时出以单句，篇法、句法、字法，亦有如作古文者。《同谷歌》七首每首结尾以“呜呼”作叹，所谓“呜呼一歌兮歌已哀，悲风为我从天来”，“呜呼七歌兮悄终曲，仰视皇天白日速”，与《冬狩行》以“呜呼！得不哀痛尘再蒙”作结，与《折槛行》以“呜呼！房、魏不可见”，开头皆以散文中常用的叹词入诗，表达不能自已的伤己、伤君、伤时之感，顿挫淋漓，真有一唱三叹之致。又如《短歌行赠王郎司直》云：

王郎酒酣拔剑斫地歌莫哀，我能拔尔抑塞磊落之奇才。豫章翻风白日动，鲸鱼跋浪沧溟开。且脱剑佩休徘徊。西得诸侯棹锦水，欲向何门趿珠履？仲宣楼头春色深，青眼高歌望吾子。眼中之人吾老矣。

此诗当作于荆南，时在大历三年(768)。王郎将入蜀干谒长官以得功名，酒酣哀歌，杜甫当筵赠此（用浦起龙说）。诗通篇由一番安慰词组成，前后两节各五句，复用单句相间，可见篇法奇、格式奇。诗以两长句起头，突兀横绝，而“莫哀”本为独立的劝慰语，却与“斫地歌”相连成句，可见句法之奇。又末句于王郎有鼓励意，而于己有伤感意，却说得平淡、含蓄，令人回味无穷，可见语奇、意奇。又如《醉时歌》：

诸公衮衮登台省，广文先生官独冷。
甲第纷纷厌粱肉，广文先生饭不足。
先生有道出羲皇，先生有才过屈、宋。
德尊一代常轗轲，名垂万古知何用！
杜陵野客人更嗤，被褐短窄鬓如丝。
日籴太仓五升米，时赴郑老同襟期。
得钱即相觅，沽酒不复疑。
忘形到尔汝，痛饮真吾师。
清夜沉沉动春酌，灯前细雨檐花落。
但觉高歌有鬼神，焉知饿死填沟壑？
相如逸才亲涤器，子云识字终投阁。

先生早赋归去来，石田茅屋荒苍苔。
儒术于我何有哉？孔丘、盗跖俱尘埃！
不须闻此意惨怆，生前相遇且衔杯。

诗注谓“赠广文馆博士郑虔”，杜甫写此诗是为郑虔不遇鸣不平，也是为自己落拓发牢骚。前四句连用对比说郑虔潦倒不遇境况，言语中已露不平，次四句直抒其愤。随即说到“杜陵野客”的可悲，用饮酒事将二人合在一起，借写以酒浇愁的感受，用一些貌似旷达、超脱的话，表现其无可奈何的心境。此诗气足神旺，笔力雄健，风骨凛然。诗人借助酒力，以气运词，纯是天纵其笔，不知其然而然。言悲泄愤，酣畅淋漓，语随气涌，豪横奔腾，以至频频转韵，多顿挫之笔，而挥洒自如，自有结构。

律诗之律，一为法律之律，言必极其严；一为声律之律，言必极其谐。唐代律诗，句必偶（多指中间二联），韵必谐（所有语词），法度甚严。盛唐律诗，名家辈出。王、孟、高、岑“唯在兴趣，故体多浑圆，语多活泼。若子美则以意为主，以独造为宗，故体多严整，语多沉着”（许学夷《诗源辨体》卷一九）。杜甫五律，气象巍峨，规模宏远，错综变化，不可端倪。对偶未尝不精，却能寓纵横排奡于缜密中；又常用跌宕、顿挫、前后照应之法，借物体发胸中抑郁不平之气。所作诗题目平易，多咏景物，所言感受恰近人情，故传播面广。如《春望》、《月夜》、《春夜喜雨》、《画鹰》、《春日忆李白》、《天末怀李白》、《旅夜书怀》、《江汉》、《登岳阳楼》以及《秦州杂诗》二十首等，皆为杜甫五律名篇。

杜甫对七律艺术发展贡献更大。盛唐其他诗人作七律，一般比较重视对偶形式，但对偶不能整齐、平仄不能粘缀者，大有人在。又诗中多写景物，未及于指事言情和引用典故。杜甫则不惟写景，兼复抒情、用典，使七律蹊径大开。而且属对工稳，平仄协谐，用典贴切，遣词精当，写景抒情，水乳交融，时作议论，以寄其慨。往往一题好作数首，诗料无所不入，又爱作拗体，亦为诸家所无。故前人称杜诗体格大备，“实千古律诗之极则”（钱良择《唐音审体》）。说“七律至杜公，千古一人”（翁方纲《七言律诗钞凡例》）。“杜之五律、五七言古，三唐诸家亦各有一二篇可企及。七律则上下千百年无伦比。其意之精密，法之变化，句之沉雄，字之整练，气之浩汗，神之摇曳，非一时笔舌所能罄。”（黄子云《野鸿诗的》）

杜甫七律写法，大体有两种。一为正体即严守律法者，此类诗多为沉雄、含蓄之作。名篇如《秋兴》八首，《咏怀古迹》五首，及《登高》（“风急天高猿啸哀”）、《返照》（“楚王宫北正黄昏”）、《登楼》（“花近高楼伤客心”）、

《野老》（“野老篱边江岸回”）等。一为变体。变体又分二种，一是格式稍微放开，是为小变。如《冬至》云：

年年至日长为客，忽忽穷愁泥杀人。
江上形容吾独老，天涯风俗自相亲。
杖藜雪后临丹壑，鸣玉朝来散紫宸。
心折此时无一寸，路迷何处是三秦？

此诗即每联都用对偶。二是以歌行入律，是为大变。《黄草》（“黄草峡西船不归”）、《昼梦》（“二月饶睡昏昏然”）、《所思》（“苦忆荆州醉司马”）、《白帝》（“白帝城中云出门”）、《九日》（“去年登高郪县北”）、《崔氏东山草堂》（“爱汝玉山草堂静”）等诗，皆是。如云：

不见旻公三十年，封书寄与泪潺湲。
旧来好事今能否？老去新诗谁与传？
棋局动随幽涧竹，袈裟忆上泛湖船。
闻君话我为官在，头白昏昏只醉眠。
——《因许八奉寄江宁旻上人》

城尖径仄旌旆愁，独立缥缈之飞楼。
峡坼云霾龙虎卧，江清日抱鼋鼍游。
扶桑西枝对断石，弱水东影随长流。
杖藜叹世者谁子？泣血迸空回白头。
——《白帝城最高楼》

二诗以歌行入律，不但取其词随气涌、纵横跌宕之势，还用到它的句法、字法。此外，杜甫七律另有议论一体，如《又呈吴郎》云：

堂前扑枣任西邻，无食无儿一妇人。
不为困穷宁有此，只缘恐惧转须亲。
即防远客虽多事，便插疏篱却甚真。
已拆征求贫到骨，正思戎马泪盈巾。

此诗语淡意厚，言事切至，足见诗人忧民济世之心。而通篇纯作议论，是为创格。同以议论入诗的七律，尚有《诸将》五首等。

第三节　杜甫诗歌的艺术特色

杜甫诗歌内容丰厚，而且具有独到的艺术特色。

杜甫作诗，善于对现实生活作高度的艺术概括。杜诗中无论是抒情诗，还是叙事诗，都表现出很高的艺术概括力。他对生活观察深刻细致，善于抓住生活中某一典型人物、事件，或自然景象的特征，创造诗的形象，表达思想情感，反映事物的本质特征。《新婚别》是一首叙事诗，撷取的是新郎、新娘“暮婚晨乃别”的情景。诗人着意刻画的是新娘的心理状况，而她的心理状况又是通过她一番言语表现出来的（“三别”都是通过人物的独白来刻画人物形象以表达诗人的思想倾向）。一番话道出她曲折复杂的心思，创造出一位以国事为重而又对爱情忠贞不渝的年轻妻子的形象。《新婚别》的题材内容是从千千万万个家庭悲剧中概括出来的，人们从新娘的自诉既可想见战乱给人民带来的灾难，也可看出广大人民希望平息战乱的愿望。诗中新娘能把对丈夫的爱和对国家的爱结合在一起，也反映出诗人既同情人民、又关心国家利益的思想倾向。因而这首诗是对现实生活的艺术概括，而新娘这个形象又带有理想色彩。再如《月夜》云：

今夜鄜州月，闺中只独看。
遥怜小儿女，未解忆长安。
香雾云鬟湿，清辉玉臂寒。
何时倚虚幌，双照泪痕干。

诗人本写自己思念之痛，却从对方思念自己的悲伤写来。在诗人实在是深情流溢，我今思君，君必思我，情理当然。而他设想妻子月夜眺望长安，来表现自己对妻子的思念，诗中妻子的形象也是经过艺术概括创造出来的。又如《登楼》：

花近高楼伤客心，万方多难此登临。
锦江春色来天地，玉垒浮云变古今。
北极朝廷终不改，西山寇盗莫相侵。
可怜后主还祠庙，日暮聊为梁甫吟。

诗中写的伤心之感正是诗人在特定时代产生的独特感受，选用的时事(朝廷从吐蕃手中收复长安和吐蕃攻陷松、维、保三州)正是“万方多难”中的大难，二者都有很强的典型性。诗人用这些写登楼所见的感受，显然经过了一番选择、提炼的功夫。与擅长艺术概括相关，杜甫善于用精练深刻的语言概括丰富的生活内容。“三年笛里关山月，万国兵前草木风”(《洗兵马》)，说出了安史叛乱初期军民的痛苦生活；“五十年间似反掌，风尘澒洞昏王室”(《观公孙弟子舞剑器行》)，道尽半个世纪的历史巨变；“三顾频烦天下计，两朝开济老臣心”(《蜀相》)，概括了诸葛亮一生的功业；“朱门酒肉臭，路有冻死骨”，包含多少贫富悬殊的事实！由于诗人善于对生活作艺术概括，因而诗的容量大，耐人体味。

杜诗善于叙事，往往寓论断于叙事之中，寄情感于言词之外。杜甫是一位写实诗人，他忠于现实，善于对现实生活作真实描写，同时，又寓主观论断于客观事实之中，借助客观事实表现主观爱憎和是非观念，使人从他叙述的事实中看出其思想倾向。诗人应用这种手法有几个特点：

一是诗人对所写人物、故事往往作精到细致的描绘，用一些细节(包括典型动作、语言、心理活动)唤起人们的感性认识。比如同是谴责朝廷的穷兵黩武，写对士兵的同情，浪漫诗人李白是大笔勾勒：“三十六万人，哀哀泪如雨。”杜甫《兵车行》却是细写“爷娘妻子走相送”的凄惨场面。且借役夫之口，写出广大士兵对强行征兵敢怒而不敢言的痛苦心理。又如《丽人行》讽刺杨国忠兄妹的荒淫奢侈，诗人并不大发议论，只是比较详尽地说出事实而已，像“犀箸厌饫久未下”写虢国夫人的骄奢之状，“后来鞍马何逡巡，当轩下马入锦茵”写杨国忠的旁若无人，肆无忌惮，都是很生动的细节描写。

二是善于用对话或独白方式叙事。人物对话是叙事诗不可缺少的成分。诗中人物对话(包括独白)应用得好，不但能突出人物性格，推动故事发展，还能增强故事的生动性，使人有一种真切感。“三吏”、“三别”都是采用对话(包括独白)形式叙事。例如《垂老别》通篇引用一位愤而参军的老人的话来叙事，《无家别》通过一位单身汉的自言自语来写他的遭遇。而《新安吏》、《潼关吏》则是通过写诗人和两个吏人的对话来叙事。《石壕吏》表面上只写老妇对差吏的答话，实是藏问于答，诗人巧妙地省去了差吏的问话，但我们从老妇答话内容、语气的变化仍可想像得出差吏追问的言语和神态。此外，《兵车行》写征人的痛苦，《遭田父泥饮，美严中丞》写田父的豪爽、真率，呼之欲出，也主要是通过人物对话形式表现出来的。后者把言谈和动作结合起来描写，叙事尤为生动。

三是诗人叙事，为求客观真实，不下断语。李白写诗是把自己体味到的生活感受直接告诉别人，杜甫则把现实生活照原样端出来，让读者自己去品评。他叙事时异常冷静，但这种冷静并不是不动感情，只不过诗人把自己的爱憎渗透到所写事实中而已。石壕吏半夜抓丁竟然抓走老妇人，这件事必然会激起诗人的不平，但诗人在诗中却并未斥责差吏，也未出来劝慰老翁。他只是如实叙述事件发生的原委，记下老妇的哭诉和媳妇的幽咽悲泣，让事实本身去激发读者的愤怒。如此叙事，自能收到无声胜有声的艺术效果。再者，诗人叙事并非平铺直叙，而是寓褒贬于叙事中。《石壕吏》开头二句"暮投石壕村，有吏夜捉人"，是客观叙述，但叙述中就包含着批判。下面"吏呼一何怒，妇啼一何苦"，没有明说吏如何可恨、老妇如何可怜，而可恨、可怜之意已在其中。此外，从"如闻泣幽咽"，也可想见诗人以关切的心情侧耳细听媳妇悲哭的情景；由"天明登前途，独与老翁别"，可以体会出诗人的难言之痛。有时因诗人感情太强烈了，他在叙事时也发议论。这类诗往往议论一针见血，而叙事简括，成为立论的有力佐证。如被称为绝句中的"三吏"、"三别"的《三绝句》就是这种写法，如其一云：

前年渝州杀刺史，今年开州杀刺史。
群盗相随剧虎狼，食人更肯留妻子？

其三云：

殿前兵马虽骁雄，纵暴略与羌浑同。
闻道杀人汉水上，妇女多在官军中！

杜甫的抒情诗歌，具有沉郁顿挫的艺术风格和多种多样的表现形式。

沉郁顿挫是杜甫对自己诗歌创作所作的概括。天宝三载（744），他在《进雕赋表》中说："臣之述作，虽不足以鼓吹六经，先鸣数子，至于沉郁顿挫，随时敏捷，而扬雄、枚皋之流，庶可跂及也。"杜甫说此话时刚三十出头，他的许多代表作尚未产生。他所讲的沉郁顿挫，主要是讲他的诗富有一定的情思、文采，和熟谙作诗技巧，而且诗思敏捷。后来，诗论家用沉郁顿挫来描述杜诗的艺术风格，则是就他整个创作的基本倾向而言，特别是指他经过战乱、体会到人间艰难以后写下的作品而言。诸如《咏怀》、《北征》、"三吏"、"三别"以及后期写的《负薪行》、《岁晏行》、《登楼》、《秋兴八首》、《登高》、《登岳阳楼》等。这些诗内容丰富，感慨深沉，写得曲折多变，波澜起伏。

具体说，杜诗沉郁顿挫有四个特征：

一是各种题材的诗总是带有时代色彩。杜甫写诗，无论题材大小，多半和当时国家、人民的命运紧密关联。《咏怀》、《北征》、《兵车行》、《悲陈陶》、“三吏”、“三别”如此，就是一些描写日常生活、写到个人遭遇的诗，如《春望》、《登楼》、《观公孙大娘弟子舞剑器行》等，也不例外。由于诗人尽量从时代高度开掘诗歌题材的内涵，因而一些小题材的诗也写得动人心魄，意蕴深重。他写棕榈，便想到受剥削的人民；自己的茅屋破了，却想到天下的寒士；自己的孩子饿死了，他又想到失去产业的人和士兵的遭遇；有时见到自然景色的萧森，也想到国家的多灾多难。诗人在构思时能推己及人，由小及大，由近及远，因而诗的容量大，而立意高深。如《登岳阳楼》：

昔闻洞庭水，今上岳阳楼。
吴楚东南坼，乾坤日夜浮。
亲朋无一字，老病有孤舟。
戎马关山北，凭轩涕泗流。

首联“昔闻”、“今上”四字分明写出诗人如愿以偿的可喜之意，颔联写眼前景，既上应首句，有洞庭水果然名不虚传之义，也含有国家不安定的内容，为下面抒怀创造气氛。颈联叙写自家遭遇，尾联却宕开一笔，写到北中国兵戈纷扰的现实。这样不但扩大境界，使得情景相称，也使人们对诗人内心痛苦有更深的理解。

二是杜诗大都笼罩着忧郁悲凉的气氛。产生这种现象的原因，是现实生活太艰难，艰难得使诗人看不到光明。他写的多是人们的不幸，战乱，颠沛流离，卖儿鬻女。笔下出现的形象，有被抓的壮丁、无家可别的老兵、背盐的老处女、靠扑打邻舍枣子为生的老妇，以及在逃难途中扔掉孩子的母亲。他写到自然界中的动植物，也带有使人忧郁悲哀的色彩。他写瘦马、病橘、枯棕，写烂死的秋草，多是些被损害、被摧残的对象。写自然山水也是充满悲怆的情调，如“玉露凋伤枫树林，巫山巫峡气萧森”（《秋兴八首》之一），“无边落木萧萧下，不尽长江滚滚来”（《登高》），皆是。诗人写到自己的悲惨经历更是凄苦不堪，如他说“朝扣富儿门，暮随肥马尘，残杯与冷炙，到处潜悲辛”，“五十白头翁，南北逃世难。疏布缠枯骨，奔走苦不暖。已衰病方入，四海一涂炭。乾坤万里内，莫见容身畔。妻孥复随我，回首共悲叹”（《逃难》），真是血泪迸流，至为哀切。

三是杜甫常用迂回曲折的手法抒发强烈的感情。李白宣泄感情，有如

“飞流直下三千尺，疑是银河落九天”，打动人的方式犹如晴天霹雳，“使人听此凋朱颜”。杜甫则除少数诗采用迸发式的抒情方式外，大多数诗即使抒发强烈的感情，也是百折千回，甚至一唱三叹，低回宛转。有如青泥盘盘，“百步九折萦岩峦”，又如蜀道之下“冲波逆折之回川”，打动人的方式有如春雨降落，是“润物细无声”。《咏怀》中说到“朱门酒肉臭，路有冻死骨”，写诗人的激愤不已，接下来却是长声哀叹：“荣枯咫尺异，惆怅难再述!”《岁晏行》中说到“高马达官厌酒肉，此辈杼柚茅茨空”，诗人不平之气眼看就要喷发，但他却强抑愤怒，哀哀切切细说老百姓的苦难。结尾又是一声慨叹：“万国城头吹画角，此曲哀怨何时终?”如此抒发感情，往往使得悲愤转成辛酸，怒火变成泪水，给人一种抑郁之感。

四是章法上的波澜迭出。读杜诗，有一种回肠荡气的感觉，其诗经得住咀嚼，越咀嚼体会越深。这除了内容上的原因外，也与诗的章法富于变化有关。诗人往往一种感情纠结在心，便反反复复用不同的形象把它表现出来。比如在天宝十一载(752)，杜甫和高适、岑参等人同登长安慈恩寺塔，众人都写诗纪游。高、岑的诗先写塔势高耸，末写身世之慨。诗中平平写来，余味不多。杜诗开始也写塔势，但不一口气写下去，出两句后一顿，托出“自非旷士怀，登兹翻百忧”(《同诸公登慈恩寺塔》)。诗人看似要抒发感慨，但又顿住，转而写塔势之高。而写塔势之高，又分两层，先是一番想像，极言塔高，接着又写其下视所见：“秦山忽破碎，泾渭不可求。俯视但一气，焉能辨皇州?”虽也写塔高，已有国势愁人之感。如果总是写俯视所见，那又平了，于是又顿住，转而上接“羲和鞭白日，少昊行清秋”这一段想像之词，续以“回首叫虞舜，苍梧云正愁”，把情思引向千载以上。然后又一顿，由远古回到现实，借周穆王觞于瑶池讽谕玄宗与杨贵妃游宴骊山。最后又借写登塔所见，用比兴手法揭出贤士远去、小人营私的现实，再写心中之忧。诗中波澜层层翻转，意境也层层加深。杜诗这种顿挫的力量，不仅促使意境深化，还使诗的感染力大增。

杜诗的顿挫，还表现在布局的大开大合上。如《北征》既有对国事的议论，又有对旅途所见的细致描写和对家庭生活的叙述，有警笔，有闲笔，有放笔，有收笔，相互穿插，过渡自然。此外，诗人还注意选用恰当的韵脚来叙事抒情，使之适应故事、感情的变化。有时还选用双声叠韵字来增强诗的声韵美(多见于律诗的对偶句)。

杜诗的基本风格是沉郁顿挫，但也表现出其他特点。如他在安史乱前和定居成都时写的一些作品，就表现出明朗、爽快的特点。又如下列诗篇：

剑外忽传收蓟北，初闻涕泪满衣裳。
却看妻子愁何在，漫卷诗书喜欲狂。
白日放歌须纵酒，青春作伴好还乡。
即从巴峡穿巫峡，便下襄阳向洛阳。

——《闻官军收河南河北》

好雨知时节，当春乃发生。
随风潜入夜，润物细无声。
野径云俱黑，江船火独明。
晓看红湿处，花重锦官城。

——《春夜喜雨》

舍南舍北皆春水，但见群鸥日日来。
花径不曾缘客扫，蓬门今始为君开。
盘飧市远无兼味，樽酒家贫只旧醅。
肯与邻翁相对饮，隔篱呼取尽余杯。

——《客至》

他如：

黄四娘家花满溪，千朵万朵压枝低。
留连戏蝶时时舞，自在娇莺恰恰啼。

——《江畔独步寻花绝句》

两个黄鹂鸣翠柳，一行白鹭上青天。
窗含西岭千秋雪，门泊东吴万里船。

——《绝句》

以及《夔州歌十绝句》等描摹自然景物和山水风光的诗，《赠花卿》、《戏赠友》二首等富有调侃意味的诗，以及浪漫色彩很浓的《饮中八仙歌》，自我解嘲的《官定后戏赠》，其风格特点，都不能用沉郁顿挫概括。

杜甫自谓“陶冶性灵存底物？新诗改罢自长吟”（《解闷》其七），又谓“为人性僻耽佳句，语不惊人死不休”（《江上值水如海势聊短述》），故其诗歌语言生动、准确、凝练、含蓄。像“身轻一鸟过”（《送蔡都尉》）中的“过”

字，“细雨鱼儿出，微风燕子斜”(《水槛遣兴》)中的“出”字、“斜”字，“星垂平野阔，月涌大江流”(《旅夜书怀》)中的“垂”字、“涌”字，“众水会涪万，瞿塘争一门”(《长江》)中的“争”字，都可称作诗眼，有此一字，全句皆活。又如“牵衣顿足拦道哭”一句，连用四动词，把送别者悲痛欲绝、无可奈何的心理、动作刻画得多么生动。杜诗语言形象，前人称之为“以诗为画”，且举例说：“如‘群木水光下，万家云气中’，画雨；‘林疏黄叶堕，野静白鸥来’，画朝；‘归云拥树失山村’，画夕；‘落月动沙虚’，画宵；‘苍山入百里，断崖如杵臼’，画九成宫地形……‘柴门鸟雀噪，归客千里至，妻孥怪我在，惊定还拭泪’，分明画出一个乱后远归人。”(陶开虞《说杜》)显然，杜诗语言的准确、生动、形象是和它的凝练、含蓄分不开的。《登高》首联“风急天高猿啸哀，渚青沙白鸟飞回”，两句写出六种景物的特点，构成一幅萧森、悲凉的图画，使人既睹秋景，看出当日时代特征。同诗颈联“万里悲秋常作客，百年多病独登台”，十四个字包含多层可悲的意思，更是语言凝练、含蓄的典型。杜诗语言准确、凝练，反映出诗人炼字的功夫。《蜀相》颔联“映阶碧草自春色，隔叶黄鹂空好音”的“自”字、“空”字，写碧草自作春色，黄鹂徒发好音，既写眼前景，衬托出诸葛亮死后的寂寞；又写心中情，抒发诗人的现实感慨。景中含情，全凭二字生色，用其他字眼，硬是替换不得。杜诗中也有夸张的句子，《古柏行》中“霜皮溜雨四十围，黛色参天二千尺”即是。诗人把古柏写得如此高大，是为了衬托他的身世之感：“志士幽人莫怨嗟，古来材大难为用!”杜甫诗中引用了不少俗语、方言，《兵车行》中“爷娘妻子走相送，尘埃不见咸阳桥”，《新婚别》中“生女有所归，鸡狗亦得将”，《前出塞》中“挽弓当挽强，用箭当用长。射人先射马，擒贼先擒王”，都很接近当时的口语。它们素朴、生动，构成杜诗语言的又一特色。

第四节 杜甫在诗歌史上的地位和影响

杜甫是古代诗歌史上写实诗人的杰出代表。我国古代诗歌的写实传统可以上溯到《诗经》，从《诗经》到汉乐府一直延续到建安时期，而晋、宋以后写实诗歌的创作一直处于低潮。到了唐代，经过陈子昂的努力，写实诗歌创作逐步有所发展。盛唐前期、中期有不少诗人用诗反映现实矛盾，取得一定的成绩，但影响较小。杜甫几乎是倾全力用诗反映现实，提倡“比兴体制，微婉顿挫之词”(《同元使君舂陵行序》)。他在诗中反映现实，以时事入诗，具有及时性；叙事写人，具有客观性、真实性，而且写百姓穷困之苦“如病在身”(刘熙载《艺概》)，感情真挚动人。再者，杜甫反映现实，不像前代诗人常借古写今，而是直写其事，所谓“即事名篇，无复依傍”，因而诗的讽刺目标明确，更具有现实性、战斗性。这些做法对张籍、王建、李绅、元稹、白居易、皮日休等诗人的创作都曾产生过明显影响。

杜甫能成为古代写实诗人的一代宗师，除了他特殊的生活经历外，和他在诗歌创作中善于学习、善于创造也分不开。黄生说：“杜诗所以集大成者，以其上自《骚》、《雅》，下讫齐、梁，无不咀其英华，探其根本。加以五经三史，博综贯穿，如五都列肆，百货无所不陈，如大将用兵，所向无不如意。材之所取者博，而运以微茫窈渺之思；力之所负者宏，而寓以沉郁顿挫之旨。”(《杜诗说》)其实，杜甫岂止吸取前贤长处，他对于初唐诗人和当代诗人的长处也是真心佩服和努力学习的，这从他对王、杨、卢、骆以及陈子昂、孟浩然、王维、高适、岑参、李白乃至严武等人诗歌的由衷赞美就可看出。正因他“不薄今人爱古人”，“转益多师是汝师”(《戏为六绝句》)，能熔古今于一炉，故其诗“上薄《风》、《骚》，下该沈、宋，古傍苏、李，气夺曹、刘，掩颜、谢之孤高，杂徐、庾之流丽，尽得古人之体势，而兼今人之所独专矣”(元稹《唐故工部员外郎杜君墓系铭并序》)。不但能集古今诗人之所长，还能自出变化，在各种诗体的创作中都能独辟蹊径，自成一家。如他作新题乐府，因事自出己意，自立题目，自为新体，自为新语，就总结、借鉴了建安、黄初、六朝、初唐、盛唐诸多诗人作拟题乐府的艺术经验，既继承汉乐府写时事以寓刺讥的传统，又不蹈袭前人遗迹，使盛唐乐府为之一变。他的七言歌行，于李白豪放之外，别创沉着一体；其五古长篇穷尽笔力，为古诗绝唱；其七古亦与李白同享盛名，纵横跌宕而多用对偶，为自有七古以来所未有，以至被称为“千古标准”(王士禛《古诗选·七言凡例》)；其五律律法变化至极，高调深情，无人可及；其七律雄深浩荡，超忽纵横，不单格式、律法新变处多，还在立意、构思、炼字以及表现艺术的许多方面开出无数法门。无一不是在集大成的基础上，求新求变的结果。杜甫在创作中对诗歌体裁、艺术风格、诗歌语言等方面的革新，一方面大大提高了古代诗歌的表现力，李东阳《怀麓堂诗话》即云：“汉、魏以前诗格简古，世间一切细事长语皆著不得，其势必久而渐穷，赖杜诗一出乃稍为开扩，庶几可以尽天下之情事。”另一方面也丰富了诗的表现艺术，为后来者进一步创新积累了宝贵经验。正因如此，杜甫才成为古代诗歌史上承前启后以至长期影响诗歌艺术发展的重要诗人。

杜甫对古代诗歌艺术的发展影响深远。中唐时期写实诗风兴起，张、王、元、白等人积极创作乐府诗，所追求的艺术精神和艺术风格，实奉杜甫新乐府为圭臬。张籍崇拜杜甫诗风，甚至把抄有杜诗的书卷烧成灰，掺蜜吞入肚内，说要“令吾肝肠从此改易”。晚唐皮日休、杜荀鹤等人以诗反映民生苦难，揭露社会矛盾，也是近学元、白，远师杜甫。韩愈为诗，不趋时流，独于李、杜心摹手追，其五、七言古诗直逼杜甫，实于杜诗受益者多。李商隐七律“得于少陵者深，故秾丽之中，时常沉郁”（施补华《岘傭说诗》）。杜牧对杜诗更是景仰其高、激赏其美，叹息无人能继起于后。所谓“杜诗韩集愁来读，似倩麻姑痒处搔。天外凤凰谁得髓？无人解合续弦胶”（《读韩杜集》）。两宋时期，杜甫及其诗为人所重达到高潮。其诗被黄庭坚称为诗史，其人被杨万里称为诗圣，王安石选四家诗以杜甫为首，注杜诗者号称有千家之多。除江西诗派奉杜甫为鼻祖外，在诗歌创作中有意学杜而有得的，为数甚多。如“子瞻多用事实，从老杜五言古、排律中来。鲁直用生拗句法，或拙或巧，从老杜歌行中来。介甫用生重字力于七言绝句及颔联内，亦从老杜律中来”（王世贞《艺苑卮言》卷四）。或谓“王荆公诗学杜，得其瘦硬”（刘熙载《艺概·诗概》）。“山谷学杜公，七律专以单行之气，运于偶句之中”（曾国藩《大潜山房诗题语》）。而陆游“平生著作，景仰杜陵，虽幕府军旅之间，手不辍卷，故其诗沉郁悲壮，笔力矫健”（佚名《静居绪言》）。金代元好问学杜亦自有心得。明代王世贞说：“国朝学杜者凡数家，华容孙宜得杜肉，东郡谢榛得杜貌，华州王维祯得杜一支，闽州郑善夫得杜骨，然就其所得，亦近似耳。唯梦阳具体而微。”（《艺苑卮言》卷四）其实，李梦阳学杜亦未到家。明末清初学杜的诗人，如顾炎武、傅山、钱谦益、周亮工等，所作律诗的神气、骨力都与杜诗相近。大凡在国难当头或民族危机严重的年头，尊杜、崇尚杜诗的风气便会乘时而起，这种现象一直延续到近现代。和李白的诗歌一样，不但杜诗的创作经验会长期影响中国诗歌艺术的发展，而且其中的许多精品会永远成为中华民族世代相传的瑰宝。

第七章　天宝、大历年间的诗歌

第一节　元结、顾况和戴叔伦的诗

从天宝后期到大历年间，是安史之乱急剧酝酿、爆发、平息和唐帝国慢慢走上中兴的时期。这时除有过李白、杜甫、高适、岑参、王维、王昌龄等人晚年短时期的创作外，还有一些重要诗人。这个时期的诗歌虽然不像盛唐诗歌那样“文质半取，风、骚两挟，言气骨则建安为传，论宫商则太康不逮”(殷璠《河岳英灵集》)，但也自有特点。天宝后期的著名诗人有元结、顾况等人。

一、元结的诗

元结(719—772)，字次山，号漫叟，河南鲁山(今属河南)人。天宝十二载(753)登进士第。安史乱起，他招集邻里二百余家南逃襄阳，后又南下，避难于猗玕洞(今湖北大冶)。乾元元年(758)移家九江附近的瀼溪乡，次年，以右金吾兵曹摄监察御史充山南东道节度参谋，在唐、邓、汝、蔡等州招集反抗安史的人民武装五千余人，挫败史思明的前锋，使其不敢南下，保全十五城。广德元年(763)任道州刺史，曾表请免百姓所欠赋税，流亡来归者万余。元结思想，儒、老兼有。他不满意封建统治者的贪残凶侈、淫靡忿争，便想用道家理想中的上古社会来取代现实，搞无为而治，“使天下之人，皆涵纯朴”(《化虎论》)。但他头脑中占主导地位的仍是儒家思想，他想用儒家伦理道德驯化百姓。曾在道州东郭掘七眼泉，自造几个字来宣传儒道，将泉分别命名为“潓(惠)泉”、“涻(忠)泉”、“汸(方)泉”、“洉(直)

泉”等；又曾凿壁题字，用写标语的形式救时劝俗。他这种举动和他的文学思想是一致的。

元结认为诗歌“可以上感于上，下化于下”（《系乐府序》），诗人“赋诗言怀”固然是“道达性情”，但要有一定准则，就是“系之风雅”（《刘侍御月夜宴会序》），要能“极帝王理乱之道，系古人规讽之流”（《二风诗论》）。这里，诗人强调的是文艺的认识作用和教育作用，他的观点可以说是白居易“文章合为时而著，歌诗合为事而作”的先声。在元结的时代，齐、梁余风又有回潮的趋势，他批评当时的诗人“拘限声病，喜尚形似，且以流易为词，不知丧于雅正”（《箧中集序》）。为此，他特意选同时代的诗人沈千远、王季友等六人的古诗二十四首，编为《箧中集》，用淳古淡泊、绝去雕饰的诗风（所选诗几乎全是凄哀悲怆、显露人间疾苦者）来和时风对抗。

元结集中近体诗极少，几乎全是古体诗，且多为五言。其诗多为比兴之词，有的托古写今，如《治风诗五篇》、《乱风诗五篇》、《闵荒诗》等。有的直接写到人民的现实苦难。如《系乐府》十二首中的《农臣怨》、《贫妇词》等。总之，其诗“一肚皮不合时宜”，“其疾官邪，轻爵禄，意皆起于恻怛为民”（刘熙载《艺概·诗概》）。元结诗中的代表作，当推安史乱后写的《舂陵行》和《贼退示官吏》。杜甫对二诗评价极高，认为作者“知民疾苦”，称之为“比兴体制，微婉顿挫之词”，并作和诗称赞：“道州忧黎庶，词令浩纵横；两章对秋月，一字偕华星。”（《同元使君舂陵行》）《舂陵行》诗前有序，今仅录其诗如下：

军国多所需，切责在有司。
有司临郡县，刑法竞欲施。
供给岂不忧，征敛又可悲。
州小经乱亡，遗人实困疲。
大乡无十家，大族命单羸。
朝餐是草根，暮食仍木皮。
出言气欲绝，意速行步迟。
追呼尚不忍，况及鞭扑之！
邮亭传急符，来往迹相追。
更无宽大恩，但有迫促期。
欲令鬻儿女，言发恐乱随。
悉使索其家，而又无生资。
听彼道路言，怨伤谁复知？

去冬山贼来，杀夺几无遗。
所愿见王官，抚养以惠慈。
奈何重驱逐，不使存活为！
安人天子命，符节我所持。
州县忽乱亡，得罪复是谁？
逋缓违诏令，蒙责固其宜。
前贤重守分，恶以祸福移。
亦云贵守官，不爱能适时。
顾惟孱弱者，正直当不亏。
何人采国风，吾欲献此辞。

《舂陵行》用白描手法生动地再现了道州人民已遭劫难、又为赋税所苦，只好忍饥挨饿、在死亡线上挣扎的可怜形象。诗中“出言气欲绝，意速行步迟”二句写人饿得奄奄一息，有气无力，四肢无主，如在眼前。如此描写，也流露出作者对饥民的同情心。刘熙载说元结等人写老百姓“饥寒贫困之苦”，“不但如身入闾阎，目击其事，直与疾病之在身者无异”（《艺概·诗概》），正指此类诗句而言。同时，从这首诗和《贼退示官吏》也可看出诗人为官的正直。他说“顾惟孱弱者，正直当不亏”（《舂陵行》），又说“使臣将王命，岂不如贼焉？今被征敛者，迫之如火煎。谁能绝人命，以作时世贤”（《贼退示官吏》），在封建社会，这种体恤民情的精神是很可贵的。

元结作诗，必道心腹间语，以写真情。如其作于鄂城的《招孟武昌》云：

风霜枯万物，退谷如春时。
穷冬涸江海，杯湖澄清漪。
湖尽到谷口，单船近阶墀。
湖中更何好？坐见大江水。
欹石为水涯，半山在湖里。
谷口更何好？绝壑流寒泉。
松桂荫茅舍，白云生坐边。
武昌不干进，武昌人不厌。
退谷正可游，杯湖任来泛。
湖上有水鸟，见人不飞鸣。
谷口有山兽，往往随人行。
莫将车马来，令我鸟兽惊。

又如作于九江的《喻瀼溪乡旧游》云：

往年在瀼滨，瀼人皆忘情。
今来游瀼乡，瀼人见我惊。
我心与瀼人，岂有辱与荣？
瀼人异其心，应为我冠缨。
昔贤恶如此，所以辞公卿。
贫穷老乡里，自休还力耕。
况曾经逆乱，日厌闻战争。
尤爱一溪水，而能存让名。
终当来其滨，饮啄全此生。

二诗出语朴淡古拙，却写出诗人胸次的真淳、高洁。故前人说“元结诗每有真性，浅而可讽”（陆时雍辑《唐诗镜》），“唐诗人能以真朴自立门户者，唯元次山一人”（贺贻孙《诗筏》），“元结五言古，声体尽纯，在李、杜、岑参外另成一家。……其诗不为浮泛，关系实多；但其品高性洁，激扬太过，故往往伤于讦直。中如《贱士吟》、《贫妇词》、《下客谣》等，质实无华，最为淳古。其他意在匠心，故多游戏自得，而有奇趣。盖上源渊明，下白开、苏之门户矣”（许学夷《诗源辨体》卷一七）。

二、顾况的诗

顾况（725—814），字逋翁，号悲翁，海盐（今属江苏）人。至德二载（757）中进士第，曾为横海军节度使韩滉的判官。李泌为相，迁著作郎。因为写诗嘲笑权贵，贬为饶州司户参军。不久归隐茅山，自号华阳山人。顾况性诙谐，善画山水。对现实中的腐恶现象，爱写诗嘲弄，即使王公贵戚在所难免。李泌卒，他便作《海鸥咏》：

万里飞来为客鸟，曾蒙丹凤借枝柯。
一朝凤去梧桐死，满目鸱鸢奈尔何！

嘲诮满朝权贵为“鸱鸢”。大抵顾况心中不平之气甚多，尝够了人间的苦辣辛酸，提到那些不如意的人和事，就有些愤愤然。他的《行路难》其一，正反映出他对世道艰难的悲愤，和他为人耿介的个性：

君不见担雪塞井空用力，炊砂作饭岂堪食？
一生肝胆向人尽，相识不如不相识。
冬青树上持凌霄，岁晏花凋树不凋。
凡物各自有根本，种禾终不生豆苗。
行路难，行路难，何处是平道？
中心无事当富贵，今日看君颜色好。

顾况的诗论观点与元结相近，认为诗乃“理乱之所经，王化之所兴，信无逃于声教，岂徒文辞之丽耶”(《悲歌序》)。他把诗歌创作和王化政治联系在一起，反对单纯追求词藻的华美。他的创作也正是这样。其《上古之什补亡训传十三章》，每首有小序标其题意，如《上古一章》云：“上古，愍农也。”《筑城二章》云：“筑城，刺临戎也。”《陵霜之华一章》云：“陵霜之华，伤不实也。”《采蜡一章》云：“怨奢也。”这些诗反映了诗人对现实的看法。他对不合理的制度是抨击的，对深受其害的人民是同情的，从《囝》就可看出这一点。《囝》的小序说：“囝，哀闽也。”此诗描述父子生离死别的凄惨场面，用事实揭露唐代蓄奴制度的罪恶。诗说：

囝生闽方，闽吏得之，乃绝其阳。
为臧为获，致金满屋。
为髡为钳，如视草木。
天道无知，我罹其毒。
神道无知，彼受其福。
郎罢别囝，吾悔生汝。
及汝既生，人劝不举。
不从人言，果获是苦。
囝别郎罢，心摧血下。
隔地绝天，及至黄泉，不得在郎罢前。

诗中父子一语一答，酸人心脾。诗人只是如实叙述悲剧，未作议论，但他的思想倾向却显而易明。和此诗虽然用语俚朴却句式单一不同，顾况其他诗歌则显得句法活泼，不拘长短，用语通俗，如《悲歌》、《八月五日歌》、《瑶草春》、《范山人画山水歌》等，就有这种特色。而像《李供奉弹箜篌歌》说：“宜远听，宜近听。左手低，右手举，易调移音天赐与。大弦似秋雁，联联度陇关；小弦似春燕，喃喃向人语。手头疾，腕头软，来来去去如风卷。声清泠泠鸣索索，垂珠碎玉空中落。”几乎就是用口语做诗，直白浅露有如民歌。这种以俗语为诗的做法，对后来乐府诗的写作有一定影响。

三、戴叔伦等人的诗

和元结、顾况写实诗风相近的，有戴叔伦（732—789）。他有不少反映社会矛盾的诗，《女耕田行》、《屯田词》是这方面的代表作。戴叔伦主张诗应有韵味，认为“诗家之景，如蓝田日暖，良玉生烟，可望而不可置于眉睫之前也”（司空图《与极浦书》引）。他有些近体诗诗兴悠远，真能做到象外有象，景外有景。比如《过三闾庙》：

沅湘流不尽，屈子怨何深。
日暮秋风起，萧萧枫树林。

又如《苏溪亭》：

苏溪亭上草漫漫，谁倚东风十二阑？
燕子不归春事晚，一汀烟雨杏花寒。

天宝、大历年间诗人很多，写有不少好诗。诸如：

更深月色半人家，北斗阑干南斗斜。
今夜偏知春气暖，虫声新透绿窗纱。
——刘方平《夜月》

月落乌啼霜满天，江枫渔火对愁眠。
姑苏城外寒山寺，夜半钟声到客船。
——张继《枫桥夜泊》

胡风略地烧连山，碎叶孤城未下关。
山头烽子声声叫，知是将军夜猎还。
——戎昱《塞上曲》

第二节　刘长卿和韦应物的诗

一、刘长卿的诗

刘长卿(？—790)，字文房，宣城(今属安徽)人，生于洛阳，寓居长安。天宝年间中进士第，至德元载(756)任长洲尉。不久，因事陷狱，贬南巴尉。三载(758)，摄海盐令，广德年间为监察御史。大历六年(771)，入朝为员外郎，后以检校祠部员外郎出为转运使判官，知淮西、鄂岳转运留后，至德八年(763)受鄂岳观察使吴仲孺诬害，贬睦州司马。建中元年(780)，擢随州刺史。

刘长卿年长于杜甫而晚于杜甫谢世，其诗歌创作的高峰期却在大历年间。受国家久经战乱，满目疮痍，人心苍凉这种时代背景和两遭贬谪、四处漂泊的个人经历的影响，刘长卿的诗，常常写到他目睹国家乱后惨象和自己饱经忧患的感受，流露出浓重的伤感情绪。这种情绪，也反映在他的怀古、纪行、送别、写景诗中。如云：

三年谪宦此栖迟，万古惟留楚客悲。
秋草独寻人去后，寒林空见日斜时。
汉文有道恩犹薄，湘水无情吊岂知？
寂寂江山摇落处，怜君何事到天涯。

——《长沙过贾谊宅》

逢君穆陵路，匹马向桑乾。
楚国苍山古，幽州白日寒。
城池百年后，耆旧几家残？
处处蓬蒿遍，归人掩泪看。

——《穆陵关北逢人归渔阳》

猿啼客散暮江头，人自伤心水自流。
同作逐臣君更远，青山万里一孤舟。

——《重送裴郎中贬吉州》

片帆何处去？匹马独归迟。

惆怅江南北，青山欲暮时。

——《瓜州道中送李端公南渡后归扬州道中寄》

此类诗作的情感色彩，颇能映现乱后文士的心态。其艺术风格凄婉、清切、冲淡、闲远，接盛唐之绪而开大历之风。刘长卿诗兼众体，尤精于五言诗，尝自诩为“五言长城”（权德舆《秦征君校书与刘随州唱和诗序》）。其五绝、五律、五言排律、五言古诗均有名作，写得最多、最有特色的应是五律。如前引《穆陵关北逢人归渔阳》，从“归人”自穆陵关（楚国）归渔阳（幽州）事展开构思，写中国历经战乱后的残破景象，概括而又出语生动。次联写景，不仅是用江山、日月的不改旧观，衬写今日的“城池百战后，耆旧几家残”，诗句本身就写出乱后气象的衰飒。“苍山古”、“白日寒”数字，以其特有的色泽、声响、含义独造意象，十分抢眼，显出诗人工于炼字和用字精当的特点。又如《碧涧别墅喜皇甫侍御相访》云：

荒村带返照，落叶乱纷纷。
古桥无行客，寒山独见君。
野桥经雨断，涧水向田分。
不为怜同病，何人到白云？

前四句一气说来，写荒僻景象却一字不苟。颈联说路之难行，正为末联言意而设，见得结构严密。第七句用折笔，亦有章法。诗不言喜而喜意已足，其语言明润、淡而有味，实与王维诗风相近。他如《余干旅舍》云：

摇落暮天迥，青枫霜叶稀。
孤城向水闭，独鸟背人飞。
渡口云初上，邻家渔未归。
乡心正欲绝，何处捣寒衣？

前六句尽写寂寥之景，句句用字讲究，景景皆成意象，第七句明言“乡心”之悲，更使人觉得诗中景语有味。《北归次秋浦界清溪馆》写南谪北归感受，也是以景写情，情寓景中。诗云：

万里猿啼断，孤村客暂依。
雁过彭蠡暮，人向宛陵稀。

旧路青山在，余生白首归。
渐知行近北，不见鹧鸪飞。

屈复解读此诗，即言："万里之外，日听猿啼，今已断矣，可喜。溪馆暂依，明日即北行，可喜。南来之雁甚多，北归之人甚少，我独北归，可喜。旧路惟青山尚在，则不在者多；余生至白首方归，则得归亦幸。语语若伤感，意却有喜。不见鹧鸪，是以渐知近北，盖厌见已久，今始不见，喜可知矣。……通篇无一'喜'字，全以神行。"（屈复《唐诗成法》）大抵刘长卿诗多兴寄象外，气厚语真见于情景，所写景物平常而体物入微，故方回说："长卿诗细淡而不显焕，当缓缓味之，不可造次一观而已。"（《瀛奎律髓》）

刘长卿五绝名篇，除上引送李端公诗外，还有《逢雪宿芙蓉山主人》。诗云：

日暮苍山远，天寒白屋贫。
柴门闻犬吠，风雪夜归人。

送李端公诗有"惆怅江南北"明言心情，此诗仅叙其事，不言凄楚而凄楚自在其中。诗中用语平淡，全用实字，短语之间并无虚词连缀。一句一个镜头，把暮雪中行人的孤寂之心，和投宿山民家中因犬吠人归而引出的若惊若喜的感受，写得生动至极。从此诗也可看出诗人研炼字句的喜好和工夫，这一点也表现在他七律的写作中。其七律"词藻清洁，抑扬反覆，有味外之味，最耐人吟诵"（屈复《唐诗成法》）。突出特点是不矜才，不使气，平平说来，"渐入坦迤"（翁方纲《石洲诗话》），上接王维、李颀之后而得中、晚唐风气之先。刘诗也有不足处，诗中句意相类者多。高仲武即谓"（刘诗）大抵十首以上，语意稍同，于落句尤甚，思锐才窄也"（《中兴间气集》卷下。）

二、韦应物的诗

韦应物（737—792?），京兆万年（今陕西西安）人。早年作玄宗的侍卫三卫郎，为人浪荡不羁。他在《逢杨开府》中自叙早年的生活情形，说：

少事武皇帝，无赖恃恩私。
身作里中横，家藏亡命儿。
朝持樗蒱局，暮窃东邻姬。
司隶不敢捕，立在白玉墀。

骊山风雪夜，长杨羽猎时。
一字都不识，饮酒肆顽痴。
武皇升仙去，憔悴被人欺。
读书事已晚，把笔学题诗。

后入太学，折节读书。广德二年(764)任洛阳丞，大历九年(774)任京兆府功曹，摄高陵宰，又任鄠县、栎阳令。建中二年(781)任比部员外郎，次年出为滁州刺史，贞元元年(785)改江州刺史，三年入为左司郎中，四年任苏州刺史。后期的韦应物，鲜食寡欲，所居必焚香扫地而坐。难得的是他在做地方官时，能顾及民生疾苦，有一定的责任心，曾说："身多疾病思田里，邑有流亡愧俸钱。"(《寄李儋元锡》)

韦应物的诗，有豪迈愤激的一面，也有恬淡清雅的一面。白居易说："韦苏州歌行，清丽之外，颇近兴讽；其五言诗，又高雅闲淡，自成一家之体。"(《与元九书》)中年以后，他曾写诗抨击官军的残暴：

王师涉河洛，玉石俱不完。
——《广德中洛阳作》

也曾写诗谴责豪贵之家生活的奢侈，如《杂体》其五：

春罗双鸳鸯，出自寒夜女。
心精烟雾色，指历千万绪。
长安贵豪家，妖艳不可数。
裁此百日功，唯将一朝舞。
舞罢复裁新，岂思劳者苦。

又有《采玉行》写采玉工的痛苦：

官府征白丁，言采蓝溪玉。
绝岭夜无家，深榛雨中宿。
独妇饷粮还，哀哀舍南哭。

《观田家》则说农民"仓廪无宿储，徭役犹未已"，都表现了诗人对劳动人民的同情。

韦应物最负盛名的诗，是一些写景抒情的篇章。它们常常勾画出动静相宜的画面，表现出清冷、寂静的境界。如名句“杨柳散和风，青山淡吾虑”（《东郊》），“景煦听禽响，雨余看柳垂”（《春游南亭》），“寒雨暗深更，流萤度高阁”（《寺居独夜寄崔主簿》），都有这种特点。其中“景煦听禽响，雨余看柳重”二句，分明写出一心静之人。又如其《宿永阳寄璨律师》：

遥知郡斋夜，冻雪封松竹。
时有山僧来，悬灯独自宿。

一片冷寂境界，真如黄彻所说：“暑月读之亦有霜气。”（《䂬溪诗话》）《寄全椒山中道士》是他的名作，诗云：

今朝郡斋冷，忽念山中客。
涧底束荆薪，归来煮白石。
欲持一瓢酒，远慰风雨夕。
落叶满空山，何处寻行迹。

诗人闲坐郡斋，因冷而念及山中友人，很自然地想到他此时的活动。诗中境界冷清，恍若世外。“涧底束荆薪”二句，真能道出不食人间烟火食语。但仔细体味，在萧疏冷寂之中，却蕴含着诗人对道士的深挚感情，就像冷灰之下有火在燃烧一样。其构思和《秋夜寄丘二十二员外》“怀君属秋夜，散步咏凉天。山空松子落，幽人应未眠”同一机杼，而且都是平心静气言之，同有闲淡、简远的特征。

韦应物善于描写山水景物，大有陶、谢遗风。像“云淡水容夕，雨微荷气凉”（《南塘泛舟会元六昆季》），“寒树依微远天外，夕阳明灭乱流中”（《自巩洛舟行入黄河即事寄府县僚友》），“乔木生夏凉，流云吐华月”（《同德寺雨后寄元侍御李博士》），“南亭草心绿，春塘泉脉动”（《春游南亭》），都是写景名句。韦应物的写景诗，篇末多有议论，不如陶诗情景交融而接近大谢之作。比如：

积雨时物变，夏绿满园新。
残花已落实，高笋半成筠。
守此幽栖地，自是忘机人。
——《园亭览物》

野水滟长塘，烟花乱晴日。
氤氲绿树多，苍翠千山出。
游鱼时可见，新荷尚未密。
屡往心独闲，恨无理人术。

——《任鄠令渼陂游眺》

但他也有些山水诗不着议论，而能以生动画面打动人，如：

势从千里奔，直入江中断。
岚横秋塞雄，地束惊流满。

——《西塞山》

独怜幽草涧边生，上有黄鹂深树鸣。
春潮带雨晚来急，野渡无人舟自横。

——《滁州西涧》

《西塞山》从动的角度写静止的山，又借山岚、江水加以衬托，显现出西塞山的雄浑气势。《滁州西涧》上二句写涧边、涧上幽丽之景，下二句写涧中春潮，均是动静结合，互为映衬。使人觉得春日西涧，处处有诗，处处有画。

前人论诗，常将韦应物和陶潜、王维、柳宗元并论，以为“渊明诗，惟韦苏州得其清闲，尚不得其枯淡。柳州独得之，但恨其少遒尔”(《竹庄诗话》引韩子苍语)。“韦苏州诗，韵高而气清。王右丞诗，格老而味长。虽皆五言之宗匠，然互有得失，不无优劣，以标韵观之，右丞远不逮苏州，至于词不迫切而味甚长，虽苏州亦所不及也”(《岁寒堂诗话》)。王维、韦应物、柳宗元都是唐代著名的山水田园诗人，他们的创作都受到过陶潜的影响，诗风各有特点。韦应物其心其诗如他自己所说，乃是“心如野鹤与尘远，诗似冰壶见底清”(《赠王侍御》)。

第三节　大历十才子和李益的诗

一、卢纶、钱起等大历十才子的诗

“大历十才子”，指的是处于盛唐和中唐之间的一个诗人群体，他们是卢纶、吉中孚、韩翃、钱起、司空曙、苗发、崔峒、耿沣、夏侯审和李端。这十个人都未曾做过高官，大部分时间靠依附官僚、军府为生。他们的作品有许多产生在酒宴上，长于描写家人、父子、友朋离别。比如李端从升平公主驸马郭暖游，常在宴席上做诗。一次郭暖大宴宾客，端赋诗最工。钱起不服，曰："素为之，请赋起姓。"李端立献一章，且工于前。这种经历训练了他们的作诗技巧。"十才子"擅长律诗，尤工五律。他们和盛唐诗人不同，追求诗歌的绮靡，讲究声律、对仗和文辞的华美，诗的情调也不高昂。闻一多说"十才子"的诗有两大特点："一是写的逼真，如画工之用工笔，描写细致；二是写的伤感，使人读了真要下同情之泪，像读后来李后主的词一样。用字的细腻雅致，杜甫比起他们来都嫌太浑厚了"（郑临川《闻一多先生说唐诗》）。这是总的倾向，事实上，"十才子"各自都有一些风格独特的作品。

卢纶（748—800？），字允言，河中蒲州（今山西永济）人。他曾在浑瑊幕府中担任过元帅判官。其诗雄壮豪迈，有《和张仆射塞下曲》六首。如其二云：

林暗草惊风，将军夜引弓。
平明寻白羽，没在石棱中。

其三云：

月黑雁飞高，单于夜遁逃。
欲将轻骑逐，大雪满弓刀。

"其二"写将军射术高强，突出的是他的动作敏捷、箭法准确和膂力过人。"其三"写一场追击战，但未写战斗高潮，只是勾勒将士出征前的一个典型场面。通过这个场面，人们可以想到广阔无垠的古战场，想到战场上的士兵，想到在那铺满积雪的甲盔下的一双双刚毅的眼睛，和他们即将凯旋的身影。卢纶还有一篇《腊日观咸宁郡王部曲娑勒擒虎歌》，歌颂一位少数民族青年活捉老虎的英勇事迹，诗选材典型，叙事生动，气格紧健，气概不凡。

卢纶也有"写的逼真"而情调感伤的诗，它们可以作为"十才子"诗的代表：

出关愁暮一沾裳，满野蓬生古战场。
孤村树色昏残雨，远寺钟声带夕阳。
——《与从弟瑾同下第后出关言别》

行多有病住无粮，万里还乡未到乡。
蓬鬓哀吟古城下，不堪秋气入金疮。
——《逢病军人》

云开远见汉阳城，犹是孤帆一日程。
估客昼眠知浪静，舟人夜语觉潮生。
三湘衰鬓逢秋色，万里归心对月明。
旧业已随征战尽，更堪江上鼓鼙声？
——《晚次鄂州》

钱起(720？—783？)，吴兴(今浙江湖州)人。曾任蓝田尉、司封郎中、考功郎中，早年和王维、裴迪有过唱和，后与刘长卿、郎士元同享盛名。高仲武称钱起诗“体格新奇，理致清赡”，认为“右丞(王维)没后，员外(钱起)为雄。芟齐、宋之浮游，削梁、陈之靡嫚，迥然独立，莫之与群”，并举“鸟道挂疏雨，人家残夕阳”(《考功诗》)、“牛羊上山小，烟火隔云深”(《题玉山村叟屋壁》)、“长乐钟声花外尽，龙池柳色雨中深”(《赠阙下裴舍人》)诸句，称其诗“特出意表，标雅古今”(《中兴间气集》)。

钱起的赠别怀人之作，最能显出十才子的共同风格。如《送夏侯审校书东归》：

楚乡飞鸟没，独与碧云还。
破镜催归客，残阳见旧山。
诗成流水上，梦尽落花间。
倘寄相思字，愁人定解颜。

又如《裴迪南门秋夜对月》：

夜来诗酒兴，月满谢公楼。
影闭重门静，寒生独树秋。
鹊惊随叶散，萤远入烟流。
今夕遥天末，清光几处愁？

但钱起却以一首试帖诗名世，诗为《省试湘灵鼓瑟》：

善鼓云和瑟，常闻帝子灵。
冯夷空自舞，楚客不堪听。
苦调凄金石，清音入杳冥。
苍梧来怨慕，白芷动芳馨。
流水传湘浦，悲风过洞庭。
曲终人不见，江上数峰青。

末二句用听曲者的独特感受写音乐魅力，语约韵远，空灵得很，前人评价甚高。由于诗人用以悲为美的审美观念称颂湘灵鼓瑟之工，故诗中境界惝恍苍茫，气象萧瑟。钱起《归雁》诗谓"潇湘何事等闲回？水碧沙明两岸苔。二十五弦弹夜月，不胜清怨却飞来"。诗中上问下答，寄慨自在言外。从描写音乐的角度看，这也是用衬托方法极言音乐之悲的好诗。和省试诗不同，此诗出语珠圆玉润，词气悠扬，显得清新、俊逸。

下列"十才子"的诗篇都是颇能反映大历诗风的作品。

春城无处不飞花，寒食东风御柳斜。
日暮汉宫传蜡烛，轻烟散入五侯家。

——韩翃《寒食》

浮云不共此山齐，山霭苍苍望转迷。
晓月暂飞高树里，秋河隔在数峰西。

——韩翃《宿石邑山中》

终岁山川路，生涯总几何？
艰难为客惯，贫贱受恩多。
暮角寒山色，秋风远水波。
无人见惆怅，垂鞚入烟萝。

——耿湋《邠州留别》

故人江海别，几度隔山川。
乍见翻疑梦，相悲各问年。
孤灯寒照雨，湿竹暗浮烟。
更有明朝恨，离杯惜共传。

——司空曙《云阳馆与韩绅宿别》

钓罢归来不系船，江村月落正堪眠。
纵然一夜风吹去，只在芦花浅水湾。
——司空曙《江村即事》

暮雨潇潇过凤城，霏霏飒飒重还轻。
闻君此夜东林宿，听得荷池几度声？
——李端《听夜雨寄卢纶》

识君年已老，孤棹向潇湘。
素发临高镜，清晨入远乡。
三山分夏口，五两映涔阳。
更逐巴东客，南行泪几行。
——李端《送客往湘江》

二、李益的诗

李益(748—827)，字君虞，陇西姑臧(今甘肃武威)人。大历四年(769)中进士第，六年登制科举，授郑县主簿。以后到燕、赵一带漫游，又曾到幽州节度使幕府任职，居边十八年。元和中召为都官郎中、中书舍人，出为河南少尹，复入为秘书少监、集贤学士，历太子右庶子。元和末迁右散骑常侍，太和初以礼部尚书致仕。李益诗多以边塞生活为题材，曾“录其从军诗赠左补阙卢景亮，自序云：从事十八载，五在兵间，故为文多军旅之思。或因军中酒酣，或时塞上兵寝，拔剑秉笔，散怀于斯文。率皆出乎慷慨意气，武毅果厉”(计有功《唐诗纪事》)。其边塞诗多风云之气，所用诗体以七绝为多。

李益的七绝，从内容到风格都曾受到王昌龄的影响。他以边塞生活为题材的七绝，有的表现了将士为国安边的壮志，如《塞下曲》：

伏波惟愿裹尸还，定远何须生入关？
莫遣只轮归海窟，仍留一箭定天山。

这和王昌龄诗“黄沙百战穿金甲，不破楼兰终不还”，十分相似；与严武诗“昨夜秋风入汉关，朔云边月满西山。更催飞将追骄虏，莫遣沙场匹马还”

(《军城早秋》)，气魄相近。他也有些诗写士卒的思乡之愁，如：

回乐烽前沙似雪，受降城外月如霜。
不知何处吹芦管，一夜征人尽望乡。
——《夜上受降城闻笛》

天山雪后海风寒，横笛偏吹行路难。
碛里征人三十万，一时回向月中看。
——《从军北征》

李益的宫怨诗，也和王昌龄的作品一样显得含蓄蕴藉。如《宫怨》：

露湿晴花春殿香，月明歌吹在昭阳。
似将海水添宫漏，共滴长门一夜长。

李益还善于用七绝来写音乐的强大感染力，如下面两首诗：

边霜昨夜堕关榆，吹角当城汉月孤。
无限塞鸿飞不度，秋风卷入小单于。
——《听晓角》

寒山吹笛唤春归，迁客相看泪满衣。
洞庭一夜无穷雁，不待天明尽北飞。
——《春夜闻笛》

李益七绝格近盛唐，上追李白、王昌龄，而远在“十子”之上。在中唐，惟刘禹锡七绝可以与之同论。

除七绝外，李益还有一首著名的小诗，诗风明显受南朝民歌的影响。诗名《江南词》，云：

嫁得瞿唐贾，朝朝误妾期。
早知潮有信，嫁与弄潮儿。

另有《喜见外弟又言别》，形容亲人久别乍见情景，十分真切。诗云：

十年乱离后，长大一相逢。
问姓惊初见，称名忆旧容。
别来沧海事，语罢暮天钟。
明日巴陵道，秋山又几重。

次联所写，与前引司空曙“乍见翻疑梦，相悲各问年”，同为唐人行旅、聚散诗中的名句，不但直述其事，宛然在目，而且情溢事外，令人感动。两相比较，李益所写，尤其情深、语怆，而全诗一气旋折，出语更为自然。

第八章　元、白诗派和新乐府

第一节　中唐写实诗风的流行和“张王乐府”

早在天宝年间，杜甫、元结等人已在提倡写实诗风。直到广德二年（764），元结还写有《舂陵行》、《贼退示官吏》，杜甫晚年不但写有《负薪行》等诗，而且在大历二年（767）秋天，作《同元使君舂陵行》，借对元诗的赞美，阐说他所提倡的写实诗风所具有的艺术精神（“道州忧黎庶”，“致君唐虞际”）和艺术特色（“比兴体制，微婉顿挫之词”）。但在大历年间和贞元（785—804）前期，写实诗风消歇，占主导地位的，是以大历十才子为代表的以表现个人“高情”、“远韵”，追求清雅、淡冷境界，反对意随言尽，讲究字句之工、耐人吟味为特点的诗风。贞元后期（793—804），随着社会改革思潮逐渐兴起，人们对社会实际问题越来越关心，诗歌内容开始发生重大变化，民众生活和社会问题成为诗歌题材。同时，人们的审美心态，也在由尚雅到尚俗、由重空灵到重实转变，写实诗风随之流行开来。以至元和、长庆年间（806—824），成为当时流行甚广的诗风之一。

中唐写实诗风的代表，当推张籍、王建、元稹、白居易。从他们的乐府诗可以看出，这一诗风的特点，除“事事言言皆着实”（敖陶孙《臞翁诗评》）外，就是尚俗，即以俗意为诗，以“俗情入诗”（李怀民《重订中晚唐诗主客图》），以“俗言俗事入诗”（胡震亨《唐音癸签》卷七引高棅语），即“以俚语成章”（宋育仁《三唐诗品》），“就世俗俚浅事做题目”（《唐音癸签》卷九），而用语直率浅露，言事务求其尽，所谓“述情叙怨，委曲周详，言尽意尽”（魏泰《临汉隐居诗话》）。

张籍(766？—830)，字文昌，和州乌江(今安徽和县)人，一说吴郡(今江苏苏州)人。贞元十五年(799)登进士第。元和初，调补太常寺太祝，十一年转国子助教，十五年迁秘书省秘书郎，经韩愈推荐，为国子博士。长庆二年(822)，任水部员外郎。大和二年(828)，迁国子司业。

张籍十分推崇韩愈的才学，但不赞成他的以文为戏，在《上韩昌黎书》和《再上韩昌黎书》中，一再反对韩愈“多尚驳杂无实之说”。这实际上与他坚持写实诗风有关。张籍在贞元后期就写作新乐府，其诗歌成就也主要表现在乐府诗的创作上。白居易即谓“张公何为者？业文三十春。尤工乐府词，举代少其伦”(《读张籍古乐府》)。姚合亦谓“绝妙江南曲，凄凉怨女诗。古风无手敌，新语是人知”(《赠张籍太祝》)。当时，与张籍同享盛名的乐府诗人有王建，二人所作被后人称为“张王乐府”。张、王写作乐府诗的意义和特点，或如高棅所说：“大历以还，古声愈下，独张籍、王建二家，体制相似，稍复古意，或旧曲新声。或新题古义，词旨通畅，悲欢穷泰，慨然有古歌谣之遗风，皆名为乐府。虽未必尽被于弦歌，是亦诗人引古以讽之义欤，抑亦唐世流风之变而得其正也欤?”(《唐诗品汇·七言古诗叙目》)管世铭道其由来、特点，也说：“乐府古词，陈陈相因，易于取厌。张文昌、王仲初创为新制，文今意古，言浅讽深，颇合三百篇兴、观、群、怨之旨。”(《读雪山房唐诗序例》)总之，张王乐府所代表的写实诗风，是大历诗风新变、渐趋于古的重要表现。它继承古歌谣和诗三百的写实传统，学习杜甫等人即事名篇、无复依傍的创作方法，用浅俗之语表达诗人的种种感受。

张籍乐府写实性强，多客观说出事实真相，极少作点题式的议论，而所写事实，多为人们不大注意的普通民众(多为农民)生活中的小事，即“俗事”。像《樵客吟》有言：“日西待伴同下山，竹担弯弯向身曲，共知路旁多虎穴，未出深林不敢歇。村西地暗狐兔行，稚子叫时相应声。……采樵客，莫采松与柏。松柏生枝直且坚，与君作屋成家宅。”《江村行》有言：“南塘水深芦笋齐，下田种稻不作畦，耕场磷磷在水底，短衣半染芦中泥。田头刈莎结为屋，归来系牛还独宿。水淹手足尽为疮，山虻绕衣飞朴朴。……一年耕种长苦辛，田熟家家将赛神。”诗中所写，就“都是些小俗事”和“一种看来很渺小，而其实是很具体、很实在的希望”(罗宗强《隋唐五代文学思想史》第七章第一节)。又如《白鼍吟》云：

天欲雨，有东风，南溪白鼍鸣窟中。
六月人家井无水，夜闻鼍声人尽起。

久旱井干，民众闻鼍鸣知雨将至，人人兴奋得睡不着，自为“俗事”、“俗情”，但一句“夜闻鼍声人尽起”，把人们闻雨将至的欣喜和往日为旱所苦的焦虑写得多么生动。诗人只是客观叙写其事，但从诗中却能看出他与民同忧同喜的心情。《江南曲》，也是以“俗事”入诗，写得“就像生活本身一样，含蕴丰富，而又实实在在”（罗宗强语）的一首名诗。诗云：

江南人家多橘树，吴姬舟上织白苧。
土地卑湿饶虫蛇，连木为牌入江住。
江村亥日长为市，落帆度桥来浦里。
清莎覆城竹为屋，无井家家饮潮水。
长干午日沽春酒，高高酒旗悬江口。
娼楼两岸悬水栅，夜唱《竹枝》留北客。
江南风土欢乐多，悠悠处处尽经过。

诗用白描手法，绘出“一幅江南水乡小镇的民俗画”（罗宗强语），张籍写实之工于此可见，难怪姚合称其为“妙绝”之作。

张籍有些乐府诗讽谕之义明显，但也有以俗言、俗事、俗情为诗的特点。有所议论，但也和实写其事紧密相连。如云：

筑城处，千人万人齐把杵。
重重土坚试行锥，军吏执鞭催作迟。
来时一年深碛里，尽著短衣渴无水。
力尽不得休杵声，杵声未尽人皆死。
家家养男当门户，今日作君城下土。

——《筑城词》

山头鹿，角芟芟，尾促促。
贫儿多租输不足，夫死未葬儿在狱。
旱日熬熬蒸野冈，禾黍不熟无狱粮。
县家唯忧少军食，谁能令尔无死伤。

——《山头鹿》

老农家贫在山住，耕种山田三四亩。
苗疏税多不得食，输入官仓化为土。

岁暮锄犁傍空室，呼儿登山收橡实。
西江贾客珠百斛，船中养犬长食肉。

——《野老歌》

其诗也有事涉重大题材，而通过叙写个人遭遇方式表现出来的。如《征妇怨》说：

九月匈奴杀边将，汉军全没辽水上。
万里无人收白骨，家家城下招魂葬。
妇人依倚子与夫，同居贫贱心亦舒。
夫死战场子在腹，妾身虽存如昼烛。

前四句简直就是对李华《吊古战场文》的浓缩，写尽唐军战败给广大士兵和家属带来的巨大痛苦；后四句自是“征妇”自道之词，声声怨恨，字字凄惨。诗人只是叙写其事，而谴责战事、同情征妇之意，即在其中。

张籍乐府多是自制新题，偶尔也用旧题写今事，如《短歌行》、《凉州词》、《白头吟》等。无论新题、旧题，均将古风、乐府合为一体，风格则显得朴淡、婉曲，能以冷语发其深意。其诗风婉曲、颇得古乐府神韵的名篇，尚有《节妇吟寄东平李司空师道》。诗云：

君知妾有夫，赠妾双明珠。
感君缠绵意，系在红罗襦。
妾家高楼连苑起，良人执戟明光里。
知君用心如日月，事夫誓拟同生死。
还君明珠双泪垂，何不相逢未嫁时。

张籍已为他镇幕僚，郓帅李师道又以重币辟之，不敢峻拒，故作此诗以谢。诗用比体，托节妇之言以达意。难得的是，诗以节妇口吻言情之词(如“感君缠绵意，系在红罗襦”、“还君明珠双泪垂，何不相逢未嫁时”等)，既能拒其聘，又不绝其情，深婉之至，不像《陌上桑》中罗敷出言讦直。从此诗也可看出，张籍乐府还有善于言情的特点。其实，这一特点也表现在他其他诗体(如五律、七绝等)的作品中。如《秋思》云：

洛阳城里见秋风，欲作归书意万重。

复恐匆匆说不尽，行人临发又开封。

就可与岑参“故园东望路漫漫，双袖龙钟泪不干。马上相逢无纸笔，凭君传语报平安”(《逢入军使》)媲美，都是用胸臆间语写家常细事，道出即成情意至纯至真之诗。

王建(766—?)，字仲初，颍川(今河南许昌)人。贞元初与张籍同在魏州求学数年。贞元后期，先后在幽州、岭南诸镇幕府为从事。元和初寓居荆州，后入魏博节度使田弘正幕府为僚。贞元八年(813)任昭应丞，入为太府寺丞，后迁秘书丞、侍御史。大和二年(828)由太常丞出为陕州司马，从军塞上，数年后居咸阳原上。

王建与张籍契厚，二人唱答之作甚多。所作乐府，也是自制新题者多，偶用古题写今事。其诗不乏俗言、俗事、俗情、俗意，叙事实实在在，而讽谕之义明显。如云：

长安恶少出名字，楼下劫商楼上醉。
天明下直明光宫，散入五陵松柏中。
百回杀人身合死，赦书尚有收城功。
九衢一日消息定，乡吏籍中重改姓。
出来依旧属羽林，立在殿前射飞禽。

——《羽林行》

叹息复叹息，园中有枣行人食，贫家女为富家织。
翁母隔墙不得力，水寒手涩丝脆断，续来续去心肠烂。
草虫促促机下啼，两日催成一匹半。
输官上顶有零落，姑未得衣身不着。
当窗却羡青楼倡，十指不动衣盈箱。

——《当窗织》

苦哉生长当驿边，官家使我牵驿船。
辛苦日多乐日少，水宿沙行如海鸟。
逆风上水万斛重，前驿迢迢后淼淼。
半夜缘堤雪和雨，受他驱遣还复去。
夜寒衣湿披短蓑，臆穿足裂忍痛何。
到明辛苦无处说，齐声腾踏牵船出。

一间茅屋何所直，父母之乡去不得。
我愿此水作平田，长使水夫不怨天。

——《水夫谣》

《羽林行》寓愤恨于叙事中，《当窗织》、《水夫谣》均于结句显其志。张、王乐府多为七言古诗，都有写实、尚俗的特点，但张诗多含藏，王诗多外露；张诗婉曲、蕴藉，王诗痛快、直截；张诗善言情，王诗善征事；“王促薄而调急，张风流而情永”（毛先舒《诗辩坻》）。若论以俗事入诗，描叙细腻、生动，王建不在张籍之下。如《镜听词》云：

重重摩挲嫁时镜，夫婿远行凭镜听。
回身不遣别人知，人意丁宁镜神圣。
怀中收拾双锦带，恐畏街头见惊怪。
嗟嗟嚓嚓下堂阶，独自灶前来跪拜。
出门愿不闻悲哀，郎在任郎回未回。
月明地上人过尽，好语多同皆道来。
卷帷上床喜不定，与郎裁衣失翻正。
可中三日得相见，重绣锦囊磨镜面。

诗中所写年轻夫妇分别，“镜听”以慰相思之心，即为当时民俗，而描叙女主人公举止、心态，何等细微、真切。又如《新嫁娘词》其三云：

三日入厨下，洗手作羹汤。
未谙姑食性，先遣小姑尝。

也是用朴素语写民间极小事，“道出便妙，只是一真”（黄生《唐诗摘抄》）。若论以俗语为诗，张籍似有化俗为雅以求古淡的倾向，王建则一味从俗。这一点不单表现在乐府中，其他诗体作品亦有其例。如《田家留客》说“丁宁回语屋中妻，有客勿令儿夜啼。双冢直西有县路，我教丁男送君去”，《园果》说“雨中梨果病，每树无数个。小儿出户看，一半鸟啄破”，皆是。

除乐府外，王建还作有《宫词》一百首。如其十七有云：

罗衫叶叶绣重重，金凤银鹅各一丛。
每遍舞时分两向，太平万岁字当中。

其四十四云：

御厨不食索时新，每见花开即苦春。
白日卧多娇似病，隔帘教唤女医人。

其六十九云：

宫人早起笑相呼，不识阶前扫地夫。
乞与金钱争借问，外头还似此间无？

其九十云：

树头树底觅残红，一片西飞一片东。
自是桃花贪结子，错教人恨五更风。

宫词写宫禁中事，与其乐府相通处有三：一是以宫禁中生活细事入诗，二是用语通俗而描叙生动，三是多直写其事以显其义。要说明的是，其“直写其事”还是事有选择，而遣词“在委曲深挚处有顿挫”（翁方纲《石洲诗话》），如其九十写宫女“树头树底觅残红”，选材即精而语兼比兴。“自是桃花贪结子”云云，即非怨似怨，意味深婉悠长。但宫词并非宫怨之诗，绝大多数就事直书，不用比兴，而寄托不深，仅有数首直叙其事而带出宫女之怨。

受乐府写实诗风影响，王建五律、七绝亦多就事直书之作，如云：

春来梨枣尽，啼哭小儿饥。
邻富鸡常去，庄贫客渐稀。
借牛耕地晚，卖树纳钱迟。
墙下当官路，依山补竹篱。

——《原上新居》其三

雨里鸡鸣一两家，竹溪村路板桥斜。
妇姑相唤浴蚕去，闲看中庭栀子花。

——《雨过山村》

二诗同以“俗事”入诗，但“俗情”、“俗意”有异，故前者词气沉重，后者出语清新。其七绝也有以唱叹口气抒发情怀的，如《十五夜望月寄杜郎中》云：

中庭地白树栖鸦，冷露无声湿桂花。
今夜月明人尽望，不知秋思落谁家。

诗中“秋思”为琴曲名。诗写自己感秋之思，却不明说己之感秋，而问月下听琴而动秋思者何在，且为之感慨无限。情致空灵，美在意境，自与写实者异。

第二节　元、白诗派和白居易的诗歌主张

一、元、白诗派

诗歌史上的元、白诗派，其说有狭义、广义之分。广义而言，指的是贞元后期兴起、大成于元和、长庆年间，而以写实、尚俗为创作特点的诗歌流派。诗人应包括张籍、王建、元稹、白居易、李绅、唐衢、刘猛、李馀、马逢等。甚至张为《诗人主客图》列入“广大教化主”白居易之下的杨乘、羊士谔、殷尧藩等十六人，也可算作该派中人。狭义而言，指的是元和年间提倡写实、尚俗的诗风和主张用诗反映社会问题，同时为诗穷极声韵、相互唱酬的诗歌流派。诗人只有元、白及其追随者。当时影响很大的诗作有二类：一是新乐府，一是被元、白称为“元和体”的二人次韵相酬的长篇排律和元稹作于“杯酒光景”间的“小碎篇章”。

元稹、白居易并非中唐最早有写实、尚俗倾向的诗人，也不是元和年间最早出现的乐府诗人。元和四年(809)前后，李绅就写有《新题乐府》二十首，接着元稹作《和李校书新题乐府》十二首，又从刘猛、李馀几十首古乐府中选十九首以和。继李、元之后，白居易作《新乐府》五十首、《秦中吟》十首，才将元和年间的乐府诗写作推向高峰。元、白的杰出贡献，不单是写出了数量可观、艺术特色显著的新乐府，还在于从理论上确定了新乐府的艺术精神、艺术风格和社会功用。其主张，一方面顺应贞元后期以来流行的写实、尚俗的创作倾向，同时特别强调诗歌反映社会问题以“救济人病，裨补时阙”(白居易《与元九书》)的功能，要求作诗做到“辞质而径”、“言直而切”、“事核而实”、“体顺而肆”(白居易《新乐府序》)，为的是便于传播和发挥讽谕、警诫作用。拿张、王乐府和元、白新乐府比较，两者有明显的不同。虽然四人都有写实、尚俗的创作倾向，但张、王以俗言、俗事、俗意、

俗情入诗，主要是“就世俗俚浅事做题目，不敢及其他”(胡震亨《唐音癸签》卷九)，而元、白写实，选择性强，是专挑社会问题写，有时甚至是从与社会问题相关的概念出发，编造故事。张、王以俗事入诗，重在用细腻手法实写其事，注情于描叙中，特别是张诗，意味含藏较深，似无明确的讽谕动机，而元、白是叙说其事，议论其事，且叙事务求其尽，明义务求其露，讽谕动机，显而易见。张、王以俗言入诗，实是“大费铸合在”(胡震亨语)，“看是寻常最奇崛，成如容易却艰辛”(王安石《题张司业集》)。特别是张籍，有化俗为雅倾向，显得出语古淡，所作乐府有古歌谣风味。元、白，特别是白居易语求通俗，是要诗句易道易晓，故其诗往往出语直白而少有余味。这些差异处，表明张、王虽然和元、白一样都写新乐府，却很难算作狭义而言的元、白诗派中人。

作为彰显元、白诗派特征的另一项活动，是元、白对元和体诗的创作。前人所说的“元和体”，也有广义、狭义之分。广义而言，或谓“元和中，公(指张籍)及元丞相、白乐天、孟东野歌词，天下宗匠，谓之元和体”(张洎《张司业诗集序》)，或谓“当时轻薄之徒，摛章绘句，聱牙崛奇，讥讽时事，尔后鼓扇名声，谓之元和体”(王谠《唐语林》卷二引李珏奏语)，或谓“元和以后，为文笔，则学奇诡于韩愈，学苦涩于樊宗师。歌行则学流荡于张籍，诗章则学矫激于孟郊，学浅切于白居易，学淫靡于元稹，俱名为元和体”(李肇《唐国史补》卷下《叙时文所尚》)，其言小至于用元和体概括元、白、张、孟等人的乐府诗体和诗风，或用于概括韩、孟诗派与元、白诗派的诗风，大至于用以概括元和年间所有诗风和文风，实是对狭义而言的元和体内涵的扩展。

狭义的元和体，实是元、白对他俩所喜好、所擅长的次韵唱酬的长篇排律和在杯酒光景间所作小碎篇章的诗体、诗风的概括。白居易《馀思未尽，加为六韵，重寄微之》说：“制从长庆辞高古，诗到元和体变新。”其自注前句谓“微之长庆初知制诰，文格高古，始变俗体，继者效之也”，注后句谓“众称元、白为千字律诗，或号元和格(即元和体。体、格同义)。元稹《白氏长庆集序》则说：

> 予始与乐天同校秘书之名，多以诗章相赠答。会予谴掾江陵，乐天犹在翰林，寄余百韵律诗及杂体，前后数十章。是后各佐江、通，复相酬寄。巴蜀江楚间洎长安中少年，递相仿效，竞作新词，自谓为元和诗。

其《上令狐相公诗启》还说：

> 某始自御史府谪官于外……有诗向千余首。其间感物寓意，可备曚瞽之讽达者有之，词直气粗，罪戾是惧，固不敢陈露于人。唯杯酒光景间，屡为小碎篇章，以自吟畅。……江、湘间多有新近小生，不知天下文有宗主，妄相仿效，而又从而失之，遂至于支离褊浅之词，皆目为元和诗体。某又与同门生白居易友善，居易雅能为诗，就中爱驱驾文字，穷尽声韵，或为千言，或为五百言律诗，以相投寄。小生自审不能过之，往往戏排旧韵，别创新词，名为次韵相酬，盖欲以难相挑耳。江、湘间为诗者复相仿效，力或不足，则至于颠倒语言、重复首尾，韵同意等，不异前篇，亦目为元和诗体。

从元、白所述可知，他们对彼此次韵相酬的长篇排律以及于杯酒光景间所作"小碎篇章"被时人称为元和体，是颇为自得的，而对力或不足的效仿者亦称其所作为"元和新体"甚不满意。白居易实际上是将二人所作的元和体诗，作为元和年间诗歌革新的一个标志性成果看待的，故说"诗到元和体变新"即以此为例。当然，元和体诗的写作，也是元、白诗派独立存在的一种重要表现形式。

二、白居易和他的诗歌主张

白居易(772—846)，字乐天，下邽(今陕西渭南)人，出生于新郑(今属河南)。在他出生的第二年，祖父去世，而父亲尚未得到功名。十一岁时，由于藩镇作乱，加上连年灾荒，他只好随着父母避难徐州，又辗转逃到苏州、杭州，直到十六岁才北上长安。白居易自幼勤学苦练，发愤读书，练习写作。自言：

> 及五六岁，便学为诗，九岁谙识声韵，十五六始知有进士，苦节读书。二十已来，昼课赋，夜课书，间又课诗，不遑寝息矣。以至于口舌成疮，手肘成胝。
>
> ——《与元九书》)

他十六岁以前写出的《赋得古原草送别》，曾受到顾况的称赞。"野火"二句实脱胎于鲍照《行路难》中的"君不见河边草，冬时枯死春满道"，白居易把鲍诗中的形象加以扩展，生动地写出了野草顽强的生命力。由此可见少年白居易诗歌创作中的创造性。青年时代的白居易长期处于羁旅漂泊之中，所谓“孤舟三入楚，羸马四经秦。昼行有饥色，夜寝无安魂。东西不暂住，来往若浮云”(《朱陈村诗》)。二十九岁时，白居易中进士第，三十二岁又登“拔萃”科，为校书郎。三十五岁时与元稹在华阳观，闭户累月，揣摩时事，作《策林》七十五篇。提出皇帝要戒奢侈，想到民众饥寒；国家要减轻赋税，铲除贪官污吏；要求废止肉刑，放出宫女，还希望建立采诗制度。这年他又中“才识兼茂明于体用科”，官授周至县尉。继而补集贤院校理，授翰林学士，接着拜左拾遗。在作左拾遗期间，白居易鲠直敢言，表现出极高的政治热情。这时也是他讽谕诗创作达到高潮的时候，他写了新乐府五十首、《秦中吟》十首和其他讽谕诗。作者把写诗作为进谏的补充手段，说是“启奏之外，有可以救济人病、裨补时阙，而难于指言者，辄咏歌之”(《与元九书》)，因此这些诗大都抨击、揭发当政要人的倒行逆施和种种卑劣行为，有很强的现实针对性。白居易后来对元稹说：

> 凡闻仆《贺雨》诗，而众口籍籍，已谓非宜矣。闻仆《哭孔戡》诗，众面脉脉，尽不悦矣。闻《秦中吟》，则权豪贵近者相目而变色矣。闻《乐游园》寄足下诗，则执政柄者扼腕矣。闻《宿紫阁村》诗，则握军要者切齿矣。
>
> ——《与元九书》

作者用诗为政治斗争服务，它们所表现出来的战斗性和他作为政治家的勇敢精神是一致的。

公元815年，地方军阀、平卢节度使李师道遣人杀死主张削藩的当朝宰相武元衡，刺伤刑部侍郎裴度。出事当天，百官不敢言，白居易却上书“急请捕贼，以雪国耻”。当局认为他越职言事，一些人又造谣，说他母亲看花堕井而死，而他却写《看花》、《新井》诗，于是他被贬到江州作司马。

这次被贬对白居易是个沉重打击。此后，他再也不像从前那样锋芒毕露，消极情绪日渐上升，成天寄情于诗酒之中。在九江闲散无事，索性在庐山东林寺旁构筑草堂来念佛。就这样他在江州过了五年，元和十四年(819)春，才来到忠州做刺史。忠州属于山区小邑，白居易在这里仍有天涯沦落之感。次年，穆宗李恒即位，他被召回长安。在长安，他曾上疏论河北用兵事，未被采纳。加之朝内朋党之争剧烈，于是请求外任，相继担任杭州刺史、苏州刺史。在做地方官时，他兴修水利，为百姓做过不少好事。晚年为官洛阳，长住履道里，自号醉吟先生，又称香山居士，最后以刑部尚书致仕。

以贬往江州为界，白居易前后处世态度判若两人。前期志在兼济，政治上勇于斗争，故其诗以讽谕为主，“唯歌生民病，愿得天子知”；后期行在独善，政治上锋芒锐减，知足保和以求远祸全身，故其诗多闲适、感伤之作，“苦词无一字，忧叹无一声”。

白居易的诗歌理论集中反映在《与元九书》中，一些诗、序也偶有论及。《与元九书》是他谪居江州写给好友元稹的一封信。当时新乐府运动的创作高潮(元和四五年前后)已过，这封信所提出的理论主张，实可看做他对自己和其他乐府诗人创作经验的总结。在信中，他用比喻说明诗的特征：“诗者，根情、苗言、华声、实义。”他把感情、语言、声韵、意义作为诗的四大要素，把抒情作为根本特征，是说得比较全面而又主次分明的。认为“感人心者，莫先乎情，莫始乎言，莫切乎声，莫深乎义”，诗具有情、言、声、义四因素，因此诗能打动人，甚至“微及豚鱼，幽及鬼神”。他还提出“文章合为时而著，歌诗合为事而作”(《与元九书》)，具体说就是“为君、为臣、为民、为物、为事而作，不为文而作也”(《新乐府序》)，目的是“救济人病，裨补时阙”，“上以广宸聪，副忧勤，次以酬恩宠，塞言责(《与元九书》)。他还认为诗歌是现实生活的反映。说：“大凡人之感于事，则必动于情，然后兴于嗟叹，发于吟咏，而形于诗歌矣。”(《策林》六十九)他的《秦中吟》就是在现实中发现了“有足悲者”的事物才写的，新乐府也是因为现实感触很深，“不能发声哭，转作乐府诗”。他还强调诗的形式要为表现内容服务。要求“篇篇无空文，句句必尽规……非求宫律高，不务文字奇”(《寄唐生》)。“其辞质而径，欲见之者易谕也；其言直而切，欲闻之者深诫也；其事核而实，使采之者传信也；其体顺而肆，可以播于乐章歌曲也”(《新乐府序》)。在语言方面，白居易主张通俗易懂。他的这些主张对于横扫“大历十才子”以来的靡弱诗风起了积极作用，但也有明显的局限性。

白居易诗论的核心观点是以诗“补察时政”，以诗“泄导人情”，其源盖出于《诗大序》所说的“上以风化下，下以风刺上”。白居易诗论本身就是为巩固封建统治服务的，它以寻求政治改革为归宿，带有强烈的功利色彩。这是他诗论的局限性之其一。

其二，他的诗论过分夸大诗的作用，以至认为鬼、神都可受到诗的感化，以为国家有了采诗制度，就会出现三皇五帝在位时那样的“盛世”。这种看法显然有很大的片面性。

其三，过于强调诗歌创作为政治服务，忽略了诗歌本身的艺术规律和其他功用。他把诗看做仅仅是为政治服务的工具，甚至用谏官的眼光来衡量一切诗。说屈骚不过“归于怨思，彷徨抑郁，不暇及他”，只不过“得风人之什二三”；至于六朝陶潜、谢灵运、江淹、鲍照、谢朓的作品，皆不值一提；唐诗中值得肯定的有陈子昂的《感遇》、鲍防的《感兴》，李白则风雅比兴“十无一焉”，杜甫可取者“亦不过三四十首”(《与元九书》)。这种估价正反映了他批评标准的狭隘。

其四，他为了有效地为政治服务，把“质而径”、“直而切”、“覈而实”、“顺而肆”作为对诗歌表现形式的要求，也是和中国古代诗论重比兴、重意境，讲究含蓄宛转的观点背道而驰的。

白居易的创作也反映出他理论上的局限性，他大量的诗都不合他的标准。奇怪的是，就是这些不合标准的诗却受到当时和后来读者的热烈欢迎，连他自己也说：“今仆之诗，人之所爱，悉不过杂律诗与《长恨歌》已下耳。”“时之所重，仆之所轻”(《与元九书》)。白居易诗论虽有偏颇之处和明显的局恨性，但它作为古代诗史上的写实理论，却有独立存在的价值，而它作为诗歌革新理论，出现在大历年间之后，对推动唐诗的持续发展，更有不可低估的意义。

第三节　白居易的新乐府和其他诗歌

白居易生前曾有意识地为自己的作品结集，将其藏于名山，纳于石室。其中有三种《白氏文集》分别藏于庐山东林寺经藏院、洛阳圣善寺钵塔院律库楼和苏州南禅寺，又有《洛中集》藏于洛阳龙门香山寺经藏堂，因此他的诗是唐代诗人中保存得最多的。他一生作诗三千余首，现存二千八百多首。白居易在四十四岁时将其诗，分为讽谕诗、闲适诗、感伤诗和杂律诗四类，晚年则只分为格诗(古体诗)、律诗(近体诗)两大类。

白居易说：“仆志在兼济，行在独善。奉而始终之则为道，言而发明之则为诗。谓之讽谕诗，兼济之志也。”(《与元九书》)其讽谕诗有一百七十余首，但并非所有的诗都能体现志在兼济的特点。讽谕性强，体现兼济之志，且写得生动、深刻者，自以《新乐府》五十首和《秦中吟》十首为最。此外，尚有不少杰作。如云：

田家少闲月，五月人倍忙。
夜来南风起，小麦覆陇黄。
妇姑荷箪食，童稚携壶浆。
相随饷田去，丁壮在南冈。

足蒸暑土气，背灼炎天光。
力尽不知热，但惜夏日长。
复有贫妇人，抱子在其傍。
右手秉遗穗，左臂悬敝筐。
听其相顾言，闻者为悲伤：
家田输税尽，拾此充饥肠。
今我何功德，曾不事农桑。
吏禄三百石，岁晏有余粮。
念此私自愧，尽日不能忘。

——《观刈麦》

诗写农民在丰年麦收季节尚有饥馁之苦，取材典型，用事实说明赋税沉重，农民不堪负荷。诗人拿自己“吏禄三百石，岁晏有余粮”和贫妇人遭遇作比较，引出不胜惭愧之情，显得自然、真实。又如：

麦死春不雨，禾损秋早霜。
岁晏无口食，田中采地黄。
采之将何用？持以易糇粮。
凌晨荷锄去，薄暮不盈筐。
携与朱门家，卖与白面郎：
“与君啖肥马，可使照地光。
愿易马残粟，救此苦饥肠！”

——《采地黄者》

诗写旱年歉收，农民无粮度日，采地黄以换取富人家马料“残粟”充饥，仅写其实而不发议论。

二诗都是寓讽谕之义于叙事中。他如《宿紫阁山北村》，有云：“晨游紫阁峰，暮宿山下村。村老见余喜，为余开一尊。举杯未及饮，暴卒来入门……”也是原原本本实记其事，用揭露事实鞭挞暴行。《村居苦寒》云：“八年十二月，五日雪纷纷。竹柏皆冻死，况彼无衣民。回观村闾间，十室八九贫……乃知大寒岁，农者尤苦辛。顾我当此日，草堂深掩门。褐裘复絁被，坐卧有余温。幸免饥冻苦，又无垅亩勤。念彼深可愧，自问是何人。”诗从具体时间的气象特点说起，通过实记所感、实记其事，反映民生疾苦以作讽谕。上述诗歌或作于《新乐府》之前，或作于其后，和《新乐府》艺术特色有同有异。

《新乐府》五十首，即作者《与元九书》所说“自拾遗来……自武德讫元和，因事立题，题为《新乐府》者”。组诗中绝大多数诗篇，写在作者担任左拾遗的元和四年(809)。白居易作谏官，颇为耿直，以至当面对宪宗说“陛下误矣”，致宪宗与人言：“白居易小子，是朕拔擢致名位，而无礼于朕，朕实难奈!”(《旧唐书·白居易传》)而他作《新乐府》，实将其作为进谏的补充手段。即他说的：“身是谏官，手请谏纸，启奏之外，有可以救济人病、裨补时阙，而难以指言者，辄咏歌之，欲稍稍递进闻于上，上以广宸聪，副忧勤；次以酬思奖，塞言责；下以复吾平生之志。”(《与元九书》)另一方面，他积极创作新乐府，也是他主张为诗当“上以纽王教，系国风，下以存炯戒，通讽谕”，“惩劝善恶”，“补察得失”而君王应“采而奖之”(《策林》六八)的反映。就古代诗歌艺术发展而言，则是对诗三百、汉乐府直到杜甫新乐府艺术传统的继承和弘扬。

《新乐府》五十首，是诗人精心结构的组诗。其内容安排，组织结构，确如陈寅恪先生所言：

> 自《七德舞》至《海漫漫》四篇，乃言玄宗以前即唐创业后至玄宗时之事。自《立部伎》至《新丰折臂翁》五篇，乃言玄宗时事。自《太行路》至《缚戎人》诸篇，乃言德宗时事(《司天台》一篇，如鄙意所论，似指杜佑而言，而杜佑实亦为贞元之宰相也)。自此以下三十篇，则大率为元和时事(其《百炼镜》、《两朱阁》、《八骏图》、《卖炭翁》，虽似为例外，但乐天之意，或以其切于时政，而献谏于宪宗者)。其以时代为划分，颇为明显也。五十首之中，以《七德舞》以下四篇为一组冠其首者，此四篇皆所以陈述祖宗垂诫子孙之意，即新乐府总序所谓为君而作，尚不仅以其时代较前也。其以《鸦九剑》、《采诗官》二篇居末者，《鸦九剑》乃总括前此四十八篇之作。《采诗官》乃标明其于乐府诗所寄之理想，皆所以结束合作，而与首篇收首尾回环、救应之效也。其全部组织如是之严，用意如是之密，求之于古今文学中，洵不多见。
>
> ——《元白诗笺证稿》第五章

大抵《新乐府》前二十首写史事以讽，取材于《贞观政要》一类史籍者多，后三十首写时事以讽，亦有从主题出发构思故事者。写作特点，则如作者所言：

首句标其目，卒章显其志，《诗三百》之义也。其辞质而径，欲见之者易谕也；其言直而切，欲闻之者深诫也；其事覈而实，使采之者传信也；其体顺而肆，可以播于乐章歌曲也。总而言之，为君为臣为民为物为事而作，不为文而作也。

——《新乐府序》

《新乐府》写作取法于《诗三百》，其总序即摹《毛诗》之大序，每篇一序即仿《毛诗》之小序。又取每篇首句或首二句之义为题，即效《毛诗》取首句为题。故陈寅恪先生称其"乃一部唐代《诗经》"(《元白诗笺证稿》第五章)。而具体创作，则以杜甫即事名篇之乐府如《兵车行》等为楷模。

白居易说："遂作《秦中吟》，一吟悲一事。"(《伤唐衢》其二)《新乐府》也是一事一吟，每篇题目所云即该篇所吟之事，题下小序所云即该篇题旨。如《新丰折臂翁》，题下小序谓"戒边功也"，诗即叙写新丰折臂翁故事，而以"戒边功"为题旨。各诗主题集中，取材典型，叙事往往径遂直叙到底，最后就势生发议论或抒发感慨或直作劝诫。如《红线毯》篇末即云："宣城太守知不知？一丈毯，千两丝，地不知寒人要暖，少夺人衣作地衣！"《涧底松》篇末即承上言："貂蝉与牛衣，高下虽有殊，高者未必贤，下者未必愚。君不见沉沉海底生珊瑚，历历天上种白榆。"《井底引银瓶》篇末直说："寄言痴小人家女，慎勿将身轻许人。"组诗中也有插议论、愤慨之词于叙事中的，看似与叙事相关，实写诗人不平之心。如《杜陵叟》伤农夫之困，中言"剥我身上帛，夺我口中粟，虐人害物即豺狼，何必钩爪锯牙食人肉"，即为其例。

新乐府诗叙事性强，多有人物，有故事，如《上阳白发人》，实写上阳宫中一年迈宫女十六岁入宫以来("今六十")的经历，说出她"少亦苦，老亦苦，少苦老苦两如何"的种种细节。《新丰折臂翁》，实写新丰八十八岁老翁当年折臂自残以避兵役的故事。中言"此臂折来六十年，一肢虽废一身全。至今风雨阴寒夜，直到天明痛不眠。痛不眠，终不悔，且喜老身今独在。不然当时泸水头，身死孤魂骨不收"，写出老翁亦悲亦"喜"的心态。作者谴责黩武祸民的倾向，就包含在叙事中。二诗叙述故事后都有议论。完全以故事显示讽谕之旨，是为"苦宫市"而作的《卖炭翁》。诗云：

卖炭翁，伐薪烧炭南山中。
满面尘灰烟火色，两鬓苍苍十指黑。
卖炭得钱何所营？身上衣裳口中食。

可怜身上衣正单，心忧炭贱愿天寒。
夜来城上一尺雪，晓驾炭车辗冰辙。
牛困人饥日已高，市南门外泥中歇。
翩翩两骑来是谁？黄衣使者白衫儿。
手把文书口称敕，回车叱牛牵向北。
一车炭，千馀斤，官使驱将惜不得。
半匹红纱一丈绫，系向牛头充炭直。

诗中所写当为诗人亲见亲闻，故摹写其事、其人生动之至。如谓“满面尘灰烟火色”云云，形象鲜明，切合人物职业、年龄特点。而“可怜身上衣正单”云云，写老人异乎常人的心理，突出其生计的艰难，不仅写活人物，还为下言“一车炭”云云，积蓄批判力量。正是寓不平于叙事中。由于书其事而其意自见，故此诗写法与他篇不同，径直铺叙而不在篇末再作议论。

白居易《新乐府》亦可称为七言古诗，其基本句式自为七言，但也常用“三三七”体式或“三七”体式，即重用两个三字句后，接以七字句，或出现一个三字句后，续以七字句。如《太行路》谓“行路难，难重陈，人生莫作妇人身”，《道州民》谓“道州民，多侏儒，长者不过三尺余”，《缚戎人》谓“缚戎人，缚戎人，耳穿面破驱入秦”，《海漫漫》谓“海漫漫，直下无底傍无边”，《上阳白发人》谓“上阳人，红颜暗老白发新”，《隋堤柳》谓“隋堤柳，岁久年深尽衰朽”，皆是。这类句式安排多见于变文、俗曲，说明白居易“作新乐府，乃用《毛诗》、乐府古诗，及杜少陵诗之体制，改进当时民间流行之歌谣”，“实则乐天之作，乃以改良当日民间口头流行之俗曲为职志。与陈（子昂）、李（白）辈之改革齐、梁以来士大夫纸上摹写之诗句为标榜者，大相悬殊。其价值及影响，或更较为高远也。”（陈寅恪《元白诗笺证稿》第五章）

《秦中吟》十首均为五古，也是诗人任谏官时的作品。组诗总序谓“贞元、元和之际，予在长安，闻见之间有足悲者，因直歌其事，命为《秦中吟》”。《秦中吟》直以时事入诗，所写事和讽谕之义有与《新乐府》相同者。名篇则有《重赋》、《轻肥》、《歌舞》、《买花》等。如《轻肥》云：

意气骄满路，鞍马光照尘。
借问何为者，人称是内臣。
朱绂皆大夫，紫绶或将军。
夸赴军中宴，走马去如云。

尊罍溢九酝，水陆罗八珍。
果擘洞庭橘，脍切天池鳞。
食饱心自若，酒酣气益振。
是岁江南旱，衢州人食人！

此诗叙事、抒慨，直率、迫切。叙事尽写“内臣”骄奢之状，可谓周详、明直；抒慨挟怒带愤，不掩其恨，可谓气盛语激。末句所言惊心动魄，而出语陡然，有一落千丈之势。他诗末尾也有类似的愤慨之词，如《重赋》末谓“夺我身上暖，买尔眼前恩。进入琼林库，岁久化为尘”，《歌舞》末谓“岂知阌乡狱，中有冰死囚”，《买花》末谓“一丛深色花，十户中人赋”，即是。白居易作《秦中吟》，言辞激烈、讽谕心切，盖因“是时兵革后，生民正憔悴。但伤民病痛，不识时忌讳”(《伤唐衢》)。正因其言中肯綮，不避忌讳，故“闻《秦中吟》，则权豪贵近者相目而变色矣”(《与元九书》)。就艺术成就和影响而言，白居易对《新乐府》、《秦中吟》是很自负的。其《赠李绅》即言：“一篇长恨有风情，十首秦吟近正声。刚被老元偷格律，苦教短李伏歌行。”自注谓“元九向江陵日，尝以拙诗一轴赠行，自后格变”，“李二十尝自负歌行，近见予乐府五十首，默然心伏”。

和讽谕诗意激言质不同，白居易感伤诗中的《长恨歌》和《琵琶行》，语气优柔，风致洒落，虽为长篇叙事诗，而抒情性强。《长恨歌》写于元和元年(806)冬，作者时为周至县尉，年三十五。当时他与陈鸿、王质夫同游仙游寺，话及唐明皇与杨贵妃事，相与感叹，于是白居易作《长恨歌》，陈鸿作《长恨歌传》。

《长恨歌》取材于唐明皇和杨玉环的爱情悲剧。既谴责唐明皇重色误国，又对他和杨玉环的爱情悲剧寄予同情，反映出作者思想上的矛盾性。诗开头就说“汉皇重色思倾国，御宇多年求不得”，描画出一个贪色的昏君形象。以下“春寒赐浴华清池”，直至“尽日君王看不足”皆是细写“汉皇重色”，同时也为后面写玉环死后君王相思张本。“渔阳鼙鼓动地来，惊破《霓裳羽衣曲》”，是以宛转语言批评唐明皇迷恋声色以致误国。当写到杨玉环之死时

六军不发无奈何，宛转峨眉马前死。
花钿委地无人收，翠翘金雀玉搔头。
君王掩面救不得，回看血泪相和流。

作者半是谴责、半是同情。明皇重色误国，终于连爱妃也保不住，实是咎由

自取，获谴固宜；但杨玉环死得这样惨，连处于至尊地位的君王也救她不得，自然值得同情。发展到后来，作者便完全以同情态度写明皇和玉环的相思之苦。诗中写明皇奔蜀途中，即是“蜀江水碧蜀山青，圣主朝朝暮暮情。行宫见月伤心色，夜雨闻铃肠断声”；写他重经马嵬坡乃是“到此踌躇不能去”，“君臣相顾尽沾衣，东望都门信马归”。而回到西宫南内则是“夕殿萤飞思悄然，孤灯挑尽未成眠。迟迟钟鼓初长夜，耿耿星河欲曙天”。明皇俨然成了一位幽独孤凄、痛不欲生的多情男子的形象。杨玉环如何呢？当方士叩见“太真”仙女时，诗人这样刻画她的神态举止：

金阙西厢叩玉扃，转教小玉报双成。
闻道汉家天子使，九华帐里梦魂惊。
揽衣推枕起徘徊，珠箔银屏逦迤开。
云鬓半偏新睡觉，花冠不整下堂来。
风吹仙袂飘飖举，犹似《霓裳羽衣》舞。
玉容寂寞泪阑干，梨花一枝春带雨。

一个急于知道明皇消息、有无限心思要向对方倾诉的多情女子的形象，如在目前。下面写她和明皇分别后，虽在仙界仍感“蓬莱宫中日月长”，写她托使者“唯将旧物表深情，钿合金钗寄将去”，以及她对使者无限深情地回忆和明皇当年在长生殿上的私语，都说明她对明皇的爱念念不忘。两人一在天上，一在人间，却是你也思念，我也思念。显然，诗人是以惋惜、同情的态度来写李、杨二人的痛苦心情的。

何以作者在诗中对李、杨之事既有谴责，又有同情呢？这有多方面的原因。首先，中唐是个社会矛盾比较突出的时代，作者希望实行社会改革，并把希望寄托在皇帝身上。因此他在处理玄宗宠爱杨玉环这个题材时，有意突出他重色误国所带来的“长恨”，以讽谕当今君王。从这个角度讲，他写《长恨歌》的动机和写《新乐府》、《秦中吟》是一致的。所以诗的前半部采用了“刺”的手法。

其次，作者对李、杨悲剧持同情态度受到了当时社会舆论的影响。中唐时期，人们感于现实生活大不如昔，很自然地回忆起盛唐时代的繁荣，于是关于玄宗的传说很多。在传说中，玄宗是个“好皇帝”，因为他曾给人民带来四十余年的安定生活，因而人们对权宦李辅国挑拨玄宗父子间的关系，致使玄宗晚景凄凉的行为不满意。一些开明的人还以为明皇宠爱杨妃算不了什么，杨妃被缢并非罪有应得，因而他们的悲剧值得同情。《长恨歌》的创作

（包括情节的安排）保留了民间传说的基本特点（这也是它受到当时人普遍欢迎的原因之一），因而诗的后半部分能以细腻的笔触写出李、杨生死相恋的“长恨”之情。

《琵琶行》作于江州，写诗人由京都琵琶女“漂沦憔悴，转徙于江湖间”的遭遇所引起的“迁谪”之感。如洪迈所说：“乐天之意，真欲摅写天涯沦落之恨尔。”（《容斋五笔》卷七）诗中“同是天涯沦落人，相逢何必曾相识”乃一篇之柱，它表现了诗人对琵琶女的同情，也流露出自己谪居外地的痛苦。诗中描写音乐极为精彩：

千呼万唤始出来，犹抱琵琶半遮面。
转轴拨弦三两声，未成曲调先有情：
弦弦掩抑声声思，似诉平生不得意；
低眉信手续续弹，说尽心中无限事。
轻拢慢撚抹复挑，初为《霓裳》后《六幺》。
大弦嘈嘈如急雨，小弦切切如私语。
嘈嘈切切错杂弹，大珠小珠落玉盘。
间关莺语花底滑，幽咽泉流冰下难。
冰泉冷涩弦凝绝，凝绝不通声渐歇。
别有幽愁暗恨生，此时无声胜有声。
银瓶乍破水浆迸，铁骑突出刀枪鸣。
曲终收拨当心画，四弦一声如裂帛。
东舟西舫悄无言，唯见江心秋月白。

诗人用多种手法描写音乐。除用比喻描摹音响、通过写听者的感受来描述音乐效果外，作者还把演奏者的弹奏动作、心理活动同描写音乐形象结合起来，使音乐成为沟通诗人和琵琶女思想感情的媒介。成功的音乐描写还起到渲染气氛的作用，读此诗，总觉得低沉哀怨的琵琶声如泣如诉，不绝于耳。在这样的氛围中叙事、抒情，自然生动感人。

作为叙事诗，《琵琶行》在材料的剪裁上也是匠心独运。作者在能抒情时尽量抒情，不便抒情的情节就一笔带过。“十三学得琵琶成”，“秋月春风等闲度”，概括了多少生活内容。此外，结构严谨、描写细致、诗句和谐流转，也是它的特色。

白居易闲适诗的思想意义不高，艺术上则表现出明朗圆熟、自然流丽之美，受陶渊明、韦应物的影响比较明显。他在《序洛诗序》里概括这类诗的特点说：

闲适有余，酣乐不暇，苦词无一句，忧叹无一声，本之于省分知足，济之以家给身闲，文之以觞咏弦歌，饰之以山水风月。

这些诗多作于诗人的晚期，这时的白居易早已由当年的斗士变成了居士，故其诗一味闲适。其中虽也有思想性强的作品，不过很少。

白居易有律诗一千九百多首，其中有像《代书诗一百韵寄微之》、《和梦游春诗一百韵》、《东南行一百韵》这样铺张排比的长篇，称为“千字律”，或谓“元和体”。诗人作此类诗，多出于次韵唱酬，驱驾文字，穷尽声韵，以至炫才竞思，而诗味不多。

除《新乐府》、《秦中吟》以及歌行体《长恨歌》、《琵琶行》以外，白居易还有不少以表现友情、山水风光为主要内容的律、绝，流传甚广。诸如：

离离原上草，一岁一枯荣。
野火烧不尽，春风吹又生。
远芳侵古道，晴翠接荒城。
又送王孙去，萋萋满别情。

——《赋得古原草送别》

孤山寺北贾亭西，水面初平云脚低。
几处早莺争暖树，谁家新燕啄春泥。
乱花渐欲迷人眼，浅草才能没马蹄。
最爱湖东行不足，绿杨阴里白沙堤。

——《钱塘湖春行》

一道残阳铺水中，半江瑟瑟半江红。
可怜九月初三夜，露似珍珠月似弓。

——《暮江吟》

绿蚁新醅酒，红泥小火炉。
晚来天欲雪，能饮一杯无？

——《问刘十九》

第四节　元稹的乐府和其他诗歌

元稹(779—831)，字微之，又字威明，祖籍洛阳，生于长安。幼孤，九岁工属文，十五岁明经及第，二十五岁与白居易同中书判拔萃科，同入秘书省任校书郎。元和元年(806)，举才识兼茂明于体用科试，名列第一，授左拾遗。宪宗召对，为宰相所恶，贬河南尉。元和四年任监察御史，五年因弹劾河南尹房式违法和得罪宦官仇士良等，又为宰相所恶，被贬为江陵士曹参军。十年奉诏回京，旋即贬为通州司马。穆宗即位后，官授祠部郎中、知制诰。数月后擢中书舍人、翰林承旨学士。后罢学士之职，官工部侍郎。次年，元稹、裴度先后为相，未几，二人同时罢相，元稹出为同州刺史。文宗大和三年(829)，元稹入为尚书右丞，次年受李宗闵排挤，出为武昌军节度使。

元稹与白居易终生为友，其政治见解、诗歌主张高度一致。其诗论观点，主要见于《唐故工部员外杜君墓系铭并序》、《乐府古题序》、《叙诗寄乐天书》、《上令狐相公诗启》和《和乐天赠樊著作》等诗中。他对中唐新乐府发展的最大贡献，应是他独具慧眼，在大历以前众多诗人的众多作品中，发现和归纳出杜甫新题乐府的艺术精神、写作特点，以及它们出现在唐代诗歌史上的重要意义，为新乐府健康发展提供理论依据。白居易《与元九书》尝云："每诗来，或辱序，或辱书，冠于卷首，皆所以陈古今歌诗之义……仆既受足下诗，又谕足下此意，常欲承答来旨，粗论歌诗大端，并自述为文之意，总为一书，致足下前。……又自思所陈，亦无出足下之见，临纸复罢者数四。"可见，白居易诗歌革新理论的形成，也曾受到元稹诗论主张的启发和影响。

元稹的乐府诗有五十余首，除《和李校书新题乐府》十二首外，其《乐府古诗》十九首，和《连昌宫词》、《有鸟》等诗，并不直接标名为新乐府。而实际上都属于新乐府，郭茂倩即将《乐府古诗》中的多数诗作编入其《乐府诗集》中的"新乐府辞"。

《和李校书新题乐府》十二首，均为七言古诗，是元稹从李绅《新题乐府》二十首中"取其病时之尤急者，列而和之"之作。《乐府古诗》十九首，以五古、七古居多，亦有三、五、七言相间杂而成者，是元稹从刘猛、李余所赋古乐府"咸有新意"者中选和的组诗。"其有虽用古题，全无古义者。若《出门行》不言离别，《将进酒》特书列女之类是也。其或颇同古义、全创新词者，则《田家》止述军输，《捉捕》词先蝼蚁之类是也。"(《乐府古题序》)两组诗都反映社会问题，讽谕性强。如云：

吾闻昔日西凉州，人烟扑地桑柘稠。
蒲萄酒熟恣行乐，红艳青旗朱粉楼。
楼下当垆称卓女，楼头伴客名莫愁。
乡人不识离别苦，更卒多为沉滞游。
哥舒开府设高宴，八珍九醖当前头。
前头百戏竞撩乱，丸剑跳掷霜雪浮。
狮子摇光毛彩竖，胡腾醉舞筋骨柔。
……
开远门前万里堠，今来蹙到行原州。
去京五百而近何其逼，天子县内半没为荒陬，西凉之道尔阻修。
连城边将但高会，每听此曲能不羞！

——《和李校书新题乐府·西凉伎》

牛吒吒，田确确，旱块敲牛蹄趵趵，种得官仓珠颗谷。
六十年来兵簇簇，月月食粮车辘辘。
一日官军收海服，驱牛驾车食牛肉。
归来收得牛两角，重铸锄犁作斤斸。
姑舂妇担去输官，输官不足归卖屋。
愿官早胜仇早复，农死有儿牛有犊，誓不遣官军粮不足。

——《乐府古诗·田家词》

关于元稹新题乐府、古题乐府的差别，陈寅恪先生有一番辨析。他说：

微之赋新题乐府，其不及乐天之处有二：（一）为一题涵括数意，则不独词义复杂，不甚清切，而且数意并存，往往使读者不能知其专主之旨，注意遂难于集中。故读毕后影响不深，感人之力较一意为题，如乐天之所作者，殊相悬远也。（二）为造句遣词，颇嫌晦涩，不似乐天作品词句简单流畅，几如自然之散文，却仍极富诗歌之美。且乐天造句多以三七言参差相间杂，微仿古乐府，而行文自由无拘牵滞碍之苦。微之所赋，则尚守七言古体诗之形式，故亦不如乐天所作之潇洒自然多矣。……凡古题乐府十九首，自《梦上天》至《估客乐》，无一首不只述一意，与乐天新乐府五十首相同，而与微之旧作新题乐府一题具数意者大不相似。此则微之受乐天之影响，而改进其作品无疑也。

——《元白诗笺证稿》第六章

元稹后期创作乐府，确实受到白居易新乐府的影响，但其语言风格似乎变化不大。如《田家词》依旧题而发新意，主题集中，却词句简练、精妙，音节入古，而思致微婉，意至沉痛，较之白氏明白说尽，更有蕴蓄之趣。

元稹《连昌宫词》，乃“微之取乐天《长恨歌》之题材，依香山《新乐府》之体制改进创造而成之新作品”。“其篇首一句及篇末结语二句，乃是开宗明义及综括全诗之议论，又与白香山《新乐府序》所谓首句标其目，卒章显其志者，有密切关系”(《元白诗笺证稿》第六章)。其诗有云：

连昌宫中满宫竹，岁久无人森似束。
又有墙头千叶桃，风动落花红蔌蔌。
宫边老人为予泣：小年进食曾因人。
……
平明大驾发行宫，万人鼓舞途路中。
百官队仗避岐薛，杨氏诸姨车斗风。
明年十月东都破，御路犹存禄山过。
驱令供顿不敢藏，万姓无声泪潜堕。
两京定后六七年，却寻家舍行宫前。
庄园烧尽有枯井，行宫门闭树宛然。
尔后相传六皇帝，不到离宫门久闭。
……
开元之末姚宋死，朝廷渐渐由妃子。
禄山宫里养作儿，虢国门前闹如市。
弄权宰相不记名，依稀忆得杨与李。
庙谟颠倒四海摇，五十年来作疮痏。
今皇神圣丞相明，诏书才下吴蜀平。
官军又取淮西贼，此贼亦除天下宁。
年年耕种宫前道，今年不遣子孙耕。
老翁此意深望幸，努力庙谋休用兵。

诗借“宫边老人”之口说连昌宫故事，以讽时政。此诗与《长恨歌》取材大体相同，但劝诫之意明显，故前人评价很高。洪迈即云：“其(元、白)赋咏天宝时事，《连昌宫词》、《长恨歌》皆脍炙人口，使读之者情性摇荡，如身生其时，亲见其事，殆未易以优劣论也。然《长恨歌》不过述明皇追怆贵妃始末，无他激扬，不若《连昌宫词》有监戒规讽之意。……殊得风人之旨，非《长恨》比云。”(《容斋随笔》卷十五)王世贞亦谓“《连昌宫词》似胜《长恨》，非谓议论也，《连昌》有风骨耳”(《艺苑卮言》)。其实，《长恨歌》亦有讽谕之义，只是隐含于叙事中，人当思而得之；《连昌宫词》直言时政，明作劝诫，读之即能震动人心。虽然《连昌宫词》轻隽，《长恨歌》婉丽，但铺写细密，宛如画出，语词明丽、富艳，二诗却难分高下。

在中唐，元稹的恋爱诗和悼亡诗是很著名的。其《叙事寄乐天书》云：“不幸少有伉俪之悲，抚存感往，成数十首，取潘子《悼亡》为题。又有以干教化者，近世妇人，晕淡眉目，绾约头鬓，衣服修广之度，及匹配色泽，尤剧怪艳，因为艳诗百余首。词有今、古，又两体。”悼亡，系悼念亡妻韦丛。艳诗既有写男女爱恋情事者(包括写夫妻“离思”之情)，也有借写男女情爱事以作讽谕者。艳诗在当时影响大，仿效者多，且称其作为“元和诗体”。这两类诗在诗史中的地位，如陈寅恪所说：“微之以绝代之才华，抒写男女生死离别悲欢之感情，其哀怨缠绵，不仅在唐人诗中不多见，而影响及于后来文学者尤巨。”(《元白诗笺证稿》第四章)艳诗名篇有《会真诗三十韵》、《杂忆》、《梦游春七十韵》、《古决绝词》等，悼亡诗则《六年春遣怀》、《遣悲怀》、《江陵三梦》等。如云：

半欲天明半未明，醉闻花气睡闻莺。
狌儿撼起钟声动，二十年前晓寺情。

——《春晓》

曾经沧海难为水，除却巫山不是云。
取次花丛懒回顾，半缘修道半缘君。

——《离思》其五

昔日戏言身后意，今朝皆到眼前来。
衣裳已施行看尽，针线犹存未忍开。
尚想旧情怜婢仆，也曾因梦送钱财。
诚知此恨人人有，贫贱夫妻百事哀！

——《遣悲怀》其二

《春晓》回忆当年与“莺莺”蒲州相恋事，《离思》写对所爱女子(“双文”)的眷恋，《遣悲怀》写对妻子韦丛的怀念，皆以情真语浅取胜。《遣悲怀》更是出语如同与死者对话，说得朴实而意甚哀切。其三末谓“唯将终夜长开眼，报答平生未展眉”亦以极平常语道极哀痛意。元稹小诗，抒情寄慨，多有名篇。如《行宫》云：

寥落古行宫，宫花寂寞红。
白头宫女在，闲坐说玄宗。

二十字不但包含开元、天宝间盛衰之事，抵得上一篇《连昌宫词》，且让旧事出于白发宫女之口，白发宫女又坐在宫花乱红之中，景象寥落已自可悲，不言感伤而哀情弥漫其中。又《闻乐天授江州司马》云：

残灯无焰影幢幢，此夕闻君谪九江。
垂死病中惊坐起，暗风吹雨入寒窗。

诗以愁惨之境写诗人凄切、悲凉之心，至情至语，十分动人。前三句写夜境、病境、愁境，已显出诗人的情难以堪，再写暗风吹雨从窗而入，更映出他心境的凄凉。

对元、白新乐府诗有直接影响的中唐诗人，首推李绅。李绅(772？—846)，字公垂，润州无锡人。他曾作过宰相，在任浙东观察使任上，曾移浙东米五万斛以救浙西灾情，反遭奸人陷害。但他却受到人民的爱戴，所谓“苛政尚存犹惕息，老人偷拜拥前舟”(《却到浙西》)。晚年曾自编诗集《追昔游诗》，其《序》说：“追昔游，盖叹逝感时，发于凄恨而作也。或长句，或五言，或杂言，或乐府，齐、梁，不一其词，乃由牵思所属耳。”胡震亨称其“揽笔写兴，曲备一生穷泰之感，亦令披卷者代为怃然”(《唐音癸签》)。他早年以歌行自负，有《新题乐府》二十首，今已不存。现存有名的两首诗是《悯农二首》，诗云：

春种一粒粟，秋收万颗子。
四海无闲田，农夫犹饿死。

锄禾日当午，汗滴禾下土。
谁知盘中餐，粒粒皆辛苦。

第九章　韩、孟诗派和刘、柳的诗

第一节　韩、孟诗派和韩愈的诗歌

韩、孟诗派，是中唐贞元后期和元和年间出现的一个革新意识很强的诗歌流派。和元、白诗派写实、尚俗不同，韩、孟诗派追求的是雄奇险怪之美。属于这一流派的诗人，有韩愈、孟郊、贾岛、卢仝和李贺等。

在这一诗派中，最早有崇尚怪奇倾向的，是孟郊。韩愈为诗尚奇尚怪，受到过孟郊的启发和影响，其《醉留东野》云：

我愿身为云，东野变为龙。
四方上下逐东野，虽有别离无由逢。

由于他才大位高，加上在创作和理论建设方面卓有建树，因而他是这一诗派的领袖。韩愈《调张籍》云：

李杜文章在，光焰万丈长。
……
伊我生其后，举颈遥相望。
夜梦多见之，昼思反微茫。
徒观斧凿痕，不瞩治水航。
想当施手时，巨刃磨天扬。
垠崖划崩豁，乾坤摆雷硠。

……
我愿生两翅，捕逐出八荒。
精诚忽交通，百怪入我肠。
刺手拔鲸牙，举瓢酌天浆。
腾身跨汗漫，不著织女襄。
顾语地上友：经营无太忙。
乞君飞霞佩，与我高颉颃。

从此诗可以看出，韩愈追求、倡导的雄奇、险怪的诗风，是在李、杜（特别是李白）诗中发现的，或者说是以李、杜诗风为楷模的。本来，李白诗风，既有豪放、雄奇的一面，也有清新、俊逸的一面；杜甫诗风，以沉郁顿挫为主要特征，但诗人也有崇尚雄奇、壮美的倾向（他批评当时诗风之弊，即谓“或看翡翠兰苕上，未掣鲸鱼碧海中”），为诗不乏发扬蹈厉之作。韩愈看中的，只是两家诗风中雄奇的一面。孟郊对李白诗风特点的认识，和韩愈一致。他说：

天地入胸臆，吁嗟生风雷。
文章得其微，物象由我裁。
宋玉逞大句，李白飞狂才。
苟非圣贤心，孰与造化该。

——《赠郑夫子鲂》

又二人《城南联句》论李、杜诗，韩谓“蜀雄李杜拔，岳力雷车轰”，孟说“大句斡玄造，高言轧霄峥”。韩、孟盛赞李、杜“巨刃磨天扬”，“物象由我裁”的气概，及其诗歌的雄奇、壮大、怪奇境界，实则反映出他们接受李、杜诗风特有的期待视野，而这一期待视野的形成，主要是由其崇尚雄奇、险怪之美的诗学观念决定的。他如韩愈说贾岛为诗：

蛟龙弄角牙，造次欲手揽。
众鬼囚大幽，下觑袭玄窖。
天阳熙四海，注视首不颔。
鲸鹏相摩窣，两举快一啖。
……
狂词肆滂葩，低昂见舒惨。

奸穷怪变得，往往造平淡。

——《送无本师归范阳》

说孟郊作诗：

冥观洞古今，象外逐幽好。
横空盘硬语，妥帖力排奡。
敷柔肆纡余，奋猛卷海潦。
荣华肖天秀，捷疾愈响报。

——《荐士》

都是借论他人之诗表达他理想中的诗美特征和诗歌作法。受韩、孟影响，中唐出现了一批追求雄奇、险怪之美的诗人，他们勇于创新，于元、白之外，别开生面，为推动唐诗艺术发展作出了独特贡献。要注意的是，作为个体，他们的诗风取向，并不限于雄奇、险怪一途，就是韩愈，也是如此。

韩愈(768—824)，字退之，河内河阳(今河南孟州)人。三岁而孤，随兄韩会居韶州。会卒，依嫂郑氏为生。二十五岁中进士第，二十九岁开始做官。任监察御史时，因上疏极论宫市，要求为关中农民减免赋税，激怒德宗，贬阳山令。元和初，权知国子博士，分司东都，三年后正式任国子博士，改都官员外郎，即拜河南令，迁职方员外郎。因作《进学解》为执政者所重，改比部郎中、史馆修撰。转考功、知制诰，进中书舍人。裴度率军平淮西，以韩愈为行军司马，乱平，迁刑部侍郎。元和十四年(819)，因反对迎拜佛骨，激怒宪宗，贬为潮州刺史。元和十五年(820)，召拜国子祭酒。长庆元年(821)，转兵部侍郎。同年因宣抚镇州王廷凑有功，转吏部侍郎。韩愈崇尚儒学，坚决排斥佛、老。在文学上大胆革新，于诗、于文都是开宗立派的人物。从事政治活动，也充满奋进精神。其为人耿直，好为人鸣不平，尤喜提携同辈，勉励后学，与人交，荣悴不易。

韩愈诗歌分为两类，一类写得顺畅平易，文从字顺，俊伟清新。这类诗有豪放的一面，也有清丽宛转的一面。他揭露现实矛盾、反映民主疾苦的诗，大都写得平实顺畅。如《汴州乱》、《归彭城》、《龊龊》等诗写藩镇割据叛乱等重大事件，《谢自然诗》言神仙之事不可信，《送灵师》道欲令灵师还俗意，《华山女》揭露女道士浓妆艳抹骗取财物的丑行，皆顺叙直写，语语妥帖。这类诗想像丰富，诗意很浓。如写远眺所见山景，言“太白山高三百里，负雪崔嵬插花里”(《奉酬卢给事云夫四兄曲江荷花行见寄》)，景象何其生动！再如《古意》：

太华峰头玉井莲，开花十丈藕如船。
冷比雪霜甘比蜜，一片入口沉疴痊。
我欲求之不惮远，青壁无路难攀缘。
安得长梯上摘食，下种七泽根株连。

夸张、比喻手法用得纯熟。又如《山石》：

山石荦确行径微，黄昏到寺蝙蝠飞。
升堂坐阶新雨足，芭蕉叶大支子肥。
僧言古壁佛画好，以火来照所见稀。
铺床拂席置羹饭，疏粝亦足饱我饥。
夜深静卧百虫绝，清月出岭光入扉。
天明独去无道路，出入高下穷烟霏。
山红涧碧纷烂漫，时见松枥皆十围。
当流赤足踏涧石，水声激激风吹衣。
人生如此自可乐，岂必局束为人靰？
嗟哉吾党二三子，安得至老不更归！

《山石》用记游方法，写诗人黄昏入寺—参观—夜宿寺中—天明出山，顺序写来，列出一幅幅图画，处处充满浓郁的诗意。《八月十五夜赠张功曹》“纤云四卷天无河，清风吹空月舒波”云云，用明朗的语言写作者和张署遇赦待命郴州，由欣喜而顿感失意的心情，叙事亦井然有序。《雉带箭》写将军狩猎，既显出将军箭术的高明，也写出他的自得神态：

原头火烧静兀兀，野雉畏鹰出复没。
将军欲以巧伏人，盘马弯弓惜不发。
地形渐窄观者多，雉惊弓满劲箭加。
冲人决起百余尺，红翎白镞随倾斜。
将军仰笑军吏贺，五色离披马前堕。

其《听颖师弹琴》，更是描写音乐的杰作：

昵昵儿女语，恩怨相尔汝。
划然变轩昂，勇士赴敌场。
浮云柳絮无根蒂，天地阔远随飞扬。
喧啾百鸟群，忽见孤凤凰。
跻攀分寸不可上，失势一落千丈强。
嗟余有两耳，未省听丝篁。
自闻颖师弹，起坐在一旁。
推手遽止之，湿衣泪滂滂。
颖乎尔诚能，无以冰炭置我肠！

诗一开始就把人们引入乐曲的艺术境界，充分描述音乐的变化以后，再点出是颖师弹琴，并以自己感情完全被对方所制服的体验来衬写琴曲的巨大感染力。诗中想像美妙，描写生动，情感强烈，表现出诗人很高的形象思维能力。诗的起法亦好，苏轼作《水调歌头》开头几句即仿此作：“昵昵儿女语，灯火夜微明。恩怨尔汝来去，弹指泪和声。”不过苏轼写的是琵琶音乐。

他有些写景小诗，也出语清新、平易，而显得诗意盎然：

天街小雨润如酥，草色遥看近却无。
最是一年春好处，绝胜烟柳满皇都。
——《早春呈水部张十八员外》其一

此外，韩愈抒发悲切感受的作品，也往往写得朴实、自然。比如《左迁至蓝关示侄孙湘》：

一封朝奏九重天，夕贬潮阳路八千。
欲为圣明除弊事，肯将衰朽惜残年？
云横秦岭家何在，雪拥蓝关马不前。
知汝远来应有意，好收吾骨瘴江边。

乍读，语极凄切，情极凄伤；细吟，方知内含怨愤，极其激昂，可谓沉郁顿挫。

韩愈第二类诗以雄奇险怪为特色，这类诗想像奇特，意境壮阔，其写法有下面几个特点：

一是以古文章法、句法入诗。韩愈写诗，爱追求奇崛、瑰丽境界，在写法上敢于打破常规，常常用他所熟悉的古文章法、句法锻造诗句，组织结构，创造怪奇境界。如他写终南山山势的险峻、奇丽：

或连若相从，或蹙若相斗，或妥若弭伏，或竦若惊雊，或散若瓦解，或赴若辐辏，或翩若船游，或决若马骤，或背若相恶，或向若相佑，或乱若抽笋，或嵲若注灸，或错若绘画，或练若篆籀，或罗若星离，或蓊若云逗，或浮若波涛，或碎若锄耨。或如贲育伦，赌胜勇前购，先强势已出，后钝嗔譳逗。或如帝王尊，丛集朝贱幼，虽亲不亵狎，虽远不悖谬。或如临食案，肴核纷饤饾；又如游九原，坟墓包椁柩……

——《南山诗》

诗中连用五十一“或”字，极写南山的雄奇山势。真是铺张扬厉，想落天外，不单笔势奔腾，而且景象怪特，千汇万状，无奇不有。其《嗟哉董生行》有云：

寿州属县有安丰，唐贞元时，县人董生邵南隐居行义于其中。
刺史不能荐，天子不闻名声。
爵禄不及门，门外惟有吏，日来征租更索钱。
嗟哉！董生朝出耕，夜归读古人书，尽日不得息。
或山于樵，或水于渔……
嗟哉董生孝且慈，人不识，惟有天翁知。

完全是以古文句法写诗。其《忽忽》诗，也是如此写法：

忽忽乎，余未知生之为乐也，愿脱去而无因。
安得长翮大翼如云生我身，乘风振奋出六合，绝浮尘。
死生哀乐两相弃，是非得失付闲人。

韩愈以古文为诗，打破诗的种种束缚，一任想像驰骋，显得自由豪放。但有时韩愈用散文句式太多，以至于散文化，使得有些诗句，如“周公不为公，孔丘不为丘”(《双鸟诗》)之类，令人莫名其妙，那就未必妥当。

二是想像奇特，用语狠重，造境险怪，有意将平常事物写得千奇百怪，骇目惊心，如云：

山狂谷很相吐吞，风怒不休何轩轩，摆磨出火以自燔。
有声夜中惊莫原，天跳地踔颠乾坤。
赫赫上照穷崖垠，截然高周烧四垣。
神焦鬼烂无逃门，三光弛隳不复暾。
虎熊麋猪逮猴猿，水龙鼍龟鱼与鼋。
鸦鸱雕鹰雉鹄鹍，燖炰煨爊孰飞奔。
……

——《陆浑山火一首和皇甫湜用其韵》

诗写秋日野烧场面，本说火势之猛，“却说得天翻地覆，海立山飞，鬼哭神号，鸟惊兽散，直似开辟以来，乾坤第一场变异，令观者心猥魂悚，五色无主。总是胸中万卷，笔底千军，无端作怪，特借此发泄一番，煞是今古奇观”（黄周星辑《唐诗快》）。沈曾植说此诗可“作一帧西藏曼荼罗画观”（《海日楼札丛》），说明诗中所写与佛教壁画所绘鬼怪世界相似，也许韩愈此诗构思真与佛教壁画有关，但他取画入诗，显然还是崇尚雄奇险怪之类的艺术趣味在起作用，像“山狂谷很”、“天跳地踔”、“神焦鬼烂”等语自是生辟独造，下字狠重，造境险怪，而尽数罗列鸟兽鱼龙之名而详言其备受煎熬之状，更是曼衍诡谲，句奇语重。韩愈说他的诗“险语破鬼胆”（《醉赠张秘书》），读此诗即可想见。又比如他写一赤藤杖的来历，也是想像奇特，造境险怪，不惜出以血腥场面。所谓“共传滇神出水献，赤龙拔须血淋漓。又云羲和操火鞭，暝到西极睡所遗”（《赤藤杖歌》）。说要吃木耳，却说“烦君身入华阳洞，直割乖龙左耳来”（《答道士寄树鸡》）。

与追求雄奇险怪之美有关，韩愈为诗，“往往以丑为美”（刘熙载《艺概·诗概》）。如《病中赠张十八》开篇就写张籍腹泻之事，所谓“中虚得暴下，避冷卧北窗”。《昼月》写月中景象，偏言其“兔入臼藏蛙缩肚，桂树枯株女闭户”。《月蚀》说到烹月中蝦蟆以享天帝，所谓“帝箸下腹尝其皤”。又如诗云：

“摆幽尾交搒，蔓涎角出缩”。
“痒肌遭蚝刺，啾耳闻鸡生”。
“灵麻撮狗虱，村稚啼禽猩”。
“红皱晒檐瓦，黄团系门衡”。

——《城南联句》

连蜗牛角一伸一缩，虼虫刺得人痒痒的都写进诗中去了。在韩诗中，像这样写人以为丑或不屑一顾的题材(如“落齿”、“鼾睡”等)的诗，还相当多。为求奇特，他还爱对前人用语反其意而用之。嵇绍说过“鹤立鸡群”，他却说“轩鹤避鸡群”(《醉赠张秘书》)；杜甫说“每愁夜中自足蝎”，他却说“照壁喜见蝎”(《送文畅师北游》)；谢灵运说“猿鸣诚知曙”，他却说“猿鸣钟动不知曙”(《谒衡岳庙》)。

三是以议论入诗。比如前面引的《荐士》几乎是一篇诗论，《调张籍》开头一节也是论诗。又像他的《马厌谷》：

马厌谷兮，士不厌糠籺。
土被文绣兮，士无短褐。
彼其得志兮，不我虞。
一朝失志兮，其何如？
已焉哉！嗟嗟乎鄙夫！

几乎是一篇小议论文。诗中有一点议论是允许的，但要建立在形象描写的基础上。通篇以议论为诗，乃是韩愈的一种探索。

对韩愈的以文为诗、以议论入诗，前人有迥然不同的看法。司空图说：“韩吏部歌诗数百首，其驱驾气势，若掀雷挟电，撑抉于天地之间，物壮奇怪，不得不鼓舞而徇其呼吸也。”(《题柳柳州集后》)惠洪甚至认为他“高出老杜之上”(《冷斋诗话》)。陈师道则认为“退之于诗，本无解处，以才高而好耳”(《后山诗话》)。张戒的话比较公允，他说：“爱者以为子美亦不及者固非，不爱者以为退之于诗本无所得者，谈何容易耶。退之诗，大抵才气有余，故能擒能纵，颠倒崛奇，无施不可。放之则如长江大河，澜翻汹涌，滚滚不穷。收之则藏形匿影，乍出乍没，姿态横生，变怪百出，可喜可愕，可畏可服也。”(《岁寒堂诗话》)

就诗体言，韩愈诗歌最有特色、对唐诗发展贡献最大的，应是五古、七古。施补华即言：“退之五古，横空硬语，妥帖排奡，开张处过于少陵而变化不及。中唐以后，渐近薄弱，得退之而中兴。”“七古盛唐以后，继少陵而霸者，唯有韩公。韩公七古，殊有雄强奇杰之气，微嫌少变化耳。”(《岘佣说诗》)许学夷亦言：“退之五、七言古，字句奇险，皆有所本，然引用妥帖，殊无扭捏牵率之态。其论孟郊诗云：‘横空盘硬语，妥帖力排奡。’盖自况也。”(《诗源辩体》)韩愈五、七言古诗成就突出，有三个原因：一是学习李白为诗以气运词，笔势横恣，意象旷达，规模阔大，得其诗歌雄奇、豪放之美。二是学习杜甫为诗，既学得他的篇幅恢张，妙有顿挫，波澜老成，还觑定其奇险处，推而扩之，除造境险怪外，又将奇险、硬直、狠重之语写得文从字顺，安排得恰到好处。三是五、七言古诗，其审美取向、篇法、章法、句法、字法，本与散文有相通处，韩愈擅长古文写作，作古诗而以古文之法行之，自为他人所不及。韩愈作五、七古，恣意驰骤，得心应手，但其纵横变化，不如李、杜。有时描叙过分、铺排过甚，转觉为累。此外，韩愈七古多用单句，纯用赋法，也不同于杜甫七古多用偶句，间用比兴。

第二节　孟郊和贾岛、姚合的诗歌

一、孟郊的诗歌

孟郊(751—814)，字东野，湖州武康(今属浙江)人。早年屡试不第，四十六岁方中进士第，五十岁任溧阳尉。青壮年时曾与诗僧皎然结诗社。任溧阳尉时，吟诗不理政事，县令请人代职，削其半薪。五十六岁时作水陆转运从事，试协律郎。元和九年(814)，郑余庆奏请其为兴元军参谋、试大理评事，孟郊赴任途中，暴病殁于阌乡县。

孟郊的诗，九成为五言古诗，主要内容则是诉说自己的贫寒，表现自己的不得意，有时也反映民众疾苦。《寒地百姓吟》以自愿扑火的飞蛾比喻饥寒交迫的百姓。《织妇词》也是为穷苦人说话。他写自己的不得意，言辞尤为凄苦。如云：

胡风激秦树，贱子风中泣。
家家朱门开，得见不可入。

——《长安道》

尽说青云路，有足皆可至。
我马亦四蹄，出门似无地。

——《长安旅情》

万物皆及时，独余不及春。
失名谁肯访，得意争相亲。

——《长安羁旅行》

仕进无门的苦恼，世情的浇薄，都被他体验到了。他写自己“食荠肠亦苦，强歌声无欢。出门即有碍，谁谓天地宽”(《赠崔纯亮》)。家中贫穷到“借车载家具，家具少于车”(《借车》)，终日“承颜自俯仰，有泪不敢流。默默寸心中，朝愁续暮愁”(《卧病》)。“秋至老更贫，破屋无门扉。一片月落时，四壁风入衣”(《秋怀》)。他贫穷到骨，感受深，苦思苦吟，发苦语而为苦诗，十分动人。

孟郊发苦语而为苦诗，显出一种审美倾向，即以用语奇古为美，以造境险怪、枯槁、苦涩为美。所写诗题材平常，而所写感受和表达感受的场景、物象以及种种联想，却异乎寻常。早在建中元年(780)，孟郊作诗已有这种倾向。其《往河阳宿峡陵寄李侍御》，写冬日暮天投宿所处环境：

暮天寒风悲屑屑，啼乌绕树泉水噎。
行路解鞍投古陵，苍苍隔山见微月。
鸮鸣犬吠霜烟昏，开囊拂巾对盘飧。

景物描写，气氛渲染，已有尚怪特点。十余年后，他作《京山行》，中谓“众虻聚病马，流血不得行。后路起夜色，前山闻虎声”，仍是有意展现陷人于困苦、恐怖境遇的异常景象，以至发展到以丑为美，入篇就将众虻噬马、血污淋漓的恶心场面摆在读者眼前。孟郊和韩愈都有争难好险的癖好，但韩诗险怪有雄奇、豪放的一面，孟诗险怪则偏于寒俭、枯槁、苦涩一路者多。特别是言苦述愁之诗，征服人心的，正是诗中表现的枯槁、苦涩之美。而诸多妙句，尽从苦吟中来。所谓“夜学晓未休，苦吟神鬼愁。如何不自闲，心与身为仇”(《夜感自遣》)，“无子抄文字，老吟多飘零。有时吐向床，枕席不解听”(《老恨》)。如组诗《秋怀》有云：“老泣无涕洟，秋露为滴沥。去壮暂如剪，来衰纷似织。”“冷露滴梦破，峭风梳骨寒。席上印病文，肠中转愁盘。”“商叶堕干雨，秋衣卧单云。病骨可刬物，酸呻亦成文。”“冷露多瘁索，枯风饶吹嘘。秋深月清苦，虫老声粗疏。”又如《长安羁旅行》云：“十日一理发，每梳飞旅尘。”都是苦心构思，“思量到人不到处”(朱熹《韩文考异》)，创造枯槁、苦涩境界，以表现诗人强烈的主观感受。

除造境枯槁、苦涩外，孟郊也有以文为诗的习好。如《秋怀》其十谓“坐随一啜要，卧与万景空”，《山中送从叔简赴举》谓“石根百尺杉，山眼一片泉。倚之道气高，饮之诗思鲜。于此逍遥场，忽奏别离弦”，就是以散文句法为诗。

和韩诗两种诗风并存一样，孟诗也有以平常语言写寻常题材而能表达真切感受和创造美妙意境者。如云：

天津桥下冰初结，洛阳陌上人行绝。
榆柳萧疏楼阁闲，月明直见嵩山雪。

——《洛桥晚望》

便是用平常语言、平常景象写出引人想像的境界。再如：

旭日朱楼光，东风不惊尘。
公子醉未起，美人争探春。
探春不为桑，探春不为麦。
日日出西园，只为花柳色。
乃知田家春，不入五侯宅。

——《长安早春》

诗有讽谕意，出语自是浅俗、明白。像《答友人赠炭》：

青山白屋有仁人，赠炭价重双乌银。
驱却坐上千重寒，烧出炉中一片春。
吹霞弄日光不定，暖得曲身成直身。

此诗用语显然不能视为奇险、枯瘠，末句用字朴拙却写得真切传神，“人谓非其身备尝之不能道此句也”(欧阳修《六一诗话》)。又如名篇：

慈母手中线，游子身上衣。
临行密密缝，意恐迟迟归。
谁言寸草心，报得三寸晖。

——《游子吟》

泪墨洒为书，将寄万里亲。
书去魂亦去，兀然空一身。

——《归信吟》

都是用朴素如同口语的诗句，写人所共有的情感，使人过目难忘。他如《再下第》云：

一夕九起嗟，梦短不到家。
两度长安陌，空将泪见花。

《登科后》云：

昔日龌龊不足夸，今朝旷荡思天涯。
春风得意马蹄疾，一日看尽长安花。

二诗所写感受有异，因而气象不同，但用语都自然、平实。

虽然，孟郊诗中也有“南山塞天地，日月石上生。……山中人自正，路险心亦平”(《游终南山》)，“天地唯一气，用之自偏颇。忧人成苦吟，达士为高歌”(《送别崔寅亮》)一类出语雄壮、意兴高远的诗句，但总的特点，仍是鸣饥叫寒、言愁诉苦居多，诗意不丰，诗境局促，显得枯槁、蹇涩。故苏轼《读孟郊诗》，一方面肯定孟郊“诗从肺腑出，出辄愁肺腑”，另一方面又嫌其诗诗味不多，所谓“夜读孟郊诗，佳处时一遭”，“初如食小鱼，所得不偿劳；又似煮彭蠘，竟日嚼空螯”，“何苦将两耳，听此寒虫号。不如且置之，饮我玉色醪”。

二、贾岛的诗歌

贾岛(779—843)，字浪仙，范阳(今北京市)人。年轻时出家为僧，法名无本。以诗投谒韩愈，得到赏识，遂还俗，累举不第。文宗开成初任长江(今四川蓬溪县)主簿，死于普州(今四川安岳县)司仓参军任上。

贾岛为诗，擅长五律。其诗气味清苦，境界枯寂。诗中反映的生活面比较狭窄，多是叙写朋友离别相思之情，和温习旧日的禅房生活，间或对自己的潦倒遭遇发点牢骚，但也是轻描淡写。他早年写的《剑客》说：

十年磨一剑，霜刃未曾试。
今日把示君，谁有不平事？

算是贾岛诗中比较激昂的作品。他赠人忆友的诗作，往往境界比较开阔，比如：

闽国扬帆去，蟾蜍亏复团。
秋风生渭水，落叶满长安。
此地聚会夕，当时雷雨寒。
兰桡殊未返，消息海云端。

——《忆江上吴处士》

此心曾与木兰舟，直到天南潮水头。
隔岭篇章来华岳，出关书信过泷流。
峰悬驿路残云断，海浸城根老树秋。
一夕瘴烟风卷尽，月明初上浪西楼。

——《寄韩潮州愈》

前诗“秋风生渭水”二句，取景典型，境界壮阔，向称名句。后诗首联追写当年韩愈南贬之时，自己的心曾随韩愈直到天南，末联为想像之词，既写对韩愈的思念，又写对韩愈的劝慰。系用比兴手法喻言天聪忽开，韩愈之心终有大白之时。他还有一首小诗《寻隐者不遇》，笔墨精省，却反映了比较多的生活细节。诗云：

松下问童子，言师采药去。
只在此山中，云深不知处。

诗写作者与童子的对话，实是三问三答。一问：你的师傅在吗？回答是不在，采药去了。又问：到哪里采药去了？答：就在此山中。再问：能否为我找一找呢？回答是：唉呀，难啊，因为山大云深，不知师傅究竟在何处。这些内容，全包含在二十个字中。写法是藏问于答，读者从童子的答话自可寻绎出二人对话的内容和神态。

又如七绝《渡桑乾》云：

客舍并州已十霜，归心日夜忆咸阳。
无端更渡桑乾水，却望并州是故乡。

《三月晦日赠刘评事》云：

三月正当三十日，风光别我苦吟身。

共君今夜不须睡，未到晓钟犹是春。

一写乡愁，一写惜春，皆语浅意深，耐人寻味。五律《暮过山村》云：

数里闻寒水，山家少四邻。
怪禽啼旷野，落日恐行人。
初月未终夕，边烽不过秦。
萧条桑柘外，烟火渐相亲。

写尽道路辛苦，羁旅之思。次联写景奇妙，为诗中最动人处。

从上引数诗可以看出，贾岛和韩愈一样，也是能按传统手法来写诗的，但他特有的艺术趣味却是追求奇特的美。贾岛炼字炼句，煞费苦心，他曾在诗句"独行潭底影，数息树边身"（《送无可上人》）后注云"两句三年得，一吟双泪流"（见魏泰《临汉隐居诗话》）。他的"鸟宿池边树，僧敲月下门"（《题李凝居士居》）中的"敲"字就是经过反复推敲定下来的。推敲文字，有调整思想感情、提高诗句表达能力和创造诗美的作用，是写作中不可缺少的工序。但贾岛偏于对一字一句的琢炼，而忽略对诗歌完美意境的创造，因而这位苦吟诗人的诗多有警句而少有名篇。司空图就说贾岛之诗"诚有警句，视其全篇，意思殊馁"（《与李生论诗书》）。

贾岛还爱以不美为美，从一些冷僻的题材中发掘诗意，他写萤火虫、写蚁穴、写蛇，尤其爱在诗中描写清冷、岑寂的境界。如《题长江》有云：

言心俱好静，廨署落晖空。
归吏封宵钥，行蛇入古桐。

《客喜》有云：

鬓边虽有丝，不堪织寒衣。

《寄无可上人》有云：

穴蚁苔痕静，藏蝉柏叶稠。

《泥阳馆》有云：

废馆秋萤出，空城寒雨来。

所写题材都显得琐细、冷僻。其《病蝉》更是以病蝉自喻，抒发久试不第的牢骚。说是：

病蝉飞不得，向我掌中行。
折翼犹能薄，酸吟尚极清。
露华凝在腹，尘点误侵睛。
黄雀并鸢鸟，俱怀害尔情。

方回评此诗，即谓“贾浪仙诗得老杜之瘐，而用意苦矣。蝉有何病？殆偶见之，托物寄情，喻寒士之不遇也。中四句极其奇涩，而‘尘点误侵睛’，尤亘古诗人所未道，故曰浪仙用意苦矣”（《瀛奎律髓》）。

苏轼把孟郊、贾岛的诗概括为“郊寒岛瘦”（《祭柳子玉文》），“寒”指的是二人诗多写穷愁生活，充满悲愁、苦涩情调；“瘦”指内容单薄，用语险僻，境界枯寂。“寒”、“瘦”是对孟、贾诗作意境美的形象性概括。至于贾岛诗风的成因，自与诗人生活经历有关。从诗歌史发展的角度看，则如王定保所言：“元和中，元、白尚轻浅，岛独变格入僻，以矫浮艳。”（《唐摭言》）

三、姚合的诗歌

姚合（782？—846？），姚崇曾侄孙，吴兴（今浙江湖州）人。元和十一年（816）进士及第，调武功主簿。十四年后相继任富平、万年尉。宝历年间任监察御史、殿中侍御史。后为户部员外郎、金州刺史及刑部、户部郎中。大和八年（834）任杭州刺史，开成三年（838）由左谏议大夫改给事中。开成四年（839）八月任陕虢观察使，会昌年间任秘书监。姚合曾选王维、祖咏、钱起等人诗百首为《极玄集》，他与贾岛同时而稍后，两家诗风有相近处，后人称之为“姚、贾”。

姚合称赞张籍“古风无手敌，新语是人知”（《赠张籍太祝》），他写民生疾苦，所作歌行诗风也与张籍乐府相近。如《庄居野行》云：

客行野田间，比屋皆闭户。
借问屋中人，尽去作商贾。

官家不税商，税农服作苦。
居人尽东西，道路侵陇亩。
采玉上山颠，探珠入水府。
边兵索衣食，此物同泥土。
古来一人耕，三人食犹饥。
如今千万家，无一把锄犁。
我仓常空虚，我田生蒺藜。
上天不雨粟，何由活烝黎。

从诗中以客观叙事为主和用语通俗可知，姚合为诗也多少受到写实尚俗诗风的影响。但他在诗史上的地位，却是由他的刻意苦吟、务求诡僻所决定的。

姚合善于用冷僻的细节、尖新的语言，描写他和友人的困境窘况。如《武功县作》三十首，写其僻邑为官之事：

县去帝城远，为官与隐齐。
马随山鹿放，鸡杂野禽栖。
绕舍惟藤架，侵阶是药畦。
更师嵇叔夜，不似作书题。

——《武功县作》其一

作吏荒城里，穷愁欲不胜。
病多唯识药，年老渐亲僧。
梦觉空堂月，诗成满砚冰。
故人多得路，寂寞不相称。

——《武功县作》其十四

其一次联写山邑荒僻，官况萧条，可与贾岛“竹笼拾山果，瓦瓶担石泉”(《题皇甫荀蓝田厅》)媲美，不单状难写之景如在目前，且言外有意，令人生想。其十四颔联、颈联四句，以及组诗中“到处贫随我，终年老趁人”，“小市柴薪贵，贫家砧杵闲”，“爱闲求病假，因醉弃官方”，“竟日无多食，边宵不闭门”，“久贫还易老，多病懒能医”，都是从日常生活细微处入手写为官僻邑之苦。其送别、赠人之作，多写对方困苦之状。如《送张宗原》有云：

东门送客道，春色如死灰。
一客失意行，十客颜色低。
住者既无家，去者又非归。
穷愁一成疾，百药不可治。
……
子行何所之，切切食与衣。

《寄贾岛》云：

漫向城中住，儿童不识钱。
瓮头寒绝酒，灶额晓无烟。
狂发吟如哭，愁来坐似禅。
新诗有几首，旋被世人传。

《赠张籍太祝》有云：

多见愁连晓，稀闻债尽时。
圣朝文物盛，太祝独低眉。

固是实写其事，也是出于他对穷愁凄苦一类题材的偏爱。与他诗中景句“多年松色别，后夜磬声秋”（《寄无可上人》），“片霞侵落日，繁叶咽鸣蝉”（《闲居晚夏》），“晓来山鸟散，雨过杏花稀”（《山中述怀》），“尘埃生暖色，药草长新苗”（《游春》其十），“蚁行经古藓，鹤毳落深松”（《过无可上人院》），“露垂庭际草，萤照竹间禽”（《县中秋宿》），“松影幽连砌，虫声冷到床”（《和李舍人秋日卧疾言怀》），“古塔虫蛇善，阴廊鸟雀痴”（《题山寺》），“苔文翻古篆，石色学秋天”（《题宣义池亭》）等，着意描写幽深、冷僻、琐屑之物的细微特征，是一致的。和诗中立意及所写题材相关，姚合诗造境清冷、幽僻，纵然能道人所未言之妙，终究格调不高，但他写景生动，语多警策。

姚合作诗，用语并不求险求怪。诗中诸多写景妙句都显得平淡无奇。而像诗中“正月一日后，寻春更不眠”（《游春》其一），“亦知官罢贫还甚，且喜闲来睡得多”（《罢武功县将入城》），“微官如马足，只是在泥尘”（《武功县中作》其三），“过门无马迹，满宅是蝉声”（《闲居》），“野人惯去山中住，自到城来闷不胜”（《将归山》），“颠倒醉眠三数日，人间百事不思量”（《赏春》)，“鸟穿山色去，人歇树阴中”(《夏日登楼晚望》)，“质状朴且丑，今人作不得。捧持且惊叹，不敢施笔墨”(《拾得古砚》)，“清夜满城丝管散，行人不信是边头”(《穷边词》其一)，简直就是以口语入诗，偶尔诗中用到散文句式，如《送喻凫校书归昆陵》说“吾亦家吴者，无因到弊庐”，也是语求浅显。大抵姚合为诗，取材、取境偏于冷、僻，受贾岛影响较深，语言平淡、浅净则学张、王乐府者多。其诗风对晚唐诗人、南宋“四灵派”以及明代竟陵派诗人影响较大，“永嘉四灵”之一的赵师秀就曾将姚、贾之诗二百余首编为《二妙集》，作为学习的范本。

第三节　李贺的诗歌

李贺(790—816)，字昌吉，陇西成纪(今甘肃秦安)人，居于福昌昌谷(今河南宜阳)。其远祖李亮是唐高祖李渊的第八个叔父，在隋为海州刺史，李渊登基，追封郑王。郑王后裔并无多大作为，李贺的父亲李晋肃只是在边地做过一个小官。李贺七岁即有诗名，得到韩愈赏识。韩愈作河南令时，劝李贺参加河南府乡贡进士考试，中举。这时一些嫉妒李贺声名的人便利用社会上讲究避讳的习俗来攻击韩愈和李贺，说李贺父名晋肃，晋、进同音，李贺不当举进士，否则便是大不孝。韩愈虽作《讳辨》为其辩护，李贺终未能到礼部应考。这对年轻而有才华的李贺是个很大的打击。当时他的家境并不富裕，为了求得一官半职，李贺往来于京、洛间。二十二岁时作奉礼郎，二十五岁托疾辞归，两年后死去。

李贺诗歌的中心主题是表现他怀才不遇的苦闷情绪，有的直接写，有的间接写，即使一些反映社会矛盾和其他题材的诗，也笼罩着这层阴影。他有些诗揭露了统治者的醉生梦死和种种倒行逆施，他在《苦昼短》中说：“神君何在？太一安有？”“何为服黄金、吞白玉？谁是任公子，云中骑白驴？刘彻茂陵多滞骨，嬴政梓棺费鲍鱼。”借嬴政(秦始皇)、刘彻(汉武帝)追求长生终归死去，说明现时君主吞丹求仙的荒诞。《吕将军歌》，抨击宦官擅权，借为吕将军鸣不平，宣泄诗人愤激之情。《猛虎行》写藩镇割据，子孙相传，世代为恶，而官府却不能处置。诗用“长戈莫舂，强弩莫抨”，“举头为城，掉尾为旌”形容藩镇的威猛和不可制伏，十分形象。他还有些诗揭露官军的残暴，《黄家洞》就是写“官家自杀容州槎(人民)”的。有些诗，如《牡丹种曲》、《贵主征行乐》、《贾公闾贵婿曲》、《夜饮朝眠曲》则揭露、抨击豪门贵族的骄奢淫逸。

李贺也写劳动者的痛苦，虽然不多，但写得场面突出，使人过目难忘。

《老夫采玉歌》用典型的环境描写来突出老采玉工劳动的艰险和内心的痛楚，极为动人。诗云：

采玉采玉须水碧，琢作步摇徒好色。
老夫饥寒龙为愁，蓝溪水气无清白。
夜雨冈头食蓁子，杜鹃口血老夫泪。
蓝溪之水厌生人，身死千年恨溪水。
斜山柏风雨如啸，泉脚挂绳青袅袅。
村寒白屋念娇婴，古台石磴悬肠草。

《感讽五首》其一，旨在揭露官府苛捐杂税的繁多，诗风与杜甫《石壕吏》相近。诗云：

合浦无明珠，龙洲无木奴。
足知造化力，不给使君须。
越妇未织作，吴蚕始蠕蠕。
县官骑马来，狞色虬紫须。
怀中一方板，板上数行书。
“不因使君怒，焉得诣尔庐？”
越妇拜县官：“桑牙今尚小。
会待春日晏，丝车方掷掉。”
越妇通言语，小姑具黄粱。
县官踏飧去，簿吏复登堂。

李贺是个有理想、有才能的青年，他短暂的一生就是在理想和现实的矛盾中度过的，因而表现对理想的追求和追求不到的苦闷就成了他叙写不尽的题材。他的《马诗》二十三首，“俱是借题抒意，或美、或饥、或悲、或惜，大抵于当时所闻见之中各有所比。言马也，而意初不在马矣”（王琦《李长吉歌诗汇集》）。下列几首均用比喻手法，以马写人，表现诗人欲有所作为的理想和处境恶劣、有才不能施展的沉痛心情。如其一云：

龙脊贴连钱，银蹄白踏烟。
无人织锦韂，谁为铸金鞭？

其四云：

此马非凡马，房星本是星。
向前敲瘦骨，犹自带铜声。

其五云：

大漠沙如雪，燕山月似钩。
何当金络脑，快走踏清秋。

其十八云：

伯乐向前看，旋毛在腹间。
只今掊白草，何日蓦青山？

有时他想弃文就武，到边地建立功名：

男儿何不带吴钩，收取关山五十州。
请君暂上凌烟阁，若个书生万户侯！
——《南园》其五

寻章摘句老雕虫，晓月当帘挂玉弓。
不见年年辽海上，文章何处哭秋风？
——《南园》其六

这和杨炯说的"宁为百夫长，胜作一书生"(《从军行》)、李白说的"吟诗作赋北窗里，万言不值一杯水"(《答王十二寒夜独酌有怀》)一样，都是因不满现实处境而发的牢骚。诗人对唐宪宗是抱有希望的，甚至把他比作明月：

夜峰何离离，明月落石底。
徘徊沿石寻，照出高峰外。
不得与之游，歌成鬓先改。
——《长歌续短歌》

君王的光亮照不到他的身上，留给他的只是无穷的悲哀。他悲切地唱道：

我当二十不得意，一心愁谢如枯兰。
衣如飞鹑马如狗，临歧击剑生铜吼。

——《开愁歌》

我有迷魂招不得，雄鸡一声天下白。
少年心事当拏云，谁念幽寒坐呜呃！

——《致酒行》

显然《致酒行》末二句貌似达观，实际上隐含着很深的愤慨。

李贺还有些其他内容的诗，比如《宫娃歌》写宫女渴望自由的愿望：“愿君光明如太阳，放妾骑鱼撇波去。”《官街鼓》写日月不居，求仙之事不可信：“几回天上葬神仙，漏声相将无断绝。”此外如《塞下曲》写边地生活，《李凭箜篌引》描写音乐，而《恼公》一类则反映了他的狎游生活。

李贺的诗具有独特的艺术风格。从大的方面看，李贺是属于韩、孟诗派的。他受韩、孟影响最突出的一点，就是为诗务求新异，不断探索新的表现艺术。比如他取材探寻前事，构思异想天开，且用语不屑作经人道过语，以奇诡、警迈为美，都与韩愈构思追求险怪、强调“语必己出”、“唯陈言之务去”有相似处。不同的是李贺才气横溢，其诗没有以文为诗的毛病，也不像孟郊、贾岛之诗枯槁、憔悴。他写得巧，但巧得自然；他想得怪，但怪得有理，且文辞润泽、瑰丽。应该说他是继韩、孟之后的异军突起。其成功在于广泛吸取了前代诗人的艺术经验。对他影响最大的是屈原、李白，同时，他还受到汉、魏乐府和南朝民歌的影响，吸取了当时俗文学的有益成分。楚辞所表现的理想和现实的矛盾以及诗人屈原要为国效忠却不得一用的无限悲愤，很容易引起李贺的共鸣；李白不为现实所容，而又坚持自己的理想，也是李贺所赞赏的，因而他的诗很自然地归向浪漫一路。他说自己“咽咽学楚吟”（《伤心行》），“斫取青光写楚辞”（《昌谷北园新笋四首》之二），就反映出他艺术上追求之所在。正因受到屈原、李白的影响，故其诗常常表现出奇崛愤激、凄凉幽深的境界。

在诗歌体裁方面，李贺受到韩、孟，特别是孟郊的影响较深。他不满意当时轻滑、圆熟的近体诗风，因而写得最多的是乐府、七古。他的乐府设色秾丽，意新语美，词旨多寓篇中，不同于元、白的新乐府。他的乐府不是自创新题，即事名篇，多是沿用旧题，如《雁门太守行》、《大堤曲》等；或者是仿古题而作新题，如仿《秦王卷衣》作《秦王饮酒》，《李凭箜篌引》即在《箜篌引》前加“李凭”二字。李贺的乐府写的并不全是现实题材，用语也不像新乐府那样通俗。

朱熹说：“李贺诗巧，然较怪，不如太白自在。”（马端临《文献通考》卷二四二引《朱子语类》）贺诗的“巧”、“怪”主要是由构思的奇特所决定的。这表现在取材上，就是冥心孤诣地探寻前事，留意于未尝经人道者。他对前人未曾用过的题材，往往能独具只眼，发掘出浓郁的诗意，比如《金铜仙人辞汉歌》、《铜驼悲》即是。如是前人用过的题材，他就从另一角度发掘诗意。如《公莫舞歌》，其序就说：“公莫舞歌者，咏项伯翼蔽刘沛公也。会中壮士，灼灼于人，故无复书；且《南北乐府》率有歌行。贺陋诸家，今重作公莫舞歌云。”另外，他也爱写人们没有写或不愿写的某些题材，如《苏小小墓》、《神弦曲》、《感讽》其三等写幽灵鬼怪，坟山磷火，阴森恐怖，《罗浮山人与葛篇》写“毒蛇浓吁洞堂湿，江鱼不食衔沙立”，即是。

构思奇特，表现在对题材的处理上，他是抓住一点史实或神话传说，就尽力驰骋想像，创造新奇的意境美。比如，《金铜仙人辞汉歌》：

茂陵刘郎秋风客，夜闻马嘶晓无迹。
画栏桂树悬秋香，三十六宫土花碧。
魏官牵车指千里，东关酸风射眸子。
空将汉月出宫门，忆君清泪如铅水。
衰兰送客咸阳道，天若有情天亦老！
携盘独出月荒凉，渭城已远波声小。

《汉晋春秋》言“帝（魏明帝）徙盘（仙人掌上所托承露盘），盘折，声闻数十里。金狄（即铜人）或泣，因留灞垒”。诗人就此引申开来，想到铜人出宫时的心情，想到铜人原来主人的心情，想到老天、衰兰等自然物可能有的感受，创造诗的奇特形象。显然，诗人的想像是以他的生活经验为基础的。《梦天》、《天上谣》、《罗浮山人与葛篇》的构思，都与此诗的思路相同。

构思奇特，表现在诗的结构上，就是通篇布满形象，形象之间跳跃性强。诗人的想像太丰富，大概一种感受在心，发而为诗，便演变成一系列形象。他把这些形象按感情变化顺序陈列出来，人们从形象的变换、跳跃就能体会到他内心的感受。《李凭箜篌引》写箜篌曲音的美，诗中形象便使人目不暇接：

吴丝蜀桐张高秋，空山凝云颓不流。
江娥啼竹素女愁，李凭中国弹箜篌。
崑山玉碎凤凰叫，芙蓉泣露香兰笑。
十二门前融冷光，二十三丝动紫皇。
女娲炼石补天处，石破天惊逗秋雨。
梦入神山教神妪，老鱼跳波瘦蛟舞。
吴质不眠倚桂树，露脚斜飞湿寒兔。

腾挪变化，一个形象接一个形象，通过形象的转换，显现出音乐曲调的变化、意境的推进及音乐的巨大感染力。李贺的诗还工于发端。《李凭箜篌引》开篇即写音乐的力量。《雁门太守行》劈头就是"黑云压城城欲摧"，渲染出严重、紧迫的气氛。《杨生青花紫石砚歌》发端即唱"端州砚工巧如神，踏天磨刀割紫云"，写出采石工高空作业的壮观景象。这样处理不只是省笔墨，重要的是能突出作者的感受，使读者很快进入他所要表现的意境。

构思的奇特，还表现在想像的奇异上。他想得深，想得奇，想得巧。他想像天河："天河夜转漂回星，银浦流云学水声。"(《天上谣》)既名天河，他就想像河中定然有水。什么是水，流云是水，云在流，当然会像水流那样发出响声。他写羲和驭日，说是"羲和敲日玻璃声"(《秦王饮酒》)，羲和本是神话中的日车御者，李贺想像他能敲击太阳，且发出击打玻璃(一种玉石)的响声。较之杜甫"羲和鞭白日"(《同诸公登慈恩寺塔》)、白居易"羲和鞭日走"(《题旧写真图》)，生动得多。他写铜人下泪"忆君清泪如铅水"。铜人流泪固已属奇，泪又偏是铅水，铅水是何等样水，只有铜人流得出，实际上只有李贺才想得出来。太抵李贺的想像有个特点，就是抓住史实、神话、传说中的某一点真实性，按另一种生活逻辑推想开去，尽量使事物、情景的发展过程或自身特点变得细致生动，使之生活化。比如月，传说月中有嫦娥，有吴质，有桂树，有玉兔，有蟾蜍，李贺在想像时就赋予它们生命，写到它们，就像描绘人间物像一样。不但如此，还让它们具有强烈的感情色彩。像"吴质不眠倚桂树"(《李凭箜篌引》)、"老兔寒蟾泣天色"、"鸾珮相逢桂香陌"(《梦天》)等，都是这样想像出来的。"天若有情天亦老"则先把天想像成有感情的人，再写它见到铜人离宫的凄苦场面也会因悲伤而衰老。李贺想像中所用的夸张、比喻手法多种多样，有的极言其大，"历阳湖波大如山"(《公无出门》)；极言其小，"黄尘清水三山下，更变千年如走马。遥望齐州九点烟，一泓海水杯中泻"(《梦天》)；极言变化之快，"南风吹山作平地，帝遣天吴移海水"(《浩歌》)；极言音乐的力量，"十二门前融冷光"

(《李凭箜篌引》)。他用的比喻更多更美，如“气如虹霓，饮如建瓴”(《荣华乐》)、“江上团团贴寒玉”(《江南弄》)比喻月色，“崑山玉碎凤凰叫”(《李凭箜篌引》)比喻乐音，皆是。

除构思奇特外，李贺还自铸奇语，因而其诗文辞瑰丽。李贺用语求新、求巧，但他不像韩、孟那样爱用怪字、险字，也不像贾岛那样一个字颠来簸去，而是妙语横生，下笔如注。他的语言具有浓重的感情色彩，我们读“天若有情天亦老”、“绿粉扫天愁露湿”(《梁台古意》)、“芙蓉泣露香兰笑”、“嗷嗷鬼母秋郊哭”(《春坊正字》)、“冷红泣露娇啼色”(《南山田中行》)，就会有这种感觉。诗人爱用“老”、“死”、“泣”、“鬼”、“愁”等一类感情色彩极浓的字眼，写老鱼、瘦蛟、湿萤、隙月、衰兰、冷红、酸风、古血、恨骨、啼眼、冷翠、泣露等形象。前人因他爱用“鬼”、“愁”、“老”、“悲”一类字眼，便称他为“鬼才”，其实这是因为诗人心中的郁闷无法排遣，他成天沉浸在幽冷、凄凉的情绪中，发而为诗，自会选用幽僻、沉闷的字眼。这类字眼倒使他的诗显得辞句秾丽，绚烂、凄惋，不像孟郊、贾岛有些诗句那样枯槁、生涩，也不像韩愈有些诗句那样冷僻、质直。由于李贺对只字片语必求新、求奇，求古人之所未道，过于追求辞句的秾丽、尖新，忽略诗意的锤炼，因而亦有“理虽不及，辞或过之”的倾向，有些诗雕琢、装饰过分，诗意纡僻、晦涩，使人读来不知所云。

第四节　刘禹锡和柳宗元的诗歌

一、刘禹锡的诗歌

刘禹锡(772—842)，字梦得，洛阳人，出生在嘉兴县，十九岁以前都在江南生活。贞元九年(793)中进士第，同年登博学宏辞科，两年后又登吏部取士科，授太子校书。为淮南节度使杜佑从事，调渭南主簿，入为监察御史。他和柳宗元同为王叔文革新集团中的重要成员。时任屯田员外郎、判度支盐铁案。革新失败，他被贬为朗州司马。十年后召回长安，因作诗讽刺新贵，再贬为连州刺史，又徙夔州刺史、和州刺史，在外过了二十三年迁谪生活。后入朝作主客郎中、集贤殿直学士。裴度罢相，刘禹锡出为苏州刺史，又曾为汝州、同州刺史。后改任太子宾客，分司东都。在洛阳，他与白居易、裴度常有唱和。晚年退居洛阳，朝廷曾加给他检校礼部尚书、秘书监等虚衔。

刘禹锡不但是著名的政治革新家，还是个具有唯物思想的思想家。他的三篇《天论》是继柳宗元《天论》之后，进一步宣传无神论的著作。他的政治斗争精神很强，不但被贬后不屈服，还写诗嘲讽靠镇压革新人物起家的人。到了晚年，他在《子刘子自传》中对自己早年参加革新活动进行辩护，替王叔文恢复名誉，说“叔文实工言治道，能以口辩移人。既得用，自春至秋，其所施为，人不以为当非”。

刘禹锡既是古文高手，也是中唐的重要诗人。当新乐府运动开展时，他正谪居巴山楚水一带。他在那里学习当地民歌，写了许多清新明朗的歌词。刘禹锡的诗歌创作自走其路，既不同于元、白，也不同于韩、孟，但他又同元、白、韩、张籍、李益、杨嗣复等人是诗友。其诗内容丰富，形式活泼，白居易言其“诗称国手”(《赠刘二八使君》)，又推之为“诗豪”(《刘白唱和集解》)。

刘禹锡的诗，可按题材分为政治诗、咏史诗、乐府诗三类。

政治诗的主要思想倾向是坚持政治理想，表现作者对保守的当权人物的不妥协态度。他贬官十年后回京，作《戏赠看花诸君子》，云：

紫陌红尘拂面来，无人不道看花回。
玄都观里花千树，尽是刘郎去后栽。

诗人在诗中以千树桃花比喻得势的芸芸新贵，结果再度遭到贬谪。十四年后回京，又写《再游玄都观》，云：

百亩庭中半是苔，桃花开尽菜花开。
种桃道士归何处？前度刘郎今又来！

诗辛辣嘲讽那些昙花一现的显赫人物。他的《聚蚊谣》以蚊蚋叮人形容保守的政治人物对革新派的迫害：

沉沉夏夜闲堂开，飞蚊伺暗声如雷。
嘈然欻起初骇听，殷殷若自南山来。
喧腾鼓舞喜昏黑，昧者不分聪者惑。
露华滴沥月上天，得觜迎人著不得。
我躯七尺尔如芒，我孤尔众能我伤。
天生有时不可遏，为尔设幄潜匡床，
清商一来秋日晓，羞尔微形饲丹鸟。

诗把那些专在阴暗地方伺机伤人的小人形象刻画得惟妙惟肖。他和柳宗元一样，爱在诗文中用一些讨人嫌的小动物来隐喻政敌，作者认真描摹它们的生活习性，涉及的是政治斗争。刘禹锡《吊张曲江序》说张九龄贬在外地，“有拘囚之思，托讽禽鸟，寄词草树，郁郁然与骚人同风”。其实这也是他的夫子自道。此外，他还用诗记述当时重大的政治事件，比如《平蔡州》热烈欢呼平淮西的胜利，即以时事为诗。

刘禹锡经历过重大政治斗争，对历史上的兴衰变化和各种政治事件有独到见解。他结合自身遭遇，联系中唐社会现实，写了许多优秀的咏史诗。这些诗多用近体诗形式，如云：

王濬楼船下益州，金陵王气黯然收。
千寻铁锁沉江底，一片降幡出石头。
人世几回伤往事，山形依旧枕江流。
今逢四海为家日，故垒萧萧芦荻秋。

——《西塞山怀古》

诗以景作结，含义深长。有对国家统一的歌颂，也有对人世兴亡的感慨。诗的前半气势雄放，语言豪迈，后半伤感，情绪低沉，末尾落到西塞山本地风光，十分切题。传说元稹、白居易、韦楚客与刘禹锡作诗酒会，各赋金陵怀古诗。刘满饮一杯即成此诗，“白公览诗，曰：‘四人探骊珠，子先获珠，所余鳞爪何用耶？于是罢唱”(《唐诗纪事》卷三十九)。刘禹锡咏史诗中流传很广的还有：

山围故国周遭在，潮打空城寂寞回。
淮水东边旧时月，夜深还过女墙来。

——《石头城》

朱雀桥边野草花，乌衣巷口夕阳斜。
旧时王谢堂前燕，飞入寻常百姓家。

——《乌衣巷》

他的咏史诗常把历史上的故迹和现实景况联系起来，通过描叙其事寄托感慨，少有议论或不作议论。

刘禹锡也用诗写其悲愁无奈之心，名作《酬乐天扬州初逢席上见赠》

即云：

巴山楚水凄凉地，二十三年弃置身。
怀旧空吟闻笛赋，到乡翻似烂柯人。
沉舟侧畔千帆过，病树前头万木春。
今日听君歌一曲，暂凭杯酒长精神。

这是诗人对白居易《醉赠刘二十八使君》的回赠之作，“沉舟侧畔千帆过”二句，针对白诗“举眼风光长寂寞，满朝官职独蹉跎”而发，“沉舟”、“病树”指久贬的自己，“千帆”、“万木”指得意之人。若剔除诗人的本来用意，人们还可赋予二句诗以更深的含义。

刘禹锡居朗州九年，夔州二年，当地渔歌、山歌流行，对他的创作产生过好的影响。他在《竹枝词序》中说：“岁正月，余来建平，里中儿联歌《竹枝》，吹短笛击鼓以赴节。歌者扬袂睢舞，以曲多为贤。聆其章，中黄钟之羽。卒章激讦如吴声，虽伧伫不可分，而含思宛转，有淇澳之艳音……故余亦作竹枝九篇，俾善歌者飏之。”他酷爱民歌，甚至说：“请君莫奏前朝曲，听唱新翻杨柳枝”(《杨柳枝词》)。由于他学写民歌能得民歌之真髓，故其所作流传甚广。

他的民歌体的诗，主要是表现青年男女的爱情生活和当地的风土人情以及劳动生活。比如《竹枝词二首》其一：

杨柳青青江水平，闻郎岸上踏歌声。
东边日出西边雨，道是无晴却有晴。

《竹枝词二首》其二云：

日出三竿春雾消，江头蜀客驻兰桡。
凭寄狂夫书一纸，住在成都万里桥。

《竹枝词九首》其二云：

山桃红花满上头，蜀江春水拍山流。
花红易衰似郎意，水流无限似侬愁。

第一首写一位初恋女子在听到情郎唱歌时心理上产生的微妙变化，听歌前她似乎和情人有过小小的误会，心中有些惆怅和失望之感，听了情歌，顿时满心欢喜。诗用了民歌常用的谐音双关语，以天晴的“晴”谐男女爱情的“情”。第二首写一少妇托便船给在成都经商的丈夫捎信，言语中流露出她既埋怨丈夫久久不归，又渴望他早早归来的心情。第三首则用比兴手法写一失恋女子的愁怨，诗用“花红易衰”比喻男子容易变心，用“水流无限”比喻女子情意绵绵，形象生动而又切合明媚的自然景色。如《浪淘沙九首》其五，云：

濯锦江边两岸花，春风吹浪正淘沙。
女郎剪下鸳鸯锦，将向中流定晚霞。

其六云：

日照澄洲江雾开，淘金女伴满江隈。
美人首饰侯王印，尽是沙中浪底来。

其五写女工在江边濯锦定色，只是如实道来；其六写女工淘金，稍作议论。《竹枝词九首》其九也写到山区男男女女的生产劳动场面，如其九云：

山上层层桃李花，云间烟火是人家。
银钏金钗来负水，长刀短笠去烧畲。

歌以女人的饰物代指妇女，以生产工具和短笠代指男子，两个画面展现出农事繁忙的劳动景象。另有描绘出夔州一带的风俗人情的，如《竹枝词九首》其三：

江上春来新雨晴，瀼西春水縠纹生。
桥东桥西好杨柳，人来人去唱歌行。

《竹枝词九首》其五云：

两岸山花似雪开，家家春酒满银杯。
昭君坊中多女伴，永安宫外踏青来。

总之，刘禹锡的诗给人俊爽、朴质的感觉，它们明朗、晓畅而又含思宛转，饶有诗意，看似平易却耐人体味。其《秋词》云：

> 自古逢秋悲寂寥，我言秋日胜春朝。
> 晴空一鹤排云上，但引诗情到碧霄。

他的诗真如排云而上的孤鹤，超群拔俗而有自己的风姿。就诗体言，数绝句成就最高，次为七律、乐府。无论何种诗体，所作都有气骨，有滋味，豪放、爽朗，词意高妙。

二、柳宗元的诗歌

柳宗元(773—819)，字子厚，河东(今山西永济)人。二十一岁中进士第，二十六岁中博学宏辞科，授集贤殿正字。曾为蓝田尉，不久任监察御史里行。柳宗元是王叔文革新集团的重要成员，顺宗即位，擢为礼部员外郎。革新失败，贬为永州司马。十年后召还，复出为柳州刺史。

柳宗元是古文家，也是中唐著名诗人，今存诗一百余首，多写在贬官之后。诗的内容、风格与他散文的某些特点相近。

他的诗，反映了谪居远地的思想感受。柳宗元同刘禹锡一样，是个有气节的政治革新家。他对那些同因参加"二王"革新受贬的战友怀着很深的感情。他的《登柳州城楼寄漳、汀、封、连四州》，就是怀念挚友韩泰、韩晔、陈谏和刘禹锡的。诗写得凄凉激楚，愁苦无限，云：

> 城上高楼接大荒，海天愁思正茫茫。
> 惊风乱飐芙蓉水，密雨斜侵薜荔墙。
> 岭树重遮千里目，江流曲似九回肠。
> 共来百越文身地，犹自音书滞一乡。

本来大家都来到这边远地区做了远州刺史，就是令人生愁的事，谁知到了这里彼此还音讯难通，这正是诗人的"愁思"所在。其愁极海弥天，充溢辽阔荒凉的空间，也反映在诗人所见的种种物象上。第二联，实际上写芙蓉、薜荔在暴风雨中的遭遇引起了诗人心灵的悸颤。他由眼前景想到自己和好友们受压制的处境，因而在描写时，称风而曰"惊"，称雨而曰"密"，以写恶势力的强大；写风飐而曰"乱"，写雨侵而曰"斜"，足见恶势力对美好事物——芙蓉、薜荔的迫害在在处处无孔不入。诗人托景寓意，如水中着盐，了无痕迹。

他的思乡名作《与浩初上人同看山寄京华亲故》，则是直言思乡之愁：

海畔尖山似剑芒，秋来处处割愁肠。
若为化得身千亿，散上峰头望故乡。

宋朝陆游《梅花绝句》云："闻道梅花坼晓风，雪堆遍满四山中。何方化得身千亿，一树梅花一放翁。"其构思与柳诗有相似处，不过陆诗表达的是诗人对梅花的酷爱，柳诗抒发的是希望回到长安的迫切愿望。相比之下，陆诗开朗，柳诗沉痛得多。柳宗元的《行路难》之一写逐日渴死途中的夸父，《笼鹰词》写平日勇猛无比而秋天羽毛脱落遭到狐鼠伤害的苍鹰，都意在赞颂失败了的英雄，借题发挥，以写革新人士志向的远大、奋斗精神的可佳和作者因革新派遭到迫害而引起的愤慨。

他的诗，也反映了劳动人民的悲惨生活。柳宗元在"永贞"革新中就比较关注农村情况，他在永州、柳州写过一些反映农民疾苦的诗，可以《田家三首》为代表。"其一"、"其二"云：

蓐食徇所务，驱牛向东阡。
鸡鸣村巷白，夜色归暮田。
札札耒耜声，飞飞来乌鸢。
竭兹筋力事，持用穷岁年。
尽输助徭役，聊就空舍眠。
子孙日以长，世世还复然。
——《田家三首》其一

篱落隔烟火，农谈四邻夕。
庭际秋虫鸣，疏麻方寂历。
蚕丝尽输税，机杼空倚壁。
里胥夜经过，鸡黍事筵席。
各言官长峻，文字多督责。
东乡后租期，车毂陷泥泽。
公门少推恕，鞭朴恣狼藉。
努力慎经营，肌肤真可惜！
迎新在此岁，唯恐踵前迹。
——《田家三首》其二

"其一"用概括描写的手法写农民世世代代起早贪黑地劳作，结果是屋内空空，劳动所获都抵了租税。"其二"通过农家四邻晚上的谈话，诉说赋税沉重、官吏残暴。后二句言"迎新在此岁，唯恐踵前迹"，写农民恐惧心理，尤为深刻。二诗写法及其风格，有与其文《捕蛇者说》、《种树郭橐驼传》相通处。

柳宗元描写山水的诗，更能代表他诗作的成就。他在永州写有不少山水游记，寓情于景，借山水以写性情，且描写精细、语言平实。这些也反映在山水诗中，《南涧中题》云：

秋气集南涧，独游亭午时。
回风一萧瑟，林影久参差。
始至若有得，稍深遂忘疲。
羁禽响幽谷，寒藻舞沦漪。
去国魂已游，怀人泪空垂。
孤生易为感，失路少所宜。
索寞竟何事？徘徊只自知。
谁为后来者，当与此心期。

此诗与游记《石涧记》相表里，写出诗人南涧漫游时貌是自适实乃索寞、悲伤的心情。苏轼称此诗"忧中有乐，乐中有忧"(《苕溪渔隐丛话前集》卷十九)，是对的。诗从乐说到忧，实是感触无端，悲喜不定。起语二句清峭，结语二句意味深长，皆于平淡中有纡徐之致。读此诗，当思作者所说"嘻笑之怒，甚乎裂眦；长歌之哀，过于恸哭。庸讵知吾之浩浩，非戚戚之尤者乎"(《对贺者》)。

柳宗元有些诗常借助山水景象来衬写人物的生活情趣和襟怀，往往描绘出富有幽意奇趣的画面。比如《渔翁》：

渔翁夜傍西岩宿，晓汲清湘燃楚竹。
烟销日出不见人，欸乃一声山水绿。
回看天际下中流，岩上无心云相逐。

"烟销"二句不单写景生动，令人生想，还流露出诗人对渔翁潇然自得"有趋景慕"(周敬等辑《唐诗选脉会通评林》引吴山民语)之意。末二句，苏轼以为当删，以求余情不尽。其实二句所写景、意、境界，并非读前四句即可领会者，不删亦妙。又如《江雪》：

千山鸟飞绝，万径人踪灭。
孤舟蓑笠翁，独钓寒江雪。

诗中前二句写雪景而不沾雪字，可谓空灵。末二句诗中有画，直如一幅寒江独钓图。从钓翁形象，似可看出诗人在世态寒冷、宦情孤冷环境中无所畏惧的孤傲精神。

柳宗元还有一首著名的七绝《酬曹侍御过象县见寄》，微婉、曲折地抒发了他心中的抑郁不平之气：

破额山前碧玉流，骚人遥驻木兰舟。
春风无限潇湘意，欲采蘋花不自由。

诗以比兴手法写作者欲见友人而不能的怅惘心情。作者《与李翰林建书》说他在永州"譬如囚拘圜土"，《与萧翰林俛书》说他被贬以后竟"谤语转侈，嚣嚣嗷嗷，渐成怪民。饰智求仕者，更詈仆以悦仇人之心，日为新奇，务相喜可，自以速援引之路。而仆辈坐益困辱，万罪横生，不知其端"。明白这些，我们当会深入了解到他"欲采蘋花不自由"的悲愤。

柳宗元诗备众体，五古最为出色。苏轼说："柳子厚诗在陶渊明下、韦苏州上。退之豪放、奇险则过之，而温丽、精深不及也。所贵乎枯淡者，谓其外枯而中膏，似淡而实美，渊明、子厚之流是也。"(《东坡题跋》)又说李、杜以后，"独韦应物、柳宗元发纤浓于简古，寄至味于淡泊，非余子所及也。"(《书黄子思诗集后》)魏庆之亦云："五言古诗，句雅淡而味深长者，陶渊明、柳子厚也。"(《诗人玉屑》)就语言平淡而意味深长而言，柳诗和陶诗确有相近之处。《田家》诗"鸡鸣村巷白"等句，又"里胥夜经过"诸句即深具渊明风味。而《觉衰》、《读书》二诗，"萧散简远，纤秾合度，置之渊明集中，不复可辨"(曾季貍《艇斋诗话》)。

除简古、淡泊以外，柳诗还有凄清、冷峭的特点。诗人胸藏幽怨，思含凄怆，悯己伤志，发而为诗，诗即情景悲凉，意境凄清，但也时露不平之气，寓冷峭于平和之中。如云：

十年憔悴到秦京，谁料翻为岭外行。
伏波故道风烟在，翁仲遗墟草树平。

直以慵疏招物议，休将文字占时名。
今朝不用临河别，垂泪千行便濯缨。
——《衡阳与梦得分路赠别》

零落残红倍黯然，双垂别泪越江边。
一身去国六千里，万死投荒十二年。
桂岭瘴来云似墨，洞庭春尽水如天。
欲知此后相思梦，长在荆门郢树烟。
——《别舍弟宗一》

前诗末联用李陵《与苏武诗》其二“临河濯长缨，念子怅悠悠”典故，言垂泪千行，如河之水可以濯缨，真是字字呜咽，凄凉无限。而首联慨叹，颈联叮嘱对方，实语含怨愤。后诗颔联是叙事，也是抒愤，寓不平于“真悲真痛”（《唐诗选脉会通评林》引唐陈彝语）之中。大抵柳诗中的凄清、冷峭之作，多为七言抒情诗。此类诗写景偏于选择清幽、凄冷、黯淡、萧飒的物象、场面、境界，所叙之事必为生平痛心疾首之事或终生难忘的痛苦经历，用语则平实者居多而时作比兴之词。《柳州二月榕叶落尽偶题》谓“宦情羁思共凄凄，春半如秋意转迷。山城过雨百花尽，榕叶满庭莺乱啼”，即情景凄迷，“不言远谪之苦而一种无可奈何之情，于二十八字中见之”（刘永济《唐人绝句精华》）。像《岭南江行》颈联“射工巧伺游人影，飓母偏惊旅客船”，同《登柳州城楼寄漳汀封连四州》颔联“惊风乱飐芙蓉水，密雨斜侵薜荔墙”一样，都是言在此而意在彼，既写出谗讥之徒的嚣张，也写出诗人忧谗畏讥的心态和对谗讥之徒的愤恨，可谓出语冷峭。

第十章　杜牧和李商隐的诗、文

第一节　杜牧的诗歌创作

杜牧(803—853)，字牧之，京兆万年(今陕西省西安市)人。远祖杜预为西晋名将，精通史学，曾注《春秋左氏传》。曾祖杜希望为玄宗执政时的名将，喜文学之士。祖父杜佑，先后任德宗、顺宗、宪宗宰相，著《通典》二百卷。父亲杜从郁，官至驾部员外郎，早逝。大和二年(828)，杜牧进士及第，同年中贤良方正直言极谏科，授弘文馆校书郎、试左武卫兵曹参军。半年后到洪州，入江西观察使沈传师幕为团练巡官。后随沈赴宣歙观察使任到宣州，为幕僚。大和七年(833)，淮南节度使牛僧孺辟为推官，转掌书记，居扬州。九年(835)，入朝为监察御史，分司东都。开成年间，历宣州团练判官、左补阙、史馆修撰、膳部员外郎。会昌二年(842)，出为黄州刺史，又相继为池、睦二州刺史。大中二年(848)，入为司勋员外郎、史馆修撰，转吏部员外郎。四年出为湖州刺史，次年召为考功郎中、知制诰，后迁中书舍人。

杜牧抱负远大，自谓“岂为妻子计，未去山林藏。平生五色线，愿补舜衣裳。弦歌教燕赵，兰芷浴河湟。腥膻一扫洒，凶狠皆披攘。生人但眠食，寿域富农商”(《郡斋独酌》)。因而苦心研讨“治乱兴亡之迹，财赋兵甲之事，地形之险易远近，古人之长短得失”(《上李中丞书》)，准备在多事之秋的晚唐一显身手。但他终于未能如愿。其《题敬爱寺楼》即谓“暮景千山雪，春寒百尺楼。独登还独下，谁会我悠悠”，可见他世不知我的孤寂感很深。

杜牧有不少诗反映其忧国忧民之心。杜诗直接表现人民苦难的诗极少，即使写到也是泛泛而言。比如《题村舍》：

三树稚桑春未到，扶床乳女午啼饥。
潜销暗铄归何处，万指侯家自不知。

他感兴趣的是一些更为重大的题材。试读下列诗篇：

元载相公曾借箸，宪宗皇帝亦留神。
旋见衣冠就东市，忽遗弓箭不西巡。
牧羊驱马虽戎服，白发丹心尽汉臣。
惟有凉州歌舞曲，流传天下乐闲人。

——《河湟》

金河秋半虏弦开，云外惊飞四散哀。
仙掌月明孤影过，长门灯暗数声来。
须知胡骑纷纷在，岂逐春风一一回？
莫厌潇湘少人处，水多菰米岸莓苔。

——《早雁》

清时有味是无能，闲爱孤云静爱僧。
欲把一麾江海去，乐游原上望昭陵。

——《将赴吴兴登乐游原一绝》

唐代宗时，西州（治所在今新疆吐鲁番）刺史元载曾向代宗献策收复河西、陇右一带，可是代宗未能采纳他的计谋。唐宪宗想收复河西、陇右一带，也未实现愿望。诗人对这两件事十分惋惜，《河湟》就表达这种感情。三、四联写沦陷地区人民对朝廷的向往，对朝廷的不思收复失地表示愤慨。《早雁》用的是比兴手法。唐武宗会昌二年（842）八月，回鹘乌介可汗乘机南犯，突入大同川一带，许多百姓南逃避难。“早雁”比喻难民，诗表现了作者对他们的深切同情。颔联“仙掌月明孤影过，长门灯暗数声来”，写早雁从长安上空飞过，颇有讽刺意味。《将赴吴兴登乐游原一绝》写得含蓄。诗说清明时代本可大有作为，我却把“闲爱孤云静爱僧”当作“有味”，足见自己无能。其实这是反话，是说时代并不清明，容不得我发挥才能。末句“乐游原上望昭陵”，更是吊古伤今，用忆念英明君主（唐太宗）来慨叹今日国势的衰微。

杜牧爱写咏史诗，借咏史抒发现实感慨。晚唐社会衰退，许多诗人对现实感到失望，就借温习昔日的繁华昌盛来排遣郁闷，于是咏史诗大量出现，胡曾、周昙写得最多。但他们的咏史诗多是就事论事，缺乏识见，没有诗意美。杜牧咏史，却是借吟咏史事，或讥讽当今统治者的荒淫误国以及种种倒行逆施，或总结经验，表达他的思想认识，现实意义很强而又极富诗意美。如《过华清宫绝句》其一、其二：

长安回望绣成堆，山顶千门次第开。
一骑红尘妃子笑，无人知是荔枝来。

新丰绿树起黄埃，数骑渔阳探使回。
霓裳一曲千峰上，舞破中原始下来。

“其一”画面生动。锦绣成堆的骊山，山顶的千门万户，倚窗浅笑的妃子，跑得尘土飞扬的快马以及汗水涔涔的使者，就像一个个特写镜头出现在人们面前。诗人只是客观冷静地勾勒场面，其倾向性就隐含在叙写之中。末句“无人知是荔枝来”，言杨妃得宠之甚，殊非人意所料，批判意义是十分明显的。“其二”写玄宗派中使辅璆琳探听安禄山的虚实，结果辅受禄山贿赂，言其不反，而玄宗也执迷不悟，照样耽于声色犬马之中，直到渔阳兵起，中原被占才仓皇出逃这段史实。“霓裳一曲千峰上，舞破中原始下来”，把玄宗的荒淫误国概括成一个生活情节，和白居易“渔阳鼙鼓动地来，惊破霓裳羽衣曲”有异曲同工之妙。相比之下，杜诗揭露得更为深刻一些。《赤壁》也是杜牧著名的咏史诗。诗云：

折戟沉沙铁未销，自将磨洗认前朝。
东风不与周郎便，铜雀春深锁二乔。

此诗妙处是言近指远，因小及大。诗的主旨是慨叹周瑜侥幸靠东风取胜，大有阮籍登广武战场慨叹“世无英雄，遂使竖子成名”之意。杜牧自负有用兵之谋，有才而不能为时所用，故借一枚生锈的前朝戟头来吐心中抑郁不平之气。此诗和《题乌江亭》谓“胜败兵家事不期，包羞忍耻是男儿。江东子弟多才俊，卷土重来未可知”，都是用翻案法，用议论语反说其事。

杜牧情感丰富，写有不少抒情味浓的伤春、伤别之作，所谓“刻意伤春复伤别，人间惟有杜司勋”（李商隐《杜司勋》）。即如写他和歌儿舞女交往的诗，也不能说全是虚情假意。《赠别》云：

多情却似总无情，惟觉樽前笑不成。
蜡烛有心还惜别，替人垂泪到天明。

前联就情的“多”、“无”作翻转，回忆往日相聚实是多情，但又似乎无情，不然怎么要离开呢？到底是多情还是无情？眼下酒盅在前，想同从前那样欢笑却笑不出来了，可见还是多情。后联即写“多情”之“多”，但又不明写二人依依话别，彻夜未眠，只说蜡烛有心，替人垂泪直到天明。蜡烛尚且如此，况多情之人！其写怀友之情，亦有杰作，《怀吴中冯秀才》云：

长洲苑外草萧萧，却算游程岁月遥。
唯有别时今不忘，暮烟秋雨过枫桥。

诗妙在追忆当年临别情景，将吴秀才走过烟雨枫桥写得宛然在目。而临别景象耿耿难忘，正表明诗人对友人思念之深。

他自叹身世的诗有的伤感味重，有的显得旷达。比较伤感的，如《初冬夜饮》：

淮阳多病偶求欢，客袖侵霜与烛盘。
砌下梨花一堆雪，明年谁此凭栏干！

后者如《九日齐山登高》：

江函秋影雁初飞，与客携壶上翠微。
尘世难逢开口笑，菊花须插满头归。
但将酩酊酬佳节，不用登临恨落晖。
古往今来只如此，牛山何必独沾衣。

诗是写给诗人张祜的，张祜不得意，杜牧用此诗安慰他，也用以自慰。

杜牧一些即兴而作的小诗，题材广泛而意境美妙，播在人口，千秋不绝。《江南春绝句》云：

千里莺啼绿映红，水村山郭酒旗风。
南朝四百八十寺，多少楼台烟雨中。

怡红快绿，莺啼燕飞，水村山郭，酒旗随风招展，朦朦烟雨笼罩着影影绰绰的寺庙，真是一幅江南春景图。诗于写景之外，对于晚唐皇帝佞佛信道以至丧生误国似有感慨之意。他如：

烟笼寒水月笼沙，夜泊秦淮近酒家。
商女不知亡国恨，隔江犹唱后庭花。
——《泊秦淮》

远上寒山石径斜，白云深处有人家。
停车坐爱枫林晚，霜叶红于二月花。
——《山行》

红烛秋光冷画屏，轻罗小扇扑流萤。
天阶夜色凉如水，坐看牵牛织女星。
——《秋夕》

青山隐隐路迢迢，秋尽江南草未凋。
二十四桥明月夜，玉人何处教吹箫?
——《寄杨州韩绰判官》

这些诗写景言情，好似随口吟出，自然清新。《秋夕》写宫女的寂寞生活，含蓄而有思致。首句见出她住处的冷寂，次句显出她的无聊，合起来写出一位失宠宫女的形象。当她挥扇扑萤时，忽地瞥见天上牵牛、织女星，刹那间牛、女相隔的故事使她想起了自己的境遇，于是坐在那里望着它们呆呆出神。小诗蕴藉深沉，仅写几个动作就反映出人物心理，能引起读者许多想像。

杜牧诗歌情致豪迈，风调高华，造语精密，不落粗疏。五、七言古体诗恣意铺陈，好作议论，以文为诗倾向明显。代表作有《感怀诗》、《杜秋娘》、《张好好》、《华清宫三十韵》以及《郡斋独酌》等。其中《杜秋娘》借写秋娘遭遇发贵贱盛衰之叹，即层层引喻，层层议论，如同作赋、作论，少有浑涵之意。其七言律诗力矫平弱、柔靡，措词拗峭，立意奇辟，常以单行之气行于偶句之中。他最擅长的是七绝。唐人七绝，名手代有人出，盛唐以王昌龄、李白、王维最负盛名，中唐则有李益、刘禹锡，晚唐数杜牧最为出色。其诗俊迈爽朗，清绝无伦，读来好懂，又使人玩味不尽。

杜牧自言："某苦心为诗，本求高绝，不务奇丽，不涉习俗，不今不古，处于中间。"(《献诗启》)其诗既不同于李贺的奇丽，也不同于元、白的轻俗，独创一家。虽然如此，他对两派的长处都有所吸收。比如他的五古健美富赡，有些地方如押韵之文，即受到韩的影响。他虽不满意李贺"理虽不及，辞或过之"，但对他想像奇特等艺术特色却评价很高。杜牧诗中一些句子，如"春嫩不禁寒"(《初春有感寄歙州邢员外》)、"山色几时老"(《旅情》)、"夜雨滴乡思"(《送友人》)、"声破寒窗梦"(《题刘秀才新竹》)、"点滴侵寒梦"(《夜雨》)，应该说与孟郊、李贺之诗相去不远。不过他并不专一追求某派特点，故其诗明朗而又情思隽永，含蓄而不晦涩，清丽而不华艳，细腻而不纤巧，具有独特的艺术魅力。

第二节　杜牧的文论主张和他的辞赋、古文

杜牧是晚唐优秀的古文家。洪亮吉即谓"有唐一代，诗、文兼擅者，惟韩、柳、小杜三家"。又谓"杜牧文与韩、柳、元、白同时，而文不同于韩、柳，诗不同于元、白，复能于四家之外，诗、文皆别成一家，可谓特立独行之士矣"(《北江诗话》卷一)。杜牧古文独成一家，与他特有的文论主张分不开。

杜牧论文，一是赞赏韩、柳古文之妙，所谓"杜诗韩集愁来读，似倩麻姑痒处搔"(《读杜韩集》)。"李、杜泛浩浩，韩、柳摩苍苍。近者四君子，与古争强梁"(《冬至日寄小侄阿宜诗》)。对韩愈推崇的孟子和汉代司马迁、司马相如、贾谊、刘向、扬雄等人的文章，持肯定态度。

二是其道德修养和人生价值观念以儒家理念为宗，故为文追求以儒学为本的艺术精神，论人文章，必以仁义作为立意、持论、明理的最高标准。如说李戡"所著文数百篇，外于仁义，一不关笔"(《陇西李府君墓志铭》)。又肯定他人文章"旨意所尚，皆本仁义而归忠信"(《上宣州高大夫书》)。

三是主张为文当有为而发，或颂扬功德，或讨论现实社会问题，或言其志。他自己作文就目的明确，所谓"某少小好为文章……伏以元和功德，凡人尽当歌咏纪叙之，故作《燕将录》。往年吊伐之道未甚得所，故作《罪言》。自艰难来始，卒伍佣役辈，多据兵为天子诸侯，故作《原十六卫》。诸侯或恃功不识古道，以至于反侧叛乱，故作《与刘司徒书》。处士之名，即古之

巢、由、伊、吕辈，近者往往自名之，故作《送薛处士序》。宝历大起宫室，广声色，故作《阿房宫赋》。”（《上知己文章启》）

四是认为作文以意为主，以辞彩章句为之兵卫。所谓“凡为文以意为主，气为辅，以辞彩、章句为之兵卫，未有主强盛而辅不飘逸者、兵卫不华赫而庄整者。……苟意不先立，止以文彩、辞句绕前捧后，是言愈多而理愈乱，如入阛阓，纷纷然莫知其谁，暮散而已。是以意全胜者，辞愈朴而文愈高；意不胜者，辞愈华而文愈鄙。是意能遣辞，辞不能成意，大抵为文之旨如此”（《答庄充书》）。有学者断言此说与韩愈讲文以明道有矛盾，甚至认为杜牧提出这一观点是为了取代韩愈的文以明道，其实并非如此。韩愈是从古文功用角度立论，杜牧是从古文创作艺术角度立论；前者说得概括，后者则从古文艺术构思入手探讨如何文以明道的问题。王夫之深知杜牧之意，亦谓“无论歌诗与长行文字，俱以意为主。意犹帅也，无帅之兵谓之乌合”（《姜斋诗话》下）。

受文论主张的影响，杜牧为赋为文，都有义归儒学、感时愤世、有为而发，和在写作中以意为主，讲究辞彩、章句之妙的特点。

杜牧《阿房宫赋》，是一篇脍炙人口的散体文赋。它针对“宝历间大起宫室，广声色”的现实，借秦朝灭亡的教训警诫当时统治者不可因荒淫享乐误国。赋入手就先声夺人，以高度的概括力写出始皇统一天下的气概和阿房宫出现的背景。“蜀山兀”一句，既显出阿房宫规模的宏大，也写出工程营建的艰难，其间已经包含着对统治者的讽刺和对人民的同情。接下来，作者以夸张笔法极写阿房宫的宏伟壮阔，极写宫中生活的豪华奢侈，然后转入议论，言秦王如此穷奢极欲必然“使天下之人，不敢言而敢怒”，以致“戍卒叫，函谷举，楚人一炬，可怜焦土”。写阿房宫由宏壮巨丽成为一片焦土，形象而又深刻地表现了秦朝的盛衰变化。故最后一段就阿房宫说开去，讲到六国、秦朝灭亡的原因就在于不能“各爱其人”。并警告说，对于秦“族灭”的教训，“后人哀之而不鉴之，亦使后人而复哀后人也”。

《阿房宫赋》用铺陈、排比手法写宫女众多：

> 明星荧荧，开妆镜也；绿云扰扰，梳晓鬟也；渭流涨腻，弃脂水也；烟斜雾横，焚椒兰也；雷霆乍惊，宫车过也；辘辘远听，杳不知其所之也。一肌一容，尽态极妍，缦立远视，而望幸焉。有不见者，三十六年。

写阿房宫的堂皇：

> 负栋之柱，多于南亩之农夫；架梁之椽，多于机上之工女；钉头磷磷，多于在庾之粟粒；瓦缝参差，多于周身之帛缕；直栏横槛，多于九土之城郭；管弦呕哑，多于市人之言语。

前引一段连用六“也”字，极写宫女服饰之盛，也写出了她们的不幸，突出的是秦王的骄奢淫逸。后者把宫室结构的宏伟和农夫、女工的形象联系起来，不但比喻生动，还曲折地谴责了统治者的不恤民力。这些排比句和赋中一些夸张性的描写，使得全文极富气势。赋作以气运词，造句新奇，措词流丽，纳骈入散或纯用奇句作论，句法富于变化，以及虚词的大量使用，都显出以文为赋的特点。

杜牧古文与韩、柳古文同有以儒家仁义为最高境界的艺术精神，但艺术风格不同。杜牧“业儒学”是为了“成功立事”，不像韩愈那样志在接续儒学道统，致力于挽狂澜于既倒。杜牧和韩愈都借重儒学来解决社会问题，杜牧偏于用儒术解决现实政治、军事以及财赋问题，不像韩愈偏于用儒道挽救道德危机，施行教化，培植士人人格精神。相比之下，杜牧解决的问题更为实际。纪昀等称“其古文纵横奥衍，多切经世务”(《四库全书总目提要》卷一五一《樊川文集》)，大体是对的。惟“奥衍”应该理解为深切、平实，不可理解为深奥、含蓄。杜文实用性强，唯达意是求，其言理论事多径遂直陈，说得明白、透彻，论证其说好引古今事例。谓其古文“纵横”恣肆，多气势之美，是不错的，说它文意深奥(或高深)似不切实际。如其《罪言》论朝廷当如何处置山东事，就是结合山东地理形势及朝廷自元和以来的对策，摆事实，说意见。陈策建议，尽是直言明言。又如其《原十六卫》探求十六卫之“原”，从唐踵隋制说起，也是以史为证，把观点说得十分清楚。至于《战论》、《守论》都有直言作论之针对性，且作论多用问句引入，有问必答，答辞无一含糊语。《与刘司徒书》、《送薛处士序》，实乃告语之作，皆倾心吐腹内语。语带锋芒，如同诤言。所用文字可谓易道易晓，用语浅近，表述方法也没有太多的讲究。

无论和韩文奇崛、恣肆而又善于抑遏蔽掩相比，还是和柳文雄深雅健、曲折道来相比，杜文都显得平易、明快。除词尽意达、说理明白以外，杜牧说理文引人注目的尚有识见美、气势美。杜牧读书多思，故其论人论事多有识见，《论相》言秦、隋相士并不“善相人”，《三子言性辩》言荀子性恶说较孟、杨之说为优，《塞废井文》言废井当塞，《题荀文若传后》言“文若之死宜然”，皆论自己出，一扫旧说。当然，杜牧论文中的识见更多的是他处理政事的意见，这些意见多切实可行，有的实与时相施政用兵谋略相合。

又《李贺集序》实为一诗论文字。《序》不但用众多富有形象美的比喻引人想像李贺诗歌“其态”、“其情”、“其和”、“其格”、“其勇”、“其古”、“其色”、“其恨怨悲愁”、“其虚荒诞幻”的审美境界，还指出了贺诗作为“《骚》之苗裔”较之《骚》“理虽不及，辞或过之”的特点，以及贺诗取材、构思奇古的原因，乃“其能探寻前事，所以深叹恨今古未尝经道者”。他对贺诗的认识，自为探本之论，称其为高见卓识，似不为过。

杜文的气势美主要表现为笔力强健。其《守论》被宋祁采入《新唐书·藩镇传》，据说欧阳修使其子棐读《新唐书》列传，卧而听之至藩镇传叙，曾叹曰：“若皆如此传，笔力亦不可及。”(费衮《梁溪漫志》)杜文笔力如何，请读《守论》首、尾文字：

厥今天下何如哉？干戈朽，铁钺钝，含引混贷，煦育逆孽，而殆为故常。而执事大人，曾不历算周思以为宿谋，方且嵬岸抑扬，自以为广大繁昌莫已若也。呜呼！其不知乎？其俟蹇顿颠倾而后为之支计乎？且天下几里？列郡几所？而自河已北，蟠城数百，金坚蔓织，角奔为寇，伺吾人之颟顸，天时之不利，则将与其朋伍，罗络郡国，将骇乱吾民于掌股之上耳。今者及吾之壮，不图擒取，而乃偷处恬逸、第第相付，以为后世子孙背胁疽根，此复何也？……

大抵生人油然多欲，欲而不得则怒，怒则争乱随之。是以教笞于家，刑罚于国，征伐于天下，此所以裁其欲而塞其争也。大历、贞元之间，尽反此道，提区区之有而塞无涯之争，是以首尾指支，几不能相运掉也。今者不知非此，而反用以为经，愚见为盗者非止于河北而已。

呜呼！大历、贞元守邦之术，永戒之哉！

《守论》实为一史论。首段自设一问引出今日天下形势险恶之状，“干戈朽”数句，句短字重，触目惊心。说“执事大人”态度，直述已带出作者愤愤之气，再来一声叹息，连用两反问句点出其态度的实质所在。再由国家力量有限，说到河北藩镇伺机而动“将骇乱吾民于掌股之上”的危害，进一步指出今日国家强盛还“不图擒取，而乃偷处恬逸”，实“以为后世子孙背胁疽根”。本来出语直截、尖锐，再来一问“此复何也”，看似锐气减弱，实是更为沉重的一击。意谓如此“以为”，就不仅仅是“不知”或“后为之支计”了。后段也是直言、尽言，把问题实质说得脱皮露骨(如说大历、贞元间对河北的政策是“提区区之有而塞无涯之争”)，而且出语激愤(如说“愚见为盗者非止于河北而已”)。至于末句兴叹，实是点出全篇立意所在。欧阳修称此文有“笔力”，他作《五代史》传叙，就曾学习此文显现笔力的一些修辞手法。

杜牧说理除平实、明快，笔力雄健外，行文还习惯于博引史实以为论据，这自然与他熟悉历史有关。就写作艺术言，则是继承儒家说理散文艺术传统的表现。与此相关，其说理文还有好举实例以作论证的特点。如其《上宣州高大夫书》，驳高氏“科第之选宜与寒士，凡为子弟，议不可进”，说子弟之贤和并非“(子弟)科第浮华，轻薄不可任用”，所举两类人物都有几十名之多。和说理博引史事、时事以证的思维方式、表现方式一致，杜牧作传和墓志铭，取材亦多，叙事亦求其详。即如其《自撰墓志铭》，虽说生平要事仅言“某平生好读书，为文亦不出人”及注《孙子》事，但记将死之梦却花了许多笔墨。

第三节　李商隐的咏怀诗、咏物诗、咏史诗和无题诗

李商隐(813—858)，字义山，号玉谿生，怀州河内(今河南沁阳)人。他的高祖、曾祖、祖父和父亲都只作过县令、县尉和州郡僚佐一类的小官。他九岁时，父亲死在浙江幕府中，从此他就跟随一位堂叔学习。他十六岁就做得一手好古文，得到一些名流的赏识。但仍然生活困窘，常靠替人抄书、舂米过日子。十八岁入天平军节度使令狐楚幕。令狐楚是作“时文(即四六文)”的能手，他欣赏商隐少年才俊，就让商隐与儿子令狐绹一起学作骈文。李商隐二十三岁左右，曾在玉阳山中“学仙”。二十五岁时，依靠令狐绹的荐举中进士第。令狐楚是“牛李党争”中牛党的重要成员，他们父子援引商隐有增强本党力量的意思。可在二十六岁时，商隐却到李党成员、泾原节度使王茂元幕中为僚，且娶王氏女为妻。从此陷进党争旋涡，在党争夹缝中度过一生。当他应博学宏词科考试时，已为考官所取，中书省牛党官员说他“背恩”，竟然将他除名。以后令狐绹十年为相，李商隐数次上书希冀援引，都未被起用。他一生多为幕僚，相继在忠武节度使王茂元幕中、桂管观察使郑亚幕中、徐州卢弘止幕中、东川柳仲郢幕中任巡官、掌书记、节度判官等职。其间也曾作过秘书省校书郎、登书判拔萃科，任秘书省正字、太学博士、弘农尉、周至尉，摄京兆参军，典章奏，代理过昭平郡守，作过盐铁推官，最后病死郑州。

李商隐早年思想比较活跃，对于孔孟经学颇不以为然。曾说“孔氏于道德仁义外有何物？……孔氏固圣矣，次山安在其必师之邪？”(《元结文集后序》)。其论诗，要点有三。

一是肯定诗的言志、抒情传统，既说“属词之工，言志为最。自鲁、毛兆轨，苏、李扬声，代有遗音，时无绝响，虽古今异制而律吕同归”(《献侍郎巨鹿公启》)，又说“人禀五行之秀，备七情之动，必有咏叹，以通性灵。故……安乐哀思，厥源数千。远则鄘、邶、曹、齐以扬领袖，近则李、苏、颜、谢用极菁华……刺时见志，各有取焉”(《献相国京兆公启》)。

二是主张诗人艺术修养，兼求众家之长，不满意“我朝”为诗者“皆陷于偏巧，罕或兼材。枕石漱流，则尚于枯槁寂寥之句；攀鳞附翼，则先于骄奢艳佚之篇。推李、杜则怨刺居多，效沈、宋则绮靡为甚”(《献侍郎巨鹿公启》)。

三是提倡“比兴”，不废“微辞”。他看重比兴，以致自谦亦谓“比兴不工，颛蒙有素”(《献侍郎巨鹿公启》)。而言其作诗，“徘徊胜境，顾慕佳辰。为芳草以怨王孙，借美人以喻君子”(《谢河东公和诗启》)。或谓其诗“楚雨含情皆有托”(《梓州罢吟寄同舍》)。或自解其诗，云：“非关宋玉有微辞，却是襄王梦觉迟。一自高唐赋成后，楚天云雨尽堪疑。”(《有感》)

李商隐现存诗六百余首，大体可分为咏怀诗、咏物诗、咏史诗和无题诗四类。

一、咏怀诗。其实，李商隐的咏物诗、咏史诗和无题诗，多为言志抒怀之作。此外所指咏怀诗，仅指三类以外者而言。它们一是写诗人的理想、抱负和身世之感，一是写诗人的忧时伤事之叹。前者如《无题》云：

八岁偷照镜，长眉已能画。
十岁去踏青，芙蓉作裙衩。
十二学弹筝，银甲不曾卸。
十四藏六亲，悬知犹未嫁。
十五泣春风，背面秋千下。

李商隐“五年读经书，七年弄笔砚”(《上崔华州书》)。“十六著《才论》、《圣论》，以古文出诸公间”(《樊南甲集序》)。此诗学《焦仲卿妻》“十三能织素……十七为君妇，心中常苦悲”手法而稍加变化，写一早慧女子的成长过程。她年龄日加，姿容、才华日加，因而渴望及时出嫁。但父母却无嫁女之意，她只能暗自伤心。在诗中，诗人以少女自况，表现的是渴望用世的愿望。如果说此诗还写得有点隐晦的话，《安定城楼》就直接说出了诗人的理想、情操：

迢递高城百尺楼，绿杨枝外尽汀洲。
贾生年少虚垂涕，王粲春来更远游。
永忆江湖归白发，欲回天地入扁舟。
不知死鼠成滋味，猜意鹓雏竟未休。

此诗是诗人应博学宏词科考试，遭到牛党排斥，返回泾原王茂元幕府后写的。诗写他“欲回天地”的壮志，和对牛党猜忌表示蔑视的态度。诗中颈联深得王安石的赞赏，“以为唐人知学老杜而得其藩篱者，惟义山一人而已”(蔡居厚《察宽夫诗话》)。李商隐渴望干一番事业，但壮志无法实现，只能沉于下僚。他为自己的遭遇感到悲哀，其《任弘农尉献州刺史乞假归京》即云：

黄昏封印点刑徒，愧负荆山入座隅。
却羡卞和双刖足，一生无复没阶趋。

而《乐游原》：

向晚意不适，驱车登古原。
夕阳无限好，只是近黄昏。

写诗人目睹夕阳，百感茫茫，其中就包含他的迟暮之感、沉沦之痛。《夕阳楼》云：

花明柳暗绕天愁，上尽重城更上楼。
欲问孤鸿向何处，不知身世自悠悠。

更是借孤鸿映出自己，一个“自”字传出多少身世之悲！

后者如五言古诗《行次西郊作一百韵》，学杜甫《北征》写法而有变化。前十六句写诗人“蛇年建午月，我自梁还秦”所见西郊荒凉残破景象，继而借农民之口说出自开元至开成年间政事弊端，以道萧索、残破原因。而说政事总以用人为主，如言贞观之盛，即谓“况自贞观后，命官多儒臣。例以贤牧伯，征入司陶钧”；言开元之衰，即谓“降及开元中，奸邪挠经纶。晋公忌此事，多录边将勋”；言建中之乱，即谓“谋臣拱手立，相戒无敢先”，“敢问下执事，今谁掌其权”；言太和事变，更是直斥文宗重用郑注为非，所谓“近年牛医儿，城社更攀缘。盲目把大旆，处此京西藩。乐祸忘怨敌，树党多狂猾”。可见诗人对时政之弊的态度。末段写“我听此言罢，冤愤如相焚”的感受：“又闻理与乱，在人不在天。我愿为此事，君前剖心肝。叩头出鲜血，滂沱污紫宸。九重黯已隔，涕泗空沾唇。”诗人虽有为朝廷用人问题向君王叩头切谏的愿望，但是君门昏暗、阻隔，无法接近，其悲其愤，可以想见。故最后再说时事“使典作尚书，厮养为将军”言及朝廷重用藩镇、宦官，便有“慎勿道此言，此言不忍闻”的慨叹。此诗忧时伤事，内容广博，可称诗史。言语朴拙，质而不俚，其叙事、抒愤方式，应是对杜甫《石壕吏》结构形式的灵活运用。

李商隐关心国家命运，对时政大事自有看法，而且敢于见之于诗。其《有感》二首自注：“乙卯年(太和九年)有感，丙辰年诗成。”就明言“感”因甘露事变而发。而他在诗中指责李训、郑注“自取屈氂败”，尤其指责李训谎称石榴花开，夜有甘露，不是奏报天降祥瑞，而是在制造将大臣当作盗贼剿杀的机会。批评文宗用人不当，所谓“古有清君侧，今非乏老成”。同时揭露宦官头目仇士良乱杀无辜，斥其党羽为“凶徒”，对文宗不敢为王涯昭雪亦有微词。这在宦官“迫协天子，下视宰相，陵暴朝士如草芥”(《资治通鉴·文宗太和九年》)的年代，是要有勇气的。《重有感》也是感时咏怀之作，诗云：

玉帐牙旗得上游，安危须共主君忧。
窦融表已来关右，陶侃军宜次石头。
岂有蛟龙愁失水？更无鹰隼与高秋。
昼号夜哭兼幽显，早晚星关雪涕收。

甘露事变次年，昭义军节度使刘从谏三次上表声讨王涯之罪，有谓“谨修封疆，缮甲兵，为陛下腹心。如奸臣难制，誓以死清君侧”(《旧唐书·仇士良传》)。文宗稍安。诗中颔联用“已”字赞美刘氏上表，用“宜”字感慨应该进军长安而未进军；颈联用“岂有”表达对君王受制于宦官的不满，用“更无”表达对没有强将如同鹰隼搏击凡鸟一样讨伐宦官的遗憾。尾联写宦官屠戮臣工，人鬼同愤，用“早晚(何时)”表达早日肃清宫禁的愿望。

除感时之作外，李商隐以赠人、悼念形式写的咏怀诗，也表现出他对时政的忧念和对宦官专权的愤恨。《赠刘司户蕡》、《哭刘蕡》、《哭刘司户》、《哭刘司户蕡》，即为其例。大和二年(828)，刘蕡举贤良方正能直言极谏科，极言宦官之祸，后入牛僧孺幕，终为宦官所嫉所诬，贬为柳州司户参军，卒。《赠刘司户蕡》作于刘蕡路经湘潭时，云：

江风吹浪动云根，重碇危樯白日昏。
已断燕鸿初起势，更惊骚客后归魂。
汉廷急诏谁先入？楚路高歌自欲翻。
万里相逢欢复泣，凤巢西隔九重门。

诗中虽迭用比喻（如“江风”、“云根”、“重碇”、“白日昏”、“燕鸿”、“凤巢”等）、典故（如“骚客后归魂”、“汉廷急诏”、“楚路高歌”、“九重门”等）抒怀，但诗人对宦官迫害刘蕡的不满和对刘蕡的深切同情，却表露无遗。《哭刘司户蕡》云：

路有论冤谪，言皆在中兴。
空闻迁贾谊，不待相孙弘。
江阔惟回首，天高但抚膺。
去年相送地，春雪满黄陵。

更是为刘蕡被贬鸣不平，而高度评价他论宦官之祸的意义。尾联忆念往事，字中有泪，末句回应首联首句，更觉黯然神伤。诗人哭刘蕡，不能说没有伤时之感。

二、咏物诗和咏史诗。李商隐写有百余首咏物诗和六十多首咏史诗，它们各有兴寄，均为抒怀之作。咏物诗，如咏柳就有十九首，其中《垂柳》（“娉婷小苑中”）写对朝中重臣为新君（武宗）所斥的政治感慨，《柳》（“曾逐东风拂舞筵”）、《巴江柳》、《柳》（“为有桥边拂面香”）、《柳》（“柳有江潭底有情”）、《柳下暗记》、《关门柳》写诗人的身世之感，《柳》（“动春何限叶”）、《柳枝》五首、《离亭赋得折杨柳》二首以及《赠柳》、《谑柳》、《柳》（“江南江北雪初消”）、《垂柳》（“垂柳碧鬅茸”）写艳情。他如：

嫩箨香苞初出林，於陵论价重如金。
皇都陆海应无数，忍剪凌云一寸心。

——《初食笋呈座中》

本以高难饱，徒劳恨费声。
五更疏欲断，一树碧无情。

薄宦梗犹泛，故园芜已平。
烦君最相警，我亦举家清。

——《蝉》

苦竹园南椒坞边，微香冉冉泪涓涓。
已悲节物同寒雁，忍委芳心与暮蝉。
细路独来当此夕，清樽相伴省他年。
紫云新苑移花处，不取霜栽近御筵。

——《野菊》

永巷长年怨绮罗，离情终日思风波。
湘江竹上痕无限，岘首碑前洒几多。
人去紫台秋入塞，兵残楚帐夜闻歌。
朝来灞水桥边问，未抵青袍送玉珂。

——《泪》

《初食笋呈座中》实为感遇诗，借咏所食笋慨叹朝廷不惜人才。《蝉》前半以蝉自喻，既写蝉，又写己，且既切蝉，又切己。首联言德言操，兼发牢骚；颔联起句承“声”字，结句承“恨”字，二句中“一树碧无情”意可思而不可言，被称为“追魂取气之句”(顾安《唐律消夏录》)。后半直抒己意，仍归到蝉。全诗写蝉、写己，不落痕迹，较之《流莺》言“流莺漂荡复参差，度陌临流不自持。巧啭岂能无本意，良辰未必有佳期”以自道其诗，要自然、贴切得多。《野菊》以野菊自喻，写诗人的身世之感。首联写野菊遗弃草野，内心悲苦；次联写其开花甚晚却节操不俗，末联说“紫微新苑”“不取霜栽”，写足“野菊”之“野”，而言其不得进用。诗句句写野菊，语语说自己，字里行间充满诗人的不遇之悲。《泪》写送别之悲。前六句用赋体作法写古人六种泪水，为的是衬显末联所写灞桥送别之泪。“未抵”二字点题，谓天下之泪都不如送别之泪多，而送别之泪无有多于灞桥送别者。也就是说，灞桥送别是天下最使人感到有切肤之痛的伤心事。诗人何以对灞桥送别尤为伤感?或如冯浩所说：“此必为李卫国(德裕)迭贬时作也。《唐摭言》有‘八百孤寒齐下泪，一时南望李崖州’之句，与此同情。”(《玉溪生诗集笺注》)总观李商隐的咏物诗，多是借物喻己或托物咏怀，所写之物实是带有诗人主观情感之物。诗以情意为主，但所寓之意无不切合所咏之物的自然属性，而在展现物象特征时，既显其形，又传其神。真能做到亦物亦我，妙合无痕，又“时有佳句，在可解不可解之间”（李因培《唐诗观澜集》）。

其咏史诗，或发兴亡之慨，或借古言今，也是各有寓意。就艺术手法而言，实与其诗用历史典故叙事达意有相通处。如云：

瑶池阿母绮窗开，黄竹歌声动地哀。
八骏日行三万里，穆王何事不重来？

——《瑶池》

宣室求贤访逐臣，贾生才调更无伦。
可怜夜半虚前席，不问苍生问鬼神。

——《贾生》

猿鸟犹疑畏简书，风云长为护储胥。
徒令上将挥神笔，终见降王走传车。
管乐有才真不忝，关张无命欲何如？
他年锦里经祠庙，《梁父吟》成恨有余。

——《筹笔驿》

东征日调万黄金，几竭中原买斗心。
军令未闻诛马谡，捷书惟是报孙歆。
但须鸑鷟巢阿阁，岂假鸱鸮在泮林？
可惜前朝玄菟郡，积骸成莽阵云深。

——《隋师东》

乘兴南游不戒严，九重谁省谏书函。
春风举国裁宫锦，半作障泥半作帆。

——《隋宫》

海外徒闻更九州，他生未卜此生休。
空闻虎旅鸣宵柝，无复鸡人报晓筹。
此日六军同驻马，当时七夕笑牵牛。
如何四纪为天子，不及卢家有莫愁。

——《马嵬》其二

历览前贤国与家，成由勤俭破由奢。
何须琥珀方为枕，岂得真珠始是车。
运去不逢青海马，力穷难拔蜀山蛇。
几人曾预《南薰曲》，终古苍梧哭翠华。

——《咏史》

从引诗可见，李商隐咏史爱用慨叹言词、议论文字，只是慨叹、议论常与叙说史事连在一起，集中反映的是诗人品味历史的现实感受。多数诗咏史抒怀，怀古伤今，意在言外，令人生想，少数诗则借古言今，倾向性明显。如《咏史》首联即作史论，下写君王俭朴却不得善终，是因为命运不济，得不到志在解民之忧的人才，就处处切合文宗事。表现的是诗人对文宗错用李训、郑注，终被宦官所制、郁悒而死的惋惜和同情。《隋师东》也是咏古以讽时事，借隋炀帝东征高丽事，写大和元年(827)征李同捷所出现的种种问题。除慨叹、议论以显其意外，李商隐咏史，或就某一史事细节抒怀(如《贾生》、《隋宫》等)，或就某一事件抒怀(如《筹笔驿》、《隋师东》等)，或糅合多种史事抒怀(如《咏史》等)，或就一事而组合多种史事抒怀(如《瑶池》等)。也有就一类史事或一历史时代史事抒怀的，前者如《咏史》，言“北湖南埭水漫漫，一片降旗百尺竿。三百年间同晓梦，钟山何处有龙盘”，即咏及东吴孙皓出降到陈后主出降事。后者如《南朝》，谓“地险悠悠天险长，金陵王气应瑶光。休夸此地分天下，只得徐妃半面妆”，即说南朝几代君臣偏安江左，无统一天下之志的不足称道。而咏史寄慨，或托古讽今，常借细小事物或生活细节言之，像《齐宫词》谓“永寿兵来夜不扃，金莲无复印中庭。梁台歌管三更罢，犹自风摇九子铃”，用九子铃感叹齐的覆亡，即“从小物寄慨，倍觉唱叹有情”(沈厚塽《李义山诗集辑评》引纪昀语)。《南朝》“只得徐妃半面妆”，以及《汉宫》“通灵夜醮达清晨，承露盘晞甲帐春。王母不来方朔去，更须重见李夫人”中的“重见李夫人”，便是借用生活细节讥古嘲今(《汉宫》以汉写唐，讥刺唐武宗求仙不成，只能见鬼)。

三、无题诗。李商隐写有不少题为“无题”的诗。另有些诗虽然有题，但题目取自诗篇起首二字，亦属无题一类，如《锦瑟》、《碧城》、《一片》、《玉山》等。两者共有六十来首。除少数诗题意显豁外，多数诗归趣难求。纪昀说无题诸诗“有确有寄托者”、“有戏为艳体者”(《李义山诗辑评》引)，大体是对的。但要具体分析，却很困难。比如：

来是空言去绝踪，月斜楼上五更钟。

梦为远别啼难唤，书被催成墨未浓。
蜡照半笼金翡翠，麝熏微度绣芙蓉。
刘郎已恨蓬山远，更隔蓬山一万重。
——《无题》四首其一

飒飒东风细雨来，芙蓉塘外有轻雷。
金蟾啮锁烧香入，玉虎牵丝汲井回。
贾氏窥帘韩掾少，宓妃留枕魏王才。
春心莫共花争发，一寸相思一寸灰。
——《无题》四首其二

怅卧新春白袷衣，白门寥落意多违。
红楼隔雨相望冷，珠箔飘灯独自归。
远路应悲春晼晚，残宵犹得梦依稀。
玉珰缄札何由达？万里云罗一雁飞。
——《春雨》

三诗写主人公对意中人的“缠绵悱恻固结不解之情”和“遥情深怨”，何等感人。从字面上看，是绝妙的爱情诗。因为《无题》四首之四明言“老女嫁不售”，而《春雨》表达情意的浓烈、思念的迫切，以及思而不得的寥落、怅惘，与《无题》四首相似，故论者多以五诗为“确有寄托者”，且谓数诗均为诗人迫切希望令狐绹援引自己而作。循此思路，也有将《无题》（“凤尾香罗薄几重”）二首，说成是写求令狐绹不得的失望情绪的。但并非所有有寄托的无题诗，都能轻易说出其寄托所在。它们多以爱情诗形式出现，或不写爱情，却用语含糊、意象隐约、境界朦胧，对诗中寓意，人们尽可以自成其说，而谁都不敢保证他的说法就是标准答案。

下列《无题》诗，应是爱情诗：

近知名阿侯，住处小江流。
腰细不胜舞，眉长惟是愁。
黄金堪作屋，何不作重楼？
——《无题》

昨夜星辰昨夜风，画楼西畔桂堂东。

身无彩凤双飞翼，心有灵犀一点通。
隔座送钩春酒暖，分曹射覆蜡灯红。
嗟余听鼓应官去，走马兰台类转蓬。
——《无题》二首其一

相见时难别亦难，东风无力百花残。
春蚕到死丝方尽，蜡炬成灰泪始干。
晓镜但愁云鬓改，夜吟应觉月光寒。
蓬山此去无多路，青鸟殷勤为探看。
——《无题》

在有题而仍属无题的诗作中，有一部分是爱情诗，如《为有》、《日射》、《一片》、《昨日》以及《碧城》三首等。也有怀古讽今、事涉时政的，如《潭州》、《井络》等。也有写思乡之愁，如《二月二日》、《滞雨》等。还有写身世之感的，其中以《锦瑟》最著名。诗云：

锦瑟无端五十弦，一弦一柱思华年。
庄生晓梦迷蝴蝶，望帝春心托杜鹃。
沧海月明珠有泪，蓝田日暖玉生烟。
此情可待成追忆，只是当时已惘然！

有人说此诗咏瑟，有人说是悼亡，有人说是写令狐楚之妾，还有人说是"喻诗"之作。从诗中形象、感情来看，大抵此诗是写诗人的身世之感。诗以锦瑟起兴，写对往事的回忆。中间两联用象征手法，从不同侧面写他一生的遭遇，总的感受是苦多于乐。末联说这种境遇当时已使他感到惘然，可见诗人追忆时心情如何沉重。

第四节　李商隐的诗歌艺术及其对唐诗发展的贡献

李商隐的诗歌，大多显现出"深情绵邈"（刘熙载语）、"沈博绝丽"（冯浩语）的艺术风貌，而具有凄婉、缛丽的艺术风格。这一风格的形成，自与其政治上的沉沦不遇和感情生活的怅惘失意有关，更与他特有的审美趣味和创作艺术分不开。他学得《离骚》托芳草以怨王孙、借美人以喻君子的比兴手法，将难以明言的事实隐藏起来，而将其悲愤、感慨通过由典型物象和文字的色泽、音调共同构成的意象、氛围、境界显示出来。其创作艺术，则主要表现为：

一是诗中言志抒情，总带有感伤色彩。李商隐作诗，主要表现他对国事的忧虑和人生的不得意。其间有悲愤，有遗恨，有不平，也有怅惘和无奈、嗟叹和哀吟。除习惯于歌咏感伤题材外，他写其他题材的诗，也常显出心情的凄苦。如云："天荒地变心虽折，若比伤春意未多。"（《曲江》）"曾是寂寥金烬暗，断无消息石榴红。"（《无题》二首其一）"此情可待成追忆，只是当时已惘然。"（《锦瑟》）"休问梁园旧宾客，茂陵秋雨病相如。"（《寄令狐郎中》）"人生岂得长无谓，怀古思乡共白头。"（《无题》）他如写自己生平之"恨"难消，谓"深知身在情长在，怅望江头江水声"（《暮秋独游曲江》）；写对亲人的思念，谓"秋阴不散霜飞晚，留得枯荷听雨声"（《宿骆亭寄怀崔雍、崔衮》）；写思妇之愁，谓"回廊四合掩寂寞，碧鹦鹉对红蔷薇"（《日射》）。作《代赠》诗谓"芭蕉不展丁香结，同向春风各自愁"，写《柳》谓"如何肯到清秋日，已带斜阳又带蝉"，写《落花》谓"芳心向春尽，所得是沾衣"，写《回中牡丹为雨所败》谓"浪笑榴花不及春，先期零落更愁人。玉盘迸泪伤心数，锦瑟惊弦破梦频"。可以说，诗人咏物、咏史、咏怀，无论写到国事、身世，还是个人感情生活和自然景物，大多表现出伤感、悲凉、落寞的心情。就是作《骄儿诗》写骄儿之可爱，而言及自己经历时，也是感慨歔欷，出语酸楚。直谓"爷昔好读书，恳苦自著述。憔悴欲四十，无肉畏蚤虱。儿慎勿学爷，读书求甲乙"。当然，李商隐的诗并不是首首都带有感伤色彩，像《晚晴》谓"深居俯夹城，春去夏犹清。天意怜幽草，人间重晚晴。并添高阁迥，微注小窗明。越鸟巢干后，归飞体更轻"，写景状物、议论说理就显出诗人心情的轻松愉快。此外，还有些诗或径作愤词，或言冷语峭，或叙事作论，语气平和，都无感伤情绪可言。但这类诗较少。李商隐言志抒怀多带有伤感、怅惘情绪，加上用意深微而言之婉约，用事繁缛而设采艳丽，故其诗风偏于凄婉、缛丽一路。施补华说李诗"秾丽之中，时见沉郁"（《岘傭说诗》），便是对这一诗风的感性认识。

二是"寄托深而措词婉"（叶燮语），或谓"寓意深而托兴远"（林昌彝语）。所谓"寄托深"、"寓意深"，是就李诗用意深微、寄托悠远而言；"措词婉"、"托兴远"，则指修辞艺术特点而言。大抵李诗措词婉、托兴远，表现形式有二。一即大量使用典故叙事、作论、抒情、寄慨。李商隐擅长四六文的写作，不但熟悉典故，而且精于用典。他在诗中大量用典，实是以骈文为诗的一种表现。所用典故，既有历史事实，也有神话传说和文学作品中的人物、故事。诗中有直接用史事代言现实中人和事的，如《重有感》"窦融表已来关右，陶侃军宜次石头”，就是用西汉窦融、东晋陶侃事，说刘从谏既已上表朝廷愿为诛灭宦官尽力，就应进军长安，见诸行动。《安定城楼》“不知腐鼠成滋味，猜意鹓雏竟未休”，即借《庄子》寓言故事，表达诗人对猜忌者的愤恨。可见，李商隐用典往往将典故置于叙事、议论之中，或者说是借用典故叙事、议论，这样作的好处是避免忌讳，能比较充分地言志抒怀，话又说得婉曲含蓄。也有仅仅发挥典故的象喻功能，用古人古事作比，来显现诗人的情志意念的。如《旧将军》云：

云台高议正纷纷，谁定当时荡寇勋。
日暮灞陵原上猎，李将军是旧将军。

就是用“故将军(李广)”被霸陵尉“呵止”事，比喻李德裕功高而被贬，借言李广事发不平之慨。《楚吟》“楚天长短(意谓反正、老是)黄昏雨，宋玉无愁亦自愁”，以及《寄令狐郎中》“休问梁园旧宾客，茂陵秋雨病相如”，所言古人古事即诗人自喻之词。李商隐用典，多能沿用典故的本来含义，但出于表达感受的需要，也会活用典故。或翻出新意，如《嫦娥》写对女冠的寂寞、孤独寄予同情，即云：

云母屏风烛影深，长河渐落晓星沉。
嫦娥应悔偷灵药，碧海青天夜夜心。

或依据史事、神话传说的基本内容展开想像，使之生活化、情节化，这显然是受李贺的影响。如《海客》云：

海客乘槎上紫氛，星娥罢织一相闻。
只应不惮牵牛妒，聊用支机石相赠。

《龙池》云：

龙池赐酒敞云屏，羯鼓声高众乐停。
夜半宴归宫漏永，薛王沉醉寿王醒。

皆是。他如《咸阳》谓“自是当时天帝醉”，《谒山》谓“欲就麻姑买沧海”，《重过圣女祠》谓“一春梦雨常飘瓦，尽日灵风不满旗”，都是就相关传说展开想像。和从人生感受出发“加工”、改造史事、神话一致，李商隐用典，还爱将不同的史事、神话组合在同一首诗中，构成完整的意象、意境。至于诗中迭用典故，征事广博以婉曲达意的现象，更是屡见不鲜。

一即巧用比兴，境界朦胧，情味含糊。前人论抒情诗，多以诗中情味含糊为美。而要做到情味含糊，则一要意象莹澈玲珑，不可凑泊。所谓“诗贵意象透莹，不喜事实粘着”，“可以目睹，难以求实”(王廷相《与郭价夫学士论诗书》)；二要造境朦胧，不宜逼真。所谓“作诗不宜逼真，如朝行远望……远近所见不同，妙在含糊，方见作手”(谢榛《四溟诗话》卷三)。三要说得含蓄。所谓“辞简意味长，言语不可明白说尽，含糊则有余味”(范德机《木天禁语·五言短古篇法》)。李商隐咏怀、抒情，寄托深而措词婉，多数诗都有造境朦胧、情味含糊的特点，而这主要是通过巧用比兴(包括用典隶事)完成的。如《锦瑟》写身世之慨，中间两联实写四种人生境遇和感受，就都是意象莹透，境界朦胧，情味含糊，不能坐实。《七月二十八日夜与王郑二秀才听雨后梦作》，用梦中与诸多仙人交往事，写自己人生得意、失意之事，也是出语迷幻，境界恍惚，所言何事，亦难确认。而《无题》四首，通过写失恋或求婚不得，写诗人“老女嫁不售”的失望情绪，所用典故构成的意象、场景和表达的情思，更是语语不离恋情，并不涉及本事。而描叙、议论，也以表达感受为主。如其一“刘郎已恨蓬山远，更隔蓬山一万重”，即用进一层写法，借刘彻求仙事，写目的难以达到的遗恨。由于只突出感受的强烈而不明言其事，读者既可依诗中字面意思视遗恨为相思之愁，也可以说诗人的遗恨是因令狐绹为相高不可攀而生。由于诗中意象莹透、造境朦胧、情味含糊，理解起来多有歧义，自有利于掩藏本事，纯以感受示人。

李商隐巧用比兴，婉转措词，除借用典故以成意象显现情思、感慨外，还善于用曲喻手法表达人生感受。如《天涯》谓“春日在天涯，天涯日又斜。莺啼如有泪，为湿最高花”，《日日》谓“日日春光斗日光，山城斜路杏花香。几时心绪浑无事，得及游丝百尺长”。前诗写漂泊天涯的迟暮之悲，全从所言景象显出。首二句说春天身处天涯日斜之时，是从叙事中带出愁，其中“又”字最能显出诗人的愁苦无奈。末二句仍不直言其愁，而通过写耳闻莺鸣的感受来写愁。莺鸣自为好音，诗人言其为“啼”，且谓其“如有泪，为湿最高花”，可见其悲苦之甚。这种悲苦，原本存在诗人心中，是他移情花鸟的表现。钱钟书把末二句修辞手法称为曲喻，谓“诗人修辞，奇情幻想，则雪山比象，不妨生长尾牙；满月同面，尽可妆成眉目……以玉溪为最擅此。著墨无多，神韵特远。如《天涯》曰：‘莺啼如有泪，为湿最高花。’认真‘啼’字，双关出‘泪’、‘湿’也”(《谈艺录》)。意谓言“泪”、言“湿”，都因言“啼”而生，愈想愈奇。曲喻之妙，自是情味愈发含糊，神韵愈发悠远，而措词愈发婉约。后诗亦写愁苦之心。首句“日日春光斗日光”，感受奇特，读末二句始知乃愁绪无端所致。末二句仍用曲喻手法，“游丝百尺长”因“绪”而生，借有形之物写愁绪之深长。小诗写“茫茫身世”之感（姚培谦语），也显得情味含糊。

三是设采繁艳，词皆缛丽。李商隐的诗，特别是写爱情或托芳草、美人以寄意抒怀的诗，大都词采缛丽，所谓“艳情尤丽”（许学夷《诗源辨体》），或谓“义山诗寓意俱远，以丽句影出”（王夫之《唐诗评选》）。像众多《无题》诗和虽然有题而仍属无题的诗，由于“婉娈托寄，谬谜连比”（钱谦益《注李义山诗集序》），故用语绮密瑰妍，色泽艳丽。要指出的是，词虽缛丽，却无板重之嫌，原因是绚中有素，搭配得好。难得的是，诗中语词的绮丽总与意象的五光十色、情味的含糊、境界的朦胧同生同存，故读者读诗，未明其义，即被它所深含的难言之美所吸引。不但众多无题诗有如此审美效应，就是抒发身世之慨和写其他题材的小诗，如上引《天涯》、《日日》等，也是人见辄喜，因为它们也具有意极悲、语极艳而措词婉的特点。由于李商隐惯于使用史事、神话创造朦胧境界抒情达意，故所用语言多与史事、传说有关，如瑶台、碧城、凤巢、蓬莱、玉殿、云浆、琼树、兰丛、金莲、灵府、素娥、婵娟等，就显得高华典雅。又因为他“于南国妖姬、丛台妙妓”“有涉于篇什”（《上河东公启》），且乐于和善于用写男女情爱的方法表达政治上的诉求和苦恼，故其诗有辞藻秾丽、声调婉媚若艳词者。但李诗用语还有朴素、平淡的一面，不但《行次西郊作》言语朴拙，不事雕饰与所写萧索景象一致，就是一些寄慨、抒情味浓的小诗，也有用语浅近、平实的，如云：

梦泽悲风动白茅，楚王葬尽满城娇。
未知歌舞能多少，虚减宫厨为细腰。

——《梦泽》

君王如水向东流，得宠忧移失宠愁。
莫向尊前奏花落，凉风只在殿西头。

——《宫辞》

君问归期未有期，巴山夜雨涨秋池。
何当共剪西窗烛，却话巴山夜雨时。

——《夜雨寄北》

剑外从军远，无家与寄衣。
散关三尺雪，回梦旧鸳机。

——《悼伤后赴东蜀辟至散关遇雪》

定定住天涯，依依向物华。
寒梅最堪恨，常作去年花。

——《忆梅》

数诗意味深长，多含而不露，而用语明白如话。《忆梅》直以俚语“定定”入诗，却恰到好处地显露出诗人滞留天涯、久不得调的愤懑。

李商隐的诗歌，大多带有伤感色彩，寄托深而措词婉，设采繁艳，风格凄婉、缛丽。少数诗歌另有风格，其中引人注目的，是《韩碑》所显现的雄健特色。《韩碑》称美韩愈《平淮西碑》文，意在肯定唐宪宗、宰相裴度等人平定淮西的历史功勋，用以讽诫西北藩镇的怙恶不悛。诗咏韩碑，笔法即学碑文，不但叙事简明，而且以气运词，句奇语重。如“帝得圣相相曰度，贼斫不死神扶持”，“点窜《尧典》《舜典》字，涂改《清庙》《生民》诗”，“传之七十有三代，以为封禅玉检明堂基”等，真可谓“笔笔挺拔，步步顿挫，不具作一流易语”（沈厚塽《李义山诗集辑评》引纪昀语）。除奇雄、挺拔如韩诗外，李商隐诗还有风格类似长吉体的。如《海上谣》云：

桂水寒于江，玉兔秋冷咽。
海底觅仙人，香桃如瘦骨。
紫鸾不肯舞，满翅蓬山雪。
借得龙堂宽，晓出揲云发。
刘郎旧香炷，立见茂陵树。
云孙帖帖卧秋烟，上元细字如蚕眠。

此诗讽刺世人的求仙行为，用的是象喻手法。想像奇特，形象跳跃，用字奇险，风格奇诡幽峭。与此诗风格相近的，还有《射鱼》、《海上》、《李夫人》、《景阳宫井双桐》等诗。至于用字狠重奇险如李贺者，则时见于篇。如“老忧王室泣铜驼”之“泣”，“蜡烛啼红怨天曙”之“啼”，“芳根中断香心死”之“死”，“玉骨瘦来无一把”之“瘦”等，皆是。

李商隐诗歌艺术特色的形成，除受到韩愈、李贺诗风的影响外，还受到梁、陈宫体诗风和南朝民歌的影响。但对他影响最深、致使其在唐人中另开一境、自成一体的，是屈、宋辞赋和杜甫的近体诗。屈、宋，特别是屈原的影响，主要表现为对《离骚》情思愁怨、比兴手法（突出特点是托芳草以怨王孙，借美人以喻君子）和惊采绝艳之辞的取用。对杜诗的学习，则兼得其艺术精神和艺术技巧。故王安石晚年“以为唐人知学老杜而得其藩篱者，惟义山一人而已”（蔡居厚《蔡宽夫诗话》）。大抵李诗受杜诗影响最深的是七言律诗。此类诗或忧念国事，或慨叹身世，感事托讽，即景见情，虽设采繁艳，而“秾丽之中，时见沉郁”。除辞采缛丽外，包括用典叙事、寄慨在内的多种修辞手法都出自杜诗。如何焯所说：“晚唐中，牧之、义山俱学子美。牧之豪健、跌宕，不免过于放……不如义山顿挫、曲折，有声有色，有情有味，所得为多。”（《义门读书记》）要说明的是，义山学杜是为我所用，故其诗于沉郁顿挫之外还有“有声有色，有情有味”的特点。这样，他才能继杜甫之后，再一次极大地丰富七言律诗的表现艺术，增强其抒情功能和美学意蕴，为唐诗发展作出独特贡献。

第五节　李商隐的骈文和散文

李商隐十六岁就能作古文，所写《才论》、《圣论》已为人所知。十七岁入令狐楚幕，从楚学作骈体章奏文字。后又“恣展古集，往往咽噱于任、范、徐、庾之间。有请作文，或时得好对切事，声势物景，哀上浮壮，能感动人”（《樊南甲集序》）。李商隐的四六文，其源出于庾信。既学得他的“章摛造次之华，句挟惊人之艳，以礫裂为工，以纤妍为态”（朱鹤龄《新编李义山文集序》）。也学得他的“凌云健笔意纵横”（杜甫《戏为六绝句》），或侃论正辞，有风情张日、霜气横秋之慨。如其《为濮阳公与刘稹书》，劝刘稹不要拥镇自立抗拒朝命，在书中晓以利害，将其种种侥幸心理一一破除，出言说理即有高屋建瓴之势。而行文“言不避烦，理在易了”，既不迭用典故，也不语求藻丽，大有陆贽骈文之风。其《为濮阳公陈情表》、《上令狐相公状》、《献侍郎巨鹿公启》以及《上河东公启》，由于告语对象和所言之事特别，故频频用典，语词典丽，又是一种风貌。如《上河东启》婉谢柳仲郢为其续弦，自道当下心情：

> 某悼伤以来，光阴未几。梧桐半死，才有述哀；灵光独存，且兼多病。眷言息胤，不暇提携，或小于叔夜之男，或幼于伯喈之女。检庾信荀娘之启，常有酸辛；咏陶潜通子之诗，每嗟漂泊。

出语伤感味重，一如其诗。其中说妻子死后儿女年幼可怜，与其诗《王十二兄与畏之员外相访见招小饮，时予以悼亡日近不与因寄》说“嵇氏幼男犹可悯，左家娇女岂能忘”，都是借用典故叙事抒情，只是文中连用四典，繁缛过于其诗。

和善于用诗表达悲愁之思相关，李商隐作四六文，亦以抒情见长，最擅长的是诔奠之文。诸文之中，最感人的是《祭小侄女寄寄文》。文中有云：

> 正月二十五日，伯伯以果子、弄物招送寄寄体魄归大茔之旁。哀哉！尔生四年，方复本族，既复数月，奄然归无。於鞠育而未申，结悲伤而何极。来也何故，去也何缘。……寄瘗尔骨，五年于兹。白草枯荄，荒涂古陌。朝饥谁抱？夜渴谁怜？尔之栖栖，吾有罪矣。……自尔殁后，侄辈数人，竹马玉环，绣襜文褓，堂前阶下，日里风中，弄药争花，纷吾左右。独尔精诚，不知所之……呜呼！荥水之上，坛山之侧，汝乃曾乃祖，松槚森行，伯姑仲姑，冢坟相接。汝来往于此，勿怖勿惊。华彩衣裳，甘香饮食，汝来受此，无少无多。汝伯祭汝，汝父哭汝。哀哀寄寄，汝知之邪？

此文为祭奠四岁死亡的小侄女而作，写得凄婉动人。文中言及“伯伯”对死者的担心、思念、叮咛，出语如同与活人对谈，句句亲切、自然，易道易晓。行文完全不用典故，散句多于对句。即使句作对偶，也是语求平易，多数大体相对而已。不但与《重祭外舅司徒公文》出语长短皆作偶俪大异，也与《祭裴氏姊文》出语典雅不同。显然，其文风如此，与作者注意到受语对象特点大有关系。

李商隐幼习古文，但古文观念与韩愈不同。韩愈倡导古文，不但主张古文艺术精神以儒道为宗，还特别强调习古文者志于古道，惟儒道是遵。李商隐却说：“始闻长老言，学道必求古，为文必有师法。常悒悒不快。退自思曰：夫所谓道，岂古所谓周公、孔子者独能耶？盖愚与周、孔俱身之耳。以是有行道不系今古，直挥笔为文，不爱攘取经史、讳忌时世，百经万书，异品殊流，又岂能意分出其下哉！”（《上崔华州书》）李商隐为文不惟儒学是从，不爱攘取经史，不赞成“为文必有师法”，自是对韩愈古文主张的颠覆。其原因与他笃信道教而喜好道学有关。他赞扬李德裕文才之高，就特意称其“矫枉则黄冶之赋兴，游道则知止之篇作”（《为李贻孙上李相公启》）。又在《元结文集后序》中说：“论者徒曰：次山不师孔氏为非。呜呼！孔氏于道德仁义外有何物？百千万年，圣贤相随于途中耳。次山之书曰：'三皇用真而耻圣，五帝用圣而耻明，三王用明而耻察。'嗟嗟此书，可以无书。孔氏固圣矣，次山安在其必师之耶！"元结为政、为人、为文的指导思想，含有道家思想成分，但主体仍是儒家思想。李商隐有意放大元结尚道非儒的倾向，有为自己修身治学不违其"道"张目之意。因为他说过："兼之早岁，志在玄门；及到此都，更敦夙契；自安衰薄，微得端倪。"(《上河东公启》)不过他的非儒尚道、不重师法，从理论上说，对散文创作艺术精神、艺术风格的多样化，是有益的。

李商隐不赞成韩愈倡导古文的基本主张，但对韩文艺术评价很高。所作《韩碑》既肯定韩愈《平淮西碑》的识见美，又称赞它"句奇语重"、"文成破体"(即破除朝廷文告常用的四六文体)，兼有《诗》、《书》之美。在创作中，他也乐意吸收韩文创作艺术经验。不但用于散文，还用于骈体。其《太尉卫公会昌一品集序》，从武宗即位、起用李德裕说起，即学韩愈《平淮西碑》起首从宪宗和裴度决策写起的方法。另有一些向友人抒发愤世情绪，述说不遇之慨的散文，表现出急切的用世之心和功名欲望，说得坦率直白，也有和韩愈同类文字风格相近者。其《别令狐拾遗书》，极言"市道交"之可恶，谓己与对方"当誓不羞市道而又不为忘其素恨之母妇"，一句"真令人不爱此世而欲狂走远飏耳"，将其愤世、厌世之情倾吐无遗。又《与陶进士书》，写他应博学宏辞科考试为有司所黜的牢骚。先是大谈"所谓博学宏辞者，岂容易哉"，再说："私自恐惧，忧若囚械。后幸有中书长者曰：'此人不堪。'抹去之。乃大快乐曰：此后不能知东西左右，亦不畏矣！"反话正说，越是说他庆幸为"中书长者""抹去之"的"大快乐"，越显出其愤懑之深。此类文字与韩愈作不平之鸣的古文，在表现现实人生方面是相通的。只是韩文既鸣己不平，更多的是为他人鸣不平，李商隐的散文却只写自己的不遇；又韩文鸣不平，艺术手法多变，善于抑遏蔽掩，李文因作书体，多直言尽言，且爱叙述过程，絮语较多。其《李贺小传》，特记贺姊所说李贺死后升天故事，从选材角度言，亦与韩愈《柳子厚墓志铭》有相似处。皆能以意蕴深厚的虚有之事作实录内容，以突出人物本质特征。由于故事浪漫、凄美，加上描叙生动，不单增添了传记的文学味，更显出传主生前遭遇的可悲。从章法上看，叙说故事是为了引出作者的慨叹。慨叹语云：

> 呜呼！天苍苍而高也，上果有帝耶？帝果有苑囿、宫室、观阁之玩耶？苟信然，则天之高邈、帝之尊严，亦宜有人物。文采逾此世者，何独眷眷于长吉而使其不寿耶？噫！又岂世所谓才而奇者不独地上少，即

> 天上亦不多耶？长吉生时二十七年，位不过奉礼太常，时人亦多排摈毁斥之。又岂才而奇者，帝独重之，而人反不重耶？又岂人见会胜帝耶？

读此很容易使人想到《史记》中的伯夷列传。文中连用两叹词和六次使用疑问词“耶”，反复慨叹，反复质疑，议论、慨叹的是李贺为天帝所召事，也带出作者作为“才而奇者”而不遇的感慨。李商隐说他厌恶“为文必有师法”，从此传却可看出他于《史记》所得甚多，只是他对《史记》传记艺术经验的应用颇为灵活。又，其《元结文集后序》，结构形式、表述方式都是学杜牧的《李长吉歌诗序》。杜《序》从九方面描叙贺诗之美，李《序》即从元文“绵远长大”、“疾怒急击”、“详缓柔润”、“正听严毅”、“碎细分擘”、“总旨会源”六方面入手，描叙其审美特征。只是所用比喻过于烦琐，喻体形象繁复，语欠亮丽。其想像之怪特、用语之深奥，实是有意学元结古文之奇诡。可见李商隐为文，不但愿意而且善于取人之长为我所用。

第十一章 晚唐诗歌

第一节 张祜和许浑的诗歌

一、张祜的诗歌

张祜(791？—854)，字承吉，南阳(今属河南)人，寓居姑苏。大和五年(832)，令狐楚表奏入京，献诗三百首，无成而归。会昌五年(845)，往谒池州刺史杜牧，两人甚为相得。后北游南归，卒于丹阳。

张祜身为处士，为人却有几分狂气，自谓"三十未封侯，颠狂遍九州。平生莫邪剑，不报小人愁"(《书愤》)，"嗜酒几曾群众小，为文多是讽诸侯。逢人说剑三攘臂，对镜吟诗一掉头"(《到广陵》)。但冷静下来，也有怨愤难禁之时，其《寓怀寄苏州刘郎中》即云："天子好文才自薄，诸侯力荐命犹奇。贺知章口徒劳说，孟浩然身更不疑。"张祜一生，性爱山水，尤爱奇石。他几乎遍游江南名刹，每到一寺，必有题吟。所以张祜有特色的诗，第一类便是以题吟为主的山水诗。如云：

一宿金山寺，微茫水国分。
僧归夜船月，龙出晓堂云。
树影中流见，钟声两岸闻。
因悲在城市，终日醉醺醺。

——《题润州金山寺》

楼台耸碧岑，一径入湖心。
不雨山长润，无云水自阴。
断桥荒藓涩，空院落花深。
犹忆西窗月，钟声在北林。

——《题杭州孤山寺》

金陵津渡小山楼，一宿行人自可愁。
潮落夜江斜月里，两三星火是瓜洲。

——《题金陵渡》

广武原西北，华夷此浩然。
地盘山入海，河绕国连天。
远树千门邑，高樯万里船。
乡心日云暮，犹在楚城边。

——《登广武原》

诸诗写景，皆能于细微处见精神。诗人观察细而视野开阔，总能于大背景下写出山水景物的细部特征，且用字生动、贴切。他诗如《纵游淮南》云：

十里长街市井连，月明桥上看神仙。
人生只合扬州死，禅智山光好墓田。

虽所爱独特，也能写出扬州的繁华富丽。《入潼关》云：

都城三百里，雄险此回环。
地势遥尊岳，河流侧让关。
秦皇曾虎视，汉祖亦龙颜。
何处枭凶辈，干戈自不闲！

不单写出潼关气势，还流露出对军阀踞关作乱的愤恨。大抵他写山水景物，以五言律诗居多，其中状物佳句俯拾即是。如余成教所说：

张承吉五言诗善题目(品评)佳境，不可刊置他处。如“鸟啼新果熟，花落故人稀”，“河流出郭静，山色对楼寒”，“落日悬乌柏，空林露寄生"，"晚潮风势急，寒叶雨声多"，"地势遥尊岳，河流侧让关"，"地盘山入海，河绕郭连天"，"黑夜山魈语，黄昏海燕归"，"不雨山长润，无云水自阴"，"日月光先到，江山势尽来"，"树影中流见，钟声两岸闻"，"风帆彭蠡疾、云水洞庭宽"，"万里故人去，一行新雁来"，"洞壑江声远，楼台海气连"诸句，皆时地各肖，有声有色，宜乎杜司勋有"谁人得似张公子，千首诗轻万户侯"之赠也。

——《石园诗话》卷二

其诗题吟山水景色，不但摹写生动，而且兼有览物品游之意，时发慨叹，往往触及现实政治和人生境遇。多数作品情景相称，语句朗润，也有起结不协调者，如前引《题润州金山寺》，前六句发露金山之胜，自然生动，移易不得；末二句草草作结，用语太俗，就难免虎头鼠尾之讥。

张祜第二类有特色的诗，是宫词。其宫词多写天宝年间宫中事，韵味风情不下王建所作，而涉及题材范围更宽。不少诗，纪述宫内节庆活动，实可视为特殊的民俗诗。洪迈即云：

唐开元、天宝之盛，见于传记、歌诗多矣，而张祜所咏尤多，皆他诗人所未尝及者。如《正月十五夜灯》云："千门开锁万灯明，正月中旬动帝京。三百内人连袖舞，一时天上著词声。"《上巳乐》云："猩猩血染系头标，天上齐声举画桡。却是内人争意切，六宫红袖一时招。"《春莺啭》云："兴庆池南柳未开，太真先把一枝梅。内人已唱《春莺啭》，花下傞傞软舞来。"又有《大酺乐》、《邠王小管》、《李谟笛》、《宁哥来》、《邠娘羯鼓》、《退宫人》、《耍娘歌》、《悖拏儿舞》、《阿鸺汤》、《雨霖铃》、《香囊子》等诗，皆可补开、天遗事，弦之乐府也。

——《容斋随笔》卷九

张祜写宫内生活的诗，最著名的是《宫词》二首其一。诗云：

故国三千里，深宫二十年。
一声《何满子》，双泪落君前。

"何满子"为歌曲名，其声最悲。小诗哀情苦韵，看似客观描叙，却写出宫女不尽之悲。而《思归引》说：

深宫坐愁百年身，一片玉中生愤血。
焦桐弹罢丝自绝，漠漠暗魂愁夜月。

就不单是展现宫女如何愁怨，言说中还带有同情和不平。至于《赠内人》云：

禁门宫树月痕过，媚眼唯看宿燕窠。
斜拔玉钗灯影畔，剔开红焰救飞蛾。

则用两细节写出宫女自叹孤寂和向往自由的心态。此外，有些宫词讽谕性较强，如《集灵台》二首其二云：

虢国夫人承主恩，平明骑马入宫门。
却嫌脂粉污颜色，淡扫蛾眉朝至尊。

即藏讥刺于描叙中。还有些诗，如《华清宫》四首其三似乎仅纪其事而已，这一点和王建《宫词》并不专写宫怨是相同的。

二、许浑的诗歌

许浑(791？—858？)，字用晦，唐高宗宰相许圉师之后，丹阳(今属江苏)人。大和六年(832)进士及第，曾任当涂、太平二县令。入朝为监察御史，谢病东归，居京口丁卯涧。起为润州司马，任睦州刺史，又以虞部员外郎分司东都，官终郢州刺史。

许浑有特色的诗，一是怀古之作。如云：

一上高城万里愁，蒹葭杨柳似汀洲。
溪云初起日沉阁，山雨欲来风满楼。
鸟下绿芜秦苑夕，蝉鸣黄叶汉宫秋。
行人莫问当年事，故国东来渭水流。

——《咸阳城东楼》

玉树歌残王气终，景阳兵合戍楼空。
松楸远近千官塚，禾黍高低六代宫。
石燕拂云晴亦雨，江豚吹浪夜还风。
英雄一去豪华尽，唯有青山似洛中。

——《金陵怀古》

禾黍离离半野蒿，昔人城此岂知劳？
水声东去市朝变，山势北来宫殿高。
鸦噪暮云归古堞，雁迷寒雨下空壕。
可怜缑岭登仙子，犹自吹笙醉碧桃。

——《故洛城》

龙盘虎踞树层层，势入浮云亦是崩。
一种青山秋草里，路人唯拜汉文陵。

——《途经秦始皇墓》

《咸阳城东楼》看似思乡之作，实为吊古怀今，有无限慨叹。中间二联写景，描叙的是晚唐衰败、动乱将起的景象。三、四句工于写景，而无板重之嫌，但“阁”、“楼”同为楼宇，二字相犯，终为一病。不过，唐诗中此类例子不少。《金陵怀古》、《故洛城》，均发古今废兴之叹。前诗借吟陈后主事兴叹，首联将“玉树歌残”与“景阳兵合”对言，最具讽刺意味。次联义同李白“吴宫花草埋幽径，晋代衣冠成古丘”，三、四联用衬笔抒慨，寄兴甚远。后诗前六句都在写故洛城今日景象的凄凉，末联说缑山仙子犹自吹笙上登、食碧桃而醉令人羡慕，实是反言见意，有余味可品。《途经秦始皇墓》，末联用题外相形之法言始皇之不足称，出言冷峭，“唯”字尤有意味。大抵许浑怀古，多古今兴亡之叹，有慨叹时势、忧念国是者，但很少有明言其事或直作愤世之词的。多数都是用今日某一故地寒、荒、空、寂的破败景象，营造气氛、创造意境，显现诗人的现实感受，因而诗风平淡、优柔。

二是纪行诗和离别诗。许浑今存行旅、离别之诗近九十首，此类诗多能感发人意。如云：

失枕惊先起，人家半梦中。
闻鸡凭早晏，占斗认西东。
辔湿知行露，衣单觉晓风。
秋阳弄光影，忽吐半林红。

——《早行》

红叶晚萧萧，长亭酒一瓢。
残云归太华，疏雨过中条。

树色随山迥，河声入海遥。
帝乡明日到，犹自梦渔樵。

——《秋日赴阙题潼关驿楼》

劳歌一曲解行舟，红叶青山水急流。
日暮酒醒人已远，满天风雨下西楼。

——《谢亭送别》

相见又南北，中宵泪满襟。
旅游知世薄，贫别觉情深。
歌管一尊酒，山川万里心。
此身多在路，休诵异乡吟。

——《旅中别侄晦》

酒阑横剑歌，日暮望关河。
道直去官早，家贫为客多。
山昏函谷雨，木落洞庭波。
莫尽远游兴，故园荒薜萝。

——《送前缑氏韦明府南游》

许浑自谓“久贫辞国远，多病在家稀”(《将离郊园》)，故其纪行诗多。其纪行诗除抒发诸如“往事只应随梦里，劳生何处是闲时。眼前扰扰日一日，暗头白头人不知”(《旅怀作》)一类的感慨，和“孤枕易为客，远书难到家”(《旅怀》)的思乡之愁外，更多的是写途中所见景物特色，因而诗中写景名句甚多。如“何处野花何处水，下峰流出一渠香”(《途经敷水》)，“落帆露湿回塘柳，别院风惊满地花”(《夜归孤山寺却寄卢郎中》)，“远帆春水阔，高寺夕阳多。蝶影下红药，鸟声喧绿萝”(《潼关兰若》)，“风吹药蔓迷樵径，水暗芦花失钓船”(《经故丁补阙郊居》)，“栎坞炭烟晴过岭，蓼村渔火夜移湾”(《访别韦隐居不值》)，皆是。离别诗有留别诗、送别诗之分，两者都抒情性强。许浑的离别诗，有泛言离别之愁的，如《送别》云：

溪边杨柳色参差，攀折年年赠别离。
一片风帆望已极，三湘烟水返何时。

《旅中别侄晦》则自然发出人生感慨，“旅游知世薄，贫别觉情深”，非亲身体验者所能道。许浑离别诗表达亲情，最感动人的是《示弟》。诗云：

自尔出门去，泪痕长满衣。
家贫为客早，路远得书稀。
文字何人赏？烟波几日归？
秋风正摇落，孤雁又南飞。

行文如同写作家书，真是骨肉情怀，真诚恳挚，一字一泪。《送前缑氏韦明府南游》，内容安排如同赠序。中谓“道直去官早”，看似客观叙事，实有对韦明府为官正直而不遇的同情和不平。同样，称其“家贫为客多”，于其为人也有赞美之意。而说“莫尽远游兴，故国荒薜萝”，则于叮咛中见友情。

当然，许浑送别诗最具艺术魅力的，还是那些诉说真切感受而不明言尽言的小诗。像《谢亭送别》，就是只写自己送客的凄凉感受，且将感受融入景物描写之中。前二句写醉中所闻所见，纵有惜别之情（因此而醉）亦因醉而无所感受。后二句写日暮酒醒，行人已远，惜别之情难禁，但如何难受，并不直说，而用“满天风雨”骤至的凄迷景象，让人去想像他的情何以堪。许浑善于借景抒怀，故其离别诗亦以写景见长。如“津亭多离别，杨柳半无枝”（《送客归峡中》），“一尊酒尽青山暮，千里书回碧树秋”（《送元昼上人归苏州》），“箫鼓散时逢夜雨，绮罗分处下秋江”（《留别赵端公》），“对岸水花霜后浅，停檐山果雨来低”（《送张尊师归洞庭》）等，皆为俊语。韦庄说“江南才子许浑诗，字字清新句句奇。十斛明珠量不尽，惠休虚作碧云词”（《题许浑诗卷》），当指其诗景句新隽、流丽而言。宋人说：“许浑集中佳句甚多，然多用水字，故国初士人云‘许浑千首湿’，是也。”（胡仔《苕溪渔隐丛话》前集卷二十四引《桐江诗话》）“千首湿”，也是就许诗景句特色而言。许诗五百多首，用到水字或与水相关的雨、露、霜、雪、浪、河等字的诗，几乎占全诗八成之多。此类字眼的频繁使用，带来诗风的丰润、淡雅，但也造成语词数见不鲜的毛病。

总之，许浑擅长律诗创作，而五律胜过七律。其诗格律匀称，写景选声设色，描叙细腻、生动，虽然情随景出，但意浅事少，境界浅狭。往往丰润有余，清瘦不足；新隽有余，浑坚不足。

第二节　皮日休、陆龟蒙、罗隐的诗歌

随着晚唐各种社会矛盾的尖锐化、表面化，特别是农民起义不断发生，许多睁眼看世界的知识分子进一步认识到朝廷的腐朽、社会的腐恶，于是写诗作文，揭露社会疮痍。在诗歌史上，出现了一个继承杜甫、白居易写实传统的创作潮流，代表人物有皮日休、陆龟蒙、罗隐、聂夷中、杜荀鹤等人。

一、皮日休的诗歌

皮日休(834？—883？)，字逸少，又字袭美，襄阳(今属湖北)人。年轻时可能种过田，曾隐居鹿门山饱读诗书，家境不是太贫寒。他考过几次进士，并将自己的诗文编为《皮子文薮》以作干谒之用。唐懿宗咸通八年(867)登进士第，做过苏州刺史崔璞的郡从事，与吴地世族后裔陆龟蒙递相唱和，后入朝为太常博士。黄巢起义，他参加过起义军。但何时何地参加，是自愿还是胁迫，无从考证。黄巢都长安，皮日休做过翰林学士。他的死也是个谜，不知是为官军所杀，还是为黄巢所杀。

皮日休十分推崇孟子，曾上书请将孟子学说立为取士的科目。孟子民贵君轻的思想，弑恶道之君无罪的观念，对他的世界观和创作都曾产生过大的影响。论诗则秉承白居易提倡新乐府的主张，强调诗歌的社会功能，以为“乐府，盖古圣王采天下之诗，欲以知国之利病、民之休戚者也。……诗之美也，闻之足以观乎功；诗之刺也，闻之足以戒乎政”(《正乐府序》)。因而欣赏杜甫、白居易的写实之作，但对孟浩然、李白等人的诗也评价很高。

皮日休爱作组诗，而且组诗多有长篇序言。著名的有《三羞诗》三首、《正乐府》十篇、《七爱诗》七首、《太湖诗》二十首、《茶中杂咏》十首，以及题陆龟蒙临顿屋壁十首、《酒中十咏》、《馆娃宫怀古五绝》等。其中《三羞诗》三首，一诗一序，其结构形式，实是对白居易新乐府诗的发展。如其三序云：

> 丙戌岁，淮右蝗旱……见颍民转徙者，盈途塞陌，至有父舍其子，夫捐其妻，行哭立匄，朝去夕死。呜呼！天地诚不仁耶，皮子之山居，椸有袭，镬有炊，晏眠而夕饱，朝乐而暮娱，何能于颍川民而独享是为，将天地遗之耶。因羞不自容，作诗以唁之。

诗即就序中所说内容，感慨而敷衍成篇。说民众遭难，即谓“天子丙戌年，

淮右民多饥。就中颍之汭，转徙何累累。夫妇相顾亡，弃却抱中儿。兄弟各自散，出门如大痴。一金易芦菔，一缣换凫茈。荒村墓鸟树，空屋野花篱。儿童啮草根，倚桑空羸羸。斑白死路旁，枕土皆离离”。说自己羞愧，则谓“粤吾何为人，数亩清溪湄。一写落第文，一家欢复嬉。朝食有麦饘，晨起有布衣。一身既饱暖，一家无怨咨。家虽有畎亩，手不秉镃基。岁虽有札瘥，庖不废晨炊”。构思与白居易《观刈麦》有相同处，只是描叙过于琐碎。《正乐府》十篇，是诗人在创作中有意学习白居易新乐府而略有创新的作品。所谓创新，主要是将白诗“首章标其目”用小序标明题旨的作法，变为用倾向性明显的语词标题，如《卒妻怨》、《哀陇民》、《贪官怨》等，即是。其中《橡媪叹》，就是写诗人在稻熟之时拾橡子以充冬粮的感叹。诗云：

秋深橡子熟，散落榛芜岗。
伛偻黄发媪，拾之践晨霜。
移时始盈掬，尽日方满筐。
几曝复几蒸，用作三冬粮。
山前有熟稻，紫穗袭人香。
细获又精舂，粒粒如玉珰。
持之纳于官，私室无仓厢。
如何一石余，只作五斗量！
狡吏不畏刑，贪官不避赃。
农时作私债，农毕归官仓。
自冬及于春，橡实诳饥肠。
吾闻田成子，诈仁犹自王。
吁嗟逢橡媪，不觉泪沾裳。

诗写老媪拾橡子的场面，以“山前有熟稻，紫穗袭人香”为背景，更显出赋税之重。诗中指斥贪官、狡吏之狠，和他所说的今之置吏“将以为盗”是一致的。篇末实说当今皇帝连诈行仁义的田成子都不如，虽然出语含蓄，却难掩诗人的愤慨。

从此诗可以看出皮日休乐府诗有三个特点：一是诗中所写皆为“可悲可惧”之事，诗人以同情、忧惧的态度揭露社会问题，有使统治者“闻之足以戒乎政”的用心，但与白居易将作新乐府作为进谏的补充手段不同，故其诗叙其事必明说“吾”之感受，以“显其志”。二是诗中叙事概括性强、说明语多，少有故事情节。不过叙事题材单一，主题明确。三是语言质朴无华，哀、叹、怨、愤，显露无遗，诗风明快、平易。

除《三羞诗》、《正乐府》等直接表现民生疾苦的诗以外，皮日休还有一些小诗，颇能反映他对贫民、贫士的同情。如《蚊子》即谓“贫士无绛纱，忍苦卧茅屋。何事觅膏腴，腹无太仓粟”，《偶书》直说“大笑猗氏辈，为富皆不仁”。而《金钱花》云：

阴阳为炭地为炉，铸出金钱不用模。
莫向人间逞颜色，不知还解济贫无？

咏物而言及人事，抨击的仍是为富不仁者。其怀古诗则有意新语奇的特点。如云：

绮阁飘香下太湖，乱兵侵晓上姑苏。
越王大有堪羞处，只把西施赚得吴。
——《馆娃宫怀古五绝》其一

尽道隋亡为此河，至今千里赖通波。
若无水殿龙舟事，共禹论功不较多。
——《汴河怀古》二首其二

二诗均从翻案角度作论，学的是杜牧怀古咏史诗的手法。此外，皮日休和陆龟蒙学元、学白，写有不少次韵酬和之作，它们多至数百言，往来至数十首，无论内容和表现技巧都不足称道。

二、陆龟蒙的诗歌

陆龟蒙(？—882)，字鲁望，自号甫里先生、天随子、江湖散人，苏州吴(今江苏吴县)人。咸道六年(865)，入睦州刺史陆墉幕。九年(868)应举，不中。十三年(872)入张抟湖州幕，乾符二年(875)、三年(876)随抟入庐州、苏州。后居松江甫里，多所论撰。陆龟蒙与皮日休交契甚深，迭有唱和，诗风相近，世称“皮、陆”。

陆龟蒙反映社会问题的诗不多，但他对时政之弊的认识是深刻的。其《江湖散人歌》即云：

四方贼垒犹占地，死者暴骨生寒饥。

归来辄拟荷锄笠，诟吏已责租钱迟。
兴师十万一日费，不啻千金何以支。
只今利口且箕敛，何暇俯首哀惸嫠。

《新沙》言及赋税之多，无孔不入，云：

渤澥声中涨小堤，官家知后海鸥知。
蓬莱有路教人到，应亦年年税紫芝。

《筑城词》二首说劳役之重，云：

其一
城上一掊土，手中千万杵。
筑城畏不坚，坚城在何处？

其二
莫叹将军逼，将军要却敌。
城高功亦高，尔命何足惜。

《新沙》出语尖刻，足见诗人积愤之深。《筑城词》其一讲筑城不如修德，对劳役沉重有谴责意，但话说得含蓄。其二明说筑城只为将军立功，何惜人命。直言讥刺，语带愤恨。

陆龟蒙作有渔具诗、茶具诗和《樵人十咏》，意思不多。《杂讽》九首有寄托，刺世疾邪，兼写自己的不遇之慨。《自遣诗》三十首，为其隐居松江即兴之作，有些诗显露性情，别有意味。如其十三云：

数尺游丝堕碧空，年年长是惹东风。
争知天上无人住，亦有春愁鹤发翁。

其二十五云：

一派溪随箬下流，春来无处不汀洲。
漪澜未碧蒲犹短，不见鸳鸯正自由。

其十三本写自己因伤春而白头，而由游丝想到天上亦有“春愁鹤发翁”，构思奇妙。其二十五写目中所见"春来"光景，映现出诗人的雅怀深致，可谓景到情到。大抵陆氏作诗，善于托物抒情，其《白莲》诗云：

素花多蒙别艳欺，此花端合在瑶池。
无情有恨何人觉？月晓风清欲堕时。

诗以白莲自况，末句最得白莲神韵，言外思致，须心领神会始得。此外，陆氏怀古诗也有反用故事，以见识独特知名者。《吴宫怀古》谓"香径长洲尽棘丛，奢云艳雨只悲风。吴王事事须亡国，未必西施胜六宫"，即为一例。

陆龟蒙自谓"少攻歌诗，欲与造物者争柄，遇事辄变化，不一其体裁。始则凌轹波涛，穿穴险固，囚锁怪异，破碎阵敌，卒造平淡而后已"（《甫里先生传》）。其诗学杜甫，学韩愈，所作古体诗极力驰骋，排比为多。后来诗风略有变化，所作七律，咏物抒怀，多有清逸之美。向来皮、陆并称，大抵造语琢削，陆过于皮；风致洒落，皮逊于陆，而两人唱和均有僻涩之弊。

三、罗隐的诗歌

罗隐(833—909)，字昭谏，号江东生。杭州新城(今浙江富阳)人。本名横，大中、咸通年间屡试不第，改名隐。与宗人罗邺、罗虬齐名，时号"三罗"。咸通十一年(870)任衡阳主簿。黄巢起义后回归乡里，光启三年(887)，杭州刺史钱镠表为钱塘令，迁秘书省著作郎，辟为镇海节度掌书记。光化三年(900)，转司勋郎中，充镇海节度判官。开平三年(909)，钱镠表授吴越国给事中，迁盐铁发运使。

罗隐生当乱世，十试不第，为人简傲、好谐谑，牢骚满腹，感遇辄发，故其"诗文凡以讥刺为主，虽荒祠木偶，莫能免者"（辛文房《唐才子传》）。如他不得意于举场，写其愤懑云：

江头日暖花又开，江东行客心悠哉。
高阳酒徒半凋落，终南山色空崔嵬。
圣代也知无弃物，侯门未必用非才。
一船明月一竿竹，家住五湖归去来。

——《曲江春感》

"圣代"二句实是反话正说，"高阳"二句"不说别样懊恼，只说酒徒凋落；不骂要人窃位，只骂南山崔嵬，皆甚愤之辞，反如不愤者也"（金人瑞《贯华堂选批唐才子诗》)。又唐昭宗避难在外，随驾有擅长要猴者，昭宗赐以绯袍，号“孙供奉”。罗隐下第，作《感弄猴人赐朱绂》云：

十二三年就试期，五湖烟月奈相违。
何如买取胡孙弄，一笑君王便著绯。

此诗意义深刻，诗人拿自己十多年应试不第的遭遇和孙供奉对比，实是寓愤怒于嬉笑中。罗隐久试不第之悲，郁积心中，倾泄而出，时为自嘲之语。其《偶题》，即因娼妓云英言其十余年“犹未脱白”而作。说是“钟陵醉别十余春，重见云英掌上身。我未成名君未嫁，可能俱是不如人”。嘲人嘲己，“可能”二字，大有深意。

罗隐由于人生坎坷，故对弱者充满同情之心，常在诗中对社会上的不平现象加以抨击。如云：

不论平地与山尖，无限风光尽被占。
采得百花成蜜后，为谁辛苦为谁甜。
——《蜂》

尽道丰年瑞，丰年事若何。
长安有贫者，为瑞不宜多。
——《雪》

占得佳名绕树芳，依依相伴向秋光。
若教此物堪收贮，应被豪门尽劚将。
——《金钱花》

三诗咏物，实发愤世之慨。其感时伤事，对国势衰败，边患、内乱相继而君臣无计尤为痛心。既说“乾坤垫裂三分在，井邑摧残一半空”(《江亭别裴饶》)，“疲甿赋重全家尽，旧族兵侵太半无”(《送王使君赴苏台》)；又说“寒城猎猎戍旗风，独倚危楼怅望中。万里山河唐土地，千里魂魄晋英雄。离心不忍听边马，往事应须问塞鸿。好脱儒冠从校尉，一枝长戟六钧弓”(《登夏州城楼》)，“塞外偷儿塞内兵，圣君宵旰望升平。碧幢未作朝廷计，白梃犹驱妇女行。可使御戎无上策，只应忧国是虚声。汉王第宅秦田土，今日将军已自荣”(《塞外》)。对国土沦陷的忧虑、对将领假忧国真谋私的愤恨，在诗中表露无余。

其咏史诗，讥讽意味更浓、现实针对性更强。如《帝幸蜀》吟僖宗避乱成都事，云：

马嵬山色翠依依，又见銮舆幸蜀归。
泉下阿蛮应有语：这回休更怨杨妃。

《华清宫》云：

殿楼层层佳气多，开元时节好笙歌。
也知道德胜尧舜，争奈杨妃解笑何。

二诗为杨妃鸣不平，实于玄宗、僖宗和作乱之藩镇有讥刺意。罗隐认为王朝兴替乃时运所致，所谓"时来天地皆同力，运去英雄不自由"(《筹笔驿》)。其咏史亦以此论作骨，往往别出新意。《西施》说：

家国兴亡自有时，吴人何苦厌西施。
西施若解倾吴国，越国亡来又是谁？

虽尽作议论，所问却发人深省。

罗隐长于七律，虽出语幽默，不乏谐谑，实则感慨苍凉，沉郁顿挫，与杜诗有相通处。他善于咏物，尤其善于咏史，所作议论，意新语激，讽刺性强。又，罗隐诗歌语言通俗、明白，像"今朝有酒今朝醉，明日愁来明日愁"(《自遣》)，"只知事逐眼前去，不觉老从头上来"(《水边偶题》)，"时人不用穿针待，没得心情送巧来"(《七夕》)，"能消造化几多力，不受阳和一点恩"(《登高咏菊尽》)，直以口语为诗，虽平易而诗味不薄。

第三节　聂夷中、杜荀鹤等人的诗歌

一、聂夷中的诗歌

聂夷中(837？—884？)，字坦之，河东(今山西永济)人，一说河南(今洛阳附近)人。三十四岁中进士第，曾官华阴县尉。中进士第以前，他在长安很长时间内生活困顿，自言"在京如在道，日日先鸡起。不离十二街，日行一百里"(《住京寄同志》)，又说"扰扰造化内，茫茫天地中。苟或有所愿，毛发亦不容”(《杂兴》)，有很深的人生感触。

聂夷中生当乱世，奋身草泽，备尝辛楚，所见民间疾苦和社会不平现象既多，故其诗写实性强。伤俗闵时，哀稼穑之艰难；明讽暗刺，发不平之慨叹。聂诗今存三十七首，乐府占一小半。诗歌内容可分为两类：

一是写农民的痛苦遭遇，名作有《咏田家》(一名《伤田家》)。诗云：

二月卖新丝，五月粜新谷。
医得眼前疮，剜却心头肉。
我愿君王心，化作光明烛。
不照绮罗筵，只照逃亡屋。

此诗不单写出农家困苦之事，还用陈述愿望的方式，表达对最高统治者的不满，反映出聂诗“寓讽刺，深含蓄”的特点。同样写农家之苦的，尚有《田家》二首，其一云：

父耕原上田，子劚山下荒。
六月禾未秀，官家已修仓。

此诗讽刺统治者不知农民劳苦，但知夺取农民劳动果实。两种事实，对比鲜明。小诗言简意足，不作议论，胜作议论。他如《古兴》有云：“片玉一尘轻，粒粟山丘重。唐虞贵民食，只是勤播种。……一岁如苦饥，金玉何所用。”诗说粮食的重要，说农业生产的重要，可见他十分重视农业在国计民生中的作用。从这个角度读他的悯农诗，我们可能有新的体会。

二是揭露、抨击社会上的不良现象。《长安道》说“此地无驻马，夜中犹走轮。所以路傍草，少于衣上尘”，即将奔走于名利之途的芸芸士子作为讽刺对象。《公子行》其一说：“汉代多豪族，恩深益骄逸。走马踏杀人，街吏不敢诘。……飞琼奏云和，碧箫吹凤质。唯恨鲁阳死，无人驻白日。”其二云：

花树出墙头，花里谁家楼。
一行书不读，身封万户侯。
美人楼上歌，不是古《凉州》。

又《公子家》云：

种花满西园，花发青楼道。
花下一禾生，去之为恶草。

则以写实手法揭露世家子弟的骄逸、跋扈和无知。其中，“一行书不读、身封万户侯”，既是叙事，也是议论，言语中包含诗人无限愤慨。

聂夷中长于五古，其诗质朴、悲凉，托事讽谕，有古谣谚之风。虽志在刺讥，而以写实为主，寓怒寓斥于叙事中。

二、杜荀鹤的诗歌

杜荀鹤(846—907)，字彦之，自号九华山人，池州石埭(今安徽石台)人。传为杜牧微子，其说不一定可靠。他出身寒微，早年读书于九华山，多次应试不第，后以诗取悦朱温，四十六岁时始中进士第。曾被宣州节度使田頵辟为从事。天祐元年(904)，朱温奏其为翰林学士、主客员外郎，遇疾，旬日而卒。

杜荀鹤自称“江湖苦吟士，天地最穷人”(《郊居即事投李给事》)，说是“宁为宇宙闲吟客，怕作乾坤窃禄人。诗旨未能忘救物，世情奈值不容真”(《自叙》)。又谓其“言论关时务，篇章见国风”(《秋日山中》)。其诗论主张与白居易相同处多，但主要是用近体诗形式反映民生疾苦和抒发个人人生感受。

杜荀鹤反映民生疾苦的诗，写实性强，大多用事实说话，叙事中常带议论，以表现诗人的愤怒和感叹。如《再经胡城县》云：

去岁曾经此县城，县民无口不冤声。
今来县宰加朱绂，便是生灵血染成。

《乱后逢村叟》云：

经乱衰翁居破村，村中何事不伤魂。
因供寨木无桑柘，为著乡兵绝子孙。
还似平宁征赋税，未尝州县略安存。
至于鸡犬皆星散，日落山前独倚门。

《山中寡妇》云：

夫因兵死守蓬茅，麻苎衣衫鬓发焦。
桑柘废来犹纳税，田园荒后尚征苗。
时挑野菜和根煮，旋斫生柴带叶烧。
任是深山更深处，也应无计避征徭。

村叟、寡妇处境艰困，与社会动乱有关，与国政繁苛有关，更与大大小小的"胡城县""县宰"变本加厉盘剥农民有关。诗人寄同情予农民，在诗中为民呼吁，自有其进步性。但在乱篡相继、军阀拥兵自立的唐末五代之际，这种呼吁的作用，显然是有限的。史载杜氏作《时世行》十首上朱温，欲劝朱温省徭役、薄赋敛，即为其所不喜。

杜荀鹤抒发个人人生感慨的诗，多写其寒苦羁穷之态，往往有孟郊、贾岛之风。如《与友人对酒吟》云：

凭君满酌酒，听我醉中吟。
客路如天远，侯门似海深。
新坟侵古道，白发恋黄金。
共有人间事，须怀济物心。

《江岸秋思》云：

驱马傍江行，乡愁步步生。
举鞭挥柳色，随手失蝉声。
秋稼缘长道，寒云约古城。
家贫遇丰岁，无地可归耕。

他如《秋宿临江驿》云："南去北来二三年，年去年来两鬓斑。举世尽从愁里老，谁人肯向死前闲……身事未成归未得，听猿鞭马入长关。"此类言愁叹穷之诗，当为诗人境遇的真实写照，自然发露，用语通俗，较之孟、贾诗风的寒瘦，又是一种风貌。杜荀鹤善于写实，写乱世景象尤为真切，如谓"农夫背上题军号，贾客船头插战旗"（《赠秋浦张明府》），"古寺拆为修寨木，荒坟开作甃城砖"（《旅泊遇郡中叛乱示同志》），即为其例。与此同类，杜诗写景佳句颇多，如"风暖鸟声碎，日高花影重"（《春宫怨》），"山雨溪风卷钓丝，瓦瓯篷底独斟时"（《溪兴》），"雁惊风浦渔灯动，猿叫霜林橡实疏"（《闲居书事》），"夜市桥边火，春风寺外船"（《送人游吴越》），"络岸柳丝悬细雨，绣田花朵弄残春”(《维扬春日》)，“雨匀紫菊丛丛色，风弄红蕉叶叶声”(《闽中秋思》)，皆是。此外，杜诗说理，亦有佳句。像《经废宅》所说“人生当贵盛，修德可延之。不虑有今日，争教无破时”，即为阅世至言，而《送人宰吴县》所说“海涨兵荒后，为官合动情。字人无异术，至论不如清”，可谓箴规之词。

杜荀鹤的近体诗，七言胜过五言。七律、七绝皆有名篇。除《再经胡城县》外，七绝《蚕妇》谓“粉色全无饥色加，岂知人世有荣华。年年道我蚕辛苦，底事浑身着苎麻”，《田翁》谓“白发星星筋力衰，种田犹自伴孙儿。官苗若不平平纳，任是丰年也受饥”，也是晚唐写实诗歌的代表作。而像《旅舍遇雨》说“月华星彩坐来收，岳色江声暗结愁。半夜灯前十年事，一时和雨到心头”，更是韵味十足的咏怀小诗。就语言而论，亦雅亦俗应是杜诗的特色。有些咏怀诗、赠人诗和代言诗(如《春宫怨》等)，出语雅多于俗，写民生疾苦和社会矛盾，则俗多于雅。无论雅俗，都易读易晓。尤为难得者，诗人能以俗语道出雅趣。所谓“于一觞一咏，变俗为雅，极事物之情，足丘壑之趣，非易能及者也”(辛文房《唐才子传》卷九)。

晚唐写实诗风流行，除前述皮、陆、罗等诗人外，尚有于濆、刘驾、曹邺、唐彦谦、郑遨等人，在诗中比较具体地写到农民的痛苦。其诗语言朴质，较之前人，艺术上并无大的突破，但作为唐末重要的诗歌现象，却不容忽视。其诗有云：

垅上扶犁儿，手种腹长饥。
窗下抛梭女，手织身无衣。
我愿燕赵姝，化为嫫母姿。
一笑不值钱，自然家国肥。

——于濆《苦辛吟》

无言贾客乐，贾客多无墓。
行舟触风浪，尽入鱼腹去。
农夫更苦辛，所以羡尔身。

——刘驾《反贾客乐》

官仓老鼠大如斗，见人开仓亦不走。
健儿无粮百姓饥，谁遣朝朝入君口？

——曹邺《官仓鼠》

春风吹蚕细如蚁，桑芽才努青鸦嘴。
侵晨探采谁家女，手挽长条泪如雨。
去岁初眠当此时，今岁春寒叶放迟。
愁听门外催里胥，官家二月收新丝！
——唐彦谦《采桑女》

一粒红稻饭，几滴牛颔血。
珊瑚枝下人，衔杯吐不歇。
——郑遨《伤农》

第四节 司空图的诗作、诗论和韩偓的诗歌

一、司空图的诗作、诗论

司空图(837—908)，字表圣，自号知非子、耐辱居士，河中虞乡(今山西永济)人。咸通末年(874)中进士第。黄巢占领长安，僖宗次凤翔，司空图官至中书舍人。后来昭宗召他为谏议大夫、兵部侍郎，他托以足疾还中条山王官谷。他在中条山中构筑亭榭，作诗绘画，自言“侬家自有麒麟阁，第一功名自赏诗”(《力疾山下吴村看杏花》)。又曾预置冢棺，遇胜日则引宾客在墓穴中赋诗酌酒。朱温代唐，他绝食而死。

司空图诗作甚多，主要学王维、孟浩然一派。诗中常有一些写景的妙句，诸如“川明虹照雨，树密鸟冲人”(《华下送文浦》)，“雨微吟思足，花落梦无聊”(《下方》)，“草嫩侵沙短，冰轻著雨消”(《早春》)，“孤屿池痕春涨满，小阑花韵午晴初”(《光启四年春戊申》)。司空图写景虽能如画，可惜意境不深，有些诗近于单纯写景。比如《独望》：

绿树连村暗，黄花出陌稀。
远陂春草绿，犹有水禽飞。

有时他写到社会动乱，也只是发出低声的喟叹。如其《重阳山居》：

诗人自古恨难穷，暮节登临且喜同。
四座宾朋兵乱后，一川风物笛声中。

菊残深处回幽蝶。陂动晴光下早鸿。
明日更期来此醉，不堪寂寞对衰翁。

司空图诗多有新隽、闲澹之美，用语平淡，不尚雕琢。七绝偶有使用奇字奇语者，如《杂言》谓“乌飞飞，兔蹶蹶，朝去暮来驱时节。女娲只解补青天，不解煎胶粘日月”，即是。总的特点，仍未脱晚唐习气。

司空图对唐诗发展的最大贡献，是他提出了“辨味”说，所谓“愚以为辨于味，而后可以言诗也”，而其味在“酸咸之外”（《与李生论诗书》）。他讲的“诗味”，“存在于表现各种情景的诗中”，“不只是关系到内容，还关系到形式，以及内容与形式相结合的程度”（王文生《中国美学史》第三章第二节）。他在诗论著作《诗品》中，提倡诗要含蓄，要有“韵外之致”、“味外之旨”。他把诗的风格分成二十四品，每品用十二句四言韵语加以表述，十二句话是一连串的比喻。他标明的二十四品，是雄浑、冲淡、纤秾、沉着、高古、典雅、洗炼、劲健、绮丽、自然、含蓄、豪放、精神、缜密、疏野、清奇、委曲、实境、悲慨、形容、超诣、飘逸、旷达、流动。虽有二十四品，但品与品之间界限模糊。即使每一品的特点，也只能就每段韵文所提供的形象得其仿佛。不过有些韵文言词华美，形象鲜明，具有诗的意境。比如：

俯拾即是，不取诸邻。俱道适往，着手成春。如逢花开，如瞻岁新。真予不夺，强得易贫。幽人空山，过水采蘋。薄言情晤，悠悠天钧。（自然）

玉壶买春，赏雨茅屋，坐中佳士，左右修竹。白云初晴，幽鸟相逐。眠琴绿阴，上有飞瀑。落花无言，人淡如菊。书之岁华，其曰可读。（典雅）

司空图的“韵外之致”，就是讲诗的言外之意，即刘勰说的“情在词外”，钟嵘讲的“文已尽而意有余”，皎然说的“但见性情，不睹文字”的“文外之旨”（《诗式》），王昌龄说的“每至落句，常须含思，不得令语尽思穷”（《诗格》）。他强调含蓄蕴藉，因此要求托物言志，要创造“象外之象，景外之景”（《与极浦书》）。所谓“象外之象”，前一个“象”是指诗中形象，后一个“象”是指读者借助于诗中形象，结合自己的生活感受所领会到的意象。要使诗具备“象外之象”，作者创作时就要“思与境偕”（《与王驾书》），即诗人的意趣要与所写的形象浑然一体。这些意见对于诗的创作和鉴赏都是有益的。

大抵司空图论诗，推崇王维、韦应物等人的“澄淡精致”，“趣味澄夐”，而对元、白的浅露大不满意。他说：“右丞、苏州，趣味澄夐，若清风之出岫……元、白力勍而气孱，乃都市豪估耳。”(《与王驾书》)又说：“王右丞、韦苏州澄淡精致，格在其中，岂妨于遒举哉！”(《与李生论诗书》)这种爱恶与他后期作为隐士的生活经历有关，直接影响到他的诗歌创作和理论建设。

司空图的“辨味”说揭示诗歌美在情味的本质特征，连同他赏爱“澄淡精致”、“趣味澄夐”之诗的审美趣味，对后人都有很大的影响，严羽的妙悟说、王士祯的神韵说、袁枚的性灵说，都和司空图的诗歌理论有相通之处。袁枚甚至模仿《诗品》的形式写了《续二十四品》。

二、韩偓的诗歌

韩偓(844—923)，字致尧，自号玉山樵人，京兆万年(今陕西西安)人。他是李商隐的姨侄，小时即有诗名。商隐曾写诗赞他“十岁裁诗走马成，冷灰残烛动离情。桐花万里丹山路，雏凤清于老凤(指偓父韩瞻)声”(《兼呈畏之员外》)。唐昭宗龙纪元年(889)进士及第。天复(901—904)中为翰林学士，迁中书舍人。从昭宗幸凤翔，进兵部侍郎、翰林承旨。昭宗几次拜他为相，他都辞让不受。韩偓身处奸雄、群小之间，自立议论，不至诡随，终因得罪军阀朱全忠，被排挤到濮州做司马。当时昭宗流涕说：“我左右无人矣！”天佑六年(909)，复召为学士，韩偓不敢入朝，挈其家往闽中依王审知而卒。

韩偓是晚唐的重要诗人。早年作诗多写男女之情，称香奁诗。后入朝为官，内预秘谋，外争国是，屡触逆臣之锋，常怀君国之忧，又有去国之恨，目睹唐亡，哀痛更深，发而为诗，诗风即变。故韩偓诗歌，实有两种艺术风貌。

一是慷慨悲凉，风骨遒劲。具有这种艺术风貌的诗，多写用世之志、爱君忧国之心和亡国之痛。抒怀言志，可谓吐忠愤之气，发苍凉激楚之音。如云：

晚凉闲步向江亭，默默看书旋旋行。
风转滞帆狂得势，潮来诸水寂无声。
谁将覆辙询长策，愿把棼丝属老成。
安石本怀经济意，何妨一起为苍生。

——《有瞩》

故都遥想草萋萋，上帝深疑亦自迷。
塞雁已侵池籞宿，宫鸦犹恋女墙啼。
天涯烈士空垂涕，地下强魂必噬脐。
掩鼻计成终不觉，冯驩无路敩鸣鸡。

——《故都》

岸上花根总倒垂，水中花影几千枝。
一枝一影寒山里，野水野花清露时。
故国几年犹战斗，异乡终日见旌旗。
交亲流落身羸病，谁在谁亡两不知。

——《伤乱》

《有瞩》为明志之作。颔联写国家危急、无人靖乱之势，后二联说自己有经世济时之志，希望有人起用自己。《故都》写亡国之悲。昭宗为朱温劫迁，长安遂墟，乃称故都。后二联写“烈士”、“强魂”不甘唐亡、欲报其仇的悲愤和无奈举止，慷慨悲哀，情见乎词。《伤乱》实写唐末军阀混战给人民带来的灾难。首联用比喻写生灵涂炭，次联仍用比喻写君子投闲，小人冒宠，后二联直说因乱离而伤心。诗中频频使用重叠字眼(如“花”、“水”、“枝”、“影”、“野”等字)写成萧疏、乱离景象，表现力强。韩偓诗中纪乱和乱后惨象，多具体而微，能补正史之不足。如其《乱后却至近甸有感》有云：

狂童容易犯金门，比屋齐人作旅魂。
夜户不扃生茂草，春渠自溢浸荒园。

又《自沙县抵龙溪县，值泉州军过后，村落皆空，因有一绝》云：

水自潺湲日自斜，尽无鸡犬有鸣鸦。
千村万落如寒食，不见人烟空见花。

就将乱后农村破败、萧瑟景象写得历历如见，非身经其地者不能道，而且描叙中充满诗人悯时愤世的人文情怀。

二是柔姿婉骨，绮艳新巧。具有这种艺术风貌的诗，多写男女之情，或径称香奁诗。其香奁诗，远绍宫体诗风，近学温(庭筠)、李(商隐)之作，总以绮艳、新巧为特色。细分则有两类，一类属于效仿宫体者，着意写女子体态举止之美或详写男女欢爱活动。如《五更》云：

往年曾约郁金床，半夜潜身入洞房。
怀里不知金钿落，暗中唯觉绣鞋香。
此时欲别魂俱断，自后相逢眼更狂。
光景旋消惆怅在，一生赢得是凄凉。

前四句实写偷情之事，和南朝同类题材宫体诗相比，有过之而无不及。他如《咏浴》、《昼寝》等，皆属此类。高秀实说"韩偓《香奁集》，丽而无骨"（许颉《彦周诗话》引），当就此类诗作而言。另一类是表现少女的纯情和娇憨神态，显得清新活泼的诗。如云：

秋千打困解罗裙，指点醍醐索一尊。
见客入来和笑走，手搓梅子映中门。

——《偶见》

学梳松鬓试新裙，消息佳期在此春。
为要好多心转惑，遍将宜称问旁人。

——《新上头》

髻根松慢玉钗垂，指点花枝又过时。
坐久暗生惆怅事，背人匀却泪胭脂。

——《松髻》

三诗皆用细节表现少女情思，描写工细，不乏传神之笔。此类诗中，还有寓情于景或只表达其意而不尽写其情的。如名篇《已凉》云：

碧阑干外绣帘垂，猩血屏风画折枝。
八尺龙须方锦褥，已凉天气未寒时。

便是通首布景，而景中有人，如一幅工笔仕女图，种种情事，虽未明说，却能令人思而得之。又如《闻雨》云：

香侵蔽膝夜寒轻，闻雨伤春梦不成。
罗帐四垂红烛背，玉钗敲著枕函声。

即写意而不及情，只写景物、声响（雨声、玉钗敲打枕函声），而女子伤春怀人之意自在其中。此类诗大都词致婉丽，有些作品字面上全写景物，其情其意殊难领会，纯以意境动人。如《夜深》云：

恻恻轻寒翦翦风，小梅飘雪杏花红。
夜深斜搭秋千索，楼阁朦胧烟雨中。

诗写庭院之景，景中秋千提示我们，楼阁中定有一剪灯听雨的少女，在春寒料峭、烟雨朦胧的深夜，少女情思如何涌动，你只能凭诗中意象去想像。

和李商隐寓寄托于恋情诗一样，韩偓有些艳情诗也是“寓感”良深的咏怀之作。如《偶见》云：

千金莫惜旱莲生，一笑从教下蔡倾。
仙树有花难问种，御香闻气不知名。
愁来自觉歌喉咽，瘦去谁怜舞掌轻。
小叠红笺书恨字，与奴方便寄卿卿。

周珽即将其与李商隐托于臣不忘君、叹其不遇的《无题》诗并论，谓“观致尧《偶见》诗，寓感良不浅，秾丽清婉，极其描写，莫以寻常艳诗目之”（《唐诗选脉会通评林》）。与此相关，韩偓也有借写“惜花”、“哭花”的强烈感受，来表达他的忧国之心和身世之悲的。如云：

皱白离情高处切，腻香愁态静中深。
眼随片片沿流去，恨满枝枝被雨淋。
总得苔遮犹慰意，若教泥污更伤心。
临轩一盏悲春酒，明日池塘是绿阴。

——《惜花》

曾愁香结破颜迟，今见妖红委地时。
若是有情争不哭，夜来风雨葬西施。

——《哭花》

《惜花》句句惜花，实句句暗指时事，写唐亡之根。《哭花》，首句言花开之迟，次句言花谢之惨，第三句言当为花而哭，末句出语新奇，说花谢委地如同“夜来风雨葬西施”一样令人悲哀。表面看，诗人在为花的迟开骤败而哭，实乃诗人借哭花一抒胸中郁悒，所谓“致尧悲感身世，牢落结塞之怀，俱于此句中一恸矣”（黄叔灿《唐诗笺注》）。

晚唐诗风主要有两种走向，一是学白居易新乐府体，一是学温（庭筠）、李（商隐）的绮丽，而常用的诗体为近体。韩偓的香奁诗，明显受温、李的影响，其慷慨悲凉之作，应是他对晚唐诗歌发展的独特贡献。就诗体而言，他最擅长的是七律，其诗写其忠亮大节、亡国悲愤，实于杜甫之外别树一帜。又诗中多写景物而少用典故，与李商隐所作亦大有区别。

第十二章　唐代古文

第一节　萧颖士、李华、独孤及的古文观念和创作特点

探古文运动之源，当追溯至陈子昂的诗歌复古活动；论古文运动的先驱者，应言及萧颖士、李华、元结、独孤及、韩会、梁肃、柳冕等人。

萧颖士(707—759)，字茂挺，兰陵(今山东苍山)人。开元二十三年(735)进士及第，次年至吏部对策第一，官授金坛尉，因故未赴任。天宝元年(742)补秘书正字，八载(749)自集贤校理调为广陵大都督府参军事。十载待制史馆，因李林甫作梗，中途免官。十五载为广陵郡大都督府长史、淮南节度使兼御史中丞李成式掌书记，后为扬州功曹参军。安史之乱结束前四年，殁于汝南。

萧颖士少有文名，十九岁即科考及第，接着对策折桂，后又受到前辈张均、韦述等人的器重，于是名闻天下。不但青年才俊对其执弟子礼，而且倭国遣使入唐求“萧夫子”东渡为师。他也爱援引后进，所援引者皆成天下名士，士林中人皆呼其为“萧功曹”。不过，他为人“狂率不逊”(《旧唐书·萧颖士传》)。“恃才傲物，敻无与此”(《唐摭言》卷三)。为人刚克，“若百炼之钢，不可屈折”，做事有些偏激，以致“贬恶太亟，奖能太重”(李华《三贤论》)。

萧颖士自谓“平生属文，格不近俗。凡所拟议，必希古人。魏晋以来，未尝留意，又况区区咫尺之判，曷足牵丈夫壮志哉”。又谓“丈夫生遇升平时，自为文儒士，纵不能公卿坐取……尚应优游道术，以名教为己任，著一家之言，垂沮劝之益，此其道也”。还说自己“经术之外，略不婴心”，而最

重视的经书是《春秋》，因为它“托微词以示褒贬，全身远害之道博，惩恶劝善之功大”(《赠韦司业书》)。认为屈、宋“文甚雄壮而不能经”，司马相如之文“不近风雅”，“近日陈拾遗子昂文体最正”(李华《扬州功曹萧颖士文集序》)。可见，萧颖士论文，一，强调文章具有风雅精神，应为教化服务，有沮劝之功；二，主张文章复古，复六经之古，特别是恢复《春秋》“托微词以示褒贬”的艺术精神和“易简”文风(《为陈正卿进续尚书表》)；三，反对饰其词而遗其意的骈体文风，明言为文不可“尚形似，牵比类，以局夫俪偶，放于奇靡”(《江有归舟三章序》)。萧颖士有志于修史，以为《春秋》为“百王不易法”，而《史记》乃“叙事依违，失褒贬体，不足以训”。曾“起汉元年讫隋义宁编年，依《春秋》义类为传百篇”(《新唐书·萧颖士传》)。故其古文观念带有史评色彩。但他提出的为文当宗经致用，有简易之风，却为后来许多古文家所接受。

萧颖士今存文章，最能显现其性情、胸襟的，是赋与书。其赋多泄愤抒怀之作，如《伐樱桃树赋》是讥刺宰相李林甫的，中谓“擢无用之琐质，因本枝而自庇。洎枝干而非据，专庙庭之右地。虽先寝而或荐，岂和羹之正味”，可谓指桃骂李，与其《白鹇赋》、《庭莎赋》等咏物以抒怀一样，都是用的比兴手法。萧书最著名的，是他写给国子司业韦述的《赠韦司业书》。此书五千余言，将作者平生经历、个性特征、读书为文的特点、史学文学见解，以及志愿所在，一一述及。真是“心有所存，不能自已”。出语如同晤谈，文字“易”则易矣，“简”则未必。

李华(717？—774？)，字遐叔，赵州赞皇(今河北赞皇)人。开元二十三年(735)，与萧颖士同登进士第。天宝二年(743)中博学宏辞科，任秘书省校书郎。十一载(752)拜监察御史。十五载(756)为安禄山所获，署伪凤阁舍人。至德三载(758)，贬杭州司户参军，因病去职，卒于家。

史载萧颖士“所与游者”甚多，“独华与齐名，世号‘萧、李’”(《新唐书·萧颖士传》)。“华爱奖士类，名随以重”(《新唐书·李华传》)。自谓“华尝学古”(《润州丹阳县复练塘颂并序》)，“我思古人之道”(《送房七西游梁宋序》)。李华古文观念，与萧颖士大体相同。他说：

> 文章本乎作者，而哀乐系乎时。本乎作者，六经之志也；系乎时者，乐文、武而哀幽、厉也。立身扬名，有国有家，化人成俗，安危存亡，于是乎观之。宣于志者曰言，饰而成之曰文。有德之文信，无德之文诈。……夫子之文章，偃、商传焉；偃、商没而孔伋、孟轲作，盖六经之遗也。屈平、宋玉，哀而伤，靡而不返，六经之道遁矣。……文顾

行，行顾文，此其与于古欤！

——《崔沔集序》

可见李华论文，也主张复古，主张宗经致用，主张将为文和“立身扬名，有国有家，化人成俗”的实际活动联系起来，要求“援六经，伸百氏，覆以时事”(《杨骑曹集序》)。而强调宗经，并不把学习对象限制在经书内，认为子、史如《左氏》、《国语》、《尔雅》、《荀》、《孟》等，也是“将求致理”的基本书籍。同时，他在《质文论》中指出“天地之道易简，易则易知，简则易从”，有崇尚文风“易、简”之意。而言及质文关系时，又认为“质弊则佐之以文，文弊复之质，不待其极而变”，表明他既尚“易、简”，又主张质文相济。李华表述文论主张的文章，如《萧颖士文集序》、《杨骑曹集序》、《质文论》等，多写在安史乱中、乱后。基本观点虽与萧颖士(今存文多作于乱前)相同，其现实针对性似乎更强。

李华为文，独孤及说是“本乎王道，以五经为泉源……非夫子之旨不书，故风雅之指归，刑政之本根，忠孝之大伦，皆见于词”(《赵郡李公中集序》)。《新唐书》本传言其“文辞绵丽，少宏杰气”。大抵李华之文，大多具有以儒道为本的艺术精神和施行教化的社会功能，文风则有前后之变。乱前之文，尤其是赋颂之作，像《含元殿赋》(三千余言)、《吊古战场文》，确实“文辞绵丽”，乱中、乱后所作论、序、书、记之文，则显得质朴、平易。具体说，像《吊古战场文》，借古讽今，立意自在结句“守在四夷”，即愿朝廷行王道、施仁义于四邻，以得边地安宁。文章写法则以赋体为文，不单段段用韵，且描叙其景、其事极铺陈、形容之能事。如云：

浩浩乎！平沙无垠，夐不见人。河水萦带，群山纠纷。黯兮惨悴，风悲日曛。蓬断草根，凛若霜晨。鸟飞不下，兽铤亡群。亭长告余曰：“此古战场也，常覆三军。往往鬼哭，天阴则闻。”伤心哉！秦欤？汉欤？将近代欤……鼓衰兮力尽，矢竭兮弦绝。白刃交兮宝刀折，两军蹙兮生死决。降矣哉，终身夷狄；战矣哉，暴骨沙砾！鸟无声兮山寂寂，夜正长兮风淅淅。魂魄结兮天沉沉，鬼神聚兮云幂幂。日光寒兮草短，月色苦兮霜白。伤心惨目，有如是耶？

文中多用四言、六言组成的对句(不少短句句中自对)，又多用助词(包括叠用助词)而不乏散句；既层层摹写，道尽凄惨景象；又连作慨叹，带出沉痛议论。虽是骈散兼用，却文辞绵丽，近于骈体者多。

后期所作如《质文论》、《三贤论》、《正交论》、《卜论》，《与表弟卢复书》、《与外孙崔氏二孩书》和诸多厅壁记等，大都骈体成分锐减，以至纯作散体，而文风趋于平实。如《卜论》有言：

龟不伤物，呼吸元气，于介虫为长而寿。……愚未知夫天地之心、圣达之谟，灵之寿之，而夭戮之。脱其肉、钻其骸，精气复于无物，而贞悔发乎焦朽，不其反耶？……专任道德以贯之，则天地之理尽矣，又焉假乎蓍龟乎？又焉征乎鬼神乎？子不语，是存乎道义也。

《杨骑曹集序》有言：

开元、天宝之间，海内和平，君子得从容于学，于是词人材硕者众，然将相屡非其人，化流于苟进之俗，故体道者寡矣。

《中书政事堂记》有言：

自君弱臣强之后，宰相主生杀之柄，天子掩九重之耳，燮理化为权衡，论思变成机务，倾身祸败，不可胜数。

《与外孙崔氏二孩书》有言：

吾小时犹省长幼，每日两时栉盥，起居尊行，三时侍食，饮食讫然后敢食，犹责不如礼。今者诸子日出高眠，争览盘器，何曾有此仪！世教如此，何得不乱！……妇人亦要读书解文字，知今古情状，事父母舅姑，然可无咎。……今此礼凌夷，人从苟且，妇人尊于丈夫，群阴制于太阳，世教沦替，一至于此，可为堕泪。……中年至西京市，帽行乃无帷帽，貂帽亦无。男子衫袖蒙鼻，妇人领巾覆头。向帷帽幂离，必为瓦石所及。此乃妇人为丈夫之象，丈夫为妇人之饰。颠之倒之，莫甚于此。

都表明李华后期为文，多能结合开、天以来政治、道德、教化、风俗之弊，反思国家纲纪陵替、动乱兴起的原因，和社会现实结合得紧。而纯作散体，句子长短不拘，且语言朴质，易道易晓。

此外，从他的一组杂文(包括《言医》、《贤之用舍》、《君之牧人》、《国之兴亡》、《才之小大》、《字诀》)，还可看出其后期散文用语简洁、文风活泼的特点。如《贤之用舍》云：

> 上之于贤也，患不能好之。好之也，患不能求之。求之也，患不能知之。知之也，患不能任之。任之也，患不能终之。终之也，患不能同其心而化于道。是故士贵夫遇，惧夫遇而不尽也。

《贤之用舍》实就“上”、“士”两方说来。说“士”从说“上”推演而出，说“上”系用类似顶真的句法逐一引出论断。由于多说论点而少作论述，故言词简。

独孤及(725—777)，字至之，洛阳人。天宝十三载(754)以洞晓玄经对策上第，补华阴尉。代宗即位，拜左拾遗，迁太常博士、礼部员外郎。后相继任濠州、舒州刺史，卒于常州刺史任上，谥曰宪。

独孤及为学“博究五经，举其大略，而不为章句学”，为人“体黄老之清净，包大雅之明哲”，“本仁祖义，而文以礼乐”(梁肃《独孤公行状》)。他曾师事李华，古文观念与李华相近。一，反对骈体文风，赞成散文复古。他在《赵郡李公中集序》中，批评一些骈文“作者往往先文字而后比兴，其风流荡而不返，乃至有饰其辞而遗其意者，则润色愈工，其实愈丧。及其大坏也，俪偶章句，使枝对叶比，以八病四声为梏拳，拳拳守之，如奉法令。……文不足言，言不足志，亦犹木兰为舟、翠羽为楫，玩之于陆而无涉川之用”。同时热情肯定陈子昂的“以雅易郑”，赞扬萧颖士、李华、贾至等人在天宝年间“勃焉复起，振中古之风，以宏文德”。

二，坚持宗经致用。独孤及曾说：“为学在勤，为文在经；勤则能深，经则可行。”(梁肃《独孤公行状》)“为文在经”，主要是指古文艺术精神以儒道为本，也指古文文风以儒家经典为模范，因为他还说过“后世虽有作者，六籍其不可及已”(梁肃《独孤及集后序》)。但他强调宗经，是和施行教化联系在一起的，所以他“不读非圣之书，非法之言不出诸口，非设教垂训之事不形于文字”(梁肃《独孤及集后序》)。

三，文质并重。他说：“志非言不形，言非文不彰，是三者相为用，亦犹涉川者假舟楫而后济。”(《赵郡李公中集序》)又说：“荀、孟朴而少文，屈、宋华而无根，有以取正，其贾生、史迁、班孟坚云尔。”(梁肃《独孤及集后序》)赞美他人文辞，则谓“直而不野，丽而不艳”(《萧府君文章集录序》)。可见，他所向往的是文质兼具的文风，取法对象除“六籍”外，还有贾谊、司马迁、班固之文。此外，他还教诲青年学者“先道德而后文学”(梁肃《独孤及集后序》)，说“文章可以假道，道德可以长保。华而不实，君子所丑”(梁肃《祭独孤常州文》)，十分重视作者的人格修养。

独孤及为文，或如梁肃所说：“操道德为根本，总礼乐为冠带。以《易》之精义、《诗》之雅兴、《春秋》之褒贬，属之于辞。故其文宽而简，直而婉，辩而不华，博厚而高明。论人无虚美，比事为实录。天下凛然，复睹两汉之遗风。善乎中书舍人崔公祐甫之言也，曰：‘常州之文，以立宪、诫世、褒贤、遏恶为用，故议论最长。……峻如嵩、华，浩如江、河’。”(梁肃《祭独孤常州文》)大抵独孤及的古文，除具备“立宪”、“诫世”的功用外，主要特点是长于议论，语词简明，不乏峻峭之姿、浩荡之势。而长于议论，主要表现为识见过人。如其《仙掌》、《函谷》二铭，即“格高理精，当代词人无不畏服”(崔祐甫《独孤公神道碑》)。《仙掌铭并序》实就华山仙掌峰作论，用自然宇宙观对巨灵劈山造河作出新的解释，以破“诙诞不经”之说。序谓“创宇宙，作万象，月而日之，星而辰之，使轮转环绕，箭驰风疾，可骇于俗有甚于此者。徒观其阴隲无朕，未尝骸焉”。意谓睹“仙人掌”本不必骇，而其造语有不拘于常规者。《序》末云：

> 夫以手执大象，力持化权，指挥太极，蹴蹋颢气，立乎无间，行乎无穷，则捩长河如措杯，擘太华若破块，不足骇也。世人方以禹凿龙门以导西河为神奇，可不为大哀乎？峨峨灵掌，仙指如画，隐辚磅礴，上挥太清。远而视之，如欲扪青天以掬皓露，攀扶桑而捧白日，不去不来，如飞若动，非至神曷以至此？

中写造物者造物神工，形象巨大，气势纵横。而赞美其神工时，写出仙掌峰的神形之态(就形如仙人掌展开想像)，足见其文采飞动的一面。显然，铭序观念、写法都受到过道家散文的影响。《古函谷关铭并序》，言关塞险隘未必就能守国，关键在于人事，则立意较深而更有现实针对性。

《延陵论》(即《吴季子札论》)是一篇历史人物论。传统看法，以为季札让国乃是大贤，此论开篇即谓季札非孝、非公、非仁、非智，言其让国“是徇名”而非“至德”，由此带来吴国二代而亡，更是不贤。末谓：“独守纯白，不干义嗣，是洁己而遗国也。吴之覆亡，君实阶祸。且曰非我生乱，其孰生之哉！其孰生之哉!”可谓情感激越，气盛语急。独孤及作论，往往论自己出，且立论新颖、深刻。其长于议论的特点，也反映在类似人物论的谥议中。而所作记(如《风后八阵图记》)，议论亦在在有之。

独孤及今存送别序二十多篇，大都行文简而有法，抒怀、叙事转折自如。如《送韦司直还福州序》云：

远别非难，行路难；行路非难，相逢难。始者与吾子会于抚，以吾一日长乎子，子尝敦弟兄之好而不吾先。自云摇雨散，凡四悲秋而一会面，亦既道旧，别又继之，斯已可以怆矣。然君子患德之不逮，不患人不我知。吾子克慎厥身，以荷先大夫之覆露，贲然将命，为邦司直，被服文行而镞砺之，扬其家声，吾惟子之望。岂行迈与聚散，足贻志士之忻戚乎？是别也，只以歌咏贶吾子而已。

《送李白之曹南序》云：

曩子之入秦也，上方览《子虚》之赋，喜相如同时。由是朝诣公车，夕挥宸翰。一旦幞被金马，篷累而行，出入燕、宋，与白云为伍。然则适来，时行也；适去，时止也。彼碌碌者徒见三河之游倦、百镒之金尽，乃议子于得失、亏成之间，曾不知才全者无亏成，志全者无得失，进与退于道德乎何有？是日也，出车桐门，将驾于曹。仙药满囊，道书盈箧，异乎庄舄之辞越、仲尼之去鲁矣。送子何所？平台之隅。短歌薄酒，击筑相和。大丈夫各乘风波，未始有极，哀乐且不足累上士之心，况小别乎？请偕赋诗，以见交态。

两篇送别序都立意高远，前篇叙别情而出以勉励之词，后篇安慰李白而出以通达之论。至于语言朗畅、明快，则为其共同特征。而后篇颇有李白送别序风味，只是行文完全以散句为主。

第二节　元结的古文主张和创作特点

颜真卿说元结“其心古，其行古，其言古”，称其为“今之古人”（《元君表墓碑铭》）。欧阳修言“次山当开元、天宝时独作古文，其笔力雄健，意气超拔，不减韩之徒也。可谓特立之士哉”（《集古录》卷七“唐元结阳华岩铭”条）。胡应麟则谓“大概六代以还，文尚俳偶，至唐李华、萧颖士、元次山辈，始解散为古文”（《少室山房笔丛》卷二十八丙部《九流绪论》卷中“元子十卷”条）。天宝年间，萧、李、元等都倡导古文，除同尊元德秀道德、学问外，元与萧、李文学革新集团（包括贾至、独孤及等）几无任何联系，其散文复古主张也不尽相同。元结有强烈的政治变革、道德重建意识，向往上古社会的纯朴、真淳。所谓“上古之君，用真而耻圣，故大道清粹，滋于至德，至德蕴沦而人自纯”（《元谟》）。希望“使天下之心皆涵纯朴”（《化虎论》）。而他向往纯朴，是建立在对政治败坏、道德崩溃不满的基础上的。从他在道州为泉水题名为漶泉、湆泉、汸泉、淔泉、涍泉以驯化百姓，就可看出他实际上提倡的仍是儒家的伦理道德。他作《述时》，亦谓“予愚愚者……乃以因慕古人”，“上全忠孝，下尽仁信。内顺元化，外娭大和”。表明其政治思想、道德意识、人格精神的形成，实有儒、道兼用而以儒学为主的特点。这一点，也影响到他的诗文复古观念。言诗，谓“乐歌自太古始，百世之后，尽无古音”，“尽无古辞”，而欲作“纯古之声”（《补乐歌序》）。又谓“风雅不兴，几及千岁”（《箧中集序》），欲复风雅之古。“欲变时俗之淫靡，为后生之规范”（《刘侍御月夜宴会序》）。言文，亦志在“追复纯古”（《补乐歌序》），即复三代之古（不同于萧、李复三代两汉之古），主张发挥古文刺世、警世、救世的作用。故其《文编序》说，他乱前“所为之文，可戒可劝，可安可顺”，而乱后“所为之文，多退让者，多激发者，多嗟恨者，多伤闵者。其意必欲劝之忠孝，诱以仁惠，急于公直，守其节分，如此非救时劝俗之所须者欤”。由于追复纯古，加上受到元德秀为人“纯朴无缘饰”（《旧唐书·元德秀传》）、为文“率情而书，语无雕饰”（《新唐书·元德秀传》）的影响，元结向往朴拙、简直的文风，而喜好奇古之作。

元结为文，可以分为乱前，乱中、乱后两个时期。元结在“丧乱”前古文创作十分活跃，所作古文以刺世嫉邪，戒君警臣为主。揭露最多、批评最严厉的，是君臣的无道、风俗的败坏和士人道德的沦丧。乱中、乱后所作古文，仍然保持前期创作的基本特色，但救时劝俗倾向日渐突出。这显然与他前为处士、后为官员的身份变化有关。角色的转换，也影响到他对古文文体的选择。前期所作多为杂文，后期多为应世之文和铭文。其中，艺术特色显著的，有三类古文。

一是赋、颂。赋之代表作为《说楚何荒王赋》、《说楚何惑王赋》、《说楚何惛王赋》三篇。三赋皆用梁宠王和君史对谈的形式结构其文，题意见于篇末所说“君史说楚，似欲戒梁；敢愿君王，示鉴不忘”。赋实借说楚王的“荒”、“惑”、“惛”，讥刺唐玄宗天宝年间宫廷生活的奢侈、荒淫和开边不止、劳民伤财。言其倒行逆施，难免亡国之祸。三赋危言惊人，而用语古朴，故苏源明读赋为之惊骇，直谓：“子居今而作真淳之语，难哉！然世自浇浮，何伤之子！”（颜真卿《元君表墓碑铭》）颂之代表作为《大唐中兴颂》。题名曰颂，实为刺讥之作。上元元年（760）七月，李辅国、张皇后矫诏，将唐玄宗由兴庆宫迁往西内，且尽去其身边旧人，监管之严犹如软禁。此举引起众臣不满，颜真卿（时任刑部侍郎）即率百僚上表请问太上皇起居，以示抗议（结果贬为蓬州长史）。次年八月，元结即作此颂。《颂》“以鲁史笔法，婉辞含讥，盖之而章”（范成大《书浯溪中兴碑后》）。一讥肃宗为臣不忠，遽登大位。所谓“抚军监国太子事，何乃趣取大物为”（黄庭坚《书磨崖碑后》）；二讥肃宗夫妇不孝违伦。《颂》中序文纯为散体，语简意明；正文尽作四言，自然换韵，出语简洁、典雅而无俪句。

二是杂说小品。此类古文，刺世、愤世，锋芒毕露。如《述命》述国家之命、君王之命，中云“圣贤者兢兢然忧伤命性，愚惑愿愿然遂忘家国，其由不审不通，丑受、忧求而已”，表面看是讲为人当顺天安命，言语中却带出对玄宗惛惑“遂忘家国”的不满。至于说到现实社会的弊病，更是令人触目惊心，使人感到大难即将产生。其《时化》有云：

> 於戏！时之化也，道德为嗜欲化为险薄，仁义为贪暴化为凶乱，礼乐为耽淫化为侈靡，政教为烦急化为苛酷。……
>
> 时之化也，夫妇为溺惑所化，化为犬豕；父子为惛欲所化，化为禽兽；兄弟为猜忌所化，化为仇敌；宗戚为财利所化，化为行路；朋友为世利所化，化为市儿。……
>
> 时之化也，大臣为威严所恣，忠信化为奸谋；庶官为禁忌所拘，公正化为邪佞；公族为猜忌所限，贤哲化为庸愚；人民为征赋所伤，州里化为祸邸；奸凶为恩幸所迫，厮皂化为将相。……
>
> 时之化也，山泽化为井陌，或曰尽于草木；原野化为狴犴，或曰殚于鸟兽；江湖化为鼎镬，或曰暴于鱼鳖；神庙化为宫寝，或曰数于祠祷。……
>
> 时之化也，情性为风俗所化，无不作狙狡诈诳之心，声呼为风俗所化，无不作谄媚僻淫之辞；颜容为风俗所化，无不作奸邪蹙促之色。……

天宝之“时”，道德、仁义、礼乐、政教、人际关系、为臣之道的恶化，人们情性、声呼、颜容之变，一至于斯！从用语之如锥如刺，可见作者愤极恨极之心，而愤恨之极的背后，隐藏的是一颗悯世忧民之心。这从他继《时化》而作《世化》，极言乱世“四海之内巷战门斗，断骨腐肉，万里相藉”，“人民暗夜盗起求食，昼游则死伤相及”，“人民奔走，非深林荟丛不能藏蔽”，“人民相持于死伤之中”云云，就可看出。将《时化》、《世化》合而读之，可见元结确实已觉察到天宝年间社会危机的存在，并预感动乱即将发生。由于他能从人心不古、人伦恶变、世风浇薄、道德沦丧等人文现象，洞察潜伏其中的社会危机。故其为文痛揭“风俗”之弊，言辞激切。可举两组古文为例。

第一组是洪迈所说《元子》中文和《七不如》七篇。洪迈说《元子》第八卷载畲方二十国事，略云：“方国之僧，尽身皆方，其俗恶圆……圆国则反之。”“恶国之僧，男长大则杀父，女长大则杀母。忍国之僧，父母见子如臣见君。无鼻之国，兄弟相逢则相害。触国之僧，子孙长大则杀之。”(《容斋随笔》卷十四)对此类文字的评价，当如章学诚所言：“洪氏谓其《元子》十卷，悖理害教，今观洪氏所举畲方二十国事，是亦愤世嫉邪之意，不以文害辞志，亦自无伤。”(《章氏遗书》卷十三《元次山集书后》)如果说洪迈所举元结所言畲方二十国事愤世嫉邪之意还有些隐晦，那《七不如》七篇愤世之意就显明得多。七篇写法，句式相同，各篇篇首依次有云：

“人之毒也，毒于乡，毒于国，毒于鸟兽，毒于草木。”
“人之媚也，媚于时，媚于君，媚于朋友，媚于乡县。”
“人之诈也，诈于忠，诈于信，诈于仁义，诈于正直。”
“人之惑也，惑于邪，惑于佞，惑于奸恶，惑于凶暴。”
“人之贪也，贪于权，贪于位，贪于取求，贪于聚积。”
“人之溺也，溺于声，溺于危，溺于圆曲，溺于妖妄。”
“人之忍也，忍于毒，忍于媚，忍于诈惑，忍于贪溺。”

这是在陈述世风恶变症状，是在抨击包括君主、辅臣在内的许许多多士君子的人品、心术及处世之道。

第二组古文，是“四规”(即《心规》、《处规》、《出规》、《戏规》)、“二恶”(即《恶圆》、《恶曲》)和《自箴》。这一组古文，写的多是有关个人道德修养和出处原则的内容，虽然其中不乏揭露仕途险恶者、嘲讽“虽王公大人，亦不能自主口鼻耳目”者(《心规》)、贬抑世之“盗权窃位、蒙汗万物、富贵始及而刑祸促之者”(《处规》)，但主要是讲个人应当如何做人。而通过讲如何做人，显出他的刺世嫉邪。本来元结作《七不如》，就先在《序》中说“元子自愧不如孩孺，不如宵寐……不如草木”，用对一种生活方式的向往，表达他对世人“毒”、“媚”、“诈”、“惑”、“贪”、“溺”、“忍”行为的否定。《心规》以“自主口鼻耳目”为乐，自是对世人“目随人视、耳随人听、口随人语、鼻随人气”以至“封包裹塞”的否定。实际上，作者是用对心灵自由的追求，来批判世人以“口鼻耳目”行“毒”、“媚”、“诈”、“贪”之事的行为。

“《出规》意有乎有为，《处规》意有乎有守”（刘熙载《艺概·文概》），亦各有所嫉。《戏规》以“君子不苟戏，无似非（似是而非）”立论，实可引申到对世人“诈”、“惑”行为的否定上去。《恶圆》讲两种人生方式，肯定的是“宁方为皂，不圆为卿；宁方为污辱，不圆为显荣”，厌恶的是“圆以应物，圆以趋时，非圆不预，非圆不为”。《恶曲》赞美的是“古人有恶曲者”，否定的是“苟曲于乡县，以全言行”；“苟曲于邦国，以彰名誉”；“苟曲于天下，以扬德义”。《自箴》则用“我”之“自箴”来否定“时士”教给他的“显身之道”。一立一破，从正嫉邪，态度鲜明。

后期杂文，意在救时者多，能保持前期杂文讽谕特色、风格略有变化的，是作于乾元二年（759）的《时规》。文云：

> 乾元己亥，漫叟待诏在长安。时中行公掌制在中书，中书有醇酒，时得一醉。醉中，叟诞曰：“愿穷天下鸟兽虫鱼以充杀者之心，愿穷天下醇酎美色以充欲者之心。”中行公闻之叹曰：“子何思不尽耶？何不曰。‘愿得如九州之地者亿万，分封君臣父子兄弟之争国者，使人民免贼虐残酷者’乎？何不曰‘愿得布帛钱货珍宝之物，溢于王者府藏，满将相权势之家，使人民免饥寒劳苦者’乎？”叟闻公言，退而记之，授于学者，用为时规。

小品题名《时规》，实乃借开救时、活民之方，痛斥皇室成员“争国”和王侯将相敛财带给人民的深重灾难，有很强的现实针对性。由于作者后期经常考虑的是：“今日国家行何道得九流鉴清？作何法得侥倖路绝？施何令使人自知耻？设何教使贤愚自分？”（《问进士》第二）故其所作论、议、序、记等，多事关政教，实用性强。

元结杂说小品，大都“危苦激切”（李商隐语），“辞义幽约”（晁公武语）。这一艺术风貌的形成，最重要的原因，是作者为人抗节励志，耿介拔俗，愤世之气太盛，忧世之心太切。其次是他善于运用恰当的表现形式，以“直举胸臆”（吕温语）或“心语相适应”（皇甫湜语）。所作杂文，有三种艺术形式。

其一是托寓言以寄怀。元结托寓言以寄怀，构思尤为谲怪的，是《元子》所载畲方等二十国事，洪迈称“其说类近《山海经》”（《容斋随笔》卷十四）。其构思确实受到过《山海经》记海外民族涉想奇诡的影响。不同处，在于元结重在写“其俗”之异，以将现实中道德沦丧、伦理蜕变等风衰俗败之弊具象化，以表现他对世风浇薄的愤恨和担忧。论其愤世精神，实承屈骚之志，而寓言风格，实学《庄子》而得其仿佛。

其二是独白直言以述其志。所谓独白直言，是用第一人称自言、直言其志，行文多单刀直入，作论只作论断，不作论述；文辞简约而语语峭直、字字犀利，时发慨叹，辞气越发危苦激切。如《订古》五篇，“订古前世君臣、父子、兄弟、夫妇、朋友之道”，看似评议古道，实有感于现实中朝廷、皇室五伦沦丧，“至于近世有穷极凶恶者”而发。五篇各写一伦之失，均是直言“吾观”、“吾忧”。合读其文，实可视为由五个段落构成排比的小品，连读而下，更觉其出言之危苦、激切和忧愤之深。他如《七不如》七篇、《自释》，也是独白直言以见其志。

其三是假问对、诘难以伸其意。这是其杂说小品最常用的手法，也是元结古文写作的惯用手法。运用这一方法的好处，首先是便于直率、深入、充分说出尖锐批评时君、时臣、时人、时政、时风的意见；其次是有助于文风的活泼，避免文脉僵滞、运转不灵。具体作法有主客问对（如《元谟》、《演谟》、《系谟》、《时化》、《世化》、《时规》、《心规》、《处规》、《出规》、《漫论》、《自箴》等）、多人问对（如《恶圆》、《恶曲》、《处规》、《化虎论》等），和纳问对于叙事中。考察这一表现手法，应注意到：首先，如此行文，会使杂文有某种程度的故事性，这并非作者刻意追求所致。作者孜孜以求的是通过相互问对直举胸臆以刺世嫉邪。故有些杂文，仅记一问对语，幅短意深，如《世说新语》中小品。其次，将赋中主客问对方式用到杂文中，元结并非第一人，西汉作家用设论形式作文抒愤，对元结建构杂文体制有直接启发。只是汉人之作多写个人牢骚，多调侃语，文风诙谐、幽默，而元结之作多刺世嫉邪，多危苦激切、不掩锋芒，在内容、风格等方面，对前人有所超越。再次，文中所写问对之事、问对之人，绝大多数都是虚构的，即使有其人也未必有其事。这一点显然受到先秦子书，特别是《庄子》创造寓言方式的影响，不过《庄子》假问对编造寓言，是即事以明理，元结是假问对以作议论。大抵元结作文，习惯于假问对以伸其意。除众多杂说小品外，以说理见长的《时议》三篇、《辨惑》二篇、《管仲论》、《述居》、《述时》、《订司乐氏》等，都用到这一手法。就连《二风诗论》说二风创作动机、《箧中集序》批评当时诗风、《元鲁县墓表》纪事颂德，也是用问对方式引出。

三是山水记和山水铭文。元结“雅好山水，闻有胜绝，未尝不枉路登览而铭赞之”（颜真卿《元君表墓碑铭》）。其山水记最有名的是《右溪记》，文云：

道州城西百余步，有小溪，南流数十步合营溪。水抵两岸，悉皆怪石。攲嵌盘屈，不可名状。清流触石，洄悬激注，佳木异竹，垂阴相荫。此溪若在山野，则宜逸民退士之所游；处在人间，则可为都邑之胜境、静者之林亭。而置州已来，无人赏爱，徘徊溪上，为之怅然。乃疏凿芜秽，俾为亭宇，植松与桂，兼之香草，以裨形胜。为溪在州右，遂命之曰右溪。刻铭石上，彰示来者。

《记》写右溪景色、作者观景感受及溪名由来。写景突出绿色掩映清溪、水流拍岸，触石有声，显出溪流声色之美，而用语淡雅、朴素。后作议论，感慨不是太深，却也有助于读者想像右溪之美。《记》中写作者由山水之美而念及它“无人赏爱”的感触，对柳宗元借写山水以吐不平之气当有启发。吴汝纶即谓“次山放恣山水，实开子厚先声。文字幽眇芳洁，亦能自成境趣”（高步瀛《唐宋文举要》甲编卷一引）。不过元记“地记”痕迹明显，柳记已成游记；元记简澹高古，柳记丰缛精绝；元记感慨就景言景，柳记感慨因景及人，而柳记构思与元记有相似处。

元结写作山水铭文，有两种情况：

其一是标举和宣扬“君子之道”、“君子之德”。如《异泉铭并序》云：“君子之德，显与晦殊。为此铭者，志道也欤!”《瀼溪铭并序》云：“瀼溪，可谓让矣。让，君子之道也。”“浪士作铭，将戒何人？欲不让者，惭游瀼滨。”《退谷铭并序》云：“於戏退谷，独为吾规。干进之客，不羞游之。”铭文所标举和宣扬的“君子之道”、“君子之德”，多出自儒家伦理观念，也有出自道家理念的。与杂说小品偏于刺世嫉邪不大一样，山水铭文偏于救世劝俗，即针对政教败坏、世风堕落、道德崩溃、人心不古的现实弊端，提倡一种人生观、道德观，以收移风易俗之效。元结热心刻石纪铭，既有重建道德救时劝俗的意义，自不能用作者“喜名”、“好奇”而曲解其写作动机和消解其社会价值。

其二是表现作者耽于水石“惬心自适，与世忘情”的人生乐趣。细分则有三种情况。一即“旌（表扬）”其“尤异”，在“旌”中显露作者的赏爱之心。如《朝阳岩铭并序》、《五如石铭并序》，即为其例。二即作者既“旌”山水之“尤异”，又明言“穷老”其地之心。如《窊樽铭并序》、《阳华岩铭并序》，即为其例。三即写作者已经归隐山林的乐趣。如《浯溪铭并序》，序谓“爱其胜异，遂家溪畔”，“为自爱之，故命曰浯溪”。铭词有谓“水实殊怪，石又尤异。吾欲求退，将老兹地”。《庴庼铭并序》，序谓“若在庼上，目所厌者远山清川，耳所厌者水声松吹……於戏，厌，不厌也，厌犹爱也。命曰庴庼，旌独有也”。铭曰：“功名之伍，贵得茅土。林野之客，所耽水石。年将五十，始有唐顾。惬心自适，与世忘情。”皆为其例。

元结爱在山水铭文中写其对山水之异的赏爱和“旌吾独有”的自得意绪，很重要的一个原因，是他赋予自然山水以独特的美学意蕴。他将自然山水作为区别于龌龊社会现实的另一天地看待，认为它不但能给人的心灵、性情带来宁静、安适，还能使人的愤世之心、不谐于俗的个性得到抚慰和滋润，甚至以为自然山水具有某种道德境界、人格精神和生存意趣，只接纳“退士”、“逸士”而远拒“俗士”于外。他也欣赏山水景色、物象律动、韵味的美，但总爱把纵览山水以得愉悦和摆脱尘世羁绊联系在一起。他置身山水，感到“惬心自适，与世忘情”，是因为他在注入其独特美学意蕴的山水境界中，找到了在现实中难以找到的人格精神、道德境界的归宿。而“旌吾独有”，反映的是他所追求的人格精神、道德境界因归隐山水而得以实现的自得之趣。他愈写其“与世忘情”、“旌吾独有”，铭文便愈有愤世、刺世、救世的作用。

探讨元结山水铭文美学风格，应注意几点：一是他为之撰写铭文的山水，并非名山大川，而是一些久已荒芜，不为人知，或本来就很一般的无名山、石、溪、泉。二是写到无名山溪地貌特征，总是极言形胜之异，夸张形容以耸人听闻。三是对山水审美价值的肯定，并不限于“爱其胜异”而独称其自然美，还在于对蕴含其中的人文精神充满赞赏、向往之意。而这种人文精神，主要是由作者赋予山水的道德情怀所形成的。弄清这三点，也就明白了元结铭文的美学风格和修辞策略，那就是通过写无名山水之美，阐述、宣扬“君子之道”、“君子之德”和他对这种道德的向往之意。简言之，就是借无名山水宣扬崇高的道德精神。

铭文是一种古老的文体，据说作铭始于黄帝。上古铭文以警戒为主，亦有纪功颂德之作。从秦到晋刻铭于山、为山水作铭的不少，功用则无异于上古之铭。元结继承的是上古铭文意在警戒的传统，若说有变，只是变警戒为劝谕。就题材言，元结铭文选材跳出了上古铭文选材（多为宫廷生活和日常生活中的器物）的范围，受到过秦汉以迄西晋作者为山水作铭的影响。但也有创新处，前人多选名山大川作铭，他却为无名山溪作铭；前人铭山或纪战功，或警告梁、益之人不要恃险作乱，皆语涉军国大事，政治性强；元结作铭则致力于道德重建，文化味浓。又元结铭文疏于体物，少有形容，出语“弘（立意高远）润（语词润泽）”，有“义典（典雅不俗）”、“文约（精警简约）”之美，拿它们和杂说小品的危苦激切、多狂狷之言相比，愈显出平和、朴质的特点。

第三节　韩会、梁肃和柳冕的古文观念

韩会(740？—782？)，河南河阳(今河南孟州)人。安史乱起，避难上元及江、淮间，与名士崔造、卢东美、张正则为友，好谈经济之略，尝以王佐自许。时人称四人为“四夔”，而以韩会为夔首。以浙西观察使李栖筠荐，累官至起居舍人。元载伏诛，韩会坐贬韶州，卒。

韩会为韩愈长兄，为学为文皆为其启蒙者。韩愈说韩会“有德行、言词，为世轨式”(《韩滂墓志铭》)。“以道德、文章伏一世”(《考功员外卢君墓铭》)。柳宗元则谓其“善清言，有文章，名最高，然以故多谤”(《先君石表阴先友论》)。韩会与梁肃，同为联结萧、李与韩愈古文革新活动的重要人物。王铚《韩会传》云：“会，仲卿长子也。当是时，李华、萧颖士有文章重名，会与其叔云卿，俱为萧、李爱奖。其党李纾、柳识、崔祐甫、皇甫冉、谢良弼、朱巨川并游，会慨然独鄙其文格绮艳，无道德之实，首与梁肃变体为古文章，为《文衡》一篇。”韩会虽“为萧、李爱奖”，但交游最多的，是梁肃与萧颖士之子萧存。《新唐书·萧颖士传附萧存传》，即谓“(存)与韩会、沈既济、梁肃、徐岱等善……愈少为存所知”。

从《文衡》可见，韩会论文，重道德之实，反对文格绮艳。重要观点有：

一、作文的根本目的是端正人的性情，使之正确处理君臣父子一类人际关系。所谓“为君为臣为父为子，俾皆有经，辩道德仁义礼智信以管其情，以复其性，此文所由作也”。

二、应继承儒家散文为现实政治、教化服务的传统。所谓“文之大者，统三才，理万物，其次叙损益，助教化，其次陈善恶，备劝戒。始伏羲，尽孔门，从斯道矣”。

三、反对时下为文背离根本目的，或不守儒道，或词尚靡丽的倾向，认为文风败坏会带来严重的社会问题。所谓“后之学者，日离于本，或浮或诞，或僻或放，甚者以靡以逾，以荡以溺。其词巧淫，其音轻促”。“启奸导邪，流风薄义，斯为甚。”

四、认为老、庄、屈、宋、迁、固之文不可学。所谓“经制之道，老、庄离之；比讽之文，屈、宋离之；纪述之体，迁、固离之”。

五、提倡“简而不华，婉而无为”的文风。韩会的古文观念，与萧、李大体相同。惟从端正人之性情入手论述为文的根本目的，说法较新。韩会所言，必然会对韩愈的古文理论产生影响。

梁肃(753—793)，字敬之，一字宽中，郡望安定(今甘肃省泾川)，世

居陆浑(今河南嵩县)。建中元年(780)中文词清丽科，擢太子校书郎。曾为淮南节度使杜佑掌书记，召为监察御史，转右补阙、翰林学士，做过皇太子、诸王侍读。梁肃为独孤及弟子，与韩会同倡古文。贞元八年(792)佐陆贽知贡举，拔取韩愈、李观(李华侄子)、崔群、欧阳詹等(后来多为古文家)登进士第。当时从梁肃学文者，尚有李翱、吕温等人。梁肃为天台宗信徒，尝学止观法门于沙门元浩，这一点也影响到他的古文观念。梁肃论文，要点有二：

一、古文是现实政治、教化的反映，是为阐明道德仁义，建立礼乐刑政服务的。所谓“文章之道，与政通矣。世教之污崇、人风之薄厚，与立言立事者邪正臧否皆在焉”(《秘书监包府君集序》)，“道德仁义，非文不明；礼乐刑政，非文不立。文之兴废，视世之治乱；文之高下，视才之厚薄”(《独孤及集后序》)，“文之作，上之所以发扬道德，正性命之纪；次所以财成典礼、厚人伦之义；又其次所以昭显义类，立天下之中”(《补阙李君前集序》)。

二、文本于道，道能兼气、兼辞，为文贵理、文相得。他用文本于道的观点分析汉代散文特点，谓“炎汉制度以霸、王道杂之，故其文亦二。贾生、马迁、刘向、班固，其文博厚，出于王风者也。枚叔、相如、扬雄、张衡，其文雄富，出于霸途者也”。又说：“其后作者，理胜则文薄，文胜则理消，理消则言愈繁，繁则乱矣。文薄则意愈巧，巧则弱矣。”他既不赞成“理胜”，也不赞成“文胜”，而主张为文“理”“文”相得。还说“文本于道，失道则博之以气，气不足则饰之以词。盖道能兼气，气能兼辞，辞不当则文斯败矣”(《补阙李君前集序》)。所谓道能兼气，“盖指由道以培养的正气而言”(罗根泽《隋唐文学批评史》第六章)。梁肃说张芭“属文以气为主，以经为师”(《送张三十昆季西上序》)。又说李翰“其气全，其辞辨，驰骛古今之际，高步天地之间”，“盖无物足以遏其气而阂其行者也。世所谓文章之雄，舍君其谁欤”(《补阙李君前集序》)。可见其以道为本的文气说和理、文相得说，落脚点都在文辞上。而他所言之“道”，并非专指孔氏之道，还指“霸道”，黄、老之道和释氏之道。从他赞扬李翰“其文尤工，故其作叙治乱则明白坦荡，纾徐条畅，端如贯珠之可观也；陈道义则游泳性情，探微豁冥，涣乎春冰之将泮也……颂功美则温直显融，协于大中，穆如清风之人也”(《补阙李君前集序》)，可见他比较看重明朗、畅达、纾徐的文风。

梁肃散文所本之道，儒、释皆有。以释道为本者影响最大，代表作有《止观统历论》、《天台法门议》、《维摩经略疏序》、《心印铭》等。众多文章皆“演释氏之奥”，为“释氏之鼓吹”(崔恭语)。其文有谓“五帝三王之道，皆如来六度之余也”(《台州乾元国清寺碑》)，“儒、墨者，般若之笙簧；词赋者，伽陀之鼓吹”(《龙泉寺故大律师碑》)。持论有以释统合儒、墨的倾向。其以儒学为本的散文，可以《西伯受命称王议》为代表。是文明言“反经非圣，不可以训”，可谓“儒林之纲纪”(崔恭语)。所作散文语简意明，句式或整或散。如《梁高士碣》有言：

君以为道不可徇时，故安节以高蹈；高蹈不可以激俗，故登邙以作歌；作歌不可以遗患，故适越以遐遁；遐遁不可以不粒，故寄食于杵臼。是以孟氏悦其道而妻之，伯通尚其风而礼之。

《送谢舍人赴朝廷序》有言：

前史称汉文帝对贾生语至夜半，且有不早见之叹。矧公才为国华，识与道并，当钦明文思之日，继宣室前席之事，必将敷陈至论，超履右职，使贤能者劝。彼棘夺竹刑，岂君子淹心之地乎？

皆行文畅达，文气紧健；事理明白，言辞不繁。

柳冕(？—805)，字敬叔，蒲州河东(今山西永济)人。曾官右补阙，史馆修撰。因与刘晏善，贬巴州司户参军，贞元初召为太常博士，因言事切直为执政者所忌，出为婺州刺史。十三年(797)为御史中丞、福州刺史，兼福建都团练观察使。后诏以阎济美代，归而卒。

柳冕明确主张文章复古，既谓“意虽复古而不逮古”(《与徐给事论文书》)，又谓“志虽复古，力不足也”(《答荆南裴尚书论文书》)。他讲的“复古”，是要恢复三代两汉文章之古。其文章复古论，实兼诗、文而言，主要观点有三。

一、文章本于教化。这是柳冕文章复古论的基本主张。他说：“文章本于教化，形于治乱，系于国风。故在君子之心为志，形君子之言为文，论君子之道为教……为文者本于哀艳，务于恢诞，亡于比兴，失古义矣。”(《与徐给事论文书》)“《雅》、《颂》作”、“夫子作”，“未有不因于教化为文章，以成国风”(《答荆南裴尚书论文书》)。又说：“文章之道，不根教化，别是一技耳。”“经术尊则教化美，教化美则文章盛，文章盛则王道兴。”(《谢杜相公论房杜二相书》)“文章者，本于教化，发于情性。本于教化，尧舜之道也；发于情性，圣人之言也。”(《答徐州张尚书论文武书》)可见，他讲文章本于教化，仍是建立在宗经尚儒的基础上的，直说“本于教化”而不说以儒学为本，是要强调文章直接为教化服务的功用。

二、为文当道、文并美。柳冕说：“儒之用，文之谓也。言而不能文，君子耻之。”“君子之儒，必有其道；有其道，必有其文。道不及文则德胜，文不知道则气衰，文多道寡，斯为艺矣。……兼之者斯为美矣。”(《答荆南裴尚书论文书》)又说：“言而不能文，非君子之儒也；文而不知道，亦非君子之儒也。”(《答衢州郑使君论文书》)他讲的“道”，从本质上讲是儒道，但形于文的是“儒之用”，即与教化相关的道理。“文”则指文辞。他也说过：“君子之文，必有其道，道有深浅，故文有崇替。”(《答衢州郑使君论文书》)“至若荀、孟、贾生，明先王之道，尽天人之际，意不在文而文自随之，此真君子之文也。”(《谢杜相公论房杜二相书》)看似论道、论文有本末之分，实是道、文并重，因为他说过：“君子之儒必有其道，有其道必有其文。”

三、作者“才勇”、“气雄”始能“文壮”。这实际上是他对作者主观修养和文章风格关系的看法。他说：“天地养才而万物生焉，圣人养才而文章生焉，风俗养才而志气生焉，故才多而养之，可以鼓天下之气，天下之气生则君子之风盛。”“无病则气生，气生则才勇，才勇则文壮，文壮然后可以鼓天下之动，此养才之道也。”(《答杨中丞论文书》)可见其养才、养气，实出于一途，且养其一必得其二，所谓“养才而志气生”，而“气生则才勇”。柳冕论气，继承了梁肃“道能兼气”的观点，既说“文不知道则气衰”，又说“无病则气生”，而所谓“无病”即指无“道则未行”(《答杨中丞论文书》)之病。因此，他讲“风俗养才而志气生”的“风俗”，也是因“圣人之教”而成的风俗。他之所以将儒道作为养才、养气的思想营养，是出于作文当为教化服务的目的。所谓“可以鼓天下之气，天下之气生则君子之风盛”，最实际的是“君子之风盛”，而“君子之风，仁义是也”(《答杨中丞论文书》)。梁肃说“属文以气为主”，已涉及气在古文写作中的作用问题，柳冕则说到气如何在写作中发挥作用的问题。他说：“善为文者，发而为声，鼓而为气。真则气雄，精则气生，使五彩并用，而气行于其中。故虎豹之文，蔚而腾光，气也；日月之文，丽而成章，精也。精与气，天地感而变化生焉，圣人感而仁义生焉。”(《答衢州郑使君论文书》)其行气说，虽不如韩愈“气盛则言之短长与声之高下者皆宜”(《答李翊书》)说得明白，也不如刘大櫆、曾国藩等人说得具体，但他首从写作艺术角度言气之用，实属难能可贵。

此外，柳冕主张文章复古，不单认为“古人之文，不可及之矣。得见古人之心，在于文乎”(《与徐给事论文书》)，“君子晚学文，所以行道”(《答杨中丞论文书》)，将学文、学道作为文章复古的基本要求，还说到“教化美则文章盛”，“如变其文即先变其俗，文章、风俗，其弊一也。变之之术，在教其心，使人日用而不自知也”(《谢杜相公论房杜二相书》)，主张从改善教化、转变风俗入手实现文章复古。又说圣人修《春秋》不但“以道示人”，还“以其法教人”，“求圣人之道，在求圣人之心；求圣人之心，在书圣人之法。法者，凡例、褒贬是也”(《答孟判官论宇文生评史官书》)。主张在学圣人之道时，还要学习圣人著述的艺术原则、方法，这些对韩愈实行散文复古都有启发作用。

柳冕已意识到中唐会出现文章复古的局面，说“天其或者肇往时之乱，为圣唐之治，兴三代之文者乎”(《与滑州卢大夫论文书》)，故论文持复古之论，也曾“或不得已而为之，或有为而为之”，写过两卷“颇近教化”的《笔语》(《与滑州卢大夫论文书》)，终觉才力有限，很难在创作上振衰救弊。所谓“老夫虽知之，不能文之；纵文之，不能至之”(《与滑州卢大夫论文书》)。“小子志虽复古，力不足也；言虽近道，辞则不文。虽欲拯其将坠，未由也已”(《答荆南裴尚书论文书》)。《全唐文》收柳文十四篇，有一表、二议、一状，余为书。除表以外，均为散体。书作有九篇涉及文论，多直陈其说，不是很有章法。书中说理多用推论，缺乏有条理的深入分析。往往观点接踵而出，加上多用排比句式，读来颇有气势，但也显得理粗辞简、文采不丰。这一事实表明，从萧颖士到柳冕，虽然散文复古活动不断，却未能取得决定性的胜利。除受其他条件制约外，复古理论的粗浅和创作成绩有限，应是重要原因。后来，韩愈、柳宗元等人能成功地开展古文运动，也正是在这两方面有大的突破。

第四节　古文运动和韩愈、柳宗元等人的古文理论

中唐古文运动，无疑是一场有关散文文体、文风、文学语言的革新运动，但同时又是一场思想整合、道德重建的文化运动。考察这一运动的由来，至少应注意到四方面的事实。

一是安史之乱虽然平息，但动乱带来的政治危机、社会危机和文化危机，却未消除。突出的问题是国家并没有真正统一，中央政权随时有被颠覆的可能。德宗时的建中之乱，就差点使唐将不唐。而从安史之乱以来长时期的政治动乱，对儒家伦理观念的冲击和对传统道德价值观的破坏，所引发的文化危机日甚一日。

二是建中之乱之后，朝野要求改革的呼声很高，终于出现永贞革新。革新虽然失败，但其意义，特别是它对中唐社会改革思潮的激荡作用，却长期

存在。比如元和年间士人锐意革新，即与永贞革新在精神上有某种承续关系。古文运动勃兴于贞元、元和年间，社会上政治改革思潮对它的激发作用之大，可以想见。

三是天宝以还，古文家已认识到社会上道德沦丧、民风浇薄和学风不正、文风颓靡的关系，已将文风改革和振兴儒学、破除章句之学、培植士人志于儒道的道德价值观以及克服社会文化危机联系起来。天宝、建中以后，这种融文风改革于思想、道德重建之中，或谓通过重建思想道德文化完成文风改革的作法，已为越来越多的古文家所接受。

四是从萧颖士到柳冕，古文运动前驱者在散文如何复古的问题上，作过多种尝试，但新型古文的体制、风范尚未形成，时文之风仍在流行。古文要发展，必须在端正其艺术精神的同时，通过对文体、文风、文学语言的变革，以增强其文学性和艺术美。

在古文运动中，无论理论建树，还是创作成就，柳宗元都足与韩愈媲美。若言首倡古文之功，则应归于韩愈。柳宗元主要是在后半生中，对古文运动的深入发展作出过重要贡献。

受长兄韩会的影响，韩愈自幼好文，很早就有散文复古、宗经、明道的文学观念。“始者非三代两汉之书不敢观，非圣人之志不敢存”(《答李翊书》)。“其业则读书，著文，歌颂尧、舜之道……其所读皆圣人之书……其所著皆约六经之旨而成文”(《上宰相书》)。贞元三年(787)以后四举进士、三试宏辞，便对所试之文有一种本能的厌恶情绪。既言“退自取所试读之，乃类于俳优者之辞，颜忸怩而心不宁者数月”(《答崔立之书》)，还上书宰相，直言礼部、吏部“试之以绣绘雕琢之文，考之以声势之逆顺、章句之短长，中其程式者，然后从下士之列”(《上宰相书》)，埋没治世之才。

大概从中进士第(二十五岁)以后，韩愈就开始结交朋友，向他们宣传散文复古主张。同时，大量写作古文，在创作艺术上不断创新。贞元十三年(797)，李翱、张籍已从韩学文，二人先后于贞元十四年(798)、十五年(799)中进士第。十八年(802)，权德舆知贡举，陆傪佐之，韩愈向陆推荐十人，当年登第的就有李翊等四人，另有五人后来也相继登第。李肇说：“韩愈引致后进，为求科第，多有投书请益者，时人谓之韩门弟子。”(《唐国史补》卷下)可见，荐人科考和收召后学、抗颜为师，是韩愈扩大古文写作队伍的基本方法。由于“韩门弟子”众多，加上弟子中的杰出人物如李翱、皇甫湜(贞元十九年与韩结识并从其学文)等，也“以引接后学为务”(《唐国史补》卷下)，故天下为古文者众。故柳宗元说：“唐兴，用文理，贞元间文章特盛。本之三代，浃于汉氏，与之相准。”(《柳宗直西汉文类序》)大抵从元和二年(807)以后，古文运动便进入蓬勃发展的时期。

柳宗元由于家居长安，早年就接触应试之文，长于时文写作，故二十一岁即登进士第，二十六岁又中博学宏辞科。自谓“宗元自小学为文章，中间幸联得甲乙科第，专百官章奏，然未能究知为文之道”(《与杨京兆凭书》)。又谓“仆为文久矣，然心少之，不务也，以为是特博弈之雄耳。故在长安时，不以是取名誉，意欲施之事实，以辅时及物为道”(《答吴武陵论非国语书》)。在长安，柳宗元虽与韩愈有过交往，但与其过从甚密的是刘禹锡、吕温和李景俭(见刘禹锡《子刘子自传》)。他们热心探讨的是《春秋》微旨、大中之道，特别关注的是现实政治改革问题。由于韩会是宗元之父柳镇的朋友，李景俭与李翱相知甚深，吕温、李翱、韩愈，都曾从梁肃学文。柳宗元常与吕温“讲德讨儒”(柳宗元《东平吕君诔》)，自谓“为道不谬，兄实使然”(《祭吕衡州温文》)，因而受到吕温“文为道之饰，道为文之本。专其饰则道丧，反其本而文存”(吕温《送薛大信归临晋序》)一类古文主张的影响，是可能的。何况他“少时”即崇尚西汉古文，赞赏陈子昂诗、文复古所取得的成就，故对韩愈倡导古文，纵未能全力相助，总有乐观其成的态度。这一点，后来果然得到证实。

谪居永州以后，柳宗元把许多精力都用在钻研文章之道和古文创作上。其《与杨京兆凭书》即云：

> 自贬官来无事，读百家书，上下驰骋，乃少得知文章利病。去年吴武陵来，美其齿少，才气壮健，可以兴西汉之文章，日与之言。因为之出数十篇书，庶几铿锵陶冶，时时得见古人情状。

难得的是，他所形成的散文复古观念和古文审美趣味，竟与韩愈所言大体相同。如韩愈作《毛颖传》为时人所非，柳宗元却撰文热情肯定其怪奇之美和“有益于世”(《读韩愈所著毛颖传后题》)。这无疑是对韩愈古文创作的声援，有助于扩大古文运动的影响。事实上，柳宗元不但和吴武陵等人共论散文复古问题，而且指导不少年轻人写作古文。当时向他求教的人很多，他虽不敢以师自居，却谆谆以教。如其所说：“若言道、讲古、穷文辞，有来问我者，吾岂尝瞋目闭口耶?”(《答严厚舆秀才论为师道书》)或当面讲说，或作书以告，柳宗元在南方培养出众多的古文写作者。韩愈即谓“衡湘以南，为进士者皆以子厚为师，其经子厚口讲指画为文词者，悉有法度可观”(《柳子厚墓志铭》)。这样，柳宗元实际上成了南方散文复古的引导者，于韩愈倡导古文有羽翼之功。

受韩、柳散文复古的影响，刘禹锡也热心古文写作，且于韩、柳之外，自为轨辙，元稹、白居易则分别将古文体制、文风用到制诰、奏议之中。大概到元和年间，学作古文的人便越来越多，古文成为流行文体。赵璘即云："元和中，后进师匠韩公，文体大变。又柳柳州、李尚书翺、皇甫郎中湜，皆以高文为诸生所宗。"(《因话录》卷三)由于晚唐社会政治、文化思想的演变和古文自身的局限，晚唐古文发展即呈式微之势。纵然此时也出现过一些优秀的古文家(如杜牡、皮日休等)和古文，但总的成就远远不如中唐。

韩、柳等人推动的古文运动得以成功，有两个重要原因。一是复古理论比较合理、实用，二是古文创作成绩斐然。韩、柳适应中唐道德文化危机日甚的社会现实，通过对传统文化的振兴推动文风改革，复古策略本身就富有创造性。其散文复古论实从两个层面作论，一从古文属性、功用出发，强调其宗经、明道和不悖于教化的特点，对古文艺术精神、作者人生取向作出严格规定。而在实践中，又将辅时及物之道、普通人的相生相养之道纳入所明之"道"。使古文既能为经国济民服务，又能用来表达个人的人生遭际和感受。一从古文艺术创新角度出发，关于继承何种散文艺术传统，如何取用古代散文艺术经验，如何处理文章的难、易关系，如何做到辞事相侔，如何做到词必己出，以及如何使用虚字等问题，都有所论述。总的要求是广泛吸纳三代两汉古文(旁及诗、赋)创作艺术为我所用，以期"能自树立"。这不但能彰显古文运动作为文学改革运动的本色，也能给古文写作者切切实实的帮助。

韩、柳等人古文创作成就突出，所作古文，是一种新体古文。新体之新，表现有二：

一是对文体的选择和创新。韩、柳并不专工子、史著述，必求为学术专家；亦不偏重诏令、奏议，必求为朝廷文字；甚至少作论、辨与序、跋，论学兴趣不大。他们看重的是在社会上普遍流行的应世之文，如书牍、碑记、墓志之类；同时又另创新体，如赠序、杂记、杂说之类。故钱穆说："韩、柳古文运动乃古者家言之复起，其用重在社会，在私家，不重在庙堂、在政府。""韩、柳以下之古文，大体可谓是上承儒、道、名、法诸子著书之意，此当是古者百家言之遗蜕。"(读姚铉《唐文粹》)所有文体，均用短篇散文为之。新创文体，自是一新俱新；为旧体之文，亦在文章体制、风格、表现方法上大有创新。

二是用以诗为文、以赋为文、以骈文为文等创作方法，以增强古文的文学性和艺术美。韩、柳等以诗、赋为文，其大概略如曾国藩、钱穆所言。所谓"韩、柳有作，尽取扬、马之雄奇万变而内之于薄物小篇中，岂诡哉"(曾国藩《圣哲画像记》)。“韩、柳二公，实乃承于辞赋、五七言诗盛兴之后，纯文学之发展，已达灿烂成熟之境，而二公乃站于纯文学之立场，求取融化后起诗、赋纯文学之情趣、风神以纳入于短篇散文之中，而使短篇散文亦得侵入纯文学之阃域，而确占一席地。故二公之贡献，实可谓在中国文学园地中，增殖新苗，其后乃蔚成林薮，此即后来之所谓唐、宋古文是也”(《杂论唐代古文运动》)。至于二公以骈文为文，则主要见于诗意的注入和语句的锻造。

韩、柳的散文复古论，涉及问题很多，除主张复三代两汉散文之古外，还说到如何复古的具体意见。其荦荦大者有四：

一、用“志乎古道”确定古文的艺术精神。韩愈倡导古文，一再强调“志乎古道”的重要性，既说：“愈之为古文，岂独取其句读不类于今者耶？思古人而不得见，学古道则欲兼通其辞，通其辞者，本志乎古道者也。”(《题欧阳生哀辞后》)又说：“愈之所志于古者，不惟其辞之好，好其道焉尔。”(《答李秀才书》)可见他倡导古文的根本目的，是为了“志乎古道”。所谓“志乎古道”，就人生取向而言，是要将其人生艺术精神植根于“古道”之上。而“古道”“乃夫子、孟轲、扬雄所传之道”(韩愈《重答张籍书》)，又“道莫大乎仁义”(韩愈《送浮屠文畅师序》)，故儒家的仁义精神即为韩愈所追求的最高人生艺术精神。他又认为，古文的内在精神是由作者的内在品质所决定的，即“所谓文者，必有诸其中，是故君子慎其实。实之美恶，其发也不揜”(《答尉迟生书》)。这一看法，实已说出古文艺术精神和作者人生艺术精神一致的道理。因而韩愈讲为古文“志乎古道”，也是对古文艺术精神当以儒家仁义之道为本的确定。事实上，韩愈讲古文文体属性，并不限于语词、句式等方面“不类于今(指骈体文)”的特征，而是以具备植根于古道(儒道)的艺术精神为必备条件的。柳宗元称赞他人古文之美，也是兼其为人志乎古道、为文深得古辞之妙而言之，既言“诲之学古道，为古辞，冲然而有光”(《说车赠杨诲之》)，又言“吾子行厚而辞深，凡所作皆恢恢然有古人形貌”(《答韦中立论师道书》)。联系他说“苟不悖于圣道，而有以启明者之虑，则用是罪余者，虽累百世滋不憾而恧焉”(《与吕道州温论非国语书》)，可见他也赞成古文应有以儒道为本的艺术精神。

二、用“明道”和“发其郁积”概括古文的功用。早在贞元八年(792)，韩愈就说：“君子居其位，则思死其官；未得位，则思修其辞以明其道，我将以明道也。”(《争臣论》)后来又说：“学所以为道，文所以为理耳。”(《送陈秀才彤序》)其所明之道，自为儒道。值得注意的是，他的明道，固然有阐述儒学、“著文，歌颂尧、舜之道”(《上宰相书》)、“使其道由愈而粗传”

(《与孟尚书书》)的一面，但更多的是运用儒道明辨是非，黜斥奸邪，弘扬正气即大胆干预现实，以助教化。所谓“其所著，皆约六经之旨以成文，抑邪与正，辨时俗之所惑……不悖于教化”(《上宰相书》)。其《原毁》亦谓“将有作于上者，得吾说而存之，其国家可几而理欤”，《师说》力破师道不传的陋习，皆属此类。大致其所明之道，有经国济世之道，也有老百姓“相生养之道”，总以“道不远人”(《中庸》十三章)之“道”为主。柳宗元说：“圣人之言，期以明道。”(《报崔黯秀才论为文书》)又说：“始吾幼且少，为文章以辞为工。及长，乃知文者以明道。”(《答韦中立论师道书》)虽然他讲的“道”，“其归在不出孔子”(《报袁君陈秀才避师名书》)，属于儒道，但看重的是“道”的实际应用。故一再说“意欲施之事实，以辅时及物为道”(《答吴武陵论非国语书》)。“道之及，及乎物而已耳”(《报崔黯秀才论为文书》)。还说：“凡儒者之所取，大莫尚孔子……且子以及物行道为是耶？非耶？伊尹以生人为己任，管仲衅浴以伯济天下，孔子仁之。凡君子为道，舍是宜无以为大者也。”(《与杨诲之第二书》)可见，他讲的“道”与国计民生密切相关，实用性强。据此，他进一步指出：“文之用，辞令、褒贬，导扬、讽谕而已。”(《杨评事文集后序》)而他作《贞符》，欲立“圣主之典”、“抑诡类、拔正道、表核万代”，言其“苟一明大道，施于人代，死无所憾”，都反映出柳宗元以文明道为辅时及物所用的特点。

韩、柳认为古文的功用，还在于“发其郁积”，作不平之鸣，即表现作者的现实人生感受，而这是有益于世、不悖于教化的。韩愈即云：“大凡物不得其平则鸣。……人之于言也亦然，有不得已者而后言。……人声之精者为言，文辞之于言又其精也，尤择其善鸣者而假之鸣。”(《送孟东野序》)所谓“不平”，主要指作者的不幸、牢骚，它们激起创作冲动，或如张旭作书一般：“喜怒窘穷，忧悲愉佚，怨恨思慕，酣醉无聊不平，有动于心，必于草书焉发之。……情炎于中，利欲斗进，有得有丧，勃然不释，然后一决于书。”(韩愈《送高闲上人序》)柳宗元说古文“发其郁积”，既谓韩愈作《毛颖传》乃“发其郁积，而学者得以励，其有益于世欤”(《读韩愈所著毛颖传后题》)，又谓自己“虽不合于俗，亦颇以文墨自慰，漱涤万物，牢笼百态，而无所避之”(《愚溪诗序》)，“文墨之彬彬，足以舒吾愁”(《答问》)，“时时举首，长吟哀歌，舒泄幽郁，因取笔以书”(《上李中丞献所著文启》)。并且指明以古文或诗歌“发其郁积”者，多是有治世之才而无机会“效于当世”的人。所谓“感激愤悱，思奋其志略效于当世，故形于文字、伸于歌咏，是有其具而未得行其道者之为之也”(《娄二十四秀才花下对酒唱和诗序》)。韩、柳主张文以明道，辅时及物，为现实政治、教化服务，同时认为作者也可用古文鸣其不平、发其郁积。实际上二人创作，用力最多、艺术特色最为显著的，是后一类作品。

三、用“辞不足不可以为成文”强调古文修辞艺术的重要。韩、柳主张文以明道、发不平之鸣，特别重视古文的修辞艺术。不同于梁肃讲“道能兼气，气能兼辞”（《补阙李君前集序》），也与后来欧阳修说：“大抵道胜者，文不难而自至”（《答吴充秀才书》）有别，他们认为文辞和道都是古文得以“成文”的必备条件，二者缺一不可。韩愈明言：“体不备不可以为成人，辞不足不可以为成文。”（《答尉迟生书》）故其学习古人之文，既“好其道”，“又甚好其言辞”，认为三代之文“辞事相称，善并美具”，且谓“文字暧昧，虽有美实，其谁观之”（《进撰平淮西碑文表》），“若圣人之道，不用文则已，用则必尚其能者”（《答刘正夫书》）。从他将古之善鸣者分为以道鸣、以术鸣、以文鸣、以诗鸣四类，可见他并不认为“道胜”就能“文胜”，因而十分看重古文的修辞艺术。自谓“酷好学问、文章，未尝一日暂废”（《潮州刺史谢上表》）。“从事于文，实专且久”（《上襄阳于相公书》）。柳宗元反对著书“务富文采，不顾事实”（《答吴武陵论非国语书》），但对明道之文、发其郁积之作的修辞艺术，却非常重视，说“言而不文则泥，然则文者固不可少耶”（《答吴武陵论非国语书》），还说“道假辞而明”（《报崔黯秀才论为文书》），“学存也，辞不至焉，不可也”（《送表弟吕让将仕进序》），“虽其言鄙野，足以备于用。然而阙其文采，固不足以竦动时听，夸示后学”（《杨评事文集后序》）。韩、柳对古文修辞艺术的重视，意义不可低估。它不但彰显古文运动作为文学运动的特色，还带来众多古文家创作艺术的不断创新。

四，用“闳其中而肆其外”和“能自树立”作为“学古道，为古辞”的原则和方法。韩愈自称为文“闳其中而肆其外”（《进学解》）。所谓“闳其中”，实就作者道德、学问、文学艺术修养而言，解决的是作者如何通过学习古道、古辞以“慎其实”（韩愈语）、“诚其中”（柳宗元语）和吸纳古代文学创作艺术经验的问题。“肆其外”，则就古文创作而言。韩愈在《答李翊书》中提出养气说，用以沟通作者道德、学问、文学修养和古文创作的关系。他说：

> 将蕲至于古之立言者，则无望其速成，无诱于势利，养其根而竢其实，加其膏而希其光。根之茂者其实遂，膏之沃者其光晔。仁义之人，其言蔼如也。……虽然，不可以不养也。行之乎仁义之途，游之乎《诗》、《书》之源，无迷其途，无绝其源，终吾身而已矣。气，水也；言，浮物也。水大而物之浮者大小毕浮。气之与言犹是也，气盛则言之短长与声之高下者皆宜。

柳宗元也指出“大都文以行为本，在先诚其中。其外者当先读六经……余书俟文成异日讨也，其归在不出孔子”。而学者“志于道，慎勿怪，勿杂，勿务速显。道苟成，则悫然尔，久则蔚然尔。源而流者，岁旱不涸；蓄谷者不病凶年，蓄珠者不虞殍死矣”(《报袁君陈秀才避师名书》)。除强调加强以儒道为本的道德、学问修养“闳其中而肆其外”外，韩、柳还具体说到如何学习、取用古代经典之作和重要文学作品的艺术风格和表现艺术。如韩愈说“凡自唐虞已来，编简所存……奇辞奥旨，靡不通达”(《上兵部李侍郎书》)，而“口不绝吟于六艺之文，手不停披于百家之编，记事者必提其要，纂言者必钩其玄，贪多务得，细大不捐。……沉浸醲郁，含英咀华，作为文章，其书满家，上规姚姒，浑浑无涯，周诰殷盘，佶屈聱牙，春秋谨严，左氏浮夸，易奇而法，诗正而葩，下逮庄骚，太史所录，子云相如，同工异曲”(《进学解》)。柳宗元也说“自贬官来无事，读百家书，上下驰骋，乃少得知文章利病”(《与杨凭书》)，有“博如庄周，哀如屈原，奥如孟轲，壮如李斯，峻如马迁，富如相如，明如贾谊，专如扬雄”(《与杨京兆凭书》)之论。并说为文当“本之《书》以求其质，本之《诗》以求其恒，本之《礼》以求其宜，本之《春秋》以求其断，本之《易》以求其动，此吾所以取道之原也。参之谷梁氏以厉其气，参之《孟》、《荀》以畅其支，参之《庄》、《老》以肆其端，参之《国语》以博其趣，参之《离骚》以致其幽，参之太史公以著其洁，此吾所以旁推交通而以为之文也”(《答韦中立论师道书》)。

二人都主张对西汉以前的儒家经典和百家之文，博观约取，用其所长而避其所短。而学、用其长，总以我为主。至于如何学、用其长为我所用，则以创新出奇、能自树立为原则。韩愈说，“师古圣贤人”之作应“师其意，不师其辞”(《答刘正夫书》)，又说作文“惟陈言之务去”(《答李翊书》)，且谓“惟古于辞必己出，降而不能乃剽贼”(《南阳樊绍述墓志铭》)，就是讲学习古人之文当领会其意，作文应该用自己的语言表述自己的新见，不可袭蹈前人一言一句。强调的是融古于今，自作新论和自造新语。还说“以古圣贤人为法者”欲有所为，一定要在创作中“能自树立，不因循”。言“百物朝夕所见者，人皆不注视也，及睹其异者，则共观而言之，夫文岂异于是乎？……若皆与世浮沉，不自树立，虽不为当时所怪，亦必无后世之传也”(《答刘正夫书》)。柳宗元也赞成韩愈为文创新出奇、自成一家的主张，不但热情肯定韩文不同于俗的“怪”、“奇”、“俳”，还提出为文当“得其高朗，探其深赜”，超越时人之作。而对模拟、蹈袭之风深恶痛绝，说“为文之士，亦多渔猎前作，戕贼文史，抉其意，抽其华，置齿牙间，遇事蜂起，金声玉耀，诳聋瞽之人，徼一时之声。虽终沦弃，而其夺朱乱雅，为害已甚”(《报崔黯秀才论为文书》)。论及如何“肆其外”，柳宗元则提出“凡为文，以神志为主”(《与杨京兆凭书》)，强调作者应在最佳精神状态为文，且为文之时，不可“以轻心掉之”、“以怠心易之”、“以昏气出之”、“以矜气作之”(《答韦中立论师道书》)。严肃的写作态度，亦为“诚其中”所致。二人如此导引创作风气，自易使散文复古运动成为文学革新运动。

除韩、柳的复古理论外，对古文运动影响较大的，还有李翱、皇甫湜的古文主张。二人皆为韩门弟子，所见则出于韩而有异于韩。如论文风取向，韩愈是既尚平易，又重怪奇，但无论平易、怪奇，总要文从字顺，容易理解。而为文或“难”或“易”，完全取决于达意的需要。所谓“无难易，惟其是尔。……非固开其为此，而禁其为彼也”(《答刘正夫书》)。而他讲的“怪奇”、“难”，并非用语艰深、怪僻而“三四读尚不能通晓”(《答陈商书》)。李翱反对称古文为“一艺”，谓“其能到古人者，则仁义之辞也，恶得以一艺而名之哉”(《答从弟正辞书》)。又谓“学古文者，悦古人之行也；悦古人之行者，爱古人之道也”，“义虽深，理虽当，词不工者不成文，宜不能传也。文、理、义三者兼并，乃能独立于一时，而不泯灭于后代，能必传也”云云(《答朱载言书》)，皆与韩说无异。而说为文“创意、造言，皆不相师”(《答朱载言书》)，较韩“师其意，不师其辞”，更看重作者的独创性。又批评为文“尚异者”、“好理者”、“溺于时者”、“病于时者”、“爱难者”、“爱易者”，“皆情有所偏，滞而不流”(《答朱载言书》)，而独取自然、平易、纡徐、从容的文风，则与韩愈同中有异。

皇甫湜学文于韩，特别欣赏韩文“豪曲快字，凌纸怪发，鲸铿春丽，惊耀天下”(《韩文公墓铭》)的一面，故“世称学于韩者，翱得其正，湜得其奇”(章学诚《皇甫持正文集书后》)。其论文，也着意宣扬韩愈尚奇尚怪之说，言“意新则异于常，异于常则怪矣；词高则出众，出众则奇矣。虎豹之文，不得不炳于犬羊；鸾凤之音，不得不锵于乌鹊；金玉之光，不得不炫于瓦石，非有意先之也，乃自然也”(《答李生第一书》)。“使文奇而理正，是尤难也。……以文为贵者非他，文则远，无文即不远也。以非常之文通至正之理，是所以不朽也”(《答李生第二书》)。他提倡“文奇”而顾及“理正”，且谓“奇”乃出于自然，实与韩愈尚奇之论大体相合。只是韩愈论文，尚奇、尚正，兼而有之，且统归于文从字顺，易道易晓。他却是片面尚奇，认为作文“宜难”(其《答李生第三书》即云：“生为易矣，试为仆作难者……恐生乃不能，非不为也。”)，又有不同于韩愈处。

第五节　韩愈的古文创作

韩愈今存文351篇，所用文体分别属于碑志(75篇)、书牍(64篇)、奏议(48篇)、哀祭(40篇)、赠序(35篇)、论辩(19篇)、杂记(18篇)、诏令(16篇)、序跋(10篇)、辞赋(9篇)、箴铭(7篇)、颂赞(6篇)、传状(4篇)等类。其中，最能体现韩愈古文创新特点的，是碑志、书牍、赠序类作品。

韩愈古文，内容丰富。其以议论为主者，有表述哲学观点、政治见解、文论主张和其他种种看法的。“五原”除《原毁》外，都可称为哲学论文。其中《原道》批判佛、老，特别是批判佛教对礼乐刑政和农业生产的破坏，论述儒学对巩固封建统治所起的作用，可视为韩愈反对佛、老的宣言书。《原性》把人性分为上、中、下三品，并说情也有三品，要因情以见性，批判的是佛教灭情见性、见性成佛的观念。其论政事如《御史台上论天旱人饥状》、《论淮西事宜状》，前言天旱当停征赋税，后言当用武力平定淮西，论事说理，无不切中肯綮。又如《论佛骨表》针对宪宗佞佛以求长寿的心理，广征博引，说明历代君王佞佛必然国祚不长、年寿必夭。文笔犀利，观点鲜明、深刻，实为韩愈政论文之代表作。他如《送孟东野序》、《送高闲上人序》、《答李翊书》、《答刘正夫书》、《与冯宿论文书》、《答尉迟生书》、《荆潭唱和诗序》等，或作专论，或偶尔论及，都以阐述作者的文学观点(尤其是散文复古主张)为重要内容。还有《师说》批评社会上耻于从师的风气，《原毁》分析社会上毁谤风气产生的原因，《讳辩》斥责社会上以避讳为名压制人才的恶俗，皆因事作论，针对性强。

其以记叙为主者，多为传记、行状、碑志、墓志铭以及杂记之类的文字。《张中丞传后记》为安史乱中爱国将领张巡立传，写人栩栩如生。《赠太傅董公行状》为董晋作传，选材精约，叙事生动。《平淮西碑》记平定淮西经过，文字雍容典雅。其墓志铭叙事写人，尤为生动、形象，真能做到“随事赋形，各肖其人”(钱基博《韩愈志》)。杂记如《燕喜亭记》、《徐泗豪三州节度掌书记厅石记》、《蓝田县丞厅壁记》、《新修滕王阁记》、《郓州谿堂诗并序》(属记体)以及《画记》等，不但写景状物，辞事相称，而且多用感慨、议论成文，开后人门径(欧阳修作记即从此出)。方苞即云：“散体文唯记难撰结……故昌黎作记，多缘情事为波澜。”(《答程夔州书》)

其以抒情、泄愤为主者，多为哀祭、书牍、赠序，以及“杂文”之作。祭文诉哀，最著名的是《祭十二郎文》。该文写作者和死者生前的亲情，写他心中的极度悲哀，就像面对活人说话一般。其间有泣，有呼，有絮语，有放声长号，骨肉之痛，溢乎言表。他如《祭河南张员外文》、《祭柳子厚文》，皆出语情真意切。《欧阳生哀辞》，“盖哀欧阳生之不显荣于前，又惧其泯灭于后”，“故作哀辞以舒吾哀”，自以哀情动人。《送孟东野序》为孟郊不遇于时鸣不平，《送李愿归盘谷序》极写居高位者的骄奢淫逸和势利小人的种种丑态，皆为愤世、骂世之言。《杂说》(四)为所有怀才不遇者一吐不平之气，《毛颖传》“发其郁积”，《进学解》自鸣其不幸，《送穷文》自发牢骚，皆为述怀之文。韩愈作书，往往叙事、说理，随心而发，或求人荐引，或荐引他人，或传道授业解惑，或辨驳事理，也有述怀抒情的。如《与崔群书》说“自古贤者少，不肖者多”一节，即出语悲感交集，郁勃淋漓。又《与孟东野书》，入手即谓“与足下别久矣！以吾心之思足下，知足下悬悬于吾也”。续谓“其于人人，非足下之为见，而日与之处，足下知吾心乐否也！吾言之而听者谁欤！吾唱之而和者谁欤！言无听也，唱无和也，独行而无徒也，是非无所与同也，足下知吾心乐否也”，语语皆道心之不乐，抒情性强。

韩愈古文内容丰富，充满文学意味，一个重要原因，是他在创作中，对文体、文风、文学语言大胆革新，通过吸纳诗、赋、骈文的文学质素和借鉴其表现艺术，增强古文的文学性和艺术美，使古文神形俱新，既不同于时文，也与传统的古文大有区别。

其文体革新，变化最大的是碑志、书牍、赠序之文。其变或如钱穆《杂论唐代古文运动》所说：

> 盖碑文当勒之金石，体尚谨严，文须韵藻，并不与其他散文同其渊源，亦复与史传性质有别。而韩公为之，乃刻意以散文法融注入金石文而独创一体。其骨格则是龙门之史笔，其翰藻则是茂陵之辞赋。设例取势，因人为变。创格造句，锤句炼响，极行文之能事。可谓前无古人，后无来者。

> 韩公出，而后书牍一体始成短篇散文中极精妙之作品。写情说理，辨事论学，宏纤俱纳，歌哭兼存，而后人生之百端万状，怪奇寻常，尽可容入一短札中，而以随意抒写之笔调表出之。无论其题目之大小，内容之深浅，正因其乃一书牍之体，而更易使人于轻松而亲切之心情下接受领会，此实为韩公创新散文体之一绝大贡献。

> 太白所为诸序，寻其气体所归，仍不脱辞赋之类。其事必至韩公，

乃始纯以散文笔法为之。此又韩公一创格也。……惟韩公深于文，明于体类，故能以诗之神理韵味化入散文中，遂成为旷古绝妙之至文焉。……故韩集赠序一体，其中佳构，实皆无韵之诗也。……由其皆从诗之解放来，而仍不失诗之神理韵味也。后人学韩者，惟欧阳永叔最得韩公此体文之神髓。

其文风革新，不单见之于对“俗下文字”风格的唾弃，还见于对传统古文文风的突破。最令时人震惊的，是他为文“不专一能，怪怪奇奇”，形成奇诡新异的文风。本来，韩愈为文，有借形下之物、寻常之事明道、说理、抒怀的习惯。另一方面，他也爱用怪奇题材、新奇立意、奇巧结构、奇妙言词以“成文”，显出文风的怪奇。此举受到裴度的批评。裴度说前人之文“皆不诡其词而词自丽，不异其理而理自新”，“而奇言怪语，未之或有。意随文而可见，事随意而可行”，说韩愈“恃其绝足，往往奔放，不以文立制，而以文为戏”(《寄李翱书》)。他实际上是在用与前辈古文家相同的古文观念贬抑韩文，而这正显出韩愈对传统古文文风(功用为“理身理家理国理天下”，风格为雍容雅正、“至易”、“至直”)的突破。他在艺术上的创新求变，已远远超出前辈古文家散文复古、如古的要求。

韩愈语言革新意识极强，既说“惟陈言之务去”，又谓“惟古于词必己出……文从字顺各识职”。革新方法有二，即提炼古语铸成新词和灵活运用口语，原则是造语必求文从字顺，符合汉语语法。提炼古语铸成新词者，如“跋前踬后”(《进学解》)从“狼跋其胡，载踬其尾”(《诗经·豳风·狼跋》)概括而出，“补苴罅漏，张皇幽眇”(《进学解》)从“衣弊不补，履决不苴”(刘向《新序·刺奢》)、“抗辞幽说，闳意眇指”(扬雄《解难》)提炼出来，“形单影只”(《祭十二郎文》)从“茕茕孑立，形影相吊”(李密《陈情表》)中来，“不塞不流，不止不行”(《原道》)从“不愤不启，不悱不发”(《论语·述而》)融化而出，皆为其例。活用口语者，如官名、地名和当代事物名称，皆用时人口语所称，不带任何拟古色彩。如韩文中与佛教相关的口语就有佛、浮屠、福田等。又有与唐代科举制有关的新词语如进士、明经、主司、及第、贡举、考试等。又唐时口语“都”作副词“皆”用，韩文用“都”取此义者甚多。韩文《贺太阳不亏状》以“太阳”代替“日”也是以口语入文。他如以“眼”代“目”，以“脚”代“足”，以“写”代“书”，以“到”代“至”，亦从口语中来。另外，韩文中大量出现的双音词(如恩爱、葬埋、祭祀、国家等)，有些是韩愈创造出来的，有些就是直接取自口语。和提炼古语、活用口语有关，韩愈的语言革新，还表现在虚字(助词)的运用上。为文使用虚字，并非始于韩愈，但他是有意使用虚字，借以增强语言的生动性和古文的艺术表现力。他能利用虚字中的疑词、决词，造成文势的开合伸缩，以结构其文。或在一句中使用不同的助词，带来语气的连贯；或连续数句叠用同一助词，壮其声势；或在一段中次第叠用不同的助词，以造成文势的跌宕起伏；或在一篇中多次使用某一助词，以造成文章的情韵美。

为增强古文的文学性、艺术美，韩愈除“求取融化后起诗、赋纯文学之情趣、风神以纳入于短篇散文之中，而使短篇散文亦得侵入纯文学之阃域”（钱穆语）外，还用到诗、赋的种种表现手法（如情存比兴、讲求辞采、音韵以及铺陈其事、以问对方式结构其文等）。而以骈文为文，更是韩愈为文的独特处。骈文本是受到诗、赋影响很深的文体，句求偶对自为其行文的基本特征。韩愈以骈文为文，主要是取其诗性质素入文，而在语句锻造上变偶对为排比，以得其句式的整齐美和文势的雄健有力。

韩愈创作古文，能学古而变古，能取前人之长而用之，故其文风格独特。张籍说韩愈“独得雄直气，发为古文章”（《祭退之》），柳宗元称其“猖狂恣肆，肆意有所作”（《答韦珩示韩愈相推以文墨书》）。李翱言韩文“开合怪骇，驱涛涌云”（《祭吏部韩侍郎文》），李汉说韩文“汗澜卓踔，奫泫澄深，诡然而蛟龙翔，蔚然而龙凤躍，锵然而韶钧发。日光玉洁，周情孔思，千态万貌，卒泽于道德仁义，炳如也”（《韩愈文集序》）。韩文固有雄健、奇伟的一面，也有平易、自然的一面，而且雄健之中并不匮乏情韵，“唐之文奇者，莫如韩愈，而其文皆句妥字适，无难晓者”（方孝孺《答王仲缙书》）。

韩文艺术特色，大概有五。

一是构思奇特，写法多变。韩文构思奇特，因而结构新异而写法多变。其说理文，有的先提出论点，然后加以论证分析，如《原道》、《师说》；有的用主客问答形式层层说理，如《争臣论》。同是抒发牢骚，《进学解》用师生辩论形式表达，《送穷文》则借送鬼而吐怨，托穷鬼之口以自誉。其赠序有直陈己见以达意的，如《送高闲上人序》；有借被送者长篇言论抒愤寄慨的，如《送李愿归盘谷序》；有专说一理为对方鸣不平的，如《送孟东野序》。其碑志文写法尤其多变。如墓志铭，一般先叙名讳、里居、先世等，韩愈却先写墓主生平事迹，以突出其节行，《孔戣墓志铭》即是。叙事方法也多种多样，突出的是用对话形式叙说其事。有的则用作者口吻介绍；有的通过记述死者亲属之言说出，《河中府法曹张君墓碣铭》即是。他如《试大理评事王君墓志铭》，用传奇手法记王君骗婚事；《柳州罗池庙碑》，用志怪手法记柳子死后显灵事；《南海神庙碑》，用汉赋体物手法写海中百灵秘怪；《黄陵庙碑》用训诂手法写虞舜二妃故事，以及《平淮西碑》用《尚书》作诰方式写宪宗命将诏令，都显出韩文碑志写法多变的特点。

二是雄奇奔放，以气势胜。韩愈“发言真率，无所畏避”(《旧唐书·韩愈传》)，为文深受《孟子》影响，说理雄辩滔滔，其势不可阻遏。除作者自信心强、对问题认识深刻、自觉“真理”在握，因而气盛语壮以外，还与他所用的表现手法有关。其手法有：

(一)工于发端。即魏禧说的“韩文入手多特起，故雄奇有力”(《日录论文》)。以警句开篇，往往入手即有先声夺人之势。韩文起笔多辟头涌来，显得文势强健。如《原道》以“博爱之谓仁”数语发端，《送孟东野序》以“大凡物不得其平则鸣”起头，《送权秀才序》以“伯乐之厩多良马”数语入手，即为其例。

(二)用特殊句式壮大气势。其中有尽力加长句子以增强气势者，如《伯夷颂》首句“士之特立独行……信道笃而自知明者也”就长达三十一字，入篇即成洪流奔腾之势，足以振起全篇；又如《柳子厚墓志铭》中“今夫平居里巷相慕悦……又下石焉者，皆是也”一句八十四字，便显出作者对小人恶行的不胜其忿。有以一词统率诸多短句以为长句者，如《进学解》“方今圣贤相逢，治具毕张……孰云多而不扬”云云，“方今”二字即管束下列各短句；《送李愿归盘谷序》“其在外，则树旗旄……争妍而取怜”，以及“伺候于公卿之门……其于为人贤不肖何如也”，所说诸事之文皆为“其”所统率，语气连贯，自然文势不弱。又有以排比句式造势者，如《原道》就有多种形式的排比句(有以八句连作排比的)，《原毁》以“古之君子”、“今之君子”对比，出语则“通篇排比”(张裕钊语)。《师说》也是广用排比，使得波澜迭起，气势流荡。还有数句用一类字以壮大文势者，即陈骙所谓“文有数句用一类字，所以壮文势、广文义也。然皆有法，韩退之为古文伯，于此法尤加意焉”(《文则》)。例如《原道》“为之君”以下各句，连用十七个“为之”句，其文《诗》、《书》、《易》、《春秋》以下各句连出九个“其”字句。《进学解》“今先生学虽勤而不繇由统，言虽多而不要其中，文虽奇而不济于用，行虽修而不显于众”，数句同用“虽”、“而不”三字；《送浮屠文畅师序》“夫不知者，非其人之罪也；知其不为者，惑也；悦乎故不能即乎新者，弱也；知而不以告人者，不仁也；告而不以实者，不信也”，数句同用“者……也”字，都言之有力。还有用顶真句式壮大文势者，如《原道》“尧以是传之舜，舜以是传之禹……轲之死，不得其传焉”，即是。

(三)行文自占地步以把握话语主动权。韩愈论辨之文，往往先用概括性极强的短语标举其说，以为定理，然后据此辨驳，横说竖说，头头是道，显出高屋建瓴的气势，妙就妙在他作论善于自占地步。其求人荐拔或丐贷之文，亦以文气健旺著称，关键是他行文能高占地步，找到和居高位者对话的主动权。谢枋得即谓“昌黎作文专占地步，如人要在高处立、要在平处行、要在阔处坐”（《文章轨范》卷一）。如《与于襄阳书》关于“先达之士”和“后进之士”互为所用的议论，就是为下说丐贷之事预占地步，由于高占地步，故言之侃侃，决无嗫嚅之状。此外，韩愈作论，还利用逻辑力量助长文势，如《讳辩》谓“父名晋肃，子不得举进士，父名仁，子不得为人乎”，即为显例。

三是寄兴无端，风神绝远。这主要是由以诗为文带来的审美特征，其赠序大多具有这种诗意美。如《送董邵南序》，董生不得志于有司，欲北投藩镇，韩愈本不赞成，又不便明阻其行，故作序以为讽戒。全文一百五十六字，六次转折，反复申说，连连唱叹。末谓“为我谢曰：明天子在上，可以出而仕矣”，讽谕之意见乎言外。故张裕钊说：“收处寄兴无端，如此乃可谓之妙远不测。”（马其昶《韩昌黎文集校注》补注引）《送杨少尹序》纯以想像之辞为文，可谓无中生有。后谓“杨侯始冠，举于其乡，歌《鹿鸣》而来也。今之归，指其树曰：某树，吾先人之所种也。某水，某丘，吾童子时所钓游也。……古之所谓乡先生，没而可祭于社者，其在斯人欤？其在斯人欤”，也是唱叹有声，意味无穷。张裕钊即云：“前文已极文之变态，末段又别出丘壑，读之如寻幽览胜，探之不穷。”（马其昶《韩昌黎文集校注》补注引）而《王含秀才序》，前言读《醉乡记》，悲前代名士不遇于世而隐于酒，后面言及王含，结尾却说：“惜乎吾力不能振之，而其言不见信于世也。于其行，姑与之饮酒。”其寄托之深、意兴之妙，刘大櫆说是“深微屈曲，读之觉高情远韵，可望不可即”（马其昶《韩昌黎文集校注》补注引）。曾国藩则称其“波折夷犹，风神绝远”（马其昶《韩昌黎文集校注》补注引）。他如《送廖道士序》、《送高闲上人序》，亦含风神之美，而且多借结尾时的“诡变”之辞显现出来。

四是想像丰富，巧于譬喻。韩愈有些文章整篇就是一个譬喻，如《杂说》四，通篇围绕千里马的有和伯乐的无做文章，说的是人才的遭遇问题；《应科目时与人书》则以天池之滨、大江之濆的“怪物”形容自己的处境；而在《后十九日复上宰相书》中，作者又把自己比作一个“溺于水而爇于火”的失路之人。譬喻的运用可以把难以明说的话直说出来，可以使深奥的道理明朗化，还可增强文章的生动性。而这些与想像的丰富是分不开的。韩愈作比，真能做到“引物连类，穷情尽变”（《送权秀才序》），比如《送石处士序》中的文字：

与之语道理，辨古今事当否，论人高下，事后当成败，若河决下流而东往，若驷马驾轻车就熟路，而王良、造父为之先后也，若烛照数计而龟卜也。

一连串的比喻把石洪的能言善辩、料事准确形容得穷形尽相。如果作者没有雄厚的知识积累，没有丰富的想像力，那些妙如连珠的譬喻就不会接踵而出。

五是描写精细，历历如绘。韩愈写人叙事，注重细节描写，不但像《毛颖传》、《送穷文》写毛颖、穷鬼栩栩如生，其传记、杂文在写到人物时，也常有精细的描绘。《张中丞传后叙》写南霁云的刚烈：

(贺兰)爱霁云之勇且壮，不听其语，强留之，且食与乐，延霁云坐。霁云慷慨语曰："云来时，睢阳之人不食月余日矣，云虽欲独食，义不忍，虽食且不下咽!"因拔所佩刀，断一指，血淋漓，以示贺兰，一座大惊，皆感激为云泣下。云知贺兰终无为云出师意，即驰去。将出城，抽矢射佛寺浮屠，矢著其上砖半箭，曰："吾归破贼，必灭贺兰，此矢所以志也!"城陷，贼以刃胁降巡，巡不屈，即牵去，将斩之，又降霁云。云未应，巡呼云曰："南八！男儿死身，不可为不义屈!"云笑曰："欲将以有为也。公有言，云敢不死!"即不屈。

又如《蓝田县丞厅壁记》写县丞的有职无权：

丞位高而偪，例以嫌，不可否事。文书行，吏抱成案诣丞，卷其前，钳以左手，右手摘纸尾，雁鹜行以进，平立，睨丞曰："当署。"丞涉笔占位署，惟谨。目吏，问："可不可?"吏曰："得。"则退，不敢略省，漫不知何事。

作者抓住典型场面，通过细写人物的语言、动作，把人的精神面貌、性格特征写得十分突出。此外，在一些抒情味重的文章里，作者还以优美的笔调写出自然景象的瑰丽。《祭河南张员外文》写洞庭湖的阔大气势："洞庭漫汗，粘天无壁。风涛相豗，中作霹雳。"一个"粘"字把水连天、天连水、水天无际的场面写得多么生动!

从这里也可看出韩文的语言特点：精练、准确、生动。作者继承了古代文学语言遗产，同时又吸取当时活的语言，创造出许多新颖、生动的语词，极大地发挥了汉语的表现力。他所创造的许多词汇，诸如"大声疾呼"、"牢不可破”、“少安无躁”、“业精于勤”、“动辄得咎”、“落井下石”、“不平则鸣”、“摇尾乞怜”、“杂乱无章”、“大放厥词”等，至今还活在我们的口中和笔下。当然，由于他强调词必己出，时用难字、僻字，古文中也有一些佶屈聱牙的句子。

第六节　柳宗元的古文创作

柳宗元今存文四百余篇，三百多篇为古文。韩愈对柳文评价甚高，谓其“雄深雅健，似司马之长，崔、蔡不足多也”（刘禹锡《河东先生集序》引）。又言柳子“为词章，泛滥停蓄，为深博无涯涘”（《柳子厚墓志铭》）。刘禹锡称柳文“词甚约而味渊然以长，气为干，端而曼，苦而腴，癯然以清”（《答柳子厚》）。刘熙载说柳文与韩文风貌有异，则谓“昌黎之文如水，柳州之文如山。‘浩乎’、‘沛然’，‘旷如’、‘奥如’，二公殆各有会心”（《艺概·文概》）。就文体言，柳文各体皆有佳作，数论、说、记最为出色。现依次介绍其议论文、传记文、寓言和游记，以道柳子古文创作特点。

一、论说文。柳宗元的论说文相当出色，不但很有见地，而且结构精巧、严密。著名的有《天说》、《封建论》、《六逆论》、《非国语》和《桐叶封弟辩》等。《天说》探讨天、人关系，宣扬唯物观点，是作者哲学论文中的代表作。文中说：

> 天地，大果蓏也；元气，大痈痔也；阴阳，大草木也。其乌能赏功而罚祸乎？功者自功，祸者自祸，欲望其赏罚者大谬；欲望其哀且仁者，愈大谬矣。

他用极通俗的比喻说明天没有意志，不可给人以赏罚、仁爱。他的《非国语》六十七则，半数以上也是批判唯心主义的天人感应论的。在论文中，《封建论》是他的代表作。作者从唐朝的现实出发，以历史发展的观点，肯定了秦始皇建立郡县制的伟大意义。此文不但立论新，见解高于前人，所谓“宗元之论出而诸子之论废矣，虽圣人复起，不能易也”（苏轼《论封建》），而且在写法上很有特点。它论点突出，论证严密，论据十分丰富，而纵论古今，气势尤壮。《桐叶封弟辩》，辩周公督促成王落实戏言“封小弱弟于唐”事，文凡七辩而九次转折，既说周公辅佐成王应有的原则（归于大中之道），又以人情论理，言之精细。大抵柳宗元作论，识见高、论述精密、说得透彻为其特点。这不但反映在论、说、辩等文体的古文中，也体现在其他文体的议论文字中。如《送薛存义序》有云：

> 凡吏于土者，若知其职乎？盖民之役，非以役民而已也。凡民之食于土者，出其十一佣乎吏，使司平于我也。今我受其直、怠其事者，天下皆然。岂惟怠之，又从而盗之。向使佣一夫于家，受若直，怠若事，又盗若货器，则必甚怒而黜罚之矣。今天下多类此，而民莫敢肆其怒与黜罚者，何哉？势不同也。势不同而理同，如吾民何？

这段文字就像一篇小政论文，将为官者应该为民众当好公仆的道理说得极为清楚，言语间充满对为官如盗者的愤恨和对民众的同情。

同以议论见长的，还有杂说之文，如《鹘说》、《捕蛇者说》、《谪龙说》、《罴说》、《观八骏图说》等。此类古文，皆寓论于叙，借事作论，叙事工而说理细。像《捕蛇者说》，借捕蛇者之口说赋敛之毒甚于毒蛇，篇末略发议论以点题，虽然言少语缓，却难掩愤慨之情。又如《说车赠杨诲之》，以车有轮、轴、箱、轼能“任重而行于世”，说为人“材良而器攻、圆其外而方其中”、“守大中以动乎外而不变乎内”的道理，即物作论，形象、生动。

二、传记文。柳宗元作传记，取用《史记》、《汉书》人物传记的艺术经验而又有自己的创造。其传记可以分为两类。一类是传主实有其人，可以《段太尉逸事状》为代表。“逸事状”补“行状”之不足，与传同类。《段太尉逸事状》一写段秀实严惩骄兵悍卒，治服郭晞，突出他的不畏强暴、敢于为民除害。二写段秀实卖马替农民偿还租谷，为他治伤、喂饭，突出他的宽厚仁慈。三写段秀实拒收朱泚财礼，突出他的廉洁和不与歹人为伍。三件事以第二件发生得最早，但文中却先写治郭晞事，且写得最细，因为这件事最能反映段太尉体恤民情的思想和敢于与残暴势力斗争的胆略。当段太尉杀郭晞部卒十七人后，郭晞一营大噪，全都披甲戴盔，急得节度使白孝德没有主意。文中写此时的段太尉：

> 解佩刀，选老躄者一人持马，至晞门下。甲者出，太尉笑且入曰：“杀一老卒，何甲也？吾戴吾头来矣！”甲者愕。因谕曰：“尚书固负若属耶？副元帅固负若属耶？奈何欲以乱败郭氏？为白尚书，出听我言！”晞出，见太尉，太尉曰：“……”言未毕，晞再拜曰：“公幸教晞以道，恩甚大，愿奉军以从。”顾叱左右曰：“皆解甲，散还火伍中，敢哗者死！”太尉曰：“吾未晡食，请假设草具。”既食，曰：“吾疾作，愿留宿门下。”命持马者去，旦日来。遂卧军中。晞不解衣，戒候卒击柝卫

大尉。旦，俱至孝德所，谢不能，请改过。

显然，所叙之事，事事皆有含义：只身闯入军营，足以显出他的临危不惧；一席话折服郭晞，说明他见识过人。而要求留宿军营以观察郭晞是否真心改过，则又反映出他的沉着、练达。正因如此，作者开篇就把人物置于激烈的矛盾冲突中来写，使人对段秀实有鲜明、突出的印象。此状不但选材精，而且用字精当。如文中“太尉列卒取十七人，皆断头注槊上，植市门外”一句，连用“断”、“注”、“植”三动词写太尉对暴卒的处置，准确、简约而且形象、生动。又如写太尉进军营时的言行：“杀一老卒，何甲也？吾戴吾头来矣！”“吾戴吾头来矣”中的第二个“吾”字有强调秀实自请一死，临危不惧的作用。着此一字，他蹈险如履平地的从容态度和凛然神气便如在眼前，由此可见其语词琢炼之精。《童区寄传》记一个十一岁的牧童杀死两个狡猾的人贩子的故事，传奇色彩很浓。传主可能实有其人。此传揭露、抨击唐代畜奴制度的罪恶，创造出一个勇敢、机智、敢于反抗的少年英雄形象。故事情节曲折、惊险，而语言简洁，层次清楚。

柳宗元另一类传记的传主未必真有其人，实借为人立传说一道理。其文托人言理，亦属杂记、杂说之类。如《种树郭橐驼传》为一位植树能手作传，《宋清传》为一位药商作传，《梓人传》为一位木工作传。它们大都有一定的思想寄托，在写法上受到当时传奇的影响。《种树郭橐驼传》写郭橐驼的植树经验，强调的是顺应自然。作者将养树之道移入“养人”之道，表达的是如何管理百姓的主张，与对地方官“好烦其令”、扰民以致为祸于民的不满。《宋清传》写药商宋清善于经营药材，为人治病精心配方，对求药者不论有钱与否，均付给良药，最后“得大利”、“卒以富”。作者肯定宋清的“取利远，远故大”，批判的是士大夫中间“炎而附，寒而弃”的卑劣现象。《梓人传》与《种树郭橐驼传》同一机杼，都是借为劳动者立传阐述为官的道理。不过一用对话形式，一由作者直接发表议论。他用梓人规划大局而不卖弄手艺比喻宰相的职能，指出宰相“不衒能，不矜名，不亲小劳，不侵众官，日与天下之英才讨论其大经”，方能治好国家。这些当是有为而发。他如《李赤传》、《河间妇传》，未署以“柳先生曰”，似学《史》、《汉》传赞体例，实亦为杂记、杂说之作。二传均以怪奇之事为人立传而另有寄托。前者说“今世皆知笑赤之惑也，及至是非取与向背决不为赤者，几何人耶？反修而身，无以欲利好恶迁其神而不返，则幸矣”。后者说“河间一自败于强暴，诚服其利，归敌其夫犹盗贼仇雠……卒计以杀之……则凡以情爱相恋结者，得不有邪利之猾其中邪？亦足知恩之难恃矣！朋友固如此，况君臣之际，尤可畏哉”。皆就卑劣之人说正大之理，而发愤世、忧世之慨。文虽为传，其写人叙事以寄慨，却很像讽谕诗。

三、寓言。在先秦诸子散文和《战国策》等典籍中，为了论述一种道理，常常用一段寓言作为譬喻。但那是片断的文学故事，是作为某篇文章的一部分而存在的。柳宗元对寓言的贡献，在于使这种文体获得了独立的文学地位。他的寓言可称为讽刺文学的杰作。《三戒》写三件值得警戒的事，表现一个共同的主题，就是作者在序言中说的：“吾恒恶世之人，不知推己之本，而乘物以逞，或依势以干非其类，出技以怒强，窃时以肆暴，然卒迨于祸。”作者对世上那些仗势欺人、投机取巧、得意忘形的小人，是十分痛恨、鄙视的。三则寓言对家犬和小鹿周旋，以及老虎初见驴子时几番试探的心理刻画，都非常生动。他的《蝜蝂传》，讽刺生性贪婪、好往上爬的官僚，几十个字就勾勒出蝜蝂的形象：

> 蝜蝂者，善负小虫也。行遇物，辄持取，卬其首负之。背愈重，虽困剧不止也。其背甚涩，物积因不散，卒踬仆不能起。人或怜之，为去其负。苟能行，又持取如故。又好上高，极其力不已，至坠地死。

柳宗元的寓言多以小动物的生活为题材，抓住它们的某一生活习性给以突出描绘，然后在篇末以三言两语议论点题。而所谓议论，又不是明言所指，只是就故事生发开去，能使人想到更多、更深的道理。

四、游记。在中唐时期，柳宗元是大力写作山水游记散文并取得突出成就的作家。他的游记继承了郦道元《水经注》山水散文的艺术传统而有新的创造。

首先，柳宗元所写的不是名山大川的风光，而是写被人遗弃或不被人重视的山山水水。《游黄溪记》和被称为“永州八记”的《始得西山宴游记》、《钴鉧潭记》、《钴鉧潭西小丘记》、《至小丘西小石潭记》、《袁家渴记》、《石渠记》、《石涧记》、《小石城山记》，写的都是偏僻地区永州境内的小山小水。作者看重它们，有意识地表现它们的美，是因为作者从它们身上找到了精神上的寄托。可以说，柳宗元写被人遗弃的山水之美，强调这种美的存在，就是强调被遗弃之人的美的存在，即强调作者自身之美的存在。《游黄溪记》这样突出黄溪的美：

> 北之晋，西适豳，东极吴，南至楚、越之交，其间名山水而州者以百数，永最善。环永之治百里，北至于浯溪，西至于湘之源，南至于泷

泉，东至于黄溪、东屯，其间名山水而村者以百数，黄溪最善。

文中黄溪之美不但甲于永州，而且甲于天下。作者有意摹仿《史记·西南夷传》的写法来突出黄溪，和他在《始得西山宴游记》中说的“未始知西山之怪特”、“然后知是山之特立，不与培塿为类”一样，都是为了抬高所写山水的地位，强调它们美的价值。永州山水如此之美，但它们却“不为之中州，而列是夷狄，更千百年不得一售其伎”(《小石城山记》)，有的小丘，若“致之沣、镐、鄠、杜，则贵游之士争买者，日增千金而愈不可得”，如今却成了“唐氏之弃地”，“农夫渔父过而陋之，贾四百，连岁不能售”(《钴鉧潭西小丘记》)。这与作者长期谪居边远地区而不能为朝廷所用的遭遇多么相似。茅坤说柳宗元作《小石城山记》，是“借石之瑰玮，以吐胸中之气”(《山晓阁选唐大家柳柳州全集》卷三)，其实，他的多数游记都有借写被遗弃的山水之美来抒发不平之慨的特点。

其次，柳宗元的游记能以生动的笔触再现山水之美。在他笔下，山、丘、石、树、溪、潭、涧、渠各具面貌；壮景、幽景、近景、远景无所隐避。他写山水，真能做到“漱涤万物，牢笼百态”(《愚溪诗序》)。如写在西山之巅所见的壮阔景象：

> 攀援而登，箕踞而遨，则凡数州之土壤，皆在衽席之下。其高下之势，岈然洼然，若垤若穴，尺寸千里，攒蹙累积，莫得遁隐。萦青缭白，外与天际，四望如一。然后知是山之特立，不与培塿为类，悠悠乎与颢气俱，而莫得其涯；洋洋乎与造物者游，而不知其所穷。

作者这里是用透视的方法描绘登高远望所见的景象。“萦青缭白”等十二字，大笔涂抹，场面阔大而色彩鲜明，非登山远望者不能道。《至小丘西小石潭记》则写出一种清幽、冷寂境界：

> 从小丘西行百二十步，隔篁竹，闻水声，如鸣珮环，心乐之。伐竹取道，下见小潭，水尤清冽。全石以为底，近岸卷石底以出，为坻为屿，为嵁为岩。青树翠蔓，蒙络摇缀，参差披拂。潭中鱼可百许头，皆若空游无所依。日光下澈，影布石上，佁然不动；俶尔远逝，往来翕忽，似与游者相乐。
>
> 潭西南而望，斗折蛇行，明灭可见。其岸势犬牙差互，不可知其源。坐潭上，四面竹树环合，寂寥无人，凄神寒骨，悄怆幽邃。以其境

过清，不可久居，乃记之而去。

记中以游鱼往来翕忽的形象衬写潭水清冽，向称绝笔。人们读到记中描绘幽寂境界的文字，即使在伏天也会有凄寒之感。

柳宗元善于把静景写活，有时几个比喻就能把一堆乱石写得生机勃勃，活力四射，如《钴鉧潭西小丘记》中写石头：

其石之突怒偃蹇，负土而出，争为奇状者，殆不可数。其嵚然相累而下者，若牛马之饮于溪；其冲然角列而上者，若熊罴之登于山。

有时，为了把静景写活，他特意从动的角度写其情态，如《袁家渴记》写袁家渴中小山上的草木和溪水：

每风自四山而下，振动大木，掩苒众草，纷红骇绿，蓊葧香气，冲涛旋濑，退贮溪谷，摇飏葳蕤，与时推移。

“纷红骇绿”，草木容态、生气，全在风中露出。苏轼说：“子厚善造语，若此句殆入妙矣！”(《东坡题跋》卷二)在柳宗元的游记中，此类写景妙语甚多，它们简洁生动，描绘出丰富多彩的山水形象，给人带来美的享受。《游黄溪记》云：

两山墙立，如丹碧之华叶骈植，与山升降，其缺者为崖峭岩窟。……至初潭，最奇丽，殆不可状。其略若剖大瓮，侧立千尺，溪水积焉。黛蓄膏渟，来若白虹，沉沉无声，有鱼数百尾，方来会石下。

作者用如此文字来写山形、水色，所以我们读他的游记就如徜徉在画廊中一样。其实他对山水的描写，有些地方连画笔亦不能到。林纾即云：“黄溪一记，为柳州集中第一得意之笔，虽合荆(浩)、关(仝)、董(源)、巨(然)四大家，不能描而肖也。”(《柳文研究法》)

最后，柳宗元在写山水游记时，常常把自己的性情注入山水之中，使得山水也具有性格。郦道元的《水经注》写山水多属客观描写，柳宗元这样作无疑是个创造。他能融情于景，自然和他的身世境遇有关。作者谪居永州，常年处于“惴慄”之中，见到那些美好的山水，“则清泠之状与目谋，漕漕之声与耳谋，悠然而虚者与神谋，渊然而静者与心谋”(《钴鉧潭西小丘记》)，以至于“心凝形释，与万化冥合”(《始得西山宴游记》)。这样，当他写到那些不为人所重的山水之美时，他的思想感情就会自然流露出来。和在山水诗中借景抒怀一样，柳宗元的山水游记也有很强的比兴意味，一些记中所写到的山水之美的境界，实是作者心境的外现。而在表现手法上，也是以诗为文。如《小石潭记》，写“潭西南而望，斗折蛇行，明灭可见。其岸势犬牙差互，不可知其源”，便是不写尽妙境；写潭上不可久居一段，便是不游尽妙境，都显得笔墨悠长，情兴无极。林纾说“幽僻冷艳……文有诗境，是柳州本色”(《柳文研究法》)，颇能道出柳子游记和另外一些古文的特色。

此外，柳集中有十篇被归入骚体的文章，前八篇(即《乞巧文》、《骂尸虫文》、《斩曲几文》、《宥蝮蛇文》、《憎王孙文》、《逐毕方文》、《辨伏神文》、《愬螭文》)实以骈体为文，后二篇(《哀溺文》、《招海贾文》)纯学楚辞。就各有寓意、借题发挥以寄慨而言，也可列入杂记、杂说一类。其中《乞巧文》纯作反语，和《愚溪对》一样，都是用怪奇题材、奇诡结构，舒泄愤郁。《骂尸虫文》讥谗佞者，《斩曲几文》讥“谗曲获用”者，《宥蝮蛇文》实痛骂生性恶毒如蝮蛇者，《憎王孙文》则言跳踉小丑“外以败物兮，内以争群”之可恶。此类文字同柳宗元的寓言、游记以及借用传记和其他文体写的杂说、杂记一样，都有曲折道来、沉郁幽深、含蓄隽永，而出言峻洁、精警、奇丽的特点。

第七节　中唐其他作家的古文创作

中唐古文家中，韩、柳自为佼佼者。韩、柳之外，还有许多优秀的古文家。按其活动时间，可以分为四类。

一是与韩、柳同时，而从事古文写作早于韩、柳的作家，可以欧阳詹和李观为代表。

欧阳詹(759？—799？)，著有《欧阳行周文集》。韩愈《欧阳生哀词》，谓“其文章切深喜往复，善自道”。欧阳詹《与郑伯玉书》，尝谓“国家设尊官厚禄，为人民也，为社稷也。在求其人，非与人求；在得其人，非与人得。唯道德膺厥求，唯贤能膺厥得。贤能事事而后见，道德诚诚而后信。苟须事事，苟须诚诚，则必委以务、命以职，从而核之”。从这几句可见其政治观、人才观，也可见其为文喜往复的特点。除说理外，欧阳詹叙事写人也有出语喜往复的习惯，《南阳孝子传》、《吊九江驿碑材文》即为其例。大抵欧阳詹论事有见(如《刖卞和述》说卞和献璞于楚怀王、平王，二君皆言“非宝也”意在以国君之位为“大宝”，即是)，表现手法比较单一。

李观(766—794)，李华从子，韩愈同年。李观尚儒，但“非竖儒之谈”(《与张宇侍御书》)，不为章句之学。认为“文贵天成”(《报弟兑书》)，自言为文“上不罔古，下不附今，直以意到为辞，辞讫成章”(《帖经日上侍郎书》)。李观为文好发议论，可惜立论不太深刻，谈儒论政，流于空泛。《上陆相公书》二千余言，不外诉求援引之意而已。书中有云：

> 或有谓相国曰：“时之无人也。”此甚不可听也。诚用之未当，令骥捕鼠，则何由得也？以剑补履，则无由克也。责燕雀以六翮之用，则何由致也？用之当用，物用靡遗，况天下之士，行道甚难也、逢时不易也。……故昔人曰：“未遇伯乐，则千载无一骥。”明其士无时而特达也，犹马无时无千里者也，甚可思也。

读此书，很容易使人想到韩愈的三篇上宰相书，伯乐之喻则使人想到韩愈的《杂说》(“世有伯乐”)。只是韩书情感尤为激越，文势团合得紧，不像李书说得冷静而语气平缓。陆希声《李观文集序》说韩、李文风之异，谓“文以理为本，而辞、质在所尚。元宾尚于辞，故辞胜其理；退之尚于质，故理胜其辞。退之虽穷志不休，终不能为元宾之辞。假使元宾后退之之死，亦不能及退之之质。……退之乃大革流弊，落落有老成之风。而元宾则不古不今，卓然自作一体，激扬发越，若丝竹中有金石声。每篇得意处，如健马在御，蹀蹀不能止。其所长如此，得不谓之雄文哉”。李观之文，虽有“意到为辞，辞讫成章”以自然顺畅为特色者，也不乏雕琢艰深、格格不能达其意者，总的来看，镕炼之功欠缺，艺术技巧不如韩文纯熟。但他在时文流行时勇于摸索古文创作路径，所作不古不今，也是古文运动早期不可忽视的人物。

略与韩、柳同辈，且文章与韩、柳齐名的，还有樊宗师、刘轲等。樊宗师尚儒，“为人忠信”，为学“多所通解”(韩愈《荐樊宗师状》)，不守章句之学，为文“必出于己，不袭蹈前人一言一句”(韩愈《南阳樊绍述墓志铭》)。樊氏遣词造句锐意创新是好的，但因创新而求异，以至以诡异为美，走上文风艰涩一路，却不可取。樊文仅存《绛守居园池记》和《蜀绵州越王楼诗序》，字词搭配，句法怪异，其文难读难晓，以至注家解说纷纭，莫衷一是。李肇《国史补》说“元和以后，文笔则学奇于韩愈，学涩于樊宗师”，生涩、艰涩应是樊文的主要特征。韩愈称赞樊氏词必己出，主要着眼于他的创新精神，同时也是韩愈以怪奇为美审美意识的自然流露。

刘轲为人仰慕孟子，为文欲学扬雄、司马迁，有志于修史。其《农夫祷》有谓“无瘠农人以肥厩马，无寒蚕妇以暖妓妾，无销耒耜以滋兵刃。农人不饥而天下肥，蚕妇不寒而天下安，耒耜不销而天下饶。妾暖而骄，兵滋而残，马肥而豪”。实以三“无”之愿为基本内容，正说反说，反复言之。像“农人不饥而天下肥”三句，都是用由小及大的思维方式、大小对比的表现形式和简明朴素的语言造句，显得精妙耐读。又三句排比，来得自然。据说祷词是作者对农夫之词加以润色的结果。由此可见刘轲为文，是有一以自然、平易为美的审美趋向的。

二是韩门弟子。可以李翱、皇甫湜为代表。

李翱(772—836?)，为韩愈侄婿，又从韩愈讲道论文，但李翱在文中也称愈为“我友”。李翱崇儒排佛与韩愈同，但他能援佛入儒，用新儒学反对佛教。尝著《复性书》讨论人的性、情关系，认为人人可以成圣人，而要成为圣人就要“正思”，抑哀乐、节嗜欲以“复性”。与禅宗说人人皆有净心、佛性，只是被七情六欲遮蔽了，人能“静心”“顿悟”就可明性成佛，思维方式相同。其古文主张，与韩愈大同小异，特别崇尚平易的文风。

李翱古文有温厚、和平、清通、自然的特点。论理从容不迫，即使作批驳文字，也不动声色，说得平实。像《知凤说》、《国马说》，实即物言理，借题发挥，虽然见识一般，却说得生动。大概即物明理或借事作论是李翱为文的一种习惯，如其《题峡山寺》也是由游峡山寺，想到天下名山皆有不足处，而论及如何利用人材方于国有益的道理。

李翱曾任史馆修撰，对《左》、《史》下过功夫，甚至有意笔削国史。他对自己所作叙事写人文字颇为自负，在《答皇甫湜书》中说：“仆文采不足以希左丘明、司马子长，足下视仆《高愍女》、《杨烈妇》，岂尽出班孟坚、蔡伯喈之下耶?”大抵李翱作碑志、传记、行状，能指事书实，不饰虚言，具有实录精神。其《高愍女碑》，写一七岁女孩在生死之际的表现，突出她的忠义和宁死不受辱的情操，选材典型。叙事带有作者加工的痕迹，不过用语简淡、平顺。《杨烈妇传》，写建中之乱时，项城县令李侃之妻杨氏的忠、义、智、勇之心，叙事、议论兼用，多以典型言语为细节。《韩公行状》，记韩愈生平事迹，事不厌其详而重点突出，节目虽多而有纲领，故文字简净、明朗。高步瀛即谓其“详而不冗，简而不略，澹而弥永，朴而弥真，此种境界，非宋贤所能及”(《唐宋文举要》甲编卷五)。此文写法，或如吴汝纶所言：“方侍郎每论叙事文，所叙事不宜多，多则臃肿不能自举，又须用一意贯穿之，使首尾不冲决。若李公叙事则不厌其多，亦不著意贯穿，而据事直叙。遇提辍处，略著一二语见意，而首尾浩然气亦足以自举。此举乃方侍郎所未及。”(《唐宋文举要》甲编卷五)

皇甫湜(777—829?)，年轻时即与韩、柳有交往，政治上有改革愿望，思想上崇儒排佛。其文风所向，则受到韩愈矜奇尚异倾向的影响。皇甫湜古文风貌的“奇”、“怪”，表现为：

（一）立论新奇，有独到见解。如其《编年纪传论》，说司马迁创纪传体乃鉴于前史之病而立；《答李生书》说文论主张，皆卓然不同于众。

（二）说理和概言事物特点，喜用奇特比喻以作形容。如《谕业》说作文当深探力求，即谓“号猿贯虱，彻札饮羽，必非一岁之决拾；抑马出鱼，理心顺气，必非容易之搏拊”云云。而说盛唐以来诸大家文风特点，即出以众多耸人听闻的比喻以状其风采。

（三）造语简劲、奇崛，爱浓缩典故、事实于整齐语句中。如《韩文公墓志铭》中，以“鲸铿春丽”赞其文辞声响洪亮、色泽明丽，即纳典于其中。又如将以痛快淋漓笔墨写豪壮之心的意思缩为“豪曲快字”四字，将复杂情态用不常见的句法造句以作叙述（如“众方惊爆而萃排之”），将可直言之事用独特比喻言之（且出语用词不同一般，如说“常惋佛老氏之法溃圣人之堤，乃唱而筑之”。其《顾况集序》亦谓况“偏于逸歌长句，骏发踔厉，往往若穿天心、出月胁，意外惊人语，非寻常所能及”）。皇甫湜为文尚奇，有他合理的一面。由于过分求奇，行文“脱略章句，简于枝叶”（韦处厚语），以至趋奇走怪，句镵字削，难免文字僻奥、语意艰深，便不利于古文的健康发展。

同游韩愈之门，为文亦“务为险崛”者，还有沈亚之。亚之言其“奉策应对之日，操意张谋，唯恐不远；刻文励语，唯恐不工。思欲不肩于俗，以为世之大宠”（《答冯兄书》）。其实他除应对之时“刻工励语，唯恐不工”外，为书作论亦求字词语句之奇。他有意继承和学习《春秋》、《史记》的艺术精神和行文法度，写了不少人物传记，名篇有《李绅传》、《冯燕传》、《表医者郭常》等。记人着眼于“义烈端节之事”，用的是儒家传统道德价值标准。叙事虽用细节，但用字省俭，极少使用虚字，句中实字过于密结，无圆转之势，故文字质实、简古有余，灵动、活泼不足。

三是柳宗元的知己，可以刘禹锡、吕温为代表。

刘禹锡，他和柳宗元一样，崇尚儒学，但不排斥佛学。他尚儒，取的是陆质一派偏于实用的学风，把君子“致君”、“及物”作为体道而行的大德。他赞成文必言道，文随时代变化而变化，还提出文乃“见志之具”。刘禹锡颇为自负的是说理文和寓情寓理于其中的小品文。其《祭韩吏部文》即谓“昔遇夫子，聪明勇奋，子长在笔，予长在论”。《犹子蔚适越诫》则谓“昔吾友柳仪曹尝谓吾文隽而膏，味无穷而炙愈出也”。论者如《天论》三篇、《因论》七篇及《与元饶州论政理书》等，主要以识见独特、论证有力、逻辑性强和用语简练为特点。但行文不如韩文气盛，不如柳文峻洁，句法不如韩文灵动多变，用语不如柳文朗畅易晓。

刘禹锡饶有意味而有含蓄之风的古文，是一些即物以明理或取譬以说理的小政论文，与其他内容的小品。此类小品无论说理(如《儆舟》等)、记物(如《机汲记》)和为陋室作铭词，都能以心中所明(悟)之理为骨架，而用富于形象感的描写文字或引人思有所得的譬喻表述其理，故读来有味。突出的例子是《陋室铭》。铭文本为韵文，此铭之妙，在于立论有识见，而表述识见(人生以"德馨"为最高境界)写出了作者为自已"德馨"而自得的神态。说是陋室，描叙中处处突出的是室中主人高雅的精神生活。取喻有俗有雅，应用自如；引语恰到好处，不作推论而理自明了。文字尤其浅近，朗朗上口。虽为铭文，多用对句，却有散文语句跳脱、潜气内转、形态神聚的妙处。刘禹锡《祭柳员外文》、《重祭柳员外文》亦为韵文体制，写法如同作书，哀哀之情、恸哭之音，感人至深。虽出语四言为句，且隔句用韵，辞意流转自如，一如散文。

吕温(772—811)，与柳宗元为中表亲。早年师从梁肃，后从陆质学《春秋》，并向柳宗元介绍啖助、赵匡、陆质之学。吕温政治思想亦与柳宗元同，赞成永贞革新，只是因出使吐蕃为吐蕃强留于彼未能参与革新活动。刘禹锡言其为人，即称其"重气概，核名实，歆然以致君、及物为大欲"(《唐故衡州刺史吕君集记》)。吕温论文兼及论作者为人，其《送薛大信归临晋序》说："吾闻贤者志其大者，文为道之饰，道为文之本。专其饰则道丧，反其本则文存。……琢磨仁义，浸润道德，考皇王理乱之迹，求圣哲行藏之旨。达可以济乎天下，穷可以摅其光明，无以矻矻笔砚间也。"吕温以道为文之本，以仁义道德为人格修养最高标准，可见其与韩、柳追求相同的古文艺术精神。吕温为文亦以识见胜，文中识见亦出于其以啖、赵之学为本的政治教化观念，重仁义道德、讲利在元元。如其《古东周城铭》谓"无天无神，惟道是信。……兴亡理乱，在德非运"；其《诸葛武侯庙记》谓"夫民无恒归，德以为归。……向使武侯奉先主之命，告天下曰：'我之举也，匪私刘宗，唯活元元。曹氏利汝乎，吾事之；曹氏害汝乎，吾除之。'俾虐魏逼从民翕诚感动，然后经武观衅，长驱义声，咸洛不足定矣"。在拘守传统观念者眼中，二文所言自然偏颇以至"谬妄"，正因论史、论人不拘常调，故能显出吕文识见的新颖和深刻。而像《与族兄皋请学〈春秋〉书》，直说"学者岂徒受章句而已，盖必求所以化人，日日新，又日新，以至乎终身"云云，又说"其所贵乎道者六，……鄙尚或异"，而细言于六经当学什么，不当学什么，更是以学理主张示人。立论新异，对时人有震撼力。

《旧唐书》本传说："温文体富艳，有丘明、班固之风。所著《凌烟阁功臣铭》、《张始兴画赞》、《移博士书》，颇为文士所赏。"所谓"文体富艳"，主要指吕温《铭》、《赞》文词华美而言，二文皆为人物颂，说事迹多加以形容，又以颂扬语气评论其人，而用四言韵文表述。评论对象尽为名臣巨公，本有煌煌之业可颂，加上品评自有识见，故文词富艳兼有骨力，可读可赏。

此外，吴武陵也可称为柳宗元的文章知己，柳氏曾和他研习西汉之文，并言其有"超逸之才"(《答吴武陵论非国语书》)，可惜其文多已不存(《全唐文》仅录其文七篇)。其《遗吴元济书》劝吴元济归顺朝廷，义正词严，末段说叛乱结局，谓："昏迷不返，诸侯之师集城下，环垒刳堑，灌以流潦，主将怨携，士卒崩离，田儋、吕嘉发于肘腋。尸不得裹，宗不得祀，臣仆以为诫，子孙所不祖，生为暗愎之人，没为幽忧之鬼，何其痛哉！"文笔犀利，有如檄文言词，故吴汝纶说："吴公文最有生气可喜，亦元和间一健者。"(高步瀛《唐宋文举要》甲编卷五引)

四是新乐府诗人，可以白居易、元稹为代表。

白居易，文兼众体，各有所长。如元稹所说，其"赋、赞、箴、戒之类长于当，碑记、叙事、制诰长于实，启、奏、表、状长于直，书、檄、词、策、剖、判长于尽"(《白氏长庆集序》)。大抵白居易的古文，作论随意性强。所谓"随意性"，指的是不像韩、柳作论，郑重提出论点，博引材料反复论证，而是在不经意时提出十分精辟的见解，却不论证而自言他事。像《与元九书》，实以谈心方式向元稹介绍作者写新乐府的过程和体会，仅有的可称为诗歌革新主张的几句话，即在叙事中带出。其他一些论诗的名言，也是在诗序(如《新乐府序》、《序洛诗》等)中叙事、说理时提出来的。

白居易贬谪期间作的厅、堂记，如《江州司马记》、《草堂记》，和他的名诗《琵琶行》构思有相通处。即字面上认真叙写的是厅、堂相关之事和景物，潜伏字句之中的却是作者被黜为司马的不平之气。另外有些记山水、亭、寺者，虽也说"吾爱其"云云，终是情景不融。又白居易写山水景象，有程序化倾向，或为突出所记对象异常之观，学《史记·西南夷列传》写法，层层突出，如《冷泉亭记》，谓"东南山水，余杭郡为最；就郡言，灵隐寺为尤；由寺观言，冷泉亭为甲"云云；《修香山寺记》，谓"洛都四野山水之胜，龙门首焉，龙门十寺观游之胜，香山首焉"云云，皆是。或写景以季节、方位为序。如《冷泉亭记》，谓"春之日，吾爱其草熏熏、木欣欣……夏之夜，吾爱其泉渟渟、风泠泠……"又如《沃洲山禅院记》，谓沃洲山禅院，"南对天台……北对四明……"不如柳宗元记山水，移步换形，来得自然。不过他写景也常有妙句，《三游洞记》妙用比喻写景，又借月色、云影衬写其景，形容得好。玩味“云破月出，光气含吐，互相明灭，晶莹玲珑，象生其中，虽有敏口，不能名状”数句，岂只洞内石景生动可以想见，还可引人进入洞内洞外光气氤氲的氛围。白居易时作奇丽之语，终以明朗、浅近为特色，记山水之景不乏明秀、俊爽之美，但和柳宗元牢笼百态、形神兼具、情景合一相比，略逊一筹。

元稹，他对古文运动的最大贡献，是用古文章法、句法草拟制诰。《新唐书》本传即谓元稹“变诏书体，务纯厚明切，盛传一时”。当时“变诏书体”的，还有白居易，只是元稹影响大一些。白居易《元稹除中书舍人翰林学士赐金紫鱼袋制》，即谓元稹“试知制诰，而能芟繁词、铲弊句，使吾文章言语，与三代同风”。又作诗说“制从长庆辞高古”，自注言“微之长庆初知制诰，文格高古，始变俗体，继者效之也”(《余思未尽加为六韵重寄微之》)。元稹对制诰的改革，所取所舍十分明确。元稹《制诰序》云：

> 制诰本于《书》，《书》之诰命训誓，皆一时之约束也。自非训导职业，则必指言美恶，以明诛赏意焉。……秦汉以来，未之或改。近世以科试取士文章，司言者苟务刓饰，不根事实。升之者美溢于词，而不知所以美之谓；黜之者罪溢于纸，而不知所以罪之之来。而又拘于属对，跼以圆方，类之于赋、判者流，先王之约束盖扫地矣。

显然，元稹革除的是时下制诰“苟务刓饰，不根事实”、“拘于属对，跼以圆方”的弊病，恢复的是三代、秦、汉制诰传统，包括用语的“高古”(即质朴)。所拟制诰既求其“实”，又出语简明。如《赠韩愈等父制》有云：

> 惟尔愈雄文奥学，秉笔者师之，与某等各用所长，列官朝右，荣则至矣。其父皆不及焉，殁而有知，能不望显扬于地下？赠以崇秩，慰其幽魂。推吾永怀，示用恒然于此。

《授牛元翼深冀等州节度使制》有云：

> 以尔之材力而取彼之凶残，是犹以火焚枯，以石压卵，虫臂拒辙，鸡肋承拳，万万相殊，破之必矣！而况于镇之黎人，皆朕之赤子；尔之部曲，即镇之卒徒……尔其寒者衣之，饥者食之，无废室庐，无害农稼。……杀人盈城，尔其深戒，拏戮示众，朕不忍言！

此类文字，除言事必说理由，而且实话实说外，言多直致、用语明白易晓也是一大特点。像“尔其寒者衣之”云云，“杀人盈城”云云，直以晤言形式、告诫语气，坦言“朕”意，虽说得平实，不大声色，却藏威严于恳切之中，极富表现力。元稹既以散体为制诰，当然会以散体为表、为启、为序、为书。各体散文都长于叙事，如《同州刺史谢上表》、《上令孤相公诗启》、《白氏长庆集序》、《与史馆韩侍郎书》、《叙诗寄乐天书》、《诲侄等书》等言之娓娓，不嫌其细，虽情随词出，多数文气平和。

第八节　晚唐作家的古文创作

晚唐古文衰落，但也有几位文风独特的古文家。前已论及杜牧、李商隐的古文观念和创作特色，这里再介绍两组作家的古文创作倾向。

一是为文奇险的刘蜕、孙樵。

刘蜕，生卒年不详，大中四年(850)中进士第，官至左拾遗。他自己编有文集《文泉子》，《四库全书总目提要》卷一百五十一《文泉子》云：

> 观其命名之义，自负者良厚。其《文冢铭》最为世所传，他文皆原本扬雄，亦多奇奥。险于孙樵，而易于樊宗师。大旨与元结相出入，欲挽末俗反之古；而所谓古者，乃多归宗于老氏，不尽协圣贤之轨。又词多恚愤，亦非仁义蔼如之旨。然唐之末造，相率为纂组俳丽之文，而蜕独毅然以复古自任，亦可谓特立者矣。

大抵刘蜕为人、为文价值取向仍以儒学为宗，所谓“怨抑颂记婴于仁义者”，实指突破儒家传统文风(雍容、平和、怨而不怒)的文章，即上引《提要》说的“词多恚愤，亦非仁义蔼如之旨(韩愈说过：‘仁义之人，其言蔼如也。’)”。并不是说他写了冲撞或违背儒学大义的文章。刘蜕古文的奇奥，一见于思维方式的奇特和由此思维方式所得结论的独特，二见于语词的奥僻和用法的不循常规。如其《山书》(共十八篇)其七有云：

> 城郭、沟池，以固民也，有窃城郭、沟池以盗民者，则杀人甚于不固。夫有窃固之具，必有攻固之利。苟有利之物，寇必生其下，是以太古安民以巢。故于野则无争，巢固，民则相杀。

此说即非一般政见，已深入到对人类政治、军事基本原理的探讨，说理全从

"城郭、沟池，以固民也"引出，但思维跳跃性强，所说多为论断语，寄托虽深却不易明白。又《梓州兜率寺文冢铭》有云：

> 蜕愚而不锐于用，百工之技，天不工蜕也，而独文蜕焉。故饮食不忘于文，晦冥不忘于文，悲戚怨愤，疾病嬉游，群居行役，未尝不以文为怀也。……然而意常获助于天，而不获助于人，故其穷，虽穷无憾也。当勤意之时，不敢嚏，不敢咳，不敢唾，不敢跛倚。嗜欲躁竞，忘之于心。其祗祗畏畏，如临上帝。故有粲如星光，如贝气，如蛟宫之水。又有黯如屯云，如久阴，如枯腐熬躁之色。则有如春阳，如华川逶逶迤迤；则有如海运，如震怒、动荡怪异。夫十为文不得十如意，少如意，则岂非天助乎？帝欲使天下闻之而必行，睹之而必蹈，散之茫洋以为道，演之浸淫以及物。然后为农文之，使风雨以时；兵文之，使戎虏以顺；文于野，文于市，使得其所。幽隐之士以出，口者使之言，材者使之用。然而自振者无力，终知者甚稀，岂非不获于人助乎？

铭序无论说作者平日如何想着作文之事，还是说他写作如何获助于天而不获助于人，皆详说细言，不厌其烦。说获助于天，即对其写作精神之专注、心境之淡泊平静、态度之恭谨作一番形容。又形容好用比喻，而比喻多为非常之物或非常景象。说不获助于人，则用夸张笔法面面俱到地述说其文能在众多领域发挥巨大作用，再言"自振者无力，终知者稀"的无奈，以落到不获于人助上。而述说多用想像之词，且想像所及领域变换跨度极大，常给读者以奇异之感。再者句式多变化，造句爱省字，语词搭配方式特别。如说"百工之技，天不工蜕也"，"然后为农文之……兵文之……文于野，文于市，使得其所。幽隐之士以出，口者使之言，材者使之用"等，用字造句既非文从字顺是求，趋奇走险，当然难免；辞僻而寄托深远，自属奇奥一路。

孙樵(生卒年不详)，其家代袭簪缨，他却"十试泽宫，十黜有司"，"一入长安，十年屡穷"，直到大中九年(855)始登进士第。他生前就有文名。广明元年，僖宗驻跸岐、陇(时黄巢攻占长安)，朝廷颁发诏书，即将"职方郎中孙樵有扬、马之文"作为"行在三绝"之一，言其"可载青史，以彰有唐中兴之盛"。中和四年(884)，孙樵编成自选文集十卷。

孙樵是晚唐著名的古文家。奉行儒道，反对朝廷复兴佛教，敢于揭露和抨击现实政治弊端，渴望社会回到贞观、开元治世时代。他自觉坚持韩愈等人开创的古文艺术传统，以对抗当时流行的骈体文风和古文发展中的不良倾向，其表现主要见于他对古文传统艺术理论的继承和古文创作。孙樵一再说，他曾得“为文真诀”或“作文之道”于来无择，来无择得于皇甫湜，皇甫湜得于韩愈。可见，他要继承和弘扬的是韩愈以来文尚怪奇的艺术传统。其《与友人论文》说“作文之道”，云：

> 古今所谓文者，辞必高然后为奇，意必深然后为工。焕然如日月之经天也，炳然如虎豹之异犬羊也。是故以之明道，则显而微；以之扬名，则久而传。……
>
> 今天下以文进取者……自大所得。故其习于易者，则斥涩艰之辞；攻于难者，则鄙平淡之音。至有破句读以为工，摘俚语以为奇。秦、汉已降，古文所称工而奇者，莫若扬、马。然吾观其书，乃与今之作者异耳。岂二子所工，不及今之人乎？此樵所以惑也。

孙樵讲文之“奇”、“工”，总和“意深”、“辞高”联系在一起。其《与王霖秀才书》亦云：

> 储思必深，摛辞必高，道人之所不道，到人之所不到，趋怪走奇，中病归正。以之明道，则显而微；以之扬名，则久而传。

从意、辞两方面入手追求古文风格的怪、奇，是皇甫湜先提出来的，孙樵重弹此调，一是上承师说，进一步探讨古文如何立意用辞以“明道”，和如何使之传之久远的问题；二是面对骈文兴起、古文衰变的局面，欲使古文创作彰显特色、健康发展。引文中“攻于难者，则鄙平淡之言，至有破句读以为工，摘俚句以为奇”，就是对当时古文创作不良风气的批评。至于他对骈体文风的批评，也是学韩、学柳，连同文风之弊和作者媚时之恶一道批评。所谓“凡为文章，拈新摘芳。鼓势求知，取媚一时”（《骂僮志》）。“至于破经碎史，稽古倒置。大类于俳，观者启齿。下醨沈、谢，上残《骚》、《雅》。取媚于时，古风不归”（《乞巧对》）。可以说，孙樵是晚唐自觉维护古文艺术传统、对抗骈体文风的人物，他有意传播他的怪奇理念，既是为了矫正古文创作中用语“涩艰”、故求“尖新”的倾向，也是为了对抗骈体文风的“摘奇搴新”，“大类于俳”而为古文发展拓展疆域。他对晚唐古文发展的贡献，显然远远大于刘蜕在“相率为纂组俳丽之文”时“独毅然以复古自任（《四库全书总目》卷一五一）。”

论作品，孙樵的古文也不属于一般意义上的“怪奇”之作。只有像《寓居对》、《乞巧对》、《骂僮志》、《逐痁鬼文》等，构思奇特，立意较深，称得上是“怪于文”的“怪文”。而像《书褒城驿壁》、《书何易于》实为杂记、杂说之作，叙事平实，并非刻意求奇者。《书褒城驿壁》，借“驿吏”、“老甿”之口说褒城驿破败原因，把州县不治归咎于朝廷用人不当、对州县长官调动频繁和官员不负责任。中谓“在刺史，曰：‘我明日即去，何用如此?’在县令，亦曰：‘我明日即去，何用如此?’当愁醉醲，当饥饱鲜，囊帛椟金，笑与秩终”，直把刺史、县令以州、县为驿站，对政事不作为，吃吃喝喝，聚金敛财，等到任期一满就走的恶劣行径描写得入木三分。孙樵擅长叙事，善于通过叙事写人表现政治见解，和他对史家借为历史人物立传以成一家之言的领悟，以及对史传写人艺术经验下过很深功夫，是分不开的。《书何易于》写得精彩，颇能显出人物性格特征的，应是记县令何易于在农忙季节为刺吏游船拉纤，和他纵火焚烧征茶税诏的两段文字，而以前者为最。前者叙事多用细节说话，文字简洁、生动，由于所选情节典型，寥寥几笔就勾勒出人物心态。后幅通过记述孙樵与邑民反复对谈的话，概述易于为令的诸多优点，和为其不为朝廷所重鸣不平，也是寓褒扬于叙事中，出语自然。

二是为文愤激、峭直的皮日休、陆龟蒙和罗隐。

皮日休、陆龟蒙、罗隐是唐末重要的古文家。他们的古文创作，有三个特点。

一即认同韩、柳的古文主张，有意继承中唐古文艺术传统。如皮日休不但肯定韩愈标榜的儒家道统、文统，而且决心承续其统绪。陆龟蒙“有志扶荀孟”，“为文通古圣”(《村夜二篇》)。“自小读六经、孟轲、扬雄之书，颇有熟者。求文之指趣、规矩，无出于此。”(《复友生论文书》)罗隐为学、为人的态度，也与韩愈对古文家的要求相合。曾对人说：“仆之所学者，不徒以竞科级于今之人，盖将以昔贤之行止，望作者之堂奥，期以方寸广圣人之道……其进于秉笔立言，扶植教化，当使前无所避，后无所避，岂以吾道沉浮于流俗者乎?”(《答贺兰友书》)

二即强调古文“救时补政”的社会功用。皮日休《请孟子为学科书》，“请命有司去庄、列之书，以孟子为主”，理由就是读庄、列之文，不可能使人“汲汲以救时补政为志”。又在《悼贾》中说：“圣贤之文与道也，求知与用。苟不在于一时，而在于百世之后者乎?”也以为时所用作为“圣贤之文”的重要特点。自道作文特点，亦谓“日休于文尚矣……非有所讽，辄抑而不发”(《桃花赋序》)。陆龟蒙曾批评江淹《青苔赋》，谓“置苔之状则有之，劝之道则未闻也。如此则化下讽上之旨废”(《苔赋序》)，也是主张为文当讽时劝世。应该承认，皮、陆、罗等是有社会责任感的文士，由于身处末世和个人境遇的限制，他们的“救时补政”之术实难为世所用，因而他们的古文多停留在对时政之弊的揭露和抨击上，虽然在揭露、抨击的背后，有理想的政治境界存在，但对如何达到这种境界即如何实施政治变革就极少触及。当然，这也是对儒道的“用”，但追求的主要是“在于百世之后”的“用”。

三即所作古文篇幅短小、风格峭直、出语愤激、用词尖刻，突出表现是杂文小品的大量出现。对唐末小品的认识，似应注意两点：其一，唐末小品的艺术精神、风格和一般意义上的小品（特别是明清人讲的小品）是不同的，准确地讲，它们应称为古文小品，属于唐末古文中篇幅较小的一类。其二，不能将皮、陆、罗文集中的古文都视为小品，也不宜用小品概称唐末古文。《四库全书总目提要》卷一百五十一《笠泽丛书》就说：“惟杂文则龟蒙小品为多，不及日休《文薮》时标伟论，然闲情、别致，亦复自成一家。”其实，不但皮子《文薮》中“时标伟论”之文不能称为小品，就是皮、陆、罗的短文，也只有一部分是小品。因而探讨三家古文创作特点，不能仅从小品角度作论。

皮日休，其古文主要见于《文薮》。《文薮》是他在中进士第的前一年（866）自编的文集，编集的目的是为了行卷。加上这些文章多作于隐居鹿门和漫游吴、越之时，故可称为处士之作或山林之文。

皮子古文最重要的特点，是以经术为本原。除《请孟子为学科书》、《请韩文公配享太学书》外，所作各体之文，持论皆本于儒学。即使文中出现惊世骇俗之语，诸如《原谤》中说“后之王天下有不为尧、舜之行者，则民扼其吭、捽其首，辱而逐之、折而族之，不为甚矣”；《鹿门隐书》说“吾谓自巨君、孟德已后，行仁义礼智信者，皆夺而得者也”，最终的立论依据仍是儒学。像前一句，观念和文风都是学的《孟子》。

第二个特点是多数文章偏于从理论（或理性）层面论析古今事理，和用儒家政治理念、道德标准、价值取向衡量现实政治、规范自己和他人的现实人生。即使抨击时政、时俗之弊，总是超越众多具体现象，从中找出具有普遍意义的本质特征，概括言之。

第三个特点是用语精练，说得十分明白。因为用语精练，所以短文多；因为要讲得明白，所以少有掩饰或不加掩饰，直言、尽言以至锋芒毕露。

作为应试前储备学养、加强写作训练成果的皮子古文，多数是借古文献、古代人物、古老命题以儒道尝试论之。如《春秋决疑十篇》、《补大戴礼祭法文》、《晋文公不合取阳樊论》、《易商君列传赞》、《汉斩丁公论》、《文中子碑》、《首阳山碑》、《诮庄生》、《旌王宇》、《斥胡建》、《鄙孝议上下篇》等。其中不少是用写读后感的方式写的，诸如《读韩诗外传》、《题叔孙通传》、《题安昌侯传》、《读司马法》等。另有一类文章，实是写作者对如何为人问题的思考，也属于求道之用，反映出他要用本于儒学的处世态度、伦理道德、价值观念规范士人行为的愿望。代表作有《六箴》和《动箴》、《静箴》。《六箴》虽言作者“检身敕己之志”，实是既讲君道、臣道，也讲士人的处世之道。像《祝疟疠文》，表面上看，是“讽刺‘上弄国权，下戏民命’的权臣”，或谓“是全面揭露晚唐官场种种丑恶”，其实，仍是在用儒家的人文精神规范官员的为臣之道，只是表现形式比较特殊，即借对疟疠的祷告，通过对臣子不规范行为的揭露、批判，来推行符合儒家规范的为臣之道。

在皮子古文中，《十原》和《鹿门隐书》无论思想内容，还是表现形式，都是很有代表性的作品。

韩愈写过“五原”，皮子“十原”之作系学韩而为。立论的基本理论、依据是儒学及相关理念，但论述的问题比较具体，众多探本之说并未构成理论体系。其《十原系述》有云：“夫原者，何也？原其所自始也。穷大圣之始性，根古人之终义，其在《十原》乎？”大抵“十原”中《原宝》、《原用》、《原谤》、《原刑》皆言为君之道，《原己》是既言君道，又言臣道，还可以认为是言士人君子之道。作者讲“敬于己者以道”，说到底，强调的是儒家“劳一心而安天下”、“劳一身而安万世”这样一种兼济天下的献身精神。《原化》尚儒、排佛一如韩愈《原道》，但不像《原道》从理论上清算佛、老罪行，树立儒学的权威，而是慨叹儒学、圣人之道在当今教化中主体地位的失落，和无人应世而出、挽狂澜于既倒。所谓“今知化者唯西域氏而已矣；有言圣人之化者，则比户以为嗤”，“苟轩裳之士，世世有昌黎先生，则吾以为孟子矣”，“呜呼！今之士，率邪以御众，握乱以治天下……不曰难哉！不曰难哉”，《原化》居《十原》之首，颇堪玩味。事实上，《原化》所讲的儒学、圣人之道在教化中的地位为佛教所取代，正是唐末政治文化思想背景的突出特征。风俗与化移易，在皮子看来，唐末官场、士林、民间种种风衰俗弊之事，皆因此而生。这样，才激发了他弘扬儒学、扶树教道的主动性，才引出了他运用儒道“上剥远非，下补近失”的古文。“十原”写法，都是通过推究事物的本原，辨析成说，以赞颂圣人之道。思维方式则是“穷大圣之始性，根古人之终义”，而将今人、今事作为比照之物。论其辨析之精，真能做到“穷理尽性，通幽洞微”。论其文笔简洁，则表现为说理直进直出，决不拖泥带水；语少意明，针针见血；虽慨叹有声，总融入立论之中。故“十原”之作，篇幅短小(《原化》最长，不到四百字；《原祭》最短，仅有百余字)，却意深词新，不少句子直可作为警句看待。

《鹿门隐书》六十则，写的是作者习道观古以鉴今的心得，大概是学有所思，思有所得，即笔录之。故行文单刀直入，多古今对比；出语简明、深刻；多讲结论，少有论述。除五、六则可视为完篇，另有几则类似文章片断外，余皆为警句集锦，有的两句即为一则。由于是“隐”书，又是记自家心得，故言事论理不掩情性，不但说得脱皮露骨，还出语犀利，辛辣味浓。作者在《〈隐书〉序》中说：“醉士隐于鹿门，不醉则游，不游则息。息于道，思其所未至；息于文，惭其所未周，故复草《隐书》焉。”文以明道，道、文本为一体。看来，作者作《隐书》是为了弥补他所读明道之文的不足，自命不可谓不高。就古文写作而言，他作《隐书》，似有积聚材料（主要是文章的理、意和语言材料），为构思预作准备的性质。像《隐书》所收下列语句：“古之官人也，以天下为己累，故己忧之；今之官人也，以己为天下累，故人忧之”（其十二），“古之隐也，志在其中；今之隐也，爵在其中”（其二十六），“不以尧、舜之心为君者，具君也。不以伊尹、周公之心为臣者，具臣也”（其三十一），“古之决狱，得民情也哀；今之决狱，得民情也喜。哀之者，哀其化之不行；喜之者，喜其赏之必至”（其三十八），“古之杀人也，怒；今之杀人也，笑”（其五十六），“古之用贤也，为国；今之用贤也，为家”（其五十七），“古之置吏也，将以逐盗；今之置吏也，将以为盗”（其五十九），引文所言涉及问题颇多，一些说法和类似的语句就曾为皮子成篇古文如《原谤》、《读司马法》、《祝疟疠文》、《六箴》等所采用。

陆龟蒙，清代四库馆臣称其古文为“杂文小品”，并谓其“不及日休《文薮》时标伟论，然闲情、别致，亦复自成一家”。现存陆氏古文均为完篇，篇幅并不比皮子成篇的古文短小。四库馆臣称其为小品，大概有三个理由，一是篇幅较小，二是不作“伟论”，三是“闲情、别致”、“自成一家”。所谓不作“伟论”，是指不议论有关国计民生的重大方针、政策问题，不以探讨重要的学术问题为中心内容。“闲情、别致”，“自成一家”，是兼作者写作心态和古文立意、构思特点而言。“闲情”是对陆氏作为“江湖散人”、“布衣之士”写作心态的概括；“别致”即新奇，指古文立意以及构思和表现形式的新奇。陆龟蒙为文尚奇，自谓“我书奇奇，浑元未衰”（《哀茹笔工文》）。陆文“奇奇”，自指意奇、语奇和构思方式、表现形式的新奇。既如此，四库馆臣说他以清闲之心作新奇之文自成一家，就符合实际。

就一篇文章而言，陆氏立意新奇、构思新奇和表现形式的新奇，是完美地统一在作品之中的。如《登高文》，揭露、抨击藩镇割据、宦官专权、朝臣不肖和揭露社会动乱、百姓遭殃的现实，表达作者的愤世、厌世之心。但并不是开门见山，径遂直陈，而是用九月九日“稚子”问“予”是否有意登高，“予”说不愿登高理由的方式引发出来。又如《野庙碑》，意在斥责当日官吏鱼肉百姓、作威作福，而“一旦有天下之忧”，则“乞为囚虏之不暇”。“明明是借题发意，痛骂仕路中人，未必当日实有是碑也”(林云铭《古文析义》卷十三)。其文实与韩、柳杂记、杂说同类，构思奇，表现方式亦奇。构思奇，表现在借对野庙中“无名之土木”当祀不当祀的议论“发意”；表现形式奇，体现在由神及吏，转折无痕和“言开怒随”、斥责有声。试读以下语句：

> 今之雄毅而硕者有之，温愿而少者有之。升阶级、坐堂筵、耳弦匏、口粱肉、载车马、拥徒隶者皆是也。解民之悬，清民之暍，未尝贮于胸中。民之当奉者一日懈怠，则发悍吏、肆淫刑，殴之以就事。较神之祸福，孰为轻重哉？平居无事，指为贤良，一旦有大夫之忧，当报国之日，则佪挠脆怯、颠踬窜踣，乞为囚虏之不暇。此乃缨弁言语之土木耳，又何贵其真土木耶？

作者说现实中官吏“乃缨弁言语之土木”，连野庙“真土木”都不如，出语可谓辛辣。他用叙议结合的手法、尖刻的批判性语言、憎恶倾向鲜明的长句和反问句，把官吏作威作福、为人酷虐和百姓有难不关于心、国家有难投敌求生的行径揭露无遗。揭出歹行本身就有很强的批判力量，更何况语带讥刺、连珠迸发呢！陆氏作愤世、骂世之文，无论出语挟枪带棒，还是旁敲侧击、影射其人其事，都与皮子说理、论事开门见山、径遂直言不同。总爱借说他事引出，或编一寓言、故事巧发愤激之词，立意、构思都给人新奇之感。像《送小鸡山樵人序》，实借写樵夫回应“吾”之责备的答词，真实记录黄巢起义之后，赋役沉重，农民不堪负荷的惨状。像《记稻鼠》，实借记乾符己亥岁吴兴稻农蒙受鼠灾事，抨击官家对灾民“赋索愈急，棘械束榜棰木肌体者无壮老”。作者构思得巧，由今日食稻之田鼠思及古代“重敛”之“硕鼠”。在议论中浩叹一声：“率一民而当二鼠，不流浪转徙聚而为盗，何哉！”其联想因事而发，浩叹又因联想而生，一切顺理成章。

陆龟蒙作《祭梁鸿文》，说“所以法先生之义者，庶《五噫》之可作”，可见其为诗、为文敢于讥刺、抨击时弊，曾受到乡贤梁鸿的激励和引导。其古文小品所具有的批判精神，正是对《五噫歌》艺术传统的继承和发扬。至于他说“我书奇奇，浑元未衰”，是自道其文内含天地元气，有强大的艺术生命力，而文风怪奇。文风之奇，是陆龟蒙的自觉追求，其《怪松图赞序》即谓“文病而后奇，不奇不能骇于俗”。作为古文家，陆氏继承的主要是孟子、扬雄、元结、韩愈的文风。他学孟子，主要是学《孟子》的尖锐、泼辣；学扬、元，主要学其不合流俗的精神，并不推崇其语词的僻深、想象的谲诞。学韩，则着意于其“怪于文”的一面。论奇，不少文章都能得韩文之仿佛。

如《管城侯传》之于韩文《毛颖传》，《告白蛇文》之于韩文《鳄鱼文》，《野庙碑》说官吏歹行文字之于韩文《送李愿归盘谷序》说“大丈夫”为人文字，皆是。当然，陆氏之文“奇奇”，也不单是学韩所致，如其《招野龙对》、《后虱赋并序》、《蚕赋并序》等，分明就受到柳宗元寓言和骚体小赋的影响。

罗隐，“诗文凡以讥刺为主，虽荒祠木偶，莫能免者”（辛文房《唐才子传》卷九），“所为《谗书》，乃愤闷不平之言，不遇于当世而无所以泄其怒之所作”（方回《罗昭谏〈谗书〉跋》）。《谗书》是作者自编的散文集，成于咸通八年(867)。当时他已来京七年，屡试不第，满腹牢骚。故其序云：“他人用是以为荣，而予用是以为辱；他人用是以富贵，而予用是以困穷。苟如是，予之书乃自谗书耳，目曰《谗书》。”但他在《〈谗书〉重序》中又说：“盖君子有其位，则执大柄以定是非；无其位，则著私书而疏善恶，斯所以警当世而诫将来也。”其作书本意，并非一泄愤世之慨，而是志在“疏善恶”、“警当世而诫将来”，故书中短文，绝大多数都是对古人、古事的评议（这一特点与包括罗隐在内的晚唐诗人好作吟史诗的风气相通）。当然，作者评议古代何人、何事，自有其现实针对性。但在表述上，去使人感到“刺今”力弱，“警世”味长。

《谗书》评议古人、古事以警当世，大抵有三种表述方式。

一是明言古人、古事之非以警当世。如《英雄之言》，以刘、项为例，说明古代“视国家而取者，则曰救彼涂炭”的虚伪，似有警告当今皇上“防乎盗也”之意。点题的话是“为英雄者犹若是，况常人乎”。《汉武山呼》，实论为君之道，言“前后左右之谀佞者”、“穷游极观者”及“发于感悟者”为“国之大蠹”。文谓武帝“劳师弊俗以至于百姓困穷”，乃“东山万岁之声”所致，断言“东封之呼”实“为英主之不幸”。就唐末君主而言，这似乎不是他们所应吸取的最重要的历史教训。《救夏商二帝》，从一全新角度论述夏桀、商纣的历史作用，谓“千载之后，百王有闻其名者，必缩项掩耳，闻尧、舜者必气跃心跳”。点题的话是“慕之者未必能及，惧之者庶几至焉”。这可以说是对包括当今皇上在内的“惧之者”的讽刺，也可以说是对当今皇上的提醒。《伊尹有言》，实说为臣之道，立论角度亦新。中谓“伊尹放太甲、立太甲，则臣下有权始于是矣”，又谓“伊尹不耻其身不及和仲、稷卨，而耻君不及尧、舜，在致君之诚则极矣，而励己之事何如耳”。作者对伊尹放、立太甲、苛求君主持非议态度，似因晚唐宦官废立君主、掌控其生死命运而发，但文中并未点明。

二是在评议古人、古事时说出某种道理以“警当世而诫将来”。所说道理往往是大道理，很难说就是指斥现实中某人某事，或用以指导某种现实活动。如《三帝所长》说“是以土阶之际万民亲，宫室之后万民畏”，《风雨对》说“是以大道不旁出，惧其弄也；大政不问下，惧其偷也”，《丹商非不肖》说“是陶虞之心，示后代以公共”，《秦之鹿》说“去道与德也，兽焉不独秦”，似乎都在讲为君之道，有规范当今皇上行为之意，但又何尝不是总结历史经验、泛泛作论呢？要与现实挂钩，至多意在启导君主而已。至于《辩害》说“虎豹之为害也，则焚山不顾野人之菽粟；蛟蜃之为害也，则绝流不顾渔人之钓网。所全者大，所去者小也。……是以佐盟津之师，焚山、绝流者也；扣马而谏，计菽粟而顾钓网者也”，似讲为臣之道，意在鼓励臣下为国除害以改变“君臣上下之不正”的局面。由于尽用古人、古事作论，并不确指今事，读者思索其理便各有体会。他如《道不在人》讲“穷不可以去道，文王拘也，王于周；道不可以无时，仲尼毁也，垂其教”，《槎客喻》讲“苟人能安其所处而不自乱，吾未见其有颠越之心也”，《善恶须人》讲“善不能自善，人善之然后为善；恶不能自恶，人恶之然后为恶”，多出自作者现实生活感受，有的实为其人生慨叹。体会语气，讥世之意或有一二，说全是“抗争”之词、“愤激之谈”，似乎不当。

三是寓意于故事或对事物的议论中，字面上全不涉及现实问题。这又分两种情况。第一种情况是叙说史实或议论事物，用语虽未涉及今人、今事，却极易使人从中悟出今人、今事当如何的道理。比如《龙之灵》，既说“龙之职，水也。不取天下，则无以健其用；不神于上，则无以灵其职”，又谓“苟或涸一川然后润下，涸一泽然后济物，不惟濡及首尾，利未及施，而鱼鳖已敝矣，故龙之取也寡”。所说并未涉及时政，但读者却能由龙的特有文化意蕴想到作者的用意。他认为君王或朝廷应该向百姓收取一定的赋税，但所取要少，不能竭泽而渔。而且，朝廷收取一定的赋税，是为了“润下”、“济物”。《吴宫遗事》，全不作论，只在叙说夫差赐伍员死而用伯嚭的情节后，用交代故事结局的方式冷静说出“明年，越入吴”五字。文章立意何在？这五个字已作了提示。第二种情况是通过叙说故事或议论其事显示思想倾向，由于指意性的议论过于概括，作者警世之意实难确指。比如《市傩》、《齐叟事》以及《说天鸡》、《荆巫》等篇，皆是。

从《谗书》三种表述方式可以看出，罗隐的古文风格与他为文“警当世而诫将来”的目的是很一致的。其“议古刺今”或“体物讽刺”，多就“古”、就“物”作“愤激之谈”，虽然意在批判现实，却是指桑骂槐、影射今人今事。故《谗书》愤激、尖锐主要表现在“议古”、“体物”之中，不同于皮子将他尖锐、尖刻的愤世、骂世之言，用议论方式或格言、语录直截了当地陈述出来；也不同于陆氏将他尖锐、尖刻的愤世、骂世之言，用述说寓言、故事的方式引发出来，借事作论或借论事抒怀，不但把时政之弊说得穷形尽相，而且用语挟枪带棒，不掩锋芒。其文风的尖锐、泼辣实远不如皮、陆。若论艺术构思、文学意味，罗隐之作却不在皮、陆之下。

要说明的是，除《谗书》外，罗隐还写有不少人物传记，其记人叙事最有特点的是《记石烈士》和《拾甲子年事》。另有《上招讨宋将军书》，是他作布衣时写的。文中数落节度使宋某罪过，出言激烈，至云：“自将军受命，迄今三月，关东之惨毒不解，杀伤驱掣之不已，乃将军为之，非君长、仙芝所为也。……今将军勋业不若卫公靖之多也，出师非郑、薛之敌也，而横拥仕伍，鞭挞馈运，以愚度之，将军之行，酷于君长、仙芝之行也。”真是单刀直入，词正义严，和《谗书》文风大异。

第十三章　唐传奇和通俗文学

第一节　唐传奇的发展及其原因

唐传奇是唐代流行的文言短篇小说。把小说称为传奇，是唐末宋初开始的。原因可能有三：一是中晚唐时，裴铏作过一部小说集，称为《传奇》，后便以传奇指唐人小说；二是唐人小说大都具有传写奇事的特点；三是有些文人称小说为传奇含有贬义在内。小说有虚构戏谑成分，篇幅较长，不为正统派文人所重视。为了和古文一类的高雅文体相区别，就把小说称为传奇。

鲁迅说："小说亦如诗，至唐代而一变。"(《中国小说史略》)小说至唐而大为发展，出现新的局面，主要有两方面的原因，即小说自身的发展和唐代社会生活的影响。汉魏时期，出现许多小说集子，但那时的小说多是列异、志怪，即使有志人者，也不过是"掇拾旧闻"、"记述近事"的"丛残小语"(《中国小说史略》)，而在形式上往往粗陈梗概，很不成熟。南朝出现由志怪向志人过渡的趋势，唐代完成了这种转变，使得小说更加贴近现实生活。这时不但出现许多直接反映现实生活的作品，而且表现形式更为完美。人物形象的创造、故事情节的安排、语言的华美，都达到很高水平。

唐代小说的发展，固然是小说本身由低级向高级发展的结果，同时也与它受到唐诗、古文、史传文学、民间文学的影响有关。比如诗，前期唐传奇中诗是构成小说的重要部分，即使到了中晚唐，诗也常被用来描述人物心理、表现人物性格。《莺莺传》中的"待月西厢下，迎风户半开。拂墙花影动，疑似玉人来"，就是这方面的例子。至于史传文学，对传奇的影响就更大。事实上，唐传奇的作者很多都是史官，他们不但把《史记》、《汉书》中的优秀人物传记当作创作传奇的范本，也把修史（特别是立传）的经验融会其中。在形式上，唐传奇和史传十分相似，这从《霍小玉传》、《南柯太守传》、《东城老父传》、《古镜记》、《枕中记》这类传奇篇名即可窥见一斑。

唐传奇得以发展，还因为当时的社会生活为它提供了条件。唐初实行均田制、租庸调制，有利于农业生产的发展，农业的发展，又带动商业（包括对外贸易）、手工业和交通运输业的发展，于是出现大大小小的经济、文化活动中心。当时的长安是国际性城市，而地处东南的扬州，是江南财赋输往长安、洛阳的中转地，经济十分繁荣。在大小城市里聚集着官僚、地主、商贾、文人、豪侠、手工业者以及僧侣、道士、尼姑、艺人、妓女等。这些人生活在一起，构成复杂的社会关系，每天都发生新奇的趣闻，给传奇创作提供了素材。同时人们也需要有一种文学形式来反映他们的生活，并乐于阅读此类作品，这样传奇便有了存在的社会基础。这时人们的欣赏水平也提高了，再也不满足于像魏晋小说那样粗陈梗概式的描述，要求故事曲折些，叙述得宛转些，描绘得细腻些，于是传奇便不能不在艺术上有大的突破。许多知识分子注意到了社会对传奇的需要，他们也改变了轻视小说的偏见，参与传奇的创作。文人的参加，使得传奇更具有文学色彩。当传奇在社会上影响越来越大时，举子们为了博得考官的重视，往往入试前，将自己的作品——诗、文并传奇先行送给有影响的人物，以制造舆论。赵彦卫说：“唐世举人，先借当世显人以姓名达主司，然后投献所业。逾数日又投，谓之温卷，如《幽怪录》、《传奇》等皆是也。盖此等文备众体，可见史才、诗笔、议论。”（《云麓漫钞》）既然传奇可用来“行卷”、“温卷”，举子们“有意为小说”就不奇怪。这当然也会推动传奇的发展。

唐传奇的发展可以分为三个时期。

前期，相当于诗歌史上的初、盛唐时期。这是六朝志怪小说向唐传奇过渡的阶段。这时人们更多地从事诗的创作，致力传奇创作的作家少，作品也少。传奇的思想内容明显带有六朝志怪小说的烙印，但也初步注意到人物形象的描绘和结构的完整。代表作有《古镜记》、《补江总白猿传》、《游仙窟》等。《古镜记》的作者王度，是诗人王绩的兄长。这篇传奇以古镜为线，把十二个小故事缀连在一起，说镜能辨妖、治病，反映出隋末社会动乱的情况。《补江总白猿传》写一将军在南方打仗，丢失妻子，后从山中找回，生子类猿，据说是影射唐书法家欧阳询的。询个子矮，长相似猴，其父欧阳纥在梁为将。小说内容并不可取，但艺术上着重写人，场景描写精彩。如写白猿住处幽雅，真有图画般的美：

> 南望一山，葱秀迥出。至其下，有深溪环之，乃编木以度。绝岩翠竹之间，时见红彩，闻笑语音。扪萝引絙，而陟其上，则嘉树列植，间以名花，其下绿芜，丰软如毯。清迥岑寂，杳然殊境。

《游仙窟》，张鷟著。唐时就传入日本，国内一直失传，近代学者杨守敬将其著录于《日本访书志》，才传回祖国。小说用第一人称，说他奉使赴河源，经过神仙窟，投宿于彼，得与十娘、五嫂调谑。小说实是轻薄文人寻花问柳的生活写照，内容本不足取。但从传奇的发展看，它进一步摆脱了志怪小说的怪诞成分，生活气氛浓，标志着一个阶段的完成。文中诗文交杂，明显地反映出诗歌创作对传奇发展的影响。

中期，相当于诗歌史上的中唐时期。这是唐传奇、也是中国古代小说的发育、成熟期。这时的传奇创作，作家多、作品多，题材丰富，艺术水准亦高。像蒋防的《霍小玉传》、沈既济的《任氏传》、李朝威的《柳毅传》等，借婚姻题材，塑造许多敢于反抗封建礼教、反对门阀制度的女性形象，有较高的思想意义。陈玄祐的《离魂记》、元稹的《莺莺传》反映封建社会大家闺秀突破礼教束缚、向往婚姻自主的愿望。李公佐的《南柯太守传》写醉心功名者的可笑，沈既济的《枕中记》表现富贵荣华的短暂、虚无。它们除有一定的社会意义外，艺术上构思精巧、情节曲折、想像丰富、人物形象鲜明，有很强的生活气息。

晚期，相当于诗歌史上的晚唐时期。这时的小说创作有退潮的趋势。这时期的传奇，作品数量多，出现了许多传奇专集，如袁郊的《甘泽谣》、皇甫枚的《三水小牍》、裴铏的《传奇》、薛用弱的《集异记》等。它们多是搜奇寻异，志怪色彩很浓。虽然数量多，在思想、艺术等方面却失去了中期作品的光彩。晚唐社会危机四伏，地方军阀多蓄刺客，社会上游侠之风大盛，英雄侠义故事流行。故事中游侠之士的侠义行为，反映出人民群众的良好愿望，如《红线》、《昆仑奴》、《聂隐娘》等，都产生在这一时期。唐朝崩溃在即，于是出现宣扬李氏为正统天子的《虬髯客传》。晚唐社会腐恶，于是出现像《裴航》那样写人神恋爱的传奇，表现出人们要挣脱现实（包括功名）羁绊，追求自由境界的愿望（也含有宣扬求仙求道的思想）。这时期的作品除少数写得精彩外，大多文字粗糙，人物形象模糊，艺术上远远不如中期传奇。

第二节 唐传奇的思想艺术

今传唐传奇大都收在宋初李昉编的《太平广记》中，《文苑英华》、《太平御览》以及《全唐文》等书中也有一些。唐传奇从内容分，大体有以下四类。

一、描写仕途生活的讽刺小说。李公佐的《南柯太守传》和沈既济的《枕中记》是这方面的代表作。李公佐(770？—850？)，字颛蒙，曾为江淮从事、江西从事、扬府录事参军。除《南柯太守传》外，还写有《庐江冯媪传》、《古岳渎经》、《谢小娥传》几篇传奇，都写于贞元、元和年间。《南柯太守传》写游侠淳于棼因醉染疾睡中得梦的故事。小说把争名于朝、尔虞我诈的官吏比为群蚁，将朝廷喻为古槐蚁穴，把大富大贵视为梦幻，具有一定的社会意义。但作者受佛、道思想影响，把一切都看穿了，宣扬人生若梦，无所作为，会产生消极作用。小说艺术性强，将现实生活搬进梦中，写起来文笔自由，放得开。但它又不单独写梦，而由梦转到现实。文末引出掘蚁穴、见群蚁数斛的情节，更加强了故事的真实性。如鲁迅所说："篇末言命仆发穴，以究根源，乃见蚁聚，悉符前梦，则假实证幻，余韵悠然。"(《中国小说史略》)

沈既济，唐德宗时做过史馆修撰。他的小说《枕中记》写卢生赶考住店，道士吕翁与他一个两端开窍的青瓷枕。卢生俯身就之，其窍渐大，乃举身而入，遂至其家。他在家中娶大姓崔氏女为妻，生五子，自己官至宰相，享尽荣华富贵。后遭人陷害要下狱，卢生引刀自刎，幸亏妻子救出。等到梦醒，卢生发现自己还躺在吕翁身旁，而店主人煮的黄粱米饭还未熟。经此一梦，卢生早先要为"建功树名，出将入相，列鼎而食，选声而听"而奋斗的理想烟消云散，赶考也作罢论。这篇作品显然受到刘义庆《幽明录》中《杨林》篇的启发。《杨林》情节简单，《枕中记》构思与之相同，思想性比它强一些，描写细致一些。《枕中记》与《南柯太守传》思想倾向一致，但不如《南柯太守传》叙述宛转，文词华美。

二、反映社会人情的爱情小说。唐传奇写爱情题材的不少，它们从各方面反映了那个时代青年男女渴望恋爱自由的愿望和反抗封建礼教的行动。小说较多地表现了青年女子的不幸命运和她们的屈辱生活。她们中有闺门小姐，有歌女、妓女，也有迫于父母之命而嫁出的少妇。从她们的经历可以看到门阀制度、藩镇割据等社会问题给男女恋爱、婚姻所带来的阴霾。在众多女性中间，确实挺立着不少性格卓然的光彩形象。

《柳毅传》，作者李朝威，为中唐人，余不可考。小说写的是一个神话故事，反映的却是现实中的恋爱、婚姻问题，对妇女在夫家受公婆、丈夫虐待的不幸遭遇寄予深切的同情，同时揭露以门第选择婚配对象的荒谬。

小说在艺术上很有特点。第一是人物形象鲜明，具有个性特征。柳毅是小说的中心人物，作者突出他的是见义勇为、不图报偿的品质。小说集中写龙女的笔墨不多，主要是开篇一段文字和篇末她与柳毅的一席对话，但从这些地方已能看出她的性格特征。

小说写钱塘君最成功。钱塘君是个主持正义、不畏权势的勇士。他得罪天庭，被锁禁在洞庭，可“钱塘之人，日日候焉”，说明百姓是拥护他的。当他听说侄女遭受屈辱，那火爆爆的刚烈性格便显现出来了：

> 语未毕，而大声忽发，天坼地裂，宫殿摆簸，云烟沸涌。俄有赤龙长千余尺，电目血舌，朱鳞火鬣，项掣金锁，锁牵玉柱，千雷万霆，激绕其身，霰雪雨雹，一时皆下，乃擘青天而飞去。

真是龙腾景象。他归来后与洞庭君一段对话饶有意味：“君曰：‘所杀几何?’曰：‘六十万。’‘伤稼乎?’曰：‘八百里。’‘无情郎安在?’曰：‘食之矣!’”轻松的回答，显露出钱塘君嫉恶如仇的豪爽性格。就是这样一位刚烈而带有几分粗野习气的钱塘君竟然在席间当起月下老人来了。他作媒也不同一般，张口即云：

> 不闻猛石可裂不可卷，义士可杀不可羞邪？愚有衷曲，欲一陈于公。如可，则俱在云霄；如不可，则皆夷粪壤，足下以为何如哉？

天下哪有如此作媒的，这是用死威胁人家。但他的举动却很符合他心地善良、性格鲁直的性格。有趣的是，当柳毅申斥他一番后，他竟唯唯称善，对柳毅更为敬重。作者写钱塘君的威猛无比和知错就改，很好地突出了他正义感强的特点。由于作者选用典型言行写钱塘君的个性，并能从多方面写出他的性情特征，因而这个人物形象丰满、个性鲜明，十分可爱。

这篇小说艺术上的第二个特点是结构上巧生波澜。故事有几个浪头涌起，使情节奇而又奇。小说写到救出龙女本可结束，忽然又冒出议婚之事。议婚成功也可作结，作者偏写钱塘君借酒使气，柳毅仗义不纳。这样也可作结，又写柳毅两次丧偶，娶得卢氏女为妻。若到此打住，故事也可了结，后来又点出卢氏为龙女所化。这样环环相扣，愈演愈奇，戏剧性的矛盾很多。这大概也是元代以来直到当代《柳毅传》多次被搬上舞台的一个原因。此外，小说针线细密，虽是传写奇事，却处处呼应得好而又合乎生活逻辑。虽以书面语言为主，却生动流利，读来琅琅上口。

《霍小玉传》，蒋防著。蒋防，字子征，宪宗时义兴(今江苏宜兴)人，宪宗时做过翰林学士、中书舍人。传奇写士大夫李益和妓女霍小玉的爱情悲剧，可能是根据诗人李益的某些事迹和传闻创作而成。胡应麟曾说："唐人小说纪闺阁事，绰有情致。此篇尤为唐人最精采之传奇，故传诵弗衰。"(《少室山房笔丛》)

小说中写李生中拔萃科、做官以后，便娶高门卢氏女为妻，而小玉情深，相思成疾，沉疴难起。当她得知自己被遗弃时，更是愤恨欲绝。后一黄衫豪士打抱不平，将李生挟持到小玉家。小玉闻讯，梳妆而出。小说写道：

> 玉沈绵日久，转侧须人，忽闻生来，欻然自起，更衣而出，恍若有神。遂与生相见，含怒凝视，不复有言。羸质娇姿，如不胜致，时忽掩袂，返顾李生。……玉乃侧身转面，斜视生良久，遂举杯酒酬地曰："我为女子，薄命如斯！君是丈夫，负心如此！韶颜稚齿，饮恨而终。慈母在堂，不能供养。绮罗弦管，从此永休。征痛黄泉，皆君所致。李君李君，今当永诀！我死之后，必为厉鬼，使君妻妾，终日不安！"乃引左手握生臂，掷杯于地，长恸号哭数声而绝。

对于李生和小玉的评价，不能简单地说他们是痴心女子负心汉，实际上，从他们身上可以看出唐代社会的一个突出问题，就是妻家门第和士子前途的关系。唐代重门第，士大夫阶层多以能同崔、卢、王、谢诸大姓联姻为荣。而吏部、兵部在诠选官吏时，规定刑家子和工贾殊类不得应选。李益和属于"殊类"的妓女结合当然会危及他的功名，所以他要抛弃小玉。他从前一度迷恋小玉，除了爱其色美外，还因为那时他尚在应考，前途问题还未尖锐地摆在面前。

小说中霍小玉的形象显得突出。作者写她对李生真诚的爱，写她在爱恋中对未来悲剧的清醒认识，写她想博得短暂幸福而不可得的凄楚心情，写她对"负心"人李生的面斥，生动地表现出她爱则爱得深、恨则恨得烈的性格。她发誓死后化为厉鬼，弄得李益妻妾不安，未免错怪李益的妻妾，但作为一种反抗形式，则显现出她性格中不屈服、不妥协的精神。

这篇传奇文字优美。前半写二人相爱，情致委婉，后半写小玉遭到遗弃，凄苦辛酸。中间写小玉的缠绵、哀怨、刚烈，性格发展极有层次，使得人物形象愈来愈鲜明。

《李娃传》，白行简著。行简字知退，白居易之弟，官至左拾遗、主客郎中。这篇小说是取材民间说话《一枝花话》写成的。鲁迅说：“行简本善文笔，李娃事又近情而耸听，故缠绵可观。”(《中国小说史略》)

小说围绕郑生和李娃的爱情故事展开，思想内容比较复杂，客观上暴露了封建制度的不合理。其中包括人与人之间关系的冷酷、虚伪和妓女制度的罪恶。荥阳公见儿子聪明，有希望光耀门第就视若掌上明珠。当他与贱民为伍，便认为他玷辱门第，置之死地而后快。可他有了功名，又要恢复父子关系。再者，李娃本来很爱郑生，由于妓女生涯的限制，她压抑爱情和鸨母作计撵走郑生。当落难的郑生乞讨到门口时，又毅然自赎服侍郑生。虽然这举动带有偿债、悔过性质，但也说明李娃本性是纯洁、善良的。如果说荥阳公和儿子的正常关系是被封建社会门第、荣辱、功名观念扭曲了的话，那么李娃由爱恋郑生到与鸨母作计驱逐郑生，则反映封建社会娼妓制度既毁灭了妓女们的爱情幸福，又驱使她们毁灭他人这样一个社会问题。

故事虽以大团圆方式结束，但情节发展自然，且有波折。文中多处用了对比手法，使得人物性格突出，有助于主题的深化。

唐传奇中还有一篇描写爱情悲剧的著名小说，就是元稹的《莺莺传》。《莺莺传》亦名《会真记》，有人考证说它写的就是作者的经历，小说中的张生就是元稹的化身。作为小说人物，张生是个艺术形象，研究这篇小说的思想艺术，不能把他和真人简单地等同起来。如果研究作者的创作态度，由小说中的人物形象而顾及作者的本事是可以的。

小说中的莺莺，性格特征很符合人物身份。她出身于高门大姓，因而举止端庄，不轻易流露心思，初见张生便“双脸销红”，羞于应付。及至见到张生“性温茂，美风容”，且诗才富赡，于是心中的怨慕之情急剧升华为不可抑遏的爱情。她用诗约会张生，相见时，又不知如何是好，竟至狠狠地数落他一番。这举动一则显出她的纯真，暗于社交，在爱情降临时，不知所措，同时也反映出这位名门闺秀礼教观念的牢固。虽然如此，由于爱得深切，她终于抱着衾枕走进了张生房中。但随着情节的发展，莺莺思想上的局限性又显露出来。当张生遗弃她时，她竟对张生说：“始乱之，终弃之，固其宜矣。愚不敢恨。必也君乱之，君终之，君之惠也。”不但自我否定从前大胆追求爱情的行动，而且对张生此时的行为不敢怨，不敢恨，只是请求对方施以“终之”之惠。这与霍小玉生斥李益、死后还要化作厉鬼惩罚他相比，其软弱性显而易见。

对张生，人们多视其为文过饰非、德行败坏的卑鄙形象，这是对的。但我们还要看到产生这一形象的社会原因，才能较深地理解《莺莺传》的思想意义。从小说中看，张生进京应试前对莺莺的爱是深挚的，甚至应试失利后还有一段时间和莺莺互通书信。但不久就变心，抛弃真心爱过的人。张生之所以如此，是因为他与莺莺之间的爱情同他要步入仕宦道路的理想有矛盾。莺莺虽然出身高门名姓，但并不属于世家大族，在政治上并无强大势力可为张生顺利步入仕途创造条件。因而他不但忍痛抛弃莺莺，还制造理由为自己的行为辩护，以赢得社会舆论的支持。

小说中，作者对张生抛弃莺莺的行为是肯定的。不但借张生之口斥莺莺为“不妖其身，必妖于人”的尤物，还借“时人”之口赞张生为“善补过者”。鲁迅说张生“文过饰非，遂堕恶趣”，这话也适于评论作者对张生形象所持的态度。就艺术性而言，小说前半写得细腻精彩，后半粗疏，且多议论。但文中以书信形式剖露人物心理、情思，却是作者的一大创造。莺莺的信，怨、爱、悲、愤兼俱，文词美而情义深，字字动人。

唐传奇中爱情小说多，艺术成就高，创造了许多人物形象，表现出不同的思想意义。

沈既济的《任氏传》写一狐仙女爱上“家贫，托身于妻族”的郑六，而当王孙韦崟凌辱她时，她先是以力相拒，继而以智解围，表现出对爱情的忠贞。陈玄祐的《离魂记》写倩娘和王宙的爱情故事，浪漫色彩极浓。小说想像丰富奇特，把在现实中不能实现的理想通过幻化的境界表现出来，具有很高的美学意义。小说布局巧妙，初写倩娘夜半上船时，只言闻其“行声甚速”，“徒行跣足而至”，未曾交代是人是魂，下面径直照人的生活特点描写，直到最后写两倩娘相合，“其衣裳皆重”才真相大白。如此安排，自然引人入胜。

三、具有政治色彩的历史小说和侠义小说。唐代历史小说不少，比如陈鸿的《长恨歌传》、《东城老父传》，郭湜的《高力士外传》，姚汝能的《安禄山事迹》，无名氏的《李林甫外传》等。文学趣味浓，其中有一定思想价值的当推《长恨歌传》、《东城老夫传》。

陈鸿，字大亮，做过史官，修《大统纪》三十卷。他是白居易的朋友，《长恨歌传》即和《长恨歌》写于同一时间。《传》取材与《歌》相同，情节安排亦相类似。作者说他作此文的目的是“惩尤物，窒乱阶，垂于将来”，他对玄宗好色误国的揭露是深刻的，但他把女子作为祸国之水看待，则表现出他思想上的局限性。《东城老父传》借贾昌（玄宗时的神鸡童）之口，说玄宗执政前期政治好，国家经济繁荣，后来纵情声色犬马，朝政败坏，出现安史之乱。作者有意让贾昌拿中唐和盛唐相比，结论是今非昔比，一朝不如一朝，显然表现出他对现实的不满。

政治色彩浓而又构思别具一格的传奇，还有皇甫枚的《王知古》。**皇甫枚**，字遵美，安定三水(今山西邠县)人。懿宗时任汝州鲁山令，著有《三水小牍集》。《王知古》采用寓言手法，隐喻百姓不堪藩镇军阀蹂躏，闻之色变，对中唐以来飞扬跋扈、胡作非为的割据势力有所揭露和批判。

晚唐豪侠小说很多，袁郊《红线》中的红线，裴铏《昆仑奴》中的奴仆磨勒、《聂隐娘》中的聂隐娘，都是这类小说中的典型人物。磨勒成就某一品大官的侍婢红绡和自己的主人崔生的爱情，让她们结为夫妻，他的行为反映了作者和广大人民的理想。红线也是奴隶身份，她支持、拥护唐中央政府的藩镇薛嵩制服反叛朝廷的藩镇田承嗣，从她的豪侠行为可以看出作者的政治倾向。聂隐娘的形象比较复杂。她学艺时，老尼带她到都市，“指其人者，一一数其过，曰：‘为我刺其首来。’”又曾说：“某大僚有罪，无故害人若干，夜可入其室，决其首来。”并要她“已后遇此辈，先断其所爱，然后决之”。隐娘都能照办。老尼的话和隐娘的举动反映出了人民对坏人的愤恨和除恶务尽的思想，但小说写她后来死心为藩镇效劳，自然减弱了这个人物的思想意义。

杜光庭的《虬髯客传》宣扬李家皇帝乃唐“真命天子”，反对人臣思乱，有较强的现实针对性。小说描写红拂、李靖、虬髯公这“风尘三侠”十分成功，他们性格突出，形象鲜明。无论是红拂、李靖的择主而事还是虬髯公的豪爽重义、雄心勃勃而又有自知之明，都有很强的典型性。

四、发人深省的哲理小说。这类传奇除少数宣扬宿命论、阴阳轮回以外，多数具有进步的思想意义。

牛僧孺的《郭元振》、皇甫氏《画琵琶》、《京都儒士》表现的都是破除迷信的主题。《京都儒士》写的是一个带有滑稽情趣的喜剧性故事，对于信鬼的人是个很好的教育。

无名氏《李卫公靖》，写李靖夜宿一老媪家。半夜，天帝令她儿子接旨行雨，二子出而未归。老妇便请李靖代行其事，并嘱咐他每至一处只可从小瓶中取一滴水滴下。行雨归来，李靖走到所宿村落上空，心想“吾扰此村多矣，方德其人，计无以报。今久旱苗稼将悴，而雨在我手，宁复惜之”，于是连滴二十下。回房，老妇连连责备李靖，说是滴一滴，平地起水一尺，滴二十滴，水起二丈，哪还有人在。并说她已受天谴，儿子连坐。这故事说明人们做事，不能单凭好心，还得按事物的规律做事。不然，好心也会办坏事，甚至办很大的坏事。

唐传奇中有一篇托名牛僧孺写的《周秦行纪》，写牛僧孺落第，闯入一大宅，见到汉文帝母薄太后、汉高祖的戚夫人、王昭君、杨贵妃，以及齐废帝的妃子潘淑妃。太后问僧孺："今天子为谁?"对曰："今皇帝，先皇帝长子。"太真笑曰："沈婆儿作天子也，大奇!"于是李德裕作《周秦行纪论》，言牛"无礼于其君甚矣！怀异志于图谶明矣"。其实这小说是李德裕门人韦瓘写的，李德裕不过是利用牛僧孺爱写小说的嗜好(曾作《玄怪录》十卷)，用小说来作政治斗争的工具。"假小说以排陷人"，这已是唐传奇的末流了。

唐传奇使我国小说由志怪、志人的狭小天地转到反映现实生活、表现社会矛盾上来，是一个很大的飞跃。对后来小说、戏曲创作都产生过好的影响。比如抨击黑暗势力，鼓吹恋爱、婚姻自由，歌颂青年男女反礼教的斗争精神以及表现其他进步思想，都成了后来小说、戏曲的传统主题。在艺术方面，唐传奇为后来的小说创作提供了写人物的经验和提炼细节、组织冲突的经验。像《聊斋志异》的许多名篇从取材到人物设计、细节安排都曾受到过唐传奇的启发。唐传奇这方面的经验对叙事诗、对戏曲脚本的创作都曾产生过积极影响。一些优秀的传奇，更是为后来戏曲创作直接提供了素材。如《柳毅传》即被元代尚仲贤改编为《洞庭君柳毅传书》，李好古的《张生煮海》实就《柳毅传》翻案而成，明代黄惟楫的传奇《龙绡记》、许自昌的传奇《橘浦记》、清代李渔的剧曲《蜃中楼》也是本于《柳毅传》。本于《莺莺传》者，戏剧更多，著名的如金代董解元的《西厢记》、元代王实甫的《西厢记》、关汉卿的《续西厢记》、明代李日华的《南西厢记》、清查继佐的《续西厢杂剧》等等。本于《李娃传》的则有元代石君宝写的《李亚仙花酒曲江池》、明人薛近兖作的《绣襦记》二剧本。本于《长恨歌传》的有元代白朴的《唐明皇秋夜梧桐雨》、清代洪昇的《长生殿》。根据唐传奇内容敷衍而成的小说亦不胜枚举。

第三节　唐代变文

变文是唐代新出现的一种通俗文学体裁。它的体制来自民间，唐以前就出现了以"变"为目的歌辞名。它的形成、发展除与唐代都市众多、经济繁荣有关外，主要与佛教的传播大有关系。魏晋时期佛门讲经就已出现"或杂序因缘，或傍引譬喻"以"宣唱法理，开导人心"的"唱导"法(慧皎《高僧传》)。唐时寺院则出现了把经义讲得通俗化、富有故事性的俗讲僧。俗讲的内容起先是比较严格地敷演、解释佛经教义，后来文学性愈来愈强，历史传说、民间故事以至社会事件都进入俗讲范围。而且讲唱地点逐渐由寺院扩大到民间，讲唱者除俗讲僧外，民间还出现了男女职业艺人。变文就是俗讲的底本，由于它把深奥的经文改变为通俗文，是经文的变体，故称变文(用胡士莹先生说法)。

从文字上看，变文由散文(包括骈俪句)、韵文组成，而演唱变文则是一门综合性艺术。第一，它与音乐有关。变文的韵文是要唱的，有的变文写本韵文上方即标明“平”、“侧”、“断”字样，表明要用“平调”、“侧调”、“断金调”演唱。第二，它与图画有关。讲唱变文时有图画随时展开，特别是在故事进入紧要处时，讲唱者就要听众注意看与内容相关的图画。郭煌写本《降魔变文》、《破魔变》背面就有图画，图画内容与变文内容相应。研究者认为，这种作法实为我国插图小说之开端。另外，讲唱者还须化妆，讲唱时还要表演。吉师老《看蜀女转昭君变》中“翠眉嚬处楚边月，画卷开时塞外云”，前句即写女艺人表演动作动人，后句是说画图内容吸引人。

由于“转(说唱)变”是一种生动、活泼的综合性艺术，因此它受到了唐代各阶层人士的喜爱。玄宗晚年就爱欣赏“转变”，文士们也爱听，有的还从中得到启发，影响到诗的创作。张祜就对白居易说过：“上穷碧落下黄泉，两处茫茫皆不见，非《目连变》何邪?”(孟棨《本事诗》)老百姓对“转变”更是十分喜爱，当时有个著名的俗讲僧文溆，“善吟经，其声宛扬，感动里人”(段安节《乐府杂录》)，“愚夫冶妇，乐闻其说，听者填咽寺舍”(赵璘《因话录》)。既然俗讲、“转变”如此受人欢迎，变文作品自然就大量出现。

变文内容大抵分为两类，一是以敷演佛经教义、讲唱佛经故事为主，一是讲唱世俗生活，包括历史传说、民间故事以及现实社会事件。

以敷演佛经教义、讲唱佛经故事为主的变文，写法上有两种形式。一种形式是每篇由几段组成，每段先引几句经文，接着用长篇散名(中多骈句)解说，然后再来一段韵文。三者内容相同，细节则繁简不一。其中有些严格解说经文大义的被称为“讲经文”。“讲经文”一般形式比较呆板，缺少文学趣味。但有些变文，如《维摩诘经变文》只是利用“讲经文”形式，在散句、韵文部分安排许多世俗故事，文学性大增，又另当别论。再一种形式是舍去经文，纯用散文、韵文相间写成。如《降魔变文》、《目连救母变文》等。这类变文虽取材佛经，但有较大的文学加工，有鲜明的艺术特点。它们想像奇妙，常以夸张手法写出动人心魄的场面。如《降魔变文》写佛弟子舍利弗与外道六师斗法的几个场面就十分精彩，中间写舍利弗化为白象破六师变成的水池一节，说道：

六师既两度不如，神情渐加羞惭，强将顽皮之面，众里化出水池。四岸七宝庄严，内有金沙布地。浮萍菱草，遍绿水而竞生；软柳芙蓉，匝灵沼而氛氲。舍利见池奇妙，亦不惊嗟。化出白象之王，身躯广阔，眼如日月，口有六牙。每牙吐七枝莲花，花上有七天女，手掐弦管，口奏弦歌，声雅妙而清新，姿逶迤而姝丽。象乃徐徐动步，直入池中，蹴踏东西，回旋南北。以鼻吸水，水便干枯，岸倒尘飞，变成旱地。于是六师失色，四众惊嗟，合国官僚齐声叹异。

变文中写舍利弗化作金翅鸟王把六师变成的毒龙吃得骨头都未剩下的场面，更是令人胆颤心惊。这类夸张描写，是为宣扬法力无边服务的，它把人间种种奇迹，以及人力所不能做到的事情都用来形容佛的"神通变化"，"或现大身，侧塞虚空；或现小身，犹如芥子"(《降魔变文》)，"或五眼六牙，三身八臂，. 九口十头"(《破魔变》)，这些对后世神话小说的人物塑造很有影响。当然，这类变文也常用骇人耳目的场面、荒诞虚无的情节来宣扬因果报应、地狱轮回等迷信观念，对人们的毒害是很深的。

以表现世俗生活为主的变文，有全部以散文形式写的，有全部用韵文形式写的，但都比较少见，大多数都是用一段散文、一段韵文，交替往复，直到完篇。这类变文现实性强，生活气氛浓。它们写历史故事，写民间传说，也写到现实中的大事。如《伍子胥变文》讲唱楚平王夺子之妻为妃，直臣伍奢劝谏，平王不听，且杀伍奢及其长子，又追捕其子伍子胥。子胥逃至吴国，领兵报父兄之仇，将平王鞭尸三百。故事塑造浣纱女、渔夫不贪富贵，帮助伍子胥反抗暴君，人物形象比较鲜明。中间有许多细腻的描写，艺术上有可取之处。《孟姜女变文》讲唱孟姜女为寻夫哭倒长城，见一骷髅，她用指头血点头颅骨，言若是其夫，血即渗入，果应，情节奇幻而惨痛。它实际上反映了唐代徭役繁重给人民带来的巨大痛苦。《张义潮变文》写的是民族英雄张义潮率众收复瓜、沙、伊、肃诸州的故事，是根据唐宣宗大中年间的真事创作的。变文热烈歌颂汉军的勇猛，"雄豪百当千"，洋溢着强烈的爱国主义精神。《董永变文》则写佃农董永和仙女结合的故事，表现唐代贫苦农民的爱情和对美好婚姻的向往和追求。另有《秋胡变文》写秋胡求官回家过桑林时调戏一采桑女，以金相赂，女子亦拒而不从。秋胡到家，方知此女乃己之妻。变文辛辣地揭露了封建时代知识分子中丑恶人物的肮脏灵魂，歌颂了秋胡妻的高尚品质。本文除一赠诗外，全以散文叙说。《捉季布传文》由《史记·季布列传》一段短文敷衍而成，长六百四十余句。变文对季布充满同情心，对迫害季布的汉高祖表示愤慨。通篇全是韵文，就像一首长叙事诗。

从上面的介绍可以看出，表现世俗生活的变文，题材比较丰富，在人物形象塑造、情节安排、结构布局、语言运用等方面积累了许多艺术经验。这些经验为其他通俗文学所吸收，后来弹词、鼓词、话本小说的艺术形式，许多地方都受到变文表现形式的影响。

第四节 话本、俗赋与歌谣

一、话本和俗赋

话本是说话的底本，“说话”就是讲故事。“说话”在隋代就已出现，在唐代得到长足发展。和其他通俗文学一样，“说话”受到唐代各阶层人士的欢迎。唐玄宗爱听“说话”，而元稹在《酬翰林白学士代书一百韵》诗“光阴听话移”句下自注说：“又尝于新昌宅，说《一枝花》话，自寅至巳，犹未毕词也。”可见唐代文士们也十分喜爱“说话”这种民间艺术。唐代“说话”内容相当丰富，当时市人小说中就有讲“扁鹊”故事的。可惜当时许多优秀的话本未能流传下来，敦煌石窟出现一些话本，诸如《庐山远公话》、《韩擒虎话本》、《叶净能话》，这些话本以讲说为主，没有韵文(如上述几篇)或极少有韵文，采用的是当时民间短篇小说的形式。

《庐山远公话》，讲惠远入庐山修炼、讲法的故事，宣扬佛法威力无边，可取处在于叙事井然。其中写山神在西坡造寺、潭龙听经等情节，曲折动人。中间有诗有文，叙事、写人、写景多用骈俪句，每于叙事完毕处插入一诗。这种写法为宋代话本诗文相间形式所本。《叶净能话》讲一个“上应天门，下通地理”，能呼神唤鬼的道士叶净能的故事。话本说叶净能如何用法术惩治岳神、妖狐，后来为唐玄宗所知，叶净能便带他遨游月宫。故事充满浪漫色彩，对现实生活中欺压民众的腐恶势力有所斥责。

唐代民间还流行一种俗赋，这种赋不大讲究文辞的骈俪，较之文人作品显得语言通俗，但有些地方押韵。著名作品有《韩朋赋》。赋写贤士韩朋娶妻贞夫，二人发誓各不相负。后来韩朋出游，仕于宋国，六年未归，贞夫作书“意欲寄书与鸟，鸟恒高飞；意欲寄书与风，风在空虚。书若有感，直到朋前”。谁知宋王在殿前拾得贞夫之书，派人将她抓来，竟罚韩朋筑青陵台。贞夫往看，作书系于箭头射给韩朋，朋见信死，贞夫以死殉夫。韩朋、贞夫死后化作青白二石。宋王命令将石分埋于道东道西。结果道东生桂树，道西长梧桐，两树根相连、叶相笼。宋王遣人伐之，二树落水，变成一对鸳鸯举翅高飞。宋王得一羽毛，摩拂其身，至项，头即掉落。故事反映人们对破坏青年男女爱情的邪恶势力的痛恨，歌颂贞夫、韩朋的坚贞爱情。此赋取材于晋干宝《搜神记》中韩凭夫妇的故事，原作二百来字，赋演为二千多字。赋中所引民歌“南山有鸟，北山张罗。鸟自高飞，罗将奈何”，亦出自原作。

《燕子赋》幽默有趣。赋写燕子夫妇辛苦垒窠，结果为雀儿所占，燕子回来讨窠，反被雀儿打得要死。于是燕子向凤凰告状，凤凰拘留雀儿并用刑处罚。久之，雀儿却因自己先世有功，曾被封为上柱国而被凤凰赦免。最后赋中又借多事的鸿鹤责怪燕子不该为些许小事，“作得如许不仁”。故事当是讽刺唐代现实生活中法制不行，高门望族、勋贵子弟恃仗权势兼并土地、吞人财物而不受法律制约。赋将各种鸟儿拟人化，用对话形式写出各种鸟的性格，故事性强。总的看，赋前半写得好，后半逊色一些。

类似俗赋而有一定思想意义的作品，还有《孔子项托相问书》。写孔子乘车路过一地，儿童项托在路上拥土作城，入坐其中。夫子语项托：“何不避车?”项托回答：“昔闻圣人有言，上知天文，下知地理，中知人情，从昔至今，只闻车避城，岂闻城避车?”于是孔子向小儿提出二十几个问题，可小儿对答如流，无一差错。项托反过来问孔子：“鹅、鸭何以能浮？鸿、鹤何以能鸣？松、柏何以冬夏长青?”孔子答：“鹅、鸭能浮者缘脚足方，鸿、鹤能鸣者缘咽项长，松、柏冬夏常青者缘心中强。”小儿曰：“不然也。蛤蟆能鸣，岂犹咽项长？龟鳖能浮，岂犹脚足方？胡竹冬夏常青，岂犹心中强?”孔子斗不过项托，把他杀了。项托死后，其母将他的血洒在粪堆旁，结果“一日二日竹生根，三日四日竹苍苍。竹竿森森长百尺，节节兵马似神王”。故事创造了一个聪明机智、敢于蔑视大人物的儿童形象，他斗赢了孔子，虽然被杀而不甘心，有一定的思想意义。故事的后半部分富有浪漫色彩。

二、民间歌谣

唐时民间歌谣很多，刘禹锡说：“人来人去唱歌行”(《竹枝》)，《敦煌曲子词》亦云“行人南北尽歌谣”。由于统治者歧视，劳动者文化水平低下，许多口头创作的作品未能保存下来。现在能见到的歌谣材料，主要是在敦煌石窟发现的写本以及各种史书、类书、笔记中的零星记载。从这些为数不多的作品，也可窥见唐代民间歌谣的思想艺术特点。

唐代民间歌谣，最明显的特征是爱憎分明。一些谣谚尖锐地揭露、讽刺统治者荒淫、霸道和办事的不公正。陈鸿《长恨歌传》所引歌谣，说“生女勿悲酸，生男勿喜欢”，“男不封侯女作妃，看女却为门上楣”，便是讽刺唐玄宗因宠信杨玉环而对其母家滥加封赏的。《神鸡童谣》云：

生儿不用识文字，斗鸡走马胜读书。
贾家小儿年十三，富贵荣华代不如。

能令金距期胜负，白罗绣衫随软舆。
父死长安千里外，差夫沿道挽丧车。

玄宗爱斗鸡，致使斗鸡童神气，家中得到富贵。作品开头即用反语，表现作者的愤愤不平。《武后长寿元年民谣》：

补阙连车载，拾遗用斗量。
欔椎侍御史，碗脱侍中郎。

讽刺武后时滥用官吏，刚强有力的侍御史软弱得如同绵槌，侍中郎更是道地草包。与此诗题旨相近，而讽刺更为辛辣、幽默的是《选人歌》：

今年选数恰相当，都由座主无文章。
案后一腔冻猪肉，所以名为姜侍郎。

对于直接压在人民头上的贪官污吏，民歌则以尖刻的语言揭露他们愚昧、贪婪的丑恶嘴脸。《王法曹歌》说：

前得尹佛子，后得王癞獭。
判事驴咬瓜，唤人牛嚼沫。
见钱满面喜，无镪从头喝。
常逢饿夜叉，百姓不可活。

民谣另一方面的内容，是反映赋税、徭役、兵役给农民及其他劳动者带来的痛苦。唐高宗永淳年间的民谣说：

新禾不入箱，新麦不入场。
迨及入九月，狗吠空垣墙。

永淳元年(682)七月东都大雨，人多殍殕，这则民谣便是当日灾民悲剧遭遇的实录。生活痛苦，使人无法忍受，人们竟至愿死不愿生：

身卧空堂内，独坐令人怕。
我今避头去，抛却空闲舍。

你道生时乐，吾道死时好。
死即长夜眠，生即缘长道。
生时愁衣食，死鬼无釜灶。
愿作掣拨鬼，入家偷吃饱。

这是无可奈何的呼唤，不愿作人，而愿做鬼，人世之惨可以想见。农民处境惨，有手艺的人遭遇也不好：

工匠莫学巧，巧即他人使。
身是自来奴，妻亦官人婢。
夫婿暂时无，曳将仍被耻。
未作道与钱，作了擘眼你！

这首民谣写工匠被征服役，妻子也被官府叫去做奴婢。先说做工后给钱，后来不但不给，还一再受训斥。下面一首歌谣写府兵的痛苦：

天下恶官职，不过是府兵。
四面有贼动，当日即须行。
有缘重相见，业薄即隔生。
逢贼便打煞，五品无人诤。
生住无常界，攘攘满街行。
只拟人间死，不肯佛边生。

这是小军官的自述，他尚有牢骚如此，更不用说一般的士兵。现实苦难使人愿死不愿生，他们的许多传统观念都被迫改变了，一首歌谣这样写对有无儿女的看法：

男女有亦好，无时也最精。
儿在愁他役，又恐点着征。
一则无租调，二则绝兵名。
闭门无呼喊，耳里拴星星。

在封建社会，谁都想儿女双全，这里竟说“无时也最精”，分明是人间生计太艰难了。

下层妇女诉说生活不自由、渴求爱情的诗，也可视为民间歌谣。比如玄宗时宫女缝入军衣的诗：

沙场征戍客，寒苦若为眠？
战袍经手作，知落阿谁边？
蓄意多添线，含情更著绵。
今生已过也，愿结后生缘！

又宣宗时有宫女题诗红叶云：

流水何太急，深宫尽日闲。
殷勤谢红叶，好去到人间。

它们表现的是宫女内心深处的苦闷和愿望。

既然广大人民苦不堪言，时机成熟，就会出现大规模的农民起义。当王仙芝、黄巢领导的农民起义即将发生时，曹州就流传这样一首歌谣：

金色蛤蟆争努眼，翻却曹州天下反。

从上引歌谣可以看出，这类作品倾向性明显，能比较真切地反映普通劳动者的心理、生活，现实性较强。表情达意，或直言讥刺，或用对比、比喻手法，语言生动、通俗，有的富有幽默感。这些对唐代诗歌的发展，产生过一些影响。

第十四章 唐五代词

第一节 词的起源、发展和敦煌曲子词

词是一种新的诗体。民间曲子词的创作在隋代已经出现，而唐代极为繁盛。民间词的繁盛引起文人注意，中唐已有许多诗人倚声填词。元稹《乐府古题序》说到当时词的写作，乃是“因声以度词，审调以节唱。……斯皆由乐以定词，非选调以配乐也”。晚唐、五代，文人词的创作达到高潮，词成为一种重要的文学样式。

一、词的起源、发展及其原因

词是与音乐联系在一起的，一般都是先有曲谱，然后才有倚声所填的词。刘禹锡《忆江南》自注：“和乐天青词，依忆江南曲拍为句。”《新唐书·温庭筠传》言温庭筠“能逐弦吹之音，为侧艳之词，都说明早期的词是以乐为主。因为词是按照一定的曲谱填写的歌词，故被称为“曲子词”（欧阳炯《花间集序》）、“今曲子”（王灼《碧鸡漫志》），也被称为“诗余”、“乐府”、“长短句”等。

由于最初的词是配合乐调歌唱的，故每首词都有一个词调，调有定格，字有定数，韵有定声。词调名称（词牌名）的来历，有的本为乐曲名，如“菩萨蛮”、“蝶恋花”等；有的是摘取词中几个字充当，如“忆秦娥”、“忆江南”等；有的本来就是与词作内容相关的题目，如“踏歌词”、“渔歌子”等。词一般分为两段，称为上片、下片或上阕、下阕。段落转换称为换头、过片。具备两段的词称双调，有的只有一段称单调，如“如梦令”、“十六字

令”。也有三片、四片的，称“三叠”、“四叠”，如“瑞龙吟”、“莺啼序”等。

唐时音乐发达，少数民族和外国音乐大量传入中原，带来了许多新鲜曲调和新式乐器。隋定九部乐，唐在此基础上，更订为十部乐。其中“燕乐”即为“合胡部者”，是以中原民间音乐为主，融合了“前世新声”、少数民族和外国音乐的一种俗乐。唐代重视俗乐，当时的内外教坊都是宫廷俗乐机构，玄宗时教坊内“音声人一万零二十七人”(《新唐书·百官志注》)。而民间“自开元以来，歌者杂用胡夷里巷之曲”(《旧唐书·音乐志》)更为普遍。所谓“胡夷里巷之曲”也就是俗乐，是唐代词调的主要来源。崔令钦《教坊记》著录开元、天宝年间流行曲名三百二十四支，加上民谣山歌，曲调当会更多。这样多的曲调，用句式整齐的诗(如绝句)作为歌词已不能满足需要，“于时才士始依乐工拍担之声，被之以词，句之长短，各随曲度”(吴增《能改斋漫录》)，这样便出现了符合曲调变化特点、句式长短不一的词。音乐兴盛是词得以产生、发展的重要因素，同时，词的流行也离不开城市的繁荣。商业经济发展，城市市民增多，人们文化生活活跃，不但为词作提供丰富的生活内容，还为词的传播提供多种途径和大量的接受对象，促使词的创作不断进步。

二、敦煌曲子词

敦煌曲子词(包括唐写本《云谣集杂曲子》三十首)数量相当多，有六十九个曲调名，其中四十五个见于《教坊记》。除少数为欧阳炯、温庭筠所作，余皆出自民间。其中“有边客游子之呻吟，忠臣之士之壮语，隐君子之怡情悦志，少年学子之热望与失望，以及佛子之赞颂、医生之歌诀”(王重民《敦煌曲子词集·叙录》)。词的形式也较多，有小令(如《南歌子》、《望江南》等)、慢词(如《倾杯乐》长一百一十字)，还有与大曲有关的歌词。它们风格素朴，真实地反映了人们的思想感情和社会生活。如云：

> 每见惶惶，队队雄军惊御辇。蓦街穿巷犯皇宫，只拟夺九重。　长枪短剑如麻乱，争奈失计无投窜。金箱玉印自携将，任他乱芬芳。
>
> ——《酒泉子》

> 敦煌古往出神将，感得诸蕃遥钦仰。効节望龙庭，麟台早有名。　只恨隔蕃部，情恳难申吐。早晚灭狼蕃，一齐拜圣颜。
>
> ——《菩萨蛮》

《酒泉子》用对比手法写黄巢起义军攻占长安的壮举和官吏狼狈逃窜的窘状、丑态，实是实纪其事。《菩萨蛮》写人们对国家统一的渴望，与《献忠心》说的“生死大唐好，喜难任。齐拍手，奏香(乡)音”同一情调。

唐代有不少诗歌写到商人生活的奢侈。敦煌曲子词则既有写商人“频频满酌醉如泥，轻轻更换金卮。尽日贪欢逐乐，此是富不归”(《长相思》)，也有写到他们因经营亏本，流落异乡的：

> 哀客在江西，寂寞自家知。尘土满面上，终日被人欺。　　朝朝立在市门西，风吹泪点双垂。遥望家乡长短，此是贫不归。
>
> ——《长相思》

词中也有表现下层知识分子求官不得、愤世嫉俗的牢骚情绪的。如《浣溪沙》：

> 卷却诗书上钓船，身披蓑苙执鱼竿。棹向碧波深处去，几重滩。　　不是从前为钓者，盖缘时世掩良贤。所以将身岩薮下，不朝天！

曲子词中反映妓女痛苦心情的比较多，这些词写得细腻，而怨愤幽深。《望江南》云：

> 莫攀我，攀我太心偏。我是曲江临池柳，者(这)人折了那人攀，恩爱一时间！

词以妓女口吻借柳自比，形容被人玩弄、遭人弃掷的不幸遭遇，形象生动。唐传奇《柳氏传》(许尧佐著)引韩翃词“章台柳，章台柳，昔日青青今在否?纵使长条似旧垂，亦应攀折他人手”，也是以柳作比，形容柳氏遭遇，构思与此词有相似处。又《望江南》云：

> 天上月，遥望似一团银。夜久更阑风渐紧，为奴吹散月边云，照见负心人。

她对负心人是怨的，但照见负心人又会怎样呢？词令人生想，使人对抒情主人公产生同情。《抛球乐》写一年轻妓女由于不听姐妹们的话，真心爱一男子，结果被他遗弃。她痛定思痛，才懂得姐妹们的话是忠告。词写她的生活体验，暴露的是妓女们难堪的生活遭遇：

> 珠泪纷纷湿绮罗，少年公子负恩多。当初姊妹分明道：莫把真心过与他。仔细思量着，淡薄知闻解好么？

此外，还有些词写到女子对爱情的坚贞，写到思妇渴望征夫早日归来的急迫心情。如云：

> 枕前发尽千般愿，要休且待青山烂，水面上秤锤浮，直待黄河彻底枯。　白日参辰现，北斗回南面。休即未能休，且待三更见日头！
>
> ——《菩萨蛮》
>
> 叵耐灵鹊多谩语，送喜何曾有凭据？几度飞来活捉取，锁上金笼休共语。　比拟好心来送喜，谁知锁我在金笼里。欲他征夫早归来，腾身却放我向青云里。
>
> ——《鹊踏枝》

《菩萨蛮》以急促语气，用一连串不可能实现的事情，作为“要休”的条件，说到后来，干脆说破：“休即未能休，且待三更见日头！”由此可见这位抒情主人公笃于所爱的决心和热情奔放、大方开朗的性格。《鹊踏枝》借思妇、喜鹊的独白写思妇盼夫速归的苦怨，语句幽默、风趣而新鲜活泼。它们都表现出民间创作的艺术特色。

敦煌曲子词中还有一首语调轻快的《摊破浣溪沙》，词以通俗的语言写船夫行船时看山的独特感受，分外真切有味。词云：

> 五里滩头风欲平，张帆举棹觉船轻。柔橹不施停却棹，是船行。　满眼风波多闪灼，看山却似走来迎。仔细看山山不动，是船行。

第二节　晚唐以前的文人词

晚唐以前文人学习民间词，从中吸收营养，亲自写词的诗人不少，最早的是唐玄宗，写有《好时光》，著名的有张志和、张松龄兄弟，戴叔伦、韦应物、韩翃、王建、刘禹锡、白居易、杜牧等。

张志和(730？—810？)，字子同，婺州(今浙江金华)人。精于诗画、书法、音乐。肃宗时待诏翰林，后浪迹江湖，自号烟波钓徒。有《渔父》（亦名《渔歌子》）词五首。其一云：

西塞山前白鹭飞，桃花流水鳜鱼肥。青箬笠，绿蓑衣，斜风细雨不须归。

《新唐书·张志和传》说他“每垂钓，不设饵，志不在鱼也”，词中表现的正是这种“烟波钓徒”自得其乐的隐逸生活。不过词中写江南景色，渔父生活情趣确实生动，堪称“风流千古”。

戴叔伦、韦应物都写过《调笑令》，举几首为例：

边草，边草，边草尽来兵老。山南山北雪晴，千里万里月明。明月，明月，胡笳一声愁绝。

——戴叔伦《调笑令》

胡马，胡马，远放燕支山下。跑沙跑雪独嘶，东望西望路迷。迷路，迷路，边草无穷日暮。

——韦应物《调笑令》

河汉，河汉，晓挂秋城漫漫。愁人起望相思，江南塞北别离。离别，离别，河汉虽同路绝。

——韦应物《调笑令》

王建是著名乐府诗人，曾作《宫词》（七绝）百首。他有《宫中调笑》（即《调笑令》）二首，一写失宠宫女的寂寞苦闷，情调近乎《宫词》，一写商人少妇的思愁。词云：

团扇，团扇，美人病来遮面。玉颜憔悴三年，谁复商量管弦？弦管，弦管，春草昭阳路断。

杨柳，杨柳，日暮白沙渡口。船头江水茫茫，商人少妇断肠。肠断，肠断，鹧鸪夜飞失伴。

他又有《江南三台》四首，中间二首是写商人生活的。其二词云：

杨州桥边小妇，长干市里商人。

三年不得消息，各自拜鬼求神。

其三云：

青草湖边草色，飞猿岭上猿声。
万里三湘客到，有风有雨人行。

前首写商人久出未归，夫妇相互思念。词作幽默，情调轻松。后者写商人奔波在外，生活寂寞。

刘禹锡与白居易是中唐时期热爱民间文艺，并受其影响，写词有较大成就的诗人。白居易有词二十余首，如《忆江南》三首、《花非花》一首、《杨柳枝》十首、《浪淘沙》六首、《如梦令》三首、《长相思》二首等。其词情致宛转，一唱三叹，诗意极浓。如云：

江南好，风景旧曾谙。日出江花红胜火，春来江水绿如蓝，能不忆江南？

——《忆江南》其一

江南忆，最忆是杭州。山寺月中寻桂子，郡亭枕上看潮头，何日更重游。

——《忆江南》其二

汴水流，泗水流，流到瓜洲古渡头，吴山点点愁。　思悠悠，恨悠悠，恨到归时方始休，月明人倚楼。

——《长相思》

刘禹锡有词三十多首，如《忆江南》二首、《纥那曲》二首，《浪淘沙》二首，《潇湘神》二首，《抛球乐》二首等。从前引刘禹锡《忆江南》旧注可知，他作词已严格按词谱曲拍为句。其词有云：

湘水流，湘水流，九疑云物至今愁。君问二妃何处所？零陵香草露中秋。

——《潇湘神》其一

斑竹枝，斑竹枝，泪痕点点寄相思。楚客欲听瑶瑟怨，潇湘深夜月明时。

——《潇湘神》其二

春去也！多谢洛城人。弱柳从风疑举袂，丛兰裛露似沾巾，独笑亦含嚬。

——《忆江南》

如果说《潇湘神》所写内容尚未脱离调名本意，《忆江南》则有突破调名本意的倾向。从白、刘词作可见，两家词风虽与诗风相关，但其词作的抒情特性、语言特征，显然与其诗作有不同处，表明他们已充分认识到诗、词写作在题材选择、语言风格等方面的区别。而在如何依曲拍为句和处理词作内容与词调本意关系方面，积累了较多的经验。

第三节　温庭筠、韦庄和花间派其他词人的词

温庭筠(812—870?)，本名岐，字飞卿，太原人。他诗思敏捷，尤工律赋，八叉手而八韵成，时号“温八叉”，但屡试不第。他的诗和李商隐齐名，称“温、李”，又因他与李商隐、段成式同为骈文高手，都排行十六，时人便将他们的骈体文风呼为“三十六体”。温庭筠尝在丞相令狐绹府中作客，待遇甚优。时唐宣宗好歌《菩萨蛮》，令狐绹假其修撰密进之，且戒其勿泄，温却遽言于人。后绹又问“玉条脱”典出何书，温说出《南华经》，且言“非僻书也，或冀相公燮理之暇，时宜览古”。温又曾说“中书堂内坐将军”，以讥令狐绹没有学问，因而更被疏远。他性格傲岸，不畏权贵，一生功名微薄，仅做过方城尉和国子助教一类小官。政治上的失意带来生活上的放荡，《旧唐书》本传称其“士行尘杂，不修边幅”，又曾“与新进少年狂游狭邪”，颓放的生活形式和精神状态对他的诗词创作均有影响。

温庭筠的诗比较注重形式的美，多写自己的身世之感。如其《春日将欲东归寄新及第苗绅先辈》有云：

几年辛苦与君同，得丧悲欢尽是空。
犹喜故人先折桂，自怜羁客尚飘蓬。
三春月照千山路，十月花开一夜风。
知有杏园无计入，马前惆怅满枝红。

就写出了一个不第者的沉沦之痛，其近体诗中佳作较多，又如《经五丈原》：

铁马云雕共绝尘，柳阴高压汉营春。
天清杀气屯关右，夜半妖星照渭滨。
下国卧龙空寤主，中原得鹿不由人。
象床锦帐无言语，从此谯周是老臣。

诗人对诸葛亮壮志未酬、后继无人表示惋惜，对他死后，刘禅昏庸，致使主降派当权的亡国教训深有感慨。诗见识卓越，语言工炼，格调清峻。又如《商山早行》：

晨起动征铎，客行悲故乡。
鸡声茅店月，人迹板桥霜。
槲叶落山路，枳花明驿墙。
因思杜陵梦，凫雁满回塘。

诗处处紧扣山间早行的特点着笔，晨起铎鸣，月在天，鸡鸣在耳，板桥上出现的第一行脚印等等，一片静寂景象，加上残梦在胸的人，浑是一幅山间早行图。颔联二句不用闲字，景中有情。梅圣俞对它评价极高，把它作为“状难写之景如在目前”的例子，以为“道路辛苦、羁愁旅思，岂不见于言外乎”(欧阳修《六一诗话》)。

温庭筠是唐代写词最多的诗人，有《握兰》、《金荃》集，今已不存。《花间集》中录有温词六十多首，用调十八。其词写的多是妓女、宫女、戍者妻、商人妻、采莲女、女冠等类人的精神生活和物质生活。词浮艳轻靡，带有浓重的脂粉气，词风香而软。温词受到过南朝宫体诗的影响，同时它们又直接影响到花间词派的创作。但温词文笔细密，抒情宛转含蓄，措词巧丽，在艺术上有它独到的地方。如《菩萨蛮》之一云：

小山重叠金明灭，鬓云欲度香腮雪。懒起画蛾眉，弄妆梳洗迟。　照花前后镜，花面交相映。新帖绣罗襦，双双金鹧鸪。

此词写思妇梦醒时的情思。首句写其睡梦初醒，目睹枕屏上“小山重叠”而引动离情，想到久别之人远在他乡，不免心情惆怅，恹恹懒起。三、四句写其梳妆，着一“懒”字、“迟”字，足可见出她黯然神伤、愁思难排的心理。过片写其簪花动作，“花面交相映”见出其美。下写着衣，又用她见到衣上绣的鸟儿成双成对来表现其孤单感。显然，词中所写思妇的动作、心情都与她梦中见到离人有关。而人物心情的流露全从作者对人物形态、动作、衣饰以及器物的客观描写中表现出来。从这首词可以看出温词的几个特点：一是以妇女的形貌、心理为表现对象，写恋情，写离愁别恨。二是常常选择富有特征的物象、情事，对其作出精美的客观描写，而不作叙述式的说明，让读者从词所提供的场景、形象去把握词的内容。三是词采艳丽、生动、含蓄。又用字准确、传神，如词中“欲度”二字将两种静态物象贯串在一起，生动地描绘出一位病态丽人的形象。又“弄妆梳洗迟”的“弄”字，分明包含着那女子的无限要好之心和无限幽微之怨。至于词采的金碧辉煌、艳美绮丽，读词即见。

他也有词风朴素之作，如《望江南》写思妇盼望归人的情态，即以素描手法、平淡语言为之。词云：

梳洗罢，独倚望江楼。过尽千帆皆不是，斜晖脉脉水悠悠，肠断白蘋洲。

唐亡，中国历史上相继出现五代十国。在十国中，前蜀、南唐地理优越，经济比较繁荣。这些割据地区的统治者，醉生梦死，生活荒淫奢侈到极点，文坛上则是宫体文学恶性发展。特别是从民间到文人手中不久的词，常被用来表述他们的艳情淫态。蜀主王衍沉醉酒色，即作《醉妆词》云：

者(这)边走，那边走，只是寻花柳。那边走，者(这)边走，莫厌金杯酒。

“花间派”正是在这样的社会风气中出现的。所谓“花间派”，是由赵崇祚在后蜀广政三年(940)编的一部词集《花间集》而得名。词集收词五百首，调名七十七。作家十八人中除温庭筠、皇甫松、张泌、和凝、孙光宪外，余皆为蜀人或仕于蜀者，如韦庄、薛昭蕴、牛峤、毛文锡、牛希济、欧阳炯、顾夐、鹿虔扆等人。《花间集》中大部分作品用艳词丽句描绘色情淫欲，表现出士大夫阶层的精神空虚和道德上的堕落。“花间派”词人奉温庭筠为鼻祖，而他们词作的不良倾向却大大超过温庭筠。故陆游说：“方斯时天下岌岌，生民救死不暇，士大夫乃流宕如此，可叹也哉！或者亦出于无聊故耶？”

(《跋花间集》)当然，《花间集》中也有一些好的作品，比如李珣《巫山一段云》(其二云：“古庙依青嶂，行宫枕碧流。水声山色锁妆楼，往事思悠悠。云雨朝还暮，烟花春复秋。啼猿何必近孤舟，行客自多愁。”)、鹿虔扆《临江仙》(其一云：“金锁重门荒苑静，绮窗愁对秋空。翠华一去寂无踪，玉楼歌吹，声断已随风。烟月不知人事改，夜阑还照深宫。藕花相向野塘中。暗伤亡国，清露泣香红。”)、孙光宪《定西番》(其二云：帝子枕前秋夜，霜幄冷，月华明，正三更。何处戍楼寒笛？梦残闻一声。遥想汉关万里，泪纵横。)等，这些词的内容已经走出了闺阁青楼，走出了富贵人家的绮罗宴、歌舞场，风格趋于清峻、豪健。

花间词人中，韦庄艺术成就最高。

韦庄(836—910)，字端己，京兆杜陵(今陕西西安)人。他是韦应物的四世孙。乾宁元年(894)进士及第。六十五岁任左补阙，六十六岁入蜀为王建掌书记。七十二岁时为前蜀宰相。

他应举时，正逢黄巢起义军攻打长安，后来他在洛阳作《秦妇吟》记述这件大事。《秦妇吟》长达一千六百多字，是一首规模宏大、结构谨严、形象鲜明的叙事诗。诗用“秦妇”自述的方式，写黄巢起义军进军长安的经过，写实性强。“内一联云：‘内库烧为锦绣灰，天街踏尽公卿骨。’尔后公卿亦多垂讶，庄乃讳之。时人号《秦妇吟》秀才。”(孙光宪《北梦琐言》)

黄巢攻占长安后，韦庄流落江南多年。其间他也写过像“何代何王不战争，尽从离乱见清平。如今暴骨多于土，犹点乡兵作戍兵”(《悯耕者》)这样慨叹现实的诗，但更多的是流连杯酒之作，一些写别情、咏史的诗也充满浓重的伤感情绪。如云：

晴烟漠漠柳毵毵，不那离情酒半酣。
更把玉鞭云外指，断肠春色在江南。

——《古离别》

扶桑已在渺茫中，家在扶桑东更东。
此去与师谁共到？一船明月一帆风。

——《送日本国僧敬龙归》

江雨霏霏江草齐，六朝如梦鸟空啼。
无情最是台城柳，依旧烟笼十里堤。

——《台城》

此类抒情诗景色明丽、语词清雅、意味深永，领略其美，不单要读，还要深入其境，细细体味。

韦庄词名藉甚。词史上有"温、韦"之称，其实二家词风不尽相同。温词秾艳华丽，善于通过客观描写表达情思；韦词善于以主观抒情的态度抒发感情，即使描叙事物也是白描式的，而用语尤其通俗明朗。韦庄词感情真挚、意境深永，因而较有内容。虽然他的词仍局限在写男女相思、离愁的范围内，但由于去掉粉泽香味，能给人一种清美疏淡的印象。如《思帝乡》：

> 春日游，杏花吹满头。陌上谁家年少，足风流。妾拟将身嫁与，一生休。纵被无情弃，不能羞。

词以极通俗语言表现人物的内心活动，生动地刻画出一位敢于坚决追求爱情幸福的少女形象。又如两首《女冠子》：

> 四月十七，正是去年今日。别君时，忍泪佯低面，含羞半敛眉。　不知魂已断，空有梦相随。除却天边月，没人知。

> 昨夜夜半，枕上分明梦见。语多时，依旧桃花面，频低柳叶眉。　半羞还半喜，欲去又依依。觉来知是梦，不胜悲！

两词都是写别后相思之情，以回忆梦境的形式来表现，言词朴素，有的就是口语，但感情的真挚深绵却很动人。其名篇《荷叶杯》二首，也有这种特点。词云：

> 绝代佳人难得，倾国，花下见无期。一双愁黛远山眉，不忍更思惟。　闲掩翠屏金凤，残梦，罗幕画堂空。碧天无路信难通，惆怅旧房栊。

> 记得那年花下，深夜，初识谢娘时。水堂西面画帘垂，携手暗相期。　惆怅晓莺残月，相别，从此隔音尘。如今俱是异乡人，相见更无因！

传说韦庄有宠姬，为王建所夺，所以他写这两首词和《小重山》来表现他的怊怏之情。姬人读词后，遂不食而卒。二词写男女隔绝之苦、相思之痛，缠绵宛转，有动人处。词以素朴语言写出一些生动的细节，传达出深挚的感情，这些都能代表韦词的一般特点。

《花间集》中有些作品颇有民歌风味，比如：

新月曲如眉，未有团圞意。红豆不堪看，满眼相思泪。　终日劈桃瓤，人在心儿里；两朵隔墙花，早晚成连理。

——牛希济《生查子》

永夜抛人何处去？绝来音。香阁掩，眉敛，月将沉，争忍不相寻？怨孤衾。换我心，为你心，始知相忆深。

——顾敻《诉衷情》

路入南中，桄榔叶暗蓼花红。两岸人家微雨后，收红豆，树底纤纤抬素手。

——欧阳炯《南乡子》

这些作品说明，花间词人中有些作家是很注意从民间创作吸取营养的，他们对妇女的劳动生活也作过一些反映，不过未能形成主流。

第四节　冯延巳和南唐二主的词

比花间词人稍晚一些，有一群词人活跃在南唐词坛。南唐地处江南，城市经济繁荣，加上南唐君主的爱好、提倡，南唐词人、词作很多。南唐词家，影响最大的是冯延巳和李璟、李煜父子。

冯延巳(904—960)，字正中，广陵人。他由吴入南唐，先在李昪元帅府做幕僚，后为吴王(李璟)元帅府掌书记、齐王元帅府掌书记。中主在位，冯延巳官至宰相。

冯延巳的词，后人辑有《阳春集》。陈世修说："公(指延巳)以金陵盛时，内外无事，朋僚亲旧，或当宴集，多运藻思为乐府新词，俾歌者倚丝竹而歌之。所以娱宾而遣兴也。"(《阳春集序》)

《阳春集》收词一百二十首，虽然有些是温、韦、李煜、欧阳修的作品，但冯延巳的词在五代词人中算是保留最多的了。冯词的内容不外描写艳情，表现大官僚的享乐生活。但他的词也有托儿女之情，写君臣之事的。在艺术上，冯词也不像花间词那样秾艳，专以描摹女人容颜为能事。作者能深入人物内心世界，比较细地表现人物的思想活动、感情，这一点近于韦庄。较之韦庄，他似乎写得更为含蓄、曲折，富于变化。他的词，善于用白描手法勾勒人物的独特动作，辞采清丽明朗，色泽淡雅而意境深永。名作《谒金门》云：

风乍起，吹皱一池春水。闲引鸳鸯香径里，手挼红杏蕊。　斗鸭阑干独倚，碧玉搔头斜坠。终日望君君不至，举头闻鹊喜。

词写闺情。上阕写她闲引鸳鸯，已有感叹自身孤单的意味，她闲引得那样有趣，正说明心情无聊之至。闻鹊噪而举头，正说明她盼望行者归来之切。因为鹊能报喜，所以闻鹊叫便不看鸭斗而去望鹊。这里有专注神态，有惊喜举动。词以三禽鸟起兴言情，构思精巧。读词，觉一女子自远而近，形象愈来愈分明，如同电影中的远镜头逐步拉近，最后出以斜首望鹊的特写镜头。又如《蝶恋花》：

几日行云何处去，忘了归来，不道春将暮。百草千花寒食路，香车系在谁家树？　泪眼倚楼频独语，双燕来时，陌上相逢否？撩乱春愁如柳絮，悠悠梦里无寻处。

前片述说女子久去未归，疑其忘了自己，另有所爱。但自己对她是想念的，这猜忌即由思念中出。下片写其思念，百般无奈之态现于目前。作者很善于用一些典型动作、场面、景物表现蕴藏在人物内心深处的愁思苦痛。

他还有民歌风味很足的词，格调清新、朴素。如云：

春日宴，绿酒一杯歌一遍，再拜陈三愿：一愿郎君千岁，二愿妾身常健，三愿如同梁上燕，岁岁长相见。

——《长命女》

冯词对北宋词的影响，较之花间词为大。冯煦说延巳“鼓吹南唐，上翼二主，下启欧、晏，实正变之枢纽、短长之流别”(《唐五代词选序》)。王国维则说“正中(冯延巳)词虽不失五代风格，而堂庑特大，开北宋一代风气”(《人间词话》)。

李璟(916—961)，字伯玉，徐州人。他是李昪的长子，南唐中主。他能诗，多才艺，但政治上昏庸无能。当后周兵临扬州时，他便奉表称臣。

李璟词今存四首。其词情调低沉，有没落感伤的味道。艺术上摆脱了花间词人凝重描绘的特点，虽写离愁别恨、迟暮之感，词境比较开阔，感慨比较深沉。其《摊破浣溪沙》云：

> 菡萏香消翠叶残，西风愁起绿波间。还与韶光共憔悴，不堪看。　细雨梦回鸡塞远，小楼吹彻玉笙寒。多少泪珠何限恨！倚阑干。

词由池中败残景象写起。主人公见到荷花香消、荷叶败残，便联想到自己青春凋谢、面容憔悴。不堪看者，既指香消叶残的菡萏，更指主人公的容颜，而起决定作用的则是心情不堪言。何等心情使她憔悴，上片并未点明。过片写她梦中到了良人所在的边地——鸡鹿塞，梦醒后似乎觉得他离自己更远了，就像古诗说的“梦见在我旁，忽觉在他乡”。于是本来就多的愁又添了几分。她拿起笙来吹，想借以排遣愁闷。可曲子吹完，笙簧浸湿，心情却愈来愈悲伤。那无穷的遗恨化作珠泪迸出，她也懒得擦拭，只是斜倚阑干，让它尽情地流。读完下片，我们才明白主人公的韶光憔悴，乃是因为久受离别之痛的煎熬所致。此词形象鲜明，虽是写愁，境界比较开阔。

李煜(937—978)，初名从嘉，字重光，中主第六子，南唐后主。他即位时，南唐早已称臣于宋，国势日蹙。后主无奈，总用金银财货犒师修贡，以谋妥协。宋主并不以此为满足，终于在开宝七年(974)，派曹彬征伐南唐，次年冬金陵陷落。宋军兵临城下，后主还在净居寺听经。于是肉袒出降，太祖封他为违命侯，后被宋太宗用牵机药毒死。

李煜不是有作为的皇帝，但他是一个艺术修养极高的词人。他多愁善感，工于书法、绘画，洞晓音律。他的两个弟弟韩王从善、吉王从谦都精于文学，大、小周后擅长音乐、舞蹈。他们的物质生活奢侈豪华到极点。吴任臣《十国春秋》记载，后主“性尚奢侈，常于宫中制销金红罗幕壁，而以白金钉、瑇瑁押之，又以绿钿刷隔眼中，障以朱绡，植梅花于春外，每七夕延巧，必命红白罗百余匹，以为月宫天河之状，一夕而罢，乃散之”。这样一种生活环境，自然会影响到他的词学修养和词的创作。

李煜的词以亡国为界，有早期、晚期之分。早期的词，多写他作为享乐皇帝的风流豪华、奢侈淫靡的生活。比如：

> 晚妆初了明肌雪，春殿宫娥鱼贯列。凤箫吹断水云间，重按霓裳歌遍彻。　临风谁更飘香屑，醉拍阑干情味切。归时休放烛花红，待归

马蹄清夜月。

——《玉楼春》

花明月黯飞轻雾，今朝好向郎边去。刬袜步香阶，手提金缕鞋。　画堂南畔见，一向偎人颤。奴为出来难，教君恣意怜。

——《菩萨蛮》

晚妆初过，沉檀轻注些儿个。向人微露丁香颗，一曲清歌，暂引樱桃破。　罗袖裛残殷色可，杯深旋被香醪涴。绣床斜凭娇无那，烂嚼红茸，笑向檀郎唾。

——《一斛珠》

这类词写后主的风流韵事，写宫庭生活，设色华丽，纵然有较高的艺术技巧，仍然情调低下，与花间词相去不远。

李煜被俘后，日夕以泪洗面，其境遇与身为君主时判若云泥，因而词风也发生根本变化。他对往事的回忆，对故国的怀念，对今昔之变的感慨，都凝结成了词句。诸如：

林花谢了春红，太匆匆，无奈朝来寒雨晚来风。　胭脂泪，相留醉，几时重？自是人生长恨水长东！

——《相见欢》

无言独上西楼，月如钩，寂寞梧桐深院锁清秋。　剪不断，理还乱，是离愁，别是一般滋味在心头。

——《相见欢》

帘外雨潺潺，春意阑珊。罗衾不耐五更寒。梦里不知身是客，一晌贪欢。　独自莫凭栏，无限江山，别时容易见时难。流水落花春去也，天上人间。

——《浪淘沙》

往事只堪哀，对景难排。秋风庭院藓侵阶。一任珠帘闲不卷，终日谁来？　金剑已沉埋，壮气蒿莱。晚凉天净月华开，想得玉楼瑶殿影，空照秦淮。

——《浪淘沙》

春花秋月何时了？往事知多少！小楼昨夜又东风，故国不堪回首月明中。　雕阑玉砌今犹在，只是朱颜改。问君能有几多愁？恰似一江春水向东流！

——《虞美人》

从上引作品可见，李煜后期的词，主要是写他“别是一般滋味”的亡国之痛、故国之思。当然，李煜怀念的是他的小朝廷，留恋的是他从前偏安一隅的帝王的豪华奢侈生活。这种怀念与我们平常说的爱国主义是两回事，至多只能是一己的亡国之痛。但他词中写到这种怀念时感情极为真挚，形象极为动人，词的强大感染力甚至能唤起人们对他境遇的同情。

李煜在词史上有很高的地位，这是由他对词的贡献决定的。首先，他扩大了词的题材，丰富了词的表现手法，增强了词的功用。在他之前，词只是士大夫娱宾遣兴的工具，写相思离愁，儿女之情，只能让女孩儿家手执红牙拍板在席间、尊前、歌舞场中曼声吟唱。李煜后期的词写家国之痛，表现他作为亡国之君的感情，使词成了抒情言志的工具，扩大了词的社会功用。王国维说：“词至李后主，而眼界始大，感慨遂深，遂变伶工之词而为士大夫之词。”(《人间词话》)当然，从温庭筠到花间词人到李煜，词风虽有变化，仍以婉约、柔丽为主。不过到了李煜，阳刚之美逐渐上升，其词兼得阳刚、阴柔之美。

其次，李煜的词多是直抒胸臆，与前面提到的托儿女之情以写君臣之事不同。他的直抒胸臆，近乎坦率。他不愿作无谓的景物描写，即使写到，也是主观色彩极浓。这是他作为抒情词人在艺术上的一大特点。

最后，李煜善于以实写虚，巧用比喻把抽象、复杂的思想，通过生动、丰富的形象表现出来。他用比喻，一是直接作比，如“离恨恰似春草，更行更远还生”(《清平乐》)，“问君能有几多愁，恰似一江春水向东流”(《虞美人》)；二是先写出作为喻体的事物的形状，再点出作为本体的事物，如“剪不断，理还乱，是离愁”(《相见欢》)。还有些比喻，不用比词，如言“无限江山，别时容易见时难。流水落花春去也，天上人间”(《浪淘沙》)。他巧用比喻以写抽象感情，往往只是勾勒出作为喻体的事物的特点，不着议论或少着议论，让读者透过艺术形象去体味个中含义，因而后主词又有含蓄之美。此外，李煜的词语言明净、精练，既通俗而又雅致，与花间词粘红刻翠、珠光宝气迥然不同。